可居藏珍

可居室藏汪宗衍致王貴忱函

王大文　王大武　王浩之　編

南方傳媒
廣東人民出版社
·廣州·

圖書在版編目（CIP）數據

可居室藏汪宗衍致王貴忱函 / 王大文、王大武、王浩之編 .—廣州：廣東人民出版社，2023.10
（可居藏珍）
ISBN 978-7-218-16996-5

Ⅰ . ①可…　Ⅱ . ①王… ②王… ③王…　Ⅲ . ①書信集—中國—當代　Ⅳ . ① I267.5

中國國家版本馆 CIP 數據核字（2023）第 186068 號

KEJUSHI CANG WANG ZONGYAN ZHI WANG GUICHEN HAN
可居室藏汪宗衍致王貴忱函
王大文　王大武　王浩之　編

出 版 人：蕭風華

封底篆印：黄文寬
責任編輯：張賢明　唐金英
裝幀設計：瀚文工作室
責任技編：周星奎　吴彦斌

出版發行：廣東人民出版社
地　　址：廣州市越秀區大沙頭四馬路 10 號（郵政編碼：510199）
電　　話：020-85716809（總編室）
傳　　真：020-83289585
網　　址：http://www.gdpph.com
印　　刷：廣州市豪威彩色印務有限公司
開　　本：889mm × 1194mm　1/16
印　　張：41.5　　字　　數：500 千
版　　次：2023 年 10 月第 1 版
印　　次：2023 年 10 月第 1 次印刷
定　　價：298.00 元

序：讀汪宗衍致王貴忱信札

許禮平

汪宗衍先生致王貴忱先生信札計二百餘通，由廣州宋浩兄傳來。汪老晚歲字迹潦草，似滿紙螃蟹，辨認唯艱。幸貴老哲嗣大文兄能爲之整理，實辛苦了。

汪老長貴老二十歲。貴老屬龍，我也屬龍，貴老則長我兩輪。相與序齒，竟是三代人。若論學問，二老淵博宏富，而我則逍遥玩樂，雖有仰止思齊之心，但都在學問高墻之外。

關於汪宗衍先生（一九〇八—一九九三）

汪宗衍（孝博）丈一生傾力文獻而著述等身。曾長期流寓澳門，居聖味基街，頗像老殘劉鶚那樣設書肆而作筆耕。我是半個世紀前經《澳門日報》李鵬翥先生介紹認識汪老的。後來汪老移居香港，栖止筲箕灣道永興大厦，以地距牛鳴，探訪甚方便。二十世紀九十年代初，汪老遷鯉景灣新厦，我因當時《名家翰墨》月刊之編輯雜事繁多，無從撥冗，則少作拜謁。

汪老暮年蕭瑟，但傭筆仍勤。唯身後寒傖，實令人意外。當今熱衷於出全集，汪老卻「身名俱寂」。歐陽修《祭石曼卿文》謂「今固如此，更千秋而萬歲兮」，令人不勝感慨。

汪老是粵中名儒汪憬吾少子，幼承庭訓，經史上有深厚根柢。其文章和流行的「論從史出」和「以論帶史」有所徑庭。至於「帶罵論史」就更無所涉了。

汪老行文一貫不虛飾，不枝蔓，慎於判斷，更罕用曲折幽迂的長句，所以文章讀來簡明清爽，朗如秋水。遇問題，輒先作史料校勘，看到疑點和抵牾處，纔從決口切入，再從具體到抽象。汪老還强調不苛責、不溢美，要實事求是，而不求「議論縱横」。晚年更着力以書畫證史。

汪老的著述有《明末中英虎門事件題稿考証》《清史稿考異》《疑年偶録》《天然和尚年譜》《明末剩人和尚年譜》《屈翁山先生年譜》《張穆年譜》《陳東塾先生年譜》《陳東塾先生詩詞》《節庵先生遺詩補輯》《陳援庵先生論學手簡》《嶺南畫人疑年録》《廣東書畫徵獻録》《廣東文物叢談》《藝文叢談》《藝文叢談續編》等。

以上是粗略列目，散見報章期刊的文章因難作搜羅而未在其列。

汪老逝去三十年，風徽漸遠。

我認識的王貴忱先生（一九二八—二〇二二）

我和貴老相交近半個世紀。初時，他尚未有後來的頭銜職銜，如版本學家、古錢幣學家、金石學家、歷史學家、書法家；廣東省中山圖書館副館長、廣東省博物館副館長、中國錢幣學會理事、廣東省錢幣學會副會長。

貴老是遼寧鐵嶺人，隨軍南下，是首任汕頭建设銀行行長。能掌控銀行，就是管錢的。後被解職，苦悶之餘，潛心研究古錢，這又和「錢」有關。唯其時家口多，生活相當困難，連早餐都常要「省吃」。但廖冰兄爲長貴老志氣，寫了「有錢人家」大字橫披，讓貴老挂在廳中威風八面。這股氣勢可遥接清初馮文昌的「金石録十卷人家」。

貴老太太史楚，與貴老同庚，是我的鄉里。史楚大姐在貴老遭受不公正待遇時，不離不棄，與丈夫共度時艱，堅强地支撑起整個家，以敢言稱，讓人佩服。

我認識貴老，也跟錢有關。丙辰間，我編纂《貨幣書目知見録》，在日本京都昭和堂印製若干册，寄贈與容老（庚）和馬公（國權），那時貴老常往容老寓所走動，得見拙編，借出抄録。後來我到廣州時，通過馬公與貴老訂交。

另有一事也關乎錢幣，也足見貴老胸襟。事緣貴老存有兩種廣東印行的鑒定洋錢幣的專書，長期被人認爲是最早的洋錢鑒定專書。但約十年前，有人席上無意中出示了道光丙午的《銀經碎金集》。貴老一見，即判定此書纔是最早刊本，更對錯愕的持書者反複叮嚀，囑其勿等閑視之，并囑大武追來紙筆，要爲該書作跋。貴老寶人之寶的坦蕩和淑世襟懷，令人感動。

貴老有「菩薩」的一面，但也有「金剛」的一面。某次某公動情，流下眼淚，貴老卻一點也不慌，祇説：「我們都是軍人，流血不流淚。」原來貴老這文化推手，卻不忘軍人本色。他有一方閑章，印文是「行伍出身」。

貴老人生經驗豐富，深知鷄蛋不能盡放在同一籃子。他所藏書畫古董，都分散寄存，要看東西，得提前一兩天，所以所獲多所存留。

貴老爲專研清人信札，曾將李可染等名畫家書畫作品，與廣州某齋交換明清信札。其本人原意是擬整理出版的，且也曾印製預告宣傳單張。後又不了了之。從商業角度看，貴老大虧，但從集藏文獻史料角度觀，則貴老是大成功。

貴老喜藏金石雅玩，喜拓印其藏品分贈友好。曾蒙賜他所藏錢幣拓本一疊。海陽縣磚拓本，上加他考證長題，以錢玄同唐人寫經體書之。多年來，貴老曾賜楹聯及諸種文獻，我都珍重保存。偶檢觀賞，但覺先生之風，山高水長。

汪老致貴老的信札内容

瀏覽汪老致貴老信札，内裏所涉人事，多有爲我知者，謹書如下：

一、汪老害怕回鄉

貴老邀汪老返内地，大有功於文化。事緣港澳地區有人不敢涉足内地，汪老是其中一位。我猜想汪老總怕因叔父汪精衛及家宗洙、宗準的連累，會被公審和槍斃。因之汪老從來不提返内地事。到了二十世紀八十年代，改革開放，局面寬鬆，但汪老對於重返内地仍顧慮重重。在汪老致貴老信中，有多次藉故推延回穗。摘録如下：

函牘十月二十三日（一九八一年）

前日與黄雨翁午飯，得悉在穗晤談，至爲欽羡。弟老弱，艱於遠行，十月公友人約同去中山翠亨村參觀，亦以小極未果行，回鄉之願不知何日。

黄雨翁即黄蔭普，字雨亭。汪老老友，商務印書館香港分館負責人。

函牘十二月二十九日（一九八一年）

元旦之翌日，廣州圖書館開館（在中山四路），廣州市政府本有請柬來，以日前入中文大學肚餓受凉，涕痰交作，不適，故不能成行。如晤諸公，乞爲代致歉忱。餘後詳。

翌年略動歸心，但仍然有顧慮。且看以下兩信：

函牘二月十六日（一九八二年）

今年十二月廣東博物、廣州美術兩館與中文大學文物館合辦繪畫展，稍遲文物館將派員往穗選件，并携攝影器材前去工作。如天氣凉好，弟將同行，先以奉告。此行有年富力强者同往，可照料一切。弟老矣，既怕冷，又畏熱，衣服携帶較多，廣州市圖書館開幕不敢前來，即此故也。

函牘十一月二十一日（一九八二年）

廣州之行亦未能定，今年腰脚日退，出門遠行必要有人同行，如去新界中大亦邀馬國權諸人陪伴，萬一一蹶，便大事矣。辱承垂念，至感。俟有行期，自當奉告。

汪老曾提及，他自幼體弱，算命先生説他活不過三十歲，結果卻享高壽。此皆平日小心謹慎、作息有規律所致。二十世紀七十年代末，他爲香港中文大學文物館整理廣東書畫，住在研究院宿舍。一九七九年香港書業界國慶紀念晚宴，在九龍某酒樓舉行，汪老爲嘉賓之一。晚宴結束，汪老命我陪他回香港中文大學研究院宿舍，并權當一天室友。所以有機會目睹他的起居作息。當夜，汪老看準時間，立即拉棉被閉目就寢。早上起床，切個橙吃，再啃幾塊餅乾，全部依足規定的時間。

汪老在信中説「既怕冷，又畏熱」，確實如此。從前，七八月約他出來，他説暑熱難當，等秋凉再出，冬天往往戴帽保暖。其謹慎如此。

二十世紀八十年代，有心人曾努力爲汪老回鄉創造條件。日期雖已確定，但能否成行，汪老仍有所保留，且看下信：

函牘十一月廿六日（一九八二年）

前日去新界，先看廣州運來精品，十七日預展，廿日開座談會，要我作一小文，尚未執筆。一月中展畢，三館藏品運廣州，於二月一日展覽一月以作文物交流，中大約弟於一月卅一日赴穗參加一日之開幕儀式，三日返港。誠恐屆時天寒，不知能成行否？決定後再函告，屆時將住東方賓館云。年老且素來畏寒，衣服如「裹粽」，無可如何。

翌年漸漸明朗，但仍有不知能成行否之慮。

函牘一月九日（一九八三年）

省博物館與市博於二月一日舉行省、市、港三館藏粤畫展覽開幕，約弟卅一日返穗參加儀式，怕寒如虎，不知能成行否？今日十二度，弟着兩羊毛内衣、一絲棉衲，外加大衣，再冷不知如何！

到一九八三年，終於促成，汪老首次踏足新中國成立後的廣州，感覺良好。且看下信：

函牘一月十九日（一九八三年）

現定卅一日乘直通車來穗，第一班下午一時、二班四時啓行，尚未定實，住東方賓館，聞係由新華社代辦。二月一日畫展開幕，屆時獲瞻芝宇，曷勝欣幸！此次儀式，想大駕必到，再談。

函牘二月五日（一九八三年）

一昨歸里，屢辱枉顧，得聆教言，欣幸至佩。

函牘十月二十四日（一九八四年）

如精神許多，弟擬每年回鄉一次。

汪老信中透露，回穗之行的安排，「聞係由新華社代辦」。新華社香港分社是中國官方駐港代表機構，即今之中聯辦前身。

汪老回鄉，是由貴老、歐初及其親家楊奇等一力促成。楊奇時任新華社秘書長，在該社素有「黃大仙」美譽。

二、汪老的誼女

半個世紀前，我曾聽姐姐說過，她在澳門聖心書院的一位同學，五歲自番禺鄉間赴澳，投靠姑媽。然姑媽當家傭，日夕都要料理僱主的家，如何能照顧這五歲的小侄女？但天下間卻有好心人，就是這姑媽的僱主。那位老人家，不止通融小女孩的食住，還出錢供書教學。而我後來纔知道這位老先生就是汪老，而那位五歲投奔澳門姑媽的小女孩，就是陳潔玉。

陳潔玉曾跟我說過，她的姑媽，叫陳煥宜，是汪老給起的名字。汪老本不喜歡小孩，怕吵鬧影響筆耕揾食也。但潔玉很乖，又文静，與汪老投緣，被認作契女。汪老還曾將契女名字作筆名用，如汪老在《大公報》藝林版發表的許多文章，就是用「陳潔」作筆名。

陳潔玉後來升讀香港理工學院，畢業後任高級公務員，供職於田土廳。汪老晚年多得陳女士反哺照應，因此雖然繼續筆耕，但已不用擔心潤筆多寡，只爲興趣而已。

在鯉景灣的汪寓中，客廳原有一個二呎多高的嘉慶青花樽。後來花樽似遭過重震蕩，變成了遍體鱗傷的「百圾碎」，靠濃濃的黃色萬能膠接駁，多餘的萬能膠亦未抹去，使該青花樽更似蜂竇，樣貌奇特。朋友在廳中問是何原委。時汪老在房内，一旁的陳潔玉笑了起來，并靦覥地說：「我個仔打爛咗。」

「大件事！」

「冇，冇，老人家睇到這殘局，當時重响度笑！」陳潔玉急爲解說。

龔定庵詩「鎮物何妨一矯情」，但汪老絶非矯情的人物。晉人亦有云：「甑已破矣，顧之何益。」但汪老也不是故作放達之人。那說明什麽？自然是體現了家人間的關愛。

汪老致貴老信中常提及此誼女：

函牘八月二十六日（一九八七年）

《屈譜》稿酬不可爲我申請外匯，萬萬不可，國家得來外匯不易，我亦不靠稿酬生活，我的誼女月有供養，《屈集》亦係舊稿新訂，諸承核對拙稿，心感非言可喻。我自去年夏感冒後，一直至今痰仍不止，大約老病了，現在惟恃藥物支持抵抗病魔。故醫生言，一動不如不（一）静，誼女亦堅阻出門，衹可從之（我不能單人到穗）。

函牘十月二十四日（一九八四年）

弟以七七歲齡，步履未穩，旅行登陟需人扶掖，且弟畏寒，衣物不少。承歐公雅意，已與誼女陳女士商定，於十一月十六日或十七啓程（頭班直通火車），由其夫婿林君陪同往兩三宵，乘尾班直道車返港。擇此日期，以林君有周末及星期日兩天假期，衹請假一二天便可，不悉歐公屆時有暇否？乞代達示覆，以便訂購車票後再函奉告。

函牘十月至十一月間（一九八四年）

頃因誼女陳潔玉之父在番禺患病，入市橋醫院，趕於十一月九日中午（一時開行）班直通快車返穗，故弟提前於是日與潔玉夫婦等同行。

函牘十一月二十五日（一九八六年）

誼女工作甚忙，不能告假，十三日前周末周日誼女均有預約，因係四十幾級非首長級之高級職員，即周末周日必要申請出門離港。

三、古泉

貴老以藏古錢著稱，汪老在信中透露，他早歲也收古泉：

函牘十二月六日（一九八一年）

承賜寄大作南漢古泉文，至佩！憶四五十年前，亦篤古泉，李鉢齋翁亦代爲搜集，曾爲我刻一印，文曰「不貧於古」。如南漢「乾亨重寶」鉛錢大、小二種，大者似爲折二，若尊製附圖所印者，如此之小者則尚未之見，「開元通寶」鉛錢亦得一枚，惜都已易米矣。

函牘五月二十三日（一九八三年）

今日始得拜讀大作《錢幣書目》，謝謝。另一册已轉寄禮平，勿念。二六頁五行盛「煜」當作盛「昱」，無「火」邊，順告。

《錢幣書目》指工貴老《可居室所藏錢幣書目》，一九八三年四月廣東金融學會出版。閱此信纔記起汪老曾轉下貴老此書，記得是三十二開薄册子，今已不知所蹤，愧疚。信後提到「昱」誤作「煜」，汪老心細眼利，常發見問題。

四、舊日廣州書肆

汪老信中所述，往往蘊含嶺南文獻史料。如憶述盧達文等廣州舊日書肆：

函牘八月廿六日（一九八二年）

萃經堂主人盧達文先生（渾名阿妹）裝訂修補古籍爲近數十年能手，且能裝治「金鑲玉」善本，一時無與抗衡，渠亦自負不凡。裝修裱補弟亦能之，蓋久坐書鋪自可偷師，惟「金鑲玉」未嘗動手。弟在《楚庭稗珠録》一文，亦提及達文。解放後，弟在澳門（時寓此）曾遇達文於路上，五六年前後，弟販書京滬穗（以預付出貨款向海關申請出口），亦托達文辦理，而以京滬爲多，自五九年國營而香港設立集古齋，遂停販，改在《大公報》寫稿矣。慈華年較少，弟十餘歲即見其在鳳文樓（文化路口近城隍廟）充雜工，鳳文與先父自少相交，恂恂一儒者，亦盧姓。廣州業書者皆三水人，多盧姓，而慈華裱書亦頗粗，遠不如達文。廣州雙門底尚有登雲閣，駱浩泉多收善本，價昂，非寒士敢望之。清末賣書與王雪丞、羅雪堂，潘、伍之書多經其手。九經閣裝訂亦佳，達文在西關路遠不能常往。九經忘其名，亦盧姓，頗識書，勝慈華，後遷去廣府學宫對面。浩泉、九經想先生不及見之矣。偶憶書林故友絮絮，及解放後達文、慈華想國家安排在圖書館工作矣。餘俟續詳。

信中憶述舊日廣州各書肆情况，品評甲乙，并透露汪老經營書肆，曾找盧達文幫忙。而一九五九年後，已不彈此調，因書店改爲國營，且一九五八年香港成立集古齋，當時主力銷售古舊書籍，後來專營書畫。汪老跟我説過，當年他經營古書，賣給集古齋一大套《古今圖書集成》，纔港幣一千元。一九五九年之後，汪老放棄書業，改爲供稿《大公報》，筆耕謀食。

信中還透露汪老也會裱補古書。汪老曾説，他的保姆也懂修補古書。當是他老人家指授。

五、關於汪世清

汪老同宗汪世清，安徽人，中央教育科學研究所研究員，但到其單位找不到人，因整天埋首北京圖書館也。汪世老專研明末清初新安諸賢史事，披閲其時衆多詩文集，爬梳整理，查疑補證，解決明季畫史諸疑難雜症，貢獻殊深。其有《漸江資料集》《藝苑疑年叢談》《石濤詩録》等多種著述存世。汪世老在訪香港中文大學時，曾應汪老之約，獨自一人從新界轉幾次車，到港島中環士丹利街，登陸羽茶室三樓，會晤汪宗老，飲茶聊天。汪世老不諳廣東話，汪老普通話極「普通」，兩人南腔北調，我作爲旁聽者想笑又不敢笑。汪世老後來也曾爲拙編《名家翰墨》撰稿。我偶爾上京，還曾代汪世老向《大公報》領稿費轉遞。

汪老長汪世老八歲。但汪世老致汪老手札，自稱「後學」，贈書題字也自稱「晚」，上一輩人，講究輩份之禮。

汪老致貴老的函札中多次提及汪世清先生：

函牘十二月十九日（一九八一）

友人汪世清在教育部工作，曾到廣州借閲《翁山詩外》十五卷本，不知晤及否？

函牘十一月二十二日（一九八二）

汪世清先生係三日到港，二十日回京（直航至，不停廣州、天津），此行爲弟作橋梁，與其游宴晤談約七八天，疲乏不堪。

函牘十二月十四日（一九八二）

十日函早已收到，以北京友人汪世清（本業爲物理學會副會長，科技教育研究所研究員）應中文大學請來講「清初四僧繪畫」應酬，遲覆爲歉。

函中謂汪世老「二十日回京（直航至，不停廣州、天津）」。當年京港通航，有直航，也有經天津。但因内地與港英航空協定，有若干航班必須在天津稍停一會，再飛北京。我曾陪啓老（功）自香港飛返北京，就是要在天津降落，稍停片刻纔再飛，多有不便。一九八二年汪世老訪香港中文大學回程時，要求直航北京，但香港中文大學幫他訂的航班，卻是要經天津，而且聲言無法改變。汪世老囑我設法，我另托相熟的旅行社安排，成功更换直飛北京的航班。

汪世老曾賜我墨寶，一爲行楷石濤《題黄山圖詩》，另一爲行楷自書詞《浣溪沙》，録如下：

萬里天南半日程，青山碧海映蒼冥。神州香島勝蓬瀛。仙境何如人境好，異鄉卻有故鄉情。憑高尤喜晚霞明。

六、廣州城殘磚録

函牘五月十七日（一九八一）

憶五六十年前廣州拆城，先父曾得晋、唐、宋磚數十函，弟拓爲一册，先父偶考證之後印成出版。廣州博物館來函，欲得八紙，遂以贈之，今又二十餘年，不知尚存否？

汪老在信中説的五六十年前，是民國戊午至庚申間，廣州拆城，汪老父親（兆鏞）於頽垣敗甓間，檢得有文字殘磚若干，拓印并加考證，裝訂成册。汪老曾將此《廣州城殘磚録》借給香港中文大學文物館展覽。展覽結束後，汪老轉讓給我，初感意外，繼則驚喜不已。時北京大學周祖謨教授訪香港中文大學，細觀此拓本，誇贊不已，且鄭重叮囑，要好好保存此重要文物。磚文的考證題跋早有排印本（《廣州城殘磚録·附大刀山晋磚記》，一九五九年），亦承汪老惠賜一册，而殘磚拓本則從未面世，當謀出版公布，不負汪老深意也。

七、南越黄腸木刻「甫廿」

南越黄腸木刻最早由汪兆鏞發現，汪兆鏞有小識自記：

乙卯夏五月（案：應爲民國五年丙辰），廣州大東門外東山廟前圭岡，土人治地發見古冢，時余避亂濠鏡嶴，比歸，亟往視之。冢中諸物星散，隧道亦已湮没，惟見大木十餘，章置道旁。工匠方施刀鋸，諦審之，每木端刻「甫」若干，字隸體而有篆勢。「五」作「五」，「七」作「十」，與漢碑合。因屬匠人將刻字劚出，既而爲人取去。余僅獲「甫廿」一枚而已。

汪老致貴老信函中提及南越黄腸木刻：

函牘九月八日（一九八二）

南越黄腸木刻「甫廿」原本今存香港何君處（在滙豐銀行工作），此歸二先兄售與何者，《大公報》曾印《廣東名家書畫選集》，附册後拓本，後爲何君索去，以彼無拓本也。五十多年前在中山大學語言歷史研究所所爲小文抄掇而成，不足觀，而大體具備矣。《東方雜志》有譚鑣關於此冢記載，上海廣倉學會出版木刻拓本全份影本（一册），王國維有跋文在《集林》中，可資參。

函牘九月二十一日（一九八二）

黄腸題凑見於《漢書》，王國維有考證，未必爲黄腸木也。

汪兆鏞曾向羅原覺透露「黄腸木刻字是弟初發見告之譚仲鸞同年」的。譚鑣字康齋，號仲鸞，時任廣州文廟奉祀官兼廣東通志局員，得訊，親往調查，悉心考察，并寫成報告，呈朱慶瀾省長，冀能保存此等文物。汪老信中説「《東方雜志》有譚鑣關於此冢記載」，就是《擬上書朱省長保存漢初木刻字書》一文。譚鑣表弟梁啓超也關注此事，曾致朱慶瀾函云：「表兄譚仲鸞，吾鄉篤學之士，弘識博聞，罕與倫比。頃具呈請保存南越文王胡冢黄腸木刻，事關保存古代文字，希賜留意。」廣東發現的黄腸木刻，當年曾聲名大噪，驚動羅振玉、王國維等碩學鴻儒，皆爲文參與撰述考訂。汪老信中所説「上海廣倉學會出版木刻拓本全份影本（一册）」指鄒安輯印的《廣倉學宭藝術臨時增刊》。

黄腸木刻傳世極稀，當年蔡哲夫得譚鑣贈送一件「甫九」，忻喜罔極，即自榜其室曰「西京片木堂」。新中國成立後，蔡氏哲嗣蔡游威將其捐獻給廣州博物館。

黄腸木刻汪兆鏞僅得「甫廿」。汪老信中説「此歸二先兄」。因知「甫廿」原物由汪兆鏞傳給次子汪宗洙（道源），後再轉售與何君，即何子忠，號曼庵。何氏歿後，轉歸寒齋。筆者撰有《廣東西漢黄腸木刻的出土和聚散》詳述其本末。

八、二喬碑

函牘九月二十一日（一九八二年）

二喬碑爲先君最初發見，哲夫好事，大張其事。先君曾去兩回，又囑拓工張金往拓兩次。弟曾以拓本贈黄翁，今存裱本從多本選存者也。初往時，借護衛四人携兵器而往，哲夫乃其後耳。

函牘十月九日（一九八二年）

關於《二喬墓志》《蓮香集》事，先君詩詞集及《椶窗雜記》均有記載，未悉曾寓目否？

舊日粵人喜談張二喬。汪老父親汪兆鏞有專文考證其事，刊《椶窗雜記》中。汪兆鏞謂：張二喬，明季廣州校書，工詩詞，善畫蘭，能琴弈，好讀古俠女傳，是陳子壯、黎遂球等忠烈之士的紅顏知己。殁後葬廣州白雲山麓，名曰「百花冢」，墓志爲黎遂球所撰。

葉恭綽畢生關注廣東文物。抗戰間避地香港，曾召集文人雅士，紀念張二喬生辰，并作「百花冢」曲，咏張二喬與陳子壯、黎遂球等志士，激勵抗日士氣。

一九五六年，葉恭綽函廣東文史部門，建議重修「百花冢」。時值張二喬誕生三百四十一周年，廣東的騷人墨客在六榕寺雅集，吟咏酬唱，留下若干詩文。前些年，廣東崇正拍賣，有一拍品是黎暢九、葉浩章、黄錫齡、葉菊生、黎慶恩、潘叔璣、周桂菁等人題詩墨迹，正是此一雅集雪鴻，也有幸收入寒齋。

九、清史稿考異

函牘四月二十五日（一九八三）

三十年前曾以兩年之力讀《清史稿》一過，時販書於京、滬、穗垣諸處，世行《史稿》數版本皆得之，遂用本校法，以紀、志、表、傳互校，得數十萬言，曾在《藝林》《讀書》《文史周刊》（均《大公報》）發表。其後彙爲《讀〈清史稿〉札記》，由中華書局刊行，未得其半。前年中華書局點校本出板，持校舊稿，多未能訂正挩誤，又以兩三年之力整理爲《清史稿考異》一書……指出中華本之謬，國内學人亦有治此者，中華欲集合各家筆記，正在校訂中，已將拙稿采用，將來在再版出版説明提及弟之校勘成果。拙作本極疏陋，旅居海外，珍本不多，參考缺乏，本當覆瓿，若得刺名簡末，於願足矣。今已將第一帙《校點質疑》交中文大學《中國文化研究所學報》發表，大約今年下半年可以出版。又有某君請予給中文大學專書刊出，尚要再行子細整理，然七六高齡猶窮年屹屹爲此瑣屑之事，亦自知其不量力之至矣。……

中華本《清史稿》以分段標點爲重點，亦有校訂，然眼見可校者未能指出，亦有不當改而誤改，此書爲啓功、羅爾綱四人主理，何草率至此？

函牘七月五月（一九八三）

關於中華書局點校本《清史稿》，弟曾提供一千七百餘條資料訂其疏失，中華覆函擬采用於再校本内，亦在出版説明中叙及賤名云。

函牘八月四日（一九八三）

拙作《清史稿考異》訂正中華校點本之誤凡一千八百條，約二十五萬言，有人斥資港幣四萬元（印六百册）爲我出版，此書無牟利可言，每售價七十元，賣完不過收回成本而已。將來祇可作爲與國外學術機構交换書本而已。

汪老治清史用力至勤。曾撰《讀清史稿札記》，繼有《清史稿考異》上、下兩册。前者由香港中華書局印行，後者是汪老托友人自印，惜流通不廣。

我一直以爲啓老（功）當見過汪老此二種關於清史之作。若干年前，啓老訪港，在翰墨軒偶爾見到汪老《清史稿考異》，拿起翻閲，似感興味，閑談間，始悉啓老過去不知此作，立即奉贈，并説此書對啓老最有用。二十世紀七十年代初，北京中華書局計劃出版點校本《清史稿》，找啓老幫忙整理點校。啓老曾和我談過，《清史稿》問題不少。不單止是點校，編撰本身就存在不少問題。

十、藝苑掇存

汪老晚歲，爲《大公報》藝林版撰寫《藝苑掇存》多篇，信中有透露：

函牘九月二十九日（一九八三年）

馬兄以《藝林》拼板時有空位難於處理，囑寫《藝苑掇存》，已交付數千字，可用至明年初，已續草中，順告。

函牘一月五日（一九八八年）

奉示悉。《屈集》稿中華已定第一季發排，望年内能出版兩三册，至爲欣慰。……《藝苑掇存》恐是虧本貨，無人肯接受。

似乎是貴老建議汪老將《藝苑掇存》整理出版，汪老謙稱恐「無人肯接受」。兩個月後，汪老複印一份寄與貴老，爲能在内地出版創造條件：

函牘三月九日（一九八八年）

《藝苑掇存》不會很多字，大約不足十萬字，遲日影印一份呈教也，能够出版亦好，印存一本在尊處，多存一份在世間，或他日有人喜之。

函牘三月（一九八八年）

拙作《藝林掇存》一帙奉上教之，如果見人，還要整理，年老亦無精力及此。近日校《書畫録》樣本，幸得中文大學黃小姐助我，亦弄至頭昏眼花。寫至此頁，精力不濟，甚矣吾衰矣！

到汪老過世，《藝苑掇存》迄未有出版。直到貴老過世之後，宋浩兄的懷念文章有提及此作，録如下：

認識貴老没多久，貴老拿了一叠汪宗衍先生在香港報紙連載的《藝苑掇存》剪報的複印件給我説，你喜歡廣東文獻，拿回去看看，現在流行耳食之學，學問都是聽來的，别看汪老的這些剪報是豆腐塊，言必有據，了不起。這一叠剪報上，有汪老的親筆編號，到處是汪老的批改筆迹，首頁汪老寫了「請便中寄回」又勾掉了。二〇二〇年初，因疫情困居家中，我將這些從一九八三年到一九八八年的一百二十三篇剪報録入了電腦，并請綺華女士排版成書，可惜穗港隔絶，無法處理版權問題，未能印行。（宋浩：《追憶恩師王貴忱先生》，《南方日報》二〇二二年十一月五日，文化周刊海風版）

汪老生前也曾影印一份《藝苑掇存》給我，幾十年之後，不知所終。幸而影印給貴老那份尚存，得宋浩兄珍視。誠如汪老信中預見：「或他日有人喜之。」

二〇二三年四月卅日

前言

一九八一年，經香港藏書家黄蔭普先生介紹，王貴忱先生（一九二八—二〇二二）認識了港澳知名學者汪宗衍先生（一九〇八—一九九三）。汪公爲著名學者汪兆鏞之六子，幼承庭訓，於嶺南文獻典籍、金石書畫及歷史典故無所不通，更是當代屈大均文化研究專家。王貴老孤苦失學，少而肩戈，隨軍南下，得讀屈大均《廣東新語》，廣泛結交彦碩名宿，尤重地方文獻文物搜集，深得嶺南文化熏陶。汪公長貴老二十歲，因共同的愛好，兩人成爲惺惺相惜的忘年交。

兩位老人從一九八一年四月開始通信，至一九九二年十二月，共十二年，可居室現藏有汪公信札二百八十一通，當年貴老親手用毛邊紙將其裝訂成八大册，没有裝訂的後改用塑膠資料夾保存。這些信札多用圓珠筆書寫，亦有個别用毛筆書寫。最近，我們將這批信札釋文加注編爲《可居室藏汪宗衍致王貴忱函》一書，將由廣東人民出版社出版發行。細讀老人來函，如春風拂面，從嶺南文化談到佛學文化，從阮元談到魯迅，從潘六如談到盧達文，從端硯談到古磚，從廣州舊書肆談到修補古籍，天南海北，無所不談，但談論最多的話題始終是嶺南大儒屈大均。汪公著有《屈翁山先生年譜》，而貴老也研究屈大均二十多年，在這二百八十一通信札中，有一百九十通談及屈大均和《屈大均全集》出版之事。

一九八三年，得知國家將整理屈大均文獻著作項目交給了江蘇省，貴老以屈大均是廣東番禺人爲由，請時任國務院古籍整理出版規劃領導小組組長李一氓先生將該項目交給廣東整理，李老同意了，并由國務院古籍整理出版規劃領導小組直接給貴老發文，請其領銜落實具體工作。一九八三年七月一日，貴老去信把啓動編輯整理《屈大均全集》消息告訴汪公并向其請益，汪公七月五日回復：「七月一日大教奉悉。關於中華書局輯《屈大均全集》事，不勝喜慰。且由台端主持其事，尤爲欣忭。承詢各節，覆言如下：一、……」，詳細提了十點意見。此後，汪公作爲《屈大均全集》顧問，親自參與編輯，不遺餘力地挖掘屈氏佚文、佚詩，謹抄録汪公一九八四年三月二十四日一段來信以見證老人之用心：「《翁山詩略》已校一過，寫一小跋，得佚詩五律六首、七律四首（其一多異文）。又以《詩外》與《詩略》兩本編次，忽東忽西，不易檢校，寫爲校記，記其異文并注明乾隆本與宣統本卷、頁，以供諸公參考。」同時，汪公利用他的人脈，四處尋覓屈大均珍罕版本。他得知屈大均後裔屈向邦曾藏有《四書補注兼考》，但歿後去向不明，他和許禮平先生積極訪查，一九八四年十二月十六日給貴老來信：「《四書補注兼考》一書，中文大學友人覆電無有，我不信邪，已再托許禮平兄去圖書館及聯合書院訪查，我知道屈沛霖藏《廣東文選》係售與中大或聯合也。」功夫不負苦心人，最終許禮平先生在香港中文大學圖書館訪得《四書補注兼考》，汪公馬上將喜訊告知貴老：「許禮平來電話，已在中文大學善本書庫找得《四書補注兼考》康熙刻本，凡五册，已囑其複印。此書不能借出圖書館門外，并要自己親手複印。」後許禮平先生請香港中文大學教授饒宗頤先生協調，完成了《四書補注兼考》的拍照任務。從一九八三年至一九九三年，汪公爲出版《屈大均全集》竭盡全力。他一九八四年四月七日給貴老的信中寫道：「《屈集》《年譜》等事，以餘年得以附諸公之後，至爲欣幸，稍盡棉薄。爲國家、爲先輩流通古籍，爲吾人本份，何足挂齒。」一九八四年十月二十一日再寫道：「因知一天未放手人間，《屈集》真不可須臾離也。」何其悲壯！貴老時爲廣州市地方志辦公室主要負責人，方志工作起步伊始，工作千頭萬緒，但作爲《屈大均全集》主編之一（另一主編爲歐初先生），仍爲是書編輯出版四處奔波，用盡心血。一九九〇年八月至一九九一年四月，二老通信突然中斷，原来此時貴老累倒了，病重住院大半年，通函信息可見貴老辛勞之一斑。汪公也年高體弱，常抱病工作，一直牽挂着《屈大均全集》出版之事，可惜一九九三年三月十七日因病去世，没等到新書出版這一天。一九九六年，《屈大均全集》由人民文學出版社出版發行，得以告慰汪公之苦心。

汪公信札除了屈大均話題外，離不開嶺南人文風情和歷史軼事，所言多爲親身經歷，讀來尤爲真實可信。他一九八二年九月二十一日給貴老來信，回憶先父汪兆鏞早年到白雲山東麓尋明末才女張喬百花冢，「初往時，借護衛四人携兵器而往，哲夫乃其後耳」，此後幾經戰亂，百花冢湮没人間。一九五四年，中央文史研究館副館長葉恭綽請人搜訪亦不得，直至一九八四年，纔由廣州文史考古愛好者在白雲山梅花園覓得遺址。述及當年廣州發現南越國陶瓦，汪公曾「在净慧公園拾得『高樂』『』『印』『左』『右』等瓦」，他告知貴老：「去年蘇賡（庚）春來港，弟略詢之，云片瓦無存（指博物館）」，其時貴老得温敬廷先生家人及盧子樞、黄文寬等嶺南學者的幫助，已尋得不少南越陶瓦文獻和實物。談到府學東街和雙門底舊書肆，汪公如數家珍。萃經堂主人盧達文先生既是汪公的朋友，亦是貴老學修古書的老師，真有講不完的話題。還有南海潘宗周寶禮堂富藏百部宋本之故事，近人知者幾何？潘爲粤人藏宋元本第一人，汪公、貴老均嗜愛古籍版本，津津樂道。貴老曾藏有鄧爾雅那方督拓百花冢石刻和廣州圖書館金石文字的「面面印」，汪公一九九一年和一九九二年多次來信討論，黄文寬先生與貴老考爲鄧爾雅篆，汪公則謂蔡守或談月色刻，汪公一九九一年六月七日來函貴老：「鄧、蔡印章事似不必寫萬言文，費神殊不直得，即千言亦可免，聽讀者自酌，此鷄毛蒜皮無費清神必要。」二老都爲認真之人，争論起來頗可愛，孰是孰非，無有定論，印人亦有鄧、談各刻一面之言，至今持説不一，此亦考據之樂趣也。

二〇〇三年，貴老曾遴選汪公信札二十一通編爲《汪宗衍先生書簡》綫裝本以爲紀念。今天，兩位老人均已作古，我們將汪公致貴老這二百八十一通信札合集出版，還原他們當年爲傳承嶺南文化所作之努力，見證他們學者式的友誼，緬懷他們滿滿的嶺南情懷。據説貴老寫給汪公的信有八盒之多，不知尚在否？期待有緣合璧。

我們此次整理這二百八十一通信札，在影印原件的同時，還加了釋文和注釋。影印以不影響閲讀爲前提；原信札有誤者，於注釋中略作校正，釋文一仍其舊；注釋僅簡要注明信札中的一些不大爲外人知悉的情事。

在出版過程中，感謝促成此書順利出版的柏峰女史、張賢明先生、唐金英女士，感謝爲此書撰寫長序的許禮平先生，感謝對此書編輯整理提出寶貴意見的李文約先生、林子雄先生、宋浩先生、許習文先生、黎旭先生、马忠文先生、林鋭先生。

編者

二〇二三年九月二十日

目録

一九八一年 …… 一～五四
四月二十九日 …… 二
五月十七日 …… 四
六月五日 …… 六
六月二十八日 …… 八
七月八日 …… 一〇
七月十三日 …… 一二
七月十七日 …… 一四
七月二十一日 …… 一六
八月四日 …… 二〇
八月十一日 …… 二二
九月二十九日 …… 二四
十月十日 …… 二六
十月十五日 …… 三〇
十月二十三日 …… 三二
十月二十九日 …… 三六
十一月三日 …… 三八
十一月十日 …… 四〇
十一月十一日 …… 四二
十一月二十五日 …… 四四
十二月六日 …… 四六
十二月十九日 …… 五〇
十二月二十九日 …… 五二
一九八二年 …… 五五～一〇四
一月九日 …… 五六
二月十六日 …… 五八
六月十八日 …… 六〇
六月二十七日 …… 六二
七月三日 …… 六四
七月五日 …… 六六

七月六日……六八
七月十日……七〇
七月十三日……七二
七月二十五日……七四
八月九日……七六
八月二十六日……七八
九月八日……八二
九月二十一日……八六
十月九日……九〇
十月十四日……九四
十月二十四日……九六
十一月二十二日……九八
十一月二十六日……一〇〇
十二月十四日……一〇二
一九八三年……一〇五～一七二
一月九日……一〇六
一月十九日……一〇八
二月五日……一一〇
二月二十二日……一一二
三月二十日……一一四
四月八日……一一六
四月十日……一一八
無日期……一二〇
四月二十五日……一二二
五月二十三日……一二六
六月二十九日……一二八
七月五日……一三〇
七月七日……一三四
七月十二日……一三六
七月二十一日……一四〇
七月二十二日……一四二
七月三十日……一四四
八月四日……一四六
八月二十七日……一四八
九月一日……一五〇

九月四日……一五四
無日期……一五八
九月二十九日……一六〇
十月十三日……一六二
十一月十九日……一六四
十一月二十八日……一六六
十二月二日……一六八
三日……一七〇
十二月二十五日……一七一
一九八四年……一七三～二七六
一月九日……一七四
一月二十七日……一七六
二月一日……一七八
無日期……一八〇
無日期……一八二
二月十日……一八四
三月二十四日……一八六
四月七日……一八八
五月二十一日……一九〇
無日期……一九二
七月二日……一九四
七月十三日……一九六
八月二十一日……二〇〇
八月二十三日……二〇二
九月三日……二〇四
九月十日……二〇六
九月二十五日……二〇八
九月二十七日……二一〇
八日……二一二
十月二十一日……二一四
十月二十四日……二一八
十月二十五日……二二〇
十月三十日……二二二
無日期……二二四
十一月四日……二二六

無日期……二二八
無日期……二三〇
十一月十四日……二三四
十一月二十一日……二三六
十一月二十七日……二三八
十一月二十八……二四二
十二月一日……二四四
十二月三日……二四六
十二月八日……二四八
十二月十二日……二五〇
十二月十四日……二五四
無日期……二五六
十二月十六日……二五八
十二月十八日……二六〇
十二月十九日……二六二
十二月二十一日……二六四
十二月二十四日……二六八
十二月二十五日……二七〇
十二月二十九日……二七二
一九八五年……二七七～三七六
無日期……二七八
一月八日……二八〇
無日期……二八四
一月十七日……二八六
一月二十三日……二八八
二十六日……二九二
一月二十八日……二九四
一月二十九日……二九六
一月三十日……二九八
二月二日……三〇〇
二月七日……三〇四
二月十二日……三〇六
二月十八日……三〇八
二月十九日……三一〇
二月二十五日……三一二

二月二十五日……三一四
二月二十七日……三一六
三月九日……三一八
三月十九日……三二〇
三月二十二日……三二二
三月二十六日……三二四
四月一日……三二六
四月二十日……三二八
四月二十九日……三三〇
五月二日……三三二
五月十三日……三三六
五月二十日……三三八
六月七日……三四〇
六月二十五日……三四二
七月三日……三四四
七月九日……三四六
七月十日……三四八
無日期……三五〇
八月一日……三五二
八月十四日……三五四
八月十七日……三五六
八月二十一日……三五八
八月三十日……三六〇
九月四日……三六四
無日期……三六六
九月五日……三六八
九月二十九日……三七〇
二十三日……三七二
十四日……三七四

一九八六年……三七七～四二二

一月七日……三七八
無日期……三八二
二月七日……三八四
三月二十一日……三八七
四月二十五日……三八九

五月十日……三九一
五月十六日……三九三
五月十六日……三九五
五月二十三日……三九六
無日期……三九七
六月十二日……三九九
七月八日……四〇一
八月十四日……四〇三
無日期……四〇五
十月十日……四〇七
十一月三日……四〇九
無日期……四一一
十一月二十五日……四一三
十一月二十五日……四一七
十一月二十六日……四一九
十二月十八日……四二一

一九八七年……四二三～四八四

一月十八日……四二四
一月二十三日……四二六
二月八日……四二八
二月十四日……四三〇
三月十七日……四三二
三月二十五日……四三六
三月二十七日……四三八
三月二十九日……四四〇
四月十日……四四二
四月二十一日……四四六
四月二十五日……四五〇
四月二十八日……四五二
五月一日……四五四
五月十一日……四五六
無日期……四五八
五月十五日……四六〇

五月十八日……四六二
五日……四六四
無日期……四六六
七月十日……四六八
七月二十二日……四七〇
八月十六日……四七二
八月二十日……四七四
八月二十六日……四七六
八月二十九日……四七八
九月六日……四七九
十月十四日……四八〇
無日期……四八二

一九八八年……四八五~五二六

一月五日……四八六
二十五日……四八八
三月六日……四九〇
三月九日……四九二
三月十四日……四九三
三月……四九四
三月二十九日……四九六
五月七日……四九八
八月十日……五〇二
八月十二日……五〇四
八月二十四日……五〇五
八月三十一日……五〇六
九月七日……五〇八
九月二十八日……五〇九
十月二十日……五一〇
十一月五日……五一二
十一月七日……五一四
十一月十八日……五一六
十一月二十日……五一八
十二月一日……五二〇
十二月十五日……五二二
十二月二十九日……五二四

一九八九年……五二七～五七〇
一月四日……五二八
一月十三日……五三〇
一月十九日……五三二
一月三十一日……五三四
二月五日……五三六
二月十四日……五三八
二月二十四……五四〇
三月九日……五四二
三月十一日……五四四
三月十五日……五四六
三月二十一日……五四八
三月二十八日……五五〇
三月二十九日……五五二
四月二日……五五三
四月十八日……五五四
四月十九日……五五六
五月四日……五五八
五月五日……五五九
五月十八日……五六〇
七月十七日……五六二
七月二十四日……五六四
七月二十九日……五六五
九月二十二日……五六六
十月五日……五六八
十月十九日……五六九
一九九〇年……五七一～五九〇
一月二十日……五七二
一月二十四日……五七六
二月四日……五七七
五月四日……五七八
六月二十八日……五八〇
七月三日……五八二
七月六日……五八四

七月二十日……五八六
八月五日……五八八
一九九一年……五九一～六一四
四月三日……五九二
四月二十日……五九四
五月四日……五九八
五月五日……六〇〇
五月二十一日……六〇二
六月七日……六〇四
七月……六〇六
八月……六〇七
九月八日……六〇八
十月八日……六一〇
十二月三十日……六一二
一九九二年……六一五～六三〇
三月二十日……六一六
四月十三日……六一八
五月……六二二
七月九日……六二四
十二月……六二八

一九八一年

四月二十九日

貴忱先生：

四月廿三夜函收到。《絮香閣詞抄》本係托友人代印，頃致電話，據覆已於昨天（廿八日）印成，二份送交黄雨亭翁[一]轉上，想黄翁必已付郵矣。遲遲報命，至歉。最近廣州徐續[二]先生寫《絮香閣詞》一文載於《大公報·藝林》，則穗方亦有此書也。另郵奉上拙作三册，請惠教，并分致同人爲荷。祝

好

弟宗衍　四月廿九日

【注釋】

[一] 黄蔭普（一九〇〇—一九八六），字雨亭，廣東番禺人。藏書家，曾任暨南大學校董。

[二] 徐續（一九二一—二〇一二），號對盧，廣東惠州人。詩人，曾任澳門《大衆報》副總編輯。

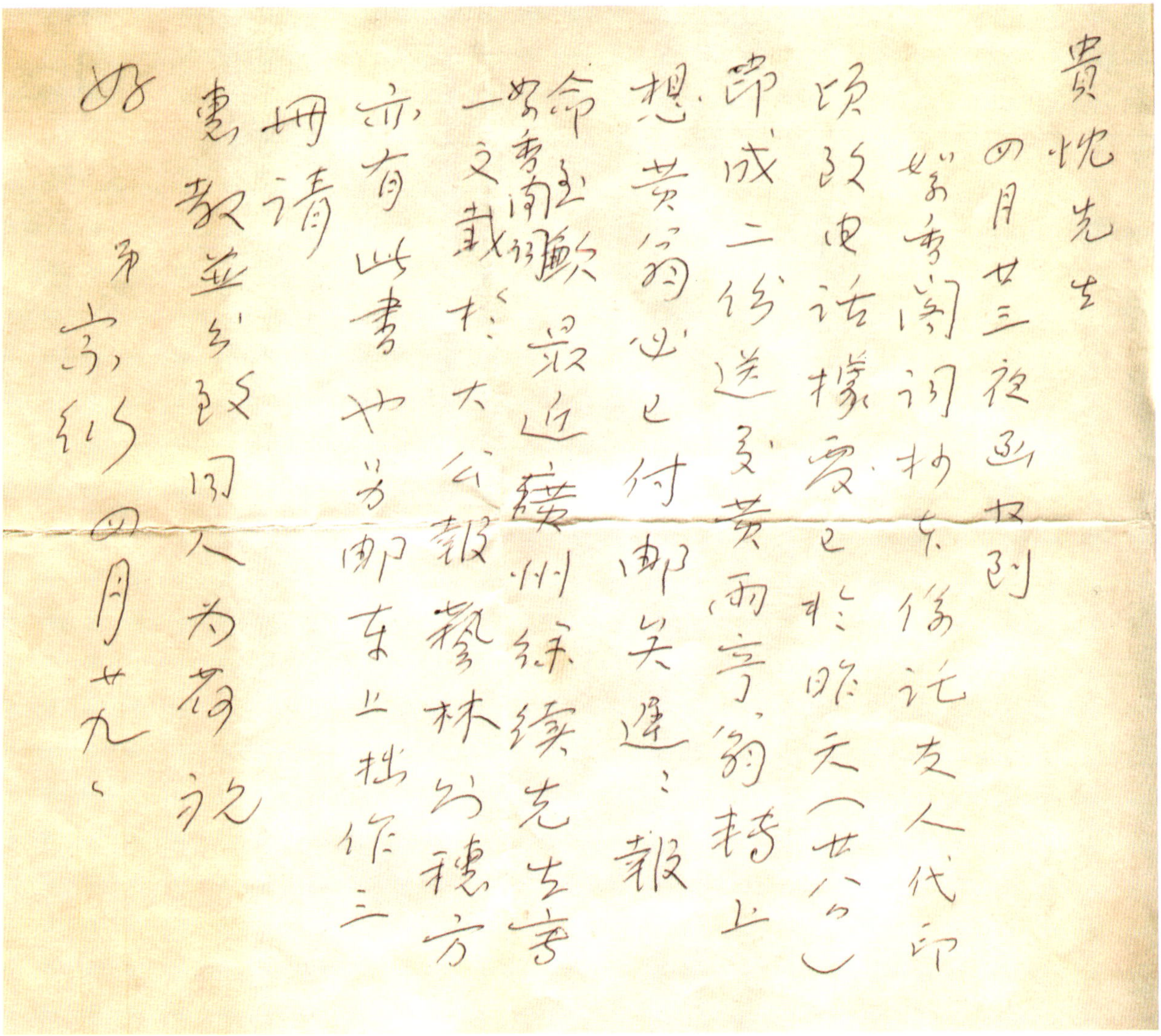
貴忱先生：

四月廿三夜函收到。紫香閣詞抄已係託友人代印，頃致電話據云已於昨天（廿八）印成二份送交黃雨亭翁轉上，想黃翁必已付郵矣。遲遲報命，歉歉。最近廣州續先生寄紫香閣詞一文，載於大公報藝林欄，穗方亦有此書也。另郵寄上拙作三冊，請惠教並分致同人為荷。祝

好

弟宗衍 四月廿九。

五月十七日

貴忱先生：

日前奉五月十九夜大示并附唐磚拓本[一]，拜讀尊跋，至爲欣快。摩訶似爲佛學語詞，故天然函昰和上[二]之子，名今衍，字摩訶，名字相應亦與賤名有關連，更感興趣，敬謝敬謝。憶五六十年前廣州拆城，先父曾得晋、唐、宋磚數十函，弟拓爲一册，先父偶考證之後印成出版[三]。廣州博物館來函，欲得八紙，遂以贈之，今又二十餘年，不知尚存否？另郵寄上《磚録》《梁詩》各三册[四]，請惠存并轉贈同人，想貴館久已有之，記得係托冼玉清教授轉去。聞有大著在報刊發表，如以抽印本惠贈，俾開茅塞，尤所感盼。專覆并頌

著安

弟汪宗衍　五月十七日

敝處北京師範大學出版《史學史資料》八〇年第五期失去第二三—二六P，計四P一紙，不知能代覓否？或複印否？今年改名「史學史研究」，不知能代購寄示否？

【注釋】

[一] 王貴忱得龍川佗城唐開元塔摩訶般若款古磚，撫拓題跋分贈友人。

[二] 和上，即和尚，律家用「上」，其餘多用「尚」。

[三] 汪兆鏞著《廣州城殘磚録》，收録民國初年廣州城磚。

[四] 《磚録》爲汪兆鏞《廣州城殘磚録》（内附汪宗衍《廣州西村大刀山晋磚記》），《梁詩》爲汪宗衍《節庵先生遺詩補録》。

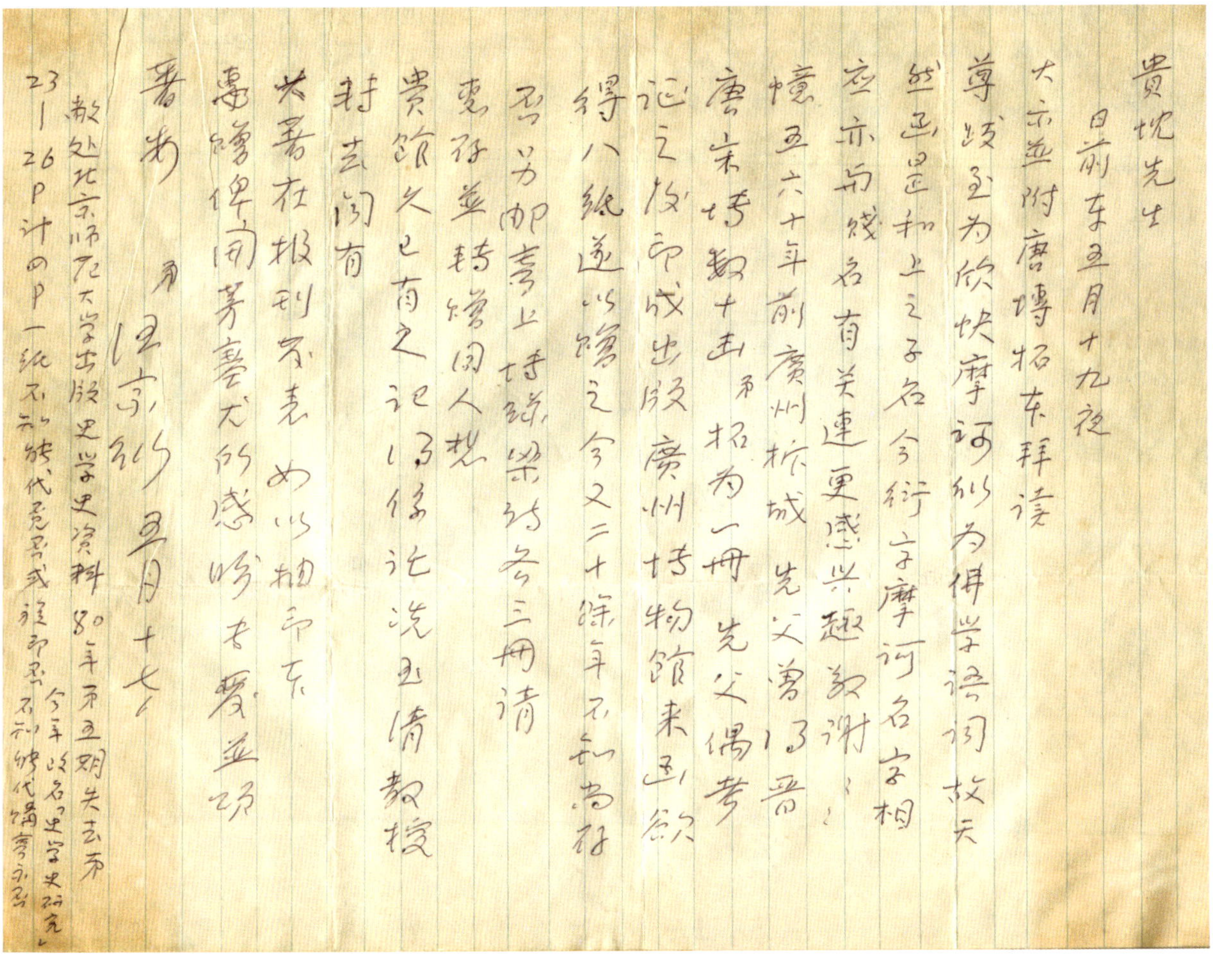

贵忱先生：

日前奉五月十九夜

大示并附唐博拓本，拜读

尊跋，至为欣快。摩诃所为佛学语词，故六

然亦是和上之子名，今衍字摩诃，名字相

应，亦与钱名有关连，更感兴趣，敬谢敬谢。

忆五六十年前广州拆城，先父曾得晋

唐宋砖数十种，亦拓为一册，先父偶考

证之，后印成出版。广州博物馆来函欲

得，八纸遂以赠之，今又二十余年，不知尚存

否。另邮寄上《砖录》、《梁砖》各三册，请

惠存并转赠同人。想

贵馆久已有之，记得余记，并请教校。

封套闲有

大著在报刊发表，如以抽印本

惠赠，俾开茅塞，尤所感盼。专覆并颂

著祺

汪宗衍 五月十七

敝处北京师范大学出版史学史资料80年第五期失去，第23—26P计四P一纸，不知能代觅影或复印否。今年改名《史学史研究》，不知能代购寄示否。

六月五日

貴忱先生：

五月廿九日大札奉悉。承荷賜贈德祐丙子殘磚拓本[一]，極爲罕見，敬謝敬謝。另郵寄上書籍二包，擬請查收，分別轉交圖書館。除楊輯梁稿[二]外，其餘澳寓或尚有餘存，如有同好欲得者，尚可酌寄贈之。弟虛度七四，體力日衰，時患失眠，旅游更甚。頃值暑天，還鄉之行俟秋冬間再作打算耳，承念。順及。

即頌

著安

弟汪宗衍　六月五日

港英郵局規定，凡領取挂號信件必需携帶身份證對驗，弟之證件係用孝博名字，迭次往取，皆要去民政司署申請宣誓，始得發證明書，再去郵局收件。故以後如荷寄挂號信件，請寫汪孝博收，以免多費手續爲荷。

【注釋】

［一］宋德祐丙子款古磚，王貴忱藏，此爲拓本題跋。

［二］指楊敬安輯梁鼎芬《節庵先生遺稿》《節庵先生賸稿》。

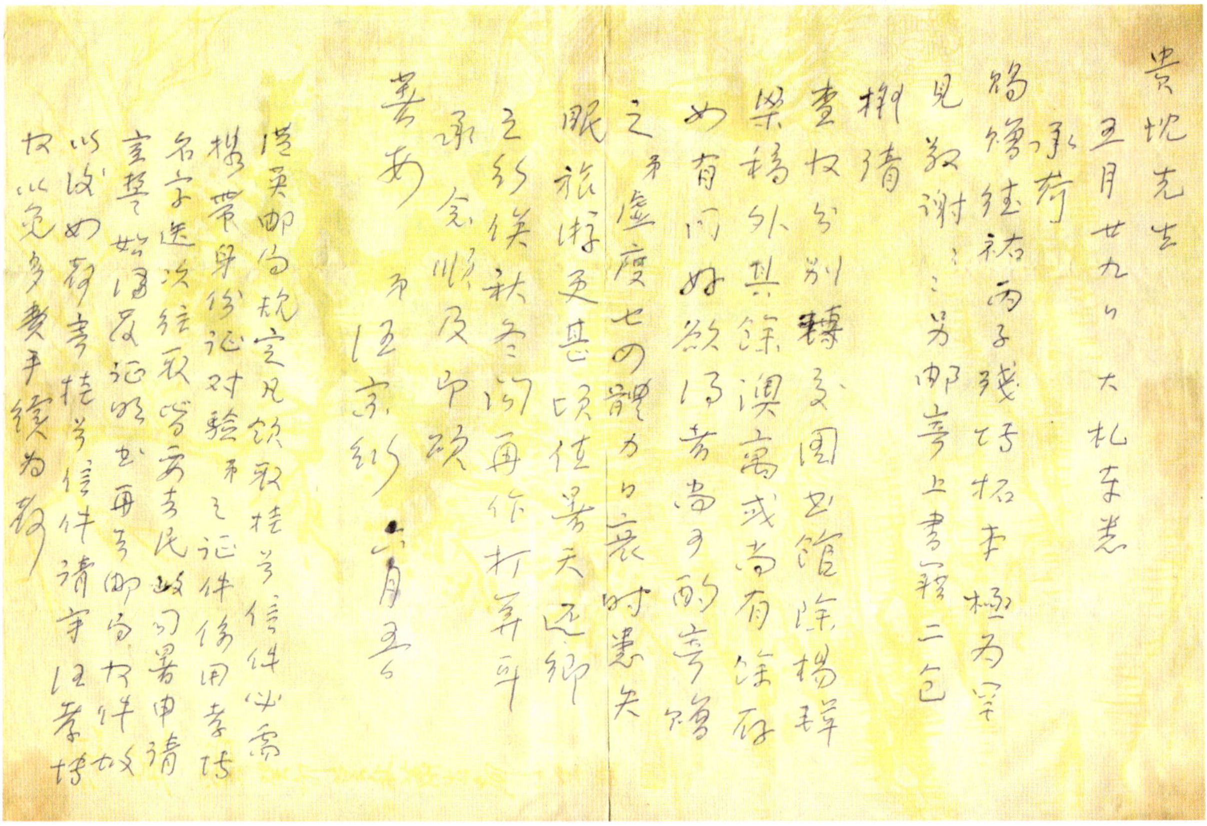

貴忱先生：

三月廿九日大札奉悉。承荷

賜贈[illegible]祐兩子殘石拓本，極為罕見，敬謝敬謝。另郵寄上書籍二包，

希[illegible]

查收。前別轉交圖書館，除楊[illegible]

稿外，其餘澳寓或尚有保存，

如有所好，欲得者，當可酌寄贈

之。弟虛度七旬，體力日衰，時患失

眠，旅游更甚。頃值暑天，返鄉

之行，俟秋冬間再作打算耳。

承念，順及。即頌

著安

弟汪宗衍 六月五日

從英郵局[illegible]見領取挂號信件，必需攜帶身份證對驗。弟之證件係用李[illegible]名字，迭次往取，曾與當局[illegible]，弟再寄郵局大件，均以挂號信件請寄汪孝博收，以免多費手續為荷。

六月二十八日

貴忱先生：

六月十九日函奉悉。承寄大作三篇[一]拜誦，至佩至佩！《水滸葉子》文[二]尤精，此册弟亦得影印本，檢視有先生藏印，前忽之也。去年在《大公報》新一一三期《藝林》得讀阮元井田硯文，不悉何人之作，頃始出於椽筆耳。硯銘拓本四十年曾得一紙，曾略有考證，隨手棄去，今另紙提供管見，乞酌之。連日苦熱不適，匆匆奉覆。并頌

撰安

弟宗衍　六月廿八日

【注釋】

[一] 指《跋黄君倩刻本〈水滸牌〉》《阮元所製赤壁硯山》《謝蘭生造像硯》。

[二] 指王貴忱一九八一年撰《跋黄君倩刻本〈水滸牌〉》。

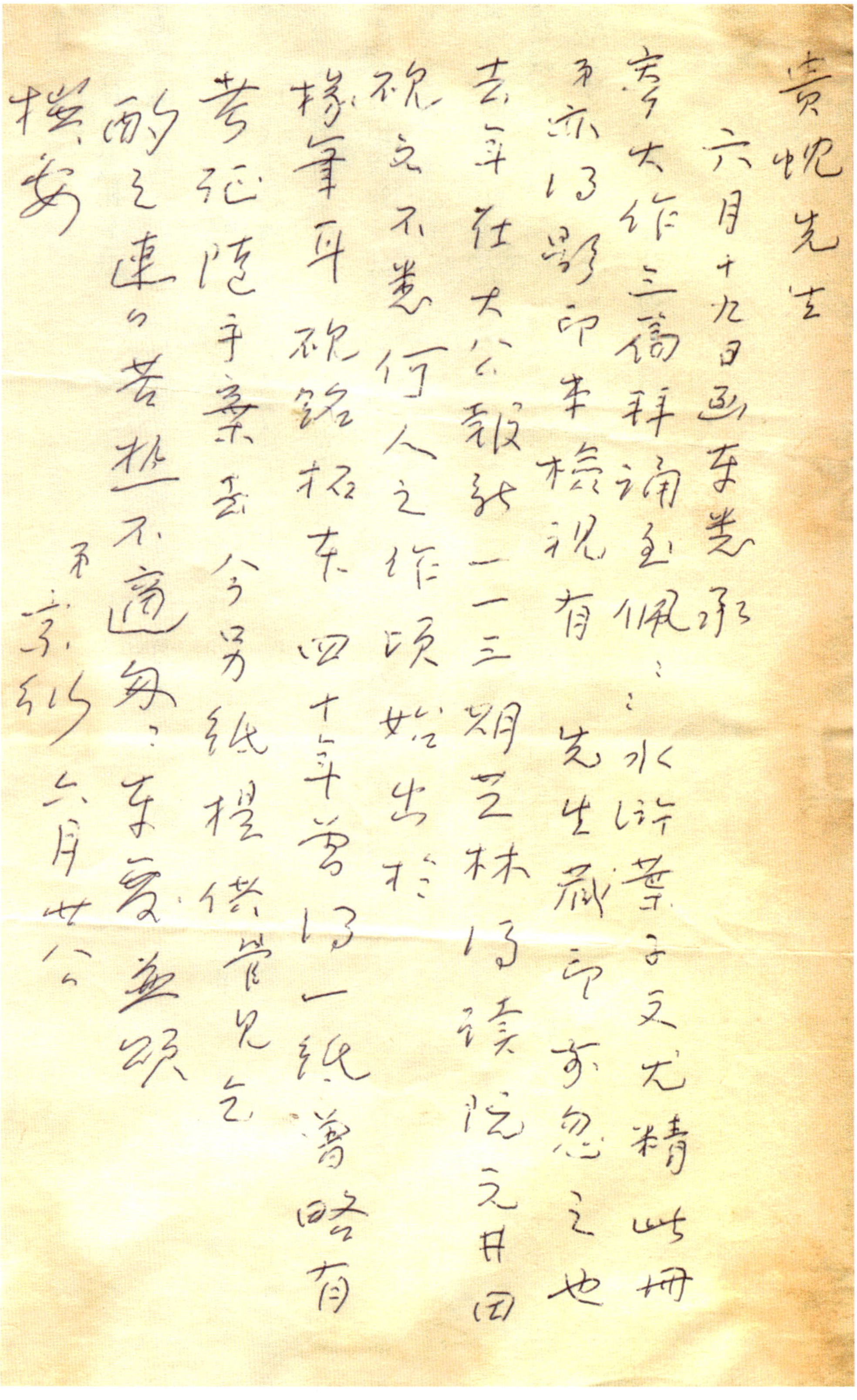
貴忱先生

六月十九日函奉悉，承

寄大作三篇，拜誦至佩佩。水許葉子文尤精，此冊

弟亦得影印本，檢視有先生藏印，可忽之也。

去年在大公報新一一三期芝林得讀悦之廿四

視之不悉何人之作，頃始出於

楊箕耳硯銘拓本，四十年前曾得一紙，嘗略有

考證，隨手棄去，今另紙模供賞覽。

酬之速。若想不適身，專覆並頌

撰安

弟 宗衍 六月廿六

七月八日

貴忱先生：

七月二日晚大札奉悉。

前函提供阮常生[一]事，乃荷謙冲，不以爲忤而加奬飾，惶愧奚似。

托買陳垣[二]老書事，該價若干，當歸趙，萬勿客氣，此後或有奉托也。

近版《歷代年譜總録》亦有關於阮常生撰《阮譜》及分撰《雷塘庵弟子記》，著録三十餘年前弟得阮硯拓本，《弟子記》係假諸徐信符先生者也。

陳澧《井田硯銘》載入《東塾集》，拓本弟印入《嶺南學報·廣東專號》拙作《年譜》中，似可載入大著中，旁刻「千仞庵珍藏」，千仞庵名拙譜亦考之，出於《淮南子》，東塾有「澧水千仞深且清，淮南之説感余情」語，未暇查書矣。

先君藏有一硯，今在弟處，題曰「穀庵老人遺硯，辛卯三月兆鏞記」。穀庵爲先叔祖汪瑔[三]（見《廣東文徵作者考》），辛卯爲光緒七年，是年先叔祖逝世。先父幼時，先叔祖欽念教誨，無微不至，見《椶窗雜記》[四]，亦可資談助也。祝

好

弟宗衍　七月八日

【注釋】

[一]阮常生（一七八八—一八三三），字彬甫，號小雲，江蘇儀徵人。近代篆刻家。阮元長子，官清河道道員。

[二]陳垣（一八八〇—一九七一），字援庵，廣東新會人。歷史學家、教育家。

[三]汪瑔（一八二八—一八九一），字芙生，浙江紹興人。清代學者，客居廣東番禺。

[四]《椶窗雜記》，汪兆鏞著，收入《汪兆鏞文集》。

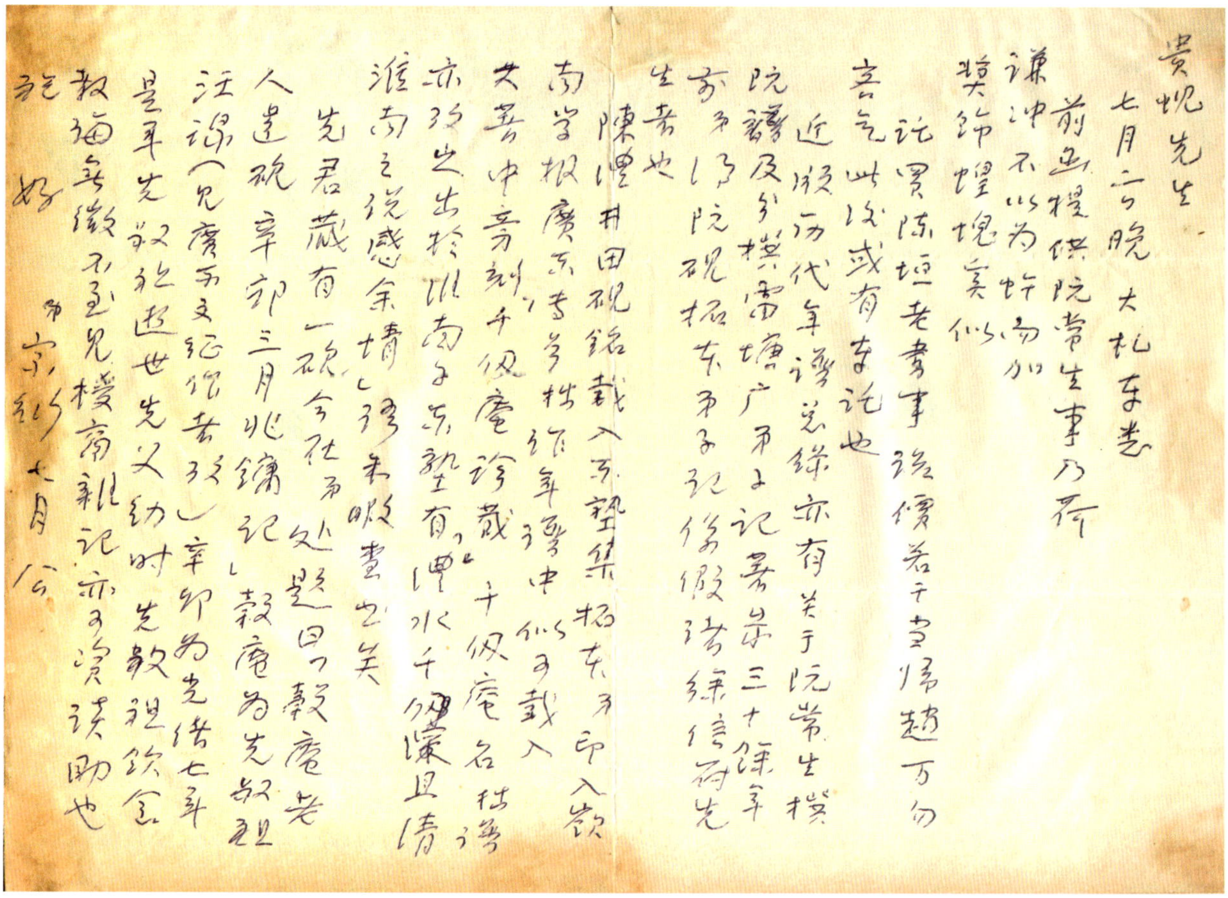
贵忱先生：
七月二十六晚大札奉悉。前函检供阮常生事，乃荷谦冲，不以为忤，而加奖饰，惶愧实深。
托贾陈垣老书事，谅傅若干当归赵，万勿念之，此后或有来托也。
近撰历代年谱总录，亦有关于阮常生撰阮谱及分撰雷塘庵主弟子记者，录三十余年前多得阮砚拓本、弟子记，仍假诸录，传为先生者也。
陈澧井田砚铭载入东塾集，拓本弟印入《岭南学报·广东书画征年谱》中，似可载入年谱中。旁刻"千顷庵珍藏"，千顷庵名，枯谱亦称之，出于淮南子。东塾有"澧水千顷深且清"淮南之说，感余情之深，未暇书出矣。
先君藏有一砚，今在弟处，题曰"彀庵先人遗砚，辛卯三月兆镛记"。彀庵为先叔祖汪瑔（见广东文征续卷），辛卯为光绪七年，是年先叔祖逝世，先父幼时先叔祖钦金教诲，无微不至，见楼窗亲记，亦可资谈助也。
论好
弟宗衍七月　公

七月十三日

貴忱先生：

昨讀大作李菊水硯文[一]，獲悉閣下多見粵中名硯，至爲欣羡，惟讀銘詞及「嘉績姻世台是正」一行，前者不能證爲「秋波琴硯」，後者則爲嘉績而作，非自用之硯。李氏秋波琴載於文獻，有無秋波琴硯尚需細考，又其文集有秋波琴銘否？是否與此相同？此硯祇可云李氏爲嘉績銘琴硯，不能指爲秋波琴耳，管見，乞賜酌。弟患感冒，痰咳多日，不多及。此頌

著安

宗衍　七月十三日

【注釋】

[一] 指王貴忱一九八一年撰《李遐齡秋波琴硯》。

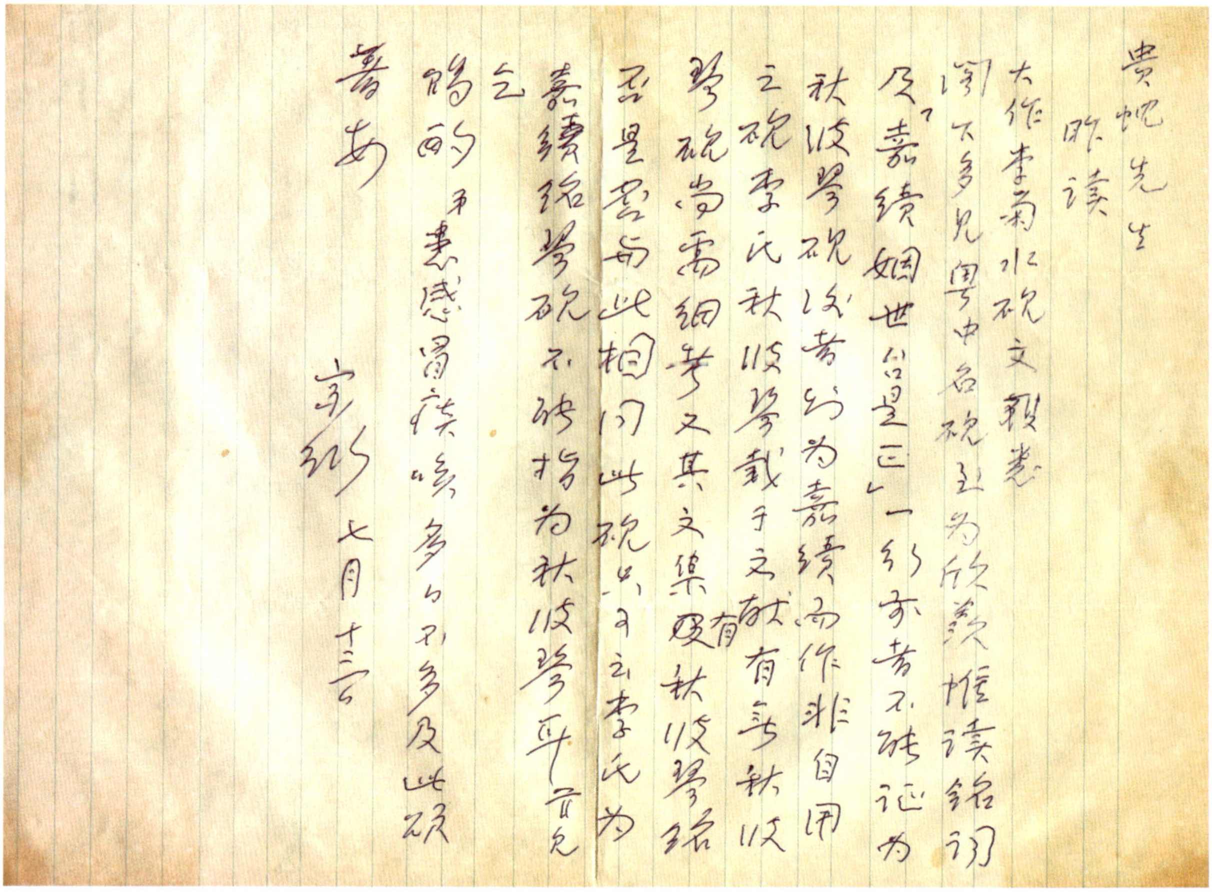

貴忱先生
昨讀
大作李肖水硯文，藉悉
閣下多見粵中名硯，至為欣羨。惟讀銘詞
及「嘉績姻世台星正」一行，尚有不能認為
秋波琴硯，後者則為嘉績而作，非自用
之硯。李氏秋波琴載于文獻有無秋波
琴硯，當需細考之。其文集有及秋波琴銘
否？是否與此相同？此硯只可云李氏為
嘉績銘琴硯，不能指為秋波琴耳。言允
之。
賜函承
惠，感冒咳嗽多日，不多及。此頌
著安
宗衍　七月十二日

七月十七日

貴忱先生：

來函收到，附「阮元井田銘拓」亦閱悉。弟曾得舊拓本，今失去矣。新拓應否寄還，祈示知。

前函謂弟曾見陳蘭甫「井田研」，大小略如此紙之背面，銘云：「×××耕石田，著書百篇是爲大有爲年。蘭甫。」不知先生見之否？弟曾印入《嶺南（大學）學報·廣東專號》《陳東塾年譜》作爲圖版，想貴館有之，可檢閱也。

先君藏硯，弟未拓全，現此處覓連史紙極難，如貴處有之，望寄數張（小），俟弟試拓之，但未爲此已五六十年，不知能成否耳。（又，覓薄綢亦不易）

祝

好

弟宗衍　七月十七日

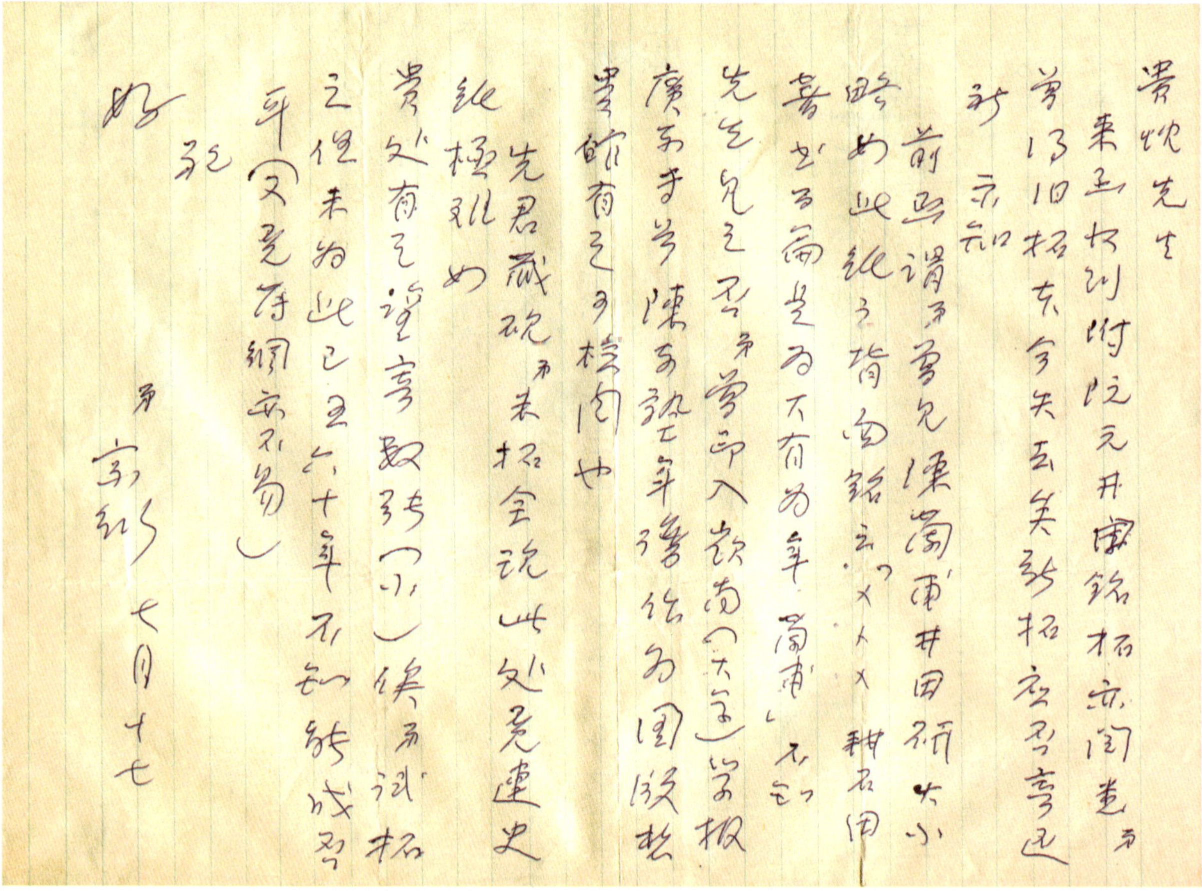
贵忱先生：
来函收到，附陀元井宫铭拓亦阅悉。弟
前得旧拓，今失去矣。新拓应否寄还，
祈示知。
前函谓弟曾见陈兰甫井田砚，大小
略如此纸之横，面铭云："×××耕者田"，
着出为兰甫未有为年"兰甫"，不知
先生见之否？弟曾印入岭南（大学）学报
广东书局陈东塾先生年谱后为图版，於
贵馆有之可检阅也。
先君藏砚，弟未拓全，砚此处觅连史
纸极难如
贵处有之，望寄数张（小），俟弟试拓
之。但未为此已五六十年，不知能成否
耳（又觅存铜亦不易）。
祝
好
弟 宗衍 七月十七

七月二十一日

貴忱先生：

七月十六夜函并「李菊水爲嘉績銘研拓本」拜收，敬謝敬謝。

菊水書法弟曾見，大小字銘詞的爲真筆，舊硯銘多爲重摹市利，今筆畫細小若星，重刻則不成字矣。若爲秋波琴銘必刻有「秋波」二字，或銘詞亦當有「秋波」詞意方合。秋波琴曾爲李供林、仙根兄弟舊藏，試查《廣州第一次古物展覽會會刊》（陳濟棠時代辦）及《廣東文物》（三册續一册）著録此琴否？又，李氏兄弟有合集，名《華萼集》，曾承供林曾[一]我一册，存澳門寓中，俟往檢之。

先君硯題字惜無薄紙，如承惠賜素紙，弟試爲拓之，然「卜如綢」亦不易得耳。

葉遐庵[二]捐藏廣東博物館之《南園諸子諸[三]黎美周北上詩卷》爲粵東重要文物，曾承該館以照片寄閲，已作小文於《藝林》及《藝林叢録》中。今冬此卷將運港展覽（由廣博、市美、中文大學合辦），欲作小文補充之。如黄聖年之《薛蕊齋詩集》《壬游草》《墻東集》《非有堂草》《説圃》《詩騷》，謝長文之《秋水稿》《乙巳詩稿》《雪航稿》及徐棻詩集，未知貴館有無原集，内有《送黎美周北上》詩否？冼玉清生前曾托其查過，云無之。乞示覆。

又，陳恭尹[四]《獨漉堂詩集》（木刻）之《小禺集》有《壽羅顯甫》詩（約有第七十五題），請煩抄示，想文字不多耳。

又，羅顯，字顯甫，南海人，弟在《翁山譜》中曾略考之。又有羅湛及羅頤甫（别號）未詳。便中請爲查《南海縣志》有其二人小傳否？盼節録抄示。港中香港大學圖書館藏縣志不少，但校在半山，路途窵遠，非老人所能勝耳。瀆神，謝謝。祝

著安

弟宗衍上　七月廿一日

小病兼旬，初愈，草草，乞諒。

【注釋】

［一］曾，通「贈」。

［二］葉恭綽（一八八一—一九六八），字裕甫，號遐庵，廣東番禺人。曾任中央文史研究館副館長。

［三］諸，應爲「送」。

［四］陳恭尹（一六三一—一七〇〇），字元孝，廣東順德人。清初詩人，與屈大均、梁佩蘭同稱「嶺南三大家」。

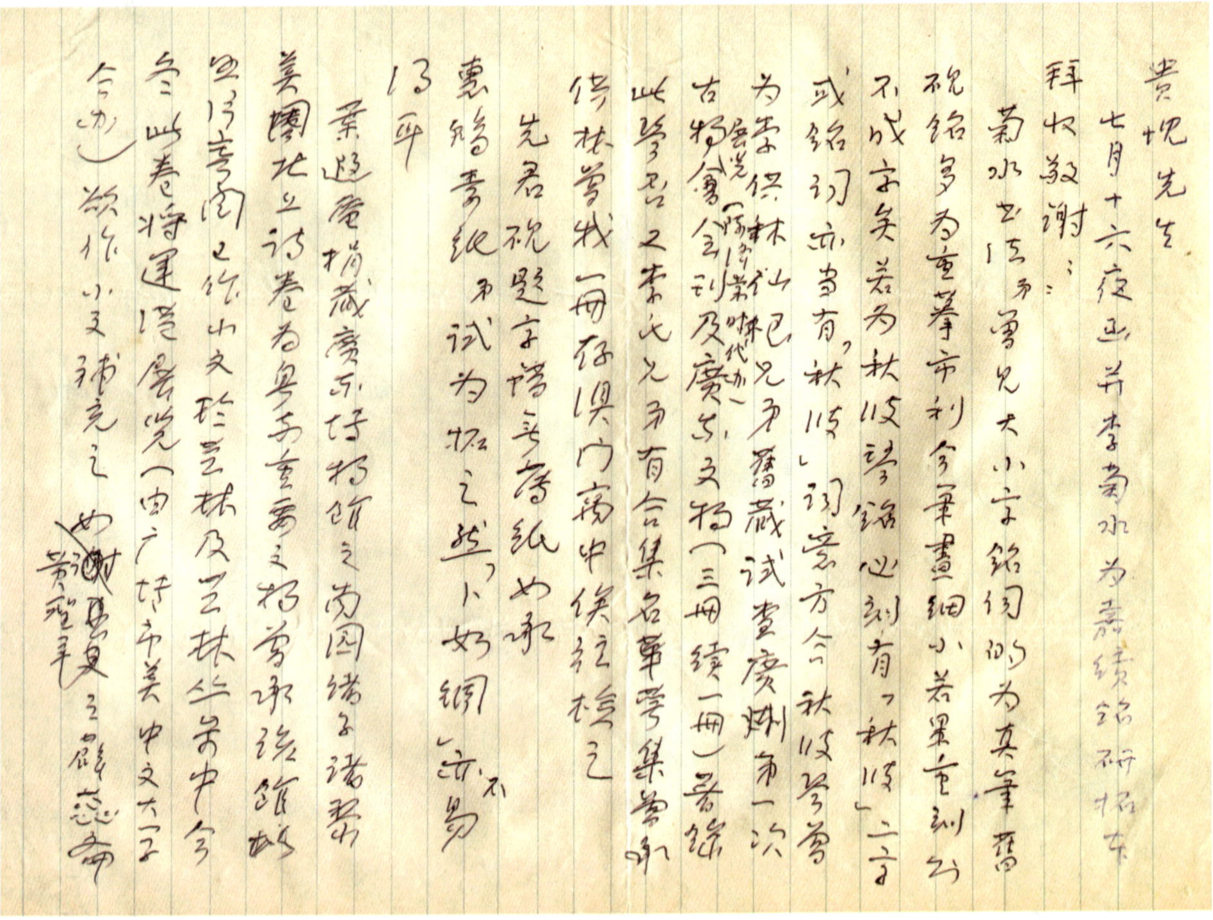
贵忱先生：
七月十六夜函并李菊水为嘉续铭所拓本
拜收敬谢。
菊水出信，弟曾见大小字铭词均为真笔。旧
砚铭多为重摹，市利今笔画细小，若果重刻必
不成字矣。若为秋收琴铭，必刻有"秋收"二字，
或铭词亦当有"秋收"词意，方合。秋收琴曾
为李侯林仙已见，弟旧藏。试查广州第一次
古物展览会（陈列所陈列代办）会刊及广东文物（三册续一册）当录
此琴名之来。李氏兄弟有合集名单，琴集尝承
佑林赠我一册，存俱门厨中，俟往检之。
先君砚题字，增兄寄纸，如承
惠赐旧纸，弟试为拓之。然下如铜亦不易。
13年
叶遐庵捐藏广东博物馆之南园诸子诸家
粤园北山诗卷，为粤中重要之物，学术价值极
出行未阁之后小文于艺林及艺林丛书中，今
此卷将运港展览（由广博市美中文大学
合办），欲作小文补充之。
如谢 黄君良 三月 [illegible]

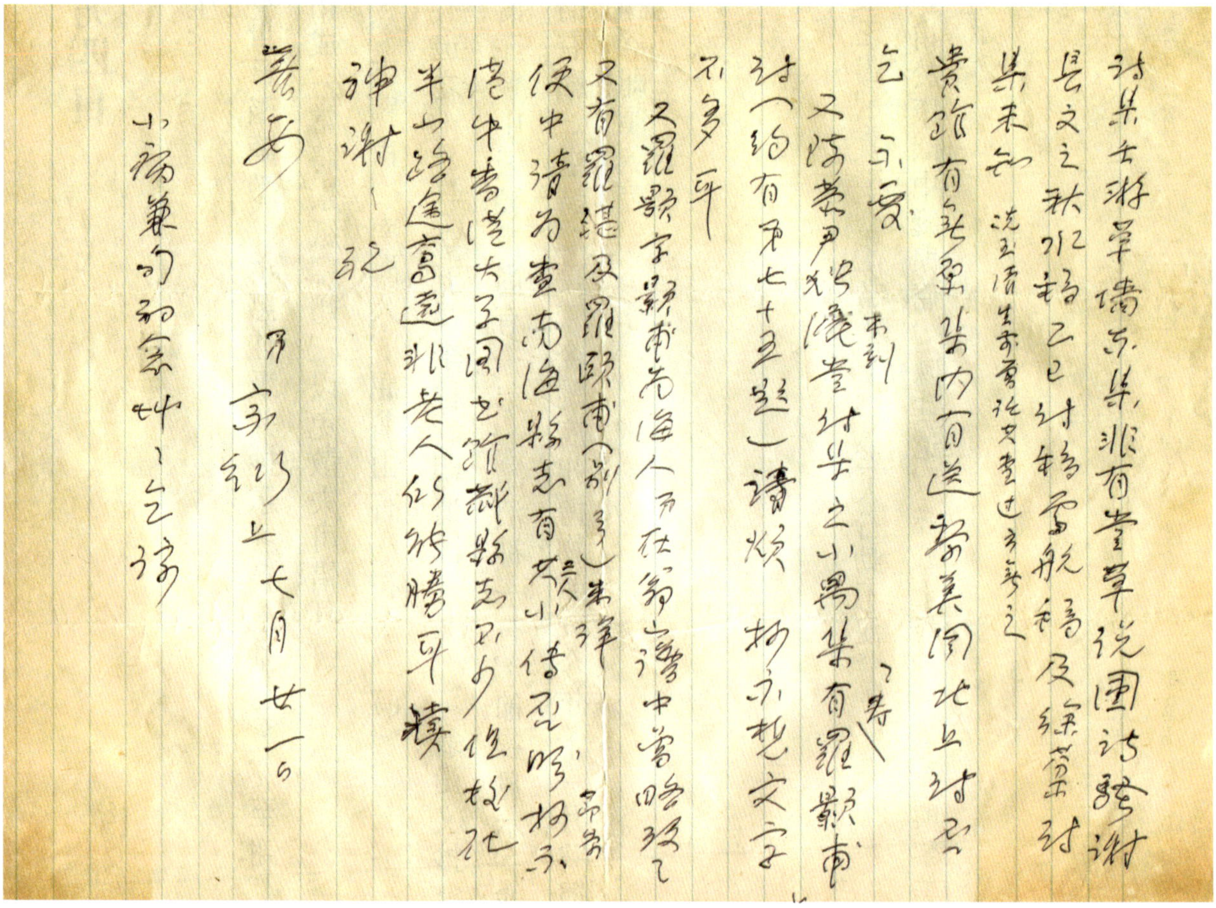

詩集去粥草堂亦集，非有堂草從園詩鈔，謝
長文之秋水軒已付稿，雪航稿及綠蕉詩
集未知 沈玉清先生曾託大書也，可參之
貴館有無，集內有送翁莫同北上詩否
乞示覆 未刻
又陳恭尹獨漉堂詩集之小罨集有羅顯甫二首
詩（約有第七十五題）請煩 檢示其文字
不多耳
又羅顯字顯甫，南海人，乃往翁山詩中曾略提之
又有羅諾及羅頤甫（別字）未詳 南海
便中請為查南海縣志有其小傳否，略檢示
港中書港大學圖書館番禺縣志亦少，係板在
半山路，遠富遠非老人所能勝耳，瀆
神，謝謝，祝
著安
弟 宗衍上 七月廿一日
小福兼旬和宗廿一日

八月四日

貴忱先生：

七月卅日函誦悉。承惠佳紙并抄示《獨漉堂詩》，至謝。孱軀尚有痰咳，俟精神稍復當將舊硯拓呈，如未能拓成，當將素紙歸趙，以免散失可惜耳。

羅顥，字顥甫，南海人，屈翁山有《答李五詩》，云：「時時講習有羅顥、胡方[一]，以與胡金竹相往還則有道之士。」李五爲李稔，明遺民。又，《翁山文抄》卷三有《羅母黄太君壽序》，即爲顥母作。記得《壽序》中云顥甫尚有一弟，請瀆神一查，節録見示，或即羅湛頤甫其人歟？商錫永[二]教授舊藏名人書畫册有顥、湛詩二頁，今歸廣州博物館。今年十一月將運港，與中文大學文物館聯合展覽，欲一考之也。謝謝！即頌

著安

弟宗衍　八月四日

行篋乏書，香港大學在半山上，老人行動不便。

羅顥甫於康熙中纔與屈、陳往還，纔五十歲，似不會與黎美周往還，此册有梁佩蘭壽詩，請一查《六瑩堂集》，賜示。

【注釋】

[一] 胡方（一六五四—一七二七），字大靈，自號信天翁，學人稱金竹先生，廣東新會人。

[二] 商承祚（一九〇二—一九九一），字錫永，號駑剛，廣東番禺人。中山大學教授，古文字學家、考古學家。

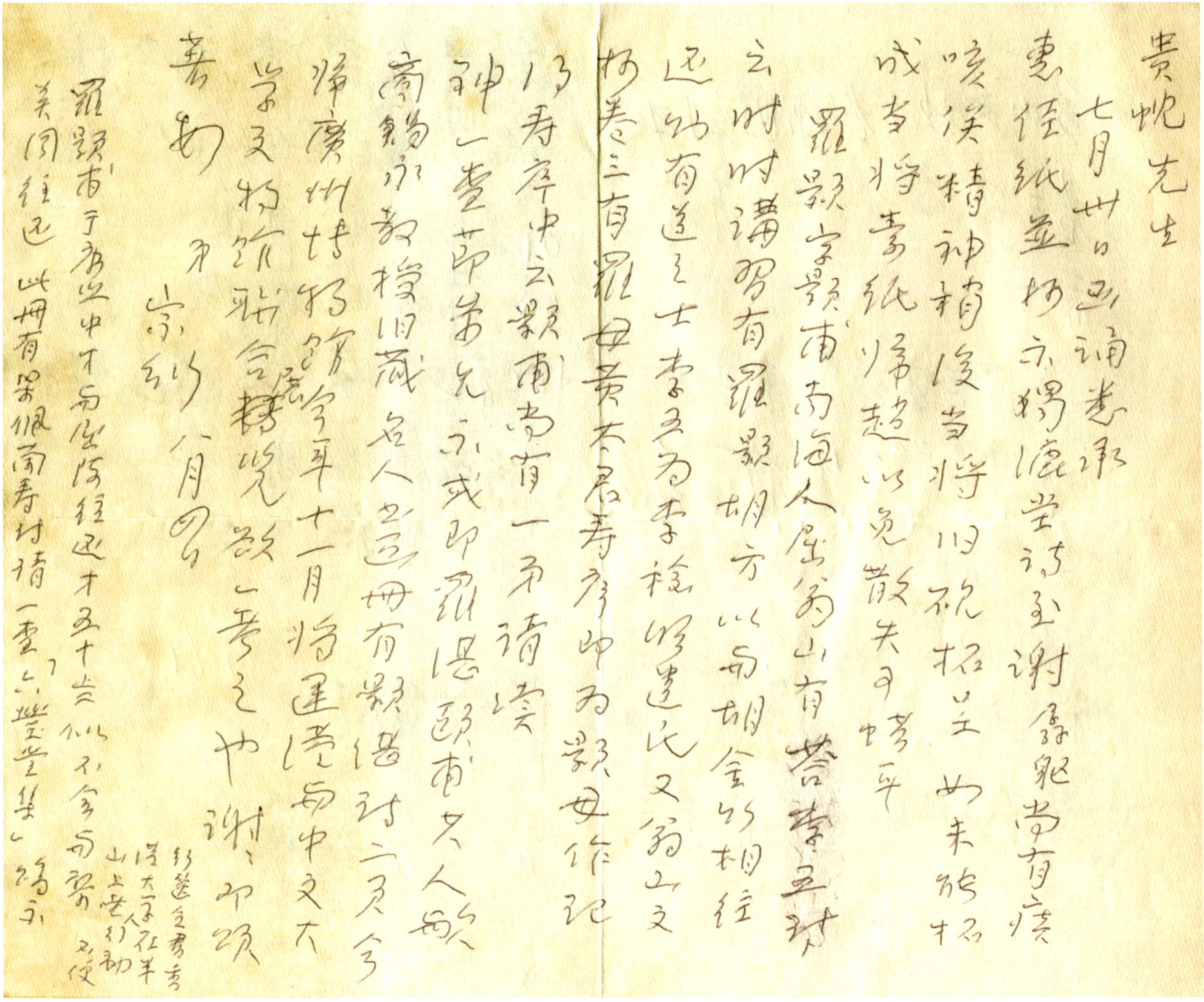

貴忱先生：
七月廿日函誦悉，承
惠佳紙並拓示[illegible]堂詩，至謝。[illegible]常有病，
惟僕精神稍復，當將舊硯拓呈，如未能拓
成，當將素紙歸趙，以免散失耳。[illegible]
羅穎字穎甫，南海人，居前山，有[illegible]
之時時講習，有羅穎、胡方，以與胡金竹相往
還，均有道之士。李子為李[illegible]文翁山文
於卷三有羅母黃太君壽序，即為穎母作。記
得壽序中云穎甫尚有一弟，請讀
神一堂[illegible]，先示或即羅[illegible]、穎甫文人歟。
商錫永教授舊藏名人[illegible]冊有穎甫詩二頁，今
歸廣州博物館，今年十一月將運港與中文大
學文物館聯合展覽，觀之尚可也。謝謝，即頌
著安。
弟 宗衍 八月四日

羅穎甫[illegible]，此冊有[illegible]壽詩[illegible]

八月十一日

貴忱先生：

前上乙函托查《翁山文外三·羅母黄太君壽序》，除提及其子顥甫外，尚提及其次子某某，盼將二羅行誼節録賜示，度達台覽。兹郵上陳援老著述繫年及黄晦公[一]墨迹二册，祈惠存。黄册已囑友人徑寄貴館及中山大學、廣州文史館矣，晤諸公時煩轉告。黄册有一遺憾，則爲越秀山上晦老曾撰書《重修鎮海樓記》，不悉「四兇」横行時有摧毁否？[二]念念不忘也。又，此時能覓拓手可以拓一二紙否？所費紙墨拓工若干，乞不吝示知，照奉。此爲不情之請，欲得此以補遺耳，餘俟續詳。即頌

秋祺

弟汪宗衍上　八月十一日

【注釋】

[一] 黄節（一八七三—一九三五），字晦聞，廣東順德人。近代詩人、學者。

[二] 黄節所題《重修鎮海樓碑記》今仍在廣州越秀山鎮海樓。

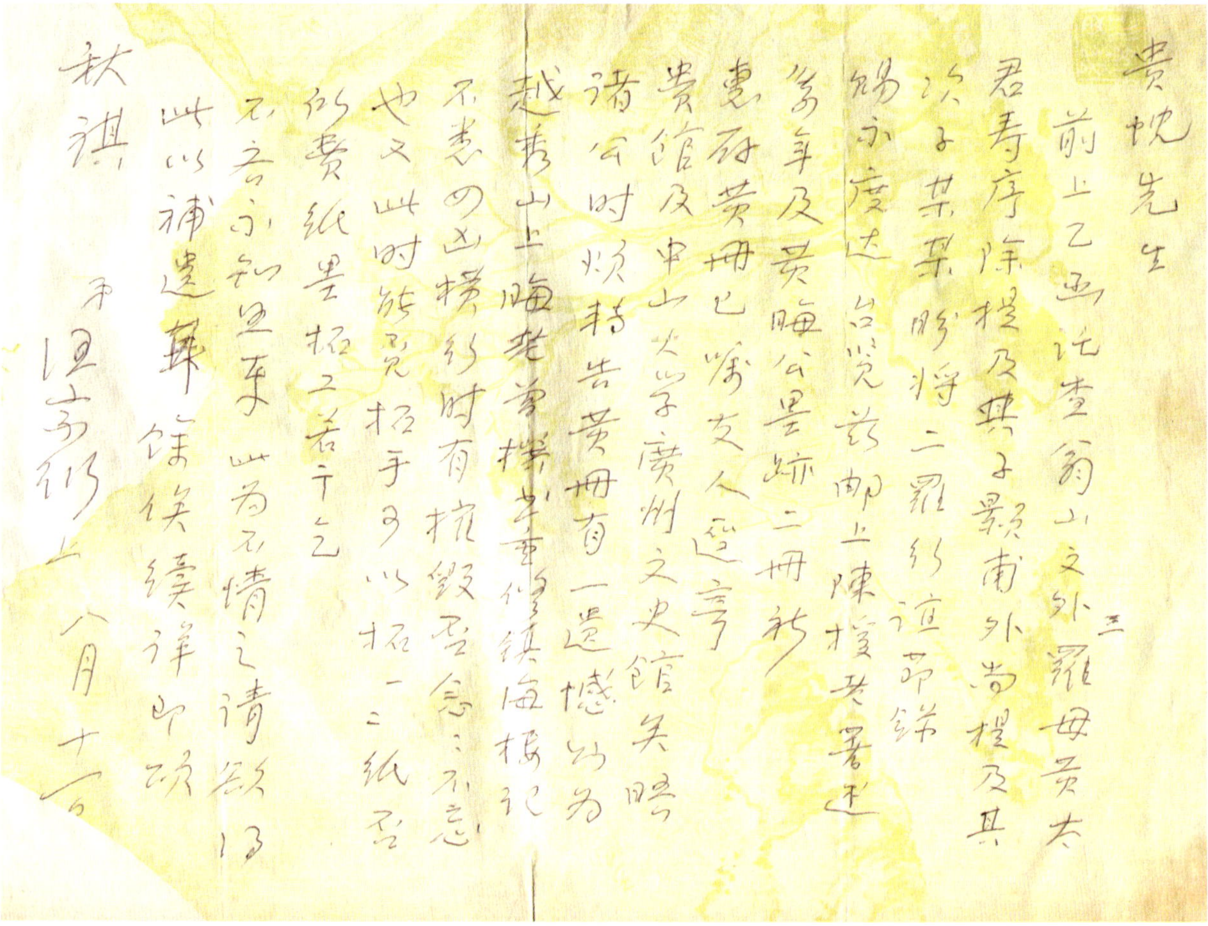

貴忱先生：
前上乙函，記查翁山文外羅母黃太
君壽序，除提及其子顯甫外，尚提及其
次子棐棐，將二羅行誼節錄
錫示，度達台覽。茲即上陳，擬其著述
多年及黃晦公墨跡二冊，祈
惠存。黃冊已將交人送寄
貴館及中山大學、廣州文史館矣。晤
諸公時煩轉告，黃冊有一遺憾，以為
越秀山上晦老曾撰重修鎮海樓記，
不悉四凶橫行時有被毀否，念念不忘
也。又此時能覓拓手多以拓一二紙否，
如貴館若拓之若干乞
不吝示知。至弟此為不情之請，欲得
此以補遺集，餘俟續詳，即頌
秋祺　弟汪宗衍上　八月十一日

九月二十九日

貴忱先生：

九月廿五日大函并陳垣老文集一册拜收，敬謝。此間運來數十册，被書商紛紛携去，讀者都未得之。以不載於《大公報·出版周刊》，今成珍本，冀他日重印亦不及此初版耳。屈翁山、梁佩蘭[一]文詩已借得矣。諸瀆清神，感何可言。聞廣州有人編《蒹葭樓詩選》，想未成書。七八月間曾患感冒發熱，久未返澳，需覓得薄綢始能拓硯，拖延乞恕罪。專覆即頌

著安

汪宗衍　九月廿九日

【注釋】

[一]梁佩蘭（一六三〇—一七〇五），號藥亭、柴翁，廣東南海人。清初詩人，「嶺南三大家」之一。

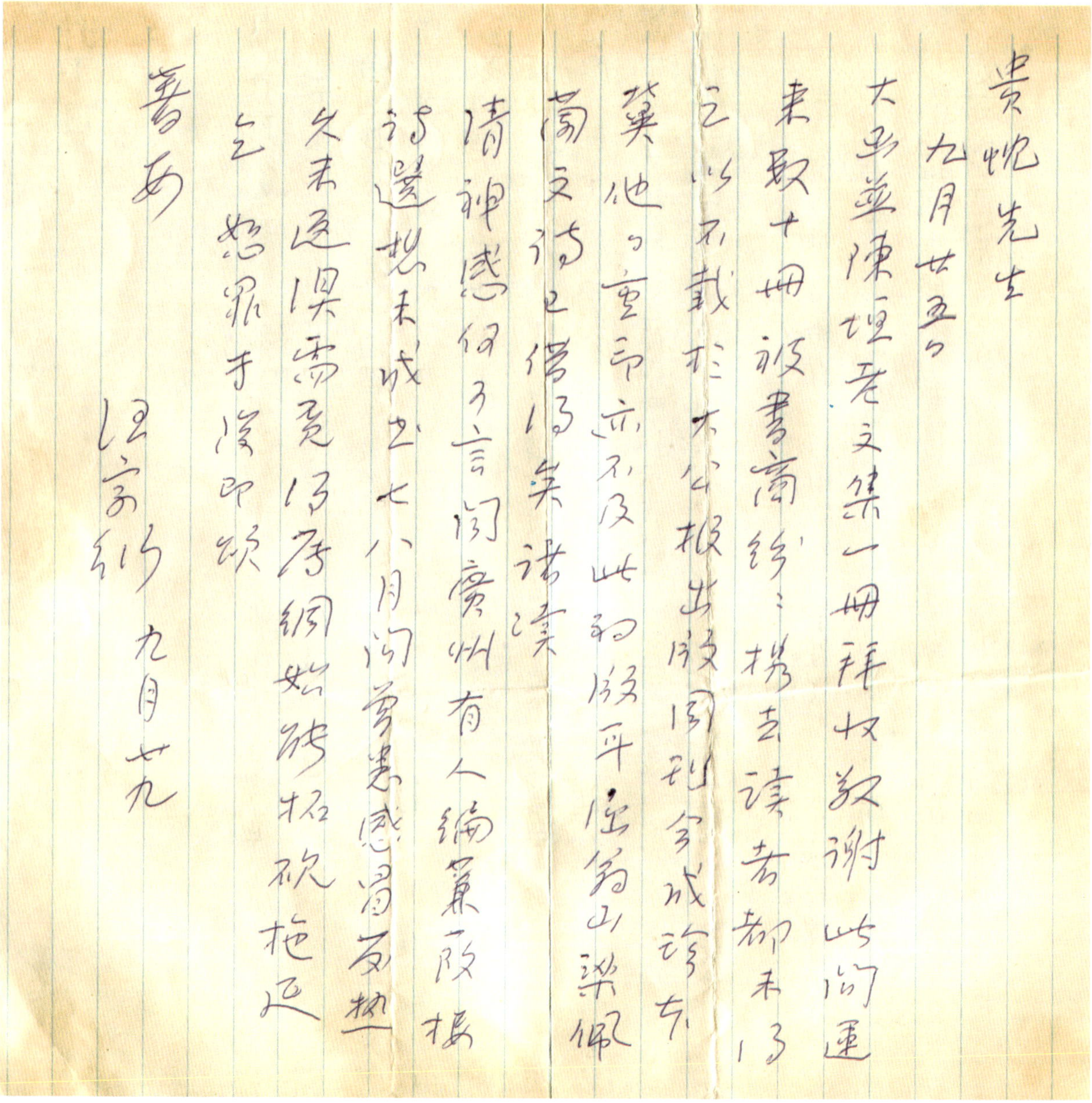

貴忱先生
九月廿五日
大函並陳垣老文集一冊拜收，敬謝。此間連
來取十冊，被書商紛紛搶去，讀者都未得
之，以不載於本公報出版周刊，今成珍本
矣。他日重印亦不及此初版耳。屈翁山、梁佩
蘭文詩已借得矣，謹讀。
清神感何可言。聞廣州有人編纂廣東
詩選，想未成也。七八月間曾患感冒發熱，
久未返渠，需覓何處網站拓欲拖延
之，恕罪。手覆即頌
著安
汪宗衍 九月廿九

可居室藏汪宗衍致王貴忱函

十月十日

貴忱先生：

十月三日夜示奉悉。《藝文叢談》多藝林雜稿，不足觀也。康熙有兩石濤，一名弘鎧，一名原濟，臺灣大陸什志有葉葉（原名吴聞，在美國博物館供職，最近入北京）撰文，最初提出之程可則贈石濤詩，即弘鎧也。弟别抄得清初人士贈鎧詩數首，已另輯爲一帙，將附刊於石濤研究彙編（彙近人之作），俟出版當以奉贈。至於牧齋[一]與毛晋[二]書提及石濤之語，弟引用於《翁山年譜》中，執筆寫石濤與廬山時忘記及此，又以傅抱石之説先入爲主也。又，石濤是否到過廬山，在所謂真迹中亦有寫於匡廬者。李驎作《石濤傳》（石濤乞李作，在濤生前可稱實貴資料），未言及曾至廬山，故此問題仍未得一結論也。惟來示云《牧齋尺牘》三卷康熙本弟未見，所見者商務排印本耳。猶記憶所及，則忘記有贈石濤銀兩事。今排印本存澳門寓中，不及檢閲，乞便中酌抄示我。

魯迅先生譯著印證文，弟見聞寡陋，引證不多，冀研究魯迅注意及此。弟五十年即收藏二周譯著，惜多散佚矣。

兹有一要事奉懇者，貴館有《翁山詩外》十五卷本或十九卷本康熙自刊本，其十五卷本所見爲增入卷又八、卷又十，未無詞。如無卷又八、卷又十爲初印本，若加入又八、又十者，則其子明洪[三]於翁山没後補印者也。此事關係頗大，廿餘年前有彭澤益（是否中山大學教授，請示）者，於一九五七年寫關於十三行一文於《歷史研究》中，弟以《翁山詩外》卷十六（宣統本，康熙本在卷十四），據《廣州竹枝詞》五首并康熙二十三年甲子作詩爲證，謂十三行之名康熙廿三年已有，蓋前人（如梁方仲）亦引《廣東新語》也。今年彭氏始爲文於《歷史研究》四期，堅持康廿五始有十三行之説，語頗輕佻，不似學者態度。其引順治、康熙初廣州有雪，其時翁山在羅浮、山西、瀧州居住，實屬蛇足，徒逞腹笥。此事主要問題在《翁山詩外》刻於何年，但《詩外》及其屈書均不刻刊刻年份。弟撰《年譜》則系於康熙丙寅間，對彭説已有影響。還有最主要問題爲《廣州竹枝詞》作於何年。《竹枝詞》之前有《英德舟中與孔君奕》七絶（卷十六），康廿一年壬戌作也，後有《貧居口占》五首，有「八旬堂上老萊母，七齡黄口謝家兒」句，此爲康熙廿三年作，則《竹枝詞》爲同年之作無疑，兹請先生取康熙本卷十四或宣統本卷十六一查，自《英德舟中與孔君奕》……《廣州竹枝詞》……《貧居口占》，前後一連串其它之詩題及頁數賜示，并求就此問題啓我茅塞，以便爲文答之。祝

好

弟宗衍　十月十日

【注釋】

［一］指錢謙益（一五八二—一六六四），號牧齋，晚號蒙叟，江蘇常熟人。以詩名，與吴偉業、龔鼎孳合稱「江左三大家」。

［二］毛晋（一五九九—一六五九），字子晋，江蘇常熟人。明末藏書家、出版家、刻書家、文學家、经學家。

［三］屈明洪，屈大均子。曾任惠來縣教諭。

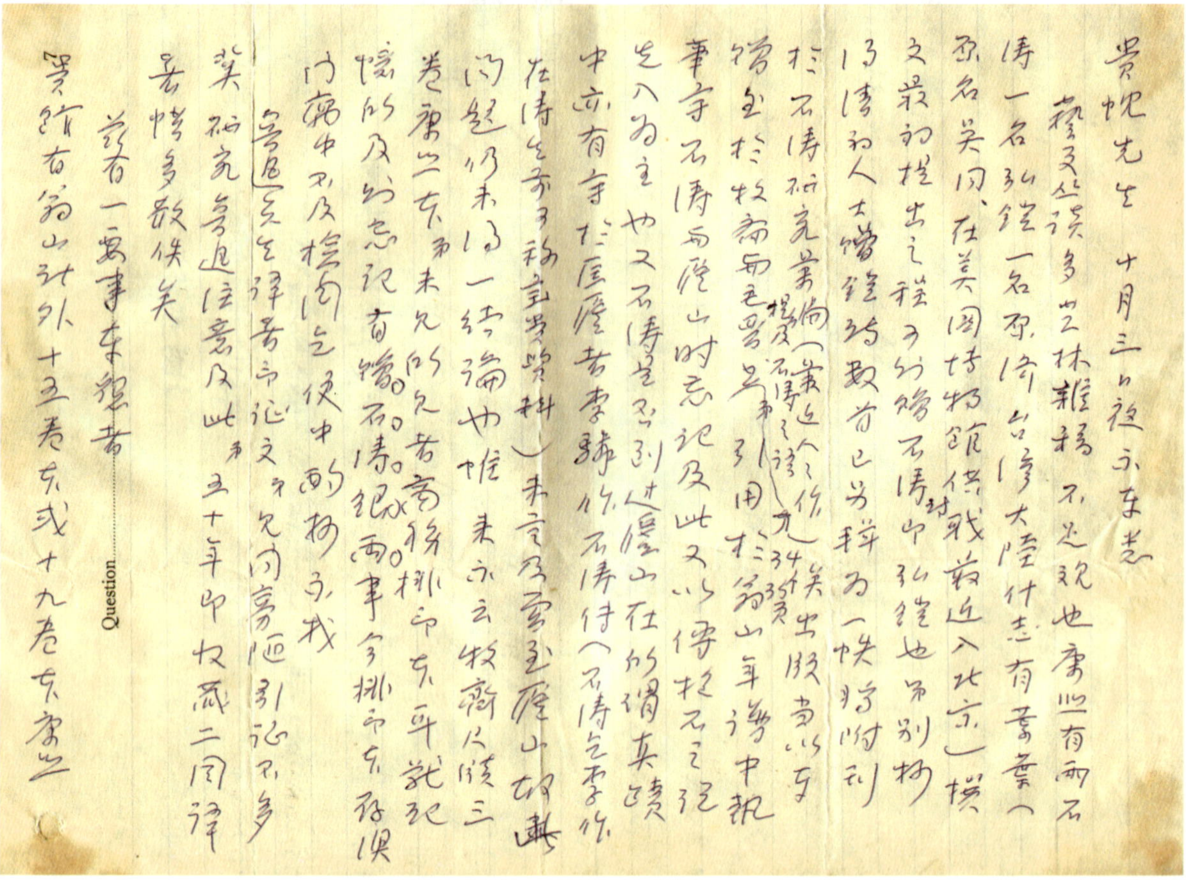
贵忱先生 十月三日复示奉悉
蔡文然误多艺林杂稿 不足观也 广州有两石
涛一名弘锭一名原济 台湾大陆什志有专文（
原名吴同，在美国博物馆供职，最近入北京）据
文最初提出之程子所赠石涛即弘锭也 弟别将
明清初人士赠锭诗数首已另辑为一帙将附刊
于石涛研究第编（最近人之作 摭及石涛之诗凡九十四首 34首）矣 此外
赠锭于牧斋两首者 弟引用于翁山年谱中 执
事守石涛为庐山时忘记及此 又以传于石之说
先入为主也 又石涛曾到过庐山 往所谓其迹
中亦有游于匡庐者 李驎作石涛传（石涛之李作
在清史专题研究资料）未言及曾至庐山 故此
问题仍未得一结论也 惟未示云牧斋尺牍三
卷广州亦有 弟未见 所见者商务排印本 年龄
忆所及 约忘记有赠石涛 诗 两事 今排印本俱
门病中不及检阅 至使中断 特示我
窃见先生译著亦论文 又见闻旁证引证不多
矣 研究者追注意及此 弟 五十年中 收藏二同诗
亦怡多数佚矣
敬者 一安 事 本 想 者
贵忱 有 翁山诗外 十五卷本 或十九卷本 广州出

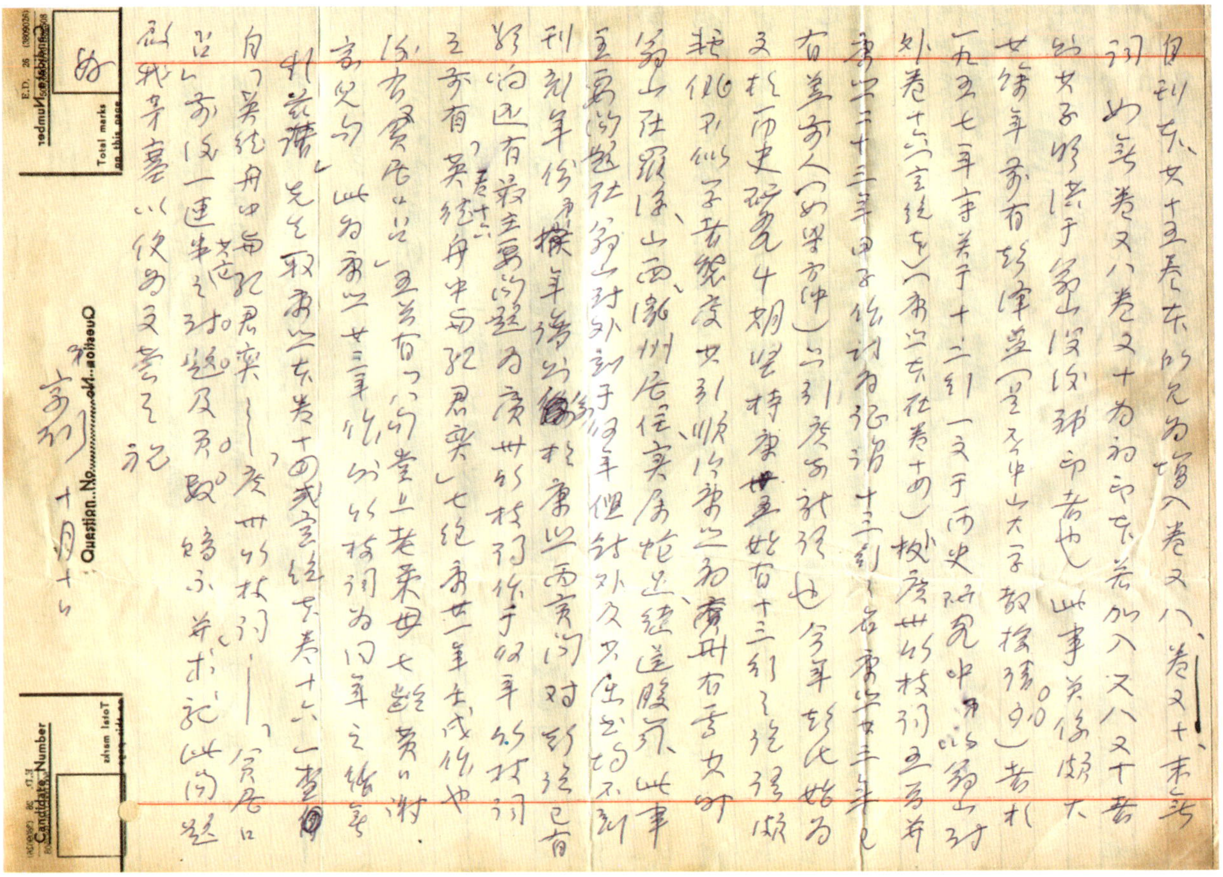

十月十五日

貴忱先生：

日前奉函請查清初本《翁山詩外》卷十四（或宣統排字本卷十六）七絶《英德舟中與孔君奕》《廣州竹枝詞》《貧居口占》《題王給諫烏絲紅袖圖》，一連串的詩題計達記室。

從黄老《廣東文獻書目》[一]得知貴館藏《翁山詩外》清初十五卷本[二]最爲難得，弟亟欲知五古、七古、五律、七律、排律、什體、五絶、七絶最後的詩題，如由拙作《年譜》編年詩查考，可推出翁山自刻十五卷之年月，請賜教。而吾兄坐擁書城，得讀善本，希望抽暇寫一文章考論翁山初刻十五卷年份，功德無量，弟可借給資料，蓋十七卷、十八卷本皆後來補刊。

翁山《廣州竹枝詞》爲康熙二十三年甲子作可無疑義，此後有《貧居口占》句云：「八旬堂上老萊母，七齡黄口謝家兒。」屈母黄其年八十一，長子明洪正七歲。彭某云除宣統本卷十六「生日客韶陽」爲六十三歲作，其餘無法詳考，乃彭未入乎法，乃未能出法，故云無法。又引順、康間各地方志紀載歷年下雪，不知翁山大半生在外地（請暫勿告别人），康熙五年更在山西，下雪年份與翁山生活無涉。亂引方志，徒逞腹笥，是無史識，可笑也。祝

好

弟衍　十月十五日

賜覆仍請寄永興大厦。

【注釋】

[一] 即黄蔭普所輯《廣東文獻書目知見録》。

[二] 此刻本爲黄蔭普捐贈廣東省立中山圖書館。

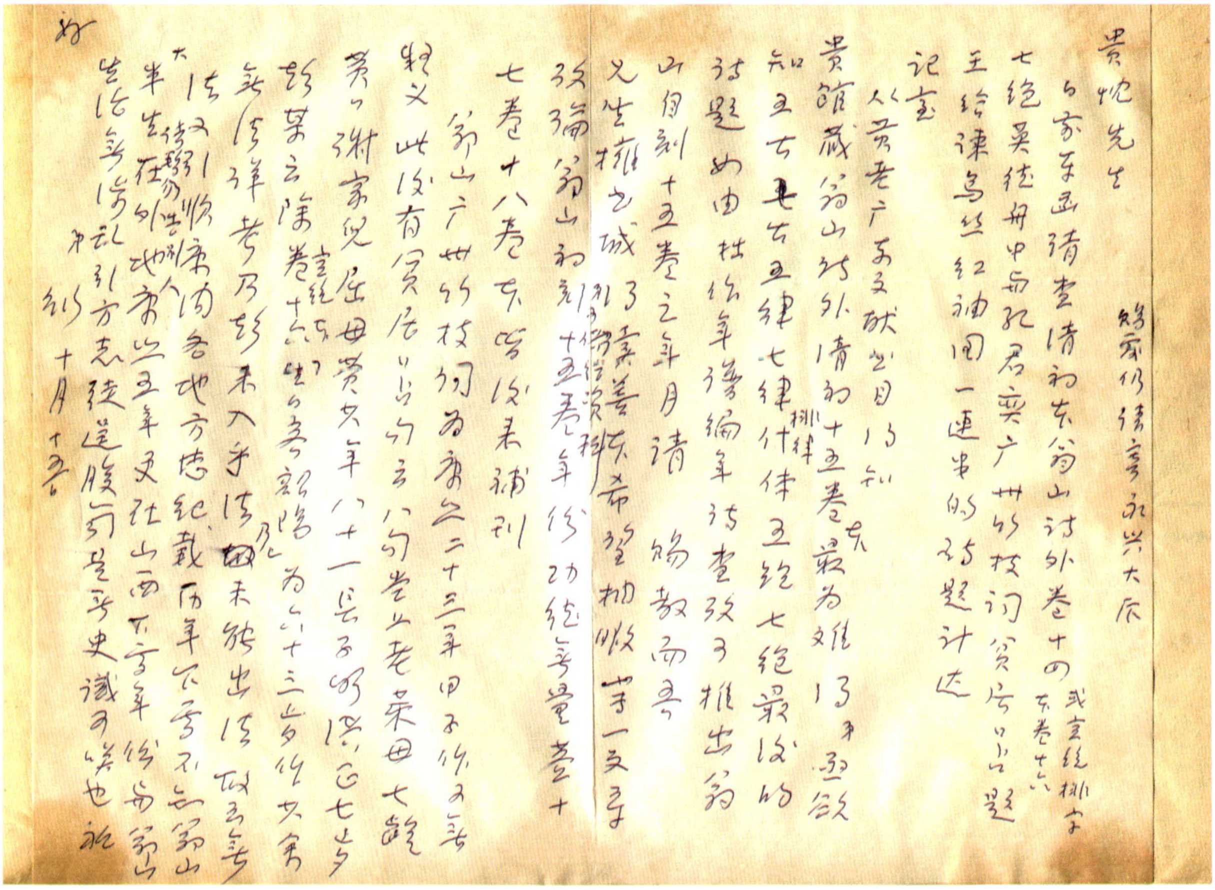

十月二十三日

貴忱先生：

十月十四日函拜悉。承抄示《牧齋尺牘》，稱杜濬[一]爲于王，具見微恉，得先生拈出，苟未見康熙本亦不知耳。古人別字無定字，如李文田[二]本字若農，多改若爲芍。近日出版《郭嵩燾日記》，改字尤多，不特王、皇可通也。石濤師兄一段，弟寫石濤文時以爲原濟，五九年讀近人文始知爲弘鎧，亦字石濤，師兄二字，恨當時讀書未細，亦由於對濟畫未感興趣，遂易忽略，此三十餘年前事矣，老耄無成，可歎。弟覆彭某文已草就，候吾兄抄示康熙本卷十四（宣統本十六）之《廣州竹枝詞》之前第四首爲《樂昌舟中與孔君奕》，《竹枝詞》後四首爲《貧居口占》及《題王給諫烏絲紅袖圖》，另各體詩最後一首之詩題，即可寄出矣。

彭某文僅知《生日韶陽舟中》一詩爲六十三歲作，謂其餘無法詳考，此乃其無法，此謂以一概全。又舉某年某地廣東下雪紀載，除康熙二十二年外，都與翁山無涉，此乃以多混一，乃蒙混瀆技倆，抄此廢料實無史識，殊可憫矣。

前日與黄雨翁午飯，得悉在穗晤談，至爲欽羨。弟老弱，艱於遠行，十月公友人約同去中山翠亨村參觀，亦以小極未果行，回鄉之願不知何日。

專此奉懇。即頌

著安

弟汪宗衍　十月廿三日

【注釋】

［一］杜濬（一六六一—一六八七），字于皇，號茶村，晚號半翁，湖北黄岡人。清初詩人。

［二］李文田（一八三四—一八九五），字仲約，號芍農、若農，廣東順德人。清代著名蒙古史專家和碑學名家。

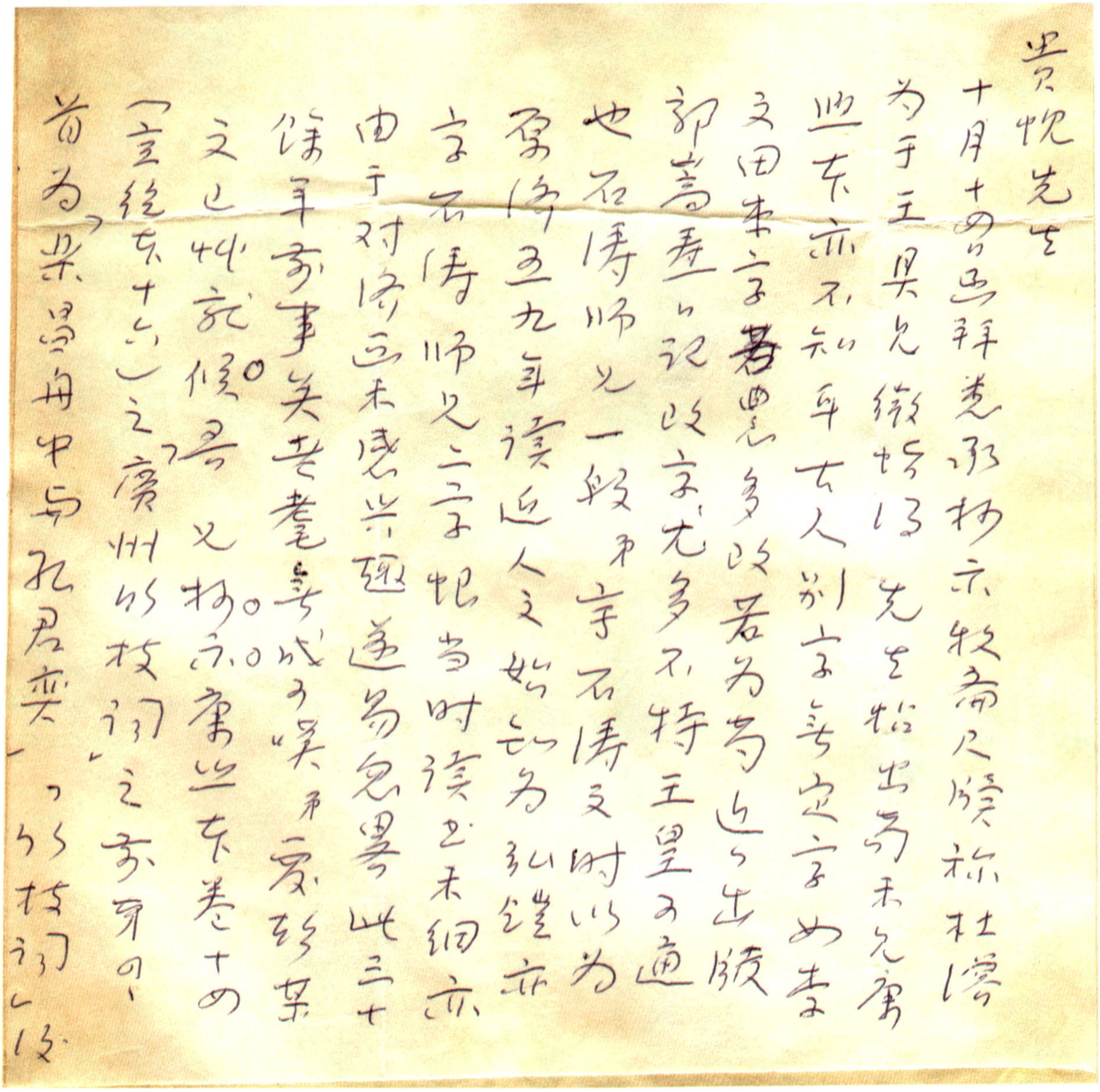
贵忱先生：
十月十四日函拜悉。承抄示牧斋尺牍称杜濬
为于王吴兄，微瑕得先生指出，前未见原
此东亦不知系古人别字，无定字也。李
文田来字若愚，多改若为为，近人出版
部篇者，记改字，尤多不持王昱之通
也。石涛师之一段，弟字石涛，又时以为
宗侄。五九年读近人文，始知为弘锐，亦
字石涛，师之二字恨当时读书未细，亦
由于对此道未感兴趣，遂易忽略。此三十
余年前事矣，老耄无成，可叹。弟处有集
文已收就，候写正。又承抄示广州东卷十四
（岂纪东十六）之广州竹枝词之前第四、
首为"梁曼舟中与孔君奕"，其竹枝词以后

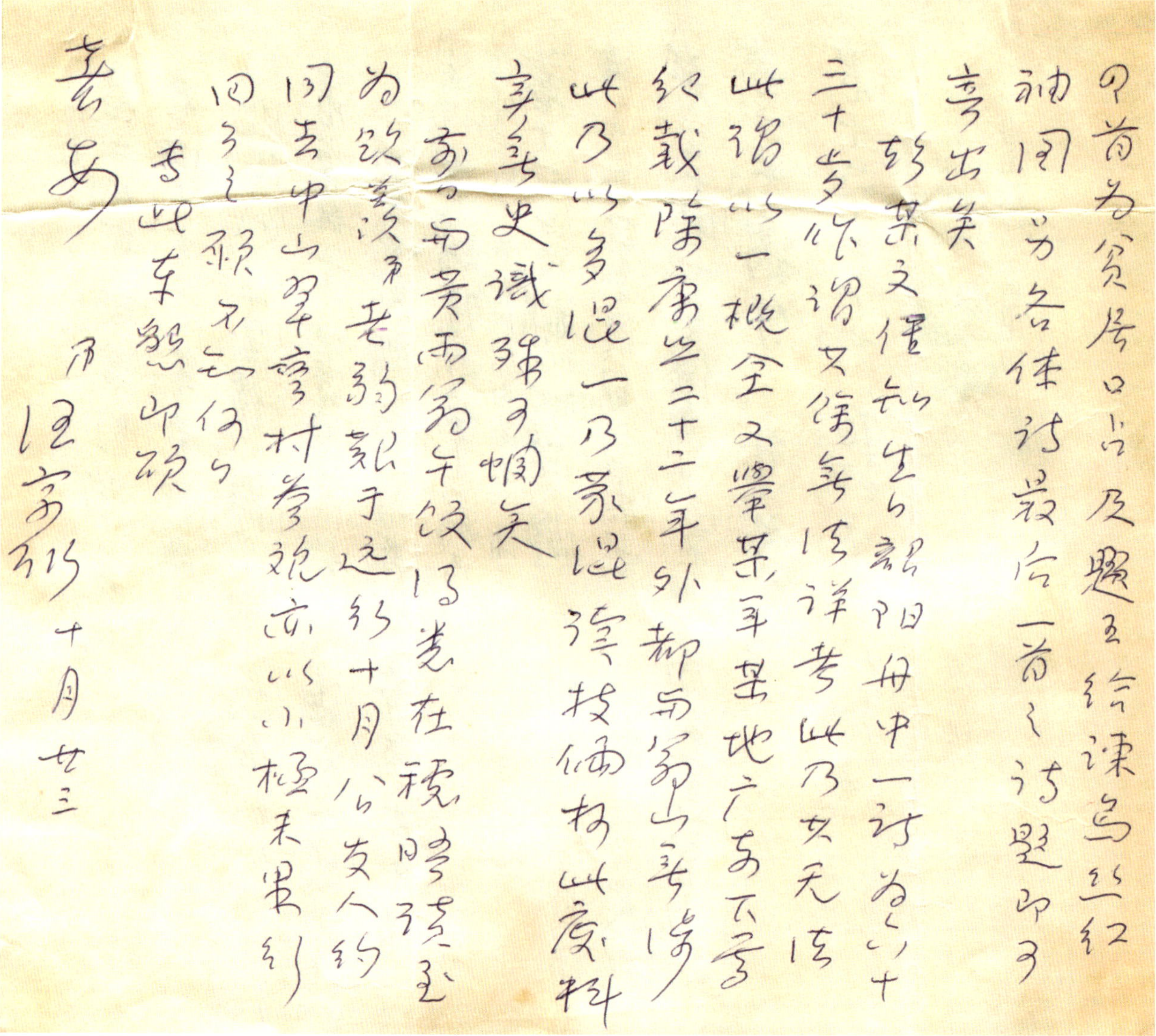
旦首為賓居口占及題王給諫烏絲紅袖圖另各體詩最后一首之詩題印了亭出矣
拔某文僅知出之韶陽舟中一詩為七十三十歲作謂其集無注詳考此乃其元注此謂以一概全文學某年某地之可考紀載除康熙二十二年外都無可考者此乃以多混一乃蒙混之技倆於此處料言無史識殊可憫矣
前向黃雨寫千頃堂藏在穗時談玉為歐蔡之老翁就于是約十月公交人約同去中山翠亨村參觀實以小極未果行
回之之頗不知何之
专此奉懇即頌
著安
弟 汪宗衍 十月廿三

十月二十九日

貴忱先生：

十月廿六日函拜收。辱荷抄示《翁山詩外》十六詩題百餘，極有用，但勞神，極不安，至感至謝。《樂昌道[一]中與孔君奕》爲康熙壬戌作，《廣州竹枝詞》爲甲子作，後之《題西寧張邑侯山響亭》《貧居口占》《題王給諫烏絲紅袖圖》亦同年作，皆有文獻可徵，惟彭某無法詳考耳，日内再事整理即可寄出拙稿耳。昔年弟所見康熙本亦有卷又八、又十。

《翁山詩外》以十五卷爲屈自刻本，即無卷又八、卷又十者。附影拙稿小注二頁請教。如能知十五卷本某體之最後一題爲某某，即可詳悉其刻版年分，恨未能也，暇時乞留神考之。

囑購八一年二期《書譜》，明日當去商務、三聯尋之，如無則去書譜社，以該社弟未去過也，敝寓距市區要坐一時二十分之巴士，不常出門，如買不到，當於下月中旬返澳門時購買。弟原寓澳門，七九年始遷此。澳可步行，港則路遠，來回即半日矣。此事必代辦，勿念。即頌

著安

弟宗衍　十月廿九日

十一月一號廣州博物、美術館，文化局諸公運明清書法文物來港展覽，五日宴集，六日預展，九日座談，現在準備《法書》《書畫録》二書出版。

【注釋】

[一] 道，應爲「舟」。

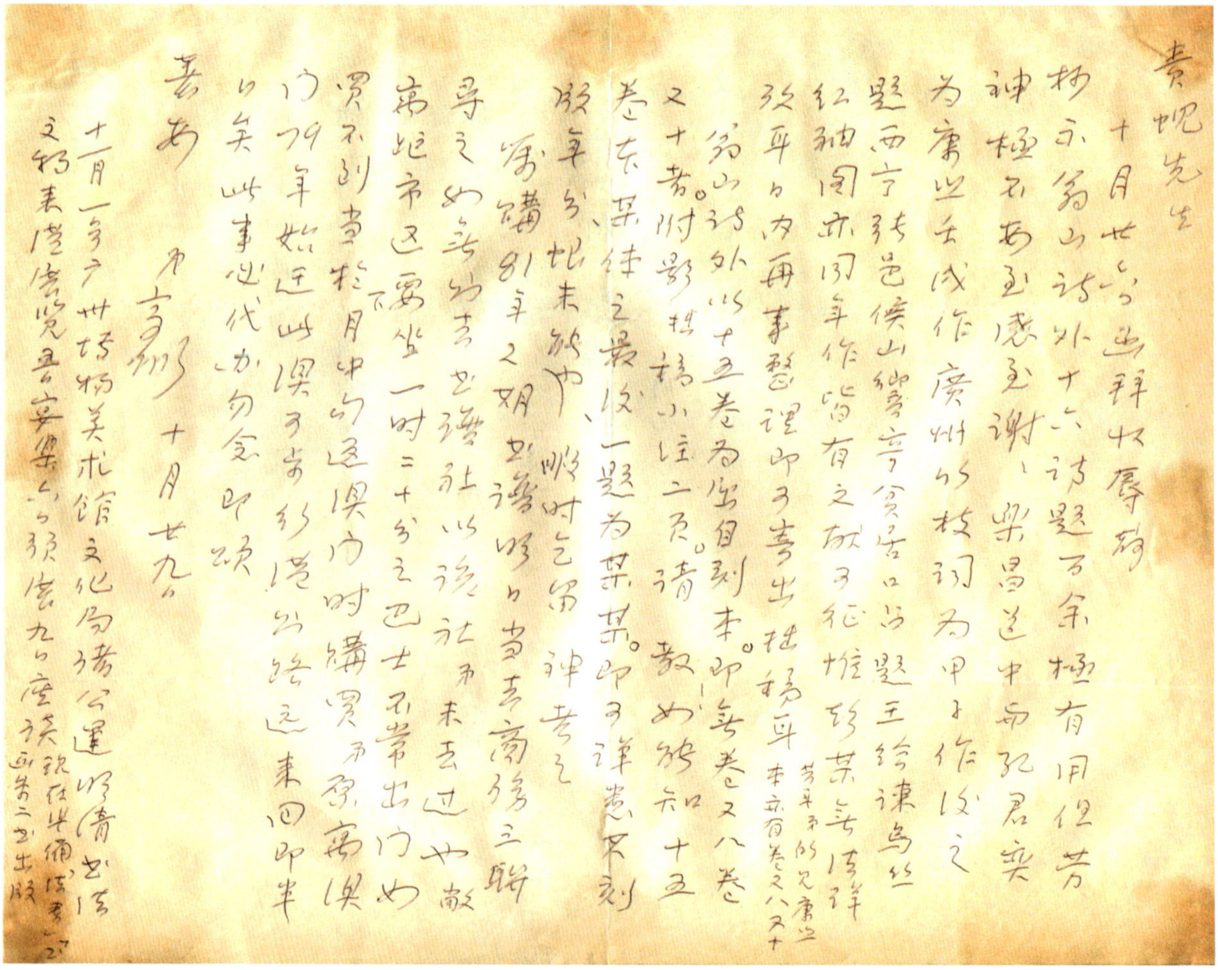

贵忱先生：

十月廿六日函拜收。屡荷

抄示翁山诗外十六诗题，于余极有用，但苦

神极不好，至感至谢。乐昌道中两孔君，实

为康熙壬戌作，广州竹枝词为甲子作，后之

题西亭张邑侯山鹭亭宾居以后题王给谏乌丝

红袖图亦同年作，皆有之，故可征拙纂之无误

欲平日内再事整理，即可寄出拙稿年（拙年谱所见康熙本亦有卷之八、又十）

翁山诗外以十五卷为屈自刻本，即无卷又八卷

之十者。附影拙稿小注二页，请教。如能知十五

卷本某件之最后一题为某某，即可详悉其刻

版年份、地点、然也，盼时已留神者之

寄购81年之明史学报，当去商务三联

寻之，如无可去出版社，以后社亦未去过也。敝

处地市区需坐一时二十分之巴士，不常出门，如

买不到，当于月中四过典门时顺买，再寄离与

门79年始迁此，与可行邮馆递送来回即半

日矣。此事必代办，勿念。即颂

著安

弟 宗衍 十月廿九日

十一月一日广州博物馆美术馆文化局请公运明清书法

文物来港展览，吾安乐六日、九日座谈，我任翻译，法书二函为二书出版

十一月三日

貴忱先生：

前日覆乙函，計登記室。翌日即到商務、三聯，今年二期《書譜》均缺售，去灣仔道找不到書譜社，以其在三樓，樓下商店均無門牌號數，昨日再去，已買到手，惟大雨，衣履盡濕，狼狽不堪，老人事事不如人，可歎！

《詩外》康熙刻十五卷（無卷又八、卷又十及詞）惟貴館入藏，如果方便，務乞撥冗一查卷十四《廣州竹枝詞》有刻入否？該卷末刻至某詩題？僅此二事，不知能如我心願否？盼盼！

敝藏有《廣東文科鄉試題名録》乙册，抄本，自道光初起至光緒末，僅缺二三年，此書可接續《廣東通志》選舉表，爲查廣東舉人姓名之惟一參考要籍，不知貴館有入藏否？可影印奉贈，請覆。前日有《廣東書法》一文想已得見，附上《中華文史論叢》小文往乞賜教。祝

好

弟宗衍　十一月三日

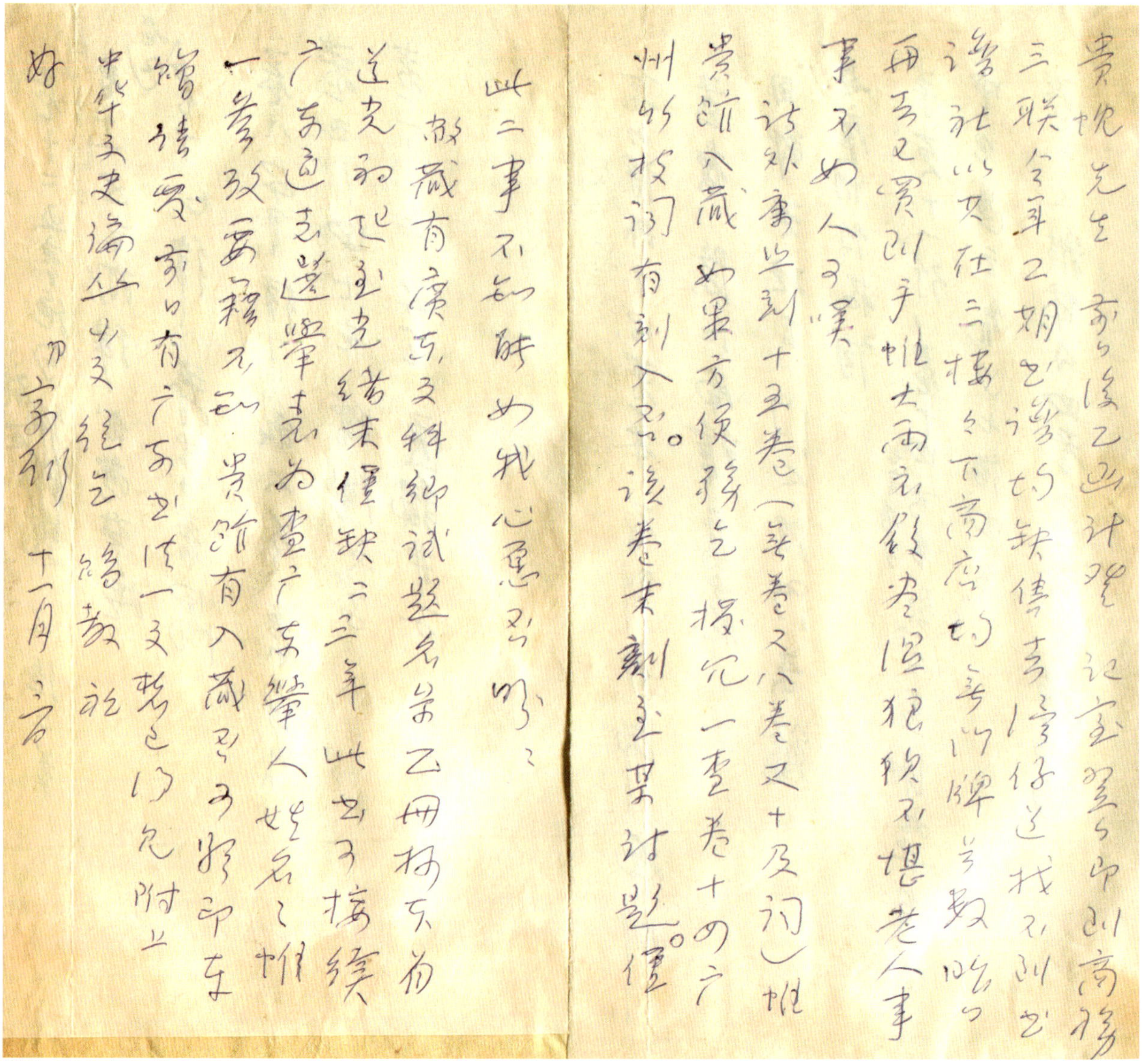

貴忱先生：前復乙函，計達記室。[illegible]印到商務、
三聯，今年上期出書均缺售，書價仔送，找不到出
諸社，以及在二樓之下商店均無此牌号數[illegible]，
再去又買到手帖，太雨，亦復如此，狼狽不堪，老人事
事不如人了矣。
詩外集止刻十五卷（無卷又八、卷又十及詞），惟
貴館入藏如果方便，務乞撥冗一查卷十四廣
州竹枝詞有刻入否。該卷末刻至某詩題，便
此二事不知能如我心願否耶？
敝藏有廣東文科鄉試題名錄乙冊，時代為
道光初延至光緒末，僅缺二三年，此書可接續
廣東通志選舉志，為查廣東舉人姓名之惟
一參考要籍。不知貴館有入藏否？可將印本
贈請愛。前日有廣東出版一文，[illegible]已仍允附上
中華文史論叢，此文統乞指教。祝
好
弟宗衍 十一月二日

十一月十日

貴忱先生：

兩示先後奉悉。承賜抄《詩外》十五卷本各卷最後詩題，勞神至感，不知何以爲報也。兹以今午中文大學文物館與廣東博物館、廣州美術館諸公開明清廣東法書展覽座談會，邀弟參加，文物館友人以汽車來接同去，匆匆先覆數行，餘再詳陳。即頌

台安

弟宗衍上　十一月十日

前年弟在中文大學審定之《廣東書畫録》及新刊《明清廣東書法展覽圖録》二書已出版，俟中大送來，當寄贈奉覽。

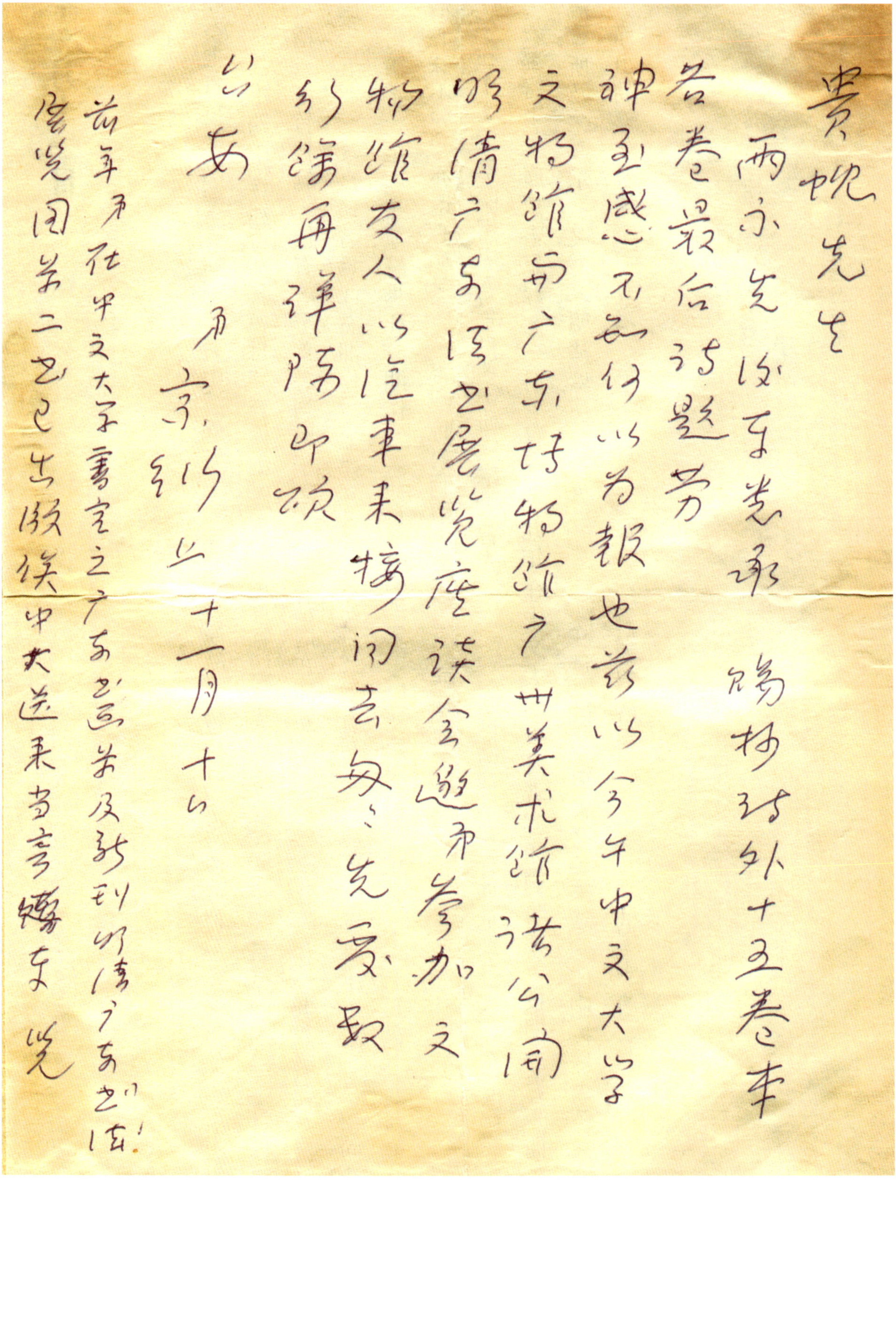

贵忱先生

两示先后收到　赐杨诗外十五卷本

各卷最后诗题劳

神至感不知何以为报也兹以今年中文大学

文物馆与广东博物馆广州美术馆诸公开

明清广东法书展览座谈会邀弟参加文

物馆友人以信来接同去匆匆先复敬

行绥再谭阳印欤

公安　弟　宗衍　十一月十六

兹年弟在中文大学书室之广东书画家及新到明清广东书法

展览图录二本已托徽侯中大送来当寄赠东莞

十一月十一日

貴忱先生：

昨奉七日夜大函，承抄示《翁山詩外》十五卷本各體詩最後題目，屢瀆清神，銘感曷已。《廣州竹枝詞》不載卷十四中，然得知其題目，容俟細考。但弟據宣統本亦足與辯論，蓋某君祇知韶陽生日作一詩有年月可稽，《竹枝詞》後有若干首詩均甲子之作，正是內在的互異聯繫也。兹尚有一事奉瀆者，《詩外》十（康十五卷）《嘉蓮詩爲汪右湘作》七律二首已刻入否？如有，請自《丙寅春日承王大將軍招同諸公賦集分韻得簫字》至《嘉蓮詩爲汪右湘作》一連目詩題抄示，以便比對，得此可考證十五卷之編刻年份也。但屢瀆心殊不安，亦還心願之一，否則時縈腦中不安，乞恕罪恕罪。

昨午在中文大學晤中山大學古文字研究學者曾先生[一]，將留港一年，辱承垂念老人，至心感激。

兹另郵寄上《廣東書畫録》一册，爲弟七九年在中文大學校訂者，印刷時亦曾校閱一過，聞尚有誤字，流覽所及乞賜示。又，《明清廣州法書展覽》一册在選品時，弟曾略參末議，印刷校樣未曾送閱，聞廣東方面出品部分舛誤字亦有之（港品必有），真有校書如掃落葉之感也。專此敬請

著安

弟宗衍　十一月十一日

【注釋】

［一］即曾憲通，一九八一年在中文大學作訪問學者。

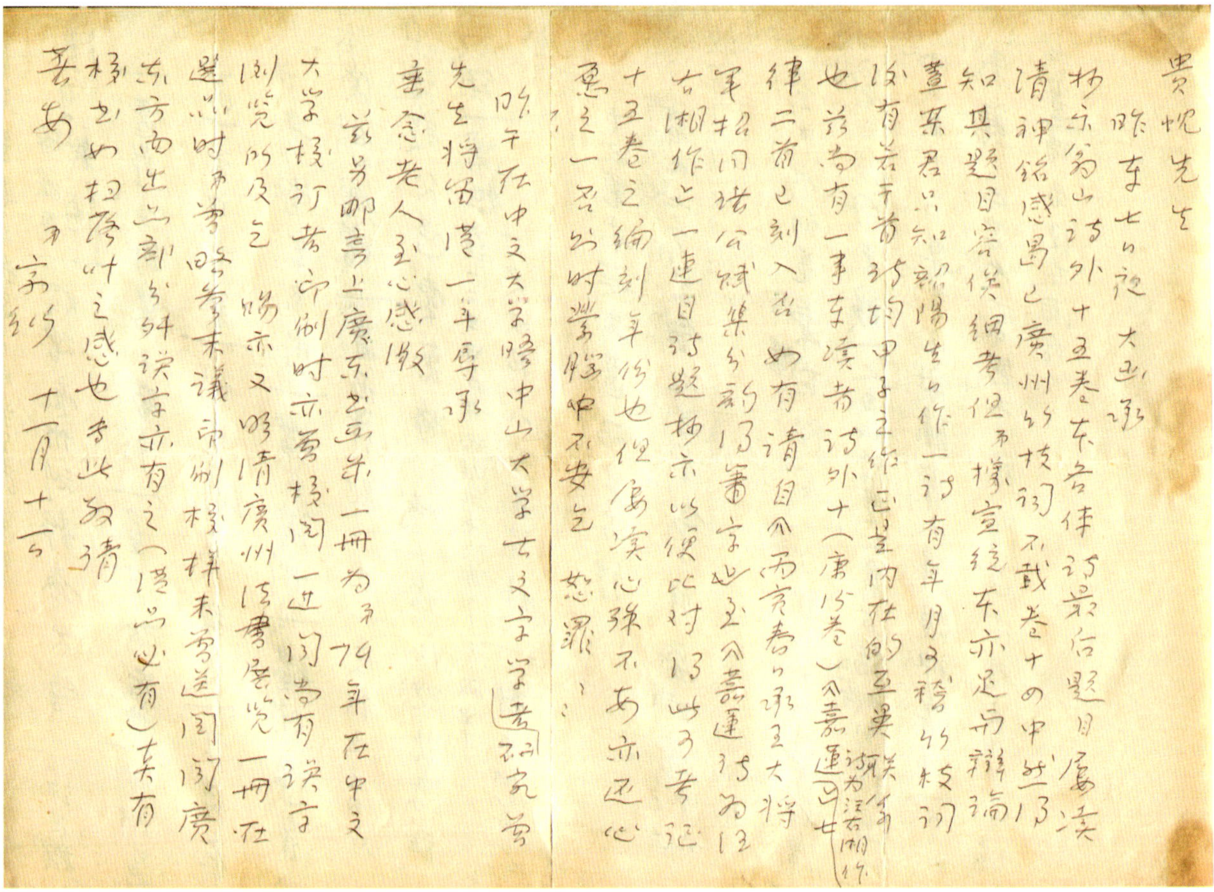
贵忱先生：
昨奉七日 大函，
捧示翁山诗外十五卷本各律诗最后题目，屡读
清神，铭感曷已。广州所校词不载卷十の中，然乃
知其题目，容俟细考。但予据宣统本亦足为辩论，
盖某君只知翁山先生作一诗有年月可稽，所校词
后有若干首诗均甲子之作，正是内在的至要（湖为汪右湘作）
也。兹尚有一事奉渎者：诗外十（康熙卷）之嘉莲（以上廿
律二首已刻入否？如有，请自之两页寄下，承至大将
军招同诸公赋集分韵得箫字也至之嘉莲诗为汪
右湘作之一，连同诗题抄示，以便比对，得此可考证
十五卷之编刻年份也。但屡渎心殊不安，亦还心
恩之一。而时萦脑中不安也。恕罪恕罪。
昨午在中文大学晤中山大学古文字学研究室
先生，将留港一年学承
垂念老人，至心感激。
兹另邮寄上广东书画录一册，为予七九年在中文
大学校订者，印刷时亦曾校阅一过，闻尚有误字，
浏览所及之。畅亦文。明清广州法书展览一册，在
选品时予曾略参末议，印刷校样未曾送阅，闻广
东方面出品部分纤误字亦有之（港品必有），未有
校出，如扫落叶之感也。专此敬请
著安
予宗衍 十一月十一日

十一月二十五日

貴忱先生：

十一月廿一日大示拜悉。承費神代查《翁山詩外》十五卷無《丙寅春日……》及《嘉蓮詩》等，又承查十九卷本各詩，至爲欣感。

先生在百忙中爲弟瀆神，十分不安，惟十五卷本北京各館都無之，不得不奉托。以十五卷本刻至癸亥年詩止，故弟疑在丁卯間又補刻一次（見《年譜》），或丁卯刻詩時截止至癸亥亦未可知。以十五卷無《廣州竹枝詞》，不能爲駁彭文之證據，徒費吾兄精神，惟有百拜以謝。答彭文已寄去《歷史研究》，不知能刊出否耳？

《廣東法書展覽》内有拙作一篇，又《廣東書畫録》係中文大學於七九年約弟到大學與原迹覆校審訂定稿者，故寄呈教正。如先生認爲無用，可送交圖書館或送托買《書譜》之人（文化局及省博、市美取了《展覽》三百份回粤，《書畫録》則僅各單位人員送以一部）。前者文化局可能以一部送圖書館，後者可斷必無送圖書館也。

頃覓出陳澧《千仞庵銘》印（非拓）本一份複印奉贈（在《嶺南學報》影出，銘文見《東塾集》），祈查收，可寫一文於《藝林》耳。

好

祝

弟衍　十一月廿五日

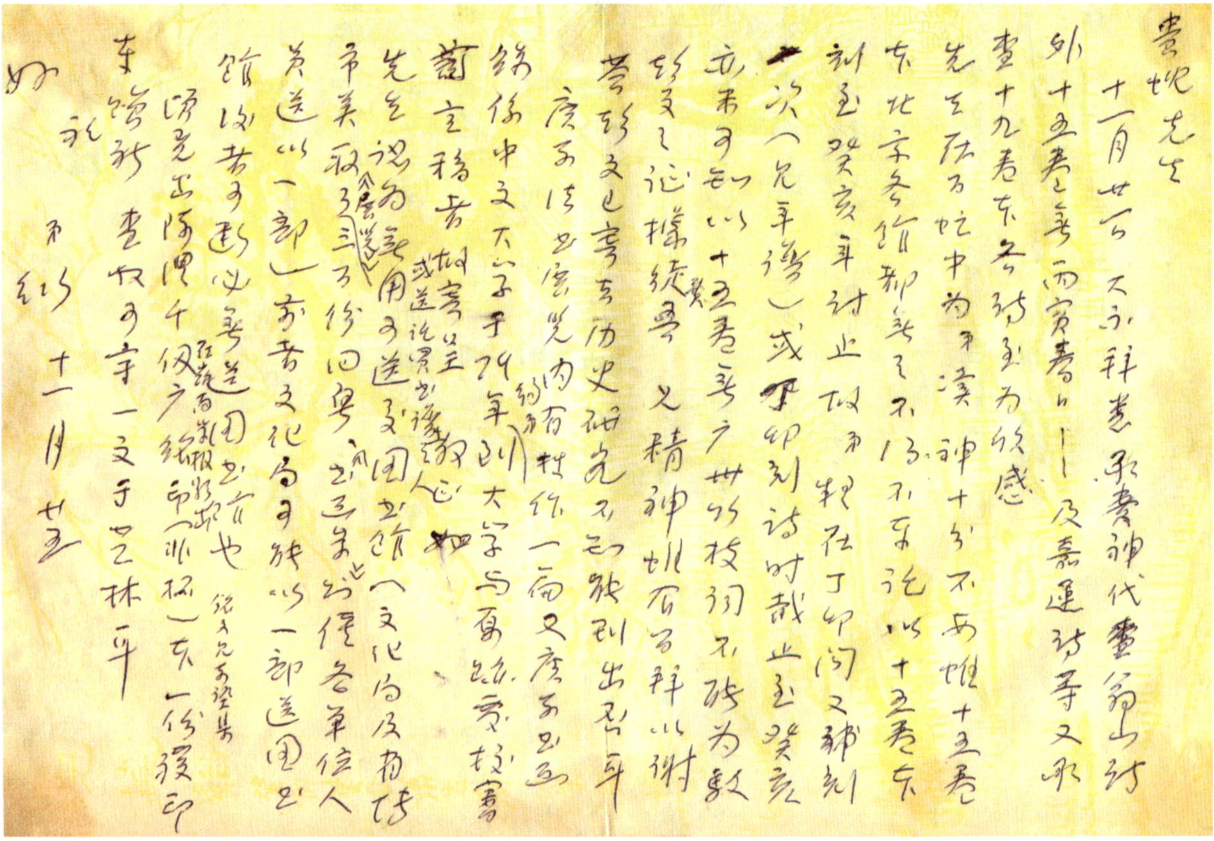

十二月六日

貴忱先生：

十一月廿九、十二月一日兩示均拜悉。

承賜寄大作南漢古泉文[一]，至佩！憶四五十年前，亦篤古泉，李鉢齋[二]翁亦代爲搜集，曾爲我刻一印，文曰「不貧於古」。如南漢「乾亨重寶」鉛錢大、小二種，大者似爲折二，若尊製附圖所印者，如此之小者則尚未之見，「開元通寶」鉛錢亦得一枚，惜都已易米矣。

《翁山詩外》前十五卷編次，頗爲交錯，事緣其少時曾刻《道援堂集》《翁山詩集》……三四種，後來彙刻爲《翁山詩外》，依體分類，遂爾先後倒亂。晚年陸續先後補刻者，則較爲順叙，與其子明洪補刊，似無關係。友人汪世清[三]先生自北京到廣州，公餘之暇擬到貴館閱覽十五卷本，不知晤面否？世清云北京館藏有十七卷本，刊詩至「辛未」止，則距翁山之逝尚有五年，此則連同足本（刻至絕筆）共有三本。其十五卷本刻至「癸亥」止。「癸亥」爲花甲之末，截止至此，亦有故焉。惜弟遠居海外，未能合三本而讀，至以爲憾！弟年七十三四，精神不健，此事冀望於先生就近寫成論文，而弟能坐觀讀之，豈非快事哉！

大作《十竹齋印存》、明刊《七修類[四]》兩跋，先睹爲快，企予望之。《十竹齋箋譜》今重刊本有「乙酉」年干，則已入清代，然仍刻於明末矣。又，胡正言生卒，諸書多不詳，弟曾考得生年，且得高壽，已著入拙作《疑年偶録》中，付印兩年，尚未出版，悶悶！

《廣東書畫録》《明清法書展覽》寄到，至慰！後者廣州市博、市美携回三百册，穗中頗多流傳，惟前者則廣州諸公、蘇庚春先生等五人在臨别座談時，中文大學僅每位分贈一册，印行僅五百册，故珍惜如此，想廣州諸公多未有此本也。兩書弟曾參與其事，前者復曾居住中文大學三月縱觀全部，校方贈我多册，故以貽同好耳。即頌

著安

弟汪宗衍　八一年十二月六日

《陳垣學術論文集》下望代買一本。

【注釋】

［一］指王貴忱一九八一年撰《廣東最早鑄造的鉛錢》。

［二］李尹桑（一八八二—一九四五），字茗柯，號鉢齋，江蘇吴縣人。著名篆刻家。

［三］汪世清（一九一六—二〇〇三），安徽歙縣人。中央教育科學研究所研究員、物理教育和物理學史研究專家。

［四］脱「稿」字。

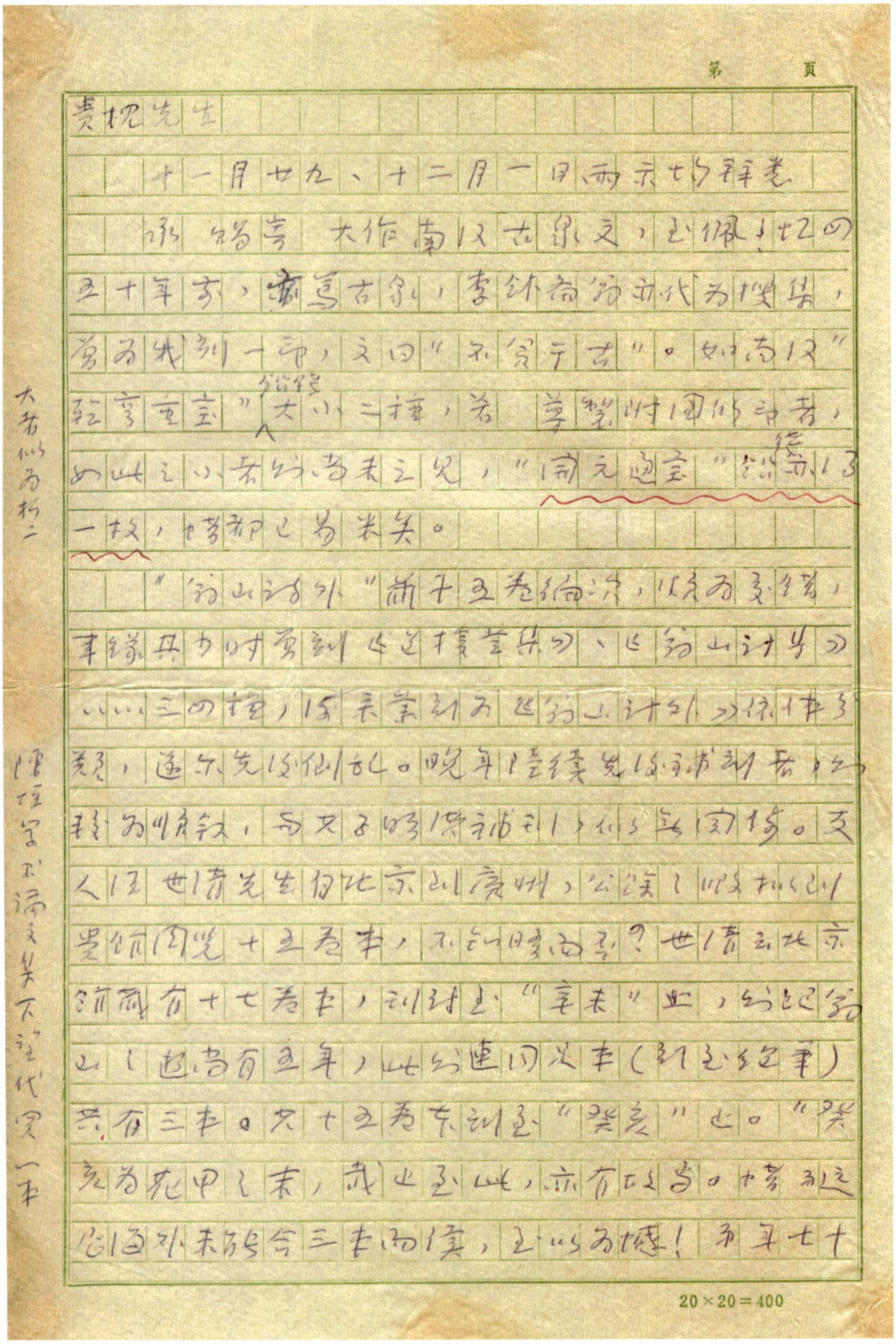

貴忱先生

十一月廿九、十二月一日兩示均拜悉

承賜寄大作《南漢古泉文》，至佩。憶四五十年前，亦篤嗜古泉，李鈍齋翁亦代為搜集，曾為我刻一印，文曰"不貪于古"。如南漢"乾亨重寶"（鉛錢）大小二種，為[illegible]時同仁所知者，如此之小者則尚未之見，"開元通寶"鉛錢僅得一枚，惜都已為失矣。

"翁山詩外"前十五卷編次，似有更錯，本緣其少時曾刻《道援堂集》、《翁山詩外》……三四種，後來集刻為《翁山詩外》，依體分類，遂不免先後倒亂。晚年陸續先後補刻者，亦為順敘，而又不時補刊，似無定序。又人任世倩先生自北京到廣州，公談及收藏[illegible]岂能同覽十五卷本，不知時尚在否？世倩云北京館藏有十七卷本，刻到"辛未"止，約記翁山之卒高百五年，此外連同兩本（缺王紀年）共有三本。又十五卷本則至"癸亥"止。"癸亥"為花甲之末，截止至此，亦有故焉。惜隔外未能合三本而讀，至以為憾！弟年七十

大者似為折二

惜佳字不論文笑不能代寫一本

20×20＝400

第　　頁

三四，精神不健，此事奚望哉！

先生能述寫成論文，而予能先睹讀之，豈非快事哉！

大作《十竹齋印存》、《明刻七修類稿》兩跋，先睹為快。企予望之。《十竹齋箋譜》今重刻本有"乙酉"年干，似已入清代，然仍刻于明末矣。又胡正言生卒，諸書多不詳，予曾考得生年，且得高壽，已采入拙作《徽州版畫史》中，付印兩年，尚未出版，憾憾！

《廣東印譜考》、《明清畫家印鑒》亦然。以前廣州古籍、商務均有三五冊，兹中版多滯銷，北京書坊廣州分公司蘇賓春先生等五人在編刻《全漢唐》時，中文大學僅自拉分得一冊，而我僅三五冊，故諸情如此。想廣州古籍公司多未有此東西也。兩書予曾參與其事，前者僅當任中文大學三月編纂全部，校對增減多冊，故以

此候同好年禧　即頌

著安

弟汪宗衍

81.12.6

20×20=400

十二月十九日

貴忱先生：

十二月十六日函奉悉。承惠寄大作《十竹齋印存》文[一]，讀之至快。胡正言字日從，諸書多作「曰從」，久而未決，似以「日從」較確。七九年《辭海》及《藝林叢録》九亦作「曰」。尊藏《印存初集》扉葉有「海陽胡日從篆」字樣，既係篆書，則作「日」、作「曰」自易辨别，盼賜一查示知。即如揚州小玲瓏山館主人馬日琯、馬日璐亦多作「曰」，惟粵人丁日昌未誤耳。

又，「杜浚」兩見，疑爲「杜濬」之誤，或爲簡體耶？至於《廣東圖書館學刊》一、二期弟擬購一份，不知價高否？尊著明刊《七修類稿》[二]跋文發表後，望賜示，俾開茅塞。

友人汪世清在教育部工作，曾到廣州借閱《翁山詩外》十五卷本，不知晤及否？他函告卷十四七絶收至《苔》止，而先生前函云收至《喜謝九丈……》止，想爲世清筆誤，然何以有誤，乞覆查何如？如麻煩則不必矣。即頌

著安

弟宗衍　十二月十九日

【注釋】

[一] 指王貴忱撰《記十竹齋〈印存初集〉》。

[二] 明刊《七修類稿》爲王貴忱捐廣東省立中山圖書館，收入《中國古籍善本書目》。

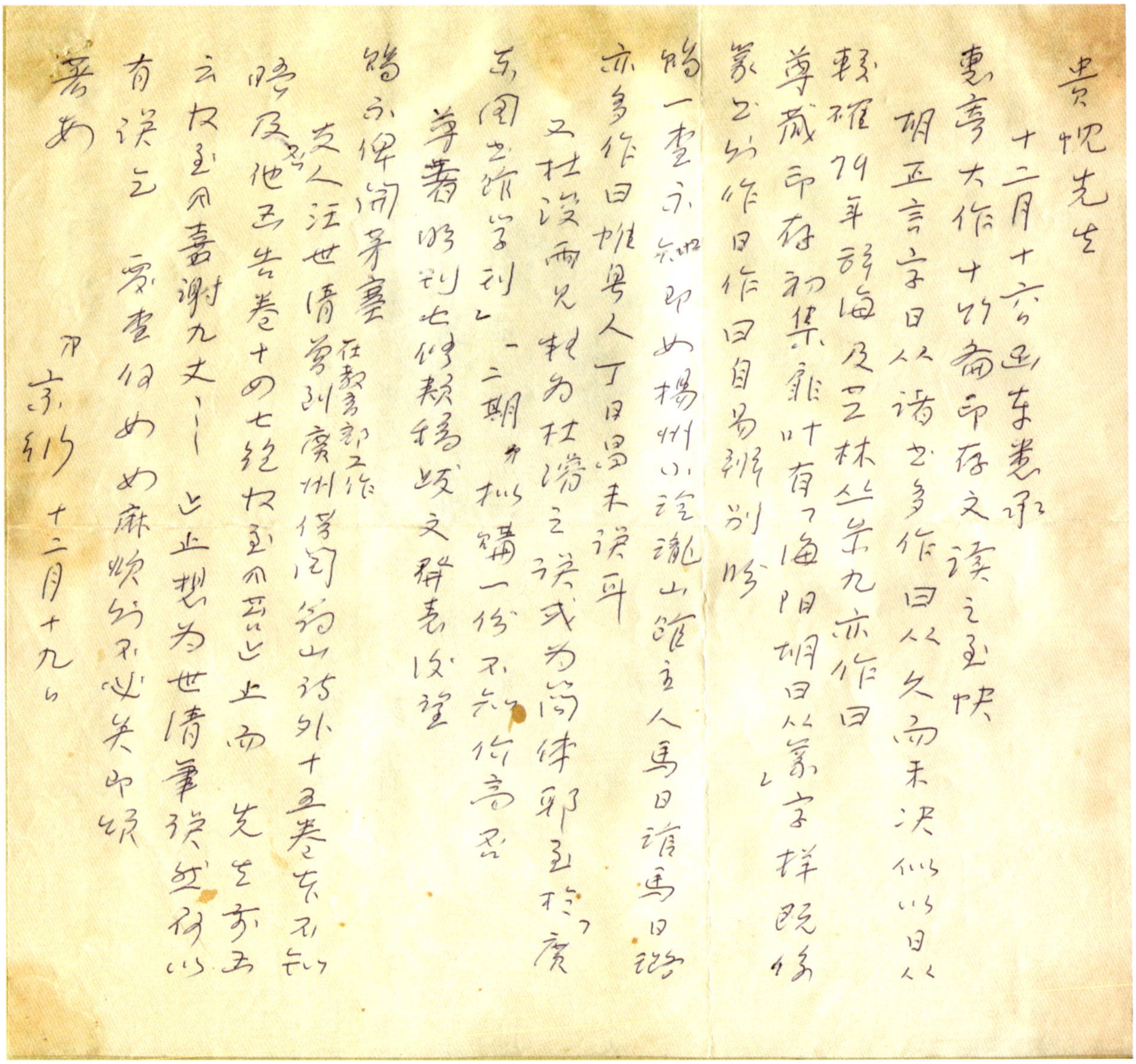

貴忱先生：

十二月十六日手書奉悉。

惠寄大作十竹齋印存文，讀之至快。

胡正言字曰从，諸書多作曰從，久而未決，似以曰從

較確。汪辟疆及芝林叢書九亦作曰。

尊藏印存初集，前葉有「海陽胡曰從篆」字樣，既係

篆書，似作曰作白自易識別。

鳴一查示知，即如揚州小玲瓏山館主人馬曰琯、馬曰璐

亦多作曰，惟粵人丁日昌未誤耳。

又杜濬而兄較為杜濬之誤，或為同律邪？至於「廣

東圖書館學刊」一、二期均擬購一份，不知價高否？

尊著明刊七修類稿跋文，殊甚盼望

賜示，俾開茅塞。

友人汪世清（在教育部工作）曾到廣州借閱翁山詩外十五卷本，不知

晤及否？他函告卷十四七絕「坟至日嘉謝九丈」云云，上止，而先生亦云

「坟至日嘉」上止，想為世清筆誤，然何以

有誤也？覆書但如麻煩，大可不必矣。即頌

著安

弟 宗衍 十二月十九日

十二月二十九日

貴忱先生：

十二月廿二、三夜兩示先後奉悉。承惠《學刊》[一]三册，拜領，謝謝！另函祈交圖書館。又郵上張家玉《軍中遺稿》[二]、張穆《鐵橋集》[三]各一册，亦請轉交，又二册請賞收賜覆。

胡正言書皆作「㠯從」，篆文自以作「曰」，不是「日」，且名字亦相應，自無可疑。

元旦之翌日，廣州圖書館開館（在中山四路），廣州市政府本有請柬來，以日前入中文大學肚餓受涼，涕痰交作，不適，故不能成行。如晤諸公，乞爲代致歉忱。餘後詳。即頌

著安

宗衍　十二月廿九日

【注釋】

［一］指《廣東圖書館學刊》。

［二］指明張家玉撰《張文烈公軍中遺稿》，香港何氏至樂樓影印本。

［三］指明張穆撰《鐵橋集》，香港何氏至樂樓影印本。

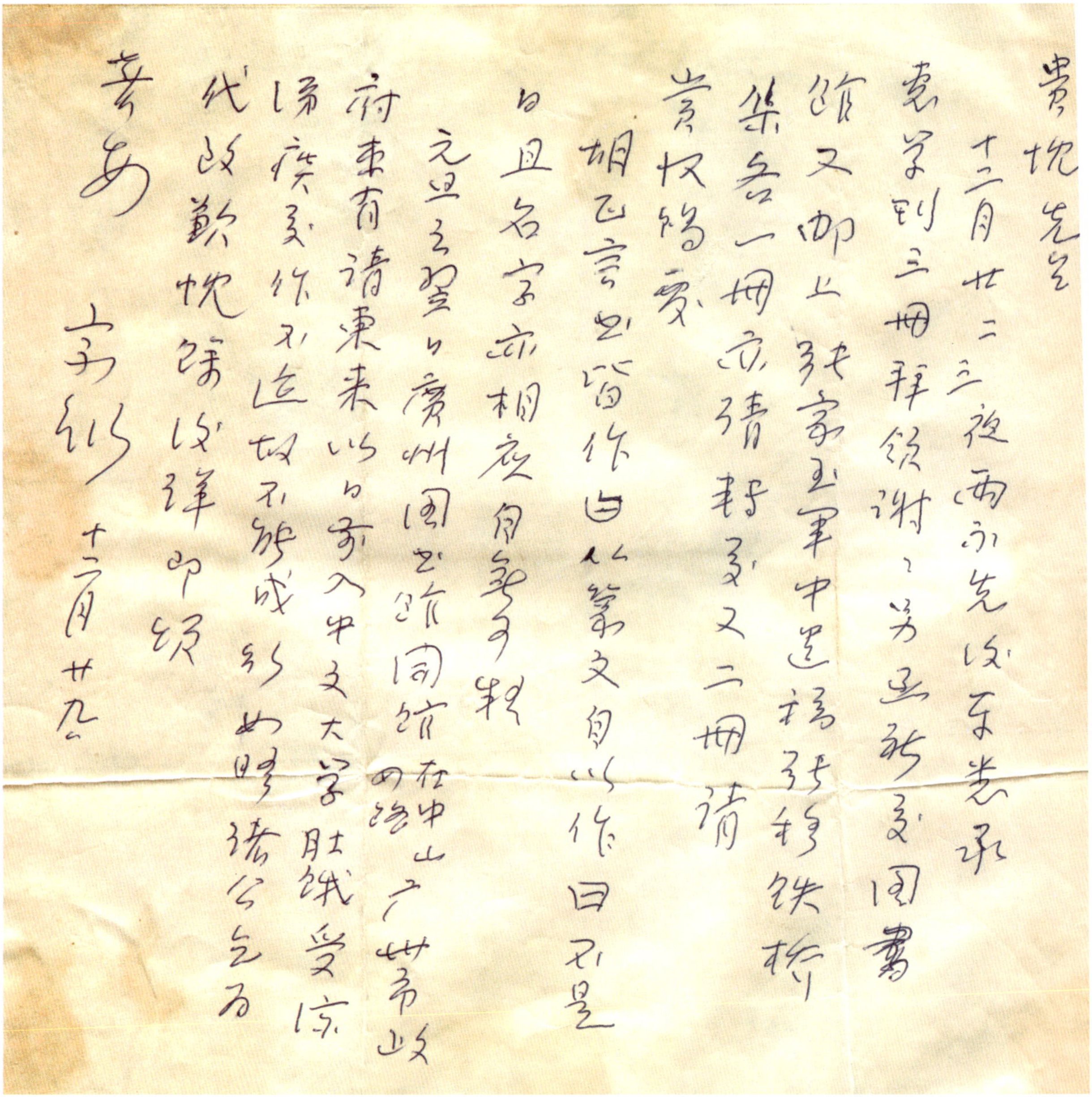

貴忱先生：

十二月廿二、三夜兩示先後奉悉，承

惠寄到三冊拜領，謝謝。另函致圖書

館又仰止上張家玉軍中遺稿、張穆鐵橋

集各一冊亦請封寄。又二冊請

賞收爲愛。

胡氏言此皆作白以篆文自以作日不是

日且名字亦相應自無可疑。

元旦之翌日廣州圖書館同館在中山廣州市政

府來有請柬來，以日前入中文大學肚餓受涼

歸疾發作不適，故不能成行，如晤諸公乞爲

代致歉忱。餘候詳叩，頌

著安

宗衍 十二月廿九

一九八二年

一月九日

貴忱先生：

一月五日中午大函奉悉。舊抄本《張家玉軍中遺稿》尚存人間，至爲欣慰。自至樂樓本刊行，弟亦見一抄本，基本上字句與新刊本同，但有較勝者少許耳。《致佟養甲書》則東莞張滄海本已有之矣。

此本尚有不少奏疏爲張本作□，而其尚存原文者亦有不少，但張本全無敕書，惟永曆本有之，即朱希祖《明季史料題跋》所列者，可惜較之朱本缺少一二篇而已，惜無暇詳細校勘也。

去年友人在港得朱希祖舊藏永曆本《陳岩野集》[一]二册，即《明季史料題跋》之本（有《獨漉》跋，文集中未載，温刊亦無），可惜其人視爲秘寶，衹複印數頁贈我，不肯出示爲憾。《至樂樓叢書》新影印道光本《岩野集》，增加附録，爲抗戰前發見之壙志及永曆帝之敕書（從《獨漉》寫本抄出），不知得見否也？匆匆。即頌

著安

弟宗衍　一月九日

【注釋】

[一] 即明順德陳邦彦撰《陳岩野先生集》。汪宗衍撰有《記永曆刻本〈陳岩野先生集〉》。

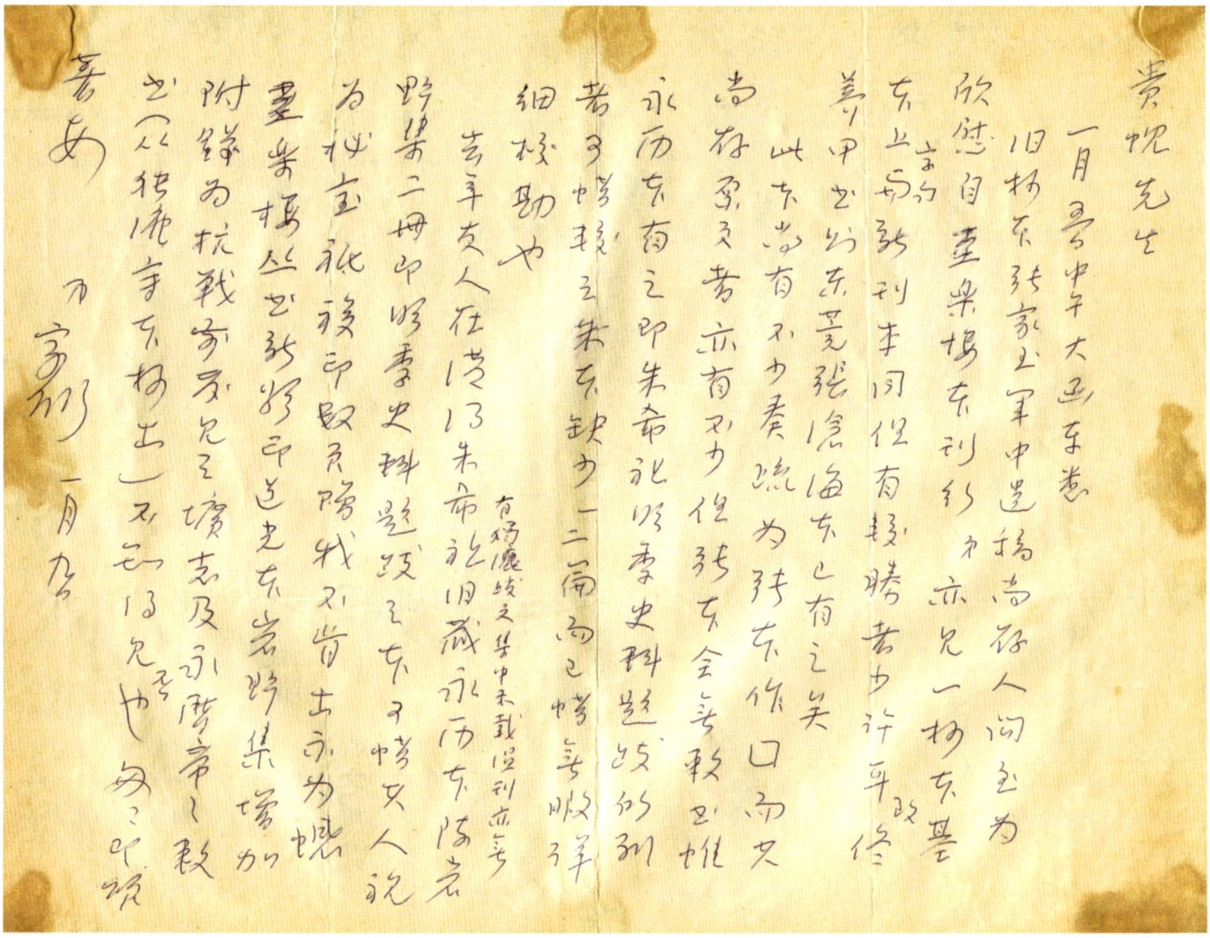

貴忱先生：

一月三中午大函奉悉。舊抄本張家玉軍中遺稿尚存人間，至為欣然，自臺樂搜集刊行，亦見一抄本，東山宗的新刊本同，但有較勝者少許異修。善甲之以東莞張倫海東已有之矣。此本尚有不少奏疏為張本作口而又尚存家之書亦有不少，但張本全無收之，惜永歷東有之，即朱希祖明季史料題跋所列者，可惜較之朱本缺少一二篇而已，惜無暇詳細校勘也。

去年友人在港得朱希祖舊藏永歷本陳忠野集二冊（有好處，跋文朱中未載，但刊亦無），即明季史料題跋之本，可惜友人說為秘寶，祇印，取員隨我不肯出示為憾。畫禁據以影印，連先生嶺野集增加附錄為抗戰前家兄之壞志及永曆帝之數出（從他處寫本抄出），不知得見否也。匆匆即頌

著安

弟 宗衍 一月九

二月十六日

貴忱先生：

寄來《學報》第四期一册早已拜收，時值春節，俗冗未覆謝，至歉。拜讀大作，關於《胡氏印存》價值等發前人所未發，不特書林佳話，亦經濟史料，服之無斁。頃又承惠示新製《書展欣賞記》[一]文，如入寶山，雖未見原迹，亦嘗鼎一臠，何快如之。辱示將刊出介紹胡正言所刻書大文，此等資料前人罕及之，真可云讀書得間矣。今年十二月廣東博物、廣州美術兩館與中文大學文物館合辦繪畫展，稍遲文物館將派員往穗選件，并携攝影器材前去工作。如天氣凉好，弟將同行，先以奉告。此行有年富力强者同往，可照料一切。弟老矣，既怕冷，又畏熱，衣服携帶較多，廣州市圖書館開幕不敢前來，即此故也。專覆。

即頌

著安

弟宗衍　二月十六日

【注釋】

[一] 指王貴忱撰《名家書法展覽欣賞記》，《廣州日報》一九八二年二月。

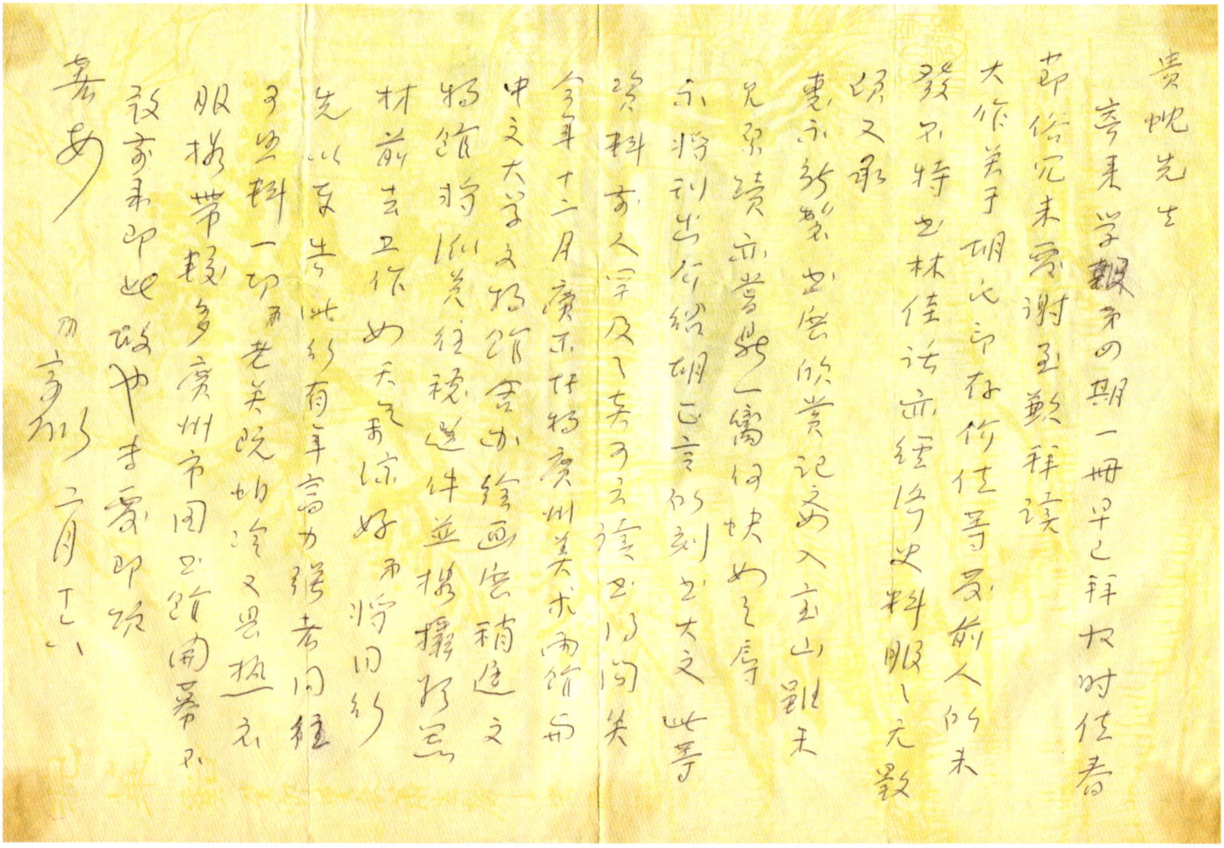
贵忱先生
寄来学报第四期一册早已拜收，以时值春
节俗冗未寄谢，至歉。拜读
大作关于胡氏印存所作佳著，发前人所未
发，不特艺林佳话，亦经济史料，服服无数。
顷又承
惠示新制出窑欣赏记，如入宝山观宝，
兄宗读亦当写一篇同快，如之序
亦将刊出。於绍胡正言所刻出大文，此等
资料前人罕及，可喜可贺，亦读书同关。
今年十二月广东博物、广州美术两馆与
中文大学文物馆合办绘画展，精选文
物馆将借出选件，并携撰写
材前去工作，如天气来凉好，亦将同行，
先以奉告。此行有年富力强者同往，
弟出料一切，年老矣，既怕冷又畏热，衣
服携带较多，广州市图书馆开幕亦
设前来即此致，即请
著安
宗衍 二月十八

六月十八日

貴忱先生：

二月十四夜函收到。大作關於《癡華鬘》文[一]閱悉，甚有趣。兩種版本想尊藏魯迅著僉者爲初印本，不知版權頁相同否？弟亦有初版魯迅著作，存澳門中。

《朵雲》未見。

《圖書館學刊》八二年二期大作未收到，容奉覆。

祝

好

衍　六月十八日

【注釋】

[一] 指王貴忱撰《魯迅題書籤本癡華鬘》。

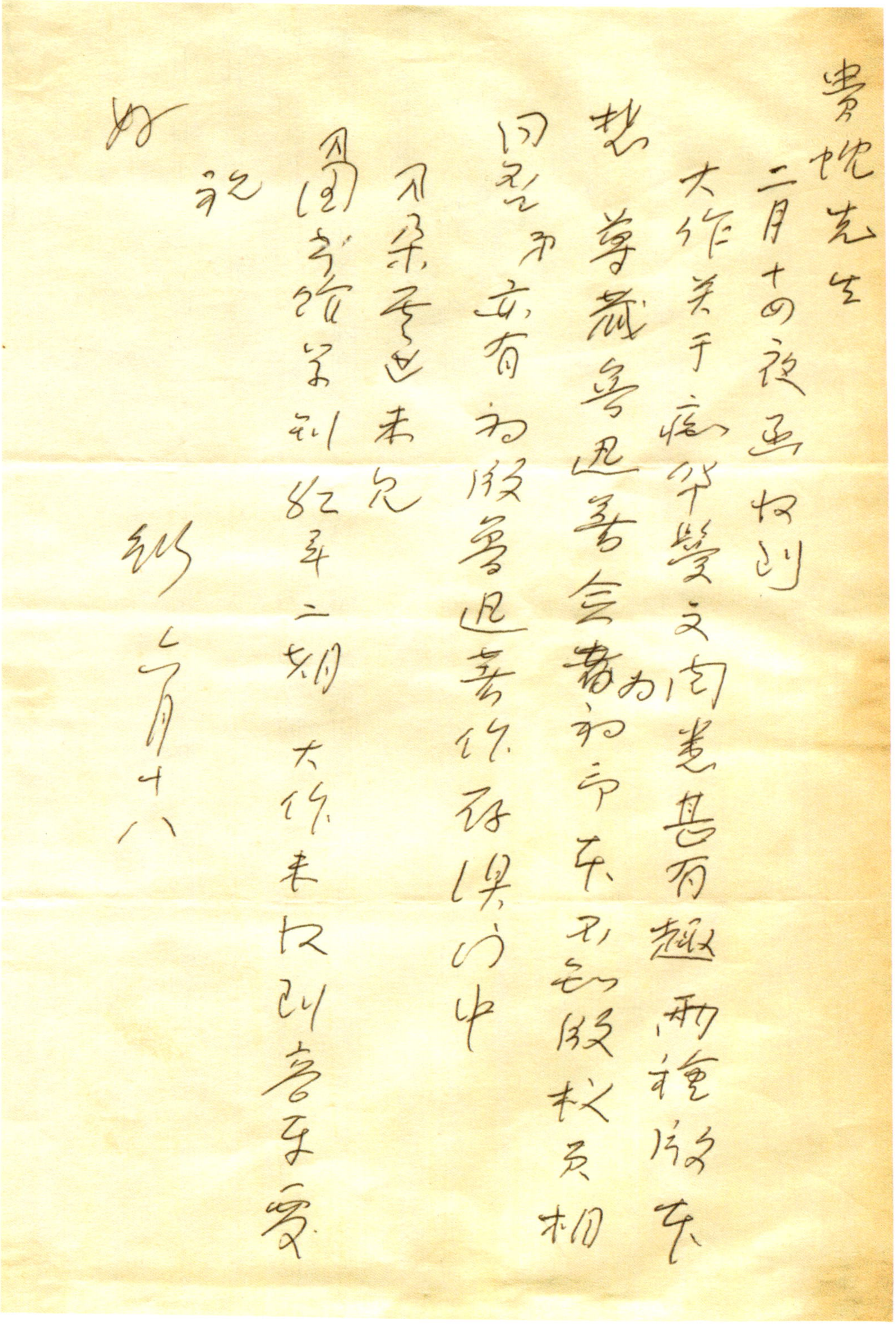
贵忱先生：
二月十四夜函收到。
大作关于庐山变文问题甚有趣。两种版本
拙尊藏鲁迅著會稽書为初印本，不知版权页相
同否？亦有初版鲁迅著作存俟问中。
又采香迹未见。
图书馆寄到红楼二期，大作未收到，容再觅。
祝
好
衍 六月十八

六月二十七日

貴忱先生：

六月廿三日示敬悉。前函云有《學刊》寄下，迄未收到，曾以電話詢黄宇翁，敝處亦未收到，第二期專文介紹其藏書捐文，亦未遞達。

《陳垣治史遺簡》一文曾於雜志見之，惟《廣州文博通訊》未知此書，則甚欲一讀爲快也。《朵雲》似未見在三聯陳列，近來天熱路遠，弟衹旬日一往而已。

來函云拆出寄下亦一辦法。

頃擬寫《跋永曆刊本陳岩野集》一文（附插圖），約千餘字，未貴刊肯收外稿否？祈示知。專此即頌

著安

弟宗衍　六月廿七日

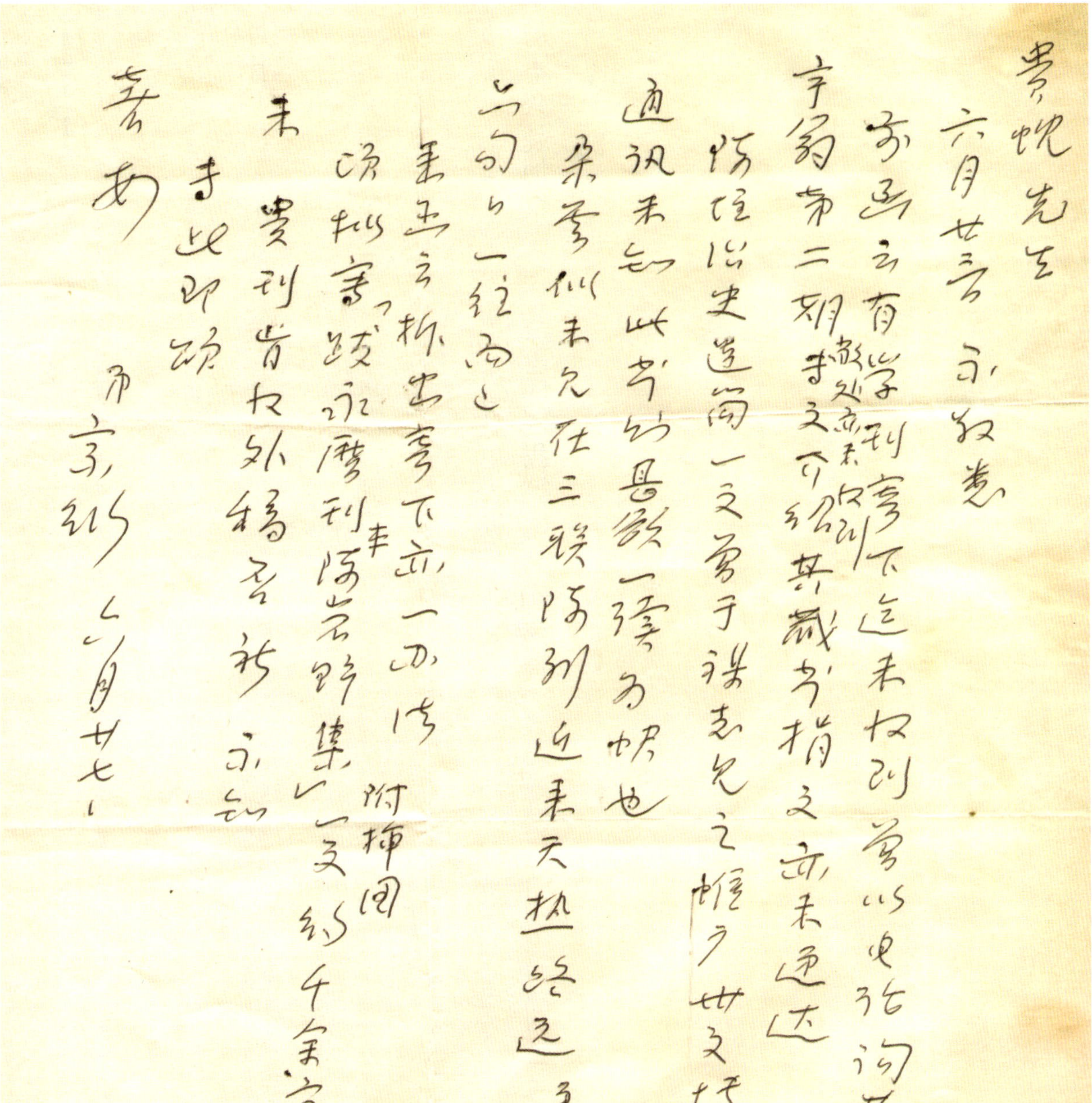
貴忱先生：
六月廿三日示敬悉。
前函云有學刊寄下，迄未收到，曾以先[?]詢貴
辛翁第二期（敝處亦未收到）拙文介紹其藏書跋文，亦未通达
[?]證史遺稿一文寄于[?]誌兄之報[?]世文[?]
通訊，未知此書能否賜一讀為快也。
柔鄉似未見在三聯陳列，近來天熱，終還[?]月
又[?]約一往而已。
弟[?]函云擬出寄下，亦一助[?]。
陳槐案跋記、廣刊陳來岩野集一文，附插图，
未[?]貴刊肯收外稿否，祈示知。約千餘字。
專此即頌
著安
弟宗衍 六月廿七日

七月三日

貴忱先生：

六月廿九日大函并《朵雲》八二年二期拜收，謝謝！此書内容豐富，獲益良多，惟書值頗昂，殊感不安耳。

《陳垣文集》第二册已由京友寄到，不敢多瀆清神，心領敬謝。此間雖欲得讀者多，實難代謀，乞憐耳。

日間擬到三聯詳詢《朵雲》有無海外發行，如無之，弟有人民幣存穗，將托人奉上若干爲買書之用。

宇翁不久赴加拿大視其子孫，我笑之爲「親省」。曾以電話詢之，則云《學刊》仍未寄到，與弟處同想亦浮沉矣。即頌

著安

弟宗衍　七月三日

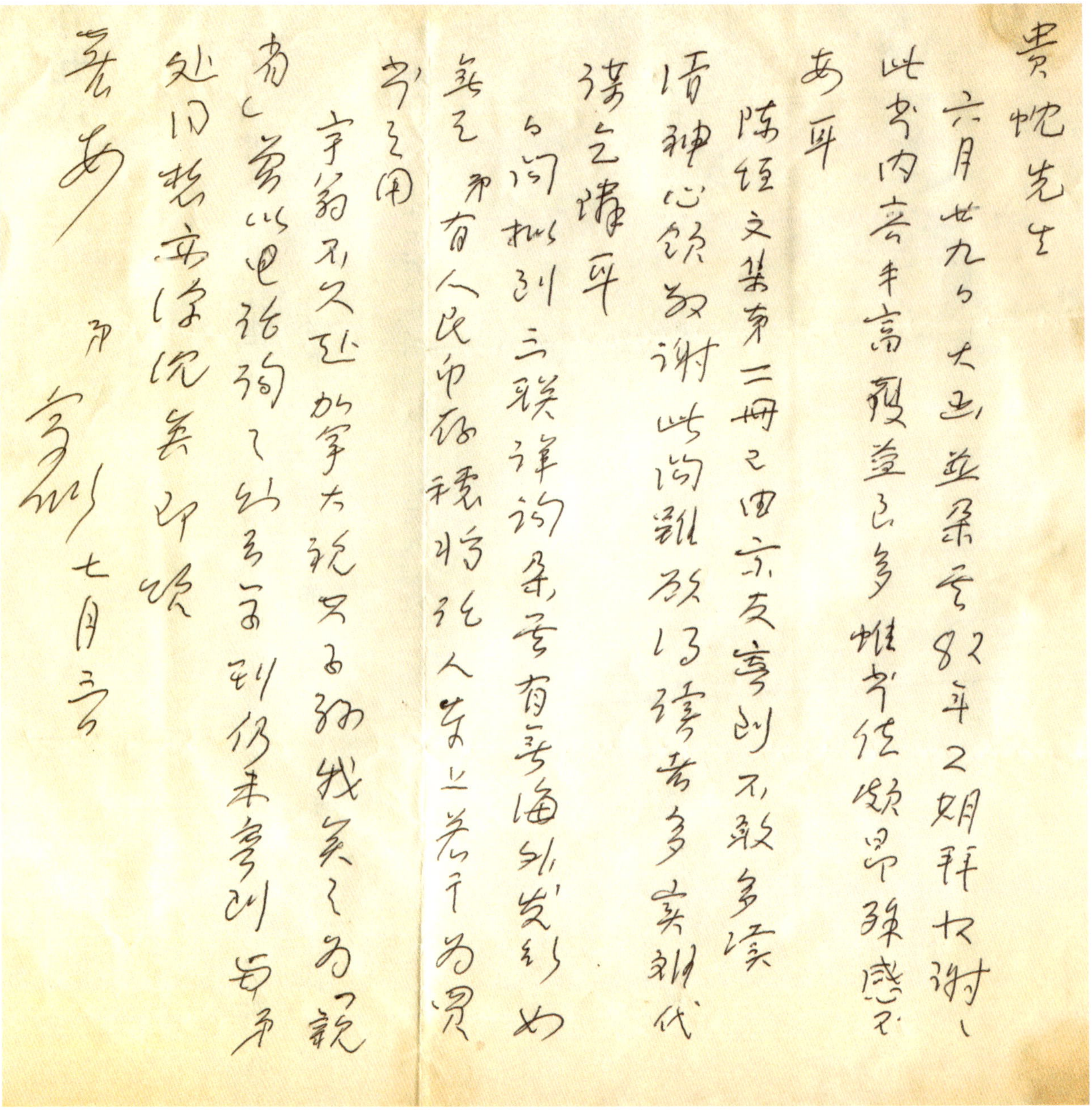
貴忱先生
六月廿九日大函並眾香80年之期拜收謝謝
此書內容豐富裨益良多惟書法頗異殊感
安耳
陳垣文集第二冊已由京友寄到不敢多讀
清神心領敬謝此間難以購得者多矣賴代
謀之幸耳
日內擬到三聯詳詢眾香有無海外發行如
無之弟有人民幣存穗將託人帶上若干為買
書之用
守翁不久返加拿大說只可種幾天之命可說
老之前以電話詢之如否寄到彼未寄到而弟
此日指示深感無已
著安　弟宗衍 七月三日

七月五日

貴忱先生：

七月二日函并《學刊》第二册拜收，敬謝。拙作遵囑寄上，請指正，如可發表，請付《學刊》，否則爲我藏拙。年老寫字草草，不能作楷，如有不明之字，請示知。若有排樣，以二校寄來自校，亦可不阻時日也。

大作俟細拜讀。昨正發一函，順及。祝

好

弟宗衍　七月五日

《朵雲》收到，謝謝。此處挂號每四元即国一點三，太昂，故平郵寄出，收到乞覆。

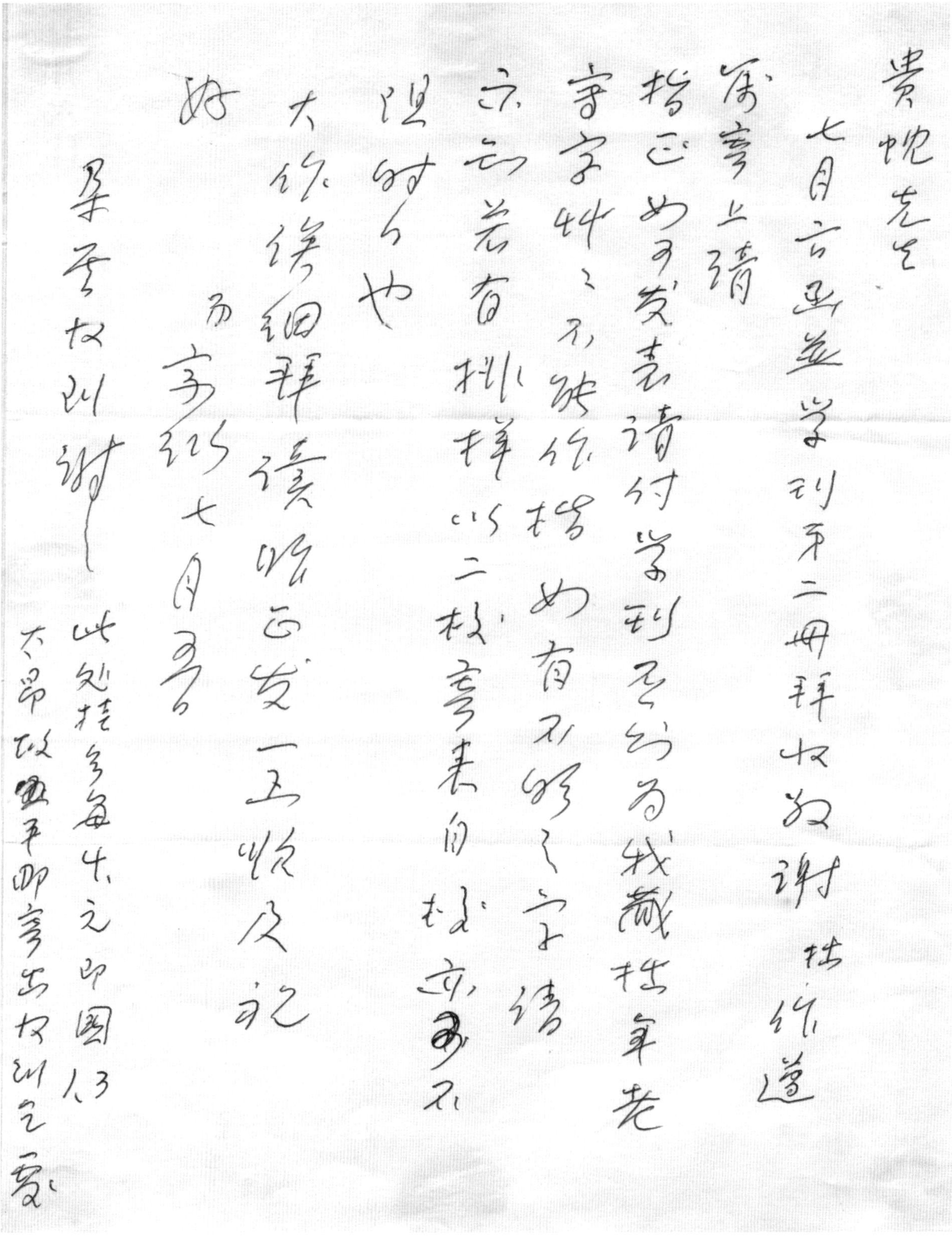
貴忱先生：

七月六日函並書到，第二冊拜收，敬謝。拙作遵
屬寫上，請
指正。如可發表，請付書刊，至於為我藏拙。年老
寫字草草，不能作楷，如有不能識之字，請
示知。若有排樣，以二校寄來自校亦可，不
過討厭也。
大作俟細拜讀，暇當發一函[illegible]之
好
弟 宗衍 七月[illegible]日
來函收到謝謝
此處掛號每件七元，即[illegible]13 太昂，故由平郵寄出，收到乞覆。

七月六日

貴忱先生：

昨奉示并《朶雲》即復乙函，附拙稿并書影，計達台覽。兹囑舍侄德森送上十二元爲訂購今年《朶雲 一》（請補購）及《浙東三祈藏書和學術研究》（兩部）用。弟原籍爲紹興，與三祈同鄉之誼，費神感謝曷已。即頌

著安

弟汪宗衍 八二年七月六日

七月四日函續收悉，拙稿及書影已再寄一份去貴館矣。

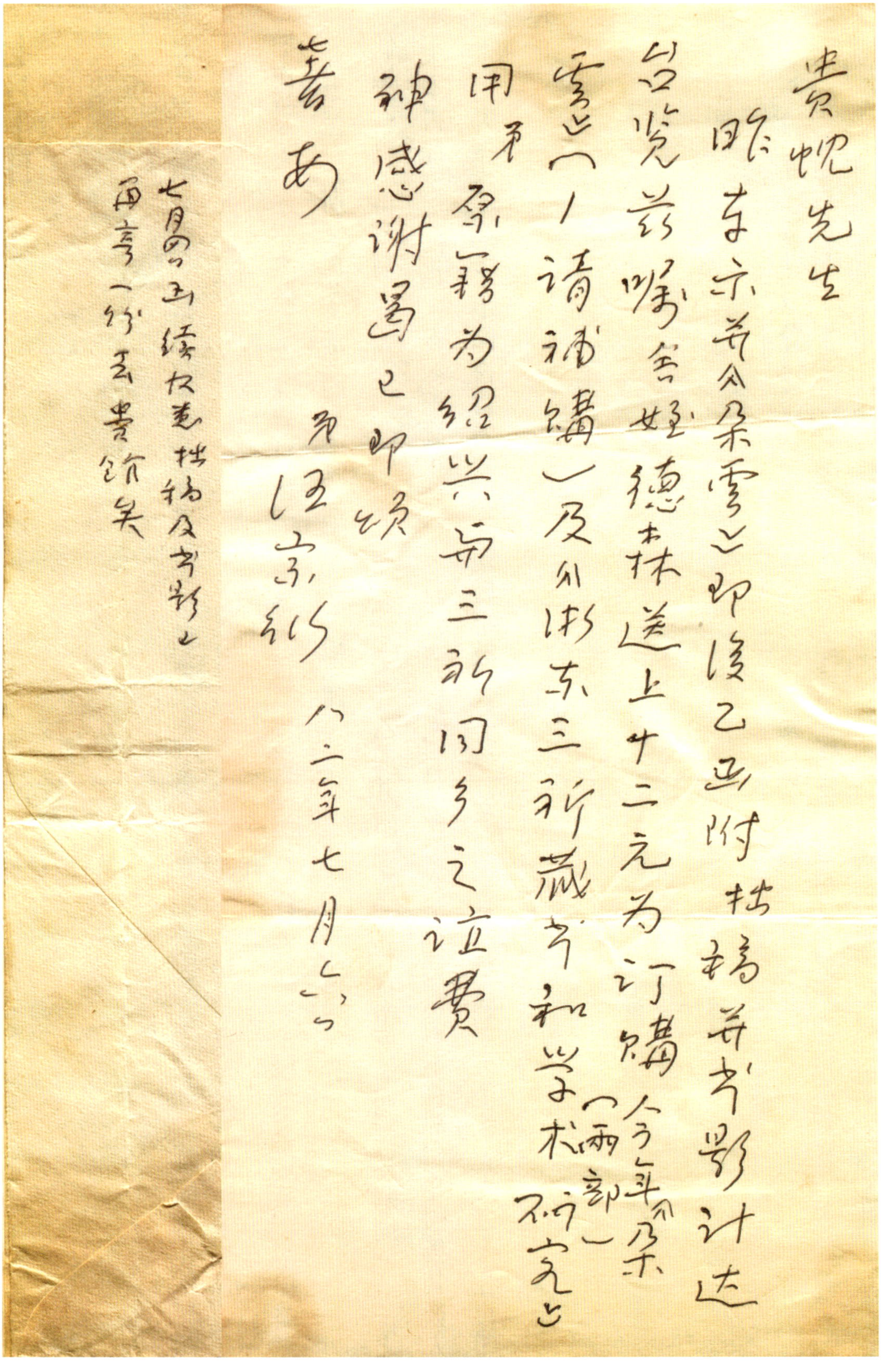

贵忱先生

昨奉示并公朵云」即复乙函，附拙稿并书影，计达

台览。前嘱舍侄德林送上十二元，为订购今年分朵（两部）

云」（一）请补购（一）及分浙东三行藏书和学术研究」

用。不原籍为绍兴，与三行同乡之谊，费

神感谢曷已。即颂

著安

弟汪宗衍 八二年七月六日

七月四日函续次惠拙稿及书影」再寄一份去贵馆矣

七月十日

貴忱先生：

七月六日函奉悉。《學刊》《朵雲》均先後遞達奉覆。《李可染畫論》[一]收到，拜讀大作，獲悉先生於繪畫功力甚深，至爲欣快，所謂能者無所不能也。

拙作改題爲《記永曆刊本陳岩野集》，一寄尊齋，一寄貴館，想已寄達。末段如有疵謬，幸節略之。《朵雲》一期已從友人借閲，不必補寄，心領敬謝。

偶檢塵封，得張菊生年丈（元濟）[二]與先父函札乙通并附函筒，乃言南海潘明訓（宗周）[三]之《寶禮堂宋本書録》（禮爲宋本《禮記正義》）爲張丈代編，足備掌故。寶禮藏宋本百部，建國後其後人盡捐獻國家，鄭振鐸主持之中國書籍展覽亦陳列逾半數，擬寫一文述，日内草成，再呈教，先以張札複印本奉覽。祝

好

弟衍　七月十日

【注釋】

[一] 上海人民美術出版社出版《李可染畫論》内收王貴忱撰《李可染及其藝術成就》。

[二] 张元濟（一八六七—一九五九），號菊生，浙江海鹽人。出版家、教育家。

[三] 潘宗周（一八六七—一九三九），字明訓，廣東南海人。近代著名藏書家。一九五一年其子潘世兹將寶禮堂藏書捐中國國家圖書館。

贵忱先生：

七月六日函来悉。李可染画论收到拜读（学刊、朵云均先后过还东莞）。

大作获悉

先生于绘画功力甚深，至为钦佩，所谓能

者无所不能也。

拙作改题为《记永历刊本陈岩野集》一篇，

尊处一篇贵馆想已寄还，末段如有疵谬，

幸节略之。

朵云八期已以友人借阅，不必补寄，心领

敬谢。

偶检廖封13张菊生年丈（元济）与先父

书札一通，并附函简，乃言南海潘明训（宗

周）之公宝礼堂宋本书目（礼为宋本礼记正义），此为张丈代编，足

备掌故。宝礼藏宋本书于建国后其后捐献

国家，郑振铎主持之中国书稿展览亦陈列过

半数。拟写一文（内附此函，成再呈教）述之，先以张札复印寄奉，专祝

好

衍　七月十六

七月十三日

貴忱先生：

七月九日函拜收，藉悉尊臂粉瘤做切除手續[一]，想已復元，念念。頃草關於潘宗周一文，弟所知其生平不詳，但張菊老爲代編《寶禮堂書録》人所罕知，故述之，如有篇幅，可發表之，不必亟亟。書影前已寄上。即頌

大安

弟宗衍　七月十三日

【注釋】

[一] 續，應爲「術」。

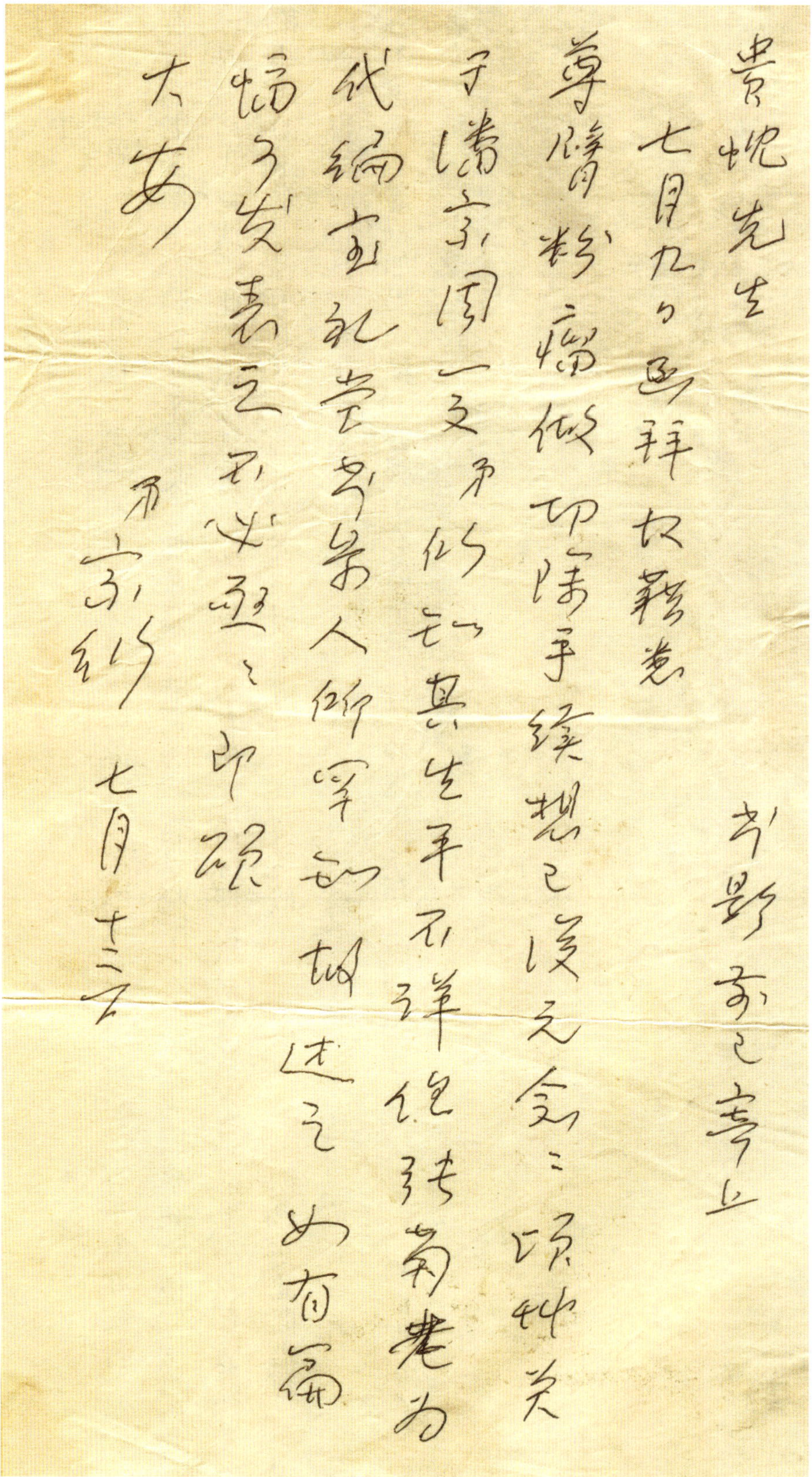

貴忱先生：

七月九日函拜收，藉悉

尊體稍痛，做切除手續，想已復元，念念。頃作吳

子濤宗周一文，弟所知其生平不詳，但張菊老為

代編寶紀堂書目，人所罕知，故述之，如有篇

幅可發表之，不必亟亟。即頌

大安

弟宗衍 七月十二

書影寄上

七月二十五日

貴忱先生：

兩奉惠教，藉悉尊臂施小手術切除粉瘤後已拆綫，至慰遠念。弟卅年前有小瘤在腰背右邊，睡眠不覺有礙，老來消瘦，隨之幾平復矣。拙稿爲一時興到，藉供指正，乃蒙印入《學刊》中，誠恐貽笑大方，則付丙丁爲我藏拙。此等標題衹可每期一篇，如有他文儘可押後，不必亟亟。前上小款爲數區區，擬爲買會稽祁氏澹生堂等書用，不知已出版否？屢瀆清神，感荷奚似。《朵雲》第一期已在此間借得，不必購寄。《寶禮書録》雖爲張菊丈代編，其時張丈已年逾七十，疑爲實出於顧廷龍[一]先生之手，以顧編《涵芬樓善本書録》體裁如出一轍，亦張丈有所指示也。顧先生聞在上海，今亦近八十矣。專此即頌

著安

汪宗衍　七月廿五日

【注釋】

[一] 顧廷龍（一九〇四—一九九八），字起潛，别號匋誃，江蘇蘇州人。中國版本目録學家、圖書館事業家。

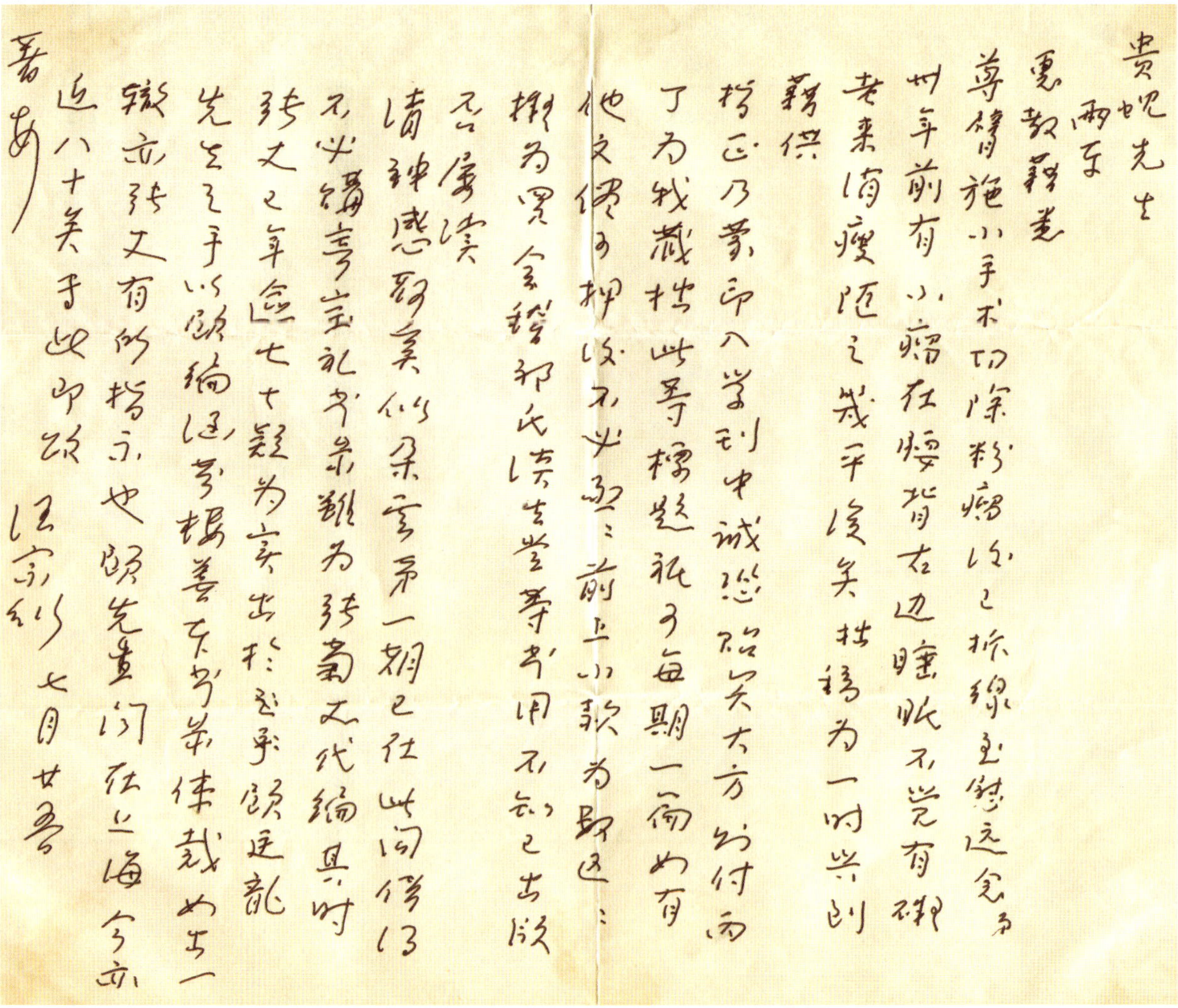
贵忱先生
两手
惠款释悉
尊体施小手术切除粉瘤，临之于线，至念。忆吾
卅年前有小瘤在腰背右边，睡眠不觉有碍，
老来消瘦，随之发作，平复矣。拙稿为一时兴到
藉供
指正，乃蒙印入学刊中，诚恐贻笑大方，如付而
了，为我藏拙。此等标题祇可每期一篇，如有
他文，便可抑改，不必急急。前上小款为聊达
微忱，为买含经邵氏读书堂本用，不知已出版
否，广读
清神，感谢莫似朵云，第一期已在此间借得，
不必续寄。宝礼等弟难为张编文代编具时
张文之年逾七十，疑为实出于[illegible]，[illegible]廷龙
先生之手，以头编通，考据甚有，若非体裁，如出一
辙，亦张文有所指示也。顾先生门在上海，今亦
近八十矣。手此即颂
著安
汪宗衍 七月廿三

可居室藏汪宗衍致王貴忱函

八月九日

貴忱先生：

上月卅日函奉悉。拜讀大作容老文[一]，并悉其病况好轉，至爲欣慰。《書譜》新出黎簡專號，寄呈哂存。《芙蓉亭文》係廿餘年前舊作，轉載《藝林叢録》，乞指教。廣州圖書館藏抄本即從敝篋本出。順及。即頌

著安

弟衍　八月九日

【注釋】

[一] 指王貴忱、歐初合作的《嚴正、勤奮的容庚教授》，《南風》第三十七期，一九八二年七月三十一日。

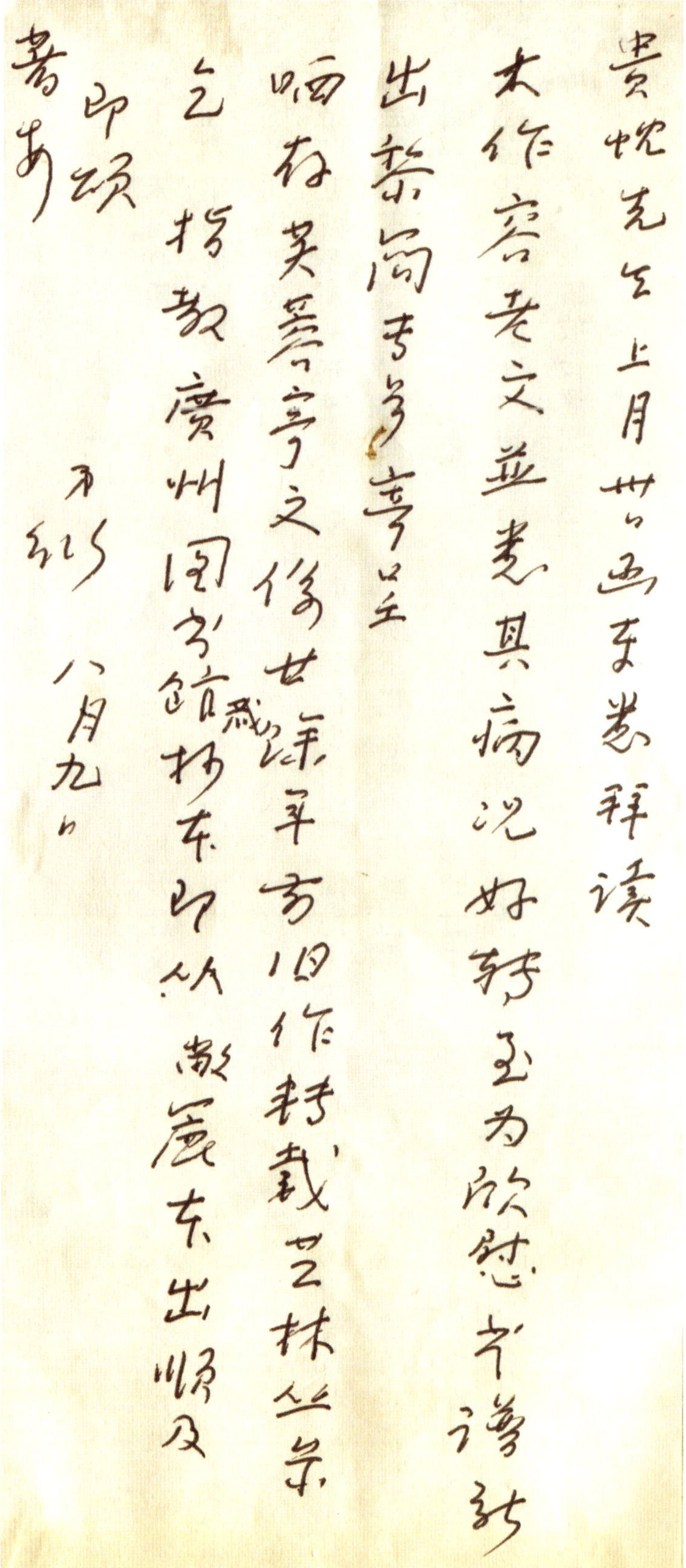
貴忱先生：上月廿日函奉悉，拜讀
大作容老文，並悉其病況好轉，至為欣慰。年譜新
出蔡尚書多亭足
晒存吳蕃亭之修世戲詳年方旧作詩載藝林叢錄
乞指教。廣州圖書館抄本印从徵廣東出，順及。
即頌
著安
宗衍 八月九日

八月二十六日

貴忱先生：

八月廿二日手教奉悉。萃經堂主人盧達文先生[一]（渾名阿妹）裝訂修補古籍爲近數十年能手，且能裝治「金鑲玉」[二]善本，一時無與抗衡，渠亦自負不凡。裝修裱補弟亦能之，蓋久坐書鋪自可偷師，惟「金鑲玉」未嘗動手。弟在《楚庭稗珠録》一文，亦提及達文。解放後，弟在澳門（時寓此）曾遇達文於路上，五六年前後，弟販書京滬穗（以預付出貨款向海關申請出口），亦托達文辦理，而以京滬爲多，自五九年國營而香港設立集古齋，遂停販，改在《大公報》寫稿矣。慈華年較少，弟十餘歲即見其在鳳文樓（文化路口近城隍廟）充雜工，鳳文與先父自少相交，恂恂一儒者，亦盧姓。廣州業書者皆三水人，多盧姓，而慈華裱書亦頗粗，遠不如達文。廣州雙門底尚有登雲閣，駱浩泉多收善本，價昂，非寒士敢望之。清末賣書與王雪丞[三]、羅雪堂[四]，潘、伍[五]之書多經其手。九經閣裝訂亦佳，達文在西關路遠不能常往。九經忘其名，亦盧姓，頗識書，勝慈華，後遷去廣府學宮對面。浩泉、九經想先生不及見之矣。偶憶書林故友絮絮，及解放後達文、慈華想國家安排在圖書館工作矣。餘俟續詳。天暑，諸希珍重。即頌

撰安

汪宗衍　八月廿六日

【注釋】

［一］盧達文，民國年間在廣州修補古書，王貴忱曾向其學習修書。

［二］金鑲玉，古籍修復中「修舊如新」的方法，一种特殊的加衬紙方法。

［三］王秉恩（一八四五—一九二八），字雪丞，四川華阳人。清末藏書家、書法家。

［四］羅振玉（一八六六—一九四〇），字叔蘊，號雪堂，浙江上虞人。中國金石學家、古文字學家。

［五］指潘仕成、伍崇曜。

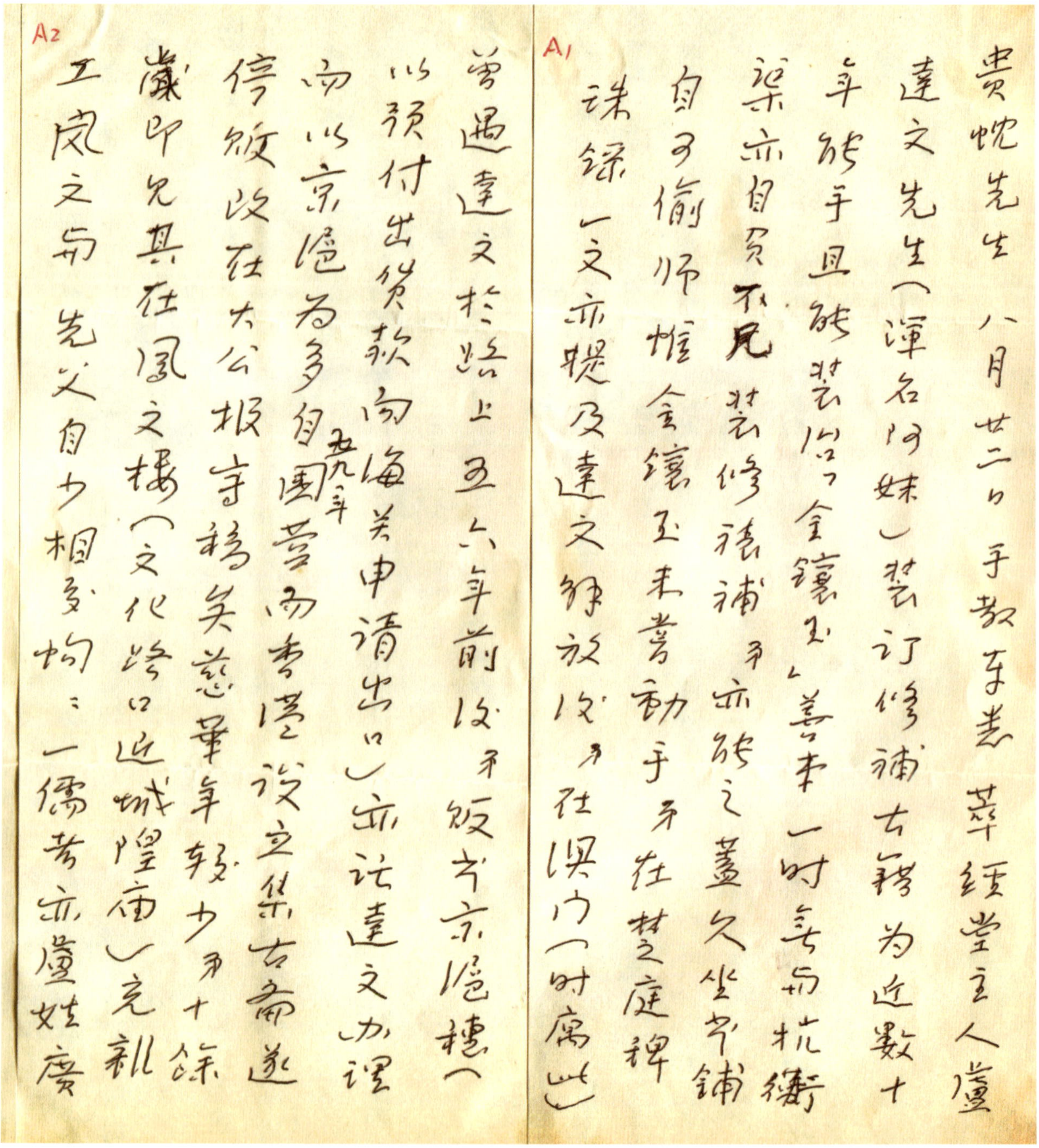

貴忱先生：八月廿二日手教奉悉。萃經堂主人盧
達文先生（渾名阿妹）裝訂修補古籍為近數十
年能手，且能裝潢金鑲玉善本，一時無兩。杭衛
渠亦自負不凡，裝修裱補多亦能之，蓋久坐書鋪，
自多偷師，惟金鑲玉未嘗動手。在楚庭稗
珠錄一文亦提及達文解放後在澳門（時寓此）
曾過達文於路上，五六年前後，多飯於京滬樓（
以須付出貨款向海關申請出口），亦託達文加理，
而以京滬為多。自（五九年）國營而香港設立集古齋遂
停飯，改在大公報寫稿矣。慈華年較少，多十餘
歲，即兄其在風文樓（文化路口近城隍廟）充記
工。兩人之兩先父自少相交，均一一儒者，亦盧姑廣

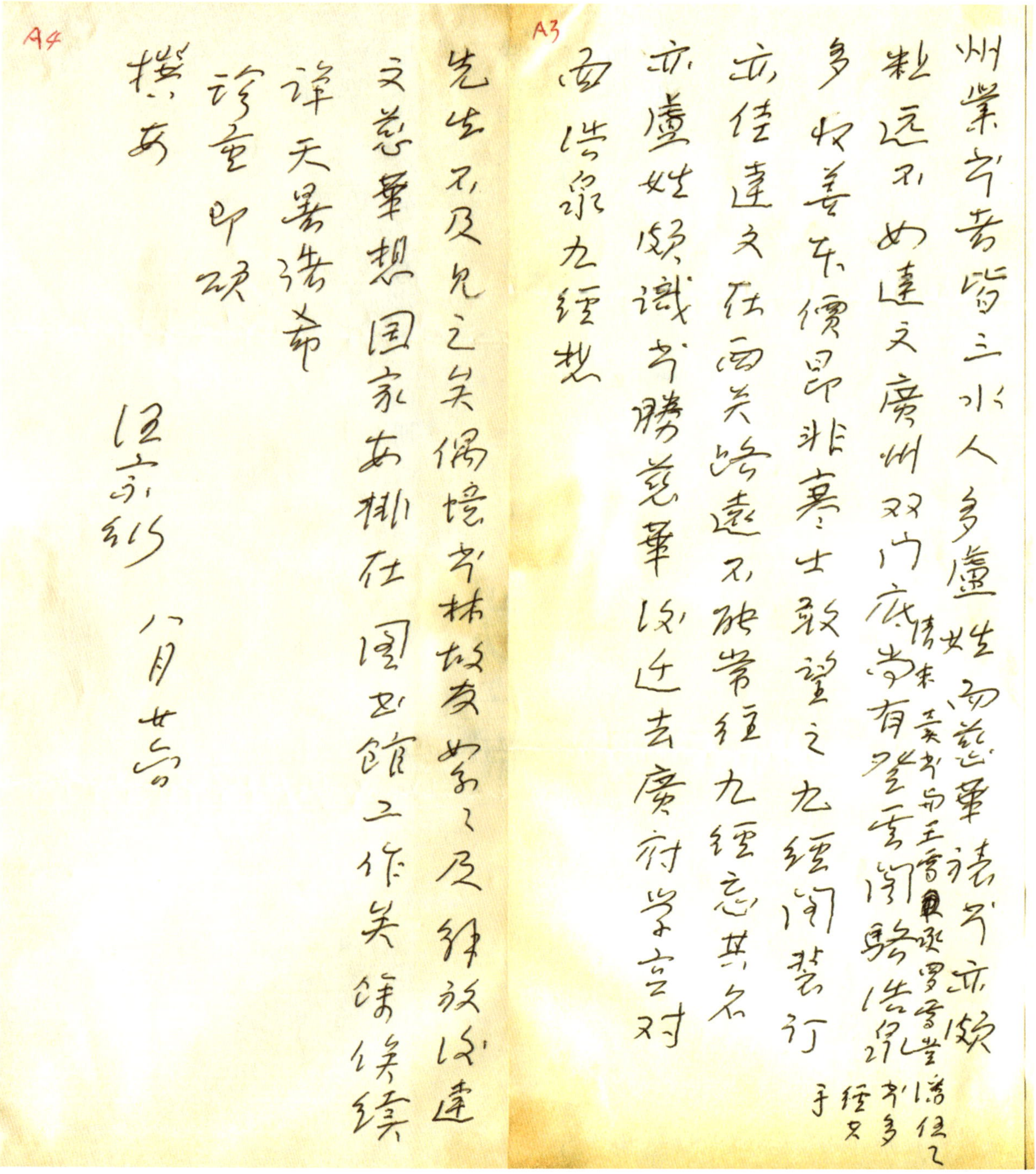
州業書者皆三水人多盧姓如蕙華諸書亦頗
粗通不如達文廣州双门底當有登雲閣驗浩泉（清末葉書局王雪澄罗雪堂諸位之書多經其手）
多收善本價昂非寒士敢望之九經閣藝行
亦佳達文在西关路遠不能常往九經忘其名
亦盧姓頗識書勝蕙華後近去廣府学宮对
西浩泉九經樓
先生不及見之矣偶憶書林故友如家之及緯放後達
文蕙華想国家安排在圖書館工作矣餘俟續
詳天暑諸希
珍重即頌
撰安
汪宗衍 八月廿六

九月八日

貴忱先生：

九月三日書悉。學東訪書記（舊名府學東街，云在廣府學宫之東）不易作，某店收有某異書、歸某人、今流傳何處，言之有物方能成文。談起「鳳文樓」有宋本《列子》歸石光瑛[一]先生（中大教授，原籍紹興，舉人，先伯弟子），又有吴榮光付其子尚志家書，提及陳頌南[二]爲草《筠清館金石録》皆雋物。可惜張穆[三]的《㸌齋集》四册（不寫畫的張穆）交臂失之，後來讀鄭振鐸的《劫中訪書記》[四]纔知爲難得。另在「鳳文」買了陳蘭甫批《姜白石集》，價五元，亦不在手邊矣。

南越黄腸木刻「甫廿」原本今存香港何君處（在滙豐銀行工作），此歸二先兄售與何者，《大公報》曾印《廣東名家書畫選集》，附册後拓本，後爲何君索去，以彼無拓本也。五十多年前在中山大學語言歷史研究所所爲小文抄掇而成，不足觀，而大體具備矣。《東方雜志》有譚鑣關於此冢記載，上海廣倉學會出版木刻拓本全份影本（一册），王國維有跋文在《集林》中，可資參。

來書談起鄧濤[五]，尚健在否？其父鄧啓精裱字畫，稍於「富墨齋」，鄧偉初設「雲林閣」於省署對面一小街（忘記），後搬去文德路。鄧啓不識鑒别，鄧濤不識裱畫（或少東不做），或經歷日久，聞鄧濤已成專家耶。

今年見某國内出版某雜志云廣東韶州發見漢墓，有年號磚，弟即購歸，但今遍覓不見，至悵。盼爲一查是某年號（或代問蘇賡春[六]先生）示知，至托至托。

廣州曾出土南越瓦[七]，去年蘇賡春來港，弟略詢之，云片瓦無存（指博物館）。又聞黃文寬[八]先生藏拓不少，頃欲寫一文，不能提及漢磚也。專此即頌

著安

弟衍　九月八日

匆匆草草，可笑。

【注釋】

[一] 石光瑛（一八八〇—一九四三），浙江會稽人。光緒癸卯举人。曾在中山大學執教。

[二] 陳慶鏞（一七九五—一八五八），字乾翔，號頌南，福建晋江人。官至監察御史。

[三] 張穆（一八〇五—一八四九），字石州，祖籍平定州上城。

[四] 應爲《劫中得書記》。

[五] 鄧濤（一九一〇—一九九五），廣東三水人。民國時在廣州經營畫畫業。後任職廣州市文物總店，爲廣州市文物鑒定委員會專家。

[六] 即蘇庚春（一九二四—二〇〇一），字更諄，河北深縣人。書畫鑒定家。

[七] 王貴忱收有南越國殘瓦首位發現者潘六如的《南越瓦文稿》手稿以及部分殘瓦，後黃文寬、盧子樞等人將所藏殘瓦贈予王貴忱。一九九九年，王貴忱將全部殘瓦捐贈廣東省博物館。二〇一八年，王貴忱、王大文、王浩之編成《南越國殘瓦墨景》。

[八] 黃文寬（一九一〇—一九八九），廣東臺山人。金石家、篆刻家。

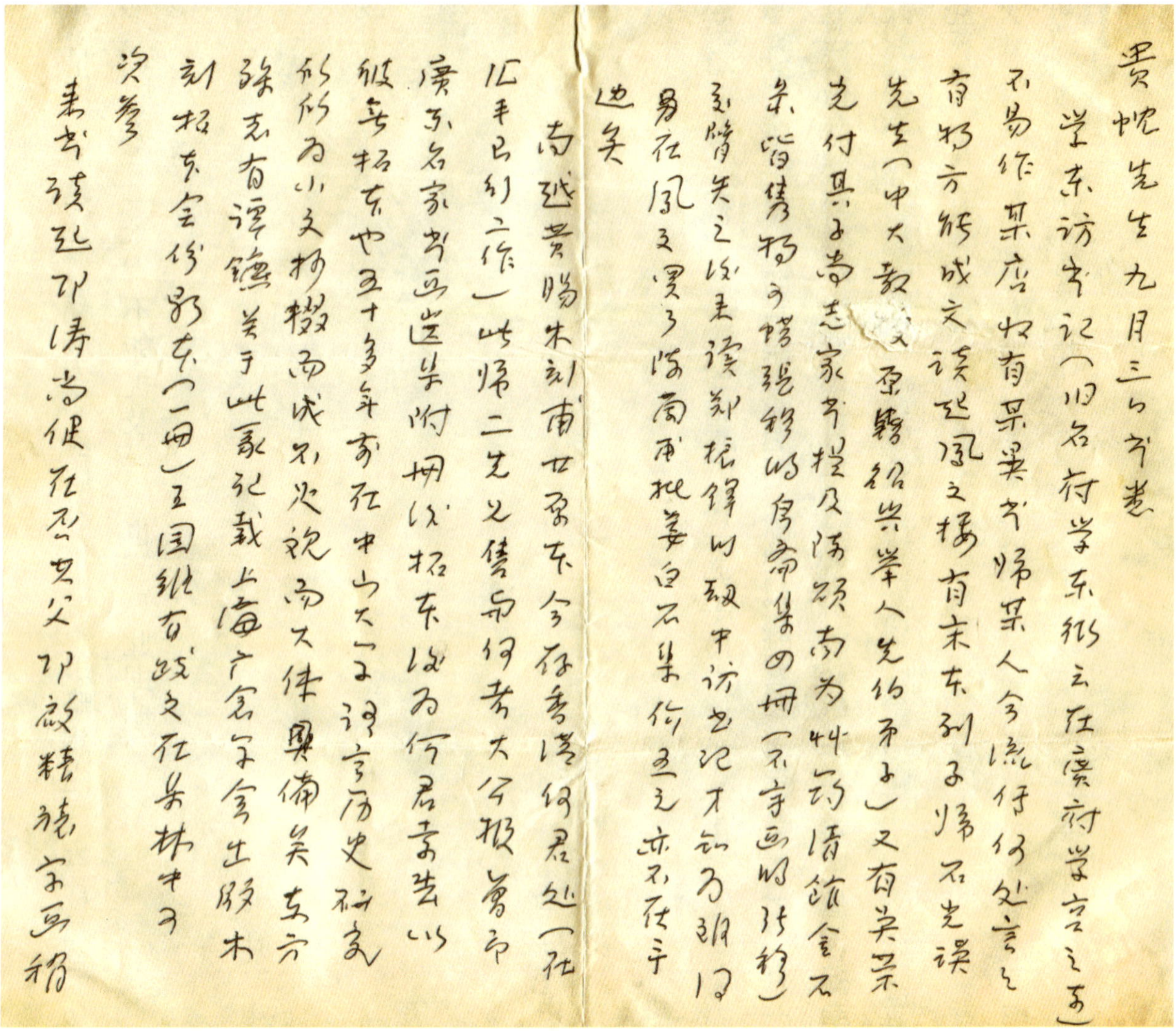
贯忱先生九月三日书悉
学东访书记（旧名府学东街之在广府学宫之东）
不易作某店如有某某书归某人今流传何处之
有将方能成文读赵凤之楼有宋本列子归石先谟
先生（中大教授 东莞 绍兴举人先约弟子）又有吴荣
光付其子尚志家书樘及陈颂南为竹药情馆金石
录皆售于杨瑞铭的[寿命]集四册（不字画的[陈兖]）
至贤先之后未读郑校碑以致中访书记才知为朋旧
易在凤之贾子陈南甫批姜白石集价五元亦不在手
边矣
南越黄肠木刻甫廿家东今存香港何君处（在
亿年后引二作）此归二先之售与何者大公报曾以
广东名家书画展出附册以拓本作为何君寄去以
彼无拓本也五十多年前在中山大学语言历史研究
所所为小文物搜而成不必说而大体具备矣东方
杂志有谭镳关于此家记载上海广仓学会出版木
刻拓本全份影本（一册）王国维有跋文在其林中可
资参
来书谈赵印涛尚健在其其父印启精携字画稍

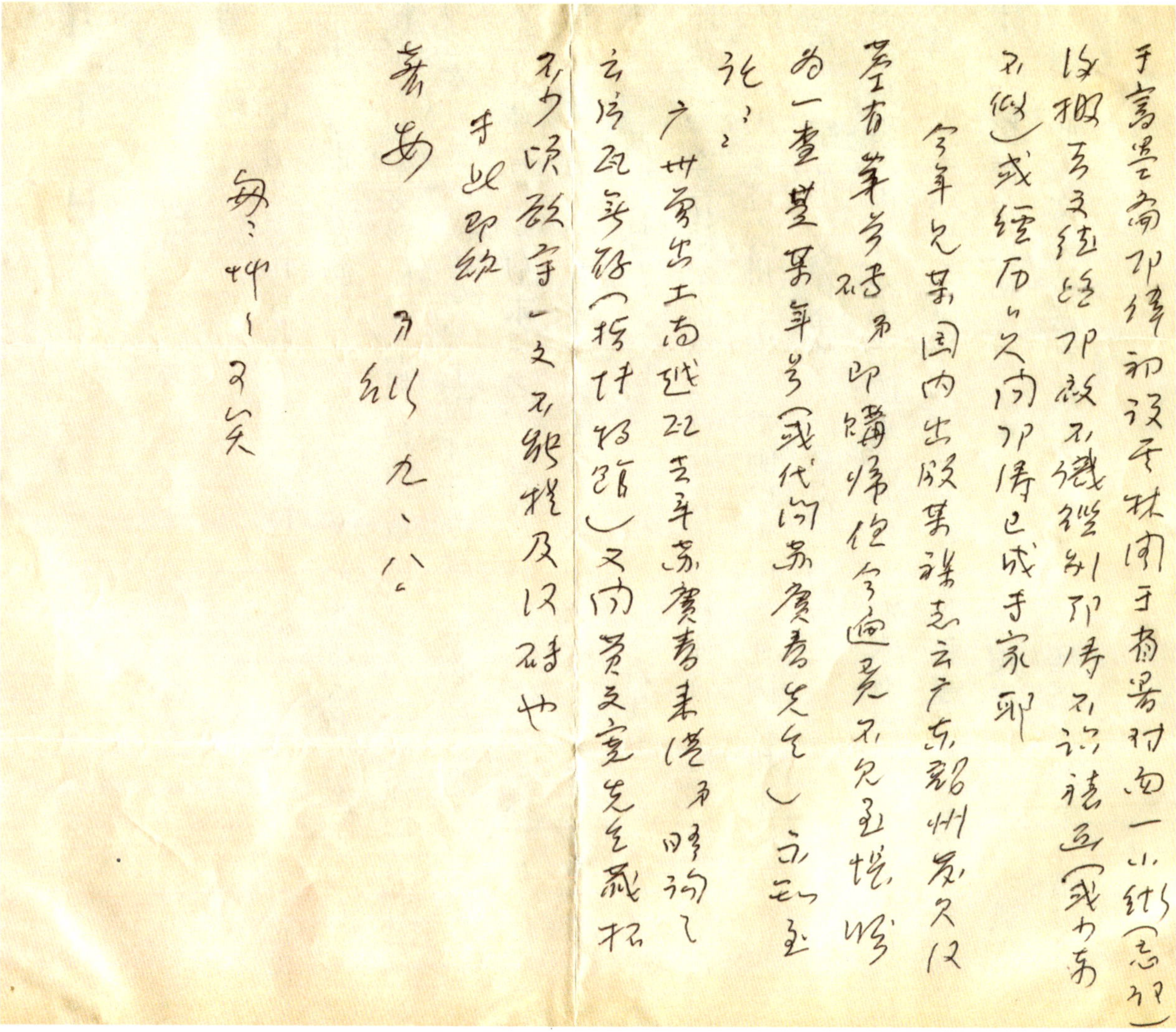
于寓是否為印譜初設于林間于前曾將過一小紙（忘記）
後擬為文紀錄印歟不識從前印譜不許裱上（或少有
不似）或經歷久而印譜已成斗家耶
今年見某國內出版某雜志云廣東韶州發見漢
墓有草書磚（不知有否）即備帰後往向遇見不見至憾憾
為一查某某年某（或代問蘇賡春先生）示知至
託託
廣州曾出土南越紀年磚若干年蘇賡春來港曾晤詢之
云從未見過（指博物館）又問黃文寬先生藏拓
本亦說無字一文不能核及漢磚也
手此即頌
著安
弟 宗衍 九、八
[illegible]

九月二十一日

貴忱先生：

九月十八日函并大作拜收，另一紙已轉黄翁，已於月之二日抵港矣。六一年《考古》存澳門，已忘之，弟前函所云乃《考古集刊》，亦不知去向。承示漢永和、永元磚，紀年者極罕。嶺南多晋磚，倘輯爲《廣東磚録》，今有漢磚可着手，公其有意乎？

黄腸題凑見於《漢書》，王國維有考證，未必爲黄腸木也。

南明本《蓮香集》似未見之，曾見一殘本，「黎遂球、美周」等字均完好，彭日禎未改「日正」。先君藏本爲盛濠堂舊物，有殘缺，弟有一本極完好，均失去，係楷書字體，似爲乾隆本，與貴館所藏同。

二喬碑[一]爲先君最初發見，哲夫好事，大張其事[二]。先君曾去兩回，又囑拓工張金往拓兩次。弟曾以拓本贈黄翁，今存裱本從多本選存者也。初往時，借護衛四人携兵器而往，哲夫乃其後耳。

弟十四五歲讀書廣州中學，畫師以東山拾瓦圖及拓本囑弟乞先君題詩，始知有此，然如何已忘之。其後得一「富」字瓦，又在浄慧公園拾得「高樂」「展」「印」「左」「右」等瓦，冒鶴亭賦《高樂瓦歌》張之，而誤爲磚，内容亦未能改正，乃作上海未有更正，再寫來祇一信承認而已，今尚詩札三紙。

日前爲校勘《歷史文獻集刊》（長沙）拙稿事甚忙。「十三行」文奉上，又《釋氏疑年録》校補曾寄上複印本否？彭澤益氏初疑爲廣東人，頃詢馬國權[三]，則未識之，不宷先生知其人否？在史學書目亦其著作一二種，此人文筆稜厲喜罵，其實彼主觀極强，又不肯讀書，祇看看翁山詩題即云無年份可考，其粗

心浮氣如此，非學人也。匆匆，祝

好

知　九月廿一日

【注釋】

［一］张喬（一六一五—一六三三），字喬婧，號二喬。明代歌妓。其墓名「百花冢」，位於廣州白雲山東麓梅花坳。

［二］王貴忱曾藏鄧爾雅爲紀念拓白花冢碑文所刻印，印文：黄慈博、伍佩琳、蔡寒瓊、談月色督拓百花冢石刻。

［三］馬國權（一九三一—二〇〇一），字達堂，廣東南海人。師事馮康侯、容庚。

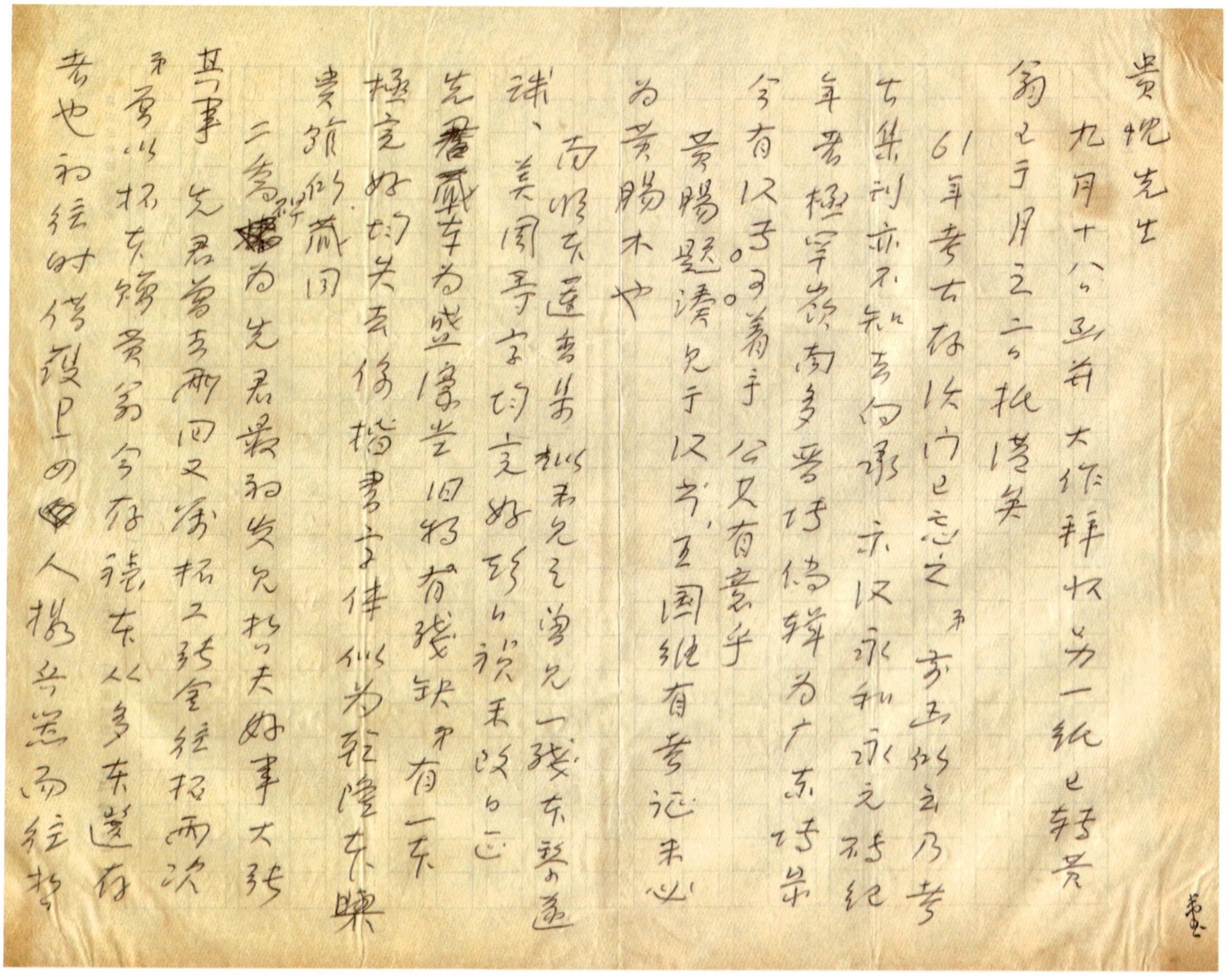

贵忱先生

九月十八日函并大作拜收，另一纸已转黄

翁，七千月之二日抵港矣

61年考古存次门已忘之，弟手函所云乃考

古集刊亦不知去向，弟亦以永和永之砖纪

年书极罕觏，南多晋砖，儒辩为广东砖最

今有以手可著手，公又有意乎

黄畅题诗见于以书，五国纪有考证，未必

为黄畅本也

南洲东莞书集拟未见之，曾见一残本，琴斋

谜、美国寺字均完好，珍之，获未改之

先君藏本为盛，像皆旧拓，有残缺，弟有一本

极完好，均失去，係楷书字体，似为乾隆东莞

贵馆所藏同

二为拓为先君最初发见，拓夫好事大张

其事，先君曾去两回，又亲拓工张全往拓两次

弟曾以拓本赠黄翁，今存禄东人多东莞存

者也，初往时借殁巳之人携并岩而往拓

夫乃又汝平

第十四五岁读书广州中学画师以东山拾玩

因及松衣俗名云光君题对始云百世尝如

好己志之文诚13一富二子乩又在津慧尔国

捨有高兴展卯左在季乩冒胎亭赋言

吴乩影张之西送名塔内容亦未終政正

乃作上海未有更正再写未出一信承認

向己今尚诗扎三纯长约

曰奇名榻勒历史之糙集刊搭稿事甚忙

十三幼之车上又释化特年学校师当言

上绩印东尝於泽笠氏的私为广为人饭

訥马圄权约来弦之不束

先生知名人尝在史学出日京其善條二

程此人文筆稜行喜写女美興意说極琇

又不肯读む以看二寄山对题郵多笔年份

了致去松心徐氛め此非学人中

知的绕

邻九月廿台

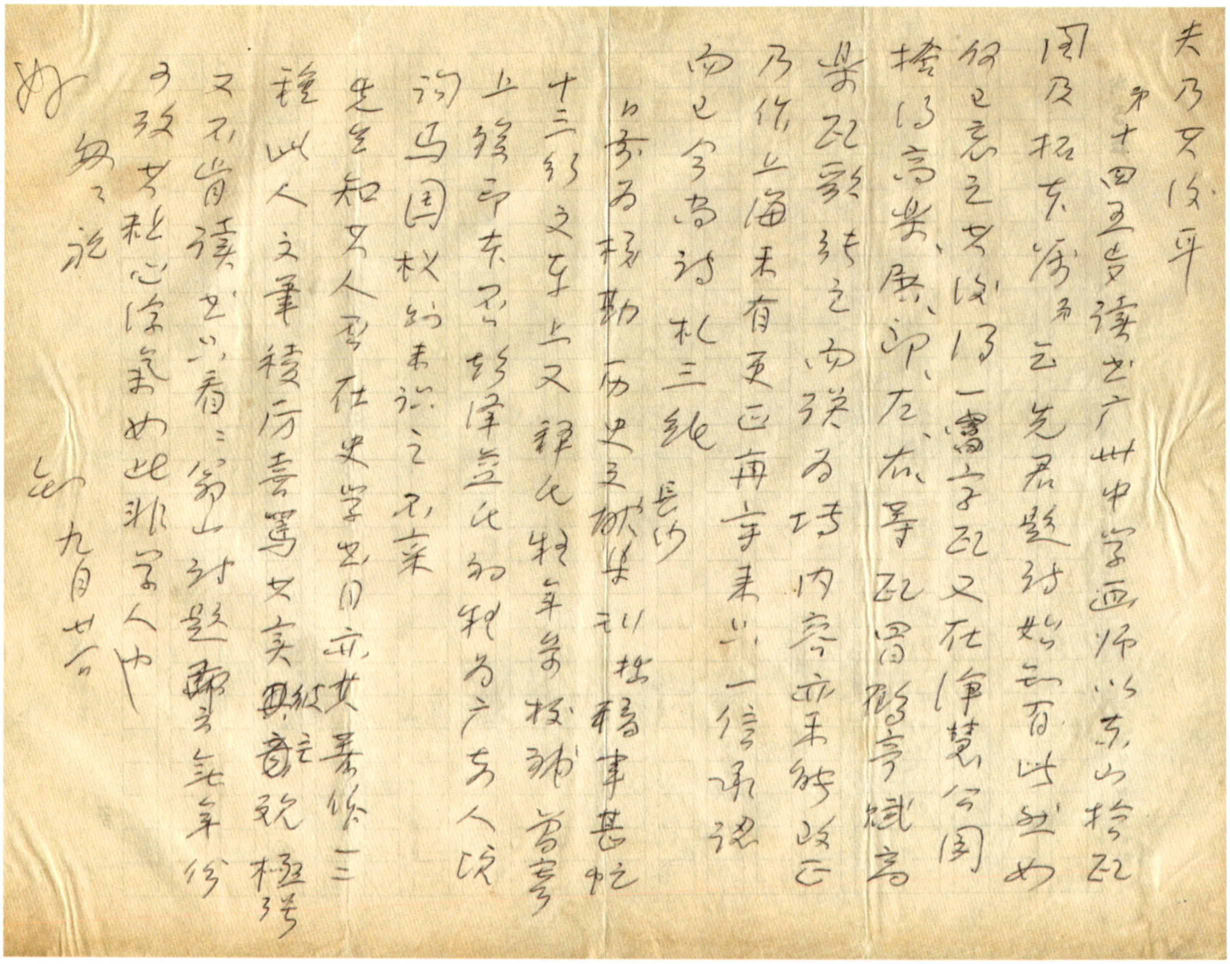

十月九日

貴忱先生：

來函早已拜收，以候《學刊》三迄今未遞達。《嶺南畫徵略》昨天去中區已購得，另郵寄上，祈惠存。有便當再買一册，以貽同好。《學刊》想爲海關所滯，以後寄此書宜用圖書館函筒，特别四期有拙作耳。

前托買《山陰祁氏澹生堂藏書考略》（大意），未悉出版否？想未出版。近悉祁駿佳在康熙十年七十六，不詳其卒年，冀能補入拙作《疑年偶録》中，發排已二三年，以隨校隨補，稽延日久，欲今歲底作一小結也。

偶翻八二年一月《文物》九四頁，上年八九月《文物考古文獻要目》，在《調查發掘》欄内有博羅鐵場公社發見戰國土坑墓和東漢磚室墓，載於《南方日報》八月七日，不悉東漢墓磚有紀年磚否？盼示。

關於《二喬墓志》《蓮香集》事，先君詩詞集及《椶窗雜記》均有記載，未悉曾寓目否？

康熙刊《道援堂詩集》未見，道光本重刊本與《屈翁山詩集》（康熙刊印，朱希祖著録本）内容全同，又有《翁山詩略》《孫殿起禁書知見録》載，未見，大約或可輯出佚詩而已，然菁華全在《詩外》，又嫌《詩外》應酬詩太多也。弟輯有翁山佚詩佚文一帙，大致已載《翁山譜》中，然非另印一單行本，未能爲人注意耳。《詩外》及其他版本亦詳於《譜》中，不過分散，非細讀全《譜》鈎稽始得也。

記得廣東博物館藏有南越劍一把，内有文字，似在《文物》《考古》中載，今忘記在某期，抑在

《三十年來考古收穫》中（此書屢至三聯均未買，健忘老矣）。如有便乞示及。《嶺南畫徵》附《疑年録》錯誤極多，未暇整，期於《清史稿本》證《疑年偶録》，脱稿後即爲此，不欲分心也。

《磚録》以漢、晋紀年磚爲主，花紋圖案附叙。從前年西村大刀山晋墓不少圖案磚，今以漢墓磚比較，始知爲漢磚，可惜質地鬆劣，不及晋磚堅實而質白潔。

舍侄女汪德簡住解放北路八六一號三樓，申請來港三個月，十月廿日啓程，如有書件可交其帶來。解放北路似即舊書市雙門底，與文德路相近。

《蓮香集》乾隆本一爲先君藏，盛濠堂所貽，一爲弟後得，楷書寫，後者完好無缺頁。從前書易得，不知寶貴，道光本則未見之也。

彭日禎見於九龍真逸（陳伯陶）《勝朝粵東遺民録》中，此爲手邊必備之書，三十餘年前弟在港設書肆時售過數部，今無一存矣。祝

好

衍　十月九日

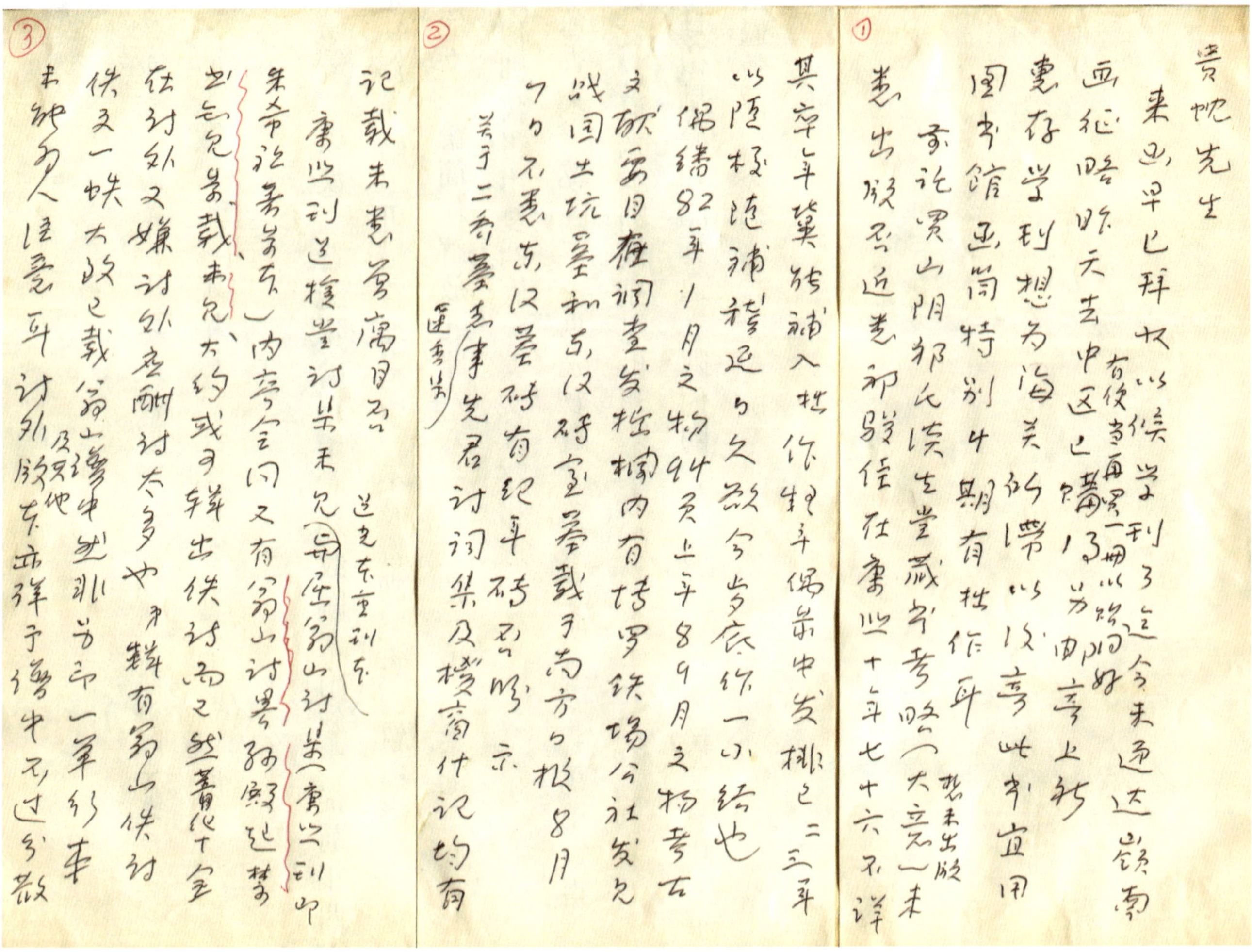
①
贵忱先生：
来函早已拜收，以候学刊，迄今未递达，顷奉
函征，昨天去中区已购（古佚书再买一册以供阅好）13册，由高上转
惠存。学刊想为海关所滞，以后寄此书宜用
图书馆函阅，特别4期有拙作耳。
承托觅山阴祁氏澹生堂藏书考略（大意）未（稿未出版）
悉出版否？近悉祁骏佳在康熙十年七十六，不详

②
其卒年。業能补入拙作，拟年偶然中发掘已二三年，
以随检随补，稽延与久，欲今岁底作一小结也。
保绪82年1月之物94页上，年8、9月之物考古
文献每日在词堂发检，橱内有博罗铁场公社发见
战国出坑墓和东汉砖室墓，载于南方日报8月
7日，不悉东汉墓砖有纪年否？盼示。
关于二乔墓志（逕参先）事，先君词集及楼窗什记均有

③
记载，未悉曾否寓目否。
康熙刊道楼堂词集未见（道光东塾刊本），有屈翁山词集（康熙刊印
朱彝尊序本）内容全同，又有翁山词略，孙殿起贩书
偶记未载，未见，大约或于辑出佚词而已。然蓍化十金
估计外又嫌讨外应酬讨太多，也辑有翁山佚词
佚文一帙，大致已载翁山诗文集中，然非另印一单行本
未能为人注意耳。讨外（及其他）欲求详于传中，不过分散

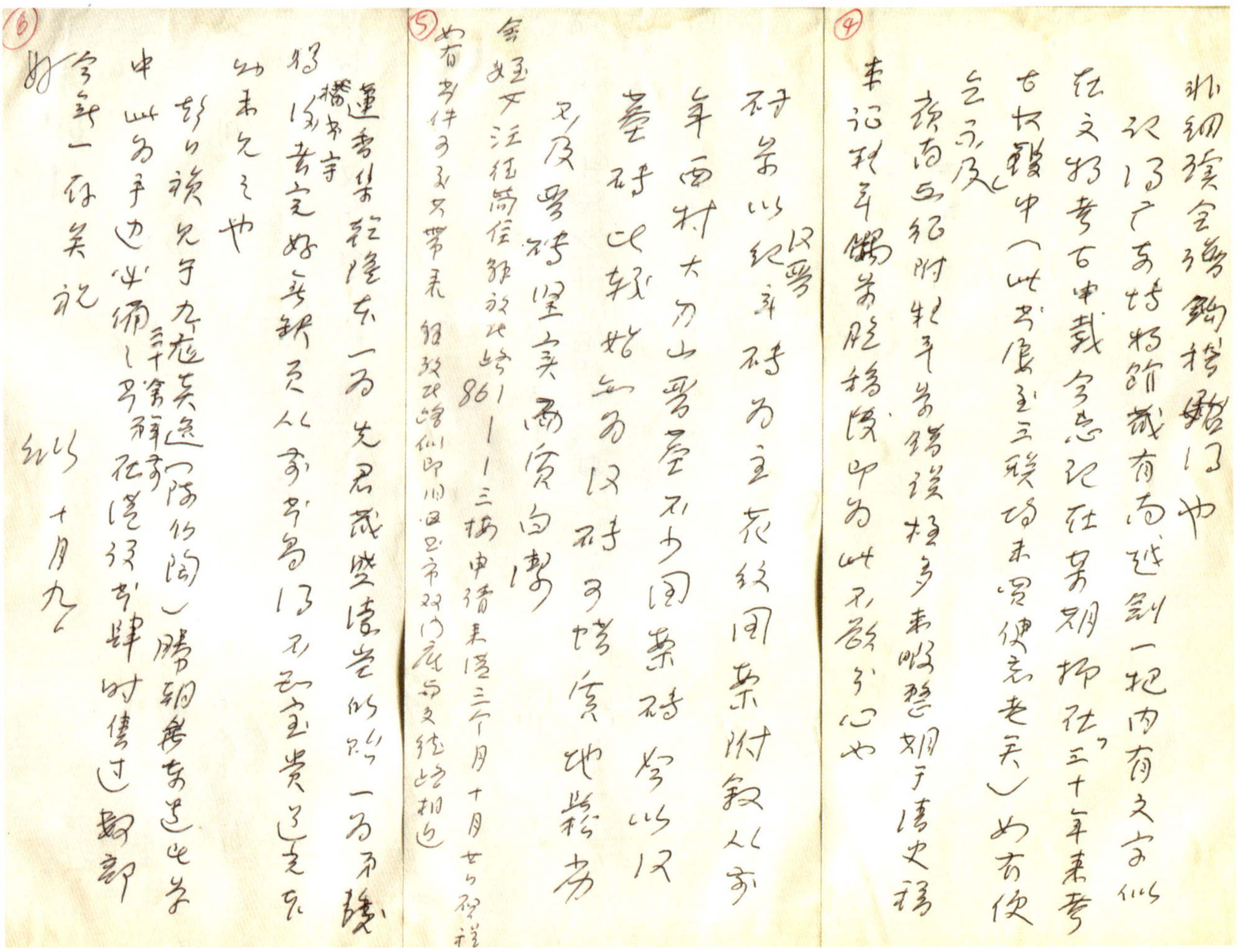

十月十四日

貴忱先生：

寄來《學刊》三乙册拜收。此爲第一次寄抑二次補寄耶？以後寄書用館封加由[一]字較穩。

讀大作二文，前者新知，後者尤感新趣。

方某板刻一文稍有洞漏，如三、「張之洞……廣設書院，利用八股文來籠絡和限制知識份子」。廣雅書院係以經史教士，并非講八股，如朱一新之《無邪堂答問》一書，即答書院生徒之問。無邪堂係廣雅的大課堂。

《太平御覽》原板爲揚州鮑氏所刻，廣雅買得，補刻印行。

《端溪書院志》之外，還有《越秀書院志》，梁廷枏編。

順德龍鳳鑣刊《知服齋叢書》頗有名。

又四，廣東五大書院爲端溪、越秀、越華、羊城、文瀾，均講八股。端溪在召慶[二]，清初至乾隆中兩廣總督衙門在召慶，爲總督出資辦理，由總督禮請故全祖望（謝山）、朱一新、梁鼎芬、陶邵學均主講席。菊坡、學海係以經史課士，廣雅較後。

學海堂刻有《學海堂集》、二、三、四集，皆爲專課生的經史駢體詩賦，無一篇八股。

《廣雅叢書》的扉頁皆爲黄士陵所寫，士陵亦當時工作人員。

五二頁十七行「統刻課本」不甚明白，廣雅、學海所刻的書并非「課本」，可云參考書。

徐信符文，徐名紹「棨」，非「啓」，亦非「啓」。

草草，如認爲無誤，可否轉告作者，祈酌之。祝

好

衍　十月十四日

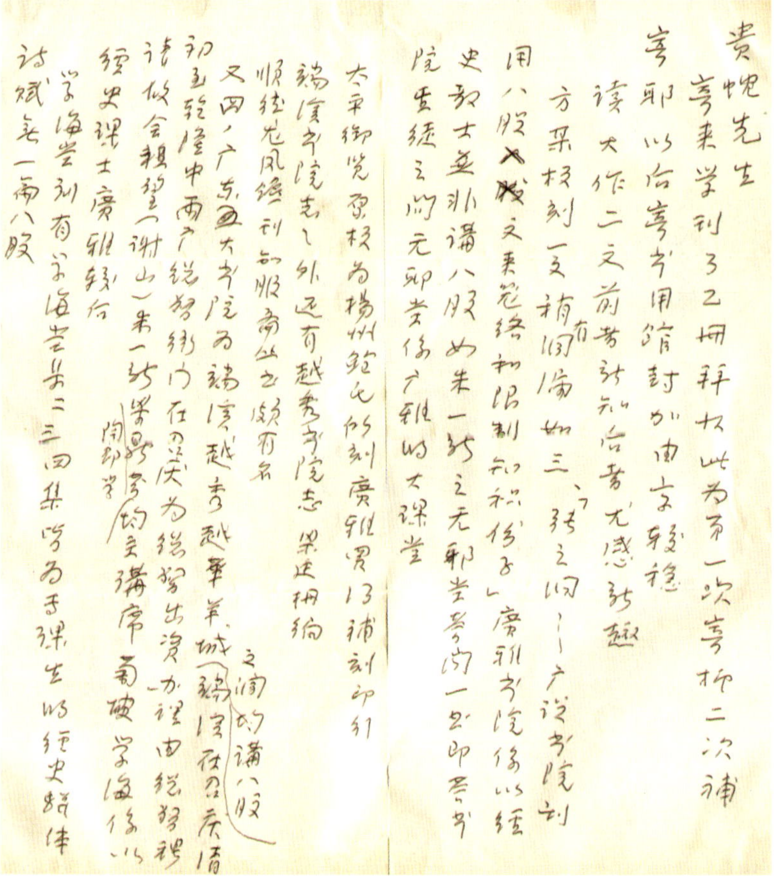

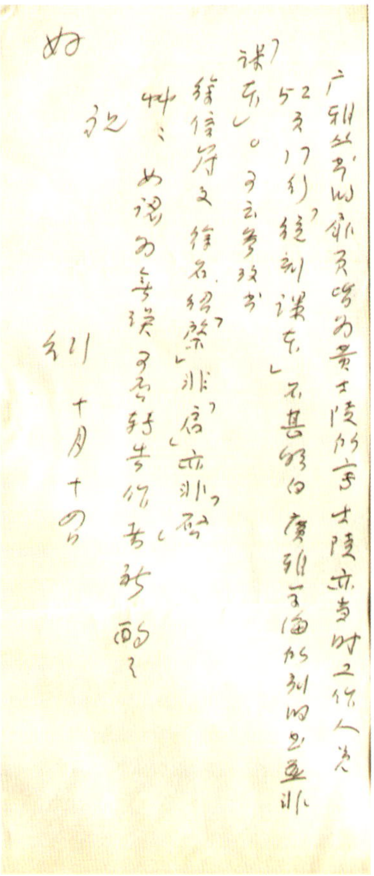

【注釋】

［一］由，應爲「郵」。

［二］召慶，應爲「肇慶」。

十月二十四日

貴忱先生：

前奉惠書敬悉，遲覆至歉。簡侄來，帶到尊藏印譜一册[一]，精美至實，邊款實不易印，未敢嘗試。祁氏藏書概況極有用，祁駿佳、祁班孫或藏書不著名，黄裳《榆下説書》載有駿佳跋其父承爜抄本，亦可著録。又，屈翁山曾以參加鄭成功攻南京，刊章名捕，避居祁氏澹生堂，讀書不下樓者數月，詩學益進，祁氏數人與翁山、竹垞一時名流交往，亦可叙及。承賜多珍，愧無以爲報，舊存印石數十方，先拓上六紙，祈惠存，餘俟續寄。簡侄來港三月，如欲得港中什物，祈先示及，勿客氣。書款萬懇勿退回。匆匆即頌

著安

宗衍　八二年十月廿四日

香港中文大學藝術系托覔《廣東文史資料》十七、二三、二七，刊登胡根天三篇文章：一、《赤社》二[二]、《廣州市立美術學校》三、《廣東省立藝專》。如不易補買，煩在貴館複印這三篇文寄下，印費照歸趙，勿卻。貴處出版八二年四期《圖書館學刊》，聞尚有十餘册相贈，盼以二三册寄廣州市恩寧路七七號二樓汪德森舍侄收，何如？拜托叩謝。

貴翁賜鑒

衍又上

姓印李茗柯，名印金希農，屋印林近刻，印泥奇劣，以不常用已乾，幾廿年纔一鈐耳，呵呵。

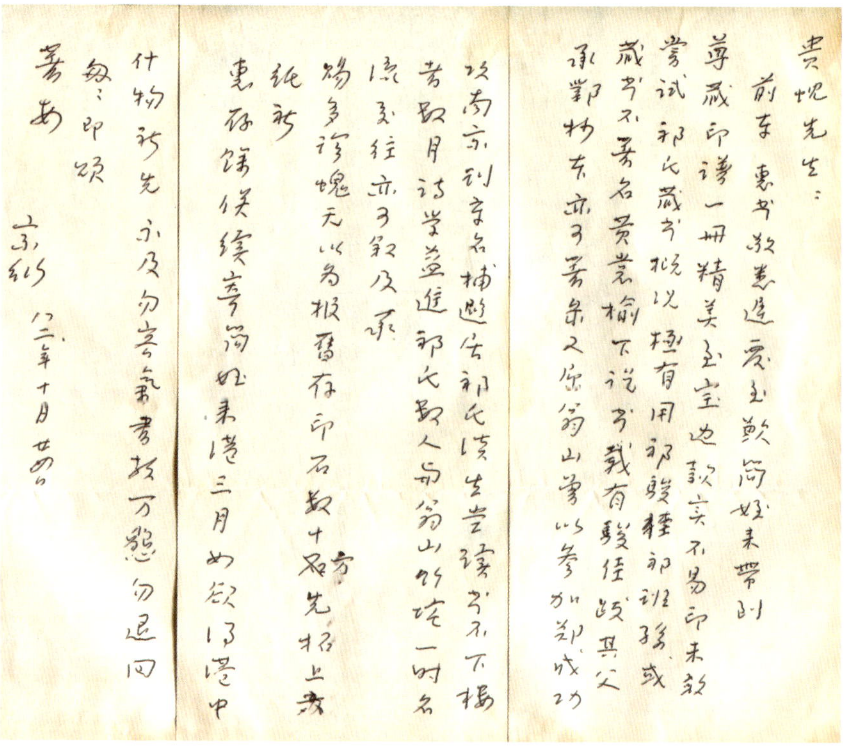
貴忱先生：
前奉 惠書，敬悉。[illegible]尚好未帶到
尊藏印譜一冊，精美之至也。[illegible]不易。印未敢
嘗試。鄒氏藏書，[illegible]極有用。鄒[illegible]或
藏書不著名，[illegible]下說書載有[illegible]跋其父
承[illegible]亦可著其人，從翁山等以參加鄭成功
攻南京，到京名補[illegible]。鄒氏[illegible]讀書不下樓，
[illegible]月詩學並從鄒氏取人，與翁山於他一時名
流多往來，亦可敘及否。
近於新
弟多詩，愧無以為報，舊存印石數十方，先拓上，存
惠存。[illegible]續寄，尚好未[illegible]三月，如欲[illegible]港中
什物，請先示及，勿客氣。書[illegible]萬懇勿退回。
匆匆，即頌
著安
宗衍 八二年十月廿四

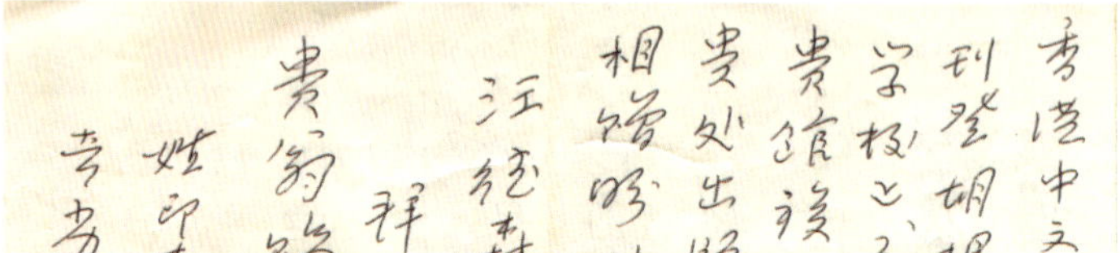
香港中文大學藝術系[illegible]廣東文史資料17、23、27
刊登胡根天三篇文章，人民出版社出，及廣州市立美術
學校之、[illegible]廣東省立藝專如不易補，貴煩在
貴館複印這三篇文章，印費並歸還。[illegible]
貴處出版82年4期圖書館學刊，內有[illegible]
相贈，將以二三冊寄廣州市恩寧路77號二樓
汪[illegible]收代留如
拜託，叩謝
貴翁賜鑒 衍又上
[illegible]印李[illegible]名印[illegible]林近刻印[illegible]
[illegible]以不常用，已[illegible]廿年才一[illegible]

【注釋】

［一］即王貴忱一九八二年手拓《可居室印識》，內收自用印和藏印。

［二］二，據上下文補。

十一月二十二日

貴忱先生：

十一月廿日函敬悉。

印拓四紙奉上。魯迅先生譯著印花文刊於香港中華書局出版《藝文叢談》中（一九七八年五月版），手邊僅得乙册，先複印奉上請教，俟便到中區購得奉上。汪世清先生係三日到港，二十日回京（直航至，不停廣州、天津），此行爲弟作橋梁，與其游宴晤談約七八天，疲乏不堪。十二月十七日中文大學與廣州博物館、美術苑合辦廣東繪畫展覽，承中大約於後天去新界選定出品，在短期内要爲其審閲出版文件，將有一些工作。原擬月内去澳門一行，亦暫不能成行。港英本有老人津貼，每月二百二十元，昨有信來，要到舍驗看，故等候之。廣州之行亦未能定，今年腰腳日退，出門遠行必要有人同行，如去新界中大亦邀馬國權諸人陪伴，萬一一蹶，便大事矣。辱承垂念，至感。俟有行期，自當奉告。祝

好

衍匆匆　十一月廿二日

《學刊》如有拙作，請多寄些來。

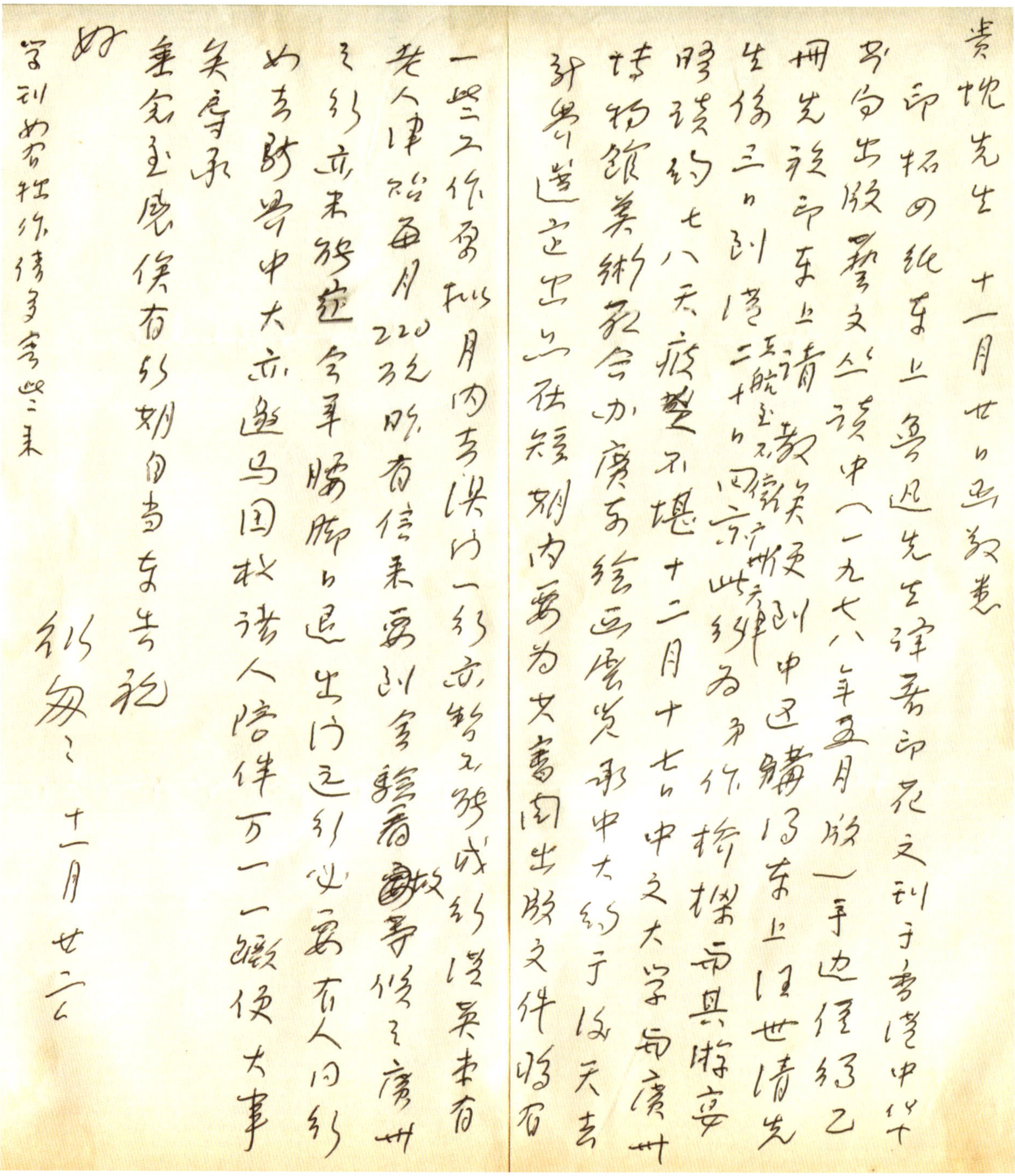

貴忱先生：十一月廿日函敬悉。

印拓四纸奉上。鲁迅先生译书印花之刊于香港中华书局出版《艺文丛谈》中（一九七八年五月版），手边仅得乙册，先複印奉上，请[illegible]教。俟便到中区購得奉上。汪世清先生係三日到港，二十日[illegible]回京，此行为弟作检探而兼游宴，时访约七八天，疲憊不堪。十二月十七日中文大学与广州博物馆美术馆合办广东绘画展览，弟中大约于後天去参与选定出品，在短期内要为其写图录出版文件，将有一些工作要做。拟月内去洪门一行亦暂不能成行。沪吴来有老人津贴每月220元，昨有信来要到会验看数事，俟之广州之行亦未能從。今年腰脚日退，出门远行必要有人同行，如去时要中大亦邀马国权诸人陪伴，万一一缺便大事矣。專承

秉覆，至愿俟有行期自当奉告。祝

好

衍 匆匆 十一月廿二

写刊如有拙作请多寄些来

十一月二十六日

貴忱先生：

日前奉示大作《南漢錢文》[一]，拜誦，獲益良多。日來忙於中文大學與廣東、廣州博物館合辦廣東繪畫展事，遲覆爲歉。前日去新界，先看廣州運來精品，十七日預展，廿日開座談會，要我作一小文，尚未執筆。一月中展畢，三館藏品運廣州，於二月一日展覽一月以作文物交流，中大約弟於一月卅一日赴穗參加一日之開幕儀式，三日返港。誠恐屆時天寒，不知能成行否？決定後再函告，屆時將住東方賓館云。年老且素來畏寒，衣服如「裹粽」，無可如何。即頌

冬安

弟 衍

【注釋】

[一] 指王貴忱一九八二年撰《南漢的鉛錢》。

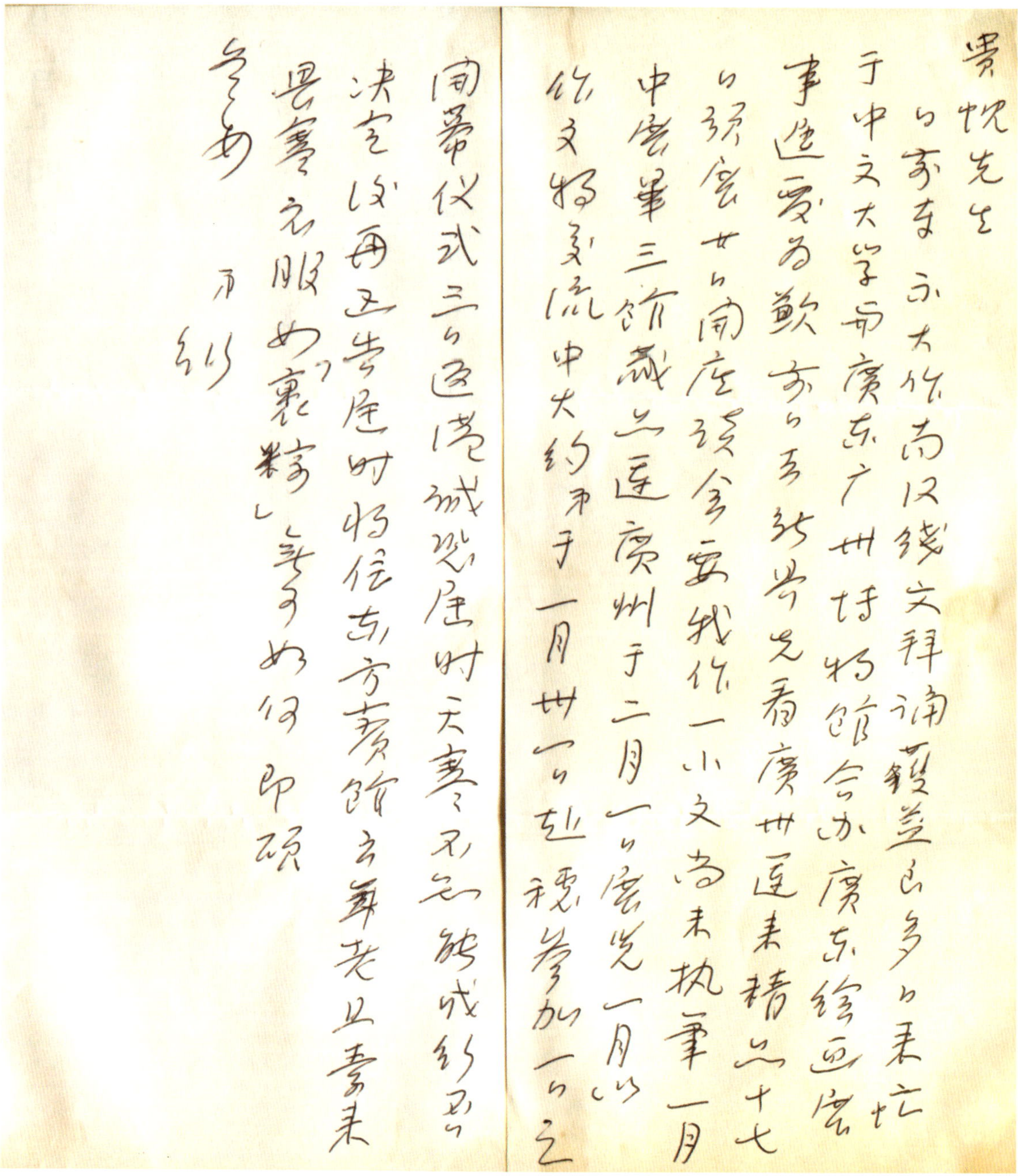
贵忱先生
日前奉示大作尚有残文拜诵获益良多日来忙
于中文大学与广东广州博物馆合办广东绘画展
事匆匆为歉前日吾往先看广州运来精品十七
日预展廿日开幕该会要我作一小文尚未执笔一月
中展毕三馆藏品运广州于二月一日展览一月以
作文物交流中大约于一月廿一日起穗参加一日之
开幕仪式三日返港诚恐届时天寒不知能成行否
决定后再函告届时将往东方书馆与苏老及嘉来
君寓云服如裹粽无事如何即颂
冬安　弟　衍

十二月十四日

貴忱先生：

十日函早已收到，以北京友人汪世清（本業爲物理學會副會長，科技教育研究所研究員）應中文大學請來講「清初四僧繪畫」應酬，遲覆爲歉。

遵影敬瞻，如親謦欬，至慰渴念。奉回小照，老醜愧甚。

魯迅書印花一在《吶喊》（白文），一在《野草》（朱文）。二書存澳中，俟檢出再告。若能將某書、某版、某年第幾册—第幾册中詳細引明，彙集多印，可寫成一文，大佳事也。

匆覆即頌

著安

弟衍　十四日

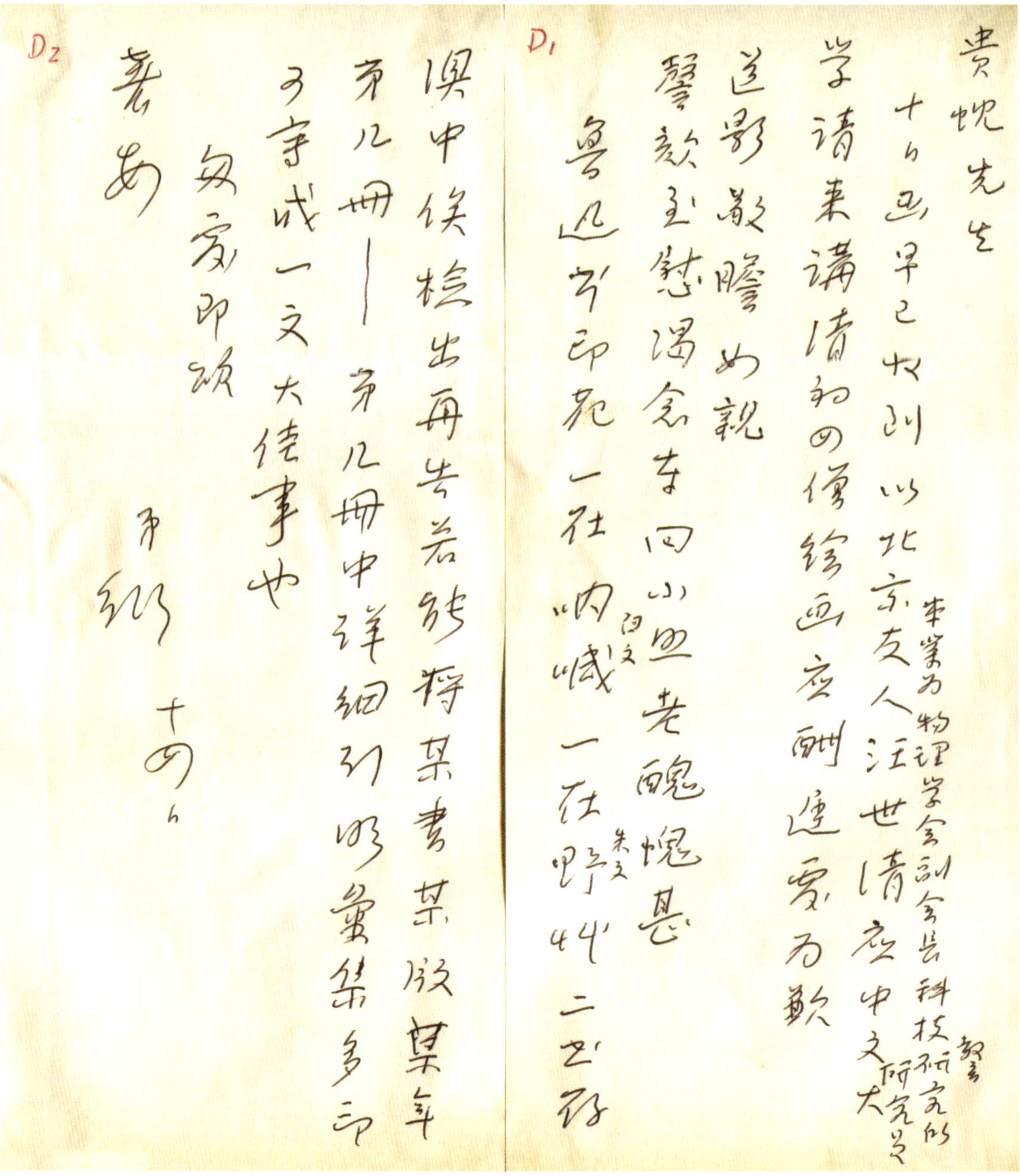

D1

貴忱先生：

十日函早已收到。以北京友人汪世清（本業為物理學會副會長、科技研究所研究員）應中大學請來講清初四僧繪畫，應酬連晝，為歉。

道影敬瞻如親，

謦欬至慰渴念。寄四小照，老醜愧甚。

魯迅字印花一枚，內緘一枚（白文），野州二字印（朱文）

D2

與中俟檢出再告。若能將某書某頁某年第几冊——第几冊中詳細引明，彙集多印予寫成一文，大佳事也。

匆復，即頌

著安

弟 衍

十四日

一九八三年

一月九日

貴忱先生：

元月五日大函并剪報收悉。尊製必精審，容細讀之。拙作承發表，徒灾梨棗，甚愧。以此期稿酬爲刊物按章寄出，極感雅誼。「寶禮」文[一]指出潘、張陰私事，本爲兩家後所忌，弟寫後亦悔之，今不發表，甚愜鄙懷耳。

省博物館與市博於二月一日舉行省、市、港三館藏粤畫展覽開幕，約弟卅一日返穗參加儀式，怕寒如虎，不知能成行否？

今日十二度，弟着兩羊毛内衣、一綵棉衲，外加大衣，再冷不知如何！

最近曾寫《明清廣東繪畫展覽札叢》長文，在一月九日《藝林》發表，已剪寄舍侄，囑其閲後轉呈，敬乞教正。將來中文大學印行圖録，尚欲補充二三畫也。匆覆并謝。即頌

著安

衍　一月九日

【注釋】

[一] 指張元濟民國時期代潘宗周編《寶禮堂宋本書録》事。

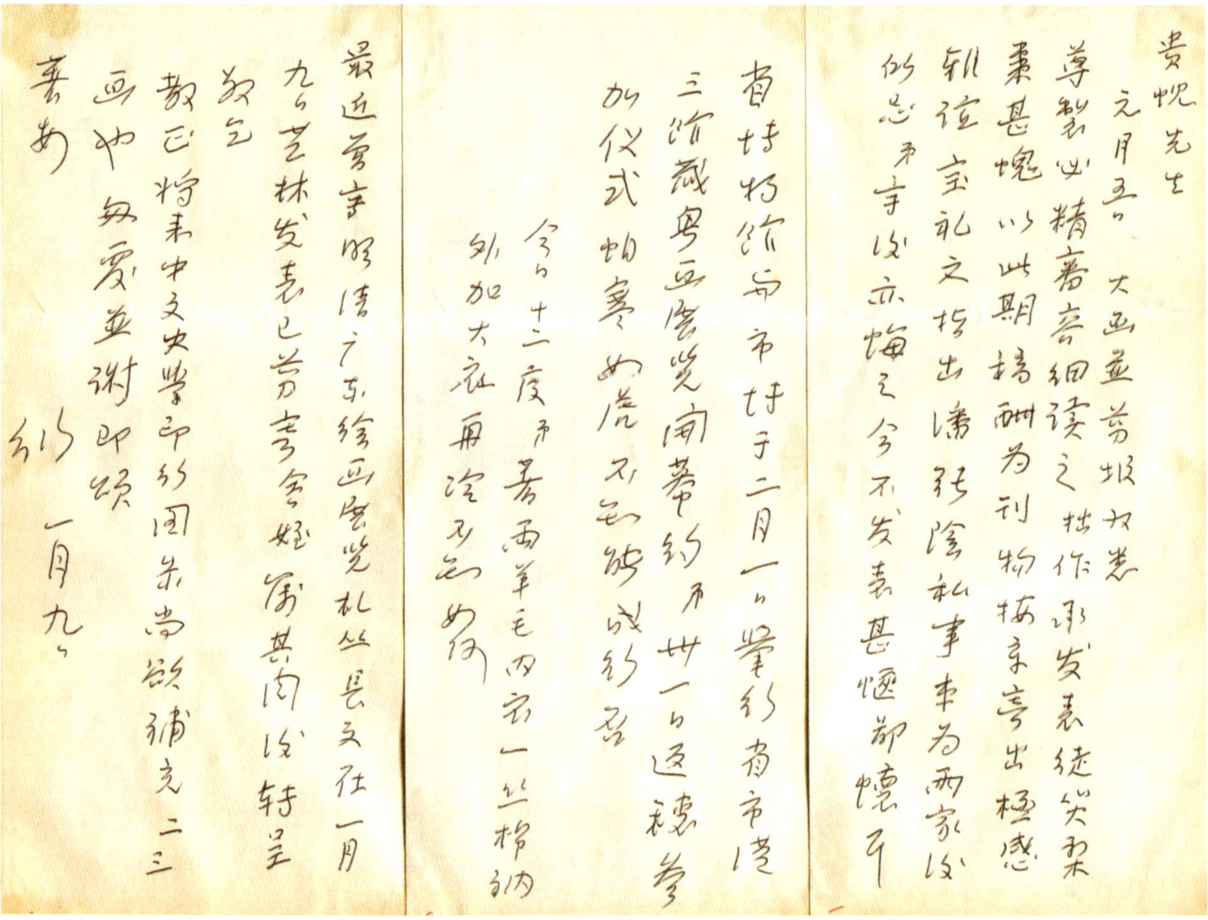
貴忱先生
元月五日大函並蒭狗叢
尊製均精審否細讀之拙作承發表徒笑柔
素甚愧以此期稿酬為刊物按字奉出極感
紉誼宏亮之指出讓稱陰私事本為兩家後
代忌才宰後亦悔之今不發表甚愜鄙懷耳
省博物館與市博于二月一日舉行省市港
三館藏粵畫展覽開幕約有卅一日返穗參
加儀式如寒如虎不知能成行否
今日十二度有暴雨華氏四十五度一些棉衲
外加大衣再冷不知如何
最近蒭宰(?)明清廣東繪畫展覽札出長文在一月
九日藝林發表已蒭寄否姪家甚關注轉呈
教正 將來中文大學印行同名畫冊欲補充二三
函也 如需並謝即頌
春安　　衍(?)　一月九日

一月十九日

貴忱先生：

十五日函奉悉。現定卅一日乘直通車來穗，第一班下午一時、二班四時啓行，尚未定實，住東方賓館，聞係由新華社代辦。二月一日畫展開幕，屆時獲瞻芝宇，曷勝欣幸！此次儀式，想大駕必到，再談。《學刊》寄不出，前已得抽印，不必勉强。第三段「苦」字誤「若」，四段三行「聞」誤「問」，三三頁一行「名」誤「各」，五段「始」誤「如」，不必更正。

此頌

著安

弟宗衍　十九日

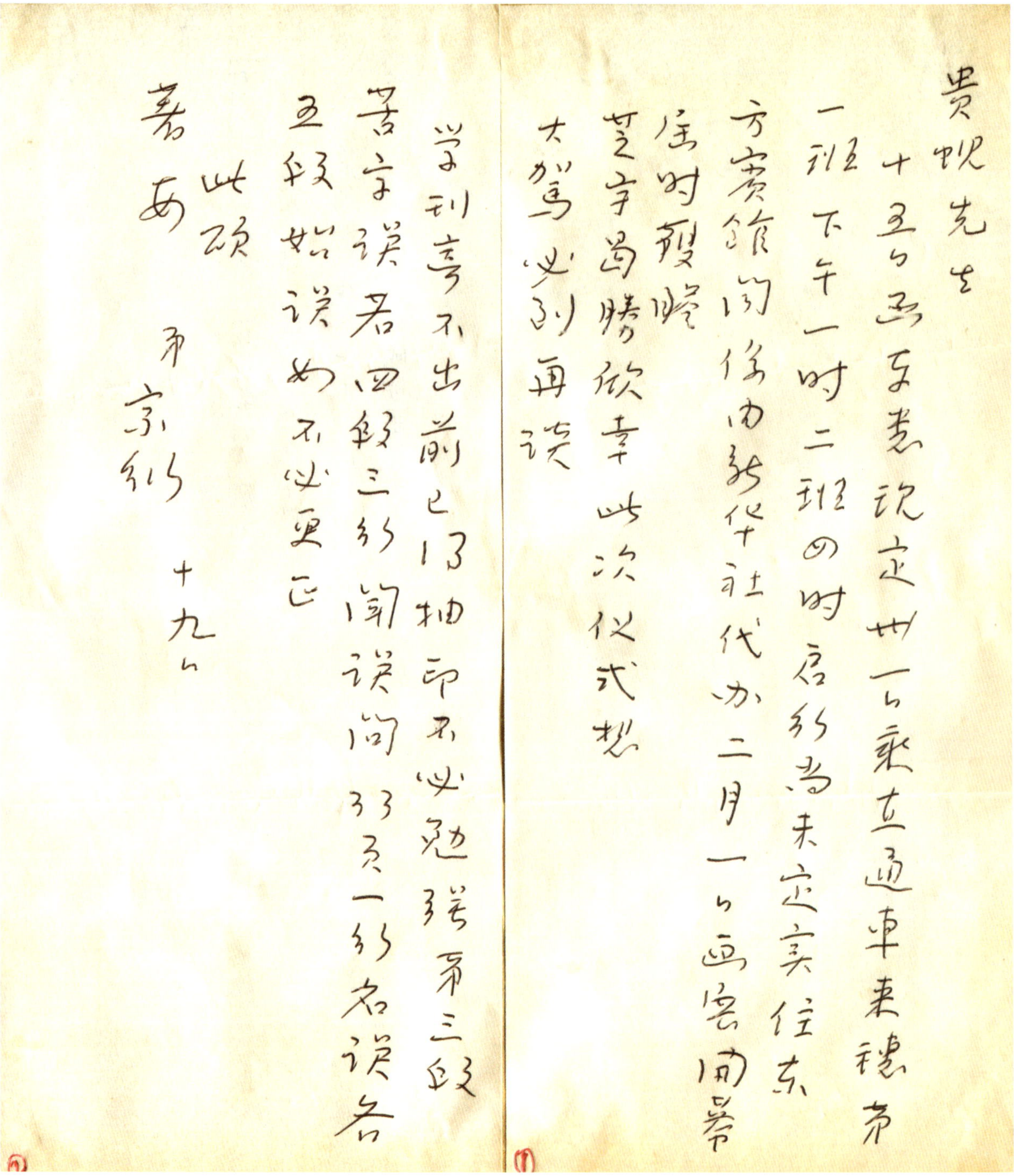

贵忱先生

十五日函奉悉，说定廿一日乘直通车来穗，第一班下午一时、二班四时启行，尚未定实。住东方宾馆，例係由新华社代办。二月一日函嘱届时预聆芝宇，为胜欣幸。此次仪式拟太驾必到，再谈。

学刊当不出前已归抽印，不必勉强。第三段若字误若，四段三行闻误问，33页一行名误各，五段姓误如，不必更正。

此颂

著安

弟 宗衍 十九日

二月五日

貴忱先生：

一昨歸里，屢辱枉顧，得聆教言，欣幸至佩。宋詩抄跋匆匆屬稿，乞指正擲回再繕正，另二紙請先還歐公[一]。日來俗冗，誠恐散失，惟高斗魁[二]名字較晦耳。

援老書簡（此册贈與先生）似僅餘一册，其它拙刊尚有數種，遲日再包扎另郵并轉歐公，乞代道候。先公遺研，俟新春後再托國權手拓奉上，何如？即頌

春祺

弟宗衍　二月五日

【注釋】

[一] 歐初（一九二一—二〇一七），字德正，號桂山，廣東中山人。學者、詩人，曾任廣州市人大常委會主任。

[二] 高斗魁（一六二三—一六七〇），字旦中，號鼓峰，浙江四明（今寧波鄞州區）人。明末清初醫家。

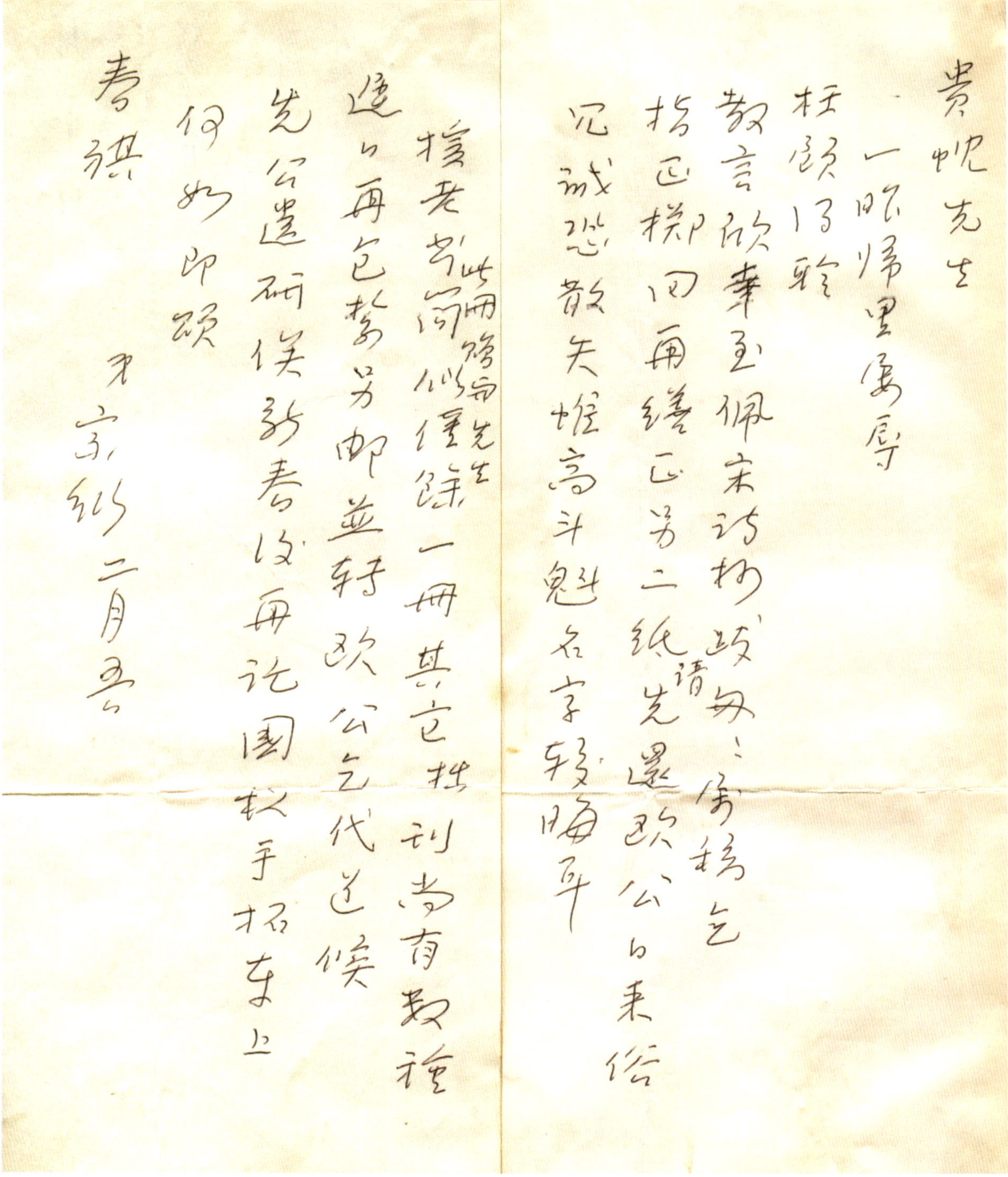

貴忱先生：
一昨歸里，晤
枉顧，得聆
教言，欣奉至佩。宋詩格跋如：寄稿乞
指正，擲回再繕正，另二紙請先還致公，以來俗
冗，誠恐散失，惟高斗魁名字較晦耳。
檢老書目此冊煩寄鏗翁先生，從緣錄一冊，其它拙刊當有數種，
適以再包寄另郵，並轉致公，乞代道候。
先公遺硯，俟新春後再託圖，秋手拓奉上。
何如，即頌
春祺
弟 宗衍 二月五日

二月二十二日

貴忱先生文几：

二月十七日大札拜悉。宋詩抄跋別紙繕正，書不成字，勿笑。煩便時代轉歐公，如不合式可重書也。瀆神，謝謝。即頌

著安，并頌

春禧萬福

汪宗衍拜上　癸亥正月十日

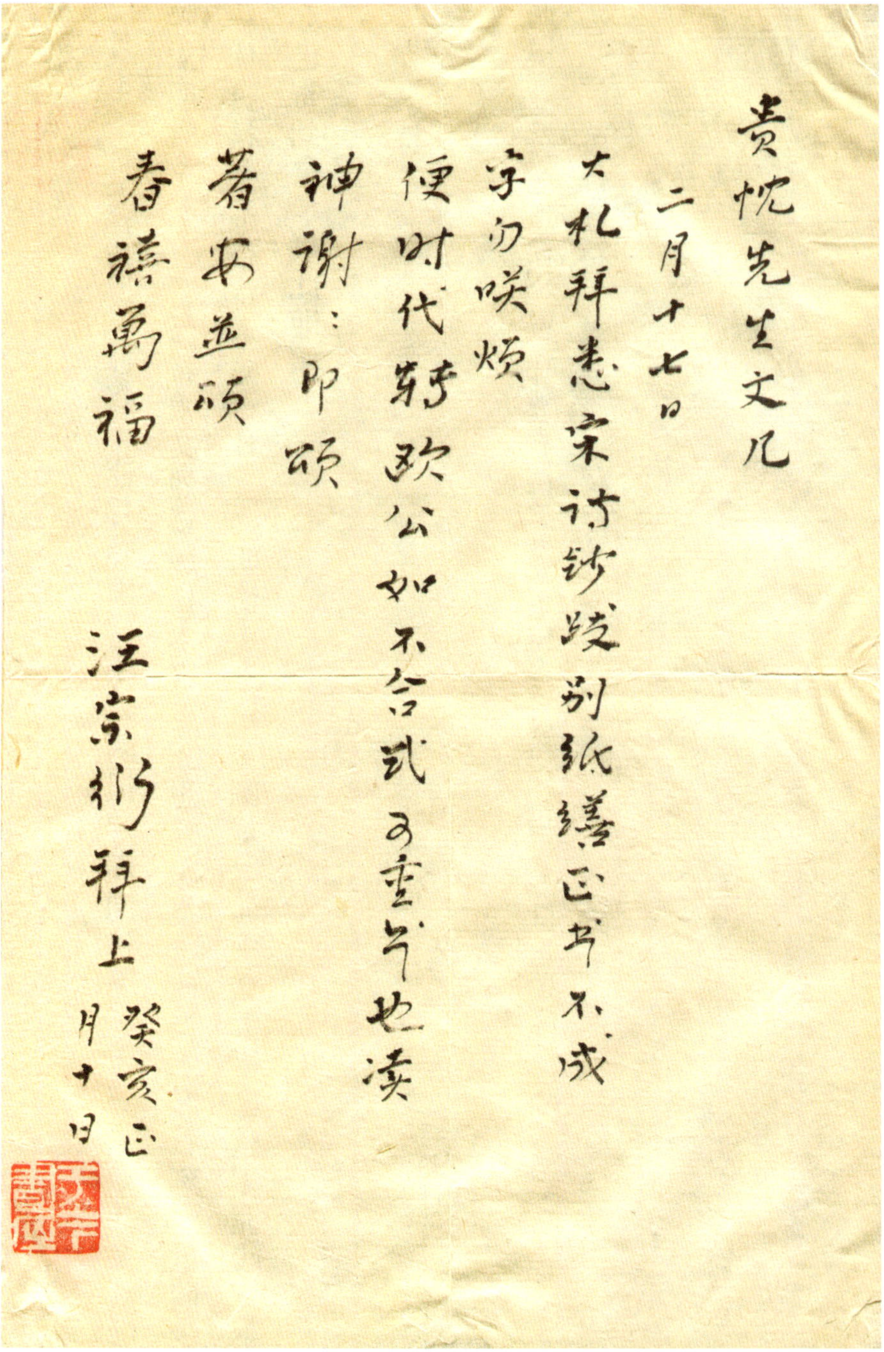

貴忱先生文几
二月十七日
大札拜悉宋詩鈔跋別紙繕正書不成
字勿哂煩
便時代轉歐公如不合式可重寫也瀆
神謝謝即頌
著安並頌
春禧萬福
汪宗衍拜上
癸亥正月十日

三月二十日

貴忱先生：

三月十一日大札早已拜收。連月陰雨，令人悶損，遂懶執筆，乞諒。赤社文既已複印，便中賜示，何如？陳樹明君來函，云已將張文烈墓碑拓本寄上，想登記室。此爲永曆石刻，世間少見，藉榮遷博物館工作正一佳資料，不悉曾入藏否耳。《明清廣東繪畫圖録》聞中文大學已整編完竣，不久付印，謝文勇先生撰文亦已寄到矣。專此即頌

著安

弟宗衍　三月廿日

晤區[一]公乞道候，曾托新華社楊奇先生轉寄書籍兩包，想已送達區公矣。

【注釋】

[一]區，應爲「歐」，即歐初。

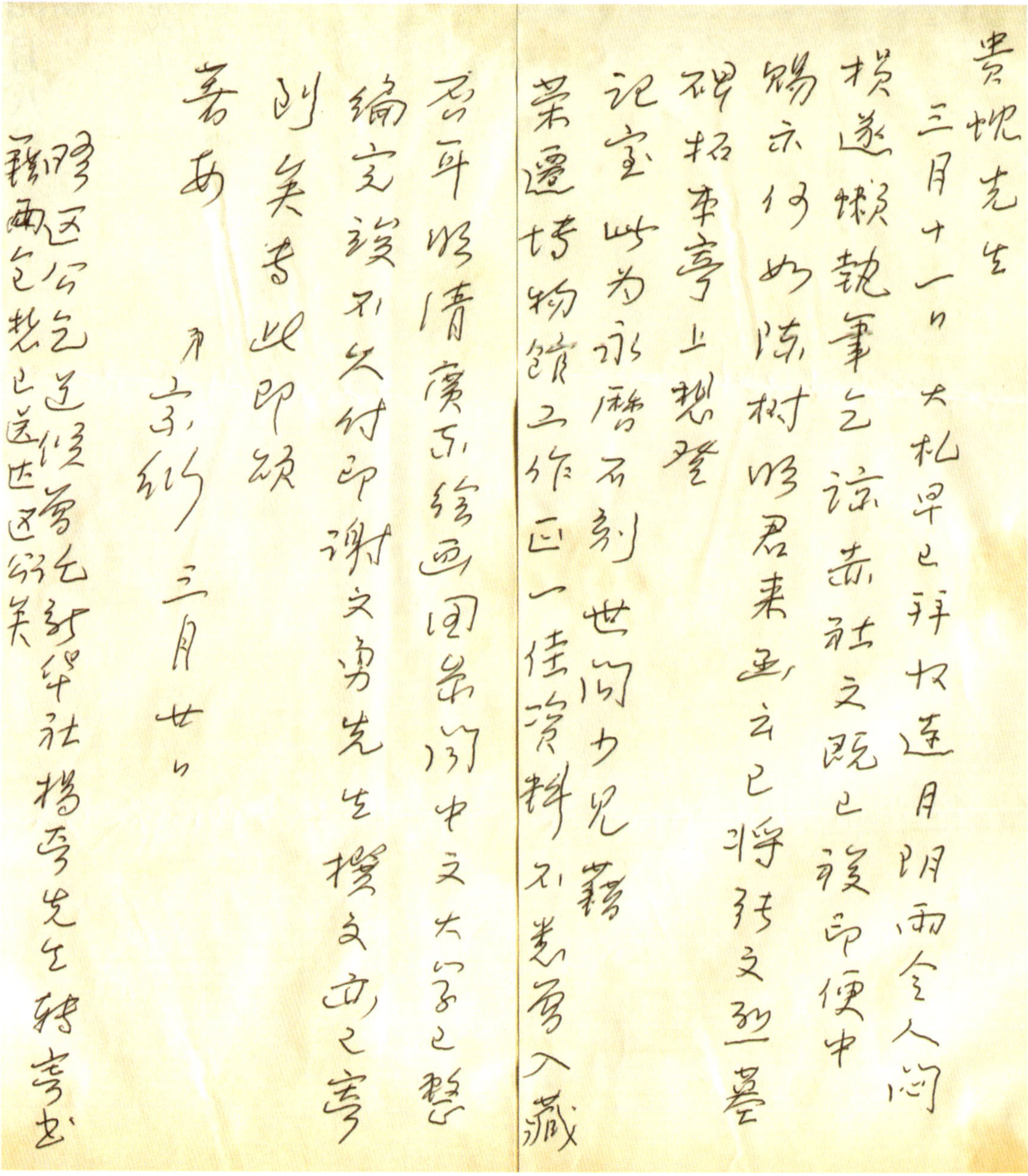
貴忱先生
三月十一日大札早已拜收，连月阴雨，令人闷损，遂懒执笔，乞谅。赤社之既已複，即便中赐示何如。陈树明君来函云已将张文烈墓碑拓本寄上，想登记室。此为永历石刻，世间少见，藉荣迁博物馆工作，正一佳资料，不妨寄入藏。吾耳明清广东绘画目录闻中文大学已整编完竣，不久付印。谢文勇先生撰文亦已寄到矣。专此即颂
著安
弟宗衍 三月廿日
附函乞送候华新华社杨奇先生转寄也。
稿函乞照已送还邱矣。

四月八日

貴忱先生：

前上乙函附宋詩抄跋毛筆本挂號寄呈，托轉歐公，想已收轉。胡天根[一]三文原來在《廣州文史資料》（非廣東），經已覓得，不必寄來。瀆神，愧謙何似。專此即頌

著安

衍上　八日

【注釋】

[一] 胡天根，應爲「胡根天」。

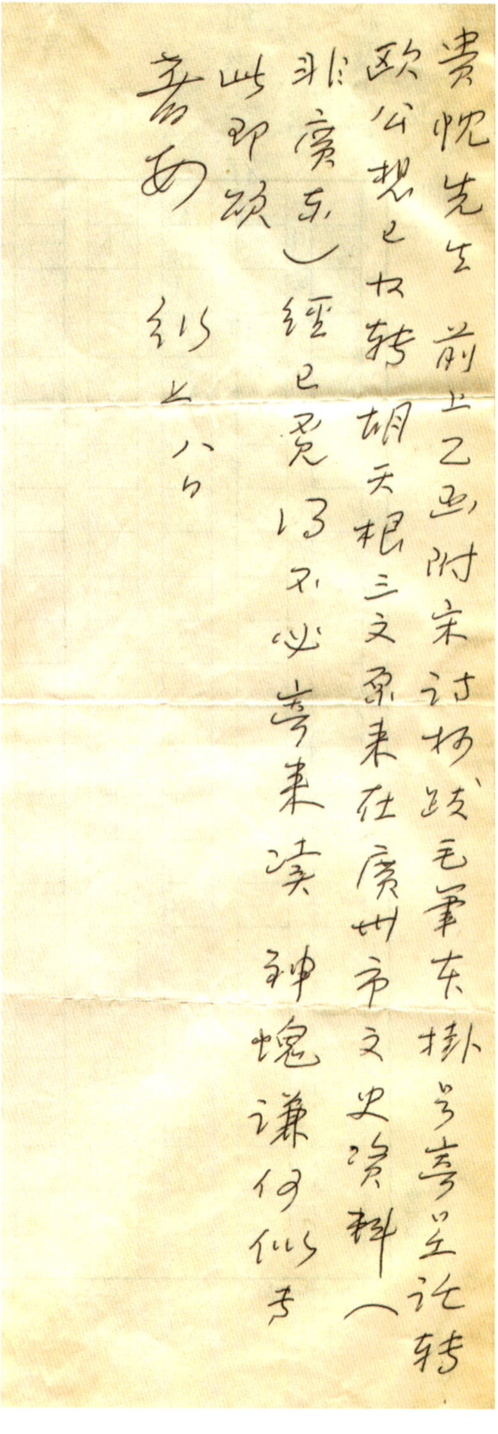
贵忱先生：前上乙函，附宋讨桥跋，毛笔未挂号寄呈，托转
欧公，想已收转。胡天根三文原来在广州市文史资料（
非广东）经已觅得，不必寄来，渎神愧谦何似。专
此即颂
著安
衍 七、八

四月十日

貴忱先生：

多時未奉大教，甚念。

思政先生已有覆信，一味灌米湯，晤乞致候。

先君硯銘已托馬國權兄拓就，匆忙未以賜箋付之，甚歉。

馬兄囑爲《藝林》寫文，一時文思甚澀，偶憶張菊老與先君函言《寶禮堂書録》一稿，因在《圖書館學刊》登出必影響潘氏形象，且有損於粵人藏書名家，若刊於《藝林》則爲實事求是。頃檢舊笈，已無存稿，如該文尚存手邊，祈檢寄下爲荷。

又，硯銘文獻可參考《山陰汪氏譜》，有陳寶箴（三立父）撰墓志銘，朱啓連（執信父，我之姑父）撰行狀及先君年譜《樱窗雜記》，圖書館似均有之。

餘俟續談。即頌

撰安

衍　四月十日

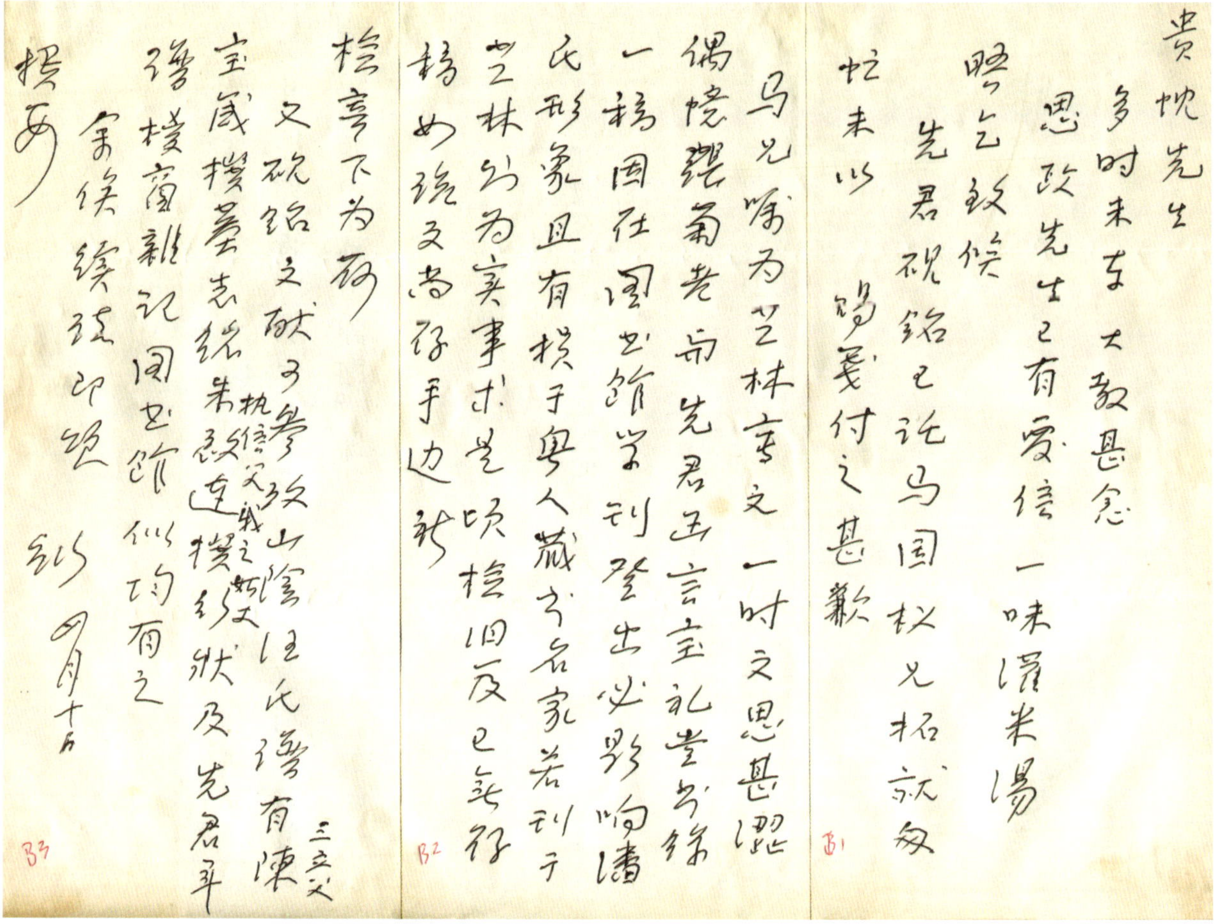

贵忱先生
多时未奉书，甚念。
思政先生已有覆信，一味滑米汤。
暇乞致候。
先君砚铭已托马国权兄拓就，匆
忙未以鸿笺付之，甚歉。

马兄嘱为艺林丛录之一，时文思甚涩，
偶忆罗翽老为先君与言宝礼堂书录
一稿，因往图书馆翻刊登出，必影响潘
氏形象，且有损于粤人藏书名家。若刊于
艺林，似为实事求是，兹检旧反已无存
稿，如能交马存手边，祈

检寄下为荷。
文砚铭文跋子馨致山阴汪氏谱有陈
宝箴撰墓志铭、朱孔彰（执信父）撰行状及先君年
谱、楼窗杂记，图书馆似均有之。
专候，续琰印颂
撰安
衍 四月十日

三六又

無日期

貴忱先生：

十四日函并拙稿拜收。胡根天文影印件早已寄到，奉覆矣。思政先生亦有謝函來。今早郵上拙作複印本一份，順及。諸瀆精神，謝謝。即頌

著安

弟衍

拓本未挂號，知收至慰。以港挂號四元四角太昂也。

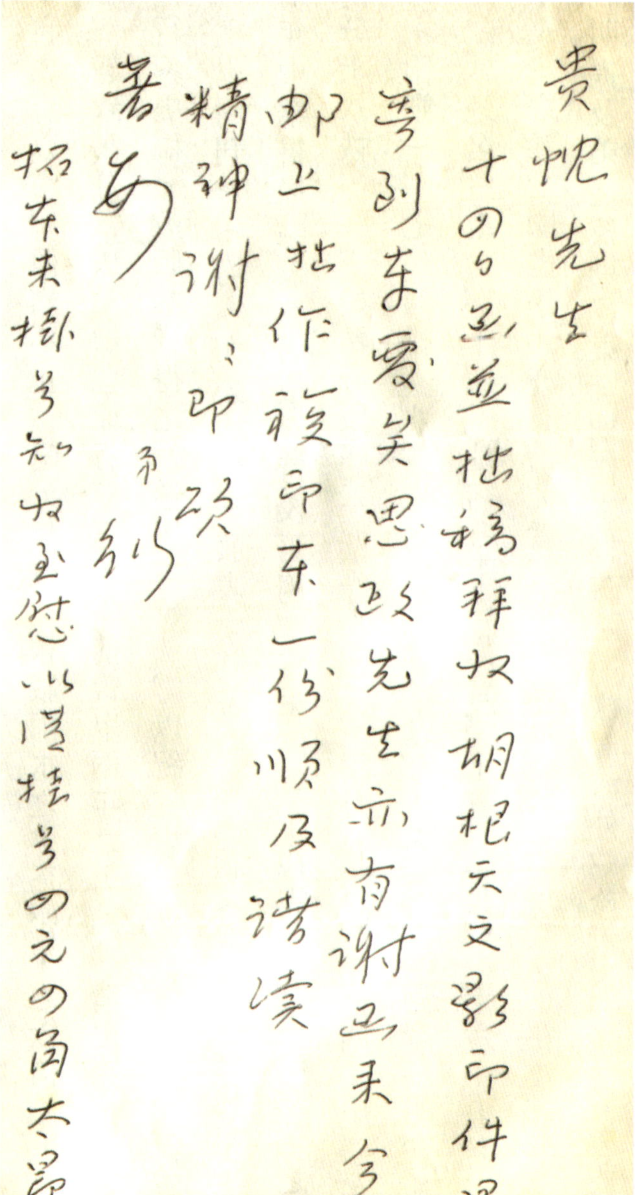

贵忱先生

十四日函並拙稿拜收 胡根天文影印件早已寄到未覆矣 思政先生亦有谢函来 今早邮上拙作復印本一份 順及 請读

精神 谢谢 即颂

著安

弟 行

招东未掛号知收到悲以後挂号四元四角太昂也

四月二十五日

貴忱先生：

四月廿日大札拜悉。胡根天文早已奉到，敬覆。後得大函垂詢，亦已隨函送達，想接此函時早遞上左右矣。自入春以來，雨霧不止，晴天無幾，報載雨水之多爲歷年之六倍。上月末曾小極一周，或此時忘未即覆耶，謹致萬分歉仄，敬乞原宥。三十年前曾以兩年之力讀《清史稿》一過，時販書於京、滬、穗垣諸處，世行《史稿》數版本皆得之，遂用本校法，以紀、志、表、傳互校，得數十萬言，曾在《藝林》《讀書》《文史周刊》（均《大公報》）發表。其後彙爲《讀〈清史稿〉札記》，由中華書局刊行，未得其半。前年中華書局點校本出板，持校舊稿，多未能訂正挩誤，又以兩三年之力整理爲《清史稿考異》一書，内分十八帙：一、校點分段；二、記載；三、年月（附時）；四、甲子名歲；五、失書月序；六、干支日序（附朔）；七、錯排；八、人名（上）；九、人名（下）對音；十、避諱；十一、互見；十二、重傳；十三、地名（上）；十四、地名（下）對音；十五、官爵；十六、書名；十七、字句；十八、數字。指出中華本之謬，國内學人亦有治此者，中華欲集合各家筆記，正在校訂中，已將拙稿采用，將來在再版出版説明提及弟之校勘成果。拙作本極疏陋，旅居海外，珍本不多，參考缺乏，本當覆瓿，若得刺名簡末，於願足矣。今已將第一帙《校點質疑》交中文大學《中國文化研究所學報》發表，大約今年下半年可以出版。又有某君請予給中文大學專書刊出，尚要再行子細整理，然七六高齡猶窮年屹屹爲此瑣屑之事，亦自知其不量力之至矣。

宇亭先生時通電話，昨去中區同午飯，亦悉台端移席省博，深慶得人，今日已將大札轉寄矣。大作屢承賜讀，足啓神智，尚祈不吝賜示，是所至盼。拙作《失書月序》一文，似曾囑舍侄轉寄一份，其後又遞寄一帙，如果屬實，請以一份便時代交思政先生，惟其宇宙蟠胸，經綸視掌，不措意於瑣屑陋學小事，俾知弟尚健在人間耳。

匆匆即頌

撰祉

弟衍　四月廿五日

中華本《清史稿》以分段標點爲重點，亦有校訂，然眼見可校者未能指出，亦有不當改而誤改，此書爲啓功、羅爾綱四人主理，何草率至此？另《鍾緯》稿附覽，此《人名》中之一條也。

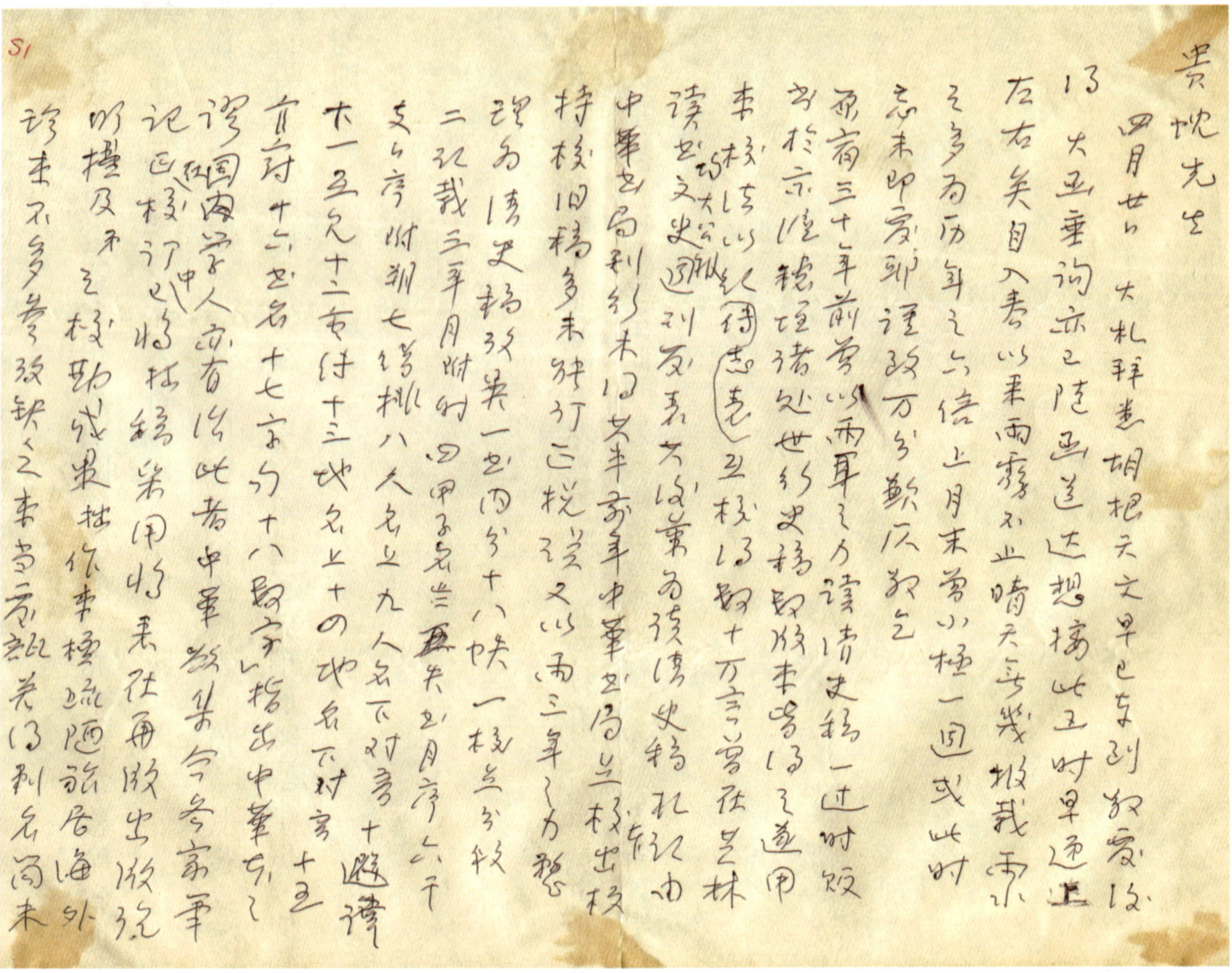
贵忱先生
四月廿日大札拜悉，胡根天文早已收到，敬复后
13 大函垂询，亦已陆函达，想接此函时早递上
左右矣。自入春以来，雨雾不止，晴天无几。报载广州
之多为历年之六倍。上月末曾小恙一周，或此时
尚未即复耶，谨致万分歉仄，敬乞
原宥。三十年前曾以两年之力读清史稿一过，时致
力于京汉铁路诸处，世行史稿聚版本者仍之，并用
本校法以纪、传、志、表互校，得数十万言，曾在吉林
读书（文史）刊发表，大致义为读清史稿札记，由
中华书局刊行，未得其半。前年中华书局立校出校
持校旧稿多未能订正，拟从又以两三年之力整
理为清史稿考异一书，约分十八帙：一校点分校，
二记载年月日，三年月日时，四甲子，五天文月序，六干
支与序时，七别错排，八人名互见，九人名下对书，十避讳，
十一至九，十二官位，十三地名上，十四地名下对书，十五
官封，十六书名，十七字句，十八脱字，以指出中华本之
误。国内学人亦有论此者，中华书局今为专家筹
记正校订之，将拙稿采用。将来往再做出，做说
明标及之。校勘成果拙作，本校疏陋，流居海外
讲来不多，尝致钦之，本当有疏忽，差得利名，留来

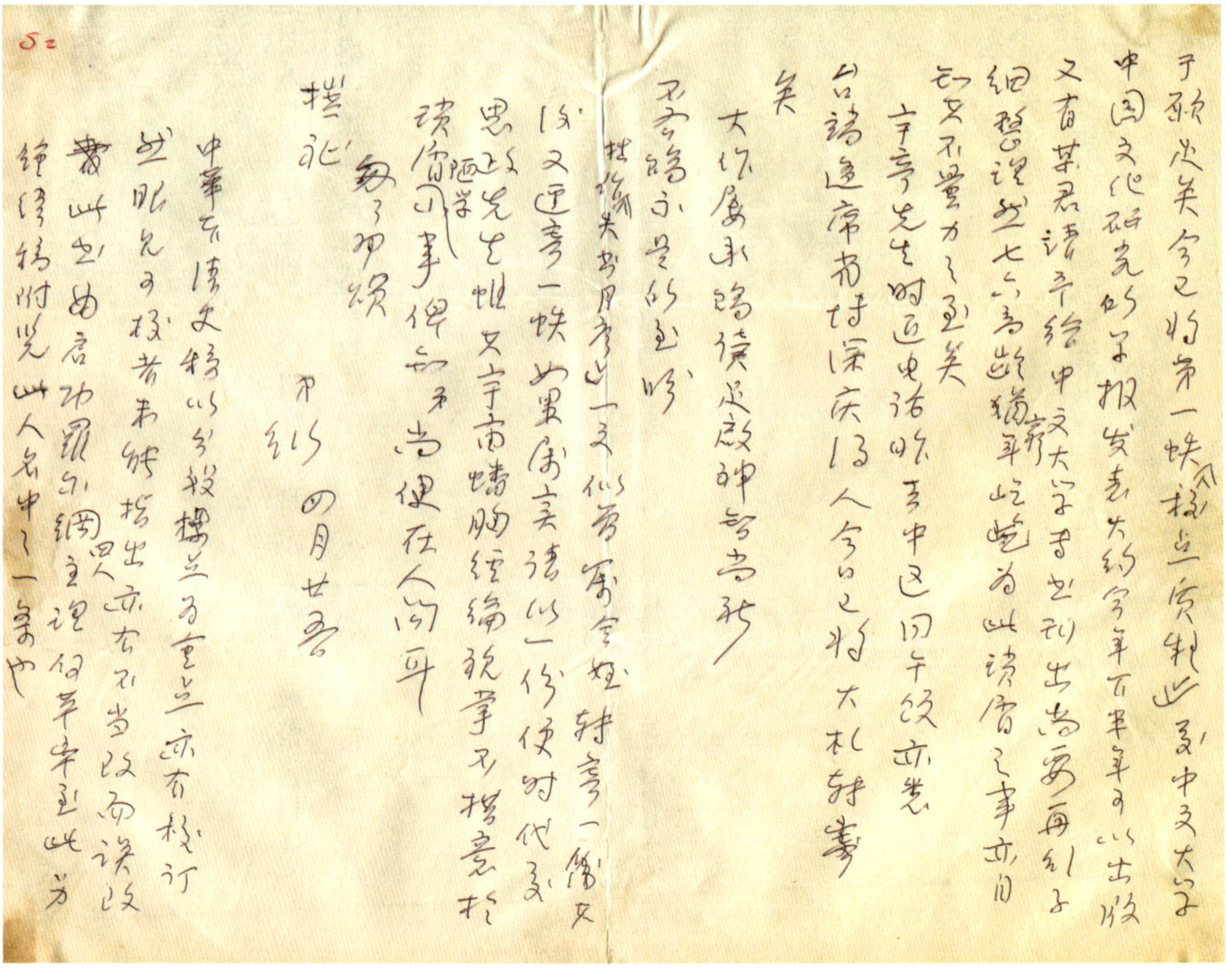
52

于硕必矣。今已将第一帙（八）校点完毕，又中文大学
中国文化研究所学报发表，大约今年下半年可以出版。
又有某君请求给中文大学出版社刊出，尚要再行仔
细整理，并七八为断编残简，为此读者之事，亦自
知其不量力之至矣。
辛亭先生时通电话，昨来中途回午饭，亦想
台端过府时深宾得人，今日已将大札转奉
矣。
大作屡承赐读，足启神智，尚祈
不吝赐示，是所至盼。
拙编失书月前出一文，似为宗侄转寄一份，又
似文运寄一帙，如果宗兄亲请以一份便时代交
思政先生（陋学），他又宇宙蟠胸，经编独掌，不惜意于
读者，则事得两利，尚使在人间乎。
敬之即颂
撰祉
弟 衍 四月廿三
中华古传文稿以分段标点为重点，亦有校订，
并非兄可校者未能指出，亦有不当改而误改
者，此出如启功、罗尔纲（四人）主理，但年来至此方
始将稿附览，此人名中之一条也。

五月二十三日

貴忱先生：

五月八日函早遞到，今日始得拜讀大作《錢幣書目》[一]，謝謝。另一册已轉寄禮平[二]，勿念。二六頁五行盛「煜」當作盛「昱」，無「火」邊，順告。

即頌

著安

弟衍　五月廿三日

徵稿函收到，塗鴉何敢言「法」耶？穀庵老人遺硯銘拓本（馬國權拓）二紙收到，祈賜覆數行。

【注釋】

[一] 即王貴忱輯《可居室所藏錢幣書目》，廣東金融學會一九八三年出版。

[二] 許禮平，一九五二年生，廣東揭陽人。香港學者，收藏家。

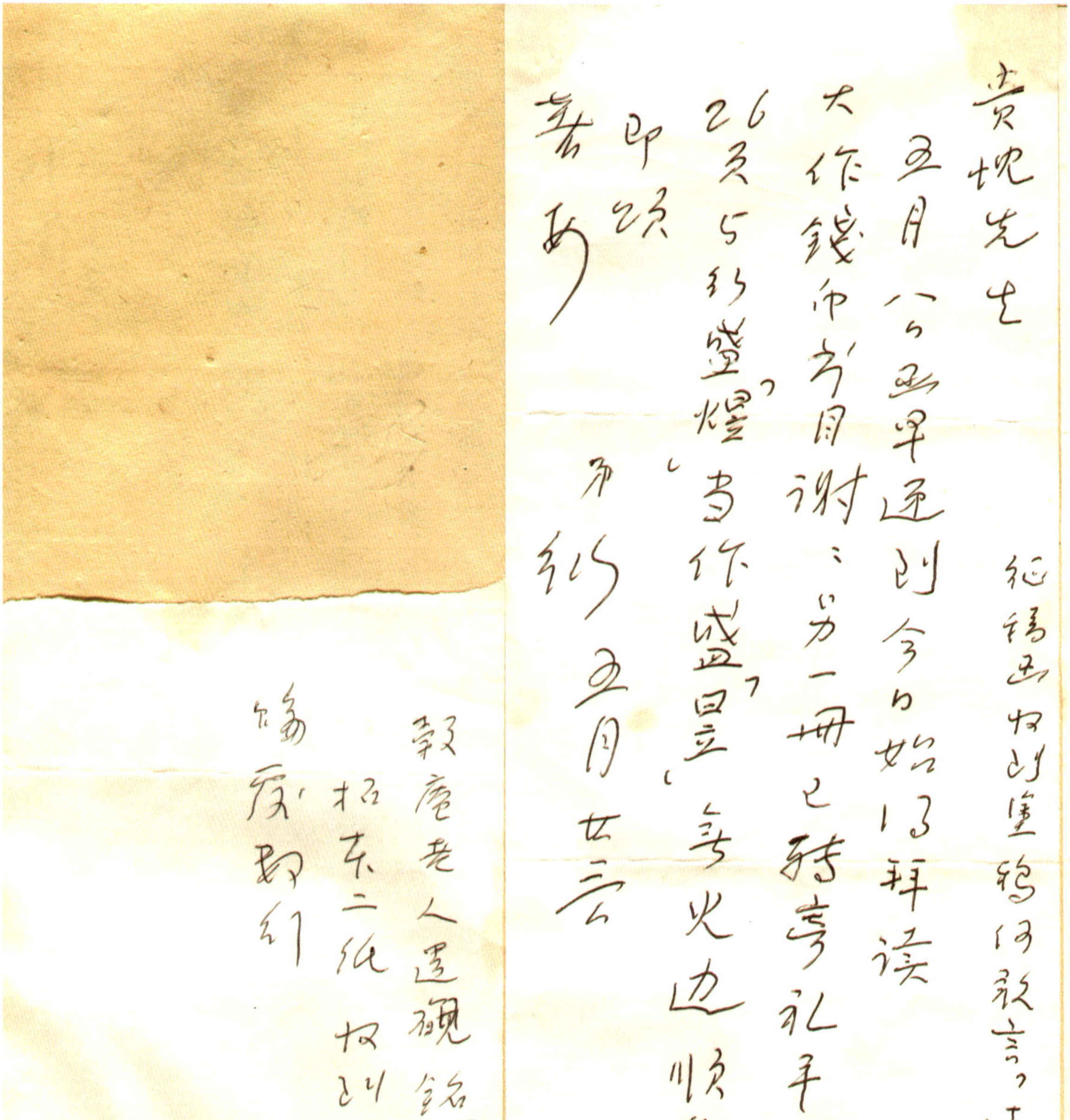
贵忱先生
五月八日函早递到，今日始得拜读
大作钱币书目，谢谢！另一册已转寄礼平同志
26页5行“盛熠”当作“盛昱”，无火边，顺告
即颂
著安
宗衍 五月廿三
征稿函收到，重编何毅言诗，请郑
毅庵老人遗砚铭为同栈拓
拓本二纸收到，谢
馀容再行

六月二十九日

貴忱先生：

許久没有通訊，甚念甚念。

昨聞《大公報》載廣東文史館出版《嶺南文史》雙季刊，有黄文寬先生《澳門史的考訂》一文。弟寓澳逾四十年，對澳門史料頗有搜集興趣，以友人王君文達[一]撰寫《澳門掌故》一文（刊載《澳門日報》）多已付之，港澳報章雜志關於澳中文獻多取材於此。五十年前以曾君傳軺之介（弟與曾君在教育廳同事數年）得晤黄公，惜曾君不幸早逝，抗戰軍興，不見數十年矣。今悉黄公撰有澳門文，亟欲一睹以開茅塞，望代爲購置一册寄下。拙作《翁山》《千山》《東塾》年譜尚有存書，不悉曾過目否？（《天然譜》《援庵簡》已缺）并乞致以仰慕之忱。今年十一月間，廣東博物館與中文大學文物館舉辦出土文物展覽作港穗文化交流，甚望台端惠然肯來，不知有此意否？專此即頌

撰安

弟宗衍　六月廿九日

【注釋】

［一］王文達（一九〇一—一九八一），祖籍福建泉州。澳門史學家，著有《澳門掌故》等。

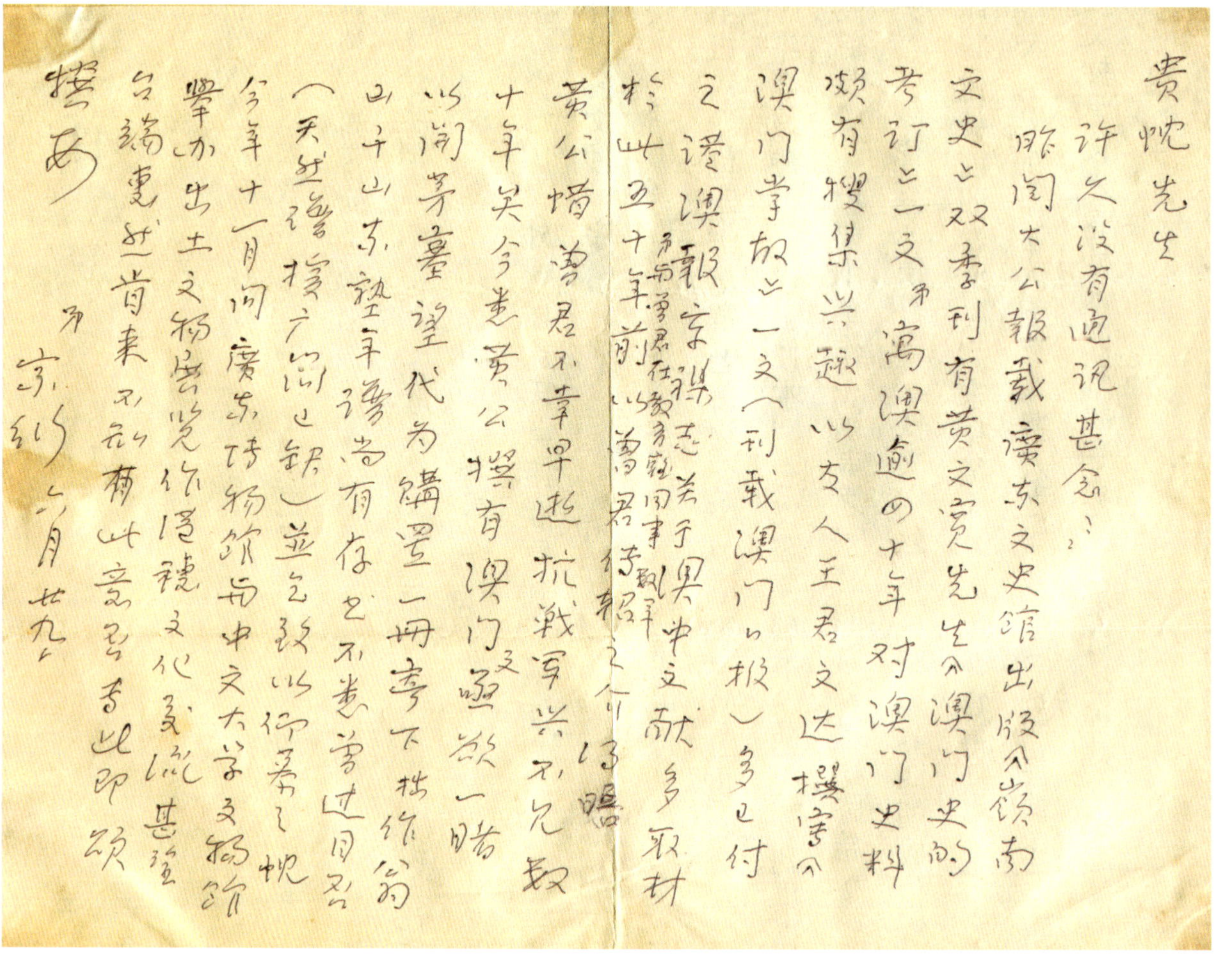

贵忱先生：

许久没有通讯，甚念！昨阅《大公报》载广东文史馆出版《岭南文史》双季刊，有黄文宽先生《澳门史钩考》订正一文，弟写《澳门四十年》对澳门史料颇有搜集兴趣，以友人王君文达撰《澳门掌故》一文（刊载《澳门日报》）多已付之谭澳报字谍志，关于澳中文献多取材于此。五十年前弟与曾君在教育局同事，以曾君[illegible]介绍[illegible]

黄公惜曾君不幸早逝，抗战军兴，不知下落十年矣。今悉黄公撰有《澳门文献》，欲一睹，以闻芳台望代为购置一册寄下。拙作《翁山千山东塾年谱》尚有存也，不悉曾过目否（《天然年谱》《檀广[illegible]》之缺）并乞致以仰慕之忱。今年十一月闻广东博物馆与中文大学文物馆举办出土文物展览，作继续文化交流，甚望台端惠然肯来，不知有此意否？专此即颂

撰安

弟 宗衍 六月廿九

可居室藏汪宗衍致王贵忱函

七月五日

貴忱先生：

七月一日大教奉悉。關於中華書局輯《屈大均全集》事，不勝喜慰。且由台端主持其事，尤爲欣忭。承詢各節，覆言如下：

一、《崇禎宮詞》與《安龍逸史》均非屈氏之作，後人托名藉以增重而已。編印《廣東叢書》時，徐氏擬《宮詞》付印，其後知爲王譽昌之作，遂中止。

二、《翁山文外》以徐氏藏康熙原刊爲最佳，卷首有題辭四首，爲他本所無。除題詞外，弟尚輯有《文外》《文抄》序。

三、《翁山文抄》，來函未列入。《廣東叢書》爲屈友之作，《初集》以原刊首四卷付印，《二集》以抄本後六卷付印，爲黄老舊物，今中山館藏似即此後六卷。康熙刻今存屈志仁[一]處（在美國）。《文抄》薛序今《叢書》本爲抄本，志仁藏係刻本。如中華刊集爲影印，弟可介紹屈志仁借印（屈曾任中文大學文物館長），但要中華作一函與之，必能以顯微粒膠卷本影來也，如將來爲排印則不必矣。

四、黄蔭普、徐信符輯《佚文》二本，多與《四朝成仁録》《文外》《詩外》《文抄》重出者。由於徐輯印時付於前四卷之後，未見後六卷，兩輯實得佚文二十二首而已。若將《翁山文外》序、《文外》銘（今當入《文外》卷首）及《聖人之居考》（《四書補注考》内）删去，則實爲十九首而已。《文抄》後六卷抄本聞有誤字缺字，弟可校補若干處。

五、宣統排印本《文外》比劉氏《嘉業堂叢書》本多《嶺南游稿序》一首，應注意。

六、《翁山文外》《文抄》及《佚文》十九首之外，弟輯有二十餘首，藉供補録，可與徐、黄二輯合成爲集外文。

七、《詩外》之後爲《騷屑詞》，今分爲二帙亦可。關於佚詩，弟輯得三十多首。

八、《成仁録》葉遐翁校文頗簡略，似當補校之。三十年前弟曾爲之校補不少，惜被人借去，今無有之。

九、拙作《年譜》近十年來增補不少，已録成校補二帙，前帙爲校勘錯字，後帙則爲增入譜文，因得屈氏友人贈答唱和之作不少，屈氏交游遍天下，真有知也無涯之感。

十、屈氏與友人之贈答詩詞，《年譜》多已録入，或另附《酬唱集》一帙亦好，弟有抄存。

以上爲弟初步之淺見。以上資料如爲尊處需用者，弟可提供，將來在序例提及賤名，俾數十年精力不致白費，想荷垂允也。關於中華書局點校本《清史稿》，弟曾提供一千七百餘條資料訂其疏失，中華覆函擬采用於再校本内，亦在出版説明中叙及賤名云。專覆即頌

著安

弟宗衍上　七月五日天暑揮汗書

《詩外》内有重出之詩，請注意。因《詩外》爲翁山晚年編成，早年刊詩數種合編而成，難免重出不自覺。

【注釋】

［一］屈志仁，一九三六年生，香港人。文物鑒賞家，曾任香港中文大學文物館館長。

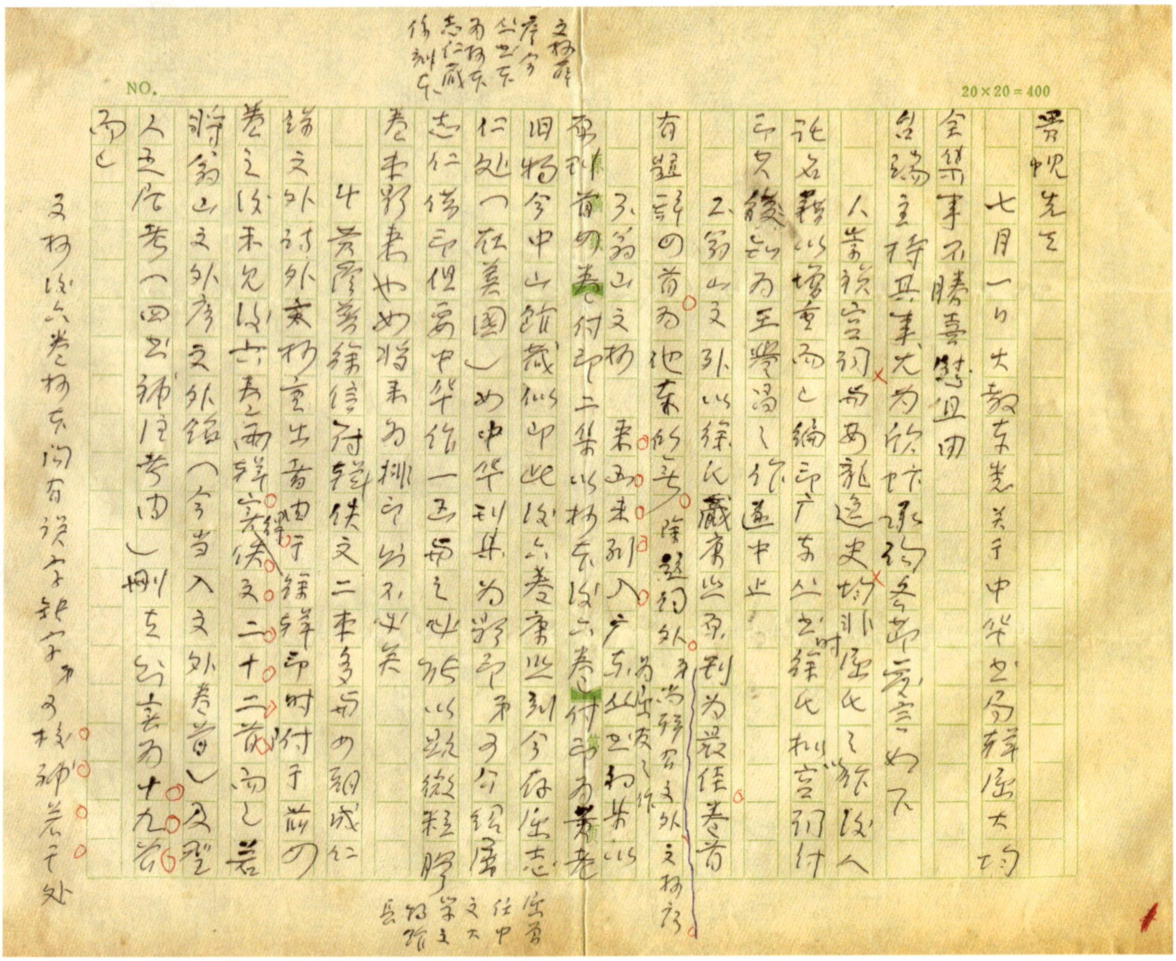

晋悦先生：

七月一日大教奉悉。关于中华书局印行屈大均全集事，不胜喜慰。但因台端主持其事，尤为欣忭。承询各节，兹答如下：

一、人尝谓宣词尚要能追史，均非屈氏之旅後人托名籍以增重而已。编印广东丛书时，徐氏刊宣词付印，只缘战事而至[illegible]，从遂中止。

二、翁山文外以徐氏藏本出京刻为最佳，卷首有题辞四首为他本所无。除题词外，文外尚有[illegible]文外文钞存。

三、翁山文钞来函未列入，广东丛书[illegible]以前四卷付印二集以梓东[illegible]付印为[illegible]旧物，今中山馆藏似即此[illegible]卷本，出刻今存屈志仁处（在美国），如中华刊其为影印，可与屈志仁借印，但要中华作一函与之，此[illegible]以致微经[illegible]卷末影者也，如将来为排印，似不必矣。

四、若[illegible]徐信附录佚文二本，多而如组成仁端文外诗外，实物直出首由于徐录印时付于前而将翁山文外序文外铭（今当入文外卷首）又卷之后未见[illegible]而[illegible]佚文二十二首而已。若人定佰卷（四书补注卷）则是[illegible]为十九卷而已。

文物以六卷[illegible]尚有误字，[illegible]文校补若干处。

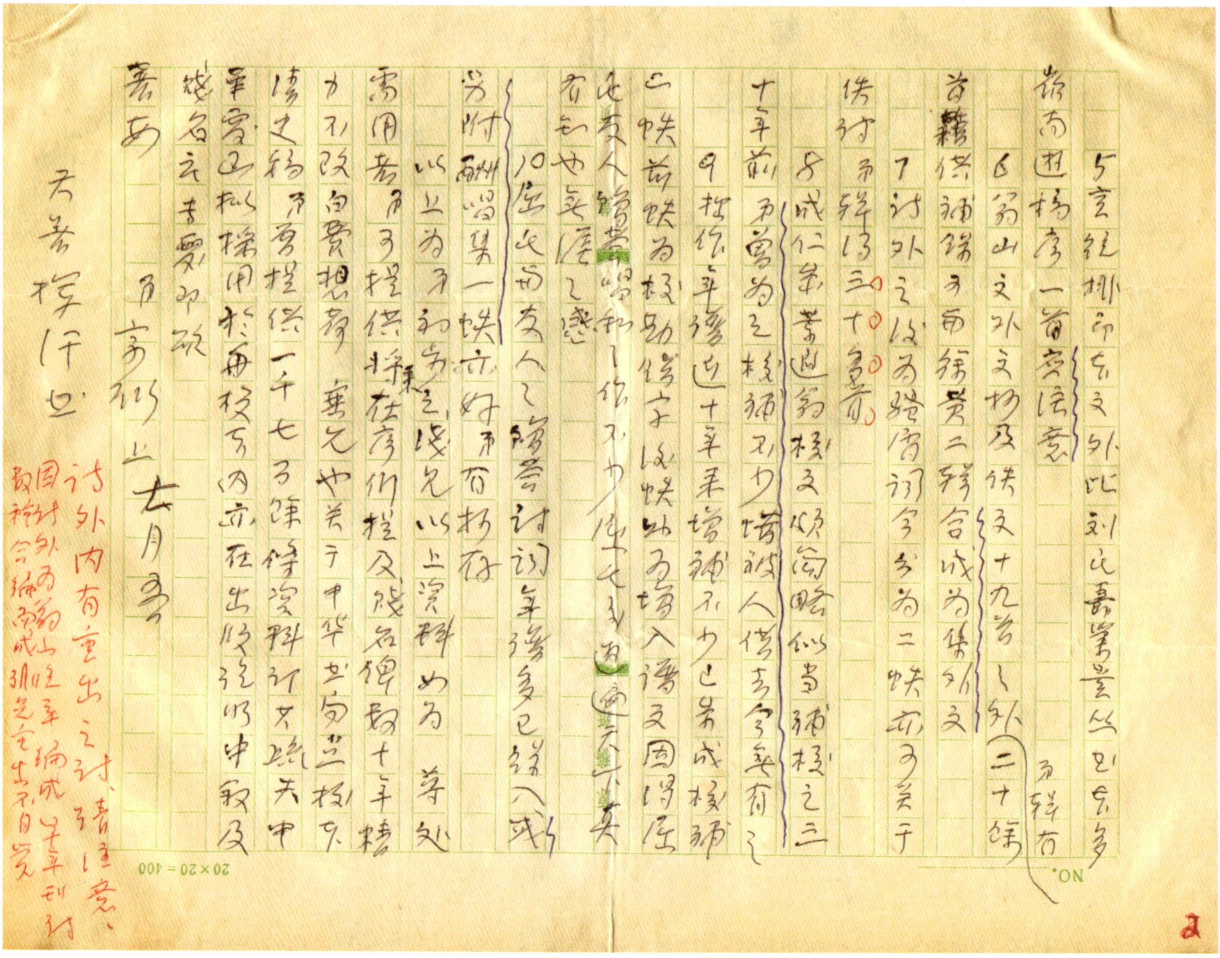
5 宣统排印本文外，此刻之嘉业堂丛书本多
岭南遗书本一首，宜注意
6 翁山文外、文钞及佚文十九首之外，（二十余）弟辑有
首，辑佚补录，可与前录者二录合成为集外文
7 诗外之佚句、残句、词令，分为二帙，亦可关于
佚诗，另辑得三十余首
8 成仁录、兼及翁校文颇简略，似当补校之。三
十年前弟曾为之校补不少，今被人借去无有之
9 按作年谱，近十年来增补不少，已未成校补
之帙，前帙为校勘、标字，后帙则另增入谱文，因得应
從友人赠著《屈翁山年谱》作不少，俟其[illegible]
奉知也无屈之憾
10 屈氏与友人之赠答诗词，年谱多已录入，或
另附酬唱集一帙，亦好，弟有抄存。
以上为弟初步之设见。以上资料如为若处
需用者，弟可提供，标注在序例，提及姓名，得数十年积
力不致白费，想必亦无異也。关于中华书局出校本
诗之稿，弟曾提供一千七百余条资料，订出失中
华书局拟採用于再校本内，亦在出版说明中叙及
姓名云。专此即颂
著安
弟宗衍上 七月六日
天若[illegible]也
诗外内有重出之诗，请注意。
[illegible]

七月七日

貴忱先生：

七月三日函奉悉。《屈譜》此處僅存複本一册，餘存澳寓，日内當連同校補萬餘言另郵奉上，二三月後會返澳取來。《廣東新語》新印者，澳門書店有影印康熙原本，縮印，兩欄一册，香港中華書局有排印本，并略加注釋，但挂一漏萬，且有誤點。初港中華在十年動亂後擬以影印，囑弟向熟友借來康熙本影出，而缺第一册，以道光本補之，其後又從中文大學借出第一册原本影成，後聞上海局已有排字紙型，遂作罷，而以紙型本在港印行。

今冬省博與中文大學合辦出土文物展覽，弟以對於此事無深湛研究，將不會約弟返穗參加。《嶺南文史》等書届時可交由省博諸公帶來，交中文大學高美慶博士（女，文物館主任、藝術系主任）或林業强兄（文物館副主任）轉交，展覽開幕及開研討會弟或會參加。如無他事，擬返赴從化、肇慶一游。徐、黄輯《翁山佚文》多與《成仁録》《文外》《文抄》《詩外》重出，及《崇禎宫詞》爲托名之作，萬望注意。餘詳前函，不贅。即頌

著安

弟衍　七月七日

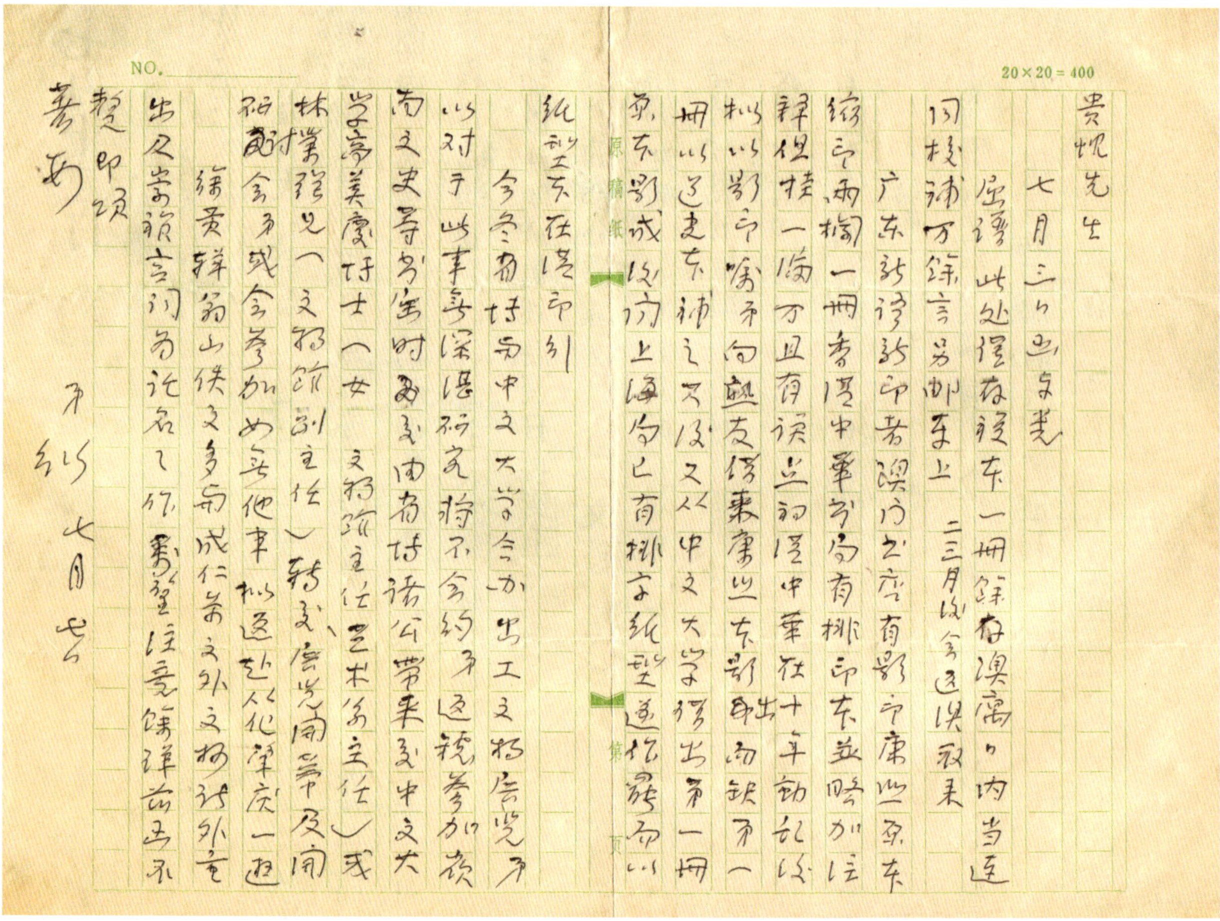
贵忱先生
七月三日函奉悉
屈譔此处得存複本一册録存澳寓，内当还
问核補可録言另邮奉上 二三月後会送澳取来
广东新语新印者澳门已齐有影印康熙原本
缩印两栏一册，香港中华书局有排印本並略加注
释，但核一遍可见有误。近闻港中华在十年动乱後
拟以影印本向热友借来康熙东影印出而缺第一
册，以过是东補之。又从中文大学借出第一册
原本影成後，闻上海方已有排字纸型，送往港印以
纸型交在港印行
今冬有埠南中文大学合办出土文物展览，予
以对于此事无深湛研究，将不会約予返穗参加。欣
南文史学者届时多或由有埠诸公带来。又中文大
学高美庆博士（女 文物馆主任 艺术系主任）或
林業强兄（文物馆副主任）转交，届时当帝及闻
研究会予或会参加，如无他事拟返赴文化学院一趟
编贵祥翁山佚文多成仁录文外文物诗外竟
出又学诚言词为託名了作，属望注意録详出示
教印颂
著安 弟 衍 七月七日

七月十二日

貴忱先生：

七月九日大札奉悉。以□□□□□□□□□□敬璧，以後幸勿以弄我也。

書名用《屈翁山全集》亦可以，翁山之名字較著，而中華亦有《顧亭林詩文集》之刻，有例可援。惟近年國内出版集部，如爲改編翻印亦多有稱其名諱者，如《陸游集》等是也。

鄙意詩的部分，仍名從主人曰《翁山詩外》，而附以集外詩，仍以康熙板爲工作本，間有重出者删之，并加以注明。集外詩遲日再影上。

至於文的部分，《文外》《文抄》一仍其舊，不必改編，仍其集例先後附以集外文，注明徐輯、黄輯、王輯、汪輯、△輯於文後，兩人同有者，亦均注明△輯△輯。

《騷屑》見於宣統，《詩外》注云一名《騷屑》，因有王隼《騷屑序》也，仍用《詩餘》之名亦可。

《文抄》前四卷最精，後六卷爲抄本，其抄則出於屈志仁藏康熙刻原本。黄本所缺字，屈藏亦缺，但恐黄抄有錯字，如日後發見有疑問者，再由弟去函屈君查詢，想亦不多也。

屈氏友人爲作《文外》《文抄》序，弟已録入《年譜》中，將來校以原書，以昭慎重。

北平孫殿起得原刊《翁山文抄》十卷本，另抄一本售北平圖書館（即《廣東叢書》所影印者），原刊歸朱希祖，朱付其婿羅香林，羅逝歸屈志仁。

《廣東新語》多有「銘」文，不見於《文外》《文抄》，弟衹録出數首，尚可補輯若干。

新印《騷屑》，斷句間有錯誤（出區季謀手），請注意，另請工於詞學者勘正。

徐輯、黄輯之重出《文外》《文抄》《成仁録》《詩外》……等者，另列細目加以説明，凡三紙，仍請覆校，連《年譜》及校補五十餘紙另郵寄呈，收到祈覆（今早付郵）。其文字全同者删之，少字異同者注明之，多異者附録於後，如中華本《清史稿》之例也。

屈氏友人所作《文外》《文抄》序，似可印於卷首，而《説補輯》如容、汪輯《鐵橋集》例也。

《成仁録》尚有見於日本静嘉堂書庫者，《年譜》已説明（根據謝國楨《晚明史籍考》），恐難借得膠卷本了，至弟舊校本恐難追尋，如《羽冲漢傳》[一]，亦見於《文外·碑》，已詳，《年譜》可説明之。

《酬唱集》可不編入，如不用《年譜》則可入之。

翁山書迹僞作極多，萬請注意。港中藏家多贋鼎，即如屈氏後人之《唐詩卷》時人鉅子題咏極多，亦僞作也。翁山在七星岩有題名，可印入。至於《觚賸》所録之文，記憶所及，已在《文外》中。

校勘事瑣屑之至，年老善忘，又在天暑中，不多及。覆頌

著安

弟衍　七月十二日下午

十三日付郵。

【注釋】

[一] 羽鳳麒（一五六五—一六五〇），字冲漢，廣州人。明永曆廣州都督同知，清軍圍攻廣州城時以身殉職。

贵忱先生

七月九日大札奉悉。以敬堂以後章句以异我也

书名用屈翁山全集亦可，以翁山之名字号署，而中华亦有顾亭林诗文集之刻，有例可援。惟近年国内出版集部，如为改编，亦多有删其名讳者，如陈衍集等是也。

鄙意诗的部分仍名以主人曰翁山诗外，而附以集外诗，仍以原出校为工作，东间有重出者删之，并加以注明。集外诗这个再行上

至于文的部分，文外文钞一仍其旧，不必改编，仍其集例，附以集外文，注明系辑、黄辑、采辑、注辑、△辑。（先后○○○）於文钞两人同有者，亦均注明△辑△辑。

骚屑见於宣统诗外，注云一名骚屑，因有王华骚屑序也，仍用诗体之名亦可。

文钞东四卷最精，后六卷为抄本，其抄则出于屈志仁藏康熙刻本，黄本所缺字，屈藏亦缺，但恐黄抄有错字，如日后先欠有疑问者，再由屈吉玉居查询想亦不多也。

屈氏友人为作文外文钞序，已录入年谱中，将来校以寄兴以照顾全

北平孙殿起得翁山文钞十卷本，另抄一本，传北平图书馆（即今之公也似称本馆）案刊归来交朱付文诸罗香林，罗赠归屈志仁

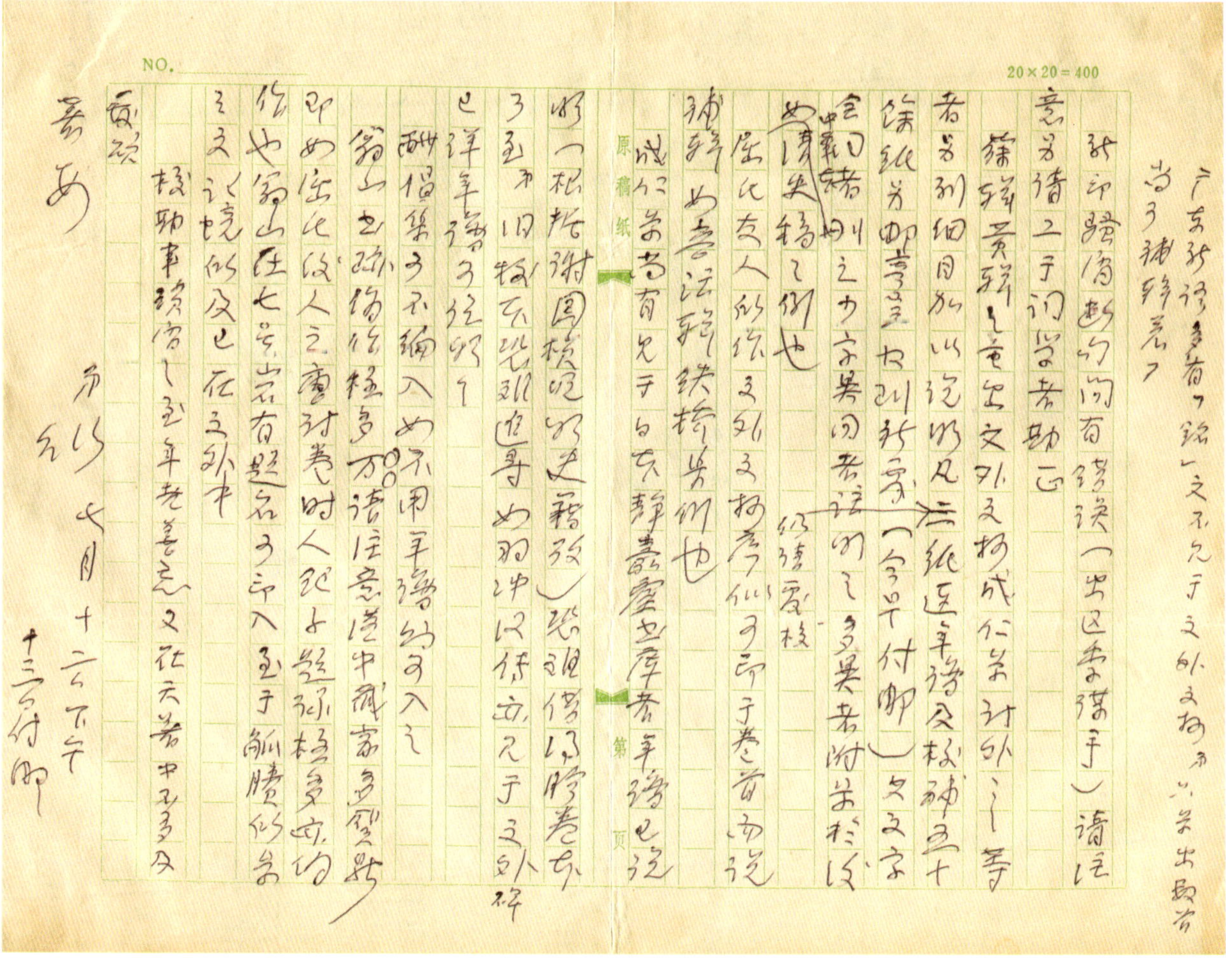
广东新语多有可录之文不见于文外文者，亦可出段者，尚可补录若干

新印谱偶然可问有错误（出区季谋手）请注意，另请工于词学者助正

兹译黄稿之遗留文外文将成，仁兄计外之等者，另列细目加以说明，凡二纸，连年谱及校补五十余纸另邮寄上，均请审察（今早付邮）。又文字金陵错别之处，字异同者注明之，多异者附录于后，如使失稿之例也

屈氏友人所作文外文，稿序似可印于卷首，而说补辑如书法题跋，稿兴例也。仍请审校

[illegible]

已详年谱可从略了

[illegible]

专此，即颂

著安

弟 衍 七月十六下午

十三日付邮

七月二十一日

貴忱先生：

寄上翁山佚文《離六堂詩集序》《離六堂集自序代》《與石濂書》《復石濂書》《花怪》五文，祈查收，仍請覆校原書。

翁山友人爲作《詩外序》《文外序》題目多異，作爲附録如尊意亦好。

餘另詳。祝

好

弟 衍

集外詩及其餘集外文遲稍暇再陸續複印寄來。

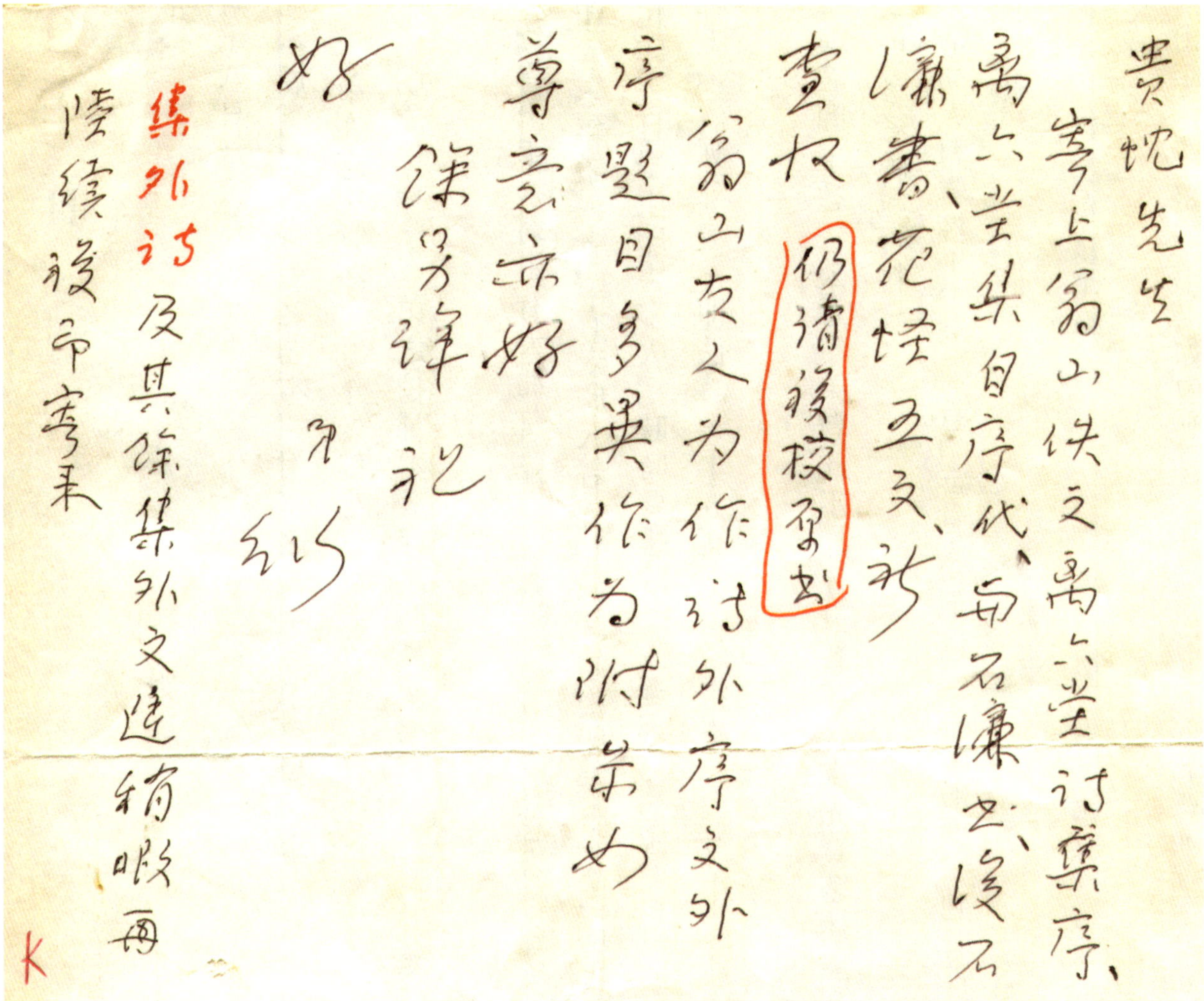
贵忱先生：
寄上翁山佚文离六堂诗集序、离六堂集自序代、与石濂书、花怪五文，祈
查收。仍请发校原书
翁山友人为作诗外序文外，序题目多异，作为附录如
尊意亦好。
余另详。即
祝
好
衍
集外诗及其余集外文，遂稍暇再陆续发寄来
K

七月二十二日

貴忱先生：

七月十八日示敬悉一一。

拙輯《屈譜》前寄上之印本，附寄之校補係手稿複印本，并未印刷出版。來函所云「從附陳凡兄致尊書推之」，弟亦忘記乾净矣。年老健忘，可笑。

問《四朝成仁録》，弟之校補本今存澳門教業學校，已托《澳門日報》付總編輯李先生設法借出，尚未得覆。

昨天纔寄上手抄翁山有大汕[一]佚文五篇，原來家人忘未付郵，今一併寄上，不必擲還，弟另存抄本，其中有印入《年譜》者，有未印入者，其餘陸續複印奉上。因此處複印件，以至少印二十頁爲度，故彙得若干始付印，且學生印書多人，時時要排隊，故遲遲，乞諒。

兹郵上《詩外外》（即佚詩）十五頁奉寄，祈查收。其中有印入《年譜》者，不必挂號，弟處另有原本。

稿費與顧問事悉聽公意，弟對此不斤斤計較，惟求先賢著述能刊印出來，略盡我心，能附名簡末，於願足矣（即參考敝處資料）。

明末清初人對聯極少，請注意！承厚愛下榻，心感無極，到時再談。匆覆即頌

著安

弟宗衍七月廿二日

《翁山年譜》篇幅頗多，如中華書局嫌費昂，可由先生删節爲簡譜用，弟與先生姓名署款。

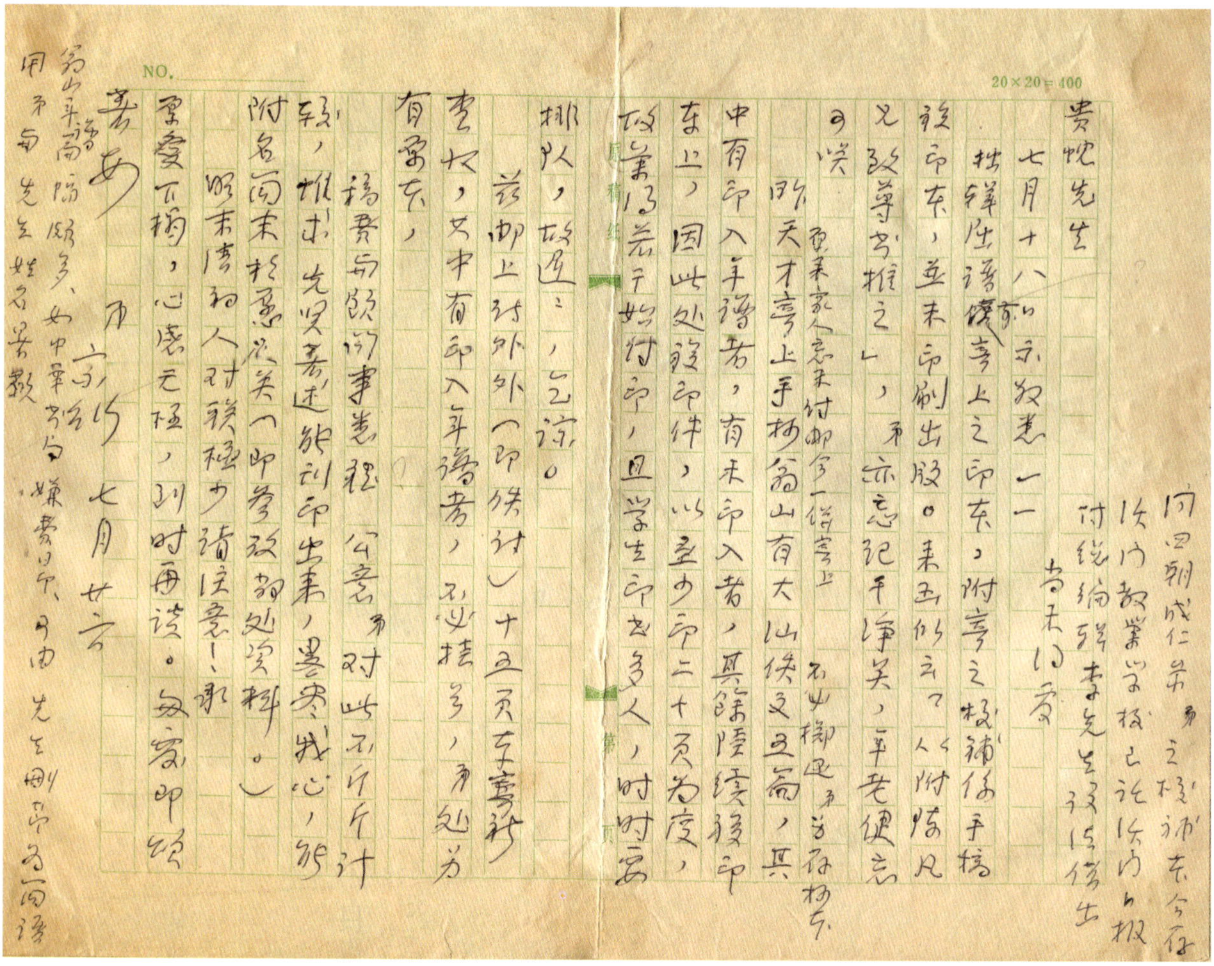

【注釋】

［一］大汕（一六三三—一七〇五），俗姓徐，號石濂，江蘇吴縣人。曾任廣州長壽寺住持。

七月三十日

貴忱先生：

七月廿六日大札拜悉。陳兄舊函收回，此爲一九七〇年印《屈譜》時事，亦不自覺夾於屈文也。弟輯《文外》未刻文，日前已續付郵，素性即知即行，案無留牘，若放置日久，又不知去向矣。文目中如有未易得者，祈示知，即奉。

康熙本《離六堂集》多無翁山序，初印本纔有之，徐、黄藏本未必有也。至《離六堂集》自序則各本多有，但非讀《潘耒救狂書》不知爲翁山代作，可以輯佚，并照本抄寫而已也。中山館藏有無翁山作序，祈示知，如無，當補抄於卷首。

潘氏《救狂書》不易得康熙原本，弟乃抄自《國粹學報》，今《學報》亦成珍本矣。

拙校《成仁録》本已不知去向，李函奉覽，奈何奈何。

《翁山譜》既用校補各條，貴同事所用勞力不少，將來稿費應以校補中萬餘字所得之半數酬之，乞代達，致以衷心感謝。附件七紙藉供參考。順頌

夏安

弟宗衍上　七月卅日

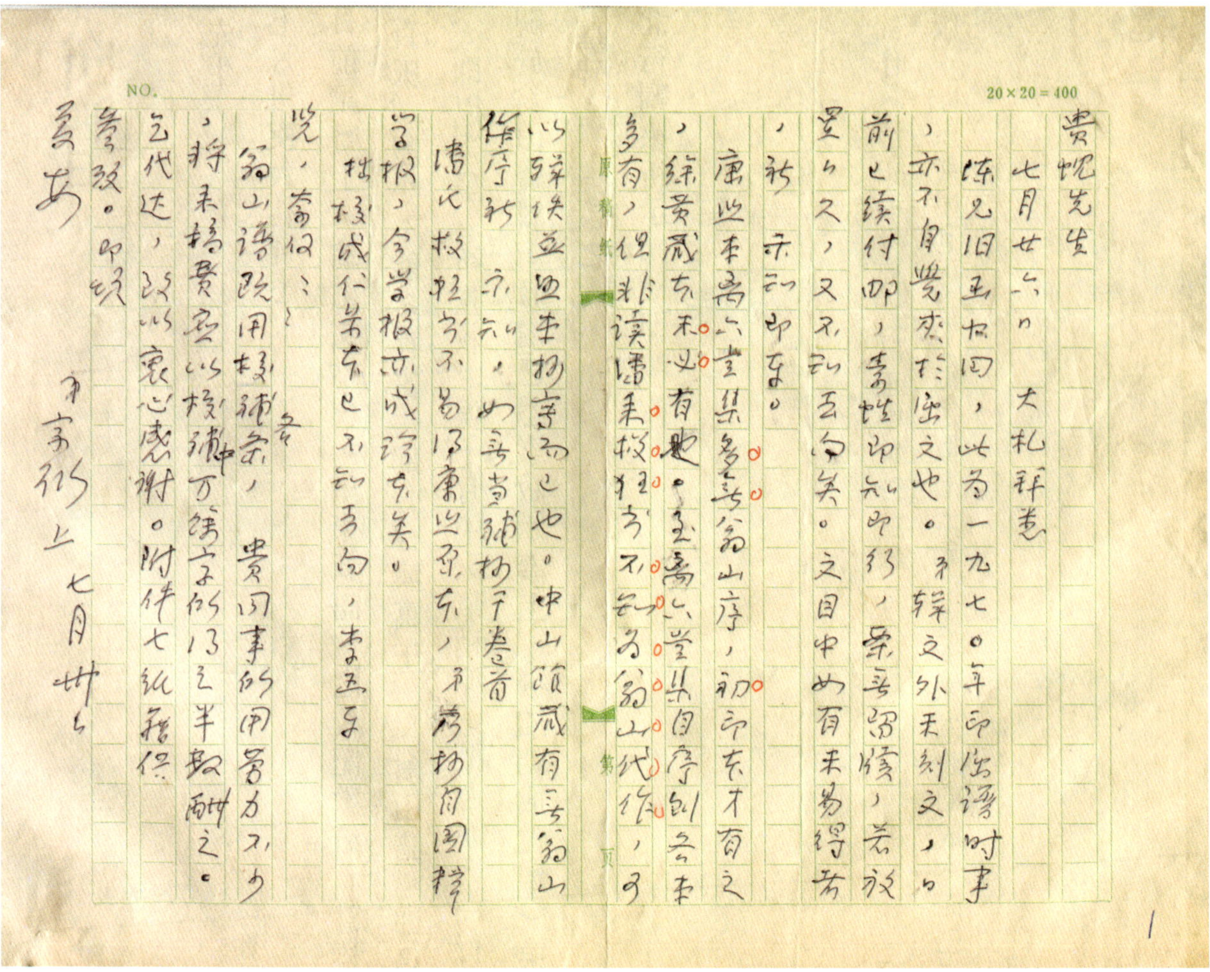
貴忱先生

七月廿六日　大札拜悉

陳元旧函均回，此為一九七〇年印陳譜時事，亦不自覺其於信之也。弟譔文外未刻之，日前已續付印，書成即知照行，蒙奉留請，若放置多久，又不知去向矣。文目中如有未易得者，都示知即寄。

康熙本六瑩堂集多無翁山序，初印本才有之，餘黃藏本不必有也。至六瑩堂集自序剜去本多有，但非讀潘耒校註者不知為翁山代作，可以拜俟並無本校字而已也。中山館藏有無翁山作序本，示知，如無當補於卷首

潘氏校註字不易得廣東本，弟藏有同櫁堂板，今堂板亦成珍本矣。

拙校成何弟處已不知去向，李五子晃，當作：

翁山譜既用校補本，貴同事所用者力不少，將來稿費定以校補中萬餘字所得之半敬酬之。乞代達，聊以表心感謝。附件七紙請俟參考。即頌

著安

弟宗衍上　七月卅日

八月四日

貴忱先生：

七月卅夜大札拜悉。日前續寄上《翁山文抄》《廣東新語》之校記數紙，計達台覽。承索《翁山譜》，久無以應，蓋敝寓僅五百呎，屋小不能多存書，部分存澳寓中，《翁山譜》即是，適手邊有自存本，增訂不多，即移録於別本上，即以寄呈，祈查收。俟十月中天氣稍涼，擬過澳門一行（存書無人住），當取若干册帶下也。

關於翁山資料，敝處已悉索敝賦奉上，《四朝成仁録》弟校本不知去向，無可如何，衹可用《文外》羽公墓碑[一]一校之耳。

北行歸來祈示知。即頌

著安

弟衍　八月四日

拙作《清史稿考異》訂正中華校點本之誤凡一千八百條，約二十五萬言，有人斥資港幣四萬元（印六百册）爲我出版，此書無牟利可言，每售價七十元，賣完不過收回成本而已。將來衹可作爲與國外學術機構交換書本而已。

【注釋】

［一］指屈大均爲保衛廣州城殉職的羽鳳麒所撰《明死事都督同知羽公墓碑》。

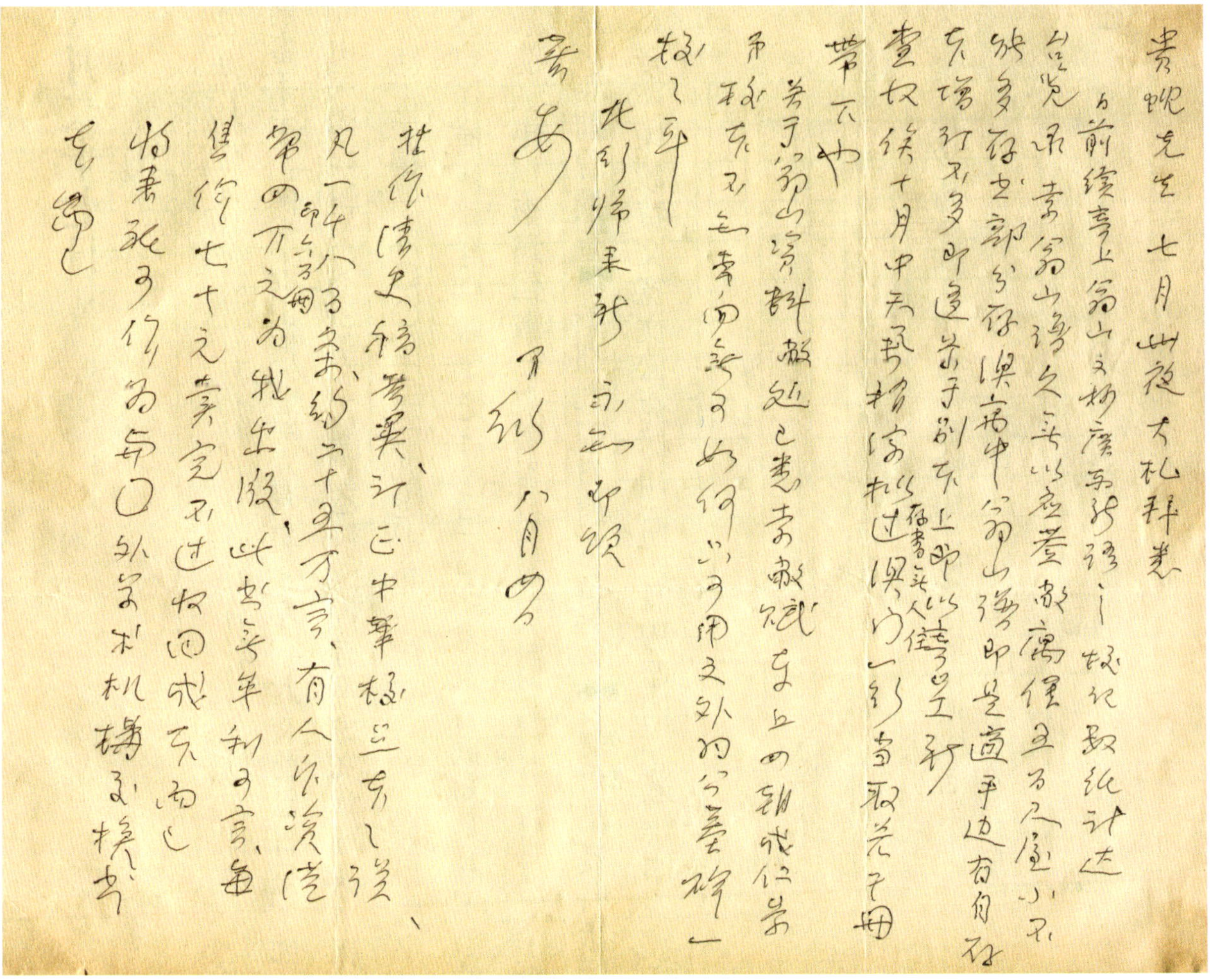

八月二十七日

貴忱先生：

前奉手示。關於翁山撰《離六堂集》序，此文前已寄呈，即用毛筆抄寫五文内。昨由馬國權轉來《嶺南文史》乙册，内有不少文章可誦，謝謝。大作云子樞一九〇〇生，一九七七年三年[一]卒，如果數字無誤，虚齡七十捌歲，實齡則七十七而已，請示及。弟有《疑年偶録》之作，已付印未校，欲知其詳，恐前稿有誤也。又，景龍斷碑所殘存八字不知係「景龍三年，李爲仁書」數字否？

五十年前曾撰有《藥洲九曜石題刻彙考》，曾以南漢時版圖不到江蘇，何以遣「罪人」赴太湖取石，頗以爲疑。頃讀黄文寬文云爲封川石，且曾至封川親歷目見，蓄疑頓釋，爲之大快，晤黄兄乞爲致意。專此即頌

著安

弟衍　八月廿七日

大駕返穗後祈示知。曾寄《屈翁山譜》一册，收到否？

【注釋】

[一] 三年，應爲「三月」。盧子樞生於一九〇〇年十月二十四日，卒於一九七八年二月十五日。

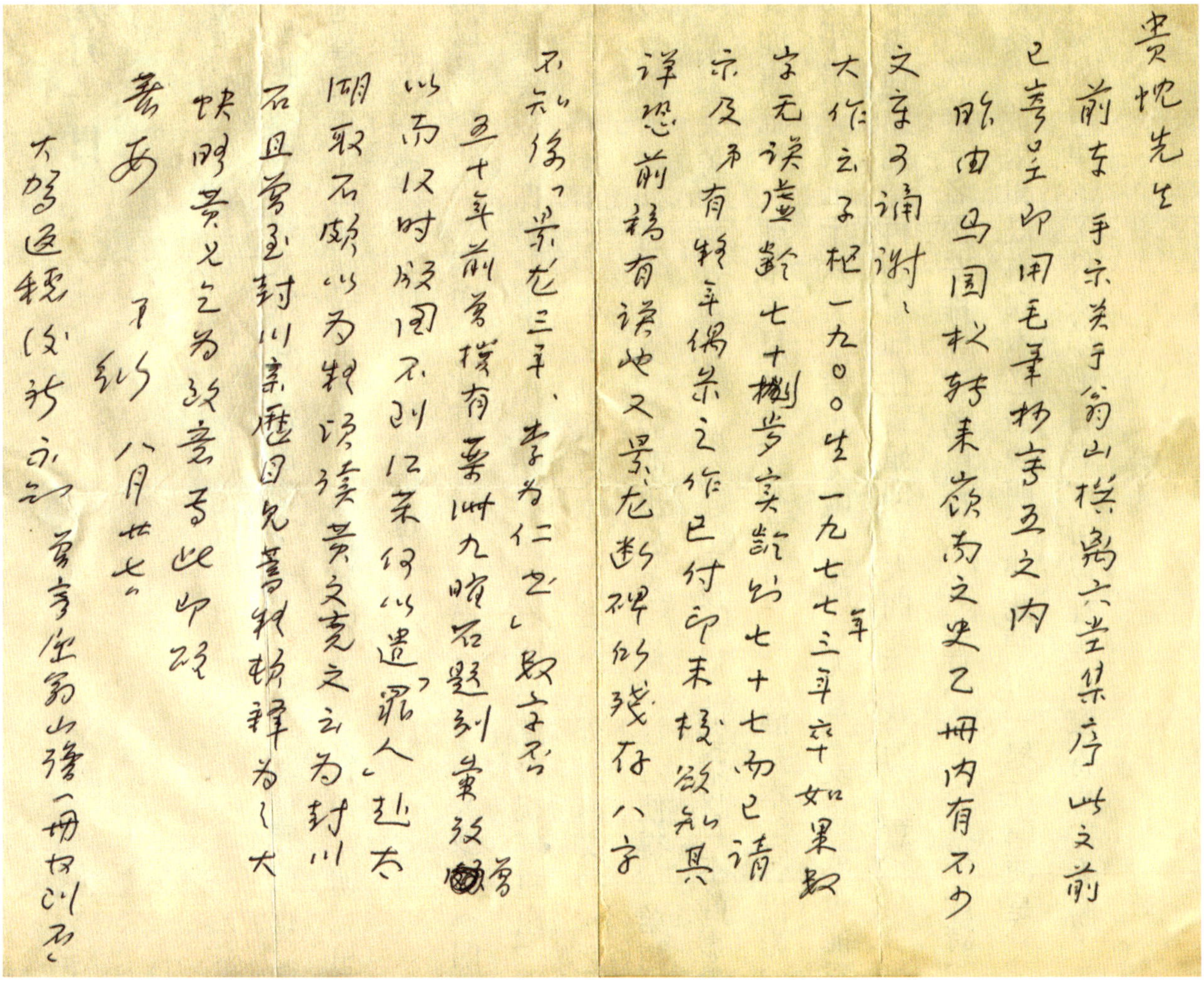

贵忱先生：

前奉 手示关于翁山《樵鸡六莹集序》，此文前已寄呈，印用毛笔抄寄五之内。

所由马国权转来《岭南文史》乙册，内有不少文章可诵，谢谢。

大作云子枢一九〇〇生，一九七三年卒，如果数字无误，虚龄七十四岁，实龄只七十三而已。请示及。弟有晚年偶然之作，已付印未校，欲知其详，恐前稿有误也。又景龙断碑所残存八字，不知系何景龙三年、李为仁之数字否？

五十年前曾模有叶卅九晤石题刻，黄玫曾以而以时称图不到，何以遗罪人，赵太湖取石版以为粘颂，读黄文宽之文为封川石，且曾至封川亲历目见，曾拟抄释为之大快。晤黄兄乞为致意。专此即颂

著安

弟 衍 八月廿七。

大函迟复，悉收新示，寄上翁山诗一册收到否？

九月一日

貴忱先生：

前日收到馬兄轉來雜志，曾覆謝乙函，計達台覽。辱荷雅愛，囑弟主持《屈集》編印事，愧不敢當。以弟垂暮之年，何能勝此重任，且得吾兄與諸君子料理一切，想必能完成此任務。惟此爲桑梓要事，如有垂詢，弟必揭誠[一]上聞，不敢懈惰也。

竊以爲《屈集》編印，既有《詩外》《文外》《文抄》《四書補注考》《皇明四朝成仁録》《廣東新語》，衹要複印即易蕆事。《詩外》中似有兩廣總督祝辭重出，誠核查之。佚詩部分，弟前奉寄若干首，佚文既有徐、黄兩輯，弟又補輯若干，附於《詩外》《文抄》之後，間有缺字，則附以校記。關於徐、黄與弟及貴館所輯佚詩、佚文，説明出於黄、徐、汪者便得，弟輯與貴館相同者，即用貴館名義可也。《成仁録》葉本未善，現在情况，弟無法再校，如能找得日本静嘉書庫藏本補入所缺至好，北京中華必有辦法。《四書補注》則弟未見其書，不敢置一詞。静嘉本能否借影，望示及。

今年弟虚度七十六矣，時患失眠，旅行尤甚，冬後或可能覓得同伴，擬來穗一行，何日啓程未可預定，下榻地點到時再議，即住賓館即無大問題，萬勿介意。

來函談及「名份安排」，弟以爲不必注意，上文所提佚詩、佚文有出於弟輯者説明之，此爲責任問題，且徐、黄兩輯既有印本必需説明，如此順帶一提汪輯便是。

貴處如有重要文件要弟過目者，可以挂號由郵寄來，尤盼十一月中中文大學與廣州貴館合辦文物展覽大駕能來一行，尤所企望，否則將部分印件交各館負責人帶來給弟過目亦可。

《屈集》事宜趁此時機速辦，萬勿因弟而緩緩進行，是爲至盼。此頌

台安

弟衍　九月一日

弟之穗行如能覓得同伴，約在十二月中旬左右，到時有無阻延，一時難於懸忖，老人諸多困難，乞諒。

【注釋】

［一］揭誠，應爲「竭誠」。

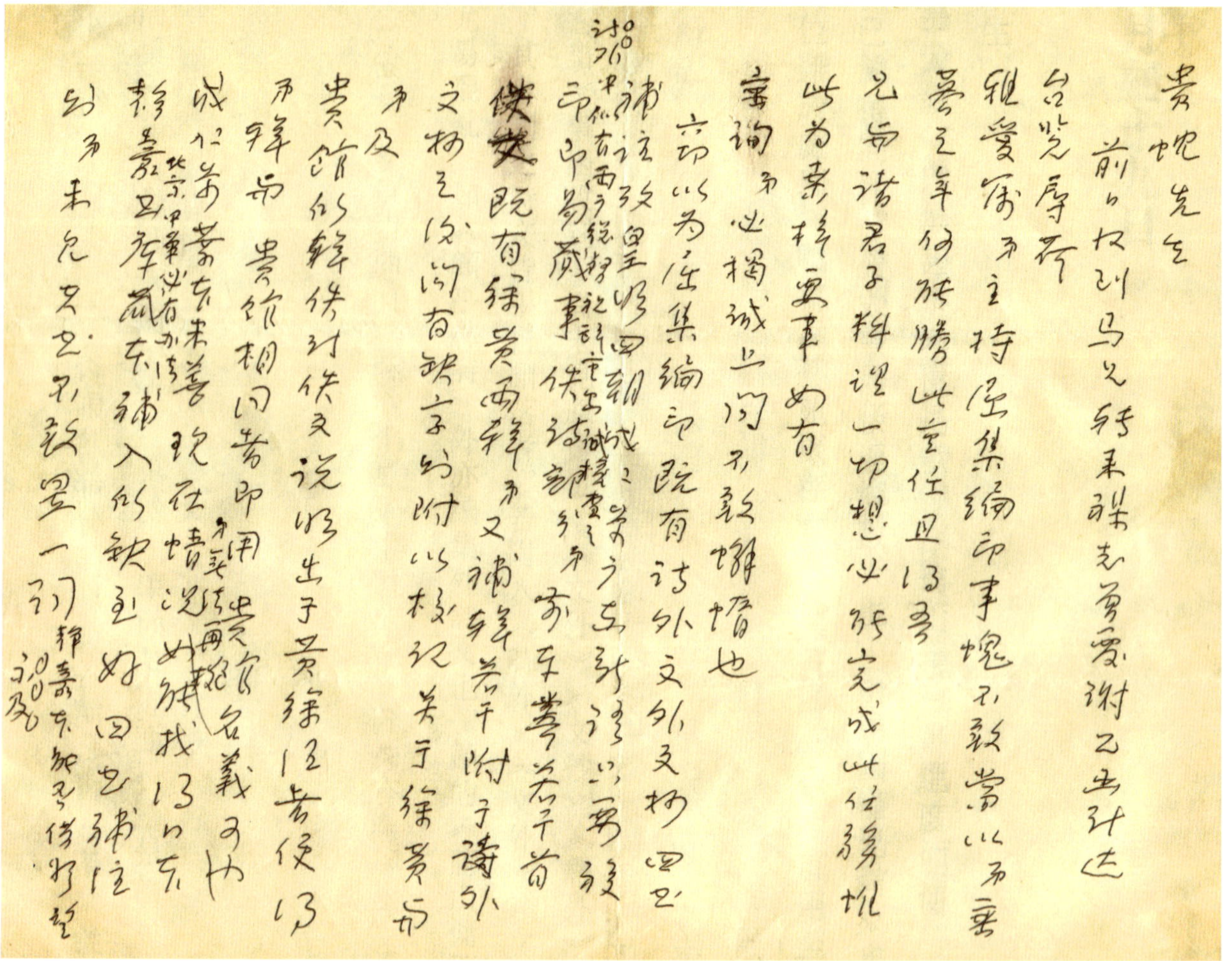
贵忱先生：
前日收到马之骕来[illegible]志蒙爱谢之函计达
台览。辱荷
雅爱，属予主持屈集编印事，愧不敢当。以予垂
暮之年，何能胜此重任，且[illegible]
兄与诸君子料理一切，想必能完成此任务。现
此为[illegible]要事也。有
垂询，予必竭诚上闻，不敢懈惰也。
窃以为屈集编印，既有诗外文外文物四也
[illegible]
[illegible]
佚文既有録黄函，予又補録若干，附于诗外
文物之後，間有缺字，均附以校記，关于録黄函
予及
贵館所録佚詩佚文，说明出于黄録注者，使明
予録而 贵館相同者，印用 贵館名義可也
[illegible]
[illegible]补入所缺，至好。[illegible]补注
约予未见，其也不敢置一词。
[illegible]

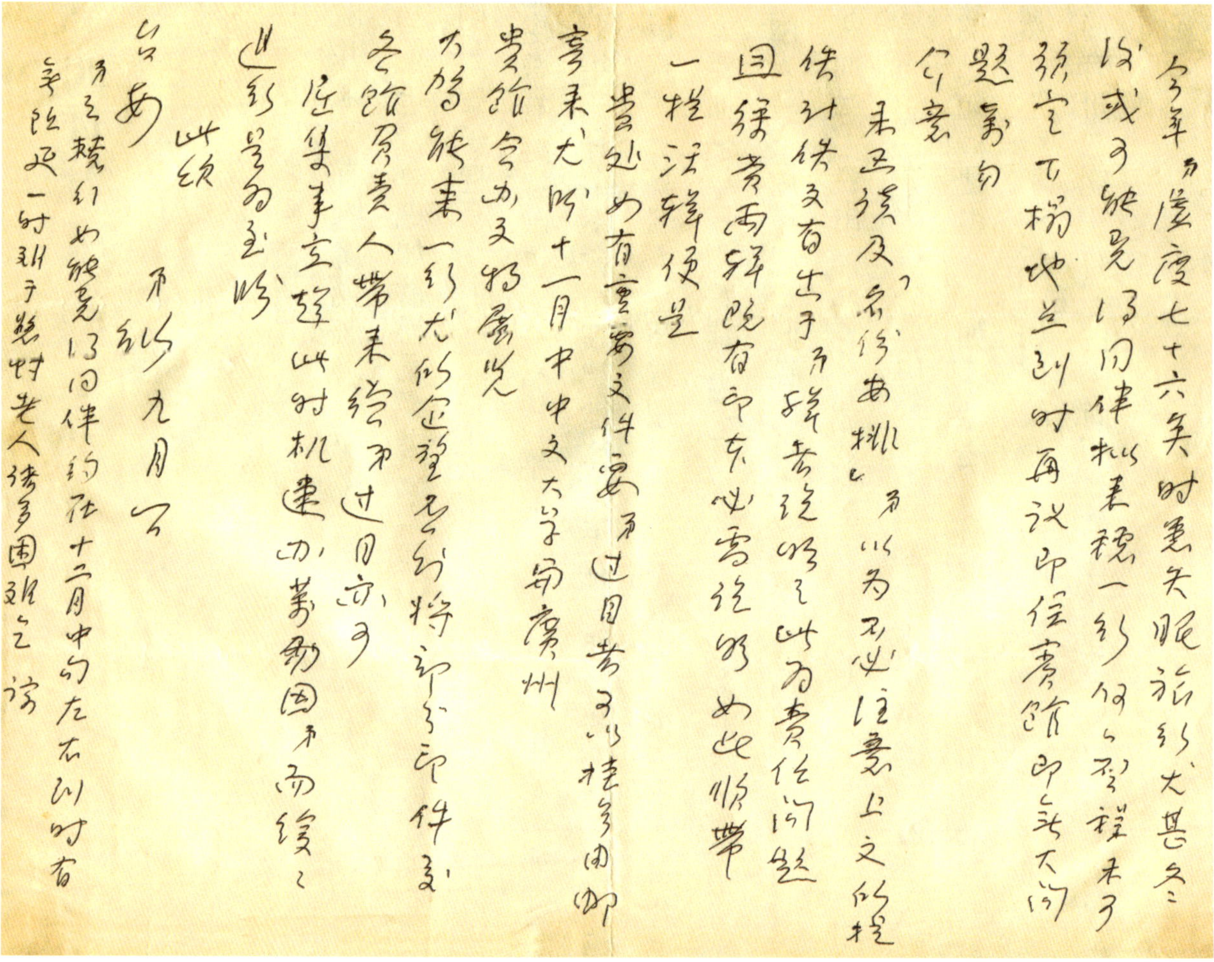
今年弟虚度七十六矣，时患失眠，旅行尤甚，冬之
后或可能见复，同伴来穗一行，俟之程来再
领宝下榻处，并到时再请即往贵馆，即之大问
题，专此
分意
来函提及，尽管安排，弟以为不必注意上文所提
借外借文有出事，弟拟责任，此为责任问题
因须贵两辩晓，有事亦必需说明，如此顺带
一提，注释便是
贵处如有重要文件需要，弟过目者，可以挂号寄邮
寄来，尤盼十一月中中文大学寄广州
贵馆会办文物展览
大驾能来一行，尤所企望，未知将印件
贵馆另责人带来，然可过目，亦可
随集事宜，盼此时机速办，若动困难，再决定
进行，并为至盼
此颂
台安　　弟衍　九月　日
弟之楚行如能见复，同伴约在十二月中旬左右到时，有
舍侄及一时须于总时老人陪同照之访

九月四日

貴忱先生：

八月卅日函誦悉一切。

敞處并未印有《廣東新語》，故無複本，今手邊者爲中華書局所贈排印標點本，蓋欲弟爲文介紹於《大公報》也。尊處如欲得爲參考，當便中去三聯一問，如有之，當購買寄上。

來函云盧子樞是一九〇〇年生，一九七七年三月卒，以虛齡計，顯然是七十八歲，那會有七十九歲？敞處曾有紀録則爲一九〇〇年生，一九七八年卒，那卻是七十九歲了，不知尊處係有筆誤否？我看一九七七年三月卒不會錯誤，推算生年有誤耶？若虛齡七十九，則一九[一]九九年生了。我國自漢《蔡中郎集》以來，計算名人生卒皆用虛齡，近數十年來喜用終年若干，僅載卒年。若以虛齡推算，有人要加兩年，有人要加一年（要看其生卒月日），於是多混淆了生年，如張治中、程潛在新《辭海》中便誤了，曾見報載兩人一百周年祭，此爲中央辦理，不會錯誤者也。如何？煩詳示。由一九〇〇數至一九七七，衹是七十八年而已，若由一九[二]九九數至一九七七纔至七十九，此顯而易見又易計算者也。

至於囑弟至穗主持《翁山集》編印事，雅意至感，然不敢當，如有垂詢，弟必盡力以赴。此事困難在於文章的點句極費思索，如香港之《廣東文徵》有兩印本，點句兩本互有不同，臺灣本與中華本之《清史稿》亦然，不可不注意。如何編輯，前函已詳。年老，出門必要有人扶持，要覓得同伴始能落實行期。現在天氣尚有卅二度左右，白晝尚頗炎熱耳。其實《屈集》事，我公與年青者數人合力爲之，已綽有餘裕，

何待老耄？弟來穗數人，亦無能爲力也。匆匆即頌

著安

弟衍　九月四日

大作及拓片已收，景龍碑在《續寰宇訪碑録》僅見其目，今硯字完好者五字，另三字得半，如確定爲景龍碑，要加以說明。

【注釋】

［一］九，應爲「八」，即一八九九。

［二］見注釋［一］。

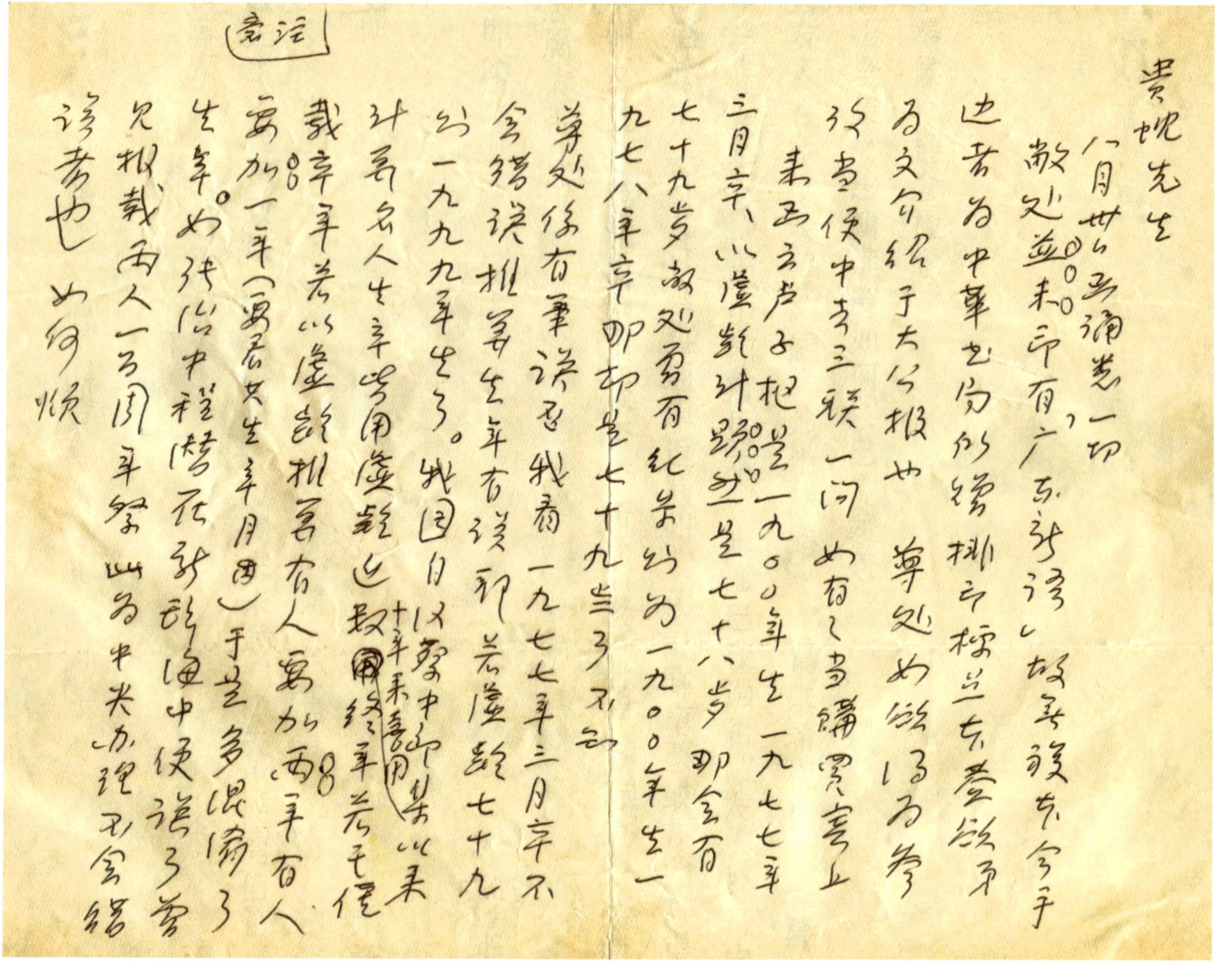

贵忱先生：

八月廿八函诵悉一切。敝处照知，亦有广东新语，故无须在今年迟者为中华书局所缮排之标点本参考而为文介绍于大公报也。尊处如能得而参阅者，便中寄三张一阅，如有之当购买寄上。

来函云卢子枢生一九〇〇年生，一九七七年三月卒，以虚龄计，应是七十八岁，那会有七十九岁。敝处所有纪年均为一九〇〇年生一九七八年卒，即却是七十九岁了。不知尊处係有笔误否。我看一九七七年三月卒不会错，误排算生年有误耶。若虚龄七十九的一九九九年生了。我国自以农中历[illegible]（辛亥革命）以来计其名人生卒皆用虚龄，近取用终年若干便载卒年。若以虚龄推算者，有人要加两年，有人要加一年（要看其生卒月日），于是多混淆了生卒。如张的中程楚石新语中便误了，尝见报载两人一同年等，此为中央办理不会错误者也。如何？顺

[illegible]

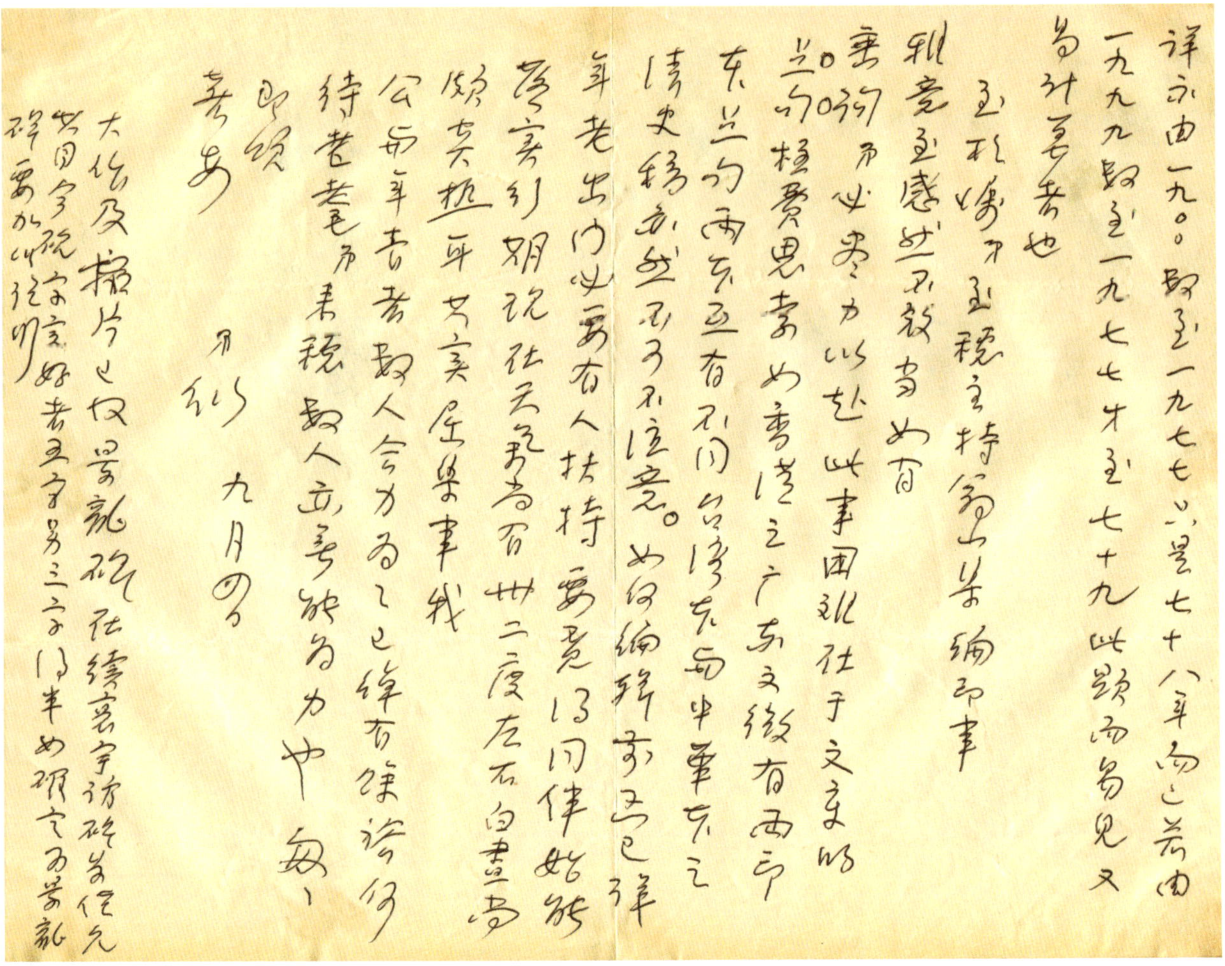
詳示由一九〇〇至一九七七只是七十八年而已若由
一八九九至一九七七才至七十九此顯而易見又
易計算者也
至於陳子壯遺稿主持重印其編印事
非竟至感然不敢當如首
無論何人必盡力以赴此事因此社于文字時
以納極費思索如香港之廣東文徵有兩部
東莞兩家並有不同台灣東南中華兩家之
清史稿亦然可不注意。如何編輯當已詳
年老出門必要有人扶持要是同伴始能
居家行坐即眼花兩目廿二度左右白內障
頗為熟悉者其實居舉事我
公與年青者數人合力為之已綽有餘裕何
待老耄而來稿數人並要能為力也 每々
即頌
著安
弟衍 九月四日
大作及摘錄已收另影印 [illegible]
此日字[illegible]
[illegible]

無日期

（前缺）

日前上乙函奉托代購《廣東文史》創刊號（文史館出版），想已收到。忽憶《圖書館學刊》八三年一、二期當已出版，亦望找尋各一是盼。再頌

貴忱先生文祺

衍又上

《四書補注考》未見舊刻本。《屈氏族譜》内《翁山傳》頗好，有好資料。

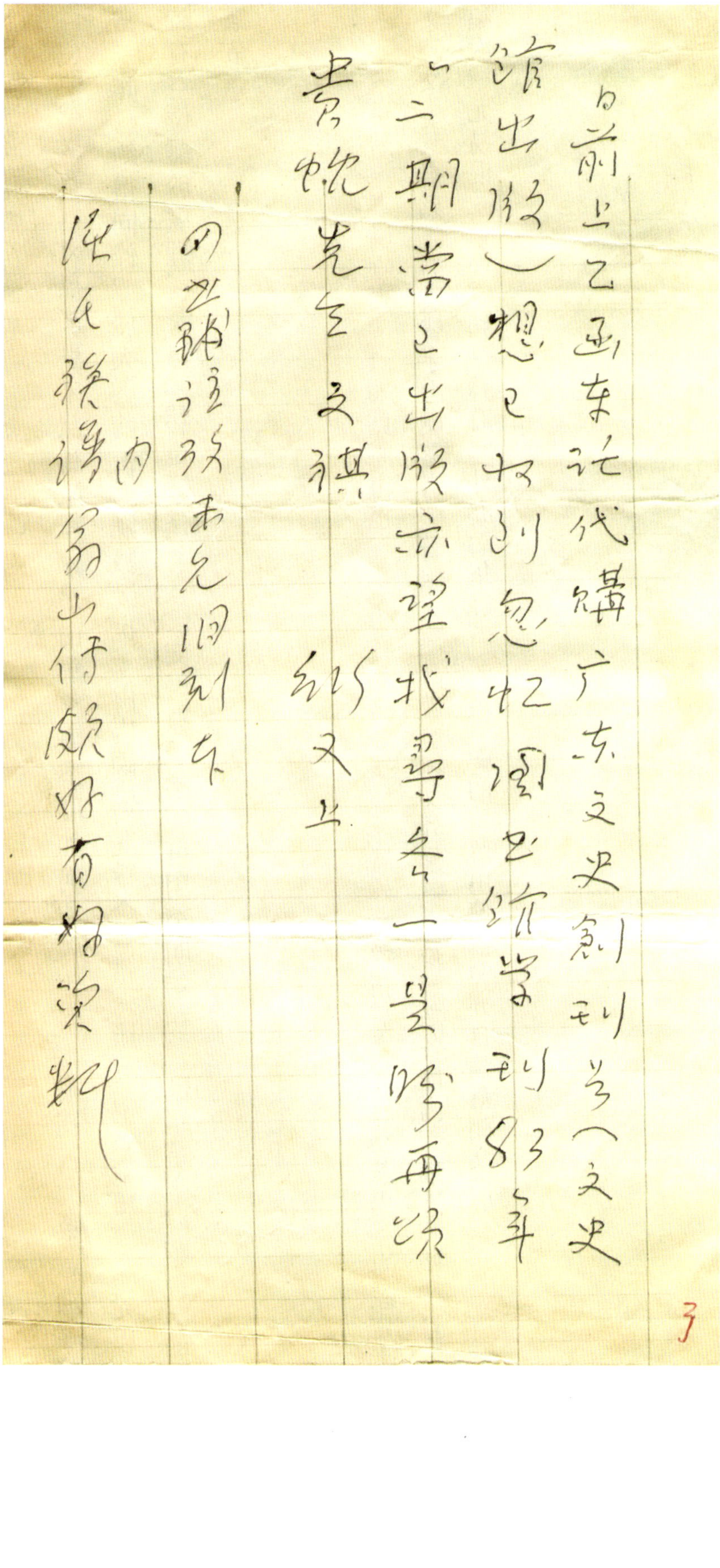
日前上一函，未託代購廣東文史創刊號（文史館出版），想已收到，忽忆圖書館寄到83年之二期，當已出版，亦望找尋各一冊，再煩

貴忱先生 文祺 弟衍又上

四出縣注改本見舊刻本

內

張氏發溪翁山詩箋頗好有好資料

九月二十九日

貴忱先生：

前奉大教，以無甚事未覆爲歉。《翁山集》事進度如何？《年譜》附刊否？敝意別縮簡爲年表最允當。昨已約得同伴，於大雪前後返鄉數天也。由馬國權兄轉來書籍一册，似已奉覆，馬兄以《藝林》拼板時有空位難於處理，囑寫《藝苑掇存》，已交付數千字，可用至明年初，已續草中，順告。即頌

著安

弟衍　九月廿九日

《書譜》事函收到，尚未見原書也。《文外》《文抄》《詩外》皆精湛之作，是翁山手自編定者，不宜摻入集文詩文，其自刻之詩文皆手自删落者，若附入《詩外》《文外》《文抄》之各體內，遂亂其例，且《詩外》多依年編次，尤易混亂。如《顧亭林詩》外亦編集外詩文也，顧的《蔣山傭稿》亦自編落删文詩。

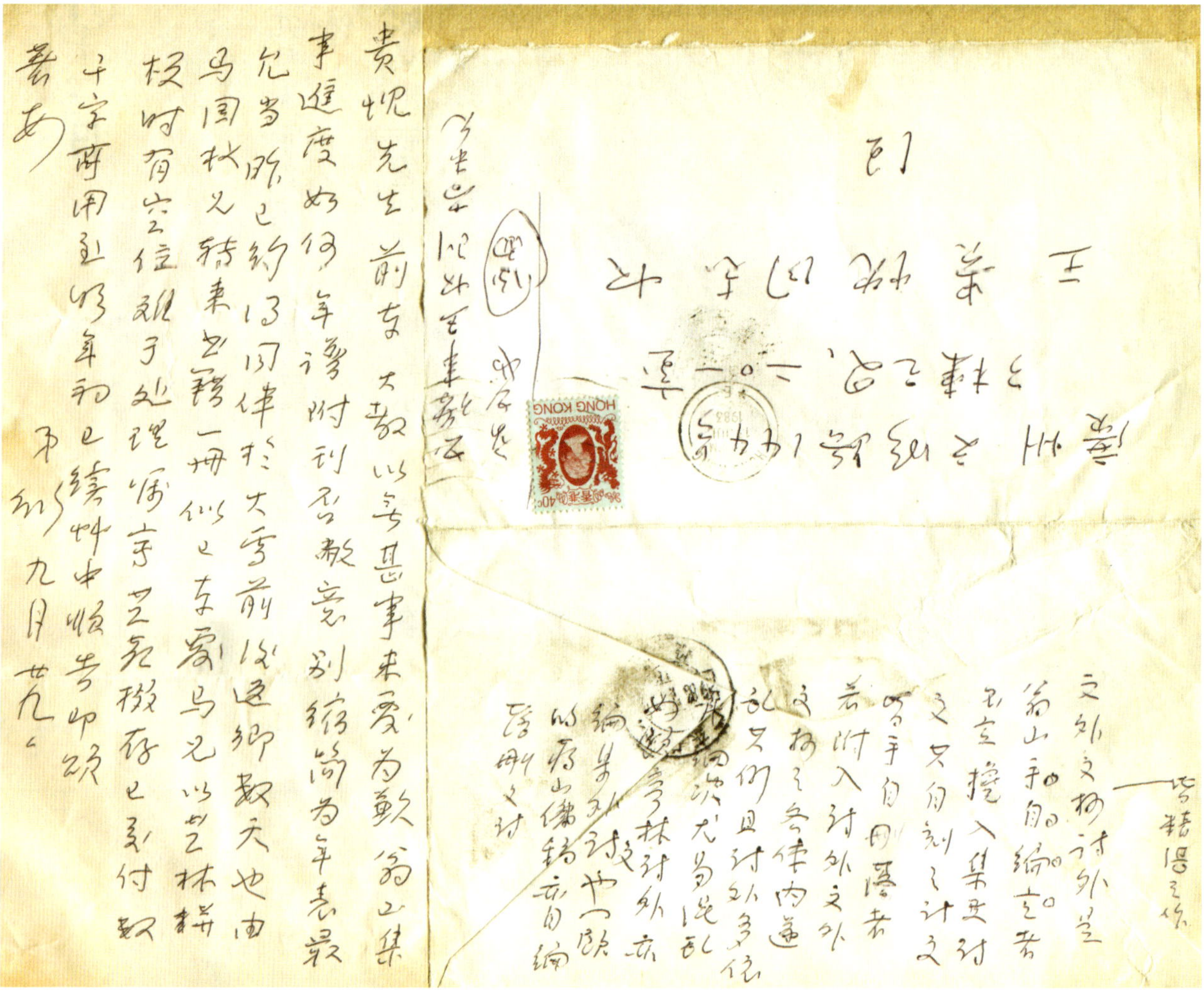

貴忱先生：前奉 大教，以無甚事未覆為歉。翁山集事進度如何？年譜附刊否？敝意別編簡明年表最允當。所已約同人伴於大雪前後返鄉數天，也由馬國權兄轉來書錄一冊，[illegible]校時有空位須子處理，備字先撥存，已交付數千字，費用並收年初已繳，此中悃告，即頌
著安
弟 衍 九月廿九

廣州文明路144號
3棟之又二〇一室
王貴忱同志 收

十月十三日

貴忱先生：

十月九日大示奉悉。《屈集》事孟晋不輟，企念賢勞，至爲欣慰。日前返澳三天，已携回《屈集》二本矣。

大著如果出版遠到，企望惠示，先謝。《藝林》二文小玩意，石濤一篇以塞悠悠之口耳。祝

好

弟衍　十月十三日

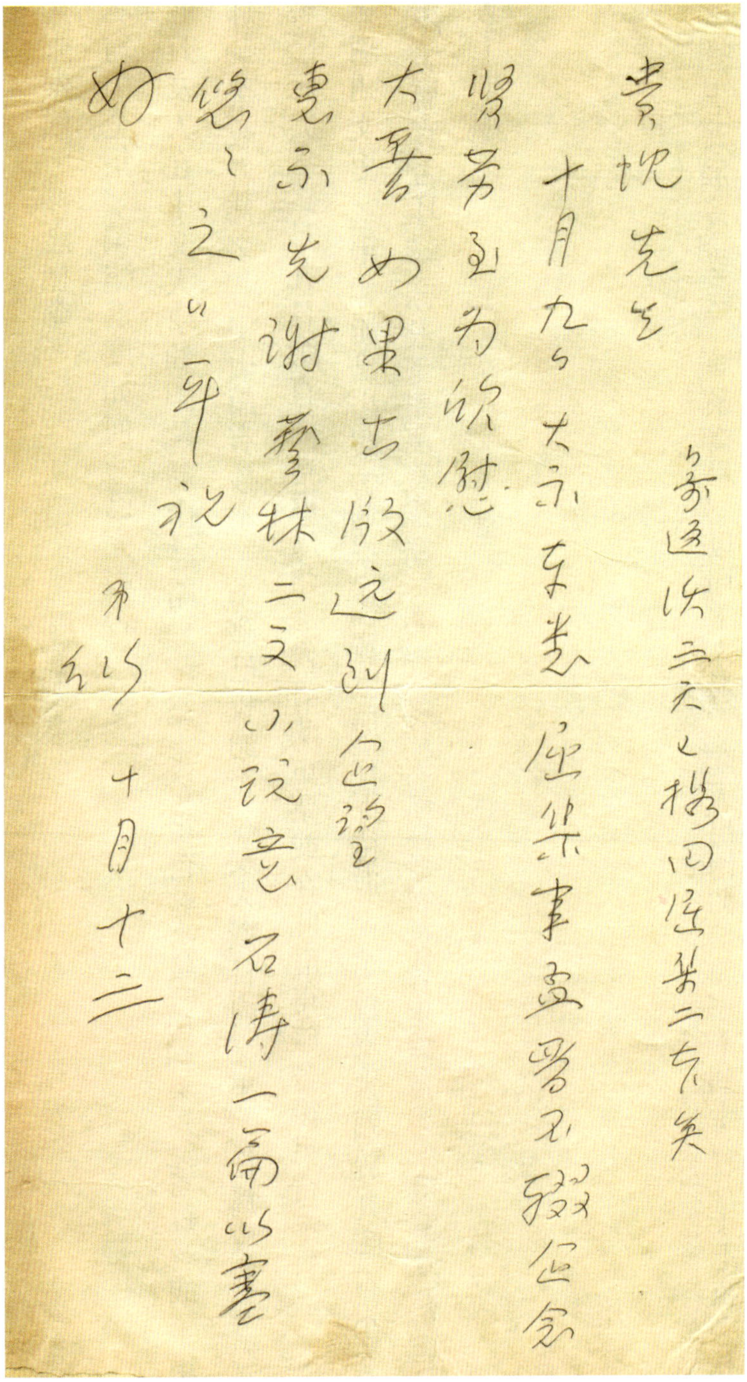
貴忱先生：
十月九日大示奉悉，座架事宜當不致延念，
賢勞至為欣慰。
大著如果出版，敬送到企望
惠示。先謝藝林二文，小說意、石濤一篇以書
悠之之平。祝
好
弟 紹 十月十二
寄適後二天已搬回居第二天矣

十一月十九日

貴忱先生：

久未奉候，極念極念。《翁山全集》編輯進度如何？已完竣否？昨日友人在中文大學約觀《翁山詩略》，爲朱希祖舊藏乾隆初刊本，著録《明季史料題跋》中，云爲《詩外》未收者甚多，中山館有抄本，未識已校過否？友人擬日内交來，托爲校對一過也。

現已定於十二月九日乘直通車返廣州，俟訂購車票或在此訂得旅舍後另行奉告。《廣州文史》第二册已出版否？祈代買二册存下待取。弟曾寄去關於九曜石小文四則，云在此期刊出，不悉屬實否耳？

專上即頌

著安

弟汪宗衍　十一月十九日

思政先生乞代爲致候。前函寫畢，以周末未發，昨天出門開信箱，奉到十一月十七夜大札并尊文，拜悉一切。

再頌忱翁著安。

弟衍　廿二日

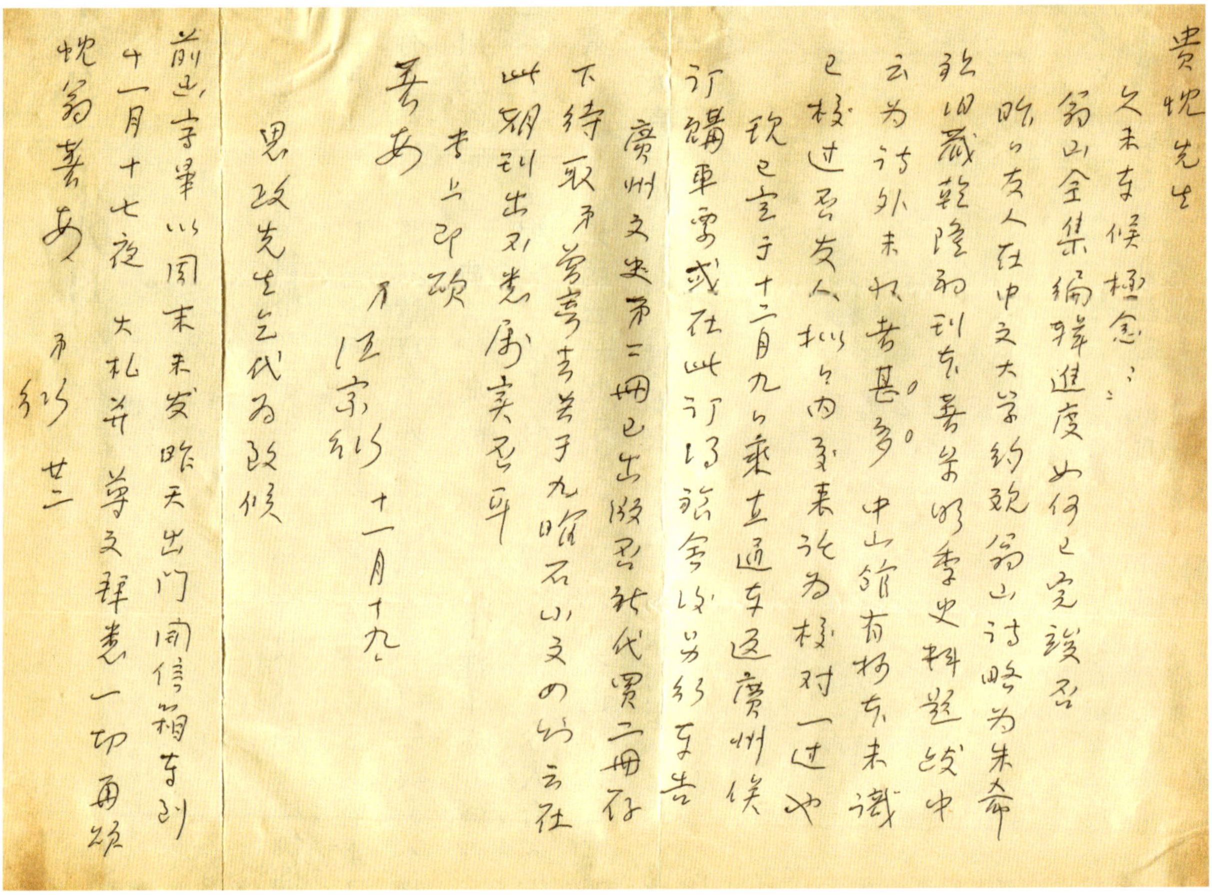
貴忱先生：

久未奉候，極念念。翁山全集編輯進度如何？已完成否？昨日友人在中文大学約晚，翁山詩略為朱希祖舊藏乾隆初刊本，嘉業明季史料題跋中云為詩外未收者甚多。中山館有抄本，未識已校過否？友人擬日内寄來，託為校對一過也。衍已定于十二月九日乘直通車返廣州，候行踪事或在此行得談，容後另行奉告。廣州文史第二冊已出版否？能代買二冊存下，待取。弟前寄去翁子九昭石山文四紙，云在此期刊出，不悉屬實否耳。專此即頌

著安

弟 汪宗衍 十一月十九

思政先生並代為致候

前函寫畢，以周末未發。昨天出門，閱信箱奉到十一月十七夜大札並尊文拜悉，一切再談。

忱翁著安

弟衍 廿二

十一月二十八日

貴忱先生：

寄來大著《先秦貨幣文字編》[一]，拜收敬謝。序例即讀一過，容再細讀。出版説明云爲文字辭典，誠如來函所云。至以大名列於中山圖書館之下則云現在此工作，亦無不合。如謂商、譚在中山大學同一例耳。近有某君告余將《章草字典》付印，弟告以「典」不雅。字、典二字見於《欽定康熙字典》。典者，典範，出於欽定也。典者，典故，每字之下注出處、解釋。今章草何典之有？且容老[二]之《金文編》、商老之《……篆文編》，清人有《隸篇隸辨》，今人有《古籀彙編》云，不云字典。渠云不能改，因容老爲寫扉葉。又，如來函云「此中實難與言」者也，其實容老爲寫書衣已屬不通，若果不印，實爲容老藏拙而已。今人喜自作聰明，誠如來函云「不通何至於此」也，可歎。現定周五去買車票訂房，定實後另函告。即頌

撰安

弟衍　一九八三年十一月廿八日午後

【注釋】

[一] 指《先秦貨幣文編》，此書爲商承祚、王貴忱、譚棣華集先秦貨幣文字而成，書目文獻出版社一九八一年出版。

[二] 容庚（一八九四—一九八三），字希白，號頌齋，廣東東莞人。中山大學教授，中國古文字學家、金石學家。

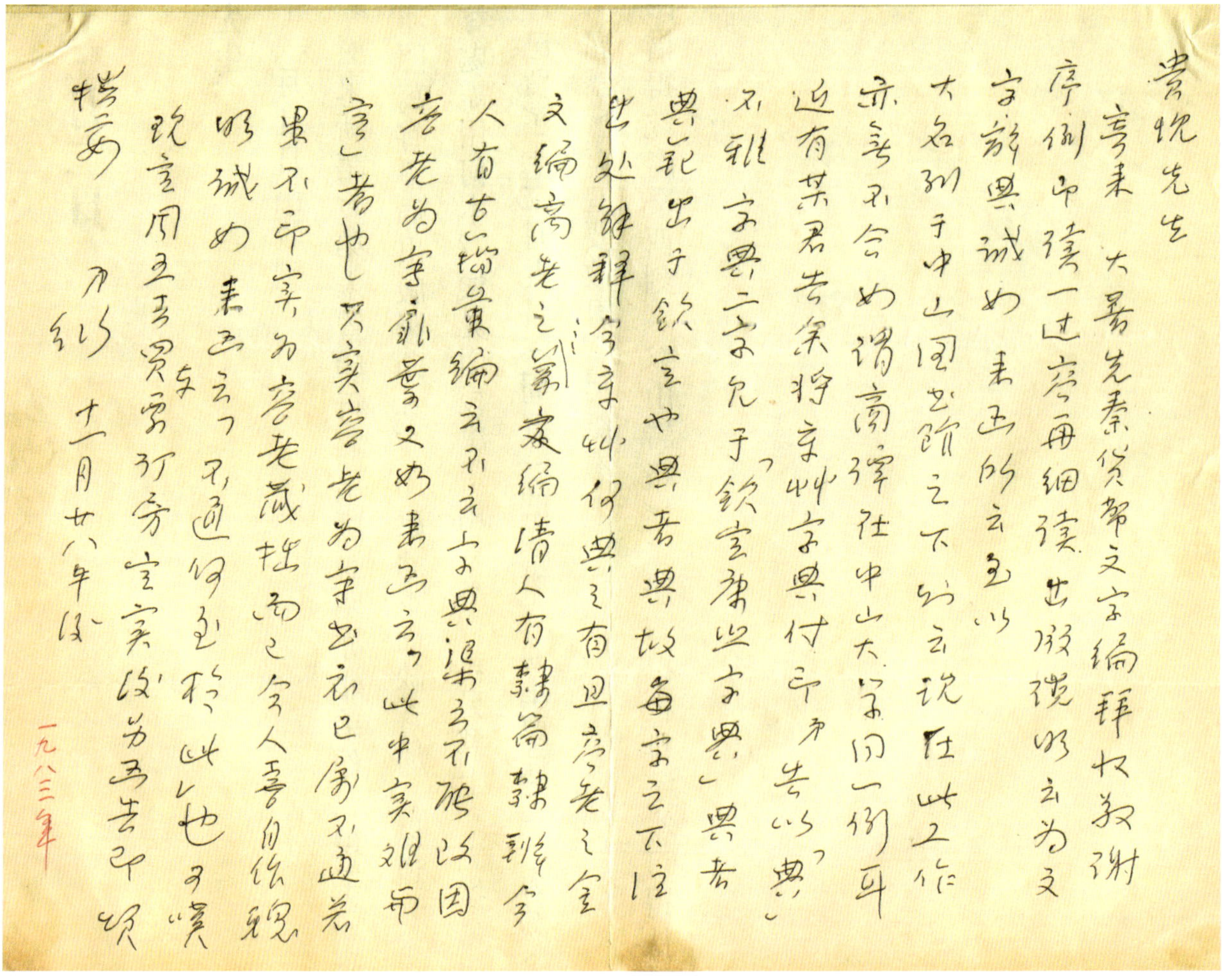

贵忱先生：
寄来大著《先秦货币文字编》，拜收，敬谢。
序例已读一过，容再细读。出版说明云为文
字辞典，诚如来函所云，自以
大名列于中山图书馆之下，如云说在此工作
亦无不合，如谓商承祚、中山大学同一例耳。
近有某君告余，将来此字典付印，弟告以"典"
不雅。"字典"二字见于钦定《康熙字典》。"典"者
典范，出于钦定也；"典"者典故，每字之下注
出处，解释字义，此何典之有。且容老之《金
文编》、商老之《篆文编》(?)，清人有《隶篇》《隶辨》，今
人有《古籀汇编》，亦不云"字典"。渠亦不能改，因
容老为[illegible]文，如来函云，此中实难开
言者也。只(?)实容老为弟(?)出，亦已嫌不适。若
果不印，实为容老藏拙而已。今人喜自[illegible]
明识如来函云，不适何至于此也。[illegible]
[illegible]
撰(?)安
宗衍 十一月廿八午后

一九八三年

十二月二日

貴忱先生：

十一月廿日函收到。

《廣東新語》弟未曾印行，出版説明亦非弟作。現手頭應用者爲中華書局送，書局標點本無出版説明。澳門萬有書局出版影印本，用康熙本而缺首册，以道光本補之，卷首有《屈大均傳》，弟手邊無有。不知尊處需用何本？俟見面後決定用某本，再另郵上，因携帶書籍海關方面會有麻煩。

頃已買了十二月九日（周五）的頭班直通車票返穗，大約下午三四時可到達，餘俟面談。

《屈譜》有些要改訂，另紙奉上。

頃借得乾隆癸酉刻《翁山詩略》二册，以校排字本可得佚詩及異文，亦可前已有者。匆匆衹校得七律雜體而已。祝

好

衍　二日

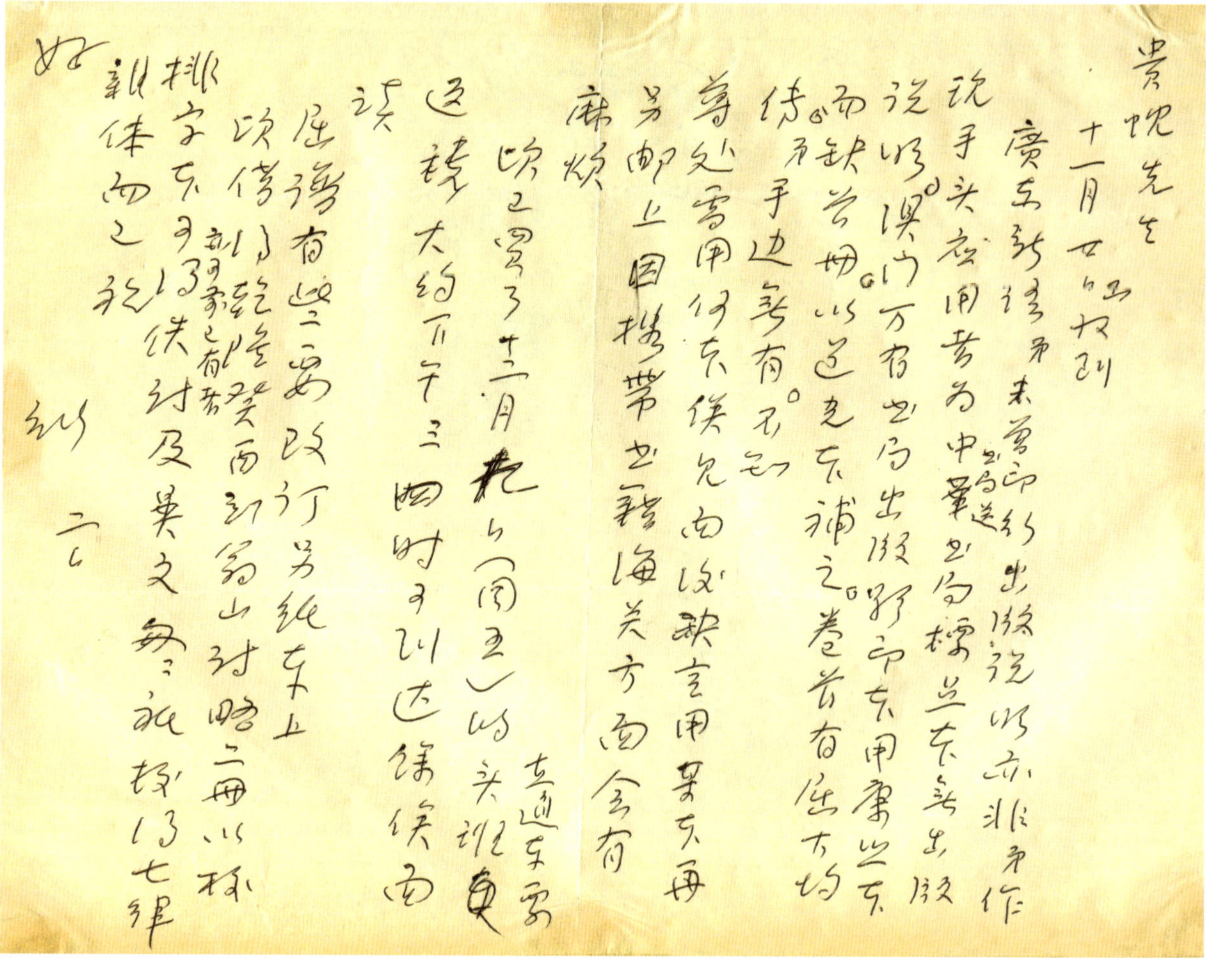

贵忱先生：

十一月廿四札到。

广东新语，弟未曾印行出版，说明亦非弟作，弟手头应用者为中华书局标点本（书局送）。并无出版说明，澳门方面书局出版翻印本，用康熙本为底本，缺者以道光本补之。卷首有屈大均传，弟手边无有。不知尊处需用何本，俟兄函示，即用某本再另邮上。因携带书籍，海关方面会有麻烦。

顷已买了十二月九日（周五）的关港（直通车）票，返穗大约下午三四时可到达，俟面谈。

屈翁山有些要改订，另纸奉上。顷借得乾隆（刻本，翁山家之刻本）本二卷，另翁山诗略二册，以校排字本，可得佚诗及异文多多，并拟得七律新体四首。

好

衍 二六

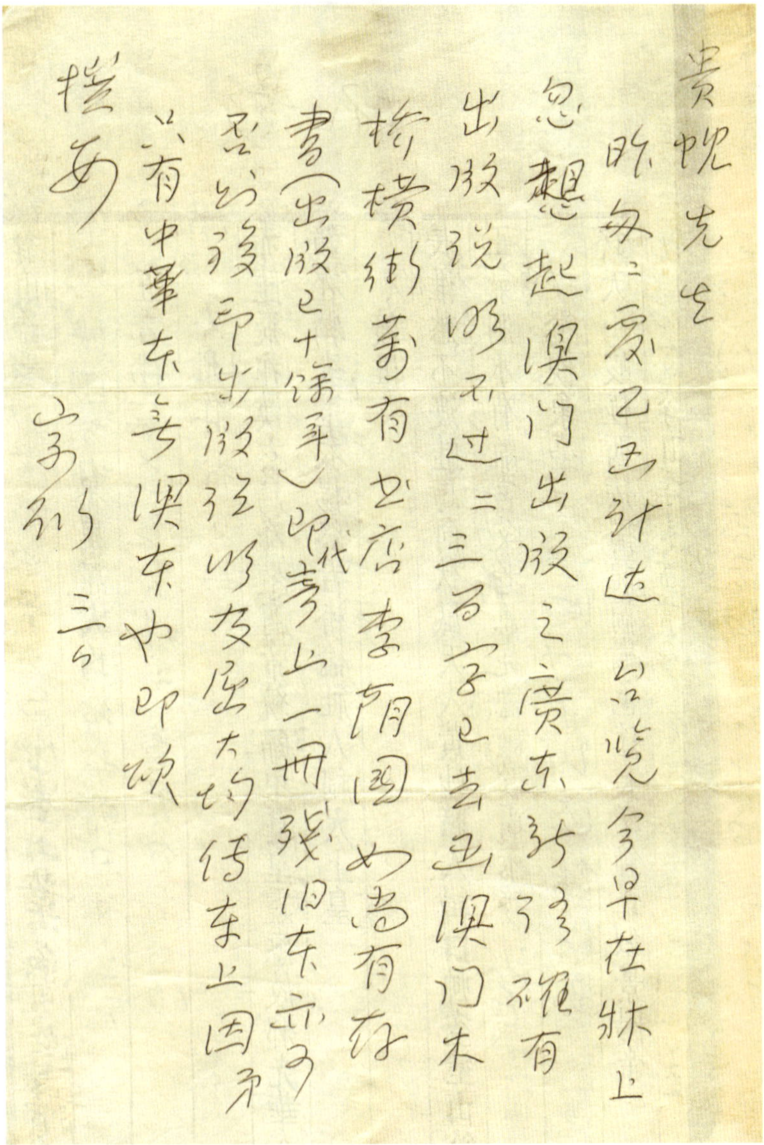

三日

貴忱先生：

昨匆匆覆乙函，計達台覽。今早在床上忽想起澳門出版之《廣東新語》確有出版説明，不過二三百字，已去函澳門木橋横街萬有書店李蔭國，如尚有存書（出版已十餘年），即代寄上一册，殘舊本亦可，否則複印出版説明及《屈大均傳》奉上，因弟衹有中華本，無澳本也。即頌

撰安

宗衍　三日

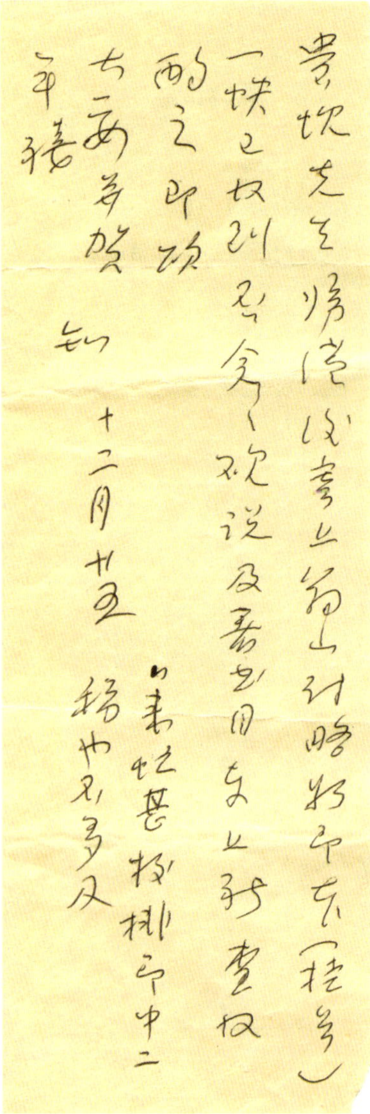

十二月二十五日

貴忱先生：

歸港後寄上《翁山詩略》影印本（挂號）一帙，已收到否？念念。《硯説》[一]及《著書目》[二]奉上，祈查收酌之。日來忙甚，校排印中二稿也，不多及。即頌

大安并賀

年禧

知　十二月廿五日

【注釋】

[一] 指汪宗衍撰《微尚齋硯》。

[二] 指《汪宗衍著書目》。

一九八四年

一月九日

貴忱先生：

元月五日函收到，近日忙於校印樣而體力不支。因讀新出版《方以智年譜》數十頁，以與屈大均有關不能不閱，而晚上不能安睡，頻醒發夢，無可如何。屈氏有《藥地禪師於青原得一曝[一]布名曰小三叠泉請予題長句》，《方譜》據《翁山詩外》云戊申有《越中寄廬山無可師》詩，指《小三叠泉詩》爲游浙在戊申時作，惟戊申康熙七年屈氏在山西，其游浙在順治末，時方氏（即藥地無可）未至青原也。檢《翁山詩外》九（宣統本在卷十）《越中寄廬山無可師》詩無「戊申」字（弟所藏爲宣統本）。聞中山館伍錫强[二]先生整理《詩外》，擬請代爲轉達一檢康熙本《詩外》九《越中寄廬山無可師》五律（第一句「久辭慧遠溪邊月」）有無「戊申」字樣注於題下，示覆爲荷，并代向伍君致謝。即頌

大安

弟衍　元月九日

【注釋】

[一] 曝，應爲「瀑」。

[二] 伍錫强（一九三八—二〇一八），廣東臺山人。中山大學歷史系畢業，廣東省立中山圖書館館員。

贵忱先生：元月五日函才到，适以忙于校印样，而体力不支，因

读新出版方以智年谱数十页以消遣，大均有关系不能不阅也，晚

上不能安睡，翻阅《罗浮志》，见兴安何氏有《药地禅师于青原得一

瀑布名曰小三叠泉，请予题长句》，方谱於翁山诗外戊申有

《越中曹庐山元子师》诗，指小三叠泉诗为僧徽在戊申时作。惟戊

申康熙七年屈氏在山西（宣统本在卷十），方潜徽在皖出，末时方氏（即药地元子）未至

青原也。检翁山诗外九，《越中曹庐山元子师》诗，无"戊申"字（弟亦藏有

宣统本）。阅中山馆经锡炎先生整理诗外，拟请代为转达，一检康熙本

诗外九《越中曹庐山元子师》五律（第一句"久辞慈远边月"）有无"戊

申"字样，注于题下示覆，为荷。并代向经君致谢。即颂大安。弟衍 元、九、

一月二十七日

貴忱先生：

一月廿四日函誦悉。

冬人初見出示大札，弟當詢其何日回程，答云廿四日，弟云當於廿三日送至商務轉，以弟近借得舊板《翁山詩略》正在校勘，《詩外》未畢事，書約七百頁，得五日時間可付複印，渠即云書多不能携帶，一册即可，且云王公正校《易外》，《詩外》慢慢未遲，此四字爲冬人之言，來函云弟説，非也。弟謂《翁山全集》凡五六種，王公擔任《易外》，《詩外》另有人負責，渠不置答，亦無表示嫌意，此公寡言，對於善本似不輕意，漠然視之而已，他尚説宣統本《詩外》圖書館會有，我説王公五位同志都查過，没有。

近讀《方以智年譜》，對《翁山譜》擬加以增訂，曾上乙函（在十九日晤冬人前）托查《翁山詩外》卷三七古《藥地禪師於青原得一瀑布名曰小三叠請予題長句》，詩題下有無有干支年份，迄未見覆，廿四日函亦未提及，敬乞賜示。即頌

著安并賀

春禧萬福

弟宗衍　一月廿七日

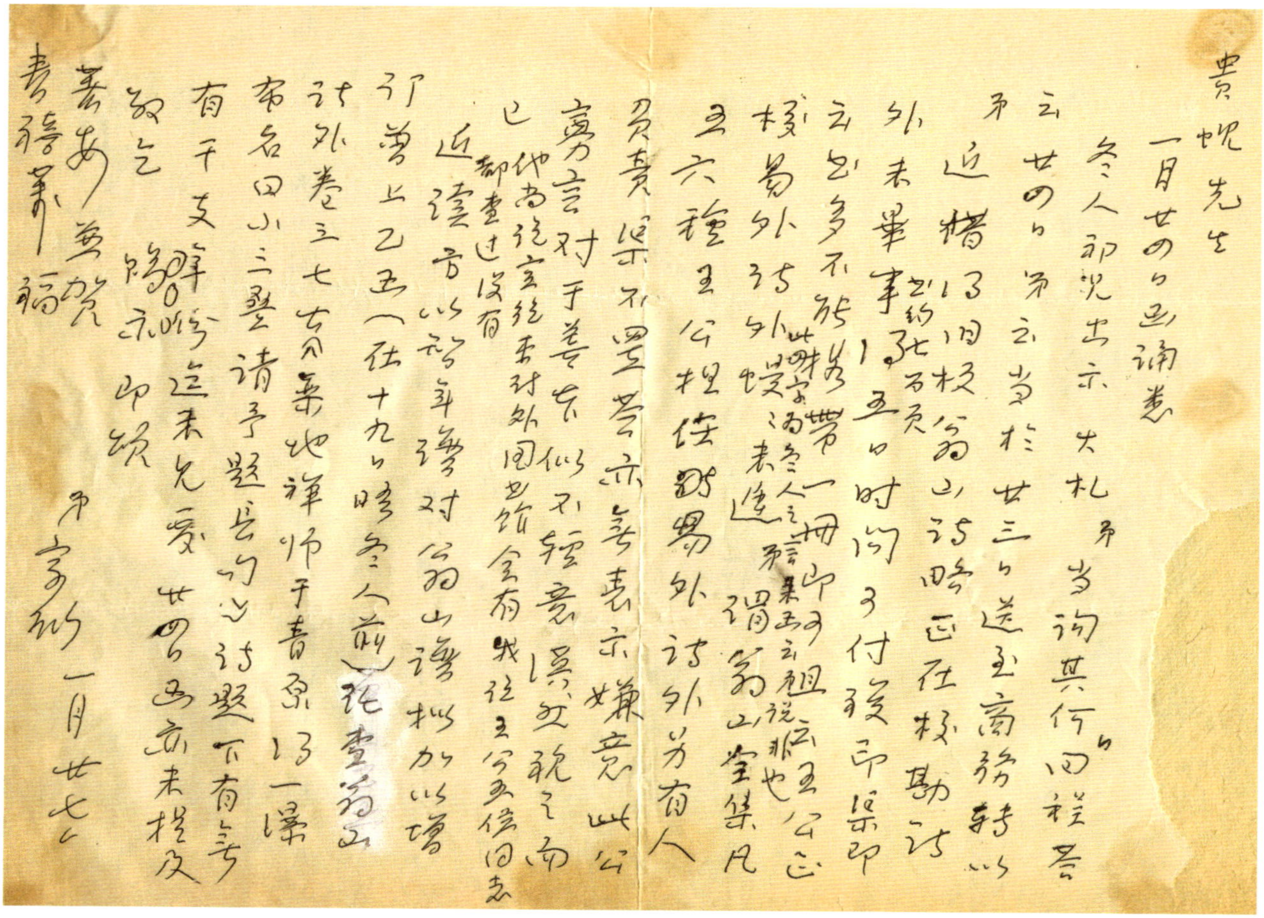

贵忱先生：

一月廿四日函谕悉。冬人即洸出示大札，弟当询其何日往晋，云廿四日，弟云当於廿三日送至商务转，以外未举事（约廿七日）五日时间可付发印。渠即

弟近借得旧校翁山诗略，正在校勘，诗云其多不能携带一册，即日付祖公正（此册字数冬人已携来，云祖父说非也）。校翁外诗外堪遗稿、翁山全集凡五六种，王公担任翁山诗外，另有人负责，渠不置可否，亦无表示嫌意。此公寡言，对于其它似不经意，谅然视之而已。（仲尚说至说来对外国出版全有，我往王公五信回来，都查过没有。）

近读方以智年谱，对翁山谱拟加以增订，曾上乙丑（在十九日时冬人前往查翁山诗外卷三七古《桑地禅师于青原得一绿，有名曰小三叠，请予题长句之》诗，题下有无有干支），辉晔近来见爱，廿四函亦未提及，教之（盼亦诵）。即颂

著安，并贺

春禧

弟宗衍　一月廿七

可居室藏汪宗衍致王貴忱函

二月一日

貴忱先生：

日前覆上乙函，關於冬人洽談及托買《圖書館學刊》八三全年與《嶺南文史》二期，度達台覽，最好由國權轉，否則暫存尊處，俟弟冬初返穗面交。新春將至，思將補充《屈翁山年譜》作一小結，得則奉上三紙，祈查收轉交。他日如印出，所得稿費當以部分分配，弟不能獨有也。前寄《廣東新語》係弟贈品，今附上李君函，俾知外傳此書爲弟出版者，道聽途説耳。即頌

春禧萬福

弟宗衍　癸亥除夕

思以《詩略》校《詩外》，已得佚詩五首，字句未細校，欲作一跋，尚未屬草。

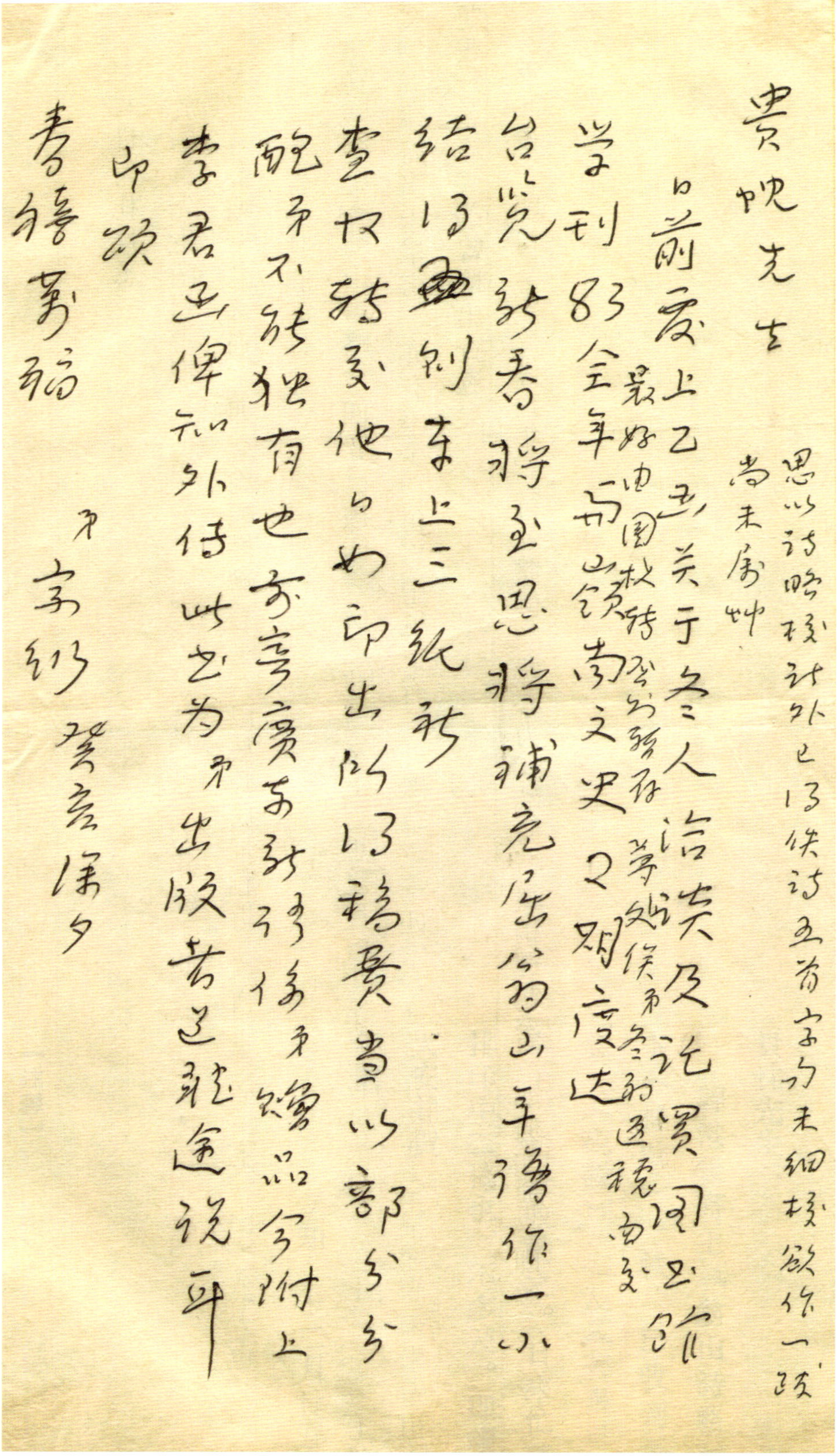

貴忱先生：

日前寄上乙函，关于冬人洽談及託買圖書館學刊83全年一冊，山館尚文史，又胡度达（最好由圖权转，以省转存，等處供不應，勿遗稿為要）

台覽。新春將至，思將補充屈翁山年譜作一小結，得函刻本上三紙，新查权轉交，他日如印出，所得稿費當以部分分酬，弟不能獨有也。前寄廣東新語系弟贈品，今附上。李君函，俾知外傳此書為弟出版，豈道聽途說乎。

思以詩略校，補外已得佚詩五首，字句未細校，欲作一跋，尚未屬草。

即頌

春禧

弟宗衍 癸亥除夕

無日期

貴忱先生：

十八日大札拜悉。關於信符先生南州書樓善本題跋事已詢諸蔭普兄，據云此經手此書，請轉達徐小姐。大著《秦編》已寄到，即交馬國權轉禮平，以彼等居址相近。禮平獨居一宅，白天無人也，曾電告，值外出，徑告知其同事轉達。

乾隆刻本《翁山詩略》四卷已複印一份，挂號寄上，想已達覽。弟曾校《詩外》，七律一卷有佚詩異文，五律詩多未畢事，亦有不少，每頁中縫下有「九歌草堂」四字，然《九歌草堂集》尚未朱希祖《史料題跋》著録，弟曾檢出查過矣。

返澳後，印書事、校件猬集，行款體例頗費心力，端研資料稍遲寫奉，如何如何。即頌

大安

弟宗衍

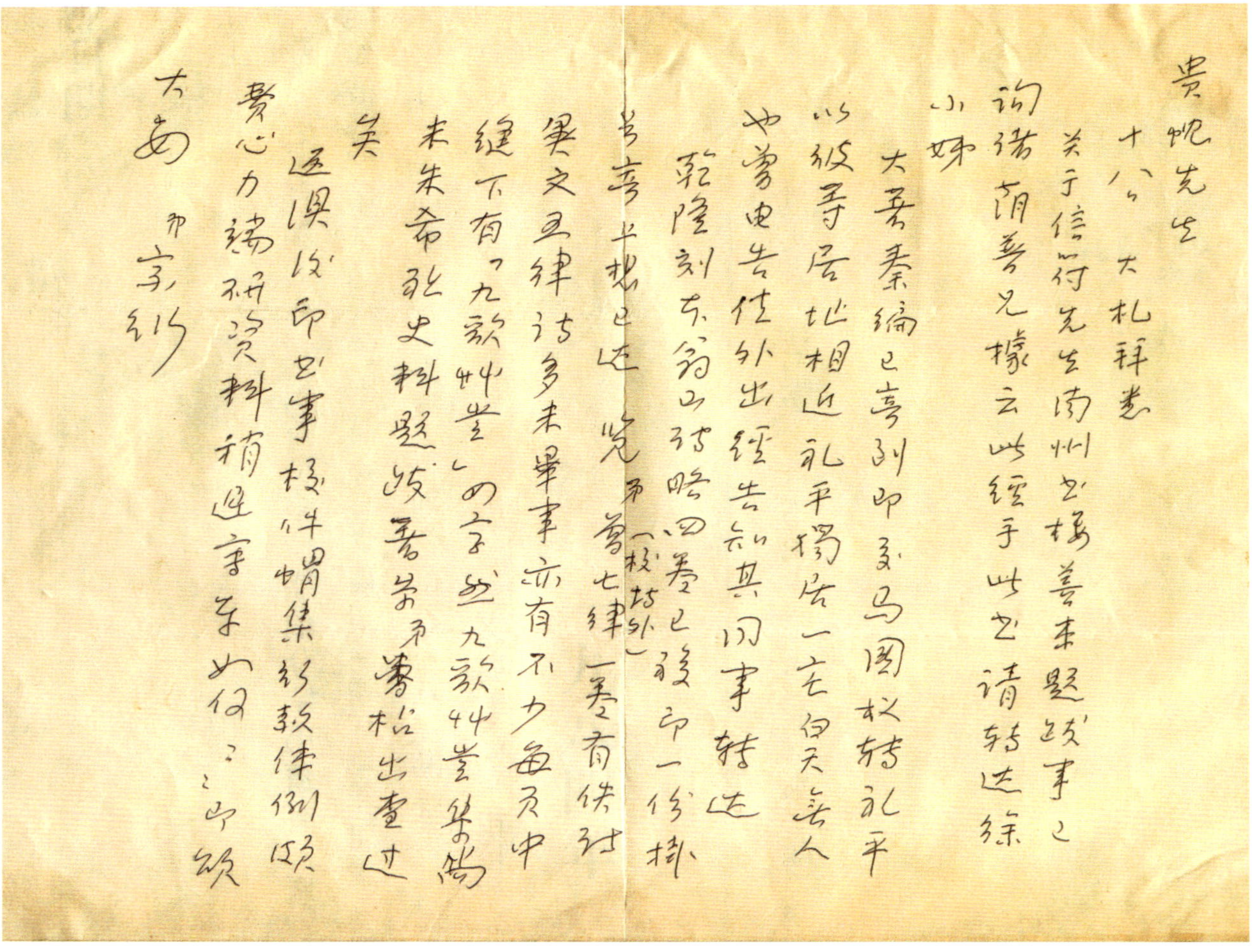

貴忱先生：

十八日大札拜悉。

关于信符先生南州书楼善本题跋事，已詢諸萌兄，據云此經手此書，已請轉達徐小姐。

大著秦编已寄到，即交马国权转孔平，以彼寄居地相近。孔平独居一室，白天無人也。嘗由告佳外出，經告知其同事轉達。

乾隆刻本翁山詩略四卷已複印一份挂号寄上，想已达览。弟著七律一卷（校勘外）有佚詩異文，五律詩多未畢事，亦有不少。每頁中縫下有"九歌草堂"四字，無"九歌草堂集"。為未朱希祖史料題跋著錄，弟當檢出查过矣。

近與役印書事，校件蝟集，須較体例，頗费心力。端研資料，稍遲寄奉。如何如何，即頌

大安

弟宗衍

無日期

貴忱先生：

手教奉悉。拜讀大作，獲益良多。盛伯兮字弟舊有一聯，殊不多見也。中山大學藏宣統本《翁山詩外》，如借得，祈示知，否則需要時當複印奉贈耳。《屈譜》現又有增改二條，真有知也無涯之感耳。幸敝藏《詩外》未即交佟君帶上，否則新得資料無從勘補矣。另件請轉交錫强先生，并代候。日來忙於拙作校樣，已達半部，故《詩外》與《詩略》之異文尚未複校，此不亟亟。諸公整理《屈集》，不悉進度如何，念念。不知明春能交稿否？專此即頌

撰安

弟　宗衍

同岑[一]爲覺浪丈人之法嗣，不可不載入譜中，此僧别字頗冷。

【注釋】

[一] 大燈，本姓項，字同岑，浙江嘉興人。洞庭西山僧。

可居室藏汪宗衍致王貴忱函

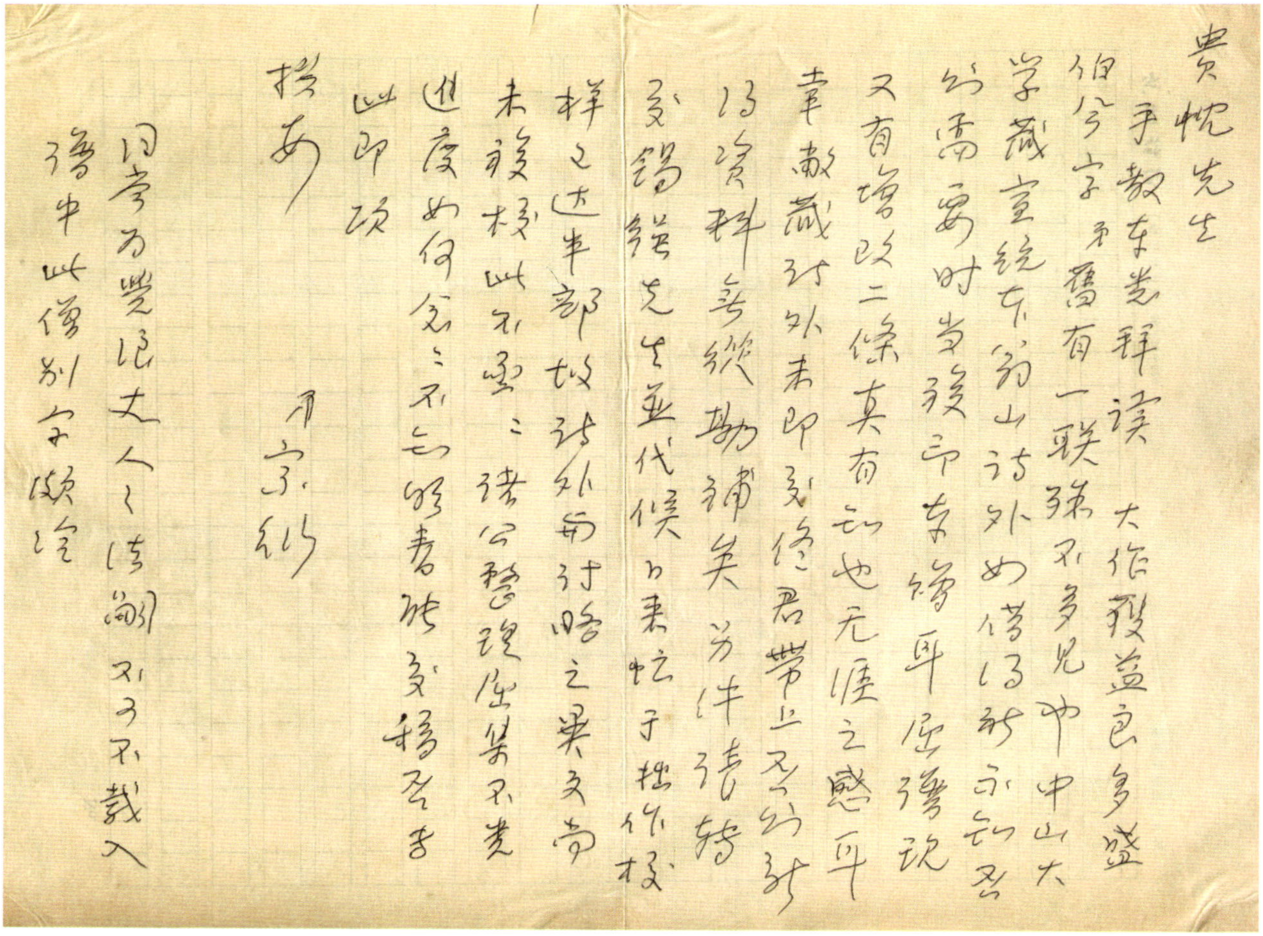

二月十日

貴忱先生：

二月七日午拜收。

翁山《越中寄廬山無可大師》承與錫强先生檢查康熙本，并無「戊申」二字，至慰，并請代向錫公致以衷心感謝。

以《翁山詩略》與《詩外》（宣統本）對校，大致已竣事，得佚詩六首，《道援堂集》亦不載，弟年邁，誠恐精神不繼或疏誤，乞轉錫公暇時覆勘。

《詩略》與《詩外》（宣統本）字句互有不同，亦有各有舛誤，弟已録出校記，俟清理後再行寄奉兩公審定。

翁山與大汕書文三件前已抄上，誠恐展轉抄有誤，今上海古籍印行潘耒《救狂書》，即前據此抄出者也（謝國楨舊藏），以此覆校，必有錯漏也。此頌

春祺萬福

宗衍上　二月十日

如有人由穗來，提早函知，當將宣統本《詩外》先行影印，其人到港，即可交之。

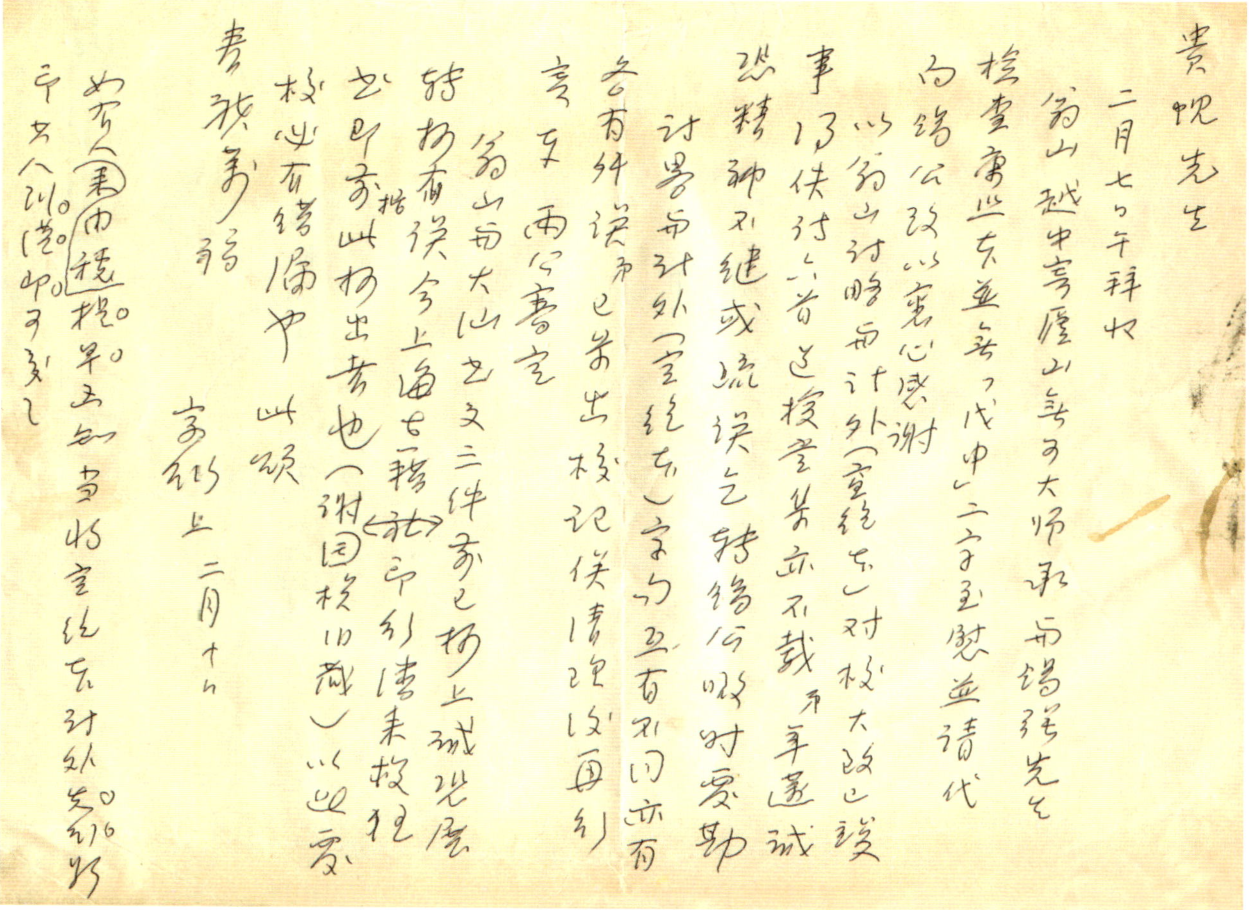
贵忱先生：

二月七日午拜收

翁山《越中亭屋山集》子大师取而锡强先生

检查原书，并无"代中"二字，至慰，并请代

向锡公致以衷心感谢。

以翁山诗略与诗外（壹绝本）对校，大致已竣

事。日昨付上首逵校堂某亦不载，年远诚

恐精神不继，或疏误之，转锡公暇时爱助。

诗略与诗外（壹绝本）字句亦有不同，亦有

各有佚误，亦已另出校记，俟誊清后再行

寄奉　两公审定。

翁山与大山之文三件，前已抄上，诚恐原

转抄有误，今上两七种（括社印）引书未校注

出，即前此抄出者也（附图校旧藏），以此要

校必有错漏也。此颂

春祺节禧

宗衍上　二月十七

如另（来而摘提）提。早已知当将壹绝本诗外先睹为快

亦甚八训。滢。叩。可笑

三月二十四日

貴忱先生：

前函計達。偶檢《翁山譜》三五頁六行：「銅人之泣漢也，石馬之汗唐也」，請在「泣」「汗」下加「，」號。

《翁山詩略》已校一過，寫一小跋，得佚詩五律六首、七律四首（其一多異文）。又以《詩外》與《詩略》兩本編次，忽東忽西，不易檢校，寫爲校記，記其異文并注明乾隆本與宣統本卷、頁，以供諸公參考。以七七老翁爲此，誠自知不量，衰朽之至，必多疏失，或有以不佚爲佚，統候諸公不吝賜教，至所感盼（另郵）。

現在《屈集》進度如何？乞隨時函示爲盼。

宣統本《詩外》已覓得否？至念。

專此即頌

著安

弟衍　八四年三月廿四日

諸公均此道候。

贵忱先生：

前函计达。偶检《翁山谱》35页6行之"铜人之泣汉也，石马之汗唐也"，请在"泣"、"汗"下加"、"号。

《翁山诗略》已校一过，写一小跋，得佚诗五律六首、七律四首（共一多异文），又以诗外与诗略两本编次忽东忽西，不易检校，写为校记，记其异文并注明诒隐本与宣统本卷页以便诸公参考。以七七老翁为此，诚自知不量衰朽之至，必多疏失，或有以不佚为佚，统候诸公不吝赐教，至所感盼（另邮）。

现在《屈集》进度如何？之便时亦示为盼。

宣统本诗外已见得否？至念。

专此即颂

著安

诸公均此道候

衍 三月廿四

八四年

四月七日

貴忱先生：

三月卅一日大札拜收，藉悉有京國之行，企念賢勞，曷勝欣佩。前日正與何耀光[一]兄晤，再遇將在下周末。越二日，其有西安、成都及三峽、江南之行，時間逼促，即已作乙函致其秘書，托檢寄乙册奉上，到祈查收。敝處已無存本，或澳寓尚有之耳。《屈集》《年譜》等事，以餘年得以附諸公之後，至爲欣幸，稍盡棉薄。爲國家、爲先輩流通古籍，爲吾人本份，何足挂齒，乃荷厚贈，情何以堪。弟前函屢言，應以部分稿費分致整理拙作之負責同志（偶忘姓名及數字若干），亦有勞有酬之意，俟匯到後，乞費神代交，萬萬勿客氣，叩首叩首。

整理《屈集》，諸公姓名及負責某類乞賜示。又此函不必夾入粘册内，至要至要。

前以佟日不願携帶《翁山詩外》複印本，其時弟亦以校勘《詩略》未畢，現已竣事，如中山大學本未能借出，而穗中複印昂貴，儘可將敝藏本複印奉寄。此處每頁印費一角，必比廣州爲廉也。

京中所購《文外》二種、《文抄》一部，有佚文初、二輯否？不知來價若干，乞示知。此處則非數百金不辦耳。即頌

撰安

弟宗衍　四月七日

昨在三聯見《錢幣》月刊有大作一篇。

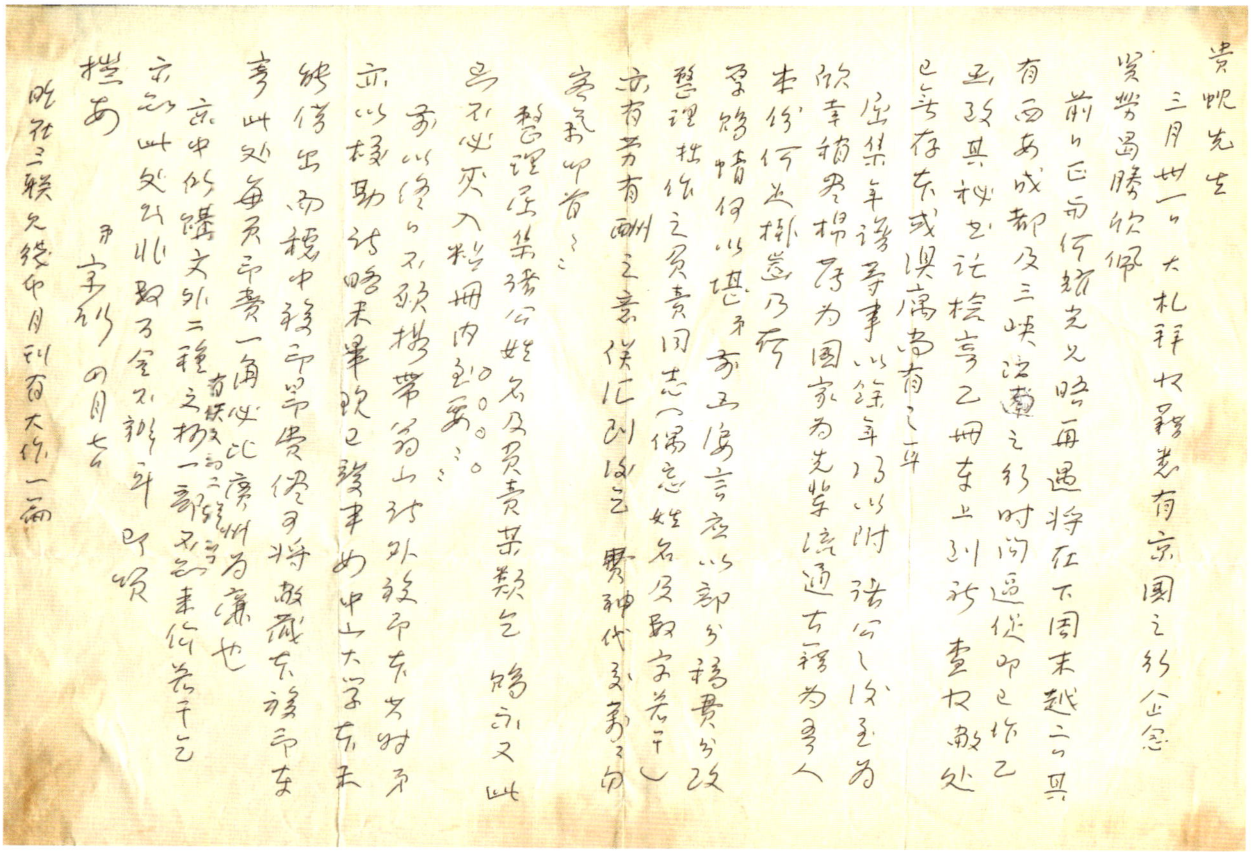

【注釋】

［一］何耀光（一九〇七—二〇〇六），廣東南海人。至樂樓主人，慈善家、收藏家。

五月二十一日

貴忱先生：

多時未奉候，乃忙於拙作校樣事。《廣東叢書》本《翁山文鈔》卷四缺「二十二」乙頁，兹從翁山後人屈志仁先生借出影印奉上，祈查收轉交，示覆數行，此大快事。志仁爲前中文大學藝術系教授，今任美國大學講席，順及。即頌

撰安

弟汪宗衍上　五月廿一日

貴忱先生：

多时未来候，乃忙于拙作校样事。廣东丛书本翁山文钞卷之四缺“二十二”乙页，兹从翁山後人屈志仁先生借出影印奉上，請

查收。轉致福愛數行，此大快事。志仁为前中文大学艺术系教授，今任美国大学講席。順及，即頌

撰安

弟 汪宗衍上 五月廿六日

無日期

貴忱先生：

六月十一日午函拜悉。

廣州詩社三機構約於八月初在市橋開翁山詩學會函亦收到，已即轉宇翁、禮平（宇函由詩社寄來），屆時如非「争秋奪暑」，當赴會聆諸公教益。

歐公清恙，請代爲問候。

承鄧濤兄之友以先父自訂年譜稿歸還於我，不知何以爲報，乞鄧兄酌之，俟弟返穗時面求。先父年譜原稿係用白宣紅間紙手寫，向存豪賢路一百號東邊書房，棄置於書箱頂上，不以爲意或不欲存，故於日機轟炸時未携來澳。至一九一九年止，頗多删改。其後由四衆母（曾被抄家，因在街坊工作）收存卅餘年。前先通甫兄抄來一份，似較簡單，或先兄以恐遭時忌而有所删改，弟曾續補至一九三九年先父逝世時止（仍由先兄出名），先兄亦手抄一份。今鄧兄之友所得者，不知白宣紙紅間本抑黄紙（先父

（後缺）

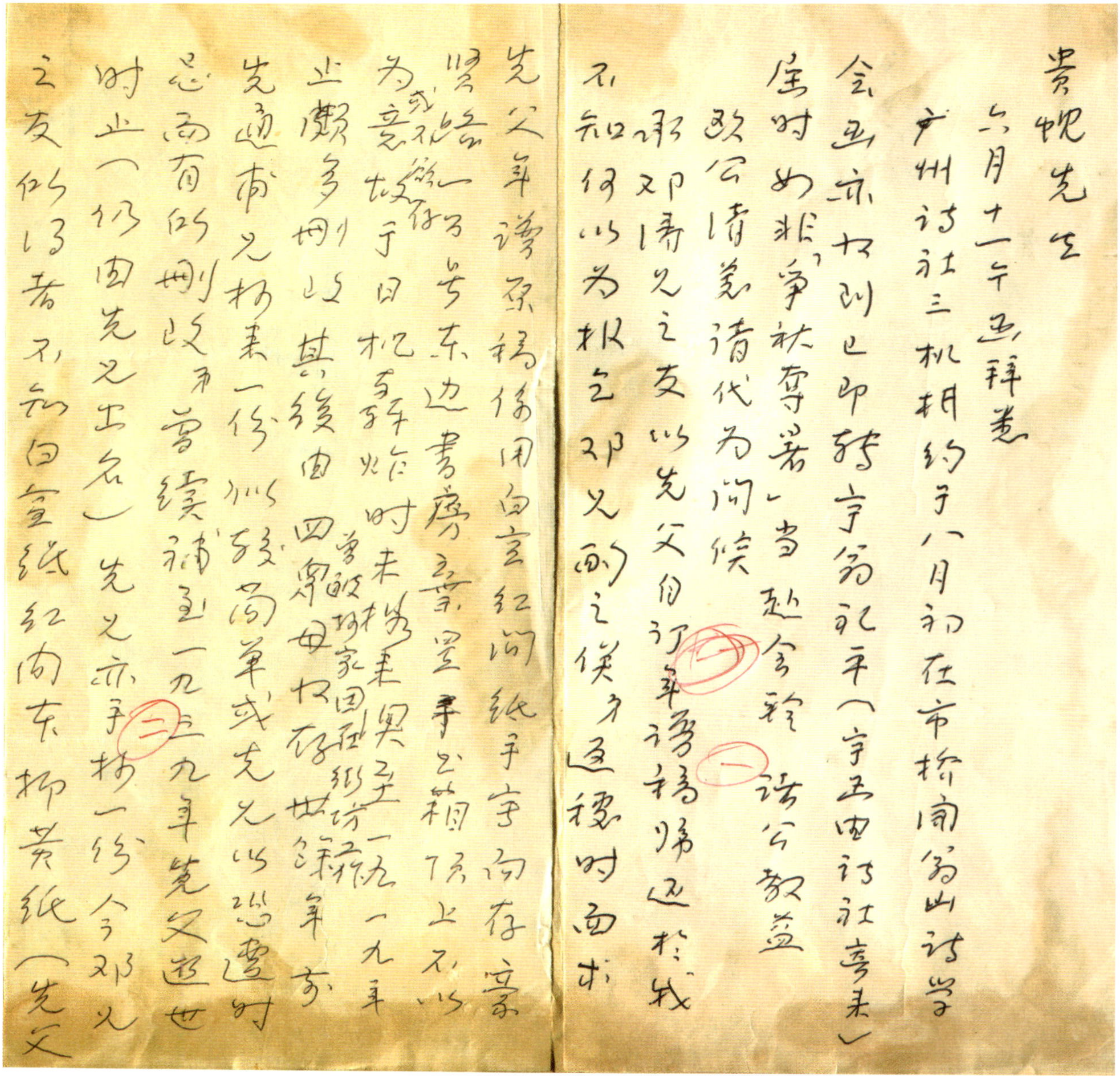

贵忱先生：

六月十一午函拜悉。广州诗社三机相约于八月初在市桥开翁山诗学会，函亦收到，已即转亨翁祝平（亨玉田诗社主人），届时如非争秋夺暑，当趋会聆诸公教益。

致公请代为问候。

邓师兄之友以先父自订年谱稿归还於我，不知何以为权之邓兄所之，俟予返穗时面求。

先父年谱原稿系用白宣红间纸手写，向存家贤思一号东边书房书画箱顶上，不以为意（或不能存），于日机轰炸时未携来澳，至一九一九年止，数多删改，其后由四舅母收存（曾被村家回往乡坊），数年前先兄由市携来一份，似改简单式，先兄以恐遗时忘而有所删改，并曾续补至一九五九年先父逝世时止（仍由先兄之亲名），先兄亦手抄一份，今邓兄之友所得者，不知白宣纸红间东抄黄纸（先父

七月二日

貴忱先生：

六月廿七日信收悉。弟一切如常。近日《清史稿考異》校樣後半部在校勘中，故極忙，亦無事，故未奉候耳。《翁山集》事進度如何？甚念甚念，盼便中略示一二，至盼。即頌

暑安

衍　七月二日

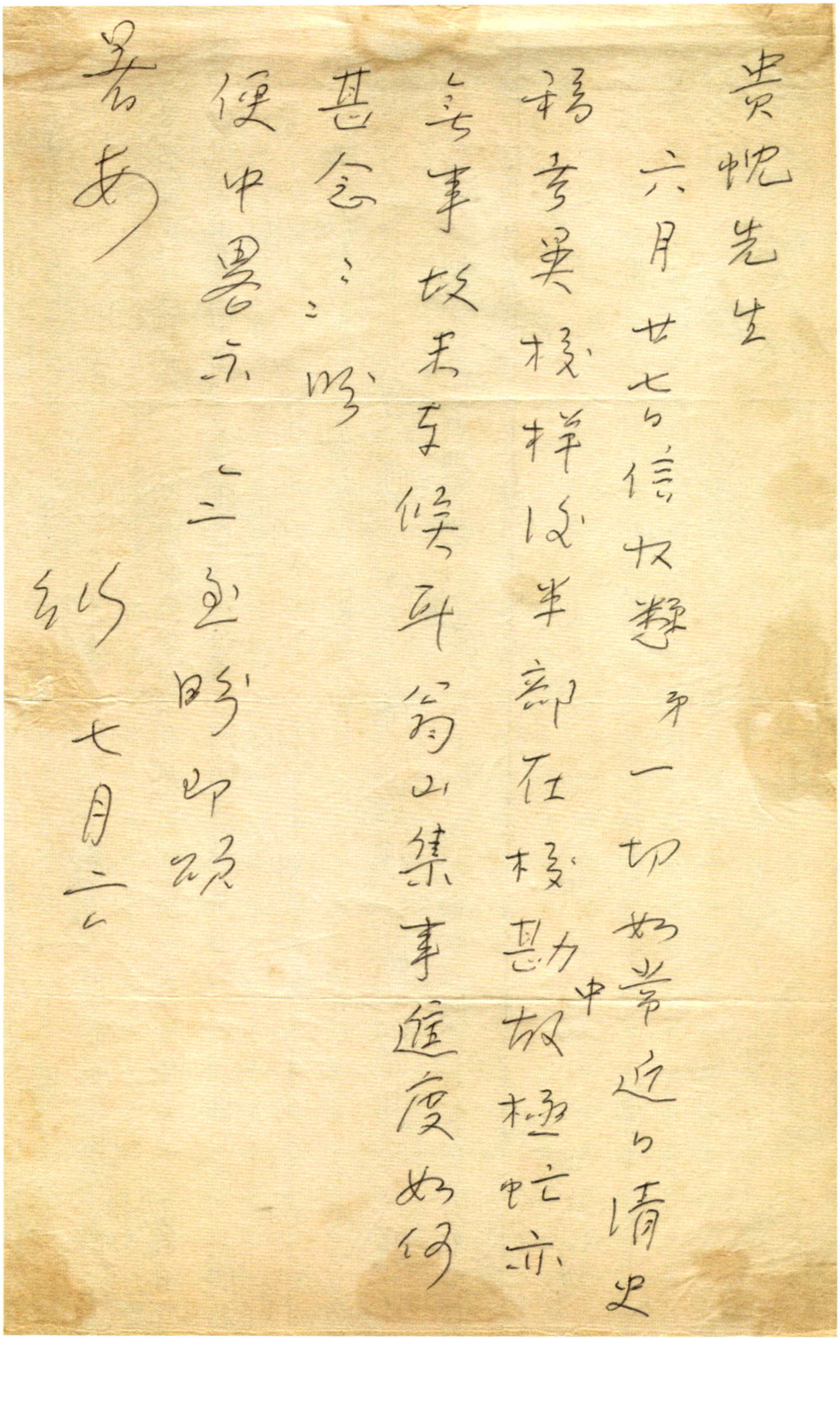

貴忱先生：

六月廿七日信收悉，弟一切如常，近日清史稿考異校樣收半部在校勘中，故極忙，亦無事故，未克候耳。翁山集事進度如何，甚念甚念。暇便中略示一二，至盼。即頌

著安

衍　七月二日

七月十三日

貴忱先生左右：

頃奉七月八日手札敬悉。《屈集》編刊事時在念中，前已函達，冀莫年能觀厥成也。承示將於日内在番禺開會作進一步全盤研究，欣慰無異。辱荷先生與歐公垂愛，邀約備席咨詢，事屬鄉邦文獻，敢不謹竭棉薄，以供驅策并資學習？又蒙雅意，延至番邑適館受餐，尤感高誼。近日似精神雖能勉强支持，第自去冬以拙作《清史稿考異》付印（約廿六萬言，北山堂[一]出資），累月皆作校樣對勘工作，近二校已告一段落，而體力頗覺疲憊，左肩骨尖及右臂每稍動作，即有痛楚，俗冗稍多，即患感冒，乃昔年跌傷舊患，亦高年衰弱象徵。今正小暑，而大暑將至，家居尚覺苦熱，衹晨早作近山登涉，稍作運動，餘時未敢出門，以免受暑，而家人亦阻吾穗番之行，不得不有方尊命，感歉何似，七七老人力不從心之苦衷，想荷鑒諒。歷年冬間皆返穗一行，今年擬稍爲提前，在秋凉之後，藉聆教益，并約諸公小叙，以補吾過。月前曾以《翁山文抄》缺頁寄上，想荷鑒察，此爲弟今年第一快事，曾寫爲小文，複印二份，乞指教，并轉歐公。番邑盛會晤諸公，希代鄙人拳拳之忱問好。開會後情况乞示數行。專覆即頌

著安

弟汪宗衍上　七月十三日

歐公與諸公均此不另。

近讀文廷式《純常子枝語》四十卷，極爲博洽，謂屈翁山《大都宮詞》六首（五律）之第三首爲順治之董鄂氏（董小苑）而作，實乃第四首，詩云：「佳麗徵南國，中官錦字宣。紫宮雙鳳入，秘殿百花然。卓女方新寡，馮妃是小憐。更問喬補闕（此指妃死後晋爲皇后），愁斷緑珠篇。」董小苑爲冒辟疆妾，故有「南國」「卓女」語。然此乃傳聞，順治之董鄂氏乃滿洲人，小苑年齡與順治不相若，冒鶴亭、陳援庵已訂正之。文氏又引《清凉山志》載順治清凉山有懷詩句以證，吴梅村《清凉山贊佛詩》注家未及，《山志》少見，順治詩集人罕注意，其能拈出，至可寶貴，順告。

再者，敝寓電話：五、六八七五七二號，五係代表香港，三係代表九龍。

又，陳柱尊，名「柱」，廣西人（似北流人），曾在上海編刊雜志，著《墨子校注》（？），又似在大學教書。

【注釋】

［一］香港三大私人收藏機構（何耀光的至樂楼、刘作筹的虚白齋、利榮森的北山堂）之一。

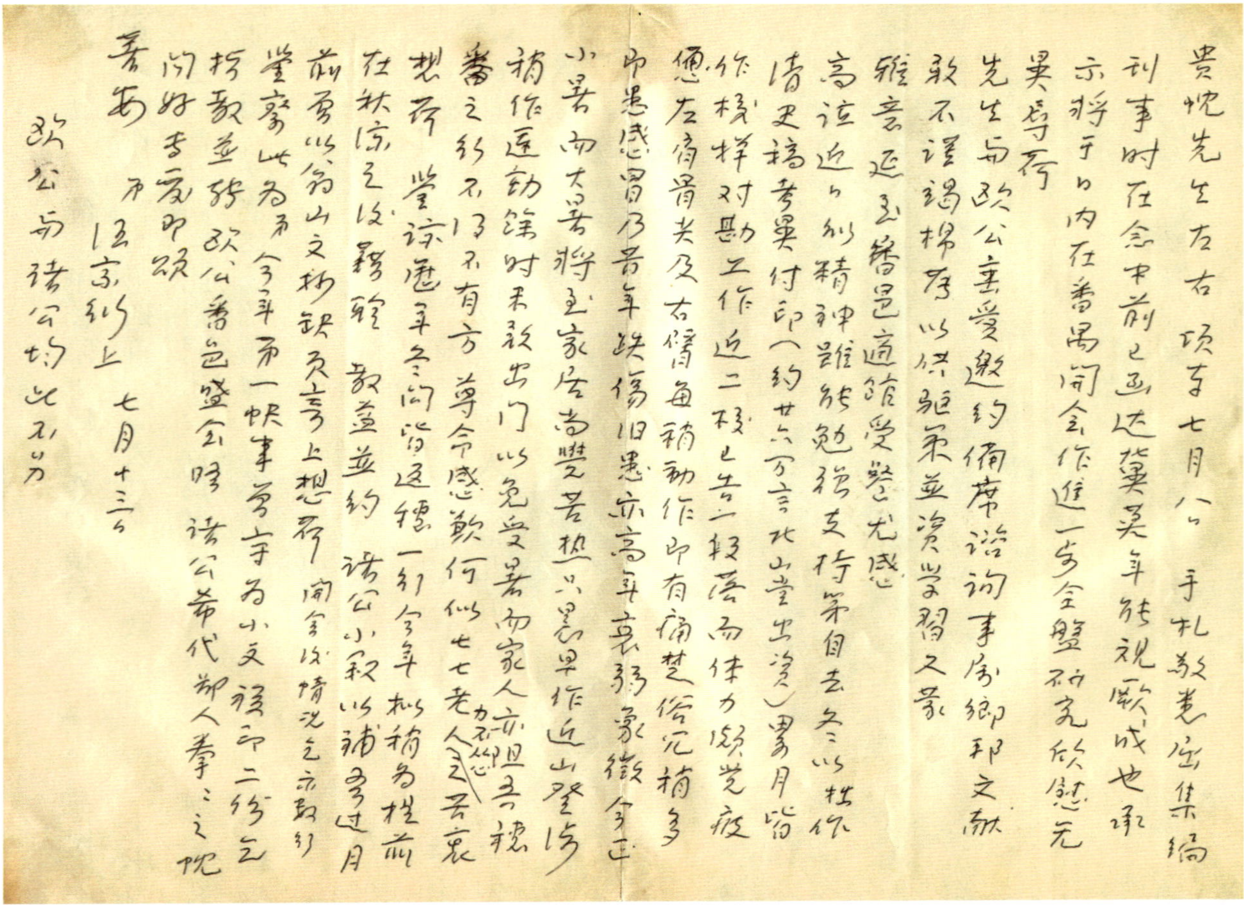

貴忱先生左右：頃奉七月八日手札，敬悉座集編刊事时在念中，前已函达叶恭绰年谱视欧成也。承示将于日内在番禺开会作进一步全盘研究，欣慰无量，尊荷。

先生与欧公垂爱，邀约备席谘询，事属乡邦之献，敢不謹竭棉薄，以供驱策，並资学习。又蒙雅意延至酒馆受赞，尤感高谊。近日刘精神虽能勉强支持，第自去冬以挂作清史稿考异付印（约廿六万言，北山堂出资），累月皆作校样对勘工作，近二校已告一段落，而体力倦觉疲惫，左肩背关及右臂每稍动作即有痛楚，俗冗稍多即患感冒，乃昔年跌伤旧患，亦高年衰弱象徵。今正小婿两大婿将至家居，为觅若热，只恐早作近山登临，稍作运动锻，时未敢出门，以免受暑，而家人亦阻吾穗番之行，不得不有方尊命，感歉何似。七七老人力不從心之苦衷，想荷鉴谅。愚年冬间曾返穗一行，今年拟稍为桂前，在秋凉之后释鞍，敬益並约诸公小叙，以补今过月。前曾以翁山文物缺失言上，想荷阅会后情况之示知行堂察。此为今年甫一帙事，前年为小文補印二份，乞持敬並转欧公。番邑盛会时，诸公希代御人拳拳之忱问好。专复，即颂

著安

弟 汪宗衍上 七月十三日

欧公与诸公均此不另

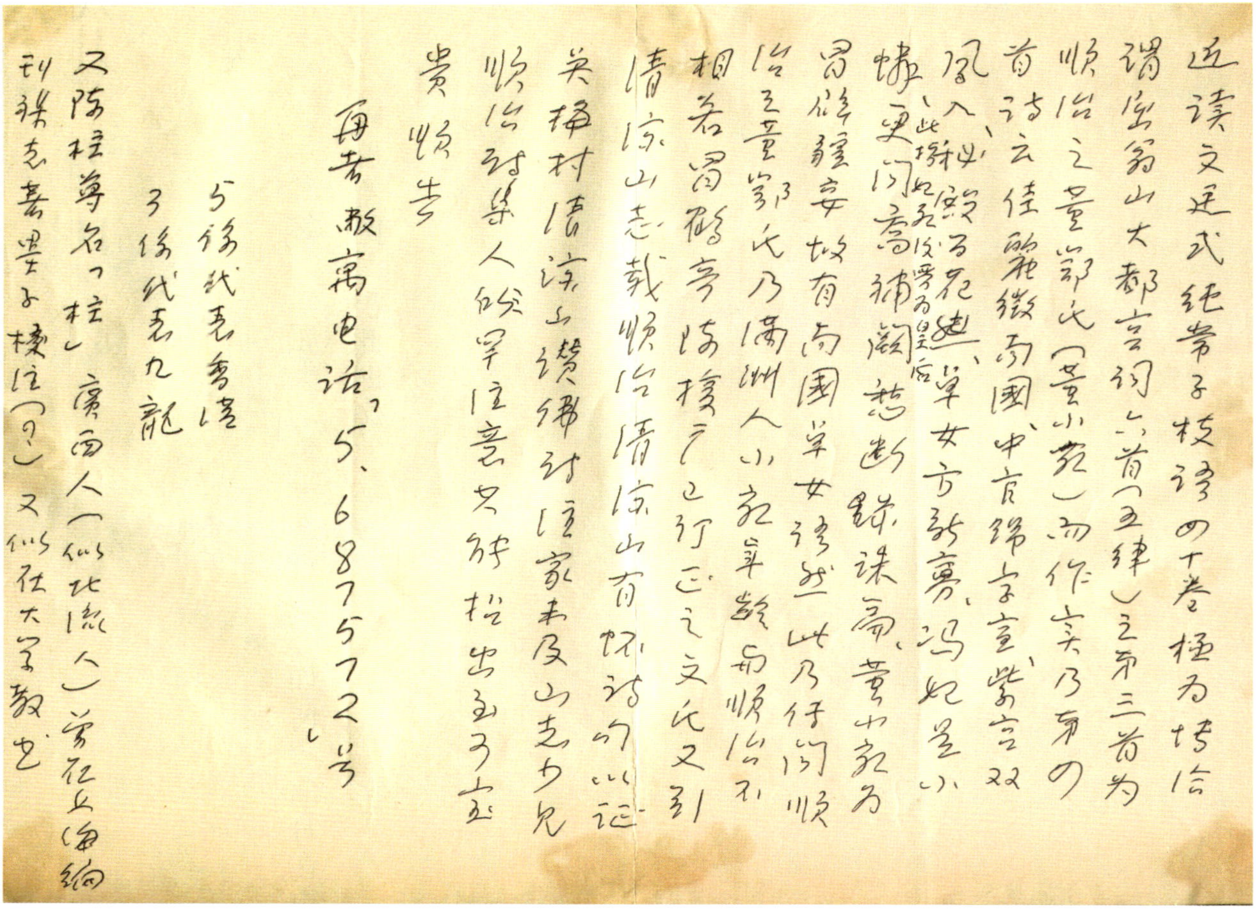
近读文廷式纯常子枝语四十卷，极为博洽，
谓屈翁山大都宫词六首（五律）之第三首为
顺治之董鄂氏（董小宛）而作，实乃第四
首诗云：佳丽征南国，中宫缔字宣，紫宫双
凤入、此（此指顺治后[illegible]后被废为静妃）银[illegible]花迷、草女方新宠，冯妃是小
姨，更闻高补阙，愁断[illegible]珠帘。董小宛为
冒辟疆妾，故有南国草女诗，然此乃侍顺
治之董鄂氏，乃满洲人，小宛年龄与顺治不
相若，冒辟疆陈[illegible]已订正之，文氏又引
清凉山志载顺治清凉山有怀诗句以证
吴梅村清凉山赞佛诗，注家未及山志，亦见
顺治时华人颇留注意史料，检出呈奉
贵览。

再者，敝寓电话：5、6875772号
5係代表香港
3係代表九龍
又陈桂尊名？桂，广西人（似北流人），曾在上海编
刊孙志嘉果子楼注（？），又似任大学教也。

八月二十一日

貴忱先生：

久未奉教，念念。《屈大均集》進行情况如何？前月在市橋會談，想結果滿意，明春能結束交卷否？至念至念。颱風閉門。書此即頌

撰安

宗衍　八月廿一日

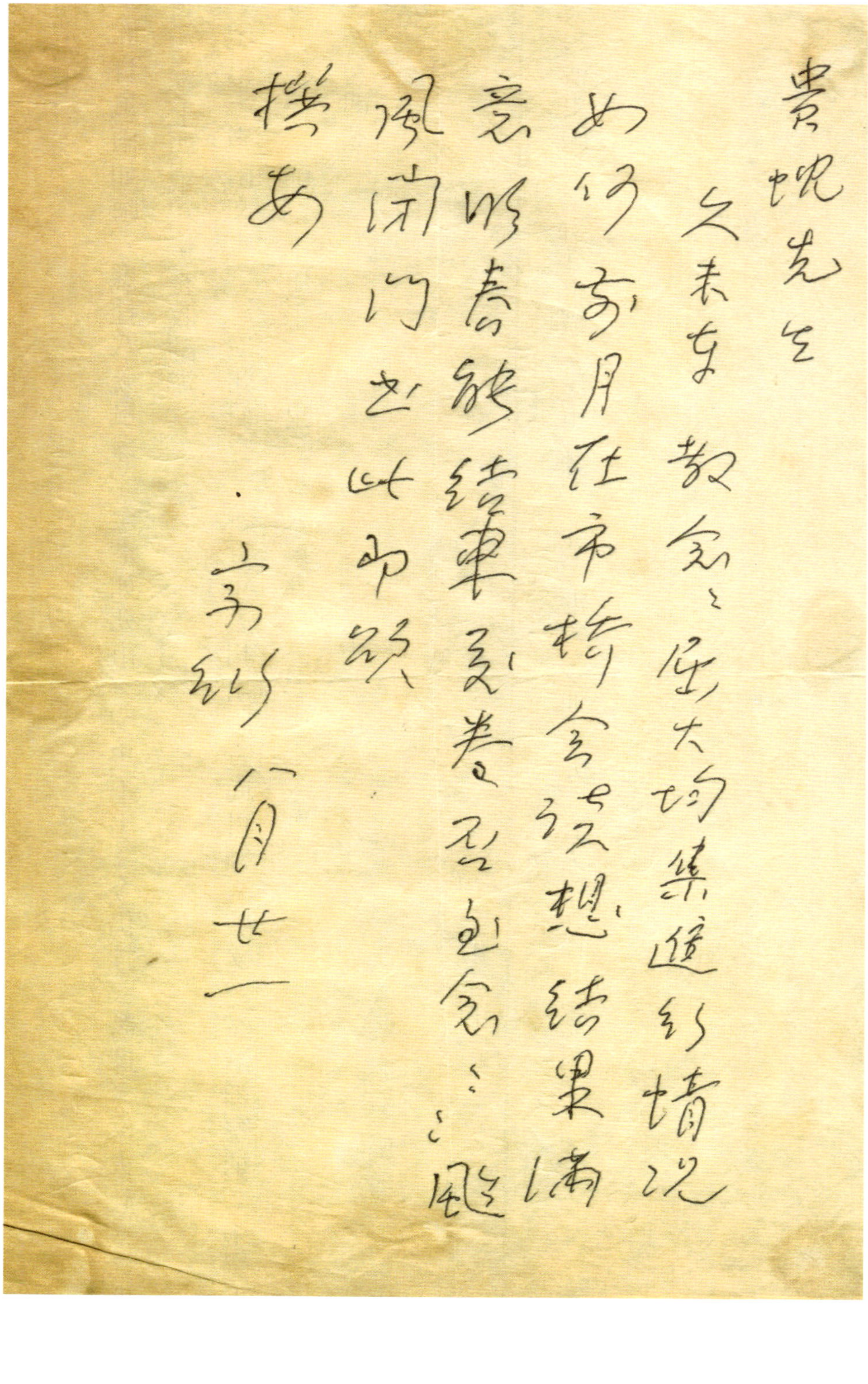

貴忱先生：

久未奉教，念念。廣大均集進行情況如何？前月在市橋會談，想結果滿意。明春能結束完卷否？甚念念。颱風聞門出此即頌

撰安

宗衍　八月廿一

八月二十三日

貴忱先生：

昨日風雨如晦，懸挂八號風球，全港如死市，閉户不出。今仍挂三號球。奉大札，立即出門複印屈氏資料，奉上四紙，祈查收酌辦。

記得《嶺南文史》《廣州研究》（近年廣州出版）尚可補入數文，請濆神察酌，弟覺得尚不太壞，以收之爲宜，否則《小册子》印出，被人罵諷也（弟處不全）。

匆匆即頌

撰安

衍　廿三日

《清史論文索引》定價人民市五點一元，港售HK四十元，有人已在廣州買得。

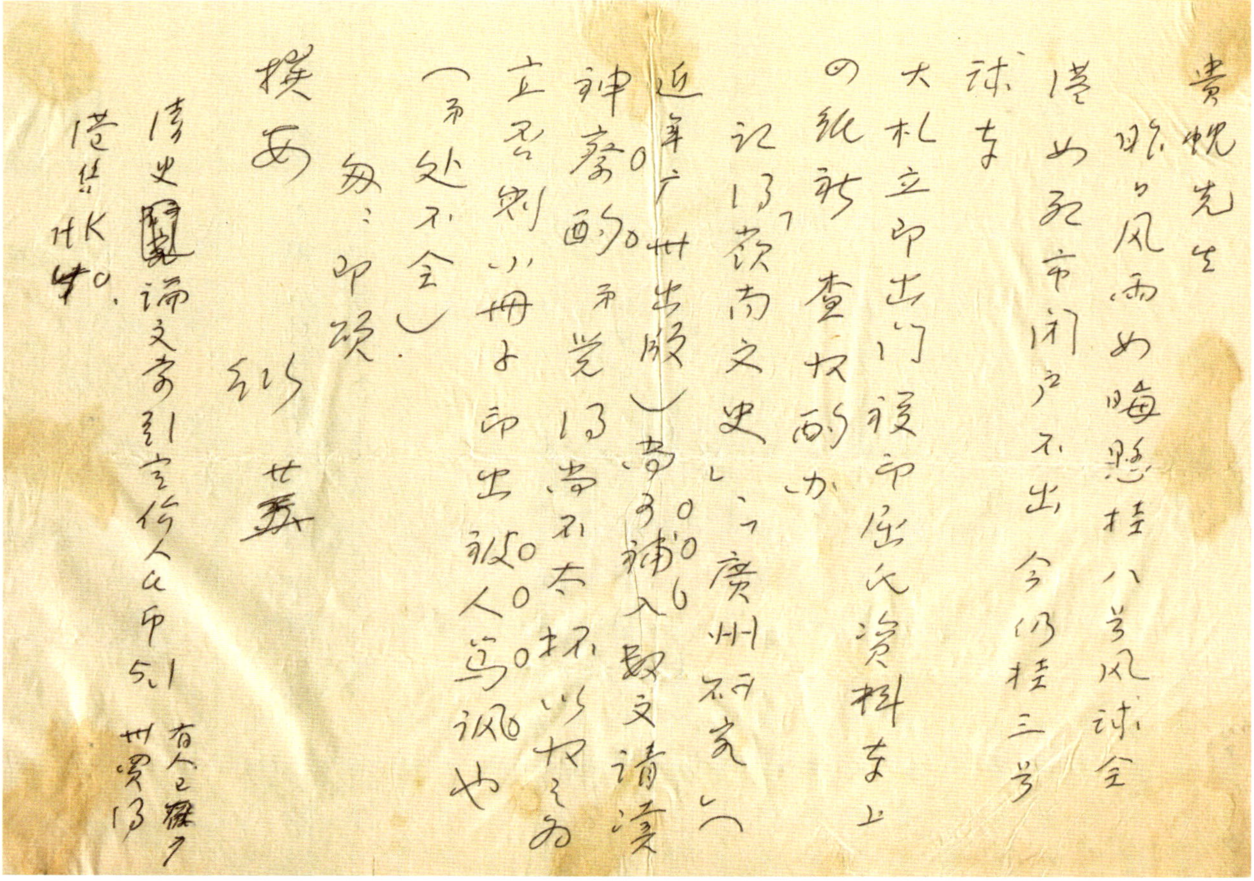

貴忱先生
昨日風雨如晦，懸掛八號風球，全
港如死市，閉戶不出，今仍掛三號
球矣。
大札立即出門複印盧氏資料奉上
的紙請查收爲盼。
記得欲南文史、廣州研究（
近年廣州出版）常可補入數文，請讀
神察酌。亦覺得常不太好，不以爲然
立即剔小冊子印出，被人寫諷也
（亦處不全）。
匆匆即頌
撰安 衍 廿五

九月三日

貴忱先生：

日日盼望大教，今得八月廿九夜惠札，喜慰無量。

承示年内擬以一二部專集交上北京，至好。似以《詩外》（或連文）響第一炮爲妙，比如《詩外》由A君主持，亦可由B、C……輪流覆校，其他亦然，既集思廣益，亦一人見短、二人見長之意，其餘各種陸續交去可耳。

歐思政先生未有電話來。俟天氣稍凉，覓得同伴，弟必返穗一行，藉聆歐公與先生教益。

安徽人才濟濟，似毋待外求，以弟所知，北京有汪世清先生，對其鄉邦文獻有深邃之研究，寒家雖爲安徽遷山陰，而廣東、全國汪姓皆出於安徽唐代越國公之後，若云安徽汪姓有分枝於廣東，則弟可作一員，若於安徽文獻之研究，則皮毛亦講不上耳。

《翁山詩外》排印本已找得否？至念。即頌

著安

弟宗衍　九月三日

思政先生乞代爲致意。

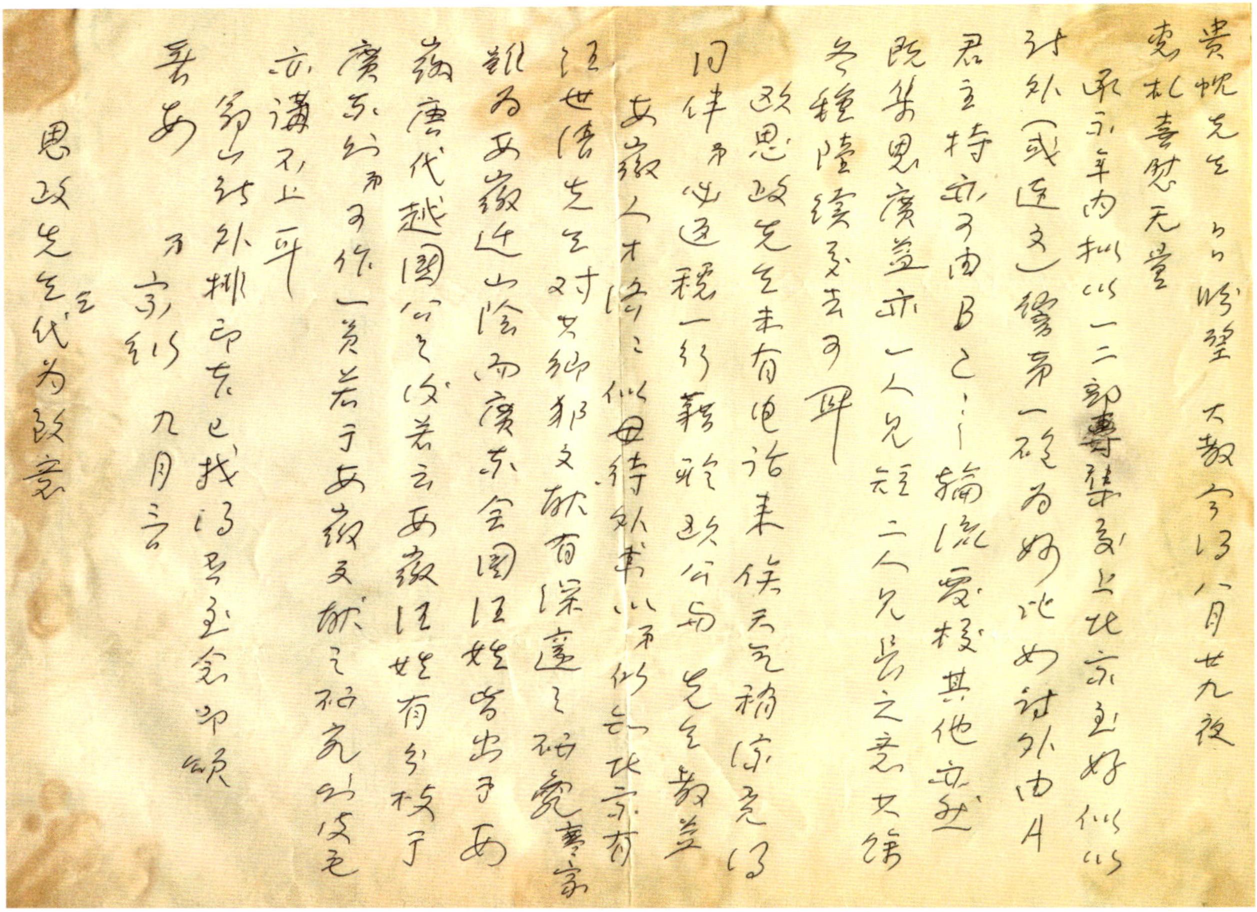
貴忱先生：日日盼望 大教，今得八月廿九夜
惠札，喜慰无量。
承示年內擬以二部專集交上北京，至好。似以
补外（或逸文）暫第一種為好，比如补外由A
君主持，亦可由B乙……编流覆校，其他亦然。
既集思廣益，亦一人兄短，二人兄長之意，其餘
各種陸續發去可耳。
致思政先生未有电话来，候其先稿惊見得
同伴，已寄出遗稿一份，藉於致公函先生教益。
安徽人才倍之，似毋待外求，以亦似与北京有
汪世清先生对其鄉邦文献有深邃之研究，專家
說為安徽近山陰，而廣東全國汪姓皆出於安
徽，唐代越國公之後，若云安徽汪姓有多枝，了
廣東似可作一炭若于安徽文献之研究，似此意
亦講不上耳。
第山补外排印本已找得若干，會即傚
著安。 弟宗衍 九月三日
思政先生代為致意

九月十日

貴忱先生：

九月六日午函奉悉。

翁山詩文爲第一炮，弟以爲詩的標點較易，文則稍難，但肯會商提出，亦屬易事。若以康熙本校宣統排字本（已覓得否），則需青年人爲之，逐字讎對，較老年人細緻（老人易走眼）。至於定其是非，則非老年人不可。若有某些問題儘可來函相商。不長途跋涉，然弟年内必到穗一行耳。至於安徽文獻，弟本外行，若在委員會忝陪末席亦不敢當，望勿爲我吹嘘，以免貽笑大方。弟舊有汪華越國公（全國汪姓均其後人）畫象照片一張，曾以寄贈汪世清先生，弟亦無副本，他日當囑其寄存徽會保存也。大作《創辦廣東錢局考略》[一]先睹爲快。即頌

撰安

弟衍　中秋

【注釋】

[一]即王貴忱一九八四年撰《張之洞創辦廣東錢局考略》。

贵忱先生：九月六日手书悉。

翁山诗文为第一说，弟以为诗的标点较易，文的稍难，但皆会商榷出，亦属易事。若以广东校宜编排字亦（已见得否），亦需青年人为之，遇字学对较老年人细致（老人易忘眼）。至于宜文显非，亦非老年人不可。若有某些问题，候于和来与相商。不长途跋涉，然弟年内必到穗一行。至于安徽文献，弟未外行，若任委员会参加会议未席，亦不敢当，望勿为我吹嘘，以免贻笑大方。弟旧有汪华（全国汪姓均[illegible]）越国公画象出行一种，曾以寄赠汪世清先生，弟亦欲就东，他日当家大寄存纸全保存也。大作剑光楼钱谱何日先睹为快。叩颂

撰安

宗衍 中秋

九月二十五日

貴忱先生：

昨覆乙函，計達左右。旋奉九月廿五日大札，敬悉一切。《永安次志》爲知縣張進籙纂修，其時各縣都有修志之舉（如梁佩蘭至陽春爲修志事），執筆必爲當地人士，而必經知縣審定，始能付印，其序文亦必當時知縣撰寫，故《翁山集》此爲張代作者也。官知縣者，對於志書體例多未熟悉，故請翁山至永安爲之定立體例，代爲審定，直至民國時代亦往往如此（如《高要縣志》及《佛山志》亦經先父翻閲，代爲作序）。其實翁山到永安不過半月，豈能搜輯當地事實耶？故此《志》云爲翁山著述之一亦可，不重印亦可。至於大札云拙作中有引吴蘭修語，云《志》爲翁山作，則不知載於第幾頁中？而《次志》原書弟未閲過，曾在《地方志綜録》《廣東通志》《翁山文外》知有此書而已。匆覆即頌

著祉

衍　九月廿五日

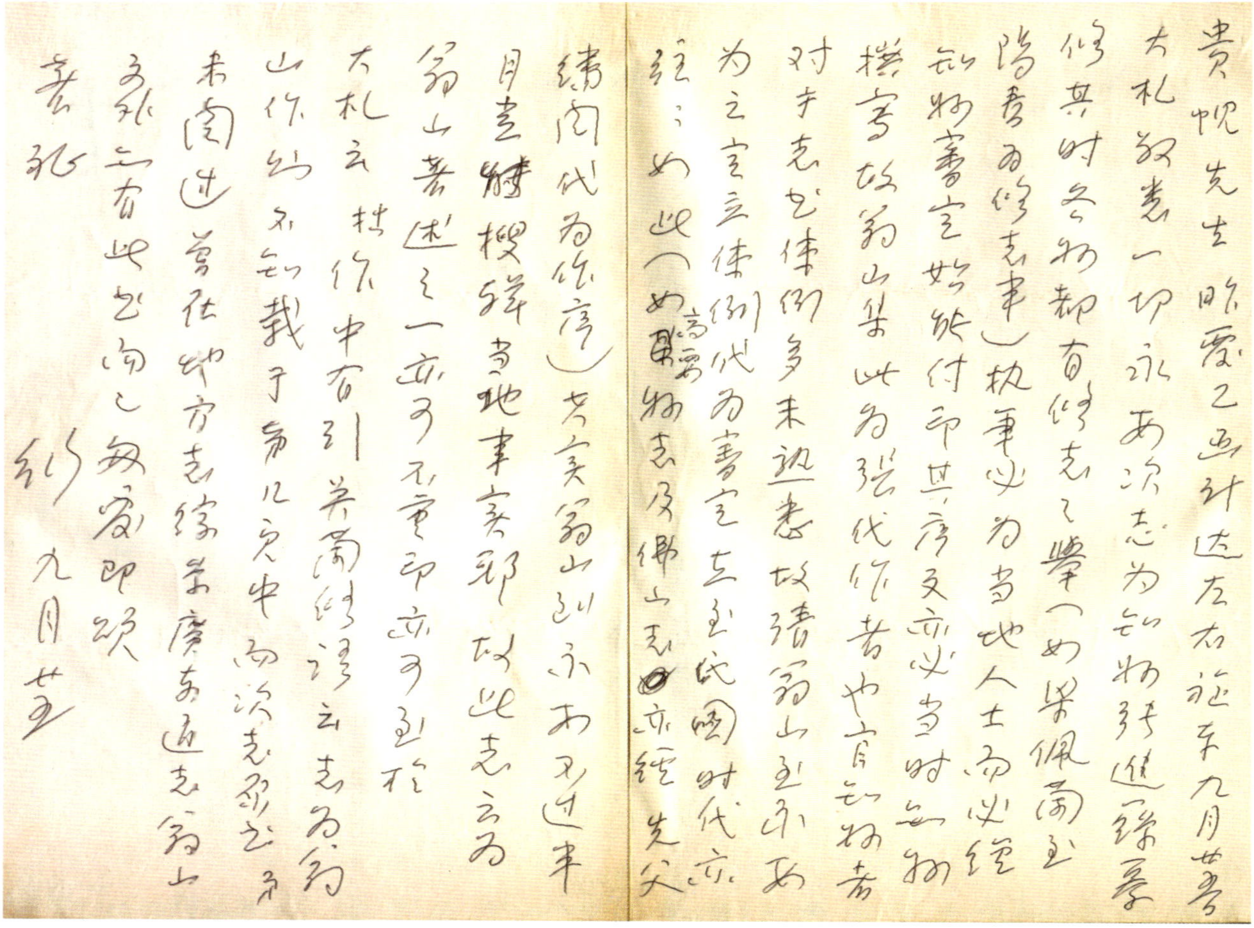

九月二十七日

貴忱先生：

九月廿三午函拜收。尊處既久未覓得屈《詩外》，兹已將複印本一包交郵挂號寄上，祈查收示覆。如弟返穗携回，因太重上落車不便，付郵較省事。去年（今春）某君來港，幸未到取，而弟乃能持此校勘乾隆《翁山詩略》一過（《詩略》内有佚詩，已全部複印寄上），否則要一番手續借閲耳。廣州複印比香港更貴。中央古籍小組匯來補助費，給我弍百元，至爲感激，但弟不應占多數，似以平分或弟減少爲宜，擬以若干贈與爲整理《年譜》之貴同事，乞代酌。餘款則存尊處，俟弟返穗，奉邀諸公小酌可也。

此次寄屈詩之大額郵票，如尊處不留存或有重複者，便中寄回爲荷。即頌

著安

弟衍　九月廿七日

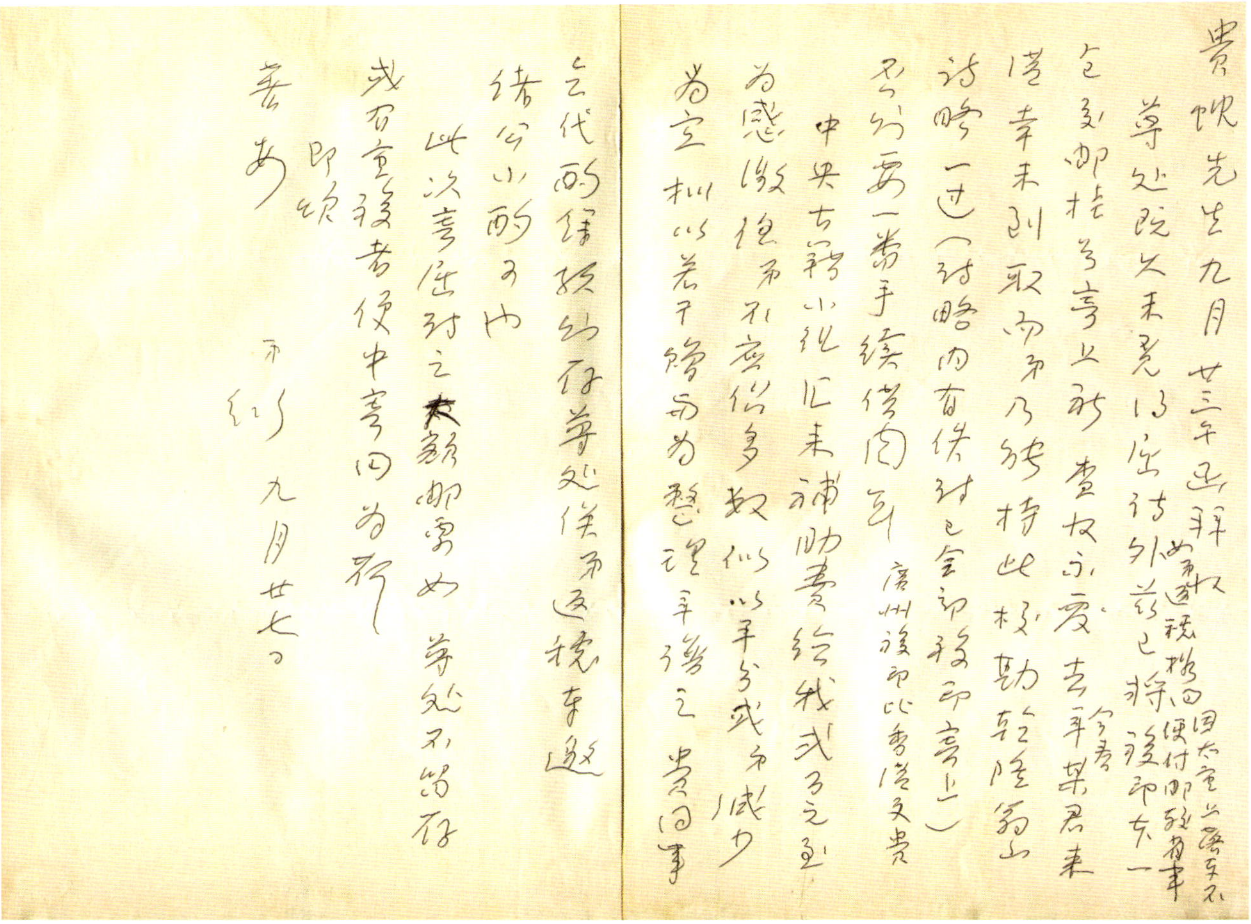

八日

貴忱先生：

《詩觀》《詩持》皆列入《禁書目》，載有翁山詩，舊曾校勘宣統本上，茲匆匆抄上，不足據爲典要，二書北京圖書館必有之，可托人複印歸來，但大部分與《詩略》《道援》……等相同，皆早歲之作也。

抄件携帶不便，故交郵寄上。匆匆。

衍　八日

《嶺南三大家詩選》《道援堂詩集》《翁山詩略》《明詩綜》《屈翁山詩集》《明詩別裁》《鄧漢儀天下名家詩觀》初、二、三集，《魏憲詩持》初、二、三集。

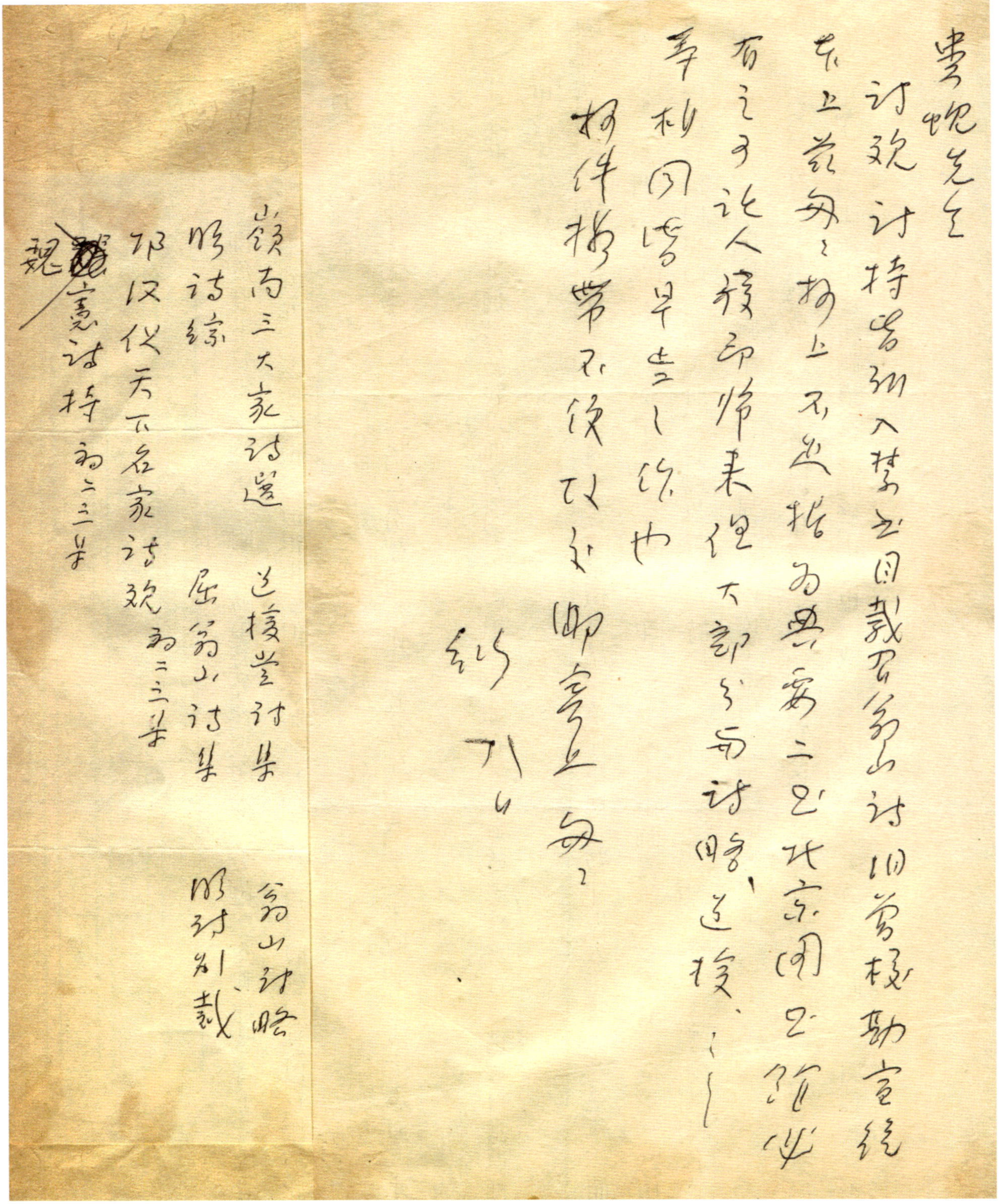
貴忱先生：
詩觀、詩持當列入書目，裁存翁山詩，曾校勘宣統
本上卷冊，柳亞子不迭指為無窮二，已北京圖書館收。此
有之于他人校印歸來，但大部分為詩略、道援、
等刊，同時早已作也。
特件請帶不便，敬求即宣正安。
衍 八日

嶺南三大家詩選　道援堂詩集　翁山詩略
明詩綜　屈翁山詩集　明詩別裁
鄧漢儀天下名家詩觀 初二三集
魏憲詩持 初二三集

十月二十一日

貴忱先生：

自上月得手書，即於廿七日寄上兩函，附《翁山詩外》複印本一大包，交郵挂號寄上，因卷帙頗重，不便携帶，雖花郵費十餘元，還比自携爲值得也。但迄今將一月，未接覆函收到，甚以爲念，此函寄到，望賜覆數行，以慰遠念。

安徽屯溪方滿棠來函徵稿，云「有一分學科規則」托先生轉我，迄未收到，豈大駕有北京訪書之行耶？

《翁山全集》進度如何？廣州方面濟濟多士，想已綽綽有餘，無待老拙嘵舌，稍暇自當返穗一行，聆聽先生與思政先生教益。

坊間忽發現宣統扶輪社本《翁山詩外》，索價奇昂，弟往檢視，乃知失去二册（七絶），而敝藏舊本曾持贈曹某（澳門文獻專家），從中文大學假出複印，亦寄贈中山圖書館。爲《翁山全集》之用乃與諧價得之，遂從曹君借回複印七絶兩册，發現弟曾以《詩持》《詩觀》《詩綜》三家詩選校過誤字。《詩持》《詩觀》爲禁書，乃陳顒庵藏本，不易多見，日内擬全部借回補録新得本上。

因翻閲《詩外》，遂寫成《讀〈方以智年譜〉——關於屈大均詩章及其它……》一文。又發見舊作《年譜》有所更正，另紙録上，祈轉貴友爲我修正之也，感甚！因知一天未放手人間，《屈集》真不可須臾離也。幸得回新本，否則讀《方譜》心癢癢了，一笑。

即頌

台安

弟衍　十月廿一日

佇盼

福音

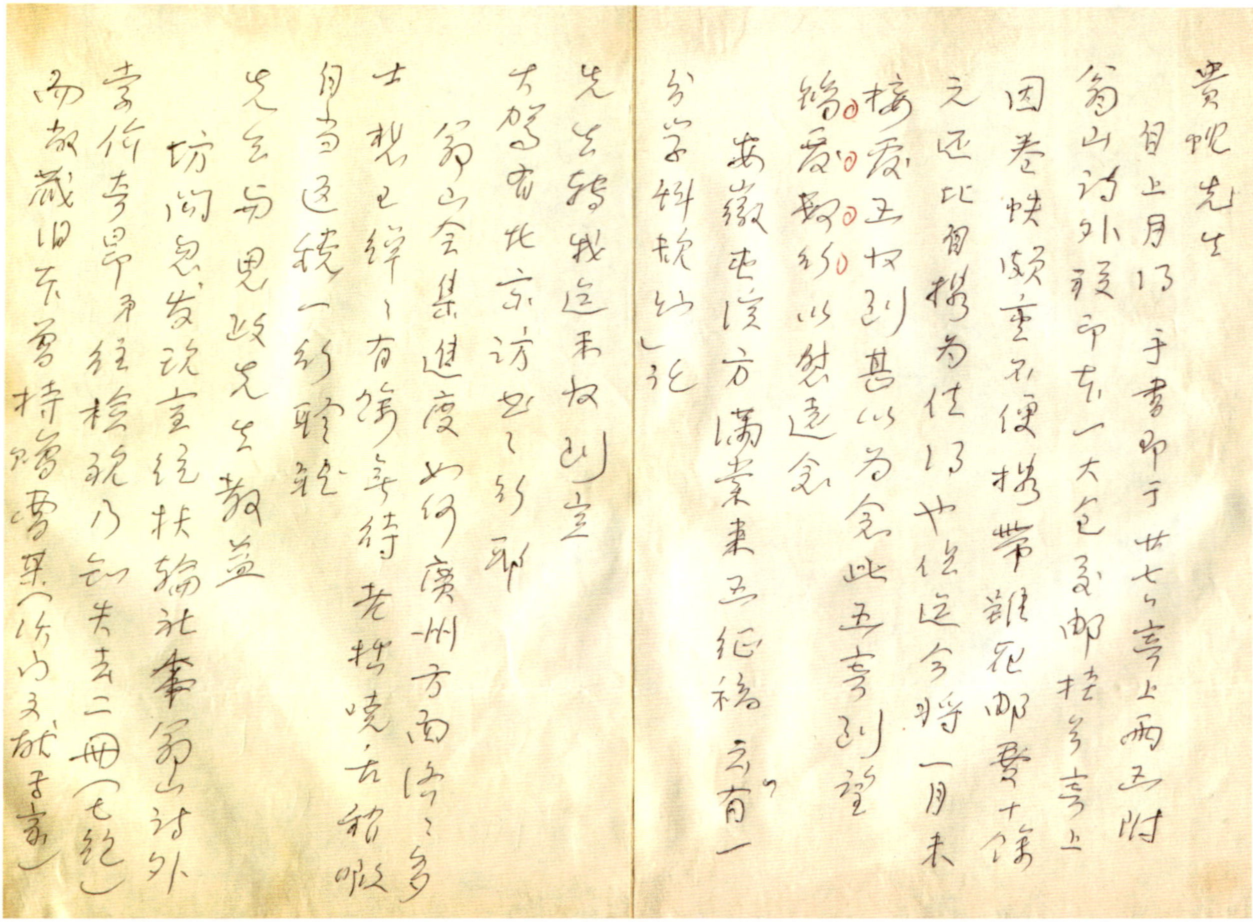
贵忱先生：
自上月13手书即于廿七日寄上两函附
翁山诗外残本一大包邮挂号寄上
因卷帙颇重不便携带虽花邮费十余
元还比自携为佳得也但迄今将一月未
接覆函收到甚以为念此函寄到望
赐覆数行以慰远念
安徽屯溪方满棠来函征稿 亦有一
分学料较好之论
先生转我迄未收到岂
大驾在北京访书之行耶
翁山全集进度如何广州方面诸多
士想已纷纷有结果专待老拙晓去结啦
自当迳送一份聆教
先生与思政先生教益
坊间忽发现宣统扶轮社本翁山诗外
当作者即手经检视乃知失去二册（七绝）
而故藏旧本亦曾持赠曾某（沦为文献子家）

从中立太子傲出後印就壽贈中山圖書館
两節全梨之用乃另備信約13之遂从壽兄
信約後七絕雨册发就予壽以持詩說
計绘三家詩送報逆誤詩持說有林書
乃陈颜广成无不為多兄內裡全部信
回补尝計13左上
因缮內計外遂予成了讀方以智年譜弓
一若于座大的計室及文室乚一夾又

发兄明年譜有於更正另纸當上新
特貴友為我修正也感甚因知一天未
放手人阅星楽去无夕领聊窝甲辛巳回
計去去到凟方譜心辭乚了一夾
即颂
文安
竹明
福音
月乡13十月廿一

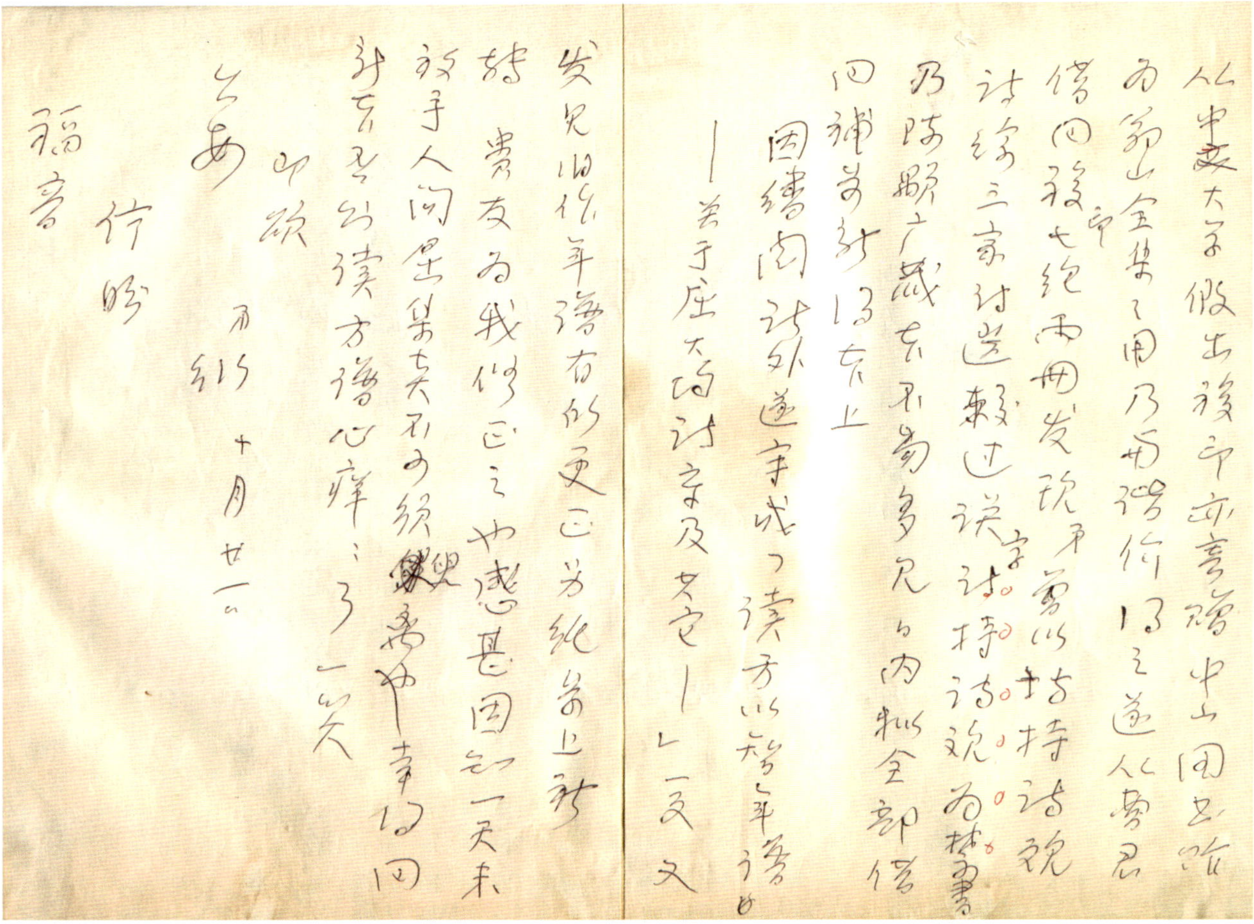

十月二十四日

貴忱先生：

昨接歐公電話，知《翁山詩外》複印本已達記室，至慰。弟廣州行期初意在秋凉，值十月十五日後一月爲交易會之期，旅舍擠逼，故遲遲未定。弟以七七歲齡，步履未穩，旅行登陟需人扶掖，且弟畏寒，衣物不少。承歐公雅意，已與誼女陳女士商定，於十一月十六日或十七啓程（頭班直通火車），由其夫婿林君陪同住兩三宵，乘尾班直通車返港。擇此日期，以林君有周末及星期日兩天假期，祇請假一二天便可，不悉歐公屆時有暇否？乞代達示覆，以便訂購車票後再函奉告。去年承介在流花賓館居停，此行亦擬在該處也。

至於關於十二月在番禺開會問題，俟弟到穗面談。約略言之，粤人能文者無多，以詩言如馮敏昌、譚敬昭集近已難得，黄公度等已刊。就文獻言，則郭棐《名勝記》及新安、香山、東莞志。如有康熙修本似可影印，較排印爲省事，煩與歐公先爲一談。

如精神許多，弟擬每年回鄉一次。此行無别事，除面我兄與歐公談《翁山集》事外，擬與文史館柯沂、陳謙、葉廣良、劉逸生諸公叙餐一晤（以前未謀面），并談香港方面有輯刊《續廣東文徵》事。又擬晤親人家姊與舍侄德亮（曾充華南師院副院長。黨員，現已退休）見面叙餐，有時間則到越秀山諸名勝重游，大約三四日可耳。

即頌

著安

宗衍　十月廿四日

歐公均此，乞代候。佇候示覆。

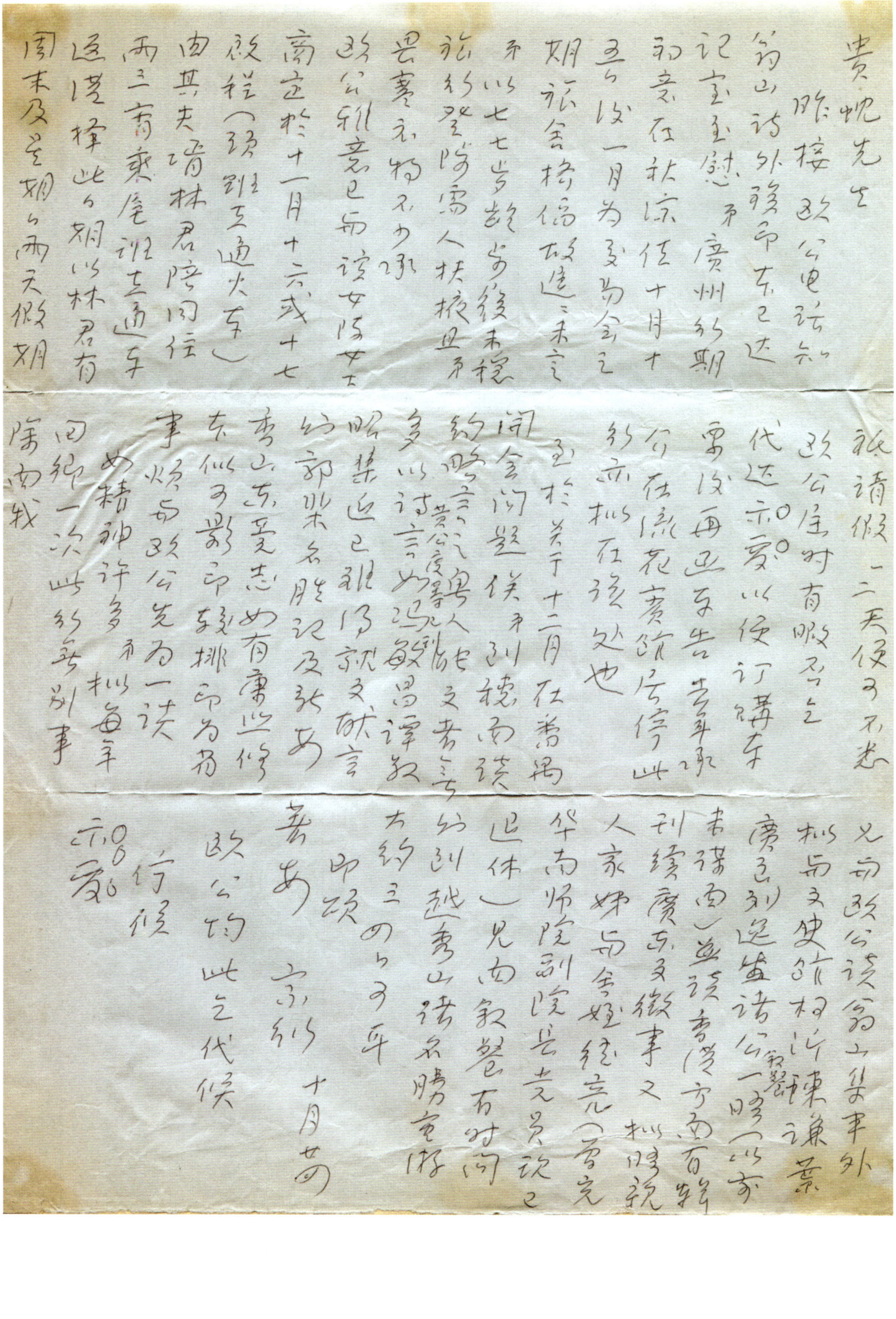
贵忱先生：
昨接欧公电话，知翁山诗外孙印本已送记室，至慰。弟广州行期，初意在秋凉后十月十五后一月为更为合适，期旅舍检偏坡造未定。弟以七七岁龄，步履未稳，旅行登临需人扶掖，且弟患痿，不能不加小心。欧公私意已与诗女陈女士商定，於十一月十六或十七启程（须避免过大年），由其夫婿林君陪同往两三宵，就居讯吉过年。适从择此日期，以林君有周末及星期日两天假期，祇请假一二天便可。不悉欧公住时有暇否？代达知照，以便订购车票，后再函奉告。若车抵公往流花宾馆后停，此行亦拟住该处也。至於若干十二月在香港开会问题，俟弟到穗面谈。约晤言黄公度（黄公度曾孙）人研究者，多以诗言，如冯敏昌、谭敬昭、叶近已排印，就文献言，约郭[illegible]名胜记及歌曲。香山、东莞志如有意此修，本似可影印，较排印为易。事烦与欧公先为一谈。如精神许可，弟拟每年回乡一次，此行无别事陈函我。
兄与欧公谈翁山集事外，拟与文史馆相近陈[illegible]广[illegible]到避，并请公（[illegible]）一晤（以前未谋面），并谈香港方面有辑刊续广东文征事。又拟晤说人家妹与令侄[illegible]亮（[illegible]亮华南师院副院长[illegible]之退休），兄面叙。暂有时间，约到越秀山诸名胜[illegible]，大约三四日可毕。即颂
著安
宗衍 十月廿四
欧公均此，乞代候。
伫候
示覆。

可居室藏汪宗衍致王貴忱函

十月二十五日

貴忱先生：

十月十八日大札奉悉。大作錢幣文已略讀一過，以字細未能詳（今年已換老花鏡）。關於《清史稿·食貨志》之誤，拙作已略言之。《番禺縣續志》載其發行情况頗詳，似未參考，或已詳入張集中矣。八月初三乃張之生辰也。另郵寄《翁山年譜》一册，乞轉思政先生，記得曾已寄贈之，港寓無書矣。前記改正《屈譜》一紙，想已轉交，念念。《牧齋年譜》不知何處出版、著者人名，弟未見此書也。弟擬十一月十六或十七來穗，老人步履不穩，行動不便，必需與人同行，否則一蹶，大不得了。即頌

著安

弟衍　十月廿五日

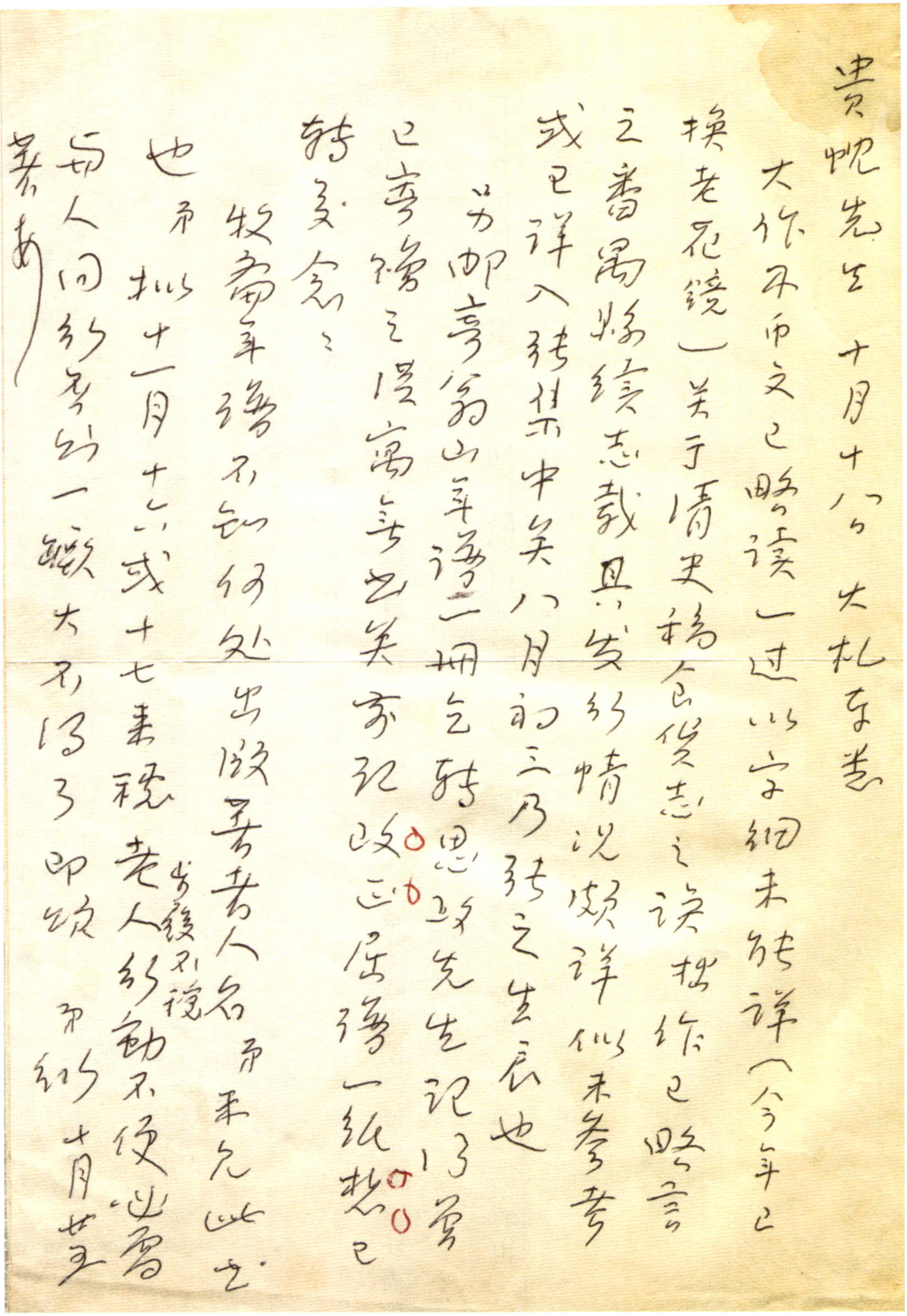

貴忱先生：十月十八日大札奉悉。

大作示幣文已略讀一過，以字細未能詳（今年已換老花鏡）。關于《清史稿·食貨志》之誤，拙作已略言之，《番禺縣續志》載其發行情況頗詳，似未參考，或已詳入結集中矣。八月初三乃結之生辰也。

另，御亭翁山年譜一冊乞轉思政先生，記得曾已寄贈之，但寓無此矣。前記改正屈譜一紙，想已轉交。念念。

牧齋年譜不知何處出版，著者人名，弟未見此書也。

弟擬十一月十六或十七來穗，老人行動不便（步履不穩），出需與人同行，當約一敘，大不得了。即頌

著安

弟 衍 十月廿五

十月三十日

貴忱先生：

不列日函悉。

《永安次志》既擬列入《全集》，則翁山尚有《廣東文選》，尊意以爲如何？

《詩觀》《詩持》異文日内當録出寄上。

張之洞錢幣資料可查《番禺縣續志》，弟手邊無此書。

《錢牧齋年譜》要有出版處及著書方能尋找，衹可托人爲之。弟步履不便，極少閲舊新書市，衹偶到三聯而已。

來函言《全集》體例事，乞示知大略，以便思考。老耄廢學，臨時「面考」，恐難奉答也。

修訂《翁山年譜》，貴友能爲弟着手否？筆金擬多贈之，俟面談。

一二日内即去訂十六日頭班直通車票，遲恐買不到了。即頌

大安

宗衍　卅日

歐公均此附候。

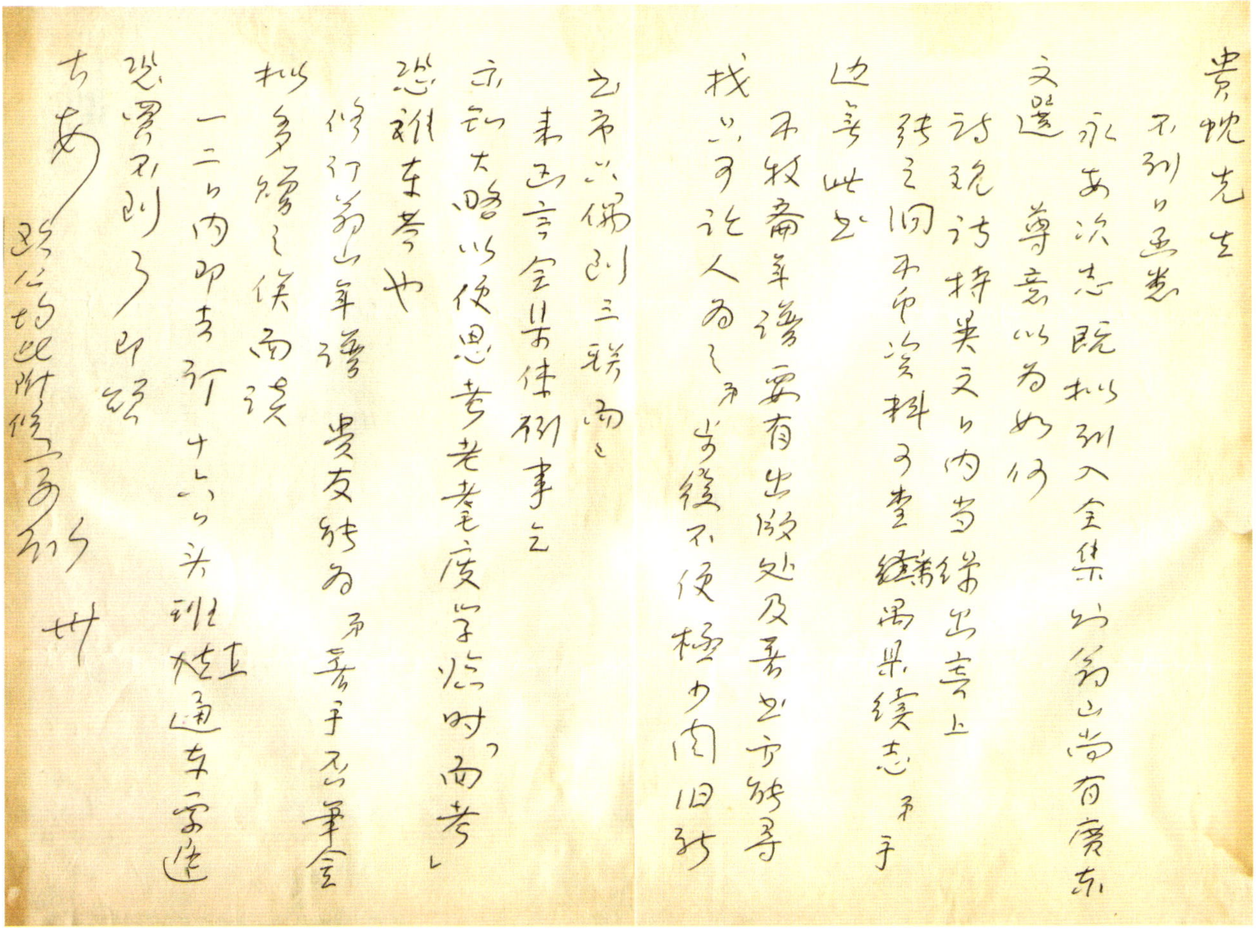

無日期

貴忱先生：

十月廿五日函誦悉一切。

頃因誼女陳潔玉之父在番禺患病，入市橋醫院，趕於十一月九日中午（一時開行）班直通快車返穗，故弟提前於是日與潔玉夫婦等同行。經今日三時半後發電報奉告，特再寫此函，盼代爲轉陳歐公爲盼。住三晚返港，請即與歐公商定晤面日期，以便弟到穗安排私人與親友一叙，前已函詳。

關於張之洞在粵事迹，詳見《張文襄公全集》及《廣雅堂弟子記》《張之洞年譜》等。至於與梁節庵（鼎芬）關於[一]，可於《節庵先生遺詩》鈎稽得之。弟手邊多無書本，然來函云與潘飛聲[二]關係，弟未詳，似潘未能與張攀上聯係也。

方滿棠已寄學科規則來。

匆匆即頌

大安

弟　宗衍

【注釋】

[一]於，應爲「係」。

[二]潘飛聲（一八五八—一九三四），字蘭史，廣東番禺人。詩人、書畫家。

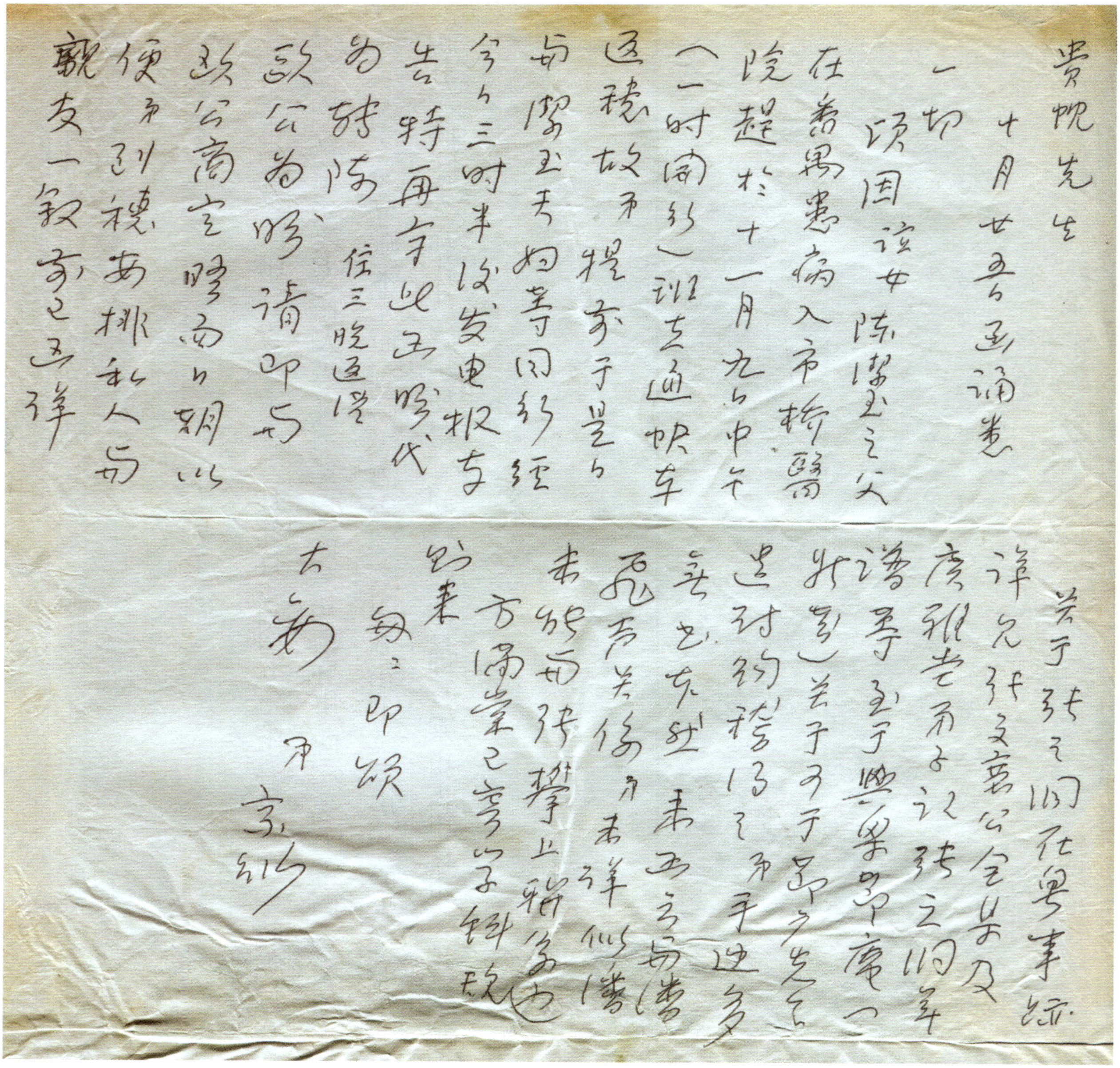

贵忱先生：

十月廿五日函诵悉一切。顷因该女陈洁玉之父在番禺患病入市桥医院，趁于十一月九日中午（一时开行）班直通快车返穗，故不得不于是日与洁玉夫妇等同行，经今日三时半后发电报与告，特再寄此函，暂代为转陈（住三晚返澳）款公为盼，请即与款公商定时间，以便不到穗安排私人与亲友一叙，前已函详。

关于张之洞任粤事迹，详见张文襄公全集及广雅丛书本之张之洞年谱等。至于与粤中节庵（梁鼎芬）关系，可于节庵先生遗诗约稿得之，可乎？近多无甚东西来，未见与潘飞声关系，可未详。似潘未能与张攀上关系也。方[illegible]棠之字[illegible]

[illegible]来

匆匆即颂

大安

弟宗衍

十一月四日

貴忱先生：

昨拍一電報及航函，告知定十一月九日（周五）第二班（即一時零五分開行，約四時許到）直通快車返穗，聆晤教益。票係托人購買，當時曾囑其預訂房間，晚上電問，始知在港預流花館房三天要加手續費約百元。現交易會雖未完而有高級酒店，數問流花不虞無房，故未代訂。特發此函，不知廣州情形如何？如要預訂，盼托人爲代訂壹房便得，同行諸人皆即日乘車去市橋也。瑣瑣奉瀆，感謝無既。祝

好

弟衍　四日早

贵忱先生：

昨柏一电报及航函告知之十一月九日（周五）第二班（即一时○五分开约四时许到）之直快车过穗，聆教益，要带行人购买当时黄女须订房间，晚上电询始知往港须流花馆房三天要加手续费约百元，现交单亦割未完，而有高级酒店，按询流花不会无房，故未代订，特发此函来，未知广州情形如何，如要须订，盼托人为代订，要房便得，同行诸人当即上车来去市接也。琐琐奉渎，容谢知照，祝

好

不纫　四早

無日期

貴忱先生：

十一月一日函奉悉。

承爲安排居停地點，至感，乞代向歐公致意。同行諸人皆即日返市橋探病，僅弟一人留穗，以後每日舍侄會來住處同外出扶掖，一切飯食問題多在外較便，到時再算。弟私人訪親友當自備車。

大作張之洞文早已收到奉覆，并告以《番禺縣續志》《廣雅堂弟子記》有關於廣雅書局、錢局資料，未悉收到否？

已訂九日（星五）一時開行（即第二班）之直通快車車票，約四時到達。

《翁山年譜》已郵上二册，如果行李不多，可再携一册，此處除自存本無他本了。

《錢牧齋年譜》事已即電中文大學文物館友人代查出版處及作者，俟得覆始可托人代買，先告。即頌

大安

衍

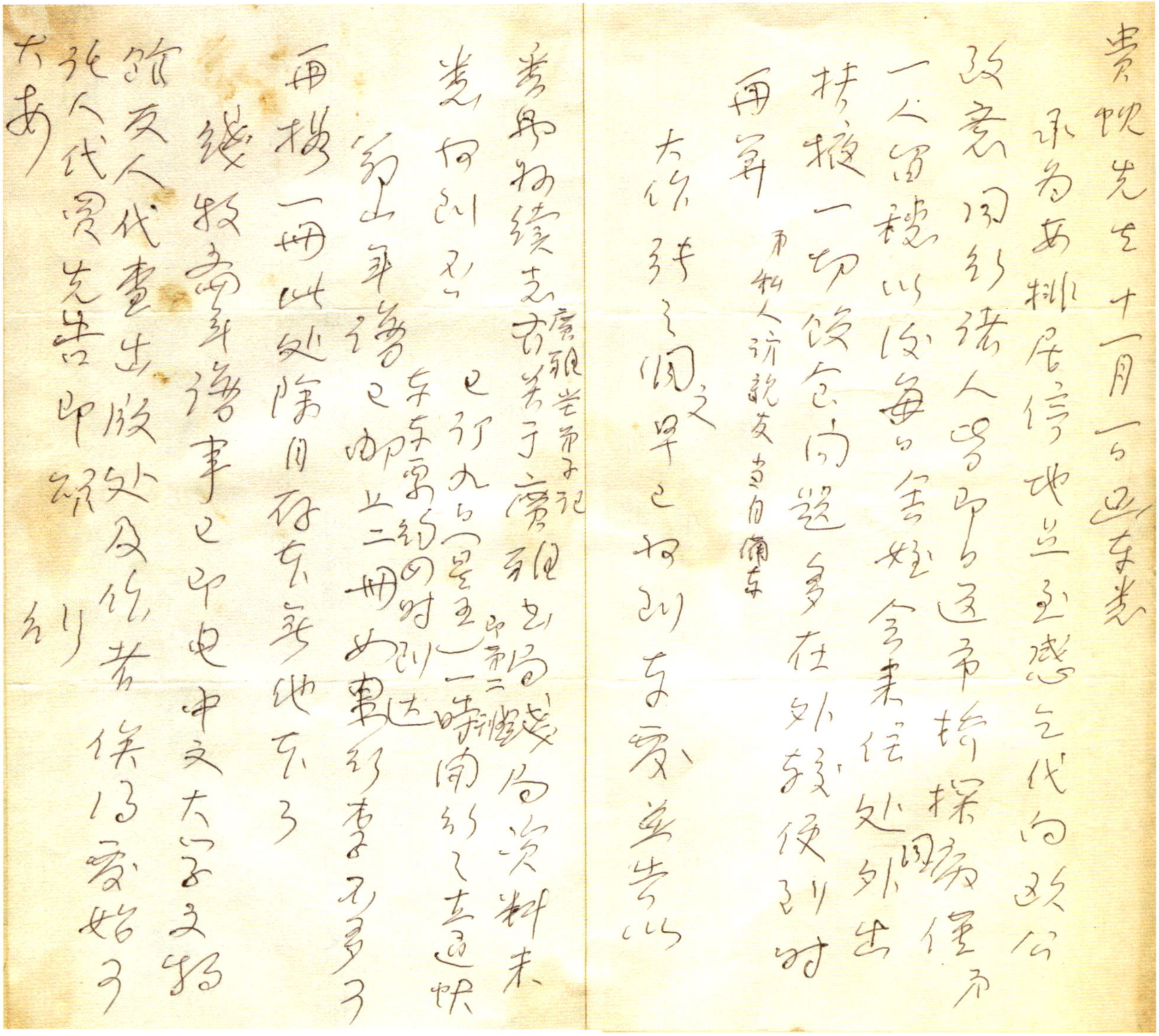

無日期

貴忱先生：

返港後，曾上乙函并複印件，計已收到。《詩外》宣統本與《道援堂集》《明詩綜》……等間有異同，又有排印手民之誤，弟曾草校一過，兹録上藉參考，并付趙君。至於《詩觀》《詩觀[一]》爲禁書，粤中不易得，日内當將其印於宣統本部分及佚詩，請北京汪世清覆校一過，弟與世清有交情，想能代辦。

辱荷垂愛爲弟整理《翁山年譜》，銘銘五中，挩誤部分自可修正，移改部分或可剪貼，手續較簡，趙壇福[二]君年富力强，請其料理何如？將來弟奉筆金。

廣州酒家席上，歐公言十二月份内在市橋有一座談會，惟是月下旬有「耶酥誕」，香港放假幾天，回鄉者極衆，不易買票，如訂賓館房，恐亦不易。

細閲舍侄來函，流花房租仍五十元一天，用人民幣（打證明），弟付則要外匯券了。乞代向歐公致以謝意。祝

好

弟衍

再者，黄翁《近代名人手札》王秉恩與梁節庵書複印奉覽，曾電詢，僅存一部而已。《牧齋年譜》未付來，詢悉爲葛某撰，先刊於清末《國粹學報》者，頗簡略。據臺灣出版《年譜目録》尚有牧齋文附刊本及一九三四年版本，不易得（三本國内年譜索引，兩部均不載）。至於來函所謂香港某學者新撰者，中文大學無之，明日將面托友人去香港大學一查，若再無之，則無法代覓矣。

趙君告我《詩外》複印本有缺頁，不知係我漏印，抑宣統本所據康熙本缺頁，康熙本缺頁係七律《食荔罷……》詩題，弟有抄存。

又啓者：

一、晤歐公請代致謝意。宴席間曾蒙歐公詢及香港利榮森先生（利銘澤之弟）藏品，衹答以某某數種，但記其藏有石濤設色金陵十景（或八景）册，有名人對題，極精品，曾影入《中文大學學報》中，請代爲報告。

二、十二月内如有市橋之行，請預早十日前通知，因此間中國旅行社要七日前訂票，并且要托熟人去訂票，如不托人，衹可買得尾班車票，到穗已將入黑矣。而且取票要在車行前二日，所謂退票，没有這回事（見旅行社收據）。

三、關於住宿問題，我不限定住流花賓館……如有機構招待所，望預先通知，如不安排住招待所，我則住流花，房租自備，以便携回若干外匯應用，因流花房租比去年約加百份之八十，若動用公帑，甚不安也。

四、旅行携帶衣物要他人爲我代勞，又上落車要人扶持，所以要一人同行較方便，仍自買來回車票。

五、《詩外》宣統本有錯字，我曾略爲訂誤，稍遲當酌録一些奉上，以供參考。

六、《詩觀》《詩持》爲禁書，廣州會没有，前校者恐不完備，弟擬將兩書之詩見於宣統本者複印，寄北京友人，托他校對。禁書複印恐不可能，抄寫太過累人。

【注釋】

［一］觀，應爲「持」。

［二］趙福壇（一九四三—二〇二三），廣東臺山人。廣州大學教授、原《廣州師院學報》主編。

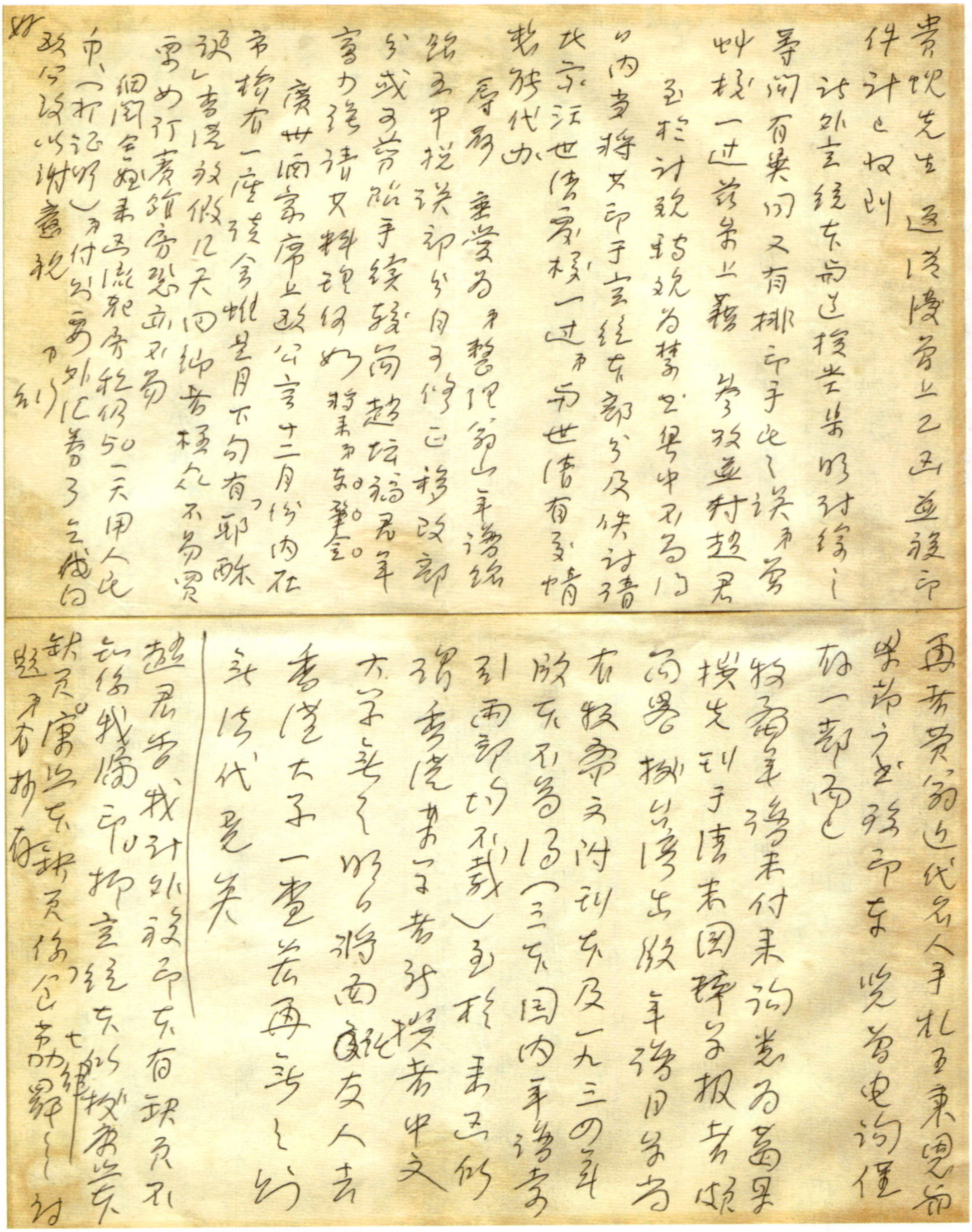

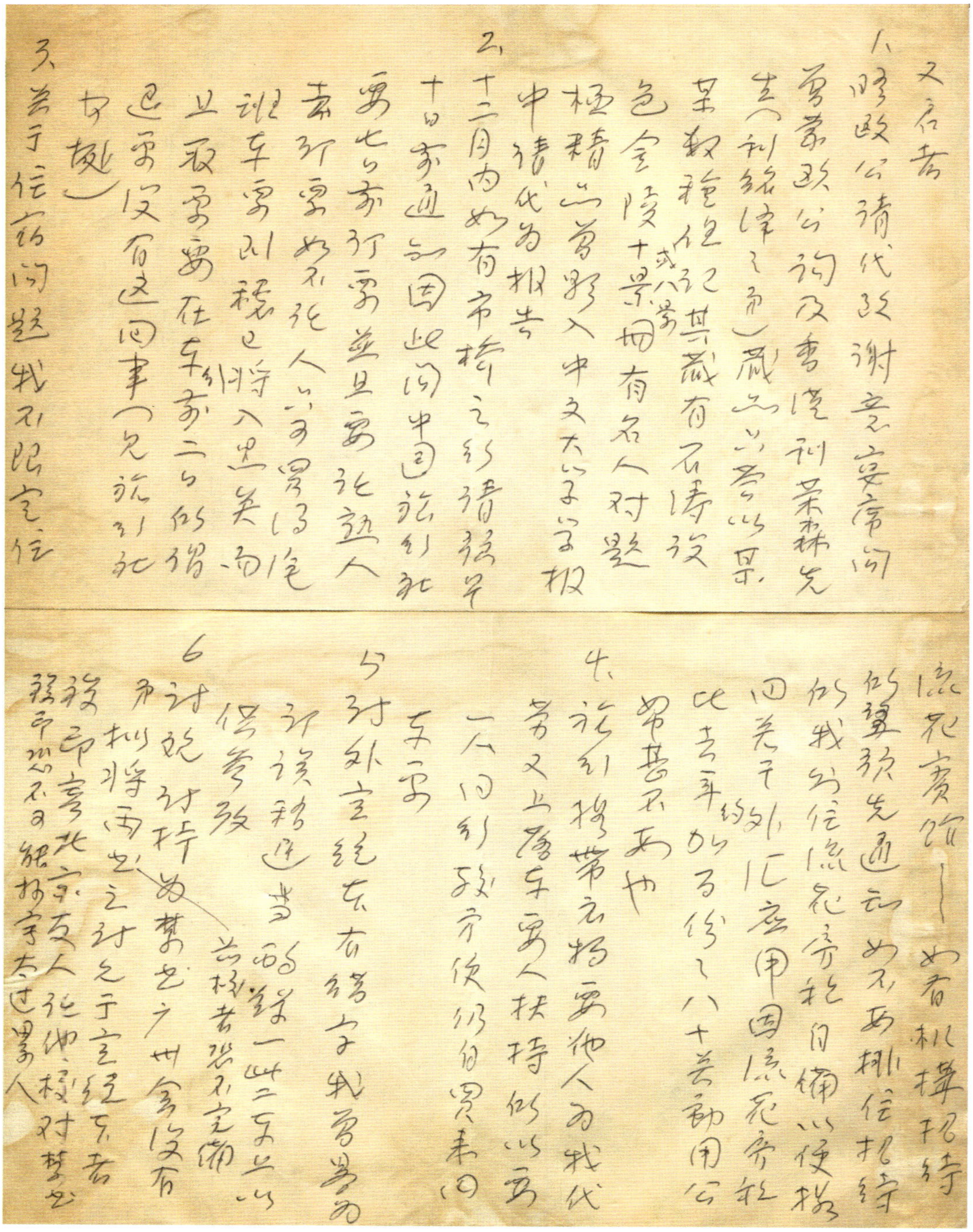
又启者

1、晓政公请代致谢意。要常问曾荣政公询及香港利荣森先生（利铭泽之弟）藏品，以吴荣叔稽侣记其藏有石涛设色金陵十景（或八景）册，有名人对题，极精品，曾影入中文大学学报中，请代为报告

2、十二月内如有市桥之行，请预早十日前通知，因此间中国旅行社要七日前订票，并且要托熟人去订票，如不托人，只可买候补车票，则颇为难。将入黑关，而且取票要在东方二日所备，过票没有这回事（见旅行社布规）

3、关于住宿问题，我不能定住流花宾馆——如有机会携托转的，望预先通知，如不要挂信托转的，我以住流花宾馆自备以便拨回。关于外汇，应用中国流花宾馆比去年约加了八十元，动用公帑甚不安也

4、旅行携带之物要他人为我代劳，又至广东要人扶持，所以要一人同行较方便，仍自买来回车票

5、对外宣传东方者错字我曾为订误，稍迟当函寄错一些二字，以供参考（当校者恐不定备）

6、讨论对梓如艺也之世会没有书揣将画也之讨论之于宣传东方者，翁印亭北京友人张伸校对艺也，张序恐不可能将字太过累人

十一月十四日

貴忱先生：

穗垣獲聆教言，至快！

一、《文外》備忘一紙、複印潘耒《救狂砭語》關於翁山佚文一帙奉上，祈察覽，并與諸公共酌之，多已簡在矣。

二、《錢牧齋年譜》事詳另函。

三、關於《詩外外編》……等管見另函詳。

即頌

著安

弟衍　十一月十四日

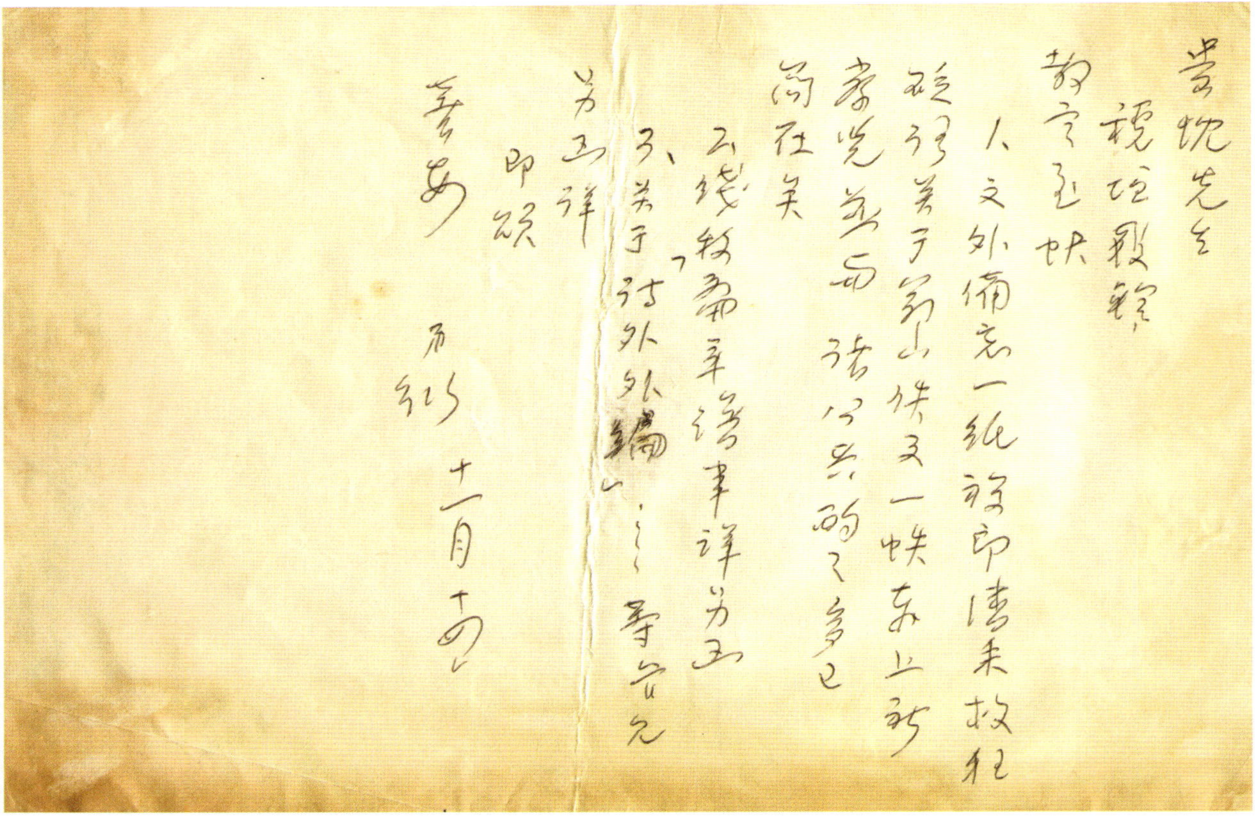
贵忱先生：
顷诵殷殷
教言至快
大文外备忘一纸旋印清来校核
想已著于翁山佚文一帙东亦新
审定无西诸公只为了多已
刊在矣
至钱牧斋年谱来详另函
又、关于诗外外编……等容允
另函详
即颂
著安
宗衍 十一月十四

可居室藏汪宗衍致王貴忱函

十一月二十一日

貴忱先生：

返港後迭發數函，計登記室矣。

忽憶惠下人民幣二百元未寫收條，茲奉上，祈查收。如此寫法合否？

《屈譜》又有二條待修正，奉上一紙，祈彙辨。

《屈譜》修正不少，累公不敢當也。如鄧端木兄年富力强，不悉其整理潤筆若干？弟當如數相贈，姑與一商何如？港寓已無《屈譜》，下月初返澳三天纔可携來。專此即頌

撰安

衍　十一月廿一日

茲收到王貴忱先生交來影印《翁山詩外》《詩略》及佚詩、佚文整理稿費人民幣弍佰元正。

一九八四年十一月十二日　汪宗衍

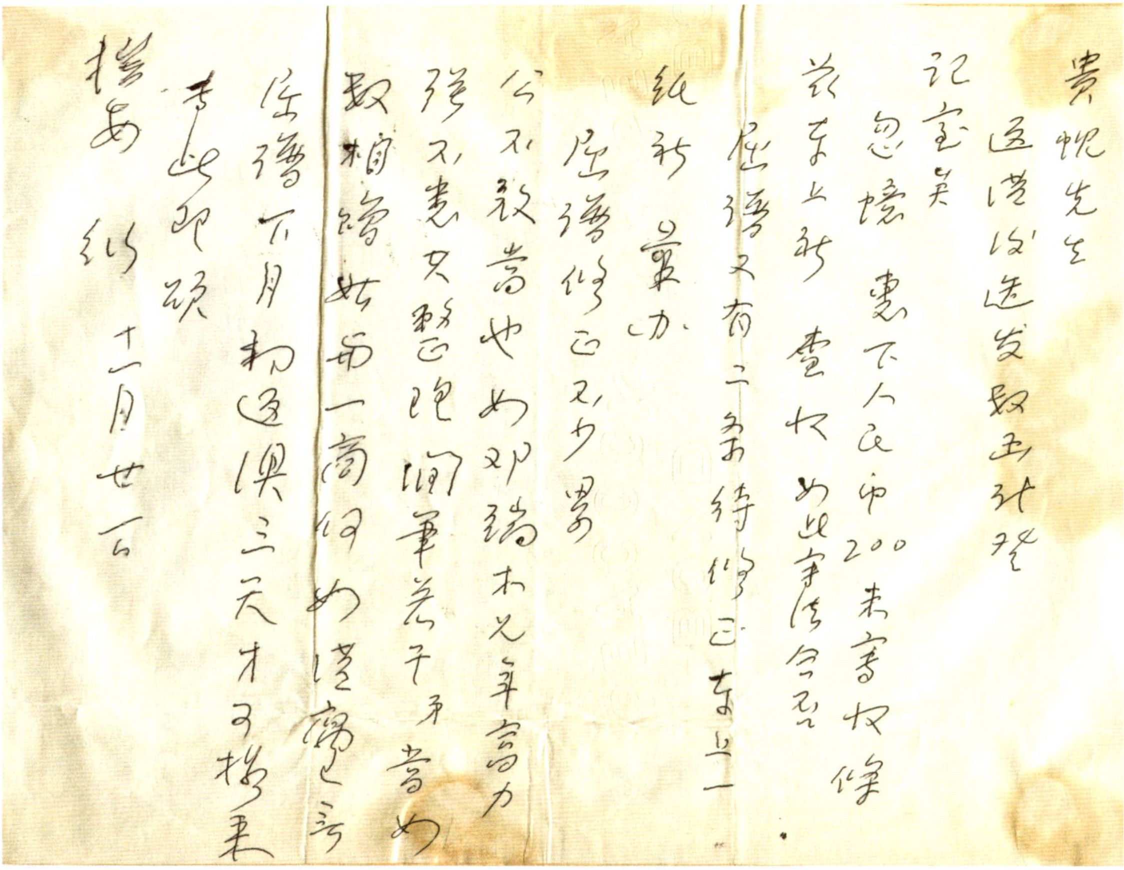
贵忱先生
返港後迭發數函計達
記室矣
忽懷 惠下人民币200未寄收條
兹寄上祈 查收 如此寄法合否
俗語又有二条待修正寄上一
纸祈 彙办
俗語修正又少量
公不殺當也如邓瑞亦允年寄力
強不惠只整理闻筆若干年當如
收稍繪如再一商何如谨寄之言
俗語下月初返渠三天才可接來
寄此即頌
撰安 宗衍 十一月廿二

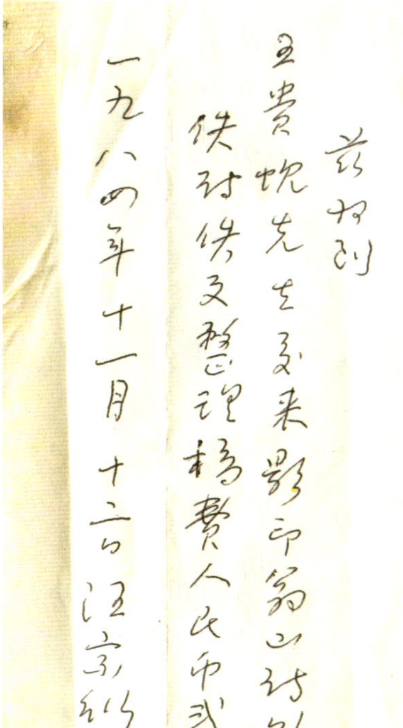
兹收到
王贵忱先生交来影印翁山诗外诗略及
佚诗佚文整理稿费人民币贰佰元正
一九八四年十一月十二日 汪宗衍

十一月二十七日

貴忱先生：

十一月廿二日札奉悉。

《文外》底本事，鄙意以嘉業堂本爲工作本，文亦較多，以此爲木板，又爲劉翰怡所刻，錯字較少。康熙本雖好，但各本互有多少（因康熙本爲散頁，本無頁次，隨手檢拾，互有多少），不如嘉業本齊全。但扶輪排印又多《嶺南游稿序》一文，則可入佚文（即《文外補編》）可耳（今既以康熙本爲工作本亦無不可，嘉本、扶本所多者列爲參校亦無不可，則不宜更動太大而已）。嘉本内有□，則以康本補正可也。

《詩外》必須以《明詩綜》《國朝詩别裁》《道援堂集》《翁山詩略》及《詩觀》《詩持》一校作爲校記，前四種易得（弟所校未必齊全），後二種已函托北京汪世清先生代校，頃得覆函，善本書庫入夏以來尚未開庫，俟開庫後即代校。此公甚扎實，不會失誤（弟曾介其到中文大學講學半月，機票、食宿及補助費HK均由大學供應致用，半月約三千）。又有三位藏家約其看石濤、漸江、八大書畫，渠爲此道專家也。

《文外》卷首有翁山手寫隸書序及篆書銘，貴友處有之，極好。弟曾手爲雙鈎，亦聊勝無而已。弟所見《文外》以徐信符先生藏本最爲初印，有隸書自序、篆書《文外》銘及四家題辭，《年譜》引入（嘉本、宣本均無）。

鄧秋枚藏《明清人扇集》（有影印本）著録翁山寫詩扇真品，詩亦爲《詩外》所無，前已抄呈。

好

潘耒《救狂砭書》録翁山文應以此爲準，前抄上者作廢。近有影印本，不難得。

近以家中有病人入醫院施手術，心緒不寧，不多及。祝

衍　十一月廿七日

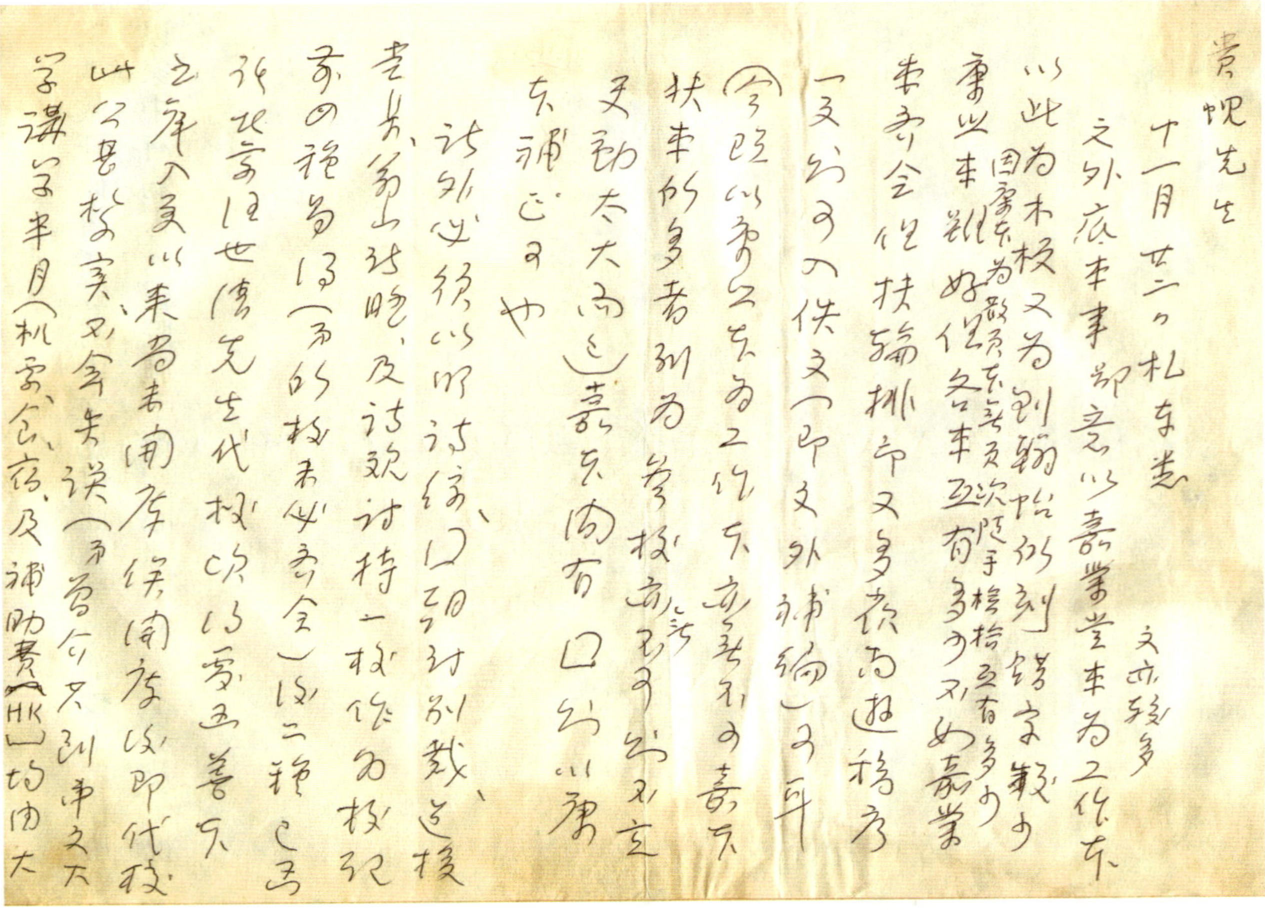
賞悅先生

學，係在改用（半月約三千）又有三位藏家約交看

不過係12、八、九二三，此之手家也

之外香港有鄧山手寺稿亦為及篆書館

當及處有之柱好而葉手為又約亦聊勝矣

向己

以兄為外以綠信付先生藏亦弟為約記（年後引八

右捧亦彦家亦文外紹及此寄題記（蓋不言

事的之

鄧萩校藏明清人的某（古將印亦）著

另萩山寺討論美品詩立為討處的妥等

之地以

清末校杜綻亦弟翁山文亦此為此家

柯止去作廢近去好記見不別的

近以家中書稿人入医院施手术忠緒不寧

妤

弟 十月芒

不盡及記

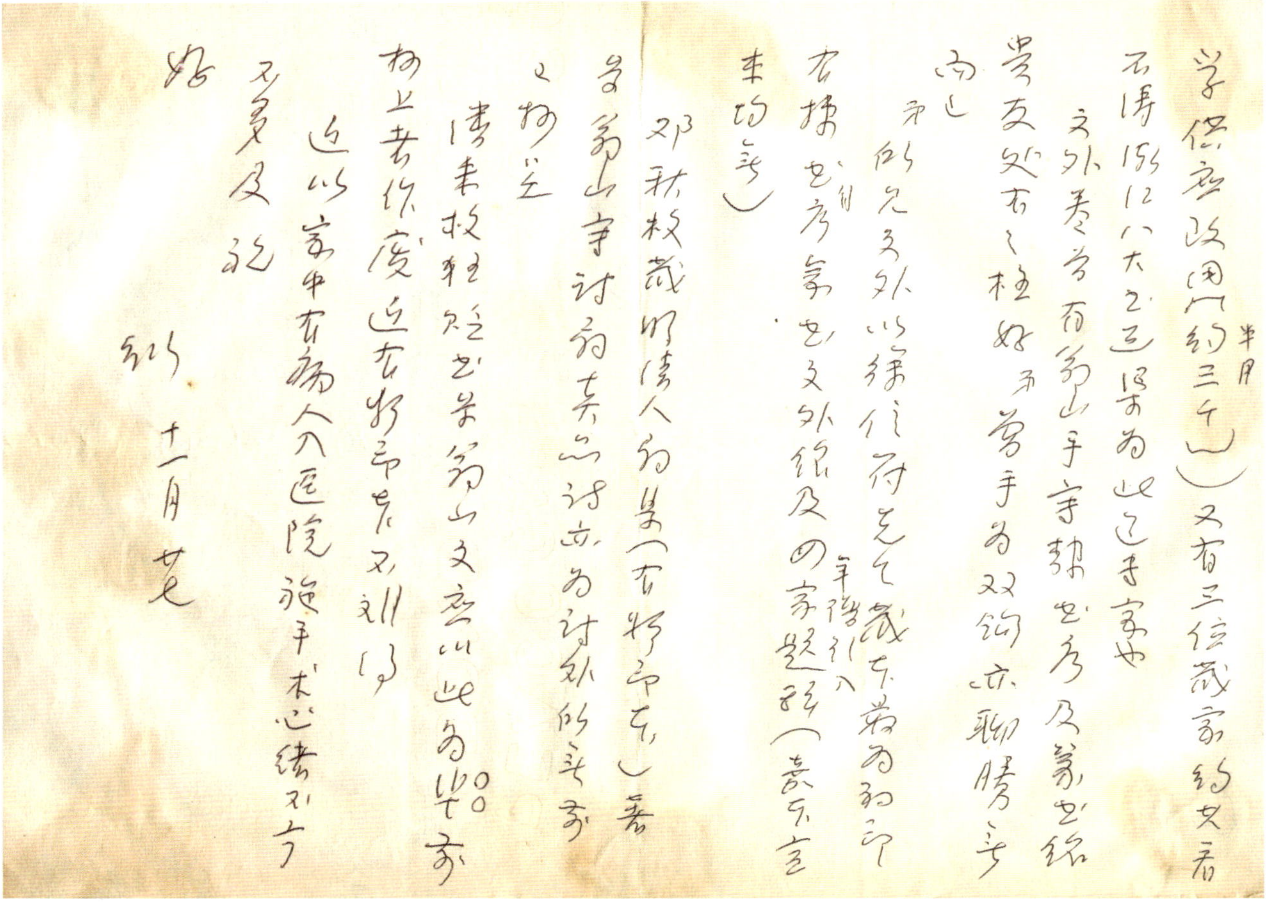

十一月二十八

貴忱先生：

昨匆匆發乙函，計已達覽。

今既以康本爲工作本，不過要抄一過，不若以嘉本，較爲省事且通行而已。康本流傳者互有多少，則當以多本康本參考，擇其最多者合成爲妙。前函言徐家藏本有隸書序、篆書銘及四家題辭，弟所見數本，惟徐有之耳。

《文抄》康本亦似有一誤，《高士傳》之《周翊傳》，字典無「翊」字，而《詩外》有贈周詡詩，似詡而翊字矣，請與諸公酌之。

衍　十一月廿八日晨六時

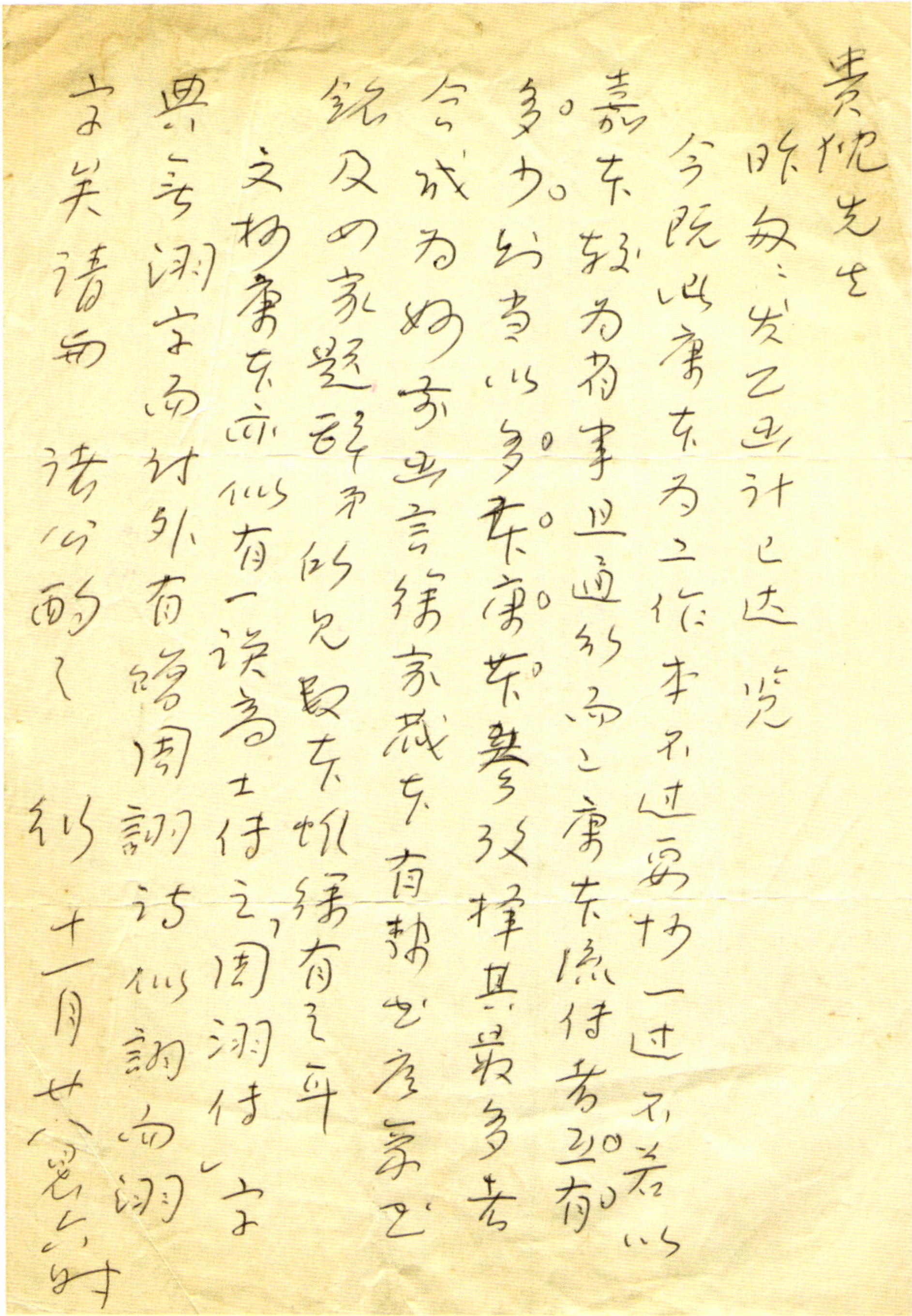
貴忱先生
昨奉手書，計已達覽。
今既以廣東爲之，作者不過要抄一過，不若以
嘉東較爲省事，且適於前之廣東係付香山，有
多少。如貴以多來廣東，錄其最多者
合成爲好。前此言錄家藏者有埶出庭家之
銘及四家題辭，而取兄取來帆錄有之耳。
文材廣東亦似有一誤，爲士付之周翊付「字
興宗」，翊字而討外有贈周翊詩，似翊而翊
字矣。請而 諸公酌之。 衍 十一月廿六晨六時

十二月一日

貴忱先生：

魏憲《詩持》載翁山詩十七首，已托人在北京抄出，經弟以宣統本校一過，并注《詩外》卷、頁，既有異同，亦有宣統本誤字，可列入《校記》中。《詩觀》抄到再寄奉。

《年譜》一三七頁九行，「贈爲」應作「賦爲」。

前抄上之《詩外》外編《暮春香山精舍》五律重抄，盼代删。祝

好

衍　十二月一日

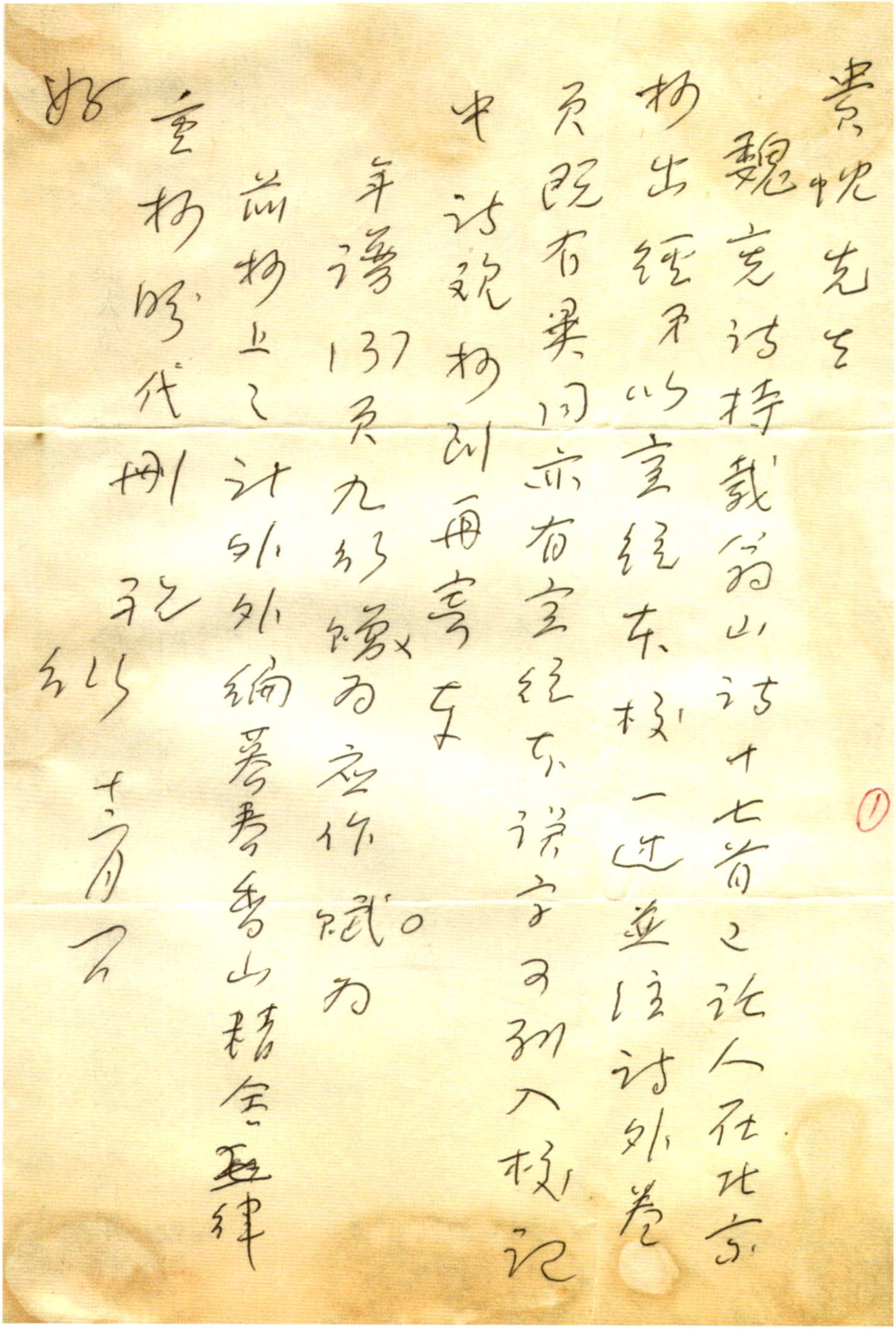

貴忱先生：
魏憲詩持載翁山詩十七首之許人在北京
抄出，經不以宣統本校一過，並注詩外卷
頁。既有吳刊，亦有宣統本誤字可列入校記
中。詩鈔排列再商之。
年譜137頁九行繳為應作賦為。
前抄上之詩外外編卷番香山精舍五律
重抄時代刪去。祝
好
宗衍 十月五日

①

十二月三日

貴忱先生：

修訂《年譜》有瀆大筆，甚感不安，前已面陳。頃思《年譜》有二類，一爲單行本，可附録佚詩、佚文及自序等；一爲附於全集後者，則可以不附録上列文字矣。故此譜宜當弟手自校訂，故前上修訂之件亦應統由弟自行料理。現已着手，年内可蕆事，放在案頭一個時期，如尊處要上繳稿件時，請預先一月函知，當即挂號寄呈審閲付去。專此奉聞，匆匆即頌

著安

弟衍　十二月三日早

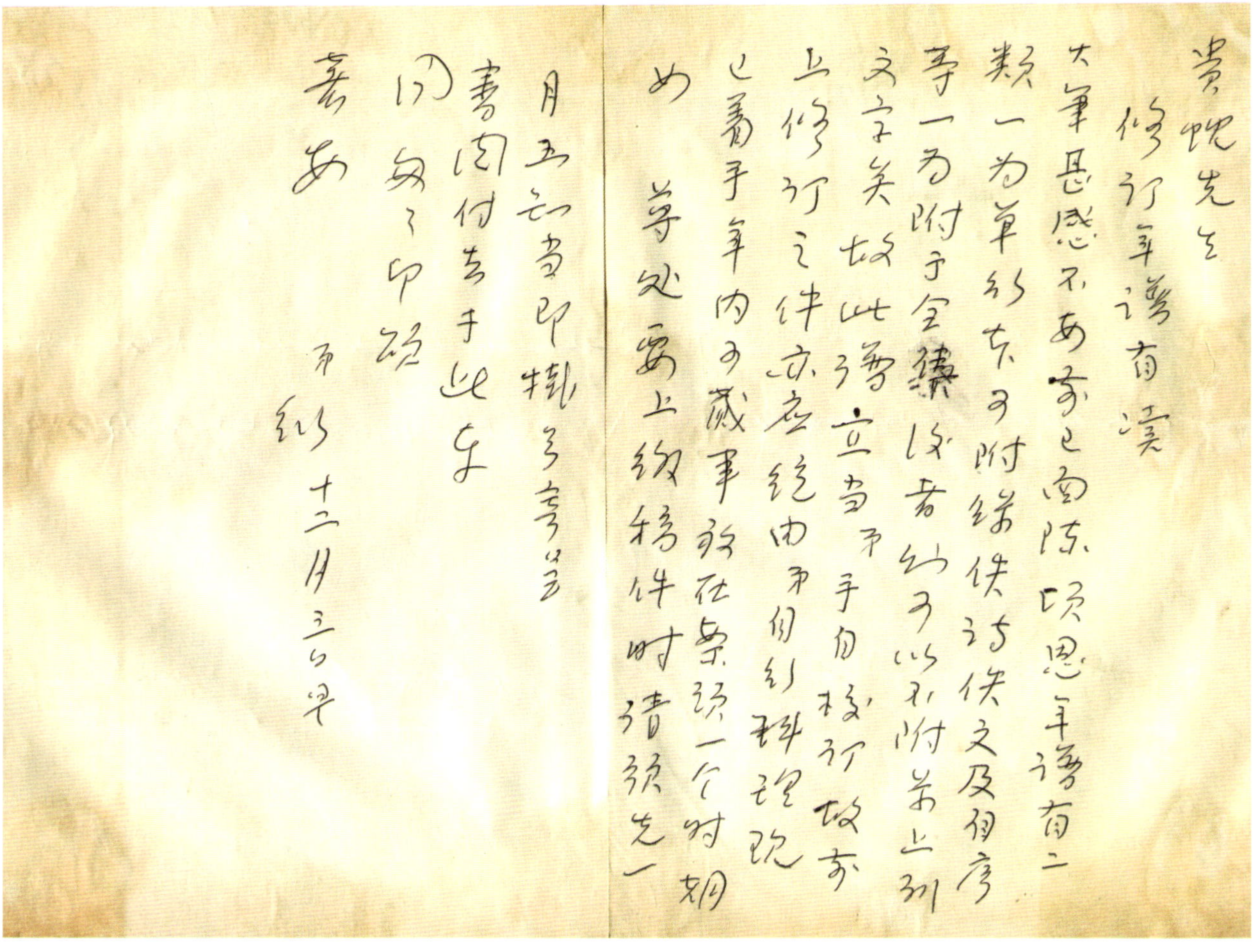

貴忱先生：
修訂年譜甫竣，
大筆甚感。不知前已函陳，頃思年譜有二
類：一為單行本，可附錄佚詩佚文及自序
等；一為附于全集後者，則可以不附，蓋上列
文字矣。故此譜立當弟手自校訂，故前
上修訂之件亦應經由弟自行料理，現
已着手，年內可蔵事，弟在桑榆頗一個時期
也。弟如要上級稿件時，請預先一
月至函，當即[illegible]。
書由付去。手此，先
問好，即頌
著安
弟衍　十二月三日早

十二月八日

貴忱先生：

前抄上《翁山詩外》外編之《松江春日……》詩，首句爲「勝日簪裾會……」一首，已載入《詩外》卷八第二頁，請删去。

所謂外編仍請諸公覆校，恐有詩題異詩句亦有改動者也。

匆匆即頌

著安

衍　十二月八日

再者，正封發間，奉十一月卅日大札敬悉。《屈集》整理已大致就緒，至爲欣慰。各書照康熙本及抄本付印至佳。拙作《年譜》現已着手，并擬將引文及序……删削一過，以期與單行本有别，已詳前。至於《四書兼注補考》[一]一書曾爲屈沛霖[二]先生收藏，載及黄蔭翁書中，惟沛霖作古已十餘年，不知其書是否售與中文大學，已去電友人一查。此爲善本，能否複製不可知，否則囑查其行款，聊勝於無耳。

【注釋】

[一] 應爲《四書補注兼考》。

[二] 屈向邦（一八九七—一九七五），字沛霖，廣東番禺人。屈大均後裔。

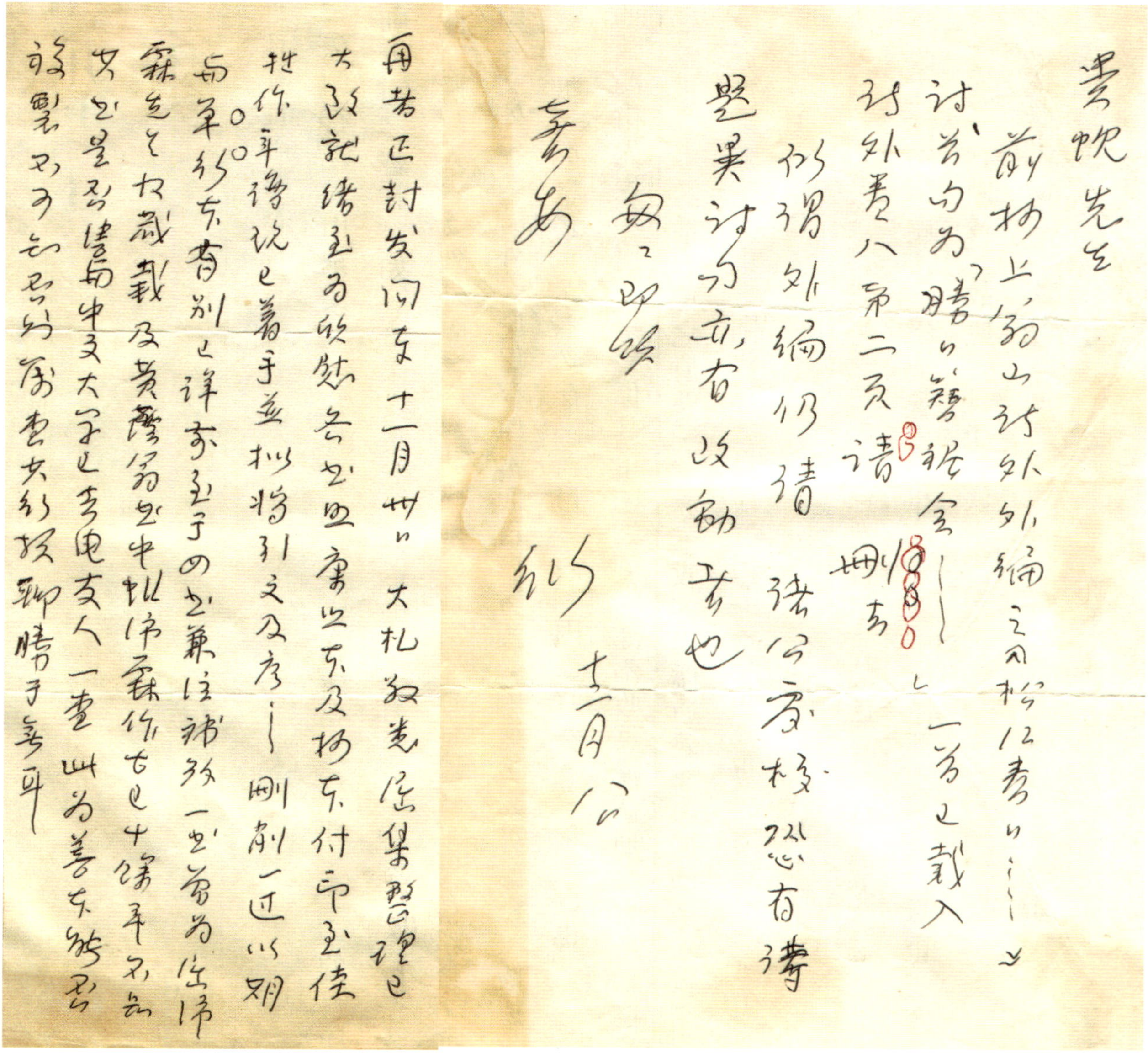
貴忱先生
前據上翁山詩外外編之目於仁者以……之
詩出前為勝以舊稿合□刪去一首已載入
詩外者八第二頁請刪去
衍謂外編仍請 張公覆校恐有譌
誤詩句亦有改動者也
安之即頌
著安
衍 十二月□日
再者正封發間奉十一月卅日大札敬悉屈集整理已
大致就緒至為欣慰吾兄照原照本及據本付印至佳
拙作年譜既已着手並擬將引文及序之刪削一過以期
簡單。行本有別已詳前至于四出兼注補殘一出翁為屈佛
霖之子所藏載及黃蘇翁出中樵佛霖作古已十餘年不知
其子是否港尚中文大學之香港友人一查此為善本能否
設製不可知其為家書出行收聊勝于無耳

十二月十二日

貴忱先生：

十二月五日函敬悉。

現今係印行《翁山全集》，凡專著如《廣東新語》《易外》……的自序，可不必收入《文外外編》內，否則重複。若其書如《廣東文集》[一]，翁山未有自刻本，今《全集》亦無《廣東文集》，此書未編成，故此序應收入《文外外編》內（此序弟已抄上，恐有疏漏，見乾隆本《番禺縣志》內，當檢校定）。

翁山《文外》《詩外》應保存原本面目，重複者删之，《外編》祇收未見《全集》或《文外》之文，如《廣東新語》自序之文亦不必存「篇目」內，因已收入《全集》內也。

例如陳蘭甫先生《東塾集》係其弟子編刻，亦不收《漢儒通義》《切韵考》……的自序。其曾孫之邁編《東塾續集》（即補本集之遺佚），亦不收《漢儒通義》《切韵考》自序……等文，何況現今係刻《全集》乎。近日《陳垣文集》則收專著自序，但非《全集》也。

康熙本《文外》多無自序及《文外》銘，又無甘京等四人題辭，今應冠於《文外》之首，不必編入《外編》之內。弟之《屈年譜》從前係單行本，故佚文、佚詩及《文外》自序、《文外》銘及四家題辭……均收入，今悉删汰。從前載入《年譜》者，因康熙本不易得見也，今既有《全集》，又有《文外外編》，《年譜》爲附後，故所有自序、佚文、佚文[二]不必抄入譜内矣。

將來編成後，盼將《文外》卷首之自序、銘、題辭及《文外外編》目録油印一份見示，《詩外》則印

《詩外外編》目録，寄來一看何如。

日前赴澳門二天，昨歸來趕將《年譜》修訂，今已將一半了。《文外》《詩外》與選本異文似乎尊處不另撰《校記》，如有《校記》再將《詩觀》初、二集校記異文奉上，三集異文已先奉寄。即頌

著祉

弟衍　十二月十二日

世清先生處有要事晤，乞代候。他遷居北京北環西路十號，即中央教育科學研究所内。

【注釋】

［一］屈大均輯《廣東文集》，收入漢至明粵籍學者文集，清康熙刻本，今存南京圖書館，爲海内外孤本。

［二］文，應爲「詩」。

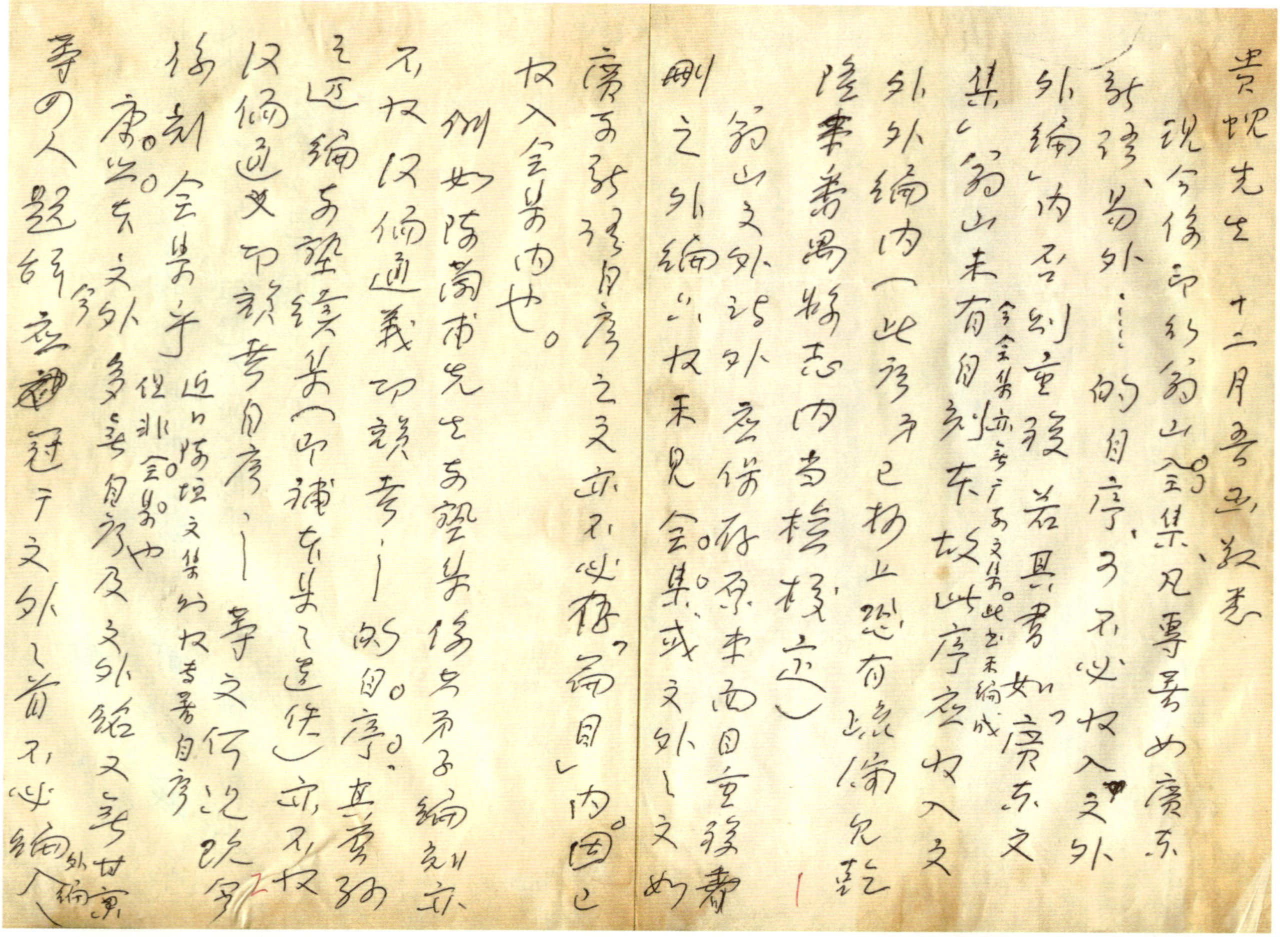

贵忱先生：十二月書函敬悉。

現今係印行翁山全集，凡專著如《廣東新語》、《翁山易外》……的自序，可不必收入《文外》外編內，否則重複。若其書如《廣東文集》（今全集亦無《廣東文集》，此書未編成），翁山未有自刻本，故此序應收入《文外》外編內（此序已抄上，恐有遺漏，備兄乾隆東莞縣志內有檢校示）。

《翁山文外》諸外應保存原來面目，重複者刪之。外編以收未見全集或《文外》之文，如《廣東新語》自序之文，亦不必移「篇目」內，因已收入全集內也。

例如陳蘭甫先生《東塾集》，係其弟子編刻，亦不收《漢儒通義》、《切韻考》……的自序。其曾孫之邁編《東塾續集》（即補《東集》之遺佚），亦不收《漢儒通義》、《切韻考》自序……等文，何況說今係刻全集乎（近日《陳垣文集》所收專著自序，但非全集也）。[illegible]《文外》多無自序及《文外》諸文[illegible]等的人題跋，應刪[illegible]《文外》之首不必編（外編）[illegible]

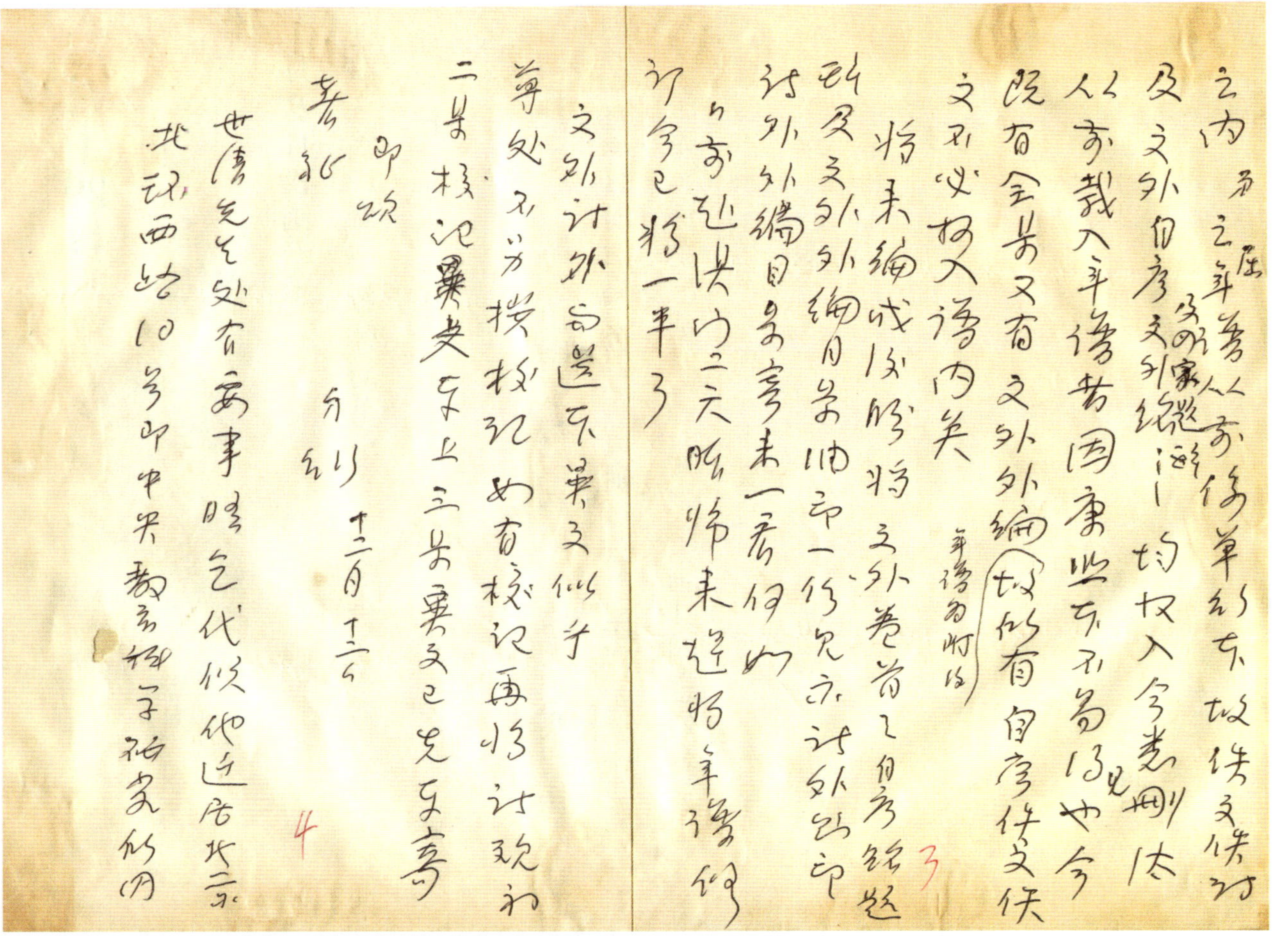
之内。另《之年譜》（居）譜人寄係單行本，故佚文、佚詩
及《文外》自序（及明遺民家文外總目[illegible]）均收入，今悉刪汰。
以《文外》載入年譜者，因無出處，不[illegible]也。今
既有全書，又有《文外外編》（收所有自序、佚文、佚
文），不必收入譜內矣。（年譜另附後）
將來編成後，將《文外》卷首之自序、總題
及《文外外編》目錄油印一份兒示，《詩外》鈔印
《詩外外編》目錄寄來一看何如。
[illegible]
訂，今已將一半了。
《文外》、《詩外》[illegible]
尊處不必另撰校記，如有校記，再將《詩》[illegible]
二書校記彙交[illegible]
即頌
著祺　弟 衍 十二月十二
世傳先生處有要事時乞代候。他近居北京
[illegible]

十二月十四日

貴忱先生：

十二月八日夜函奉悉。

省博藏《翁山羅浮雜咏詩葉》爲商錫永兄舊藏，捐送省博，八一年曾運來香港，在中文大學展覽，已印入《廣東法書展覽》中。此書弟曾寄呈一部，公偶忽略之。此爲翁山殁前一年手筆，至可寶也（附拙跋册，乞教）。

風雨樓鄧氏[一]藏翁山贈張帶三詩扇，已去函澳門托人索取複製照片。

美國友人藏有翁山爲朱竹坨寫扇，雖少作，尤爲難得，已寄郵柬，托人寄照片來。

《翁山詩略》係劉健威君[二]藏，已詢其同意列名矣。

《四書考》事未得覆，恐無下文矣。

《詩持》及《詩觀》三集校文已寄上，初集、二集校文稍遲再複印奉上。即頌

著安

衍　十二月十四日

【注釋】

[一] 指鄧實（一八七七—一九五一），字秋枚，廣東順德人。風雨樓主人，清末民初學者、收藏家。

[二] 劉健威，香港知名文化人、專栏作家。

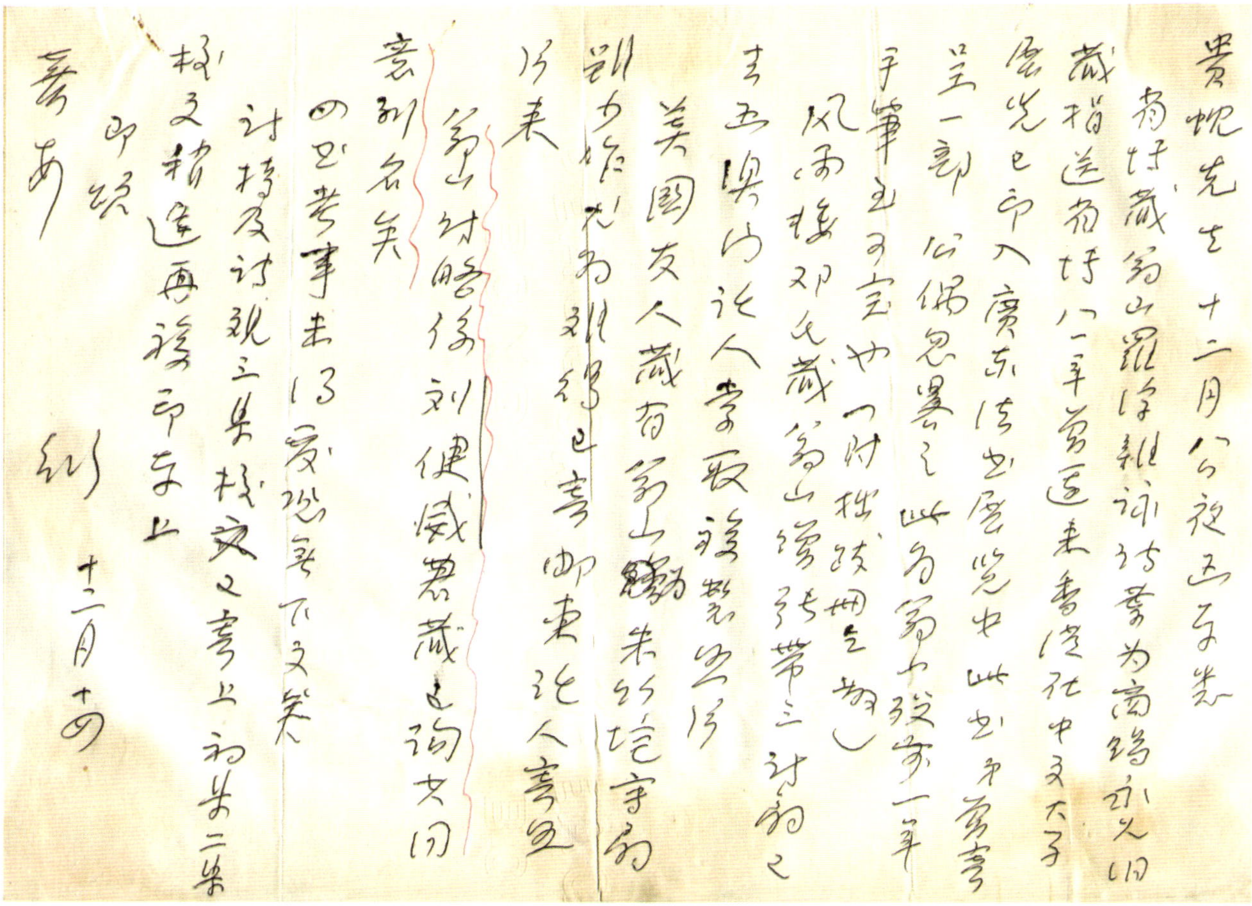

無日期

貴忱先生：

多日未接來示，念念。

《大公報》處曾托人問過，關於新聞事，云似未登出，《澳門報》亦未有寄來，大約忙個不了也，原新聞謂在八六年始完成點校工作，尚有兩年然後付印，或以其太「新」而不登耶（指《大公》）。

關於《全集》評論、序、跋及金石墨迹另列一目，請參考。王煒之《鴻逸堂集》極難得之書也。盼覆。

《新語》《詩外》自序事，弟初不能決，繼思《易外》刻在前而《文抄》刻在後，仍收《易外》自序，則翁山已兩登之矣。今晨醒來，忽然想起《文抄》中之《易外》自序有薛熙評識，如《文抄》删《易外》自序則非原貌，若删《新語》《詩外》自序則不能劃一矣。故鄙意仍以保留爲宜，且僅此三篇而已，餘詳前，不贅。

衍

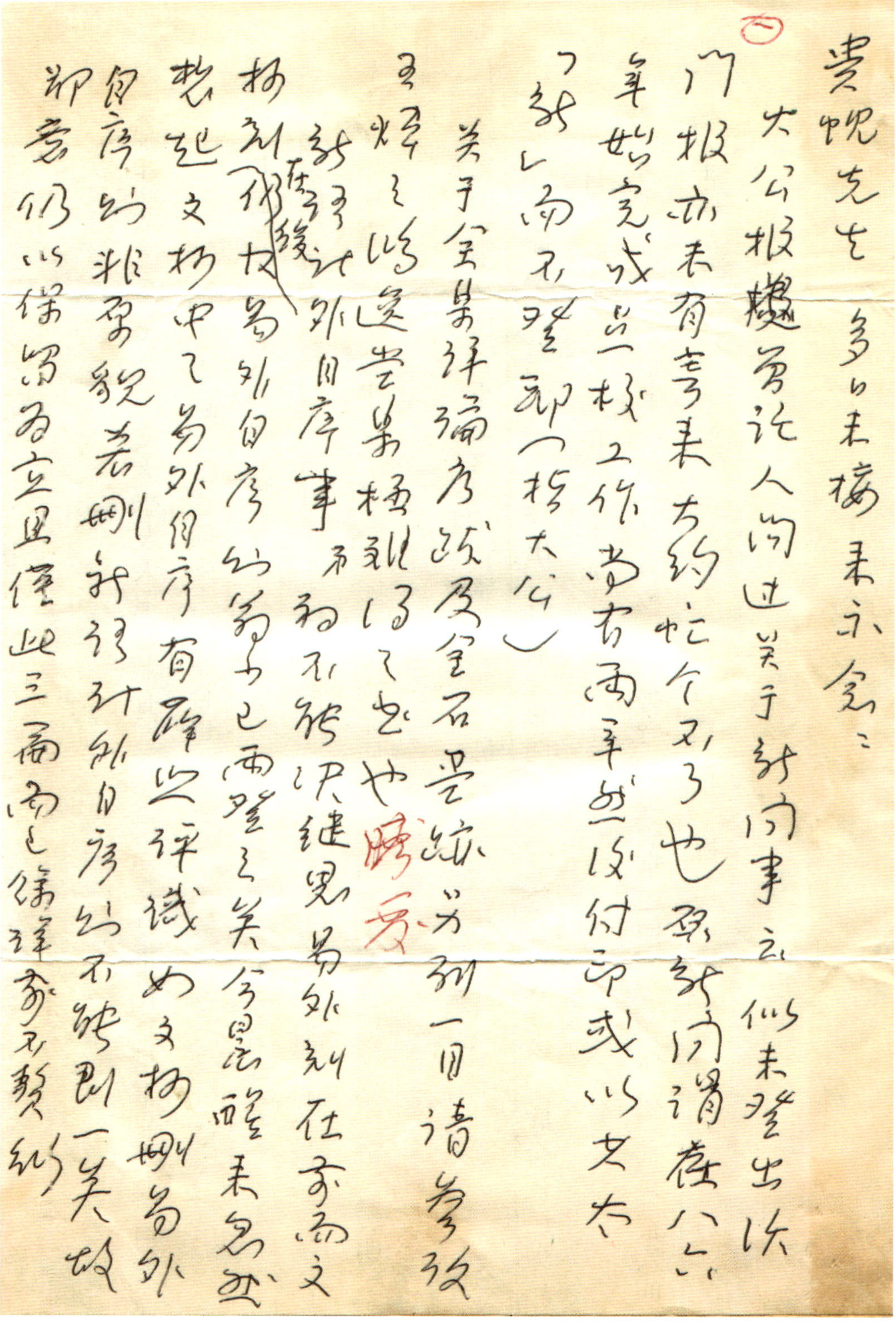

十二月十六日

貴忱先生：

《四書補注兼考》一書，中文大學友人覆電無有，我不信邪，已再托許禮平兄去圖書館及聯合書院訪查，我知道屈沛霖藏《廣東文選》係售與中大或聯合也。

修訂本《年譜》何時寄上爲合，請示。

《年譜》卷首的屈書小頁寫《攝山秋夕》詩（早年）即屈沛霖舊藏，我借影時已售與別人了。

《翁山文抄·高士傳》缺半頁，曾函美國某博物館屈志仁複印寄來，經已奉寄，《出版説明》[一]內説明來源，申謝爲盼。

志仁亦藏翁山爲朱竹垞寫小楷書扇，曾請我題跋，已去航函，托其影片來了。

《屈全集》新聞《大公報》似未登出。日前赴澳門兩天，友人告我此事。昨舍侄已剪《廣州報》寄到。據《澳門日報》友人説他們在香港下加多「澳門」二字云。

《詩觀》初、二集校文奉上，不知辨《校記》否？大駕赴京之便，或在廣州，請代買八四年《文物》第十期、《考古》第三期寄下爲盼，兩本此本[二]均買不到。祝

好

宗衍　十二月十六日

【注釋】

[一] 指《屈大均全集》之《出版説明》。

[二] 本，應爲「間」。

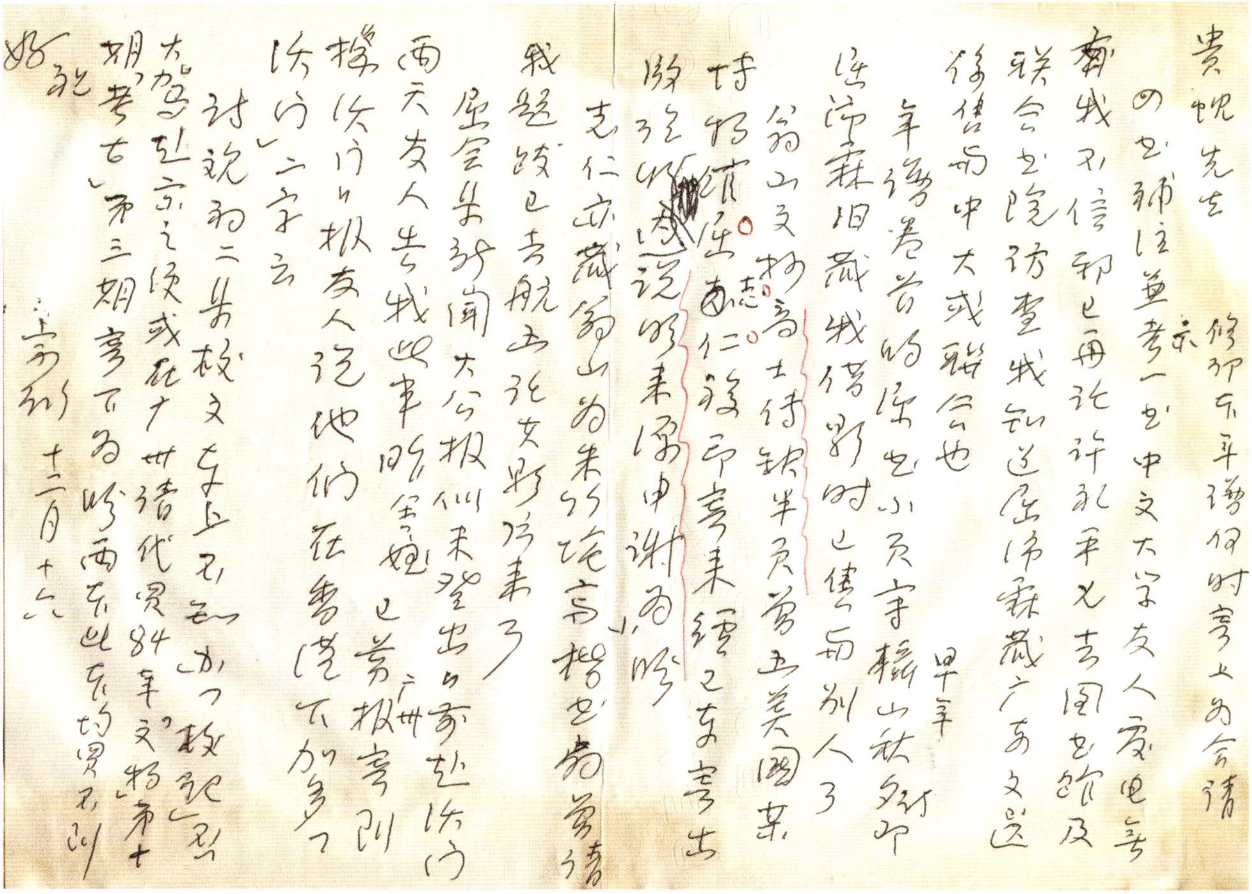

贵忱先生：修印本年谱何时寄上为念。请
四书補注並寄一书，示中文大学友人處见告
有我不信，印已再託許禮平兄去图书館及
联合书院访查。我知道屈伯森藏广东文选
係借與中大或联合也。
年谱卷首的像也不是早年宇樵山秋射印
係徐信符旧藏，我借影时已售与别人了。
翁山文抄為士仿钞，半页著五美图某
博物馆屈大均志仁前印寄来，经已收到，出
版说明来信中谢为盼。
志仁亦藏翁山为朱竹垞写楷书，尚有书
我题跋已寄航空往北京，影印来了。
屈宝集听闻大公报仍未登出，前赴澳门
西天友人告我此事，昨寄姪已買廣州报寄到
澳门，据友人说他们在香港不加多了
澳门二字云。
讨说初二集校文在上面已加了校记，見
太炎赴宗之传，或在广州代買84年文物第十
期，考古第三期寄下为盼。西东此东均買不到
祝
好
宗衍 十二月十六

十二月十八日

貴忱先生：

翁山墨迹前已函詳，尚有數事可奉告：

一、拙作《廣東文物叢談》有《翁山致汪粟亭詩箋》一文附圖，可以編入，原藏家已逝世，敝處似尚存有原照片，或在澳門寓中，俟覓出當檢上。

二、翁山《文外》《文抄》有其手書隸篆序、銘共三篇，可以附印部分於《全集》卷首。

三、東皋（今東皋大道）武廟鼎銘爲屈、梁、陳三人撰書，屈書載入《年譜》（辛未年）及《文抄》，想省博有此拓本，可以映入。

四、肇慶七星岩有翁山題「小千尺峽」四字隸字及「番禺屈大均」五字楷書刻石，想省博亦有原拓，可酌影入（附一九八〇年八月三十日《大公報》）。此事原譜無載，已補入改訂本中。

即頌

著安

衍　十二月十八日

小弟所知翁山墨迹已得八九矣。

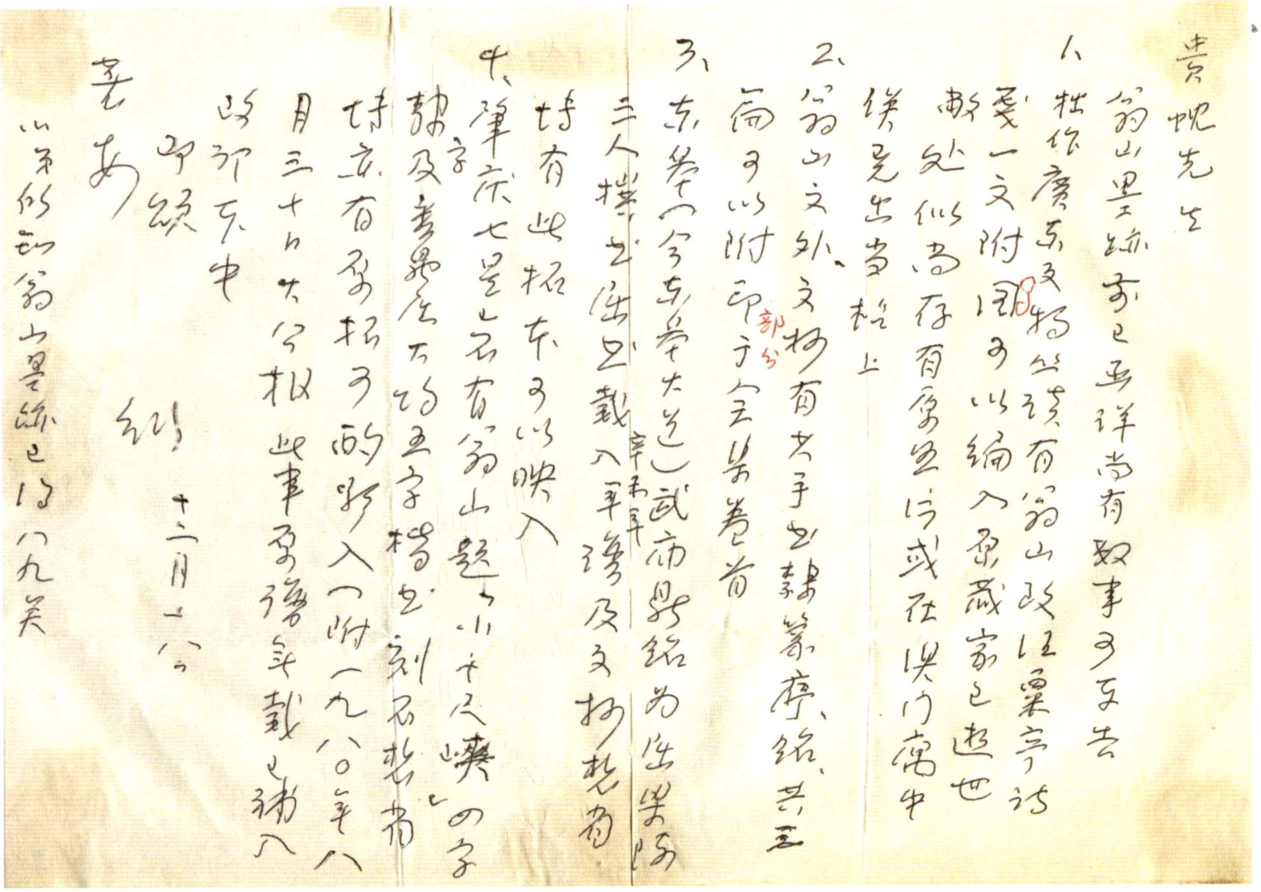
贵忱先生：
翁山墨迹前已函详，尚有数事另告。
1、杜作广东文物丛谈有翁山致汪栗亭诗笺一文，附图可以编入，原藏家已逝世，散处似尚存有原迹，或在其门属中，俟见当拓上。
2、翁山文外、文钞有其手书隶篆序、铭，共五篇，可以部分附印于全集卷首。
3、东莞（今东莞大道）武帝庙铭为屈、梁、陈三人撰书，屈已载入年谱（辛未年）及文钞，想尚存有此拓，亦可以映入。
4、肇庆七星岩有翁山题"小十六峡"四字，隶及篆书各，均五字，楷书刻石，想南京亦有拓可酌收入（附一九八〇年八月三十日大公报，此事前谱年载已补入）。
此请
即颂
著安
纠 十二月十八
此所知翁山墨迹已得八九矣

十二月十九日

貴忱先生：

十四日函收到，容覆。

許禮平來電話，已在中文大學善本書庫找得《四書補注兼考》康熙刻本，凡五册，已囑其複印。此書不能借出圖書館門外，并要自己親手複印，每張二角，放入二角印一張，先預備大量角子，每天複印祇能若干張，陸續有人排隊複印書本也，他亦有工作，不能整天去了圖書館，總之辦妥便是。書此喜訊奉告。

即頌

日祉

衍　十九日

屈書樣板應以《張帶三宴集》《端州詩扇》《壽瑯翁詩》《贈扶晨詩葉》爲準。

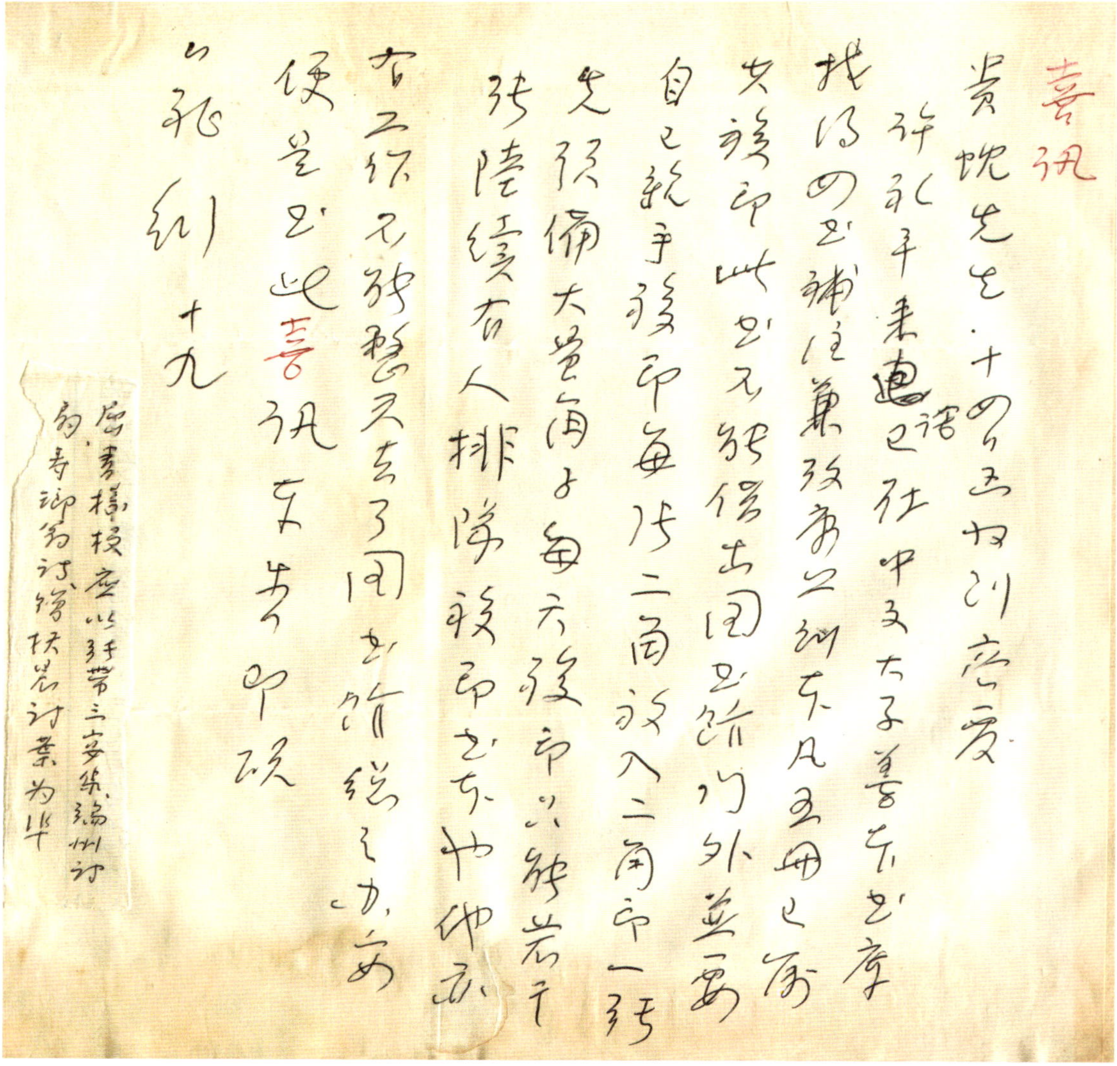

十二月二十一日

貴忱先生：

十二月十四午函收到。

昨天匆匆上函告以康熙本《四書補注兼考》已在中文大學善本書庫中覓得，計已收到。

先後寄上《詩觀》三集及初、二集校記，已收到否？

關於《廣東新語》自序等應否重收事，一般的文集都不收專集已刻的自序，專著未刻的自序纔刻入文集中。翁山的《文外》似乎是集得若干後，以後隨作隨刻，可能《新語》序在專著未付刊前先刻入文集中。但我見的康熙本《文外》似乎没有《新語》自序，請一查嘉業堂本、宣統排印本，如果没有《新語》自序，大可以不必刊入《新語》自序了。若果嘉、宣本都有，也可以不收此序。不過既然各本都有《新語》自序，在目録列入注明亦無不可。但爲保持康熙及各本《文外》原貌，仍保留《新語》自序在《文外》内也無不可。我没有一定的主觀，因爲由於編全集而在文集内抽出他自編文集某一文是少見的，最好請同人投票表决公同定奪，或者等我同汪世清先生再商。

關於校勘記事，還有不少清初選本可以參考的，聽説廣東圖書館有曾燦《過日集》，内有翁山詩可以參考，如果没有，請速示知，以便托汪世清先生在北京借校。還有席居中的《昭代詩存》、蔣鑨的《清初詩集》[二]、吴藹《名家詩選》、劉然《詩乘》都有翁山詩，如果廣州没有，請示知，設法借閲。

廣州新聞關於《翁山全集》事已由令侄剪來，《大公報》似不覺眼，因爲「一九八六年底纔完成編校工作」，排刊還要一二年，似未免遥遠，所以報章對此不感興趣吧。

既然一九八六年底纔完成編校工作，則《年譜》大可從容修改了。不過弟以暮年仍欲急於手自編定，以免拖泥帶水。前函二事請酌覆：（一）《全集》附録有無收朱彝尊、魏世效、龔賢、杜茶村……等人作詩文外的序文或壽序、書札，而不在於今本《文外》者。（二）翁山朋友所投贈唱和詩是否編爲《附録》之《投贈集》，如果都收入《附録》，則《年譜》可全删之。最近國内出版之《吴嘉紀詩校注》[二]可供參考，由於時代不同，可參考近時的新版。祝

好

衍　十二月廿一日

【注釋】

[一]《清初詩集》應爲《清詩初集》，蔣鑨、翁介眉選編。

[二]應爲《吴嘉紀詩箋校》。

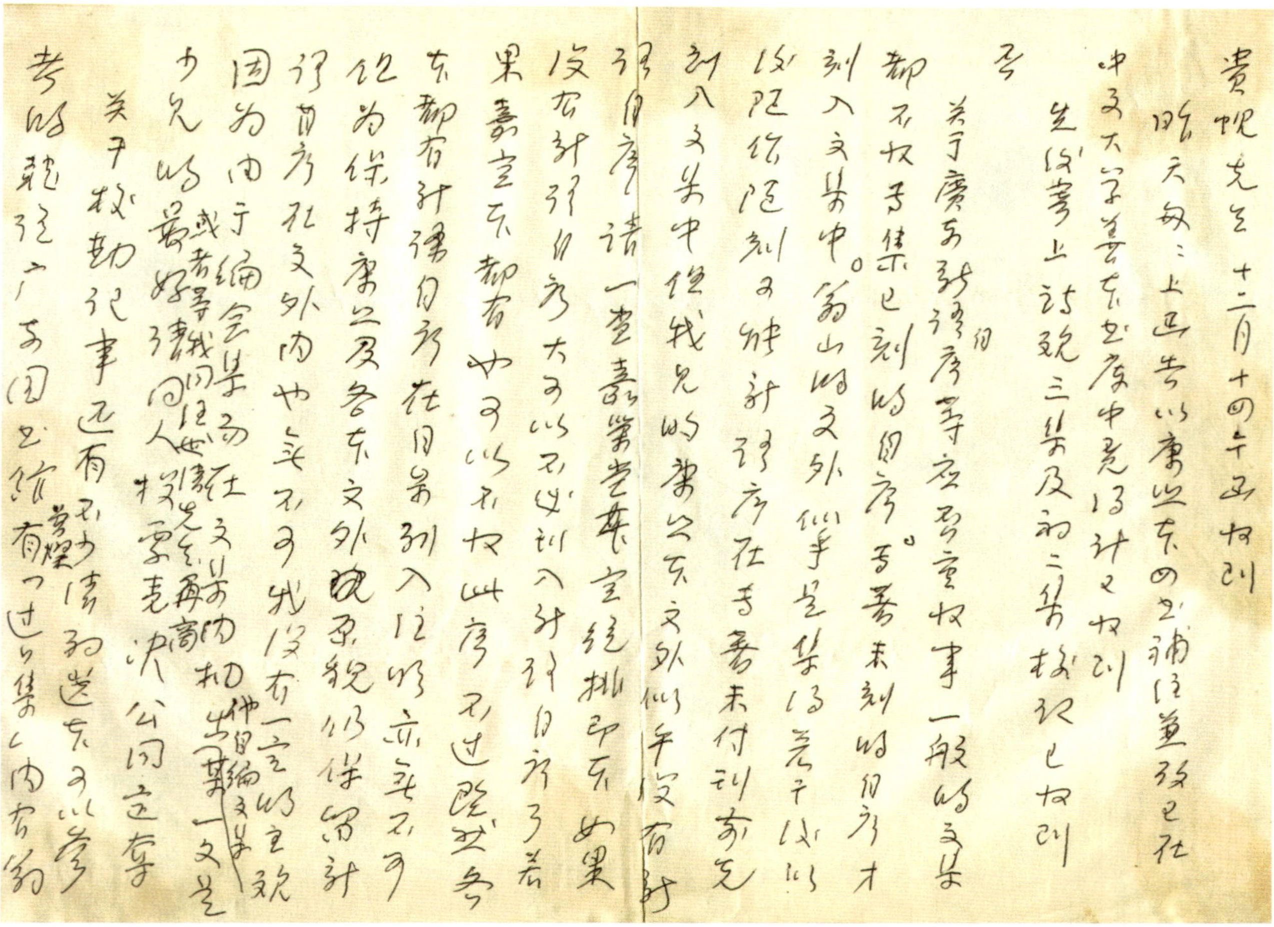
贵忱先生：十二月十四日手书收到。
昨天匆匆上函，告以康幽东的书补注兹已在
中文大学某书店中觅得，计已收到。
先后寄上诗说三集及初二集校记，已收到
否？
关于诗自序等应否重收事，一般的文集
都不收旁集已刻的自序，旁著未刻的自序才
刻入文集中。翁山的文外似乎是集得若干以
后陆续刻的，诗序在旁著未付刊前先
刻入文集中，但我见的翁山文外似乎没有诗
诗自序，请一查嘉业堂丛书本，如果
没有诗自序，大可以不必刻入诗自序了。若
果嘉业堂本都有，也可以不收此序，不过既然翁
山都有诗自序在目录刻入的，亦无不可
作为保持原状及翁山文外现貌，仍保留诗
诗自序在文外内，也无不可。我没有一定的主张，
因为由于编全集而在文集内加仲甘编文集一文是
少见的，最好请同人（或者等我同住世儒先生再商）校定，公同决定。
关于校勘记事，还有不少问题，曾煜等劝送东方以参
考的范围，广东图书馆有一些集的内容的

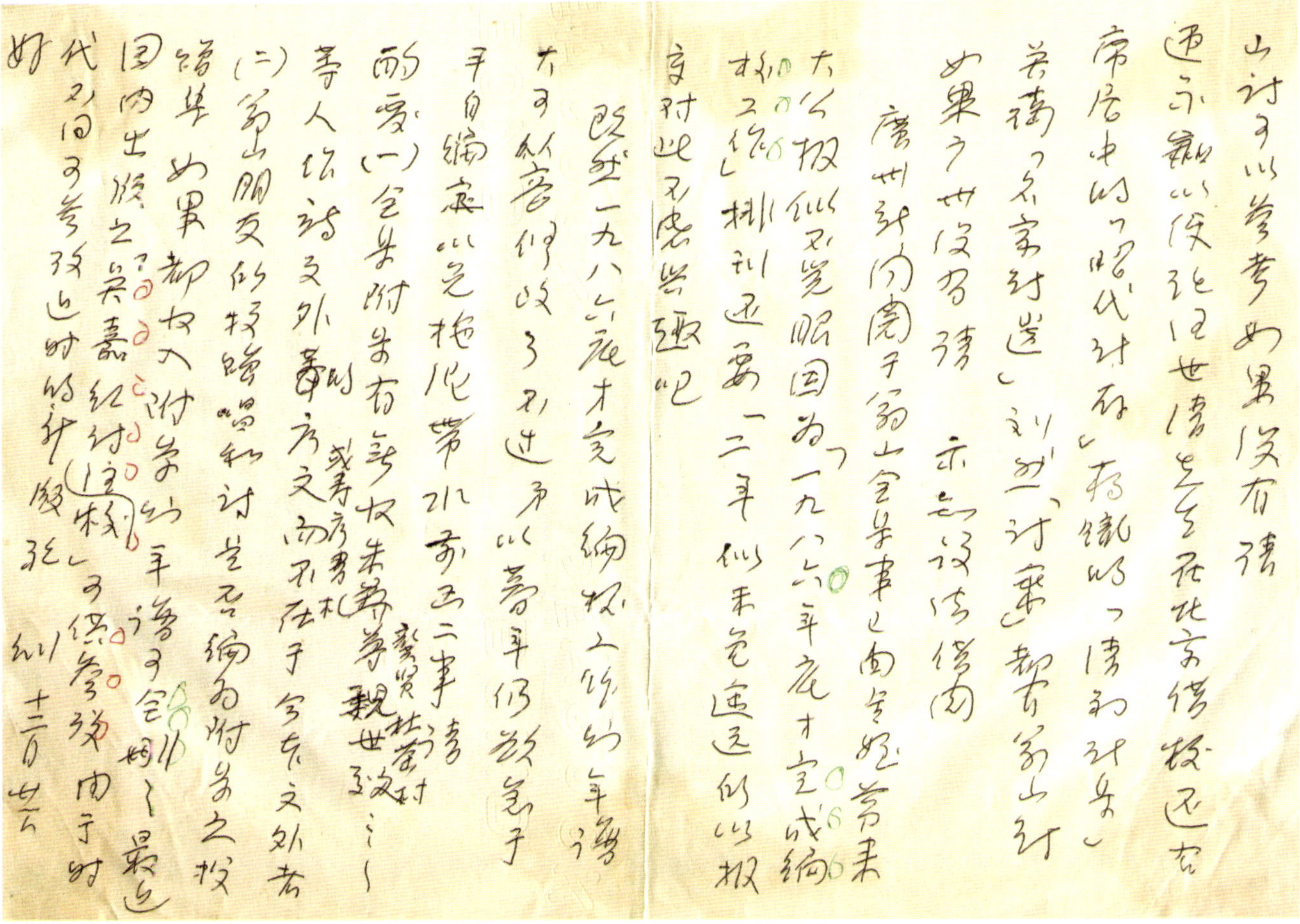

山詩可以參考，如果沒有，請
速示。翻以後從舊世書先生在北京借校還去。
席居中的「明代詩存」、「積德的清初詩集」、
「吳梅村家詩選」、劉然「詩乘」都有翁山詩，
如果廣州沒有，請 示知，設法借閱。
廣州詩人關於翁山全集事，已由吳姓前來
大公報似不覺眼，因為「一九八六年底才完成編
校工作」，排刊還要一二年，似未完還這樣以報
導，對此不必點破吧。
既然一九八六年底才完成編校工作，翁山年譜
大可從容修改，不必過早以著年份，欲急于
手自編寫，以免拖延。下面有二事請
酌處：(一)全集附錄有無收朱彝尊、魏世傚（襲賢、杜濬詩）……
等人的詩文外，尚有（或壽序書札）[illegible]文而不在于今存文外者。
(二)翁山朋友的校贈唱和詩，是否編為附錄之校
錄集，如果都收入附錄的年譜可全刪了，最近
國內出版之「吳嘉紀詩箋校」，可供參考，由于時
代不同，可參改近時的新體。 [illegible]
十二月廿六
好

可居室藏汪宗衍致王貴忱函

十二月二十四日

貴忱先生：

十二月十八日大札并羅老來函均拜悉。弟增訂《屈譜》函曾寄上：一、關於林之枚、吴準庵詩件。二、《黄山諸子壽屈母詩畫册》等。三、抽换關於黄山諸子壽詩事。前二者係厚二包，三則爲一紙而已。一、二均挂號，有存據，三則寄普通函，希望不致遺失。大約年尾賀年郵件太多，故遲慢歟。此處挂號函一、二兩包郵費近二十元，亦所不惜也。接此函後，盼即覆數行，以慰遠念。《清史稿》部分亦檢出不少筆記，在整理中，冗甚。羅老擬先寄《清史考異》二册，隨後覆函。匆匆即頌

著安

衍　十二月廿四日

檢閲挂號小郵包收條：一函係十一月十八（或十三，不清楚），二爲十二月十五，前者未到，奇極。當去郵局查問，二包則十二月十五，想已到矣。

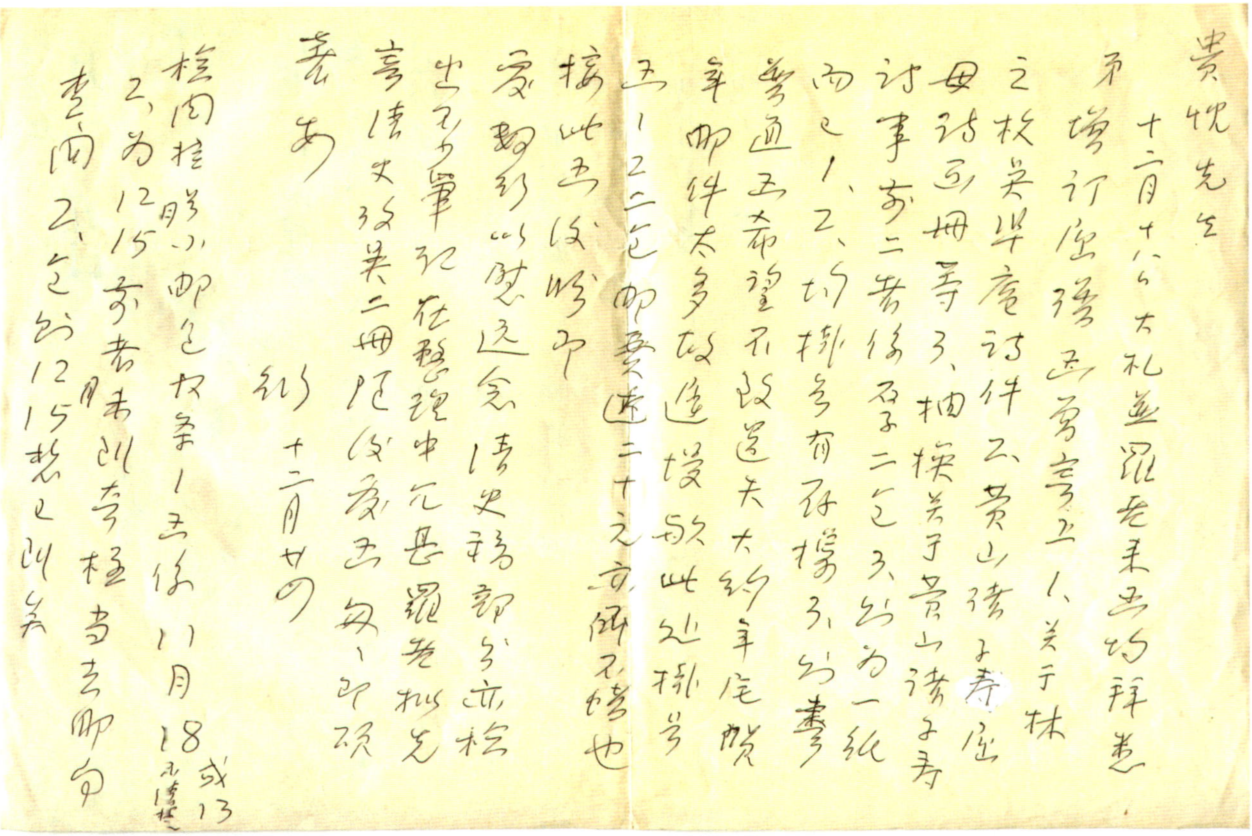
贵忱先生：
十二月十八大札並罗瓶老来函均拜悉。
承 增订座谱函寄五份。关于林
之枚吴毕庵诗件五、黄山张子寿座
母诗画册并三、柚挨关于黄山张子寿
诗事前二者係原子二首三份为一纸
而已，1、2、均据吾有存档三份为书，
誉通函希望不改，置大约年底贷
年那件太多，故迟援款。此处据号
函1、2、二包那無达二十元亦僅不够也。
接此函後略可
寄到，以慰远念。清史稿部分亦检
出，系笔记在整理中，先悉罗瓶老拟先
寄清史稿吴二册，俟寄函，每、即项
告為。
纲 十二月廿四
检阅检脱小那包取条1函係11月18或13（不清楚）
五、为12.15前者未到，寄极为去那句
查阅五、包的12.15发已到矣

十二月二十五日

貴忱先生：

十二月十九日函拜悉。

《屈集》消息，《大公報》似不覺眼，《澳報》未來，已去函索取矣。《年譜》已修訂一過，現覆閱中，已得五份之一，尚要弄一副本，一個月内可以寄上，總在春節前寄到。《全集》附録除校記（不要勘字）外，評論部分想必收錢牧齋、朱竹垞、魏世效……諸人詩文集序，如收，則《年譜》可全删之（舊譜全録）。又，翁山交游極廣，贈答詩章極多，《年譜》全録，如果《附録》有同志贈言（或酬唱集），則《年譜》亦可删之，盼速示，以便着手。第一分册爲《詩外》，應先交繳。《往日集》廣州有書否？其他已函汪世清先生查校矣。即頌

年禧萬福，恕不另柬

衍　十二月廿五日

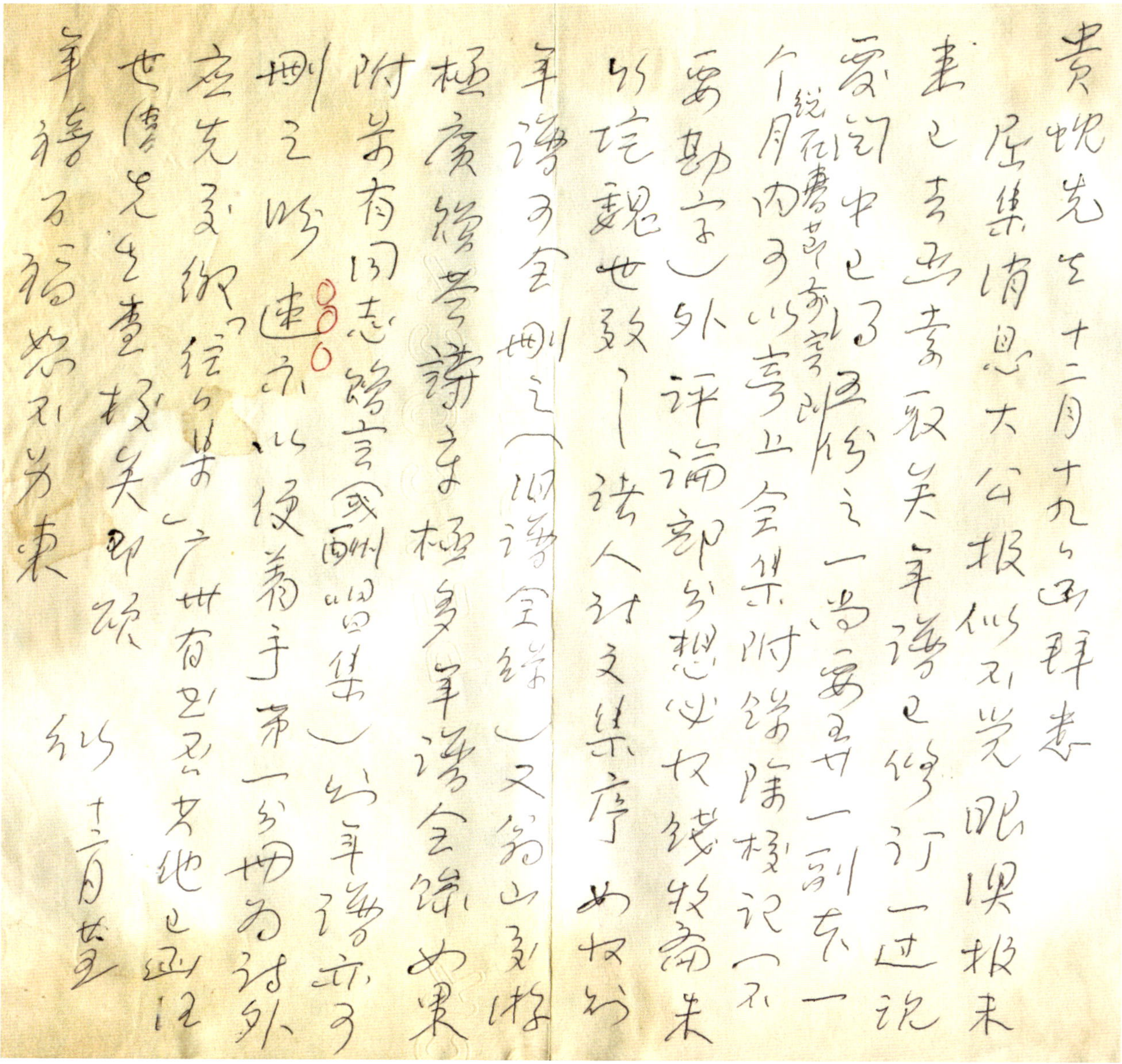

貴忱先生：十二月十九日函拜悉。居集消息大公報似不覺(?)眼，與報未來(?)，已去函索取矣。年譜已修訂一過，說寒假(?)中已陸續修之，一當寄至廿一副本一（總在書款寄到）個月內可以寄上。全集附錄除校記（不要勘字）外，評論部分想收錢牧齋、朱竹垞、魏世傚之諸人評文集序，如收翁年譜可全刪之（附譜全錄）。又翁山交游極廣，贈答諸家極多，年譜全錄，如果附其有關志贈言（或酬唱集）外，年譜亦可刪之。盼速示，以便着手。第一冊為詩外應先交，經與某(?)廣州有出版者，他已函詢世傳先生查校矣。即頌
年禧(?)，萬福(?)，然不另柬。

衍(?) 十二月廿五

十二月二十九日

貴忱先生：

廿四日示奉悉。《屈氏傳》文尚有九龍真逸（即陳伯陶，東莞探花）《勝朝粤東遺民録》（此書易得），朱希祖撰《屈大均傳》（在《中山大學月刊》第一期），朱希祖《明季史料題跋》内有屈著題跋數篇，《屈氏家譜》（此譜弟有木板印頁），廣州找不到者再設法。《屈傳》以《遺民録》爲最早，後作皆以之爲底本，朱《傳》、《屈氏家譜》都有寶貴資料。

散見各家文集之屈氏詩文序當由弟剪出，《年譜》所載及複印抄本奉上，補入《附録》中，仍望主編者盡可能覆校原書。

增《投贈集》於《附録》，由弟編輯奉上，仍由諸公審定覆校，以生年爲先後。

《附録》尚有《校記》，大函似未列入。

曾見《屈翁山詩集》和道光廣州刻《道援堂集》全同，來函云尊處本有與王疊的詩不少，似不覺眼，或另一本，弟亦甚願一看，但難寄，或將與王疊詩題抄來一校，《詩外》必多佚詩。匆匆，祝

新年萬福

衍　廿九日

與禮平通話，囑其托高級教授[二]設法借出《四書補注兼考》，以免逐頁入「銀」麻煩，已囑其先影若干頁先

睹爲快。

關於翁山遺墨，何氏至樂樓藏一扇面的爲真迹，香港藏家及中文大學文物館均不可信，可即以《屈翁山年譜》裁出，交上複印，以爲陳凡先生爲我製版，一再選擇視照片爲勝也。

鄧秋枚《風雨樓扇粹》七集一九一五年四月神州國光社出版，有一扇亦真品，原件不知去向。鄧書友人有之，如欲附印，當托友人拍照片寄上，乞覆。

《年譜》收屈氏友朋酬贈詩凡數十人，擬編《投贈集》作爲《附録》之一，則《年譜》可全删，請速示。錢謙益、朱彝尊、魏世效、徐嘉炎、沈用濟、王源、毛奇齡、王隼、陳恭尹、周炳唐、龔半千……爲翁山作詩集序、壽序、書信，不知《全集》附録采入，《集》如采入可全删之，請示。

【注釋】

[一] 即饒宗頤（一九一七—二〇一八），號選堂，廣東潮安人。香港中文大學教授。

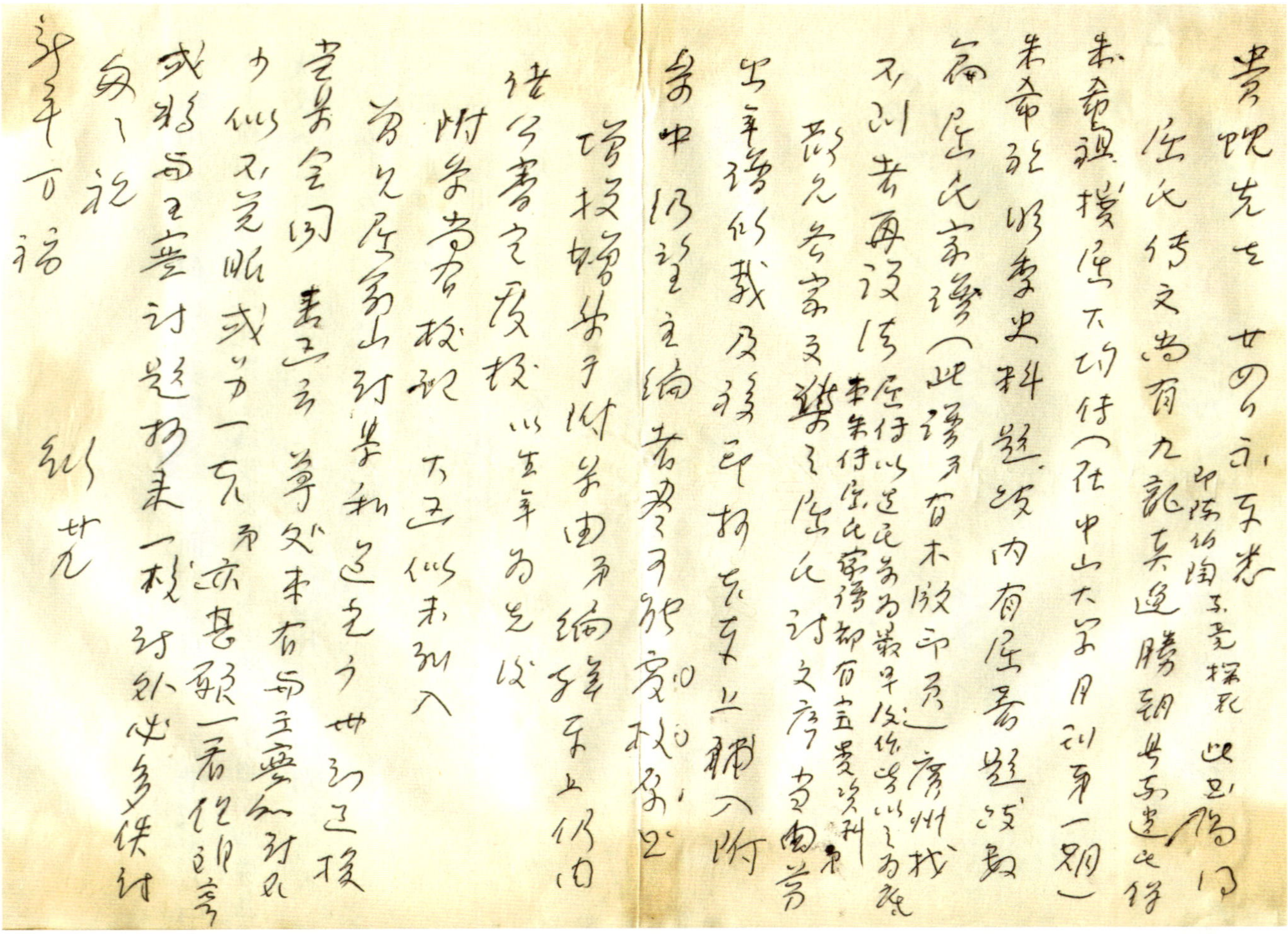
黄挺先生：廿四日示拜悉。此见属问
屈氏传文，尚有九龙真逸（即陈伯陶，东莞探花）胜朝粤东遗民录
朱希祖撰屈大均传（在中山大学月刊第一期）
朱希祖明季史料题跋内有屈翁山题跋数
篇。屈氏家谱（此谱乃自木版印者）广州找
不到者再设法。（传屈传以遗民为最早，次朱传，宗氏家谱都有宝贵资料，亦以之为据）
欧先生家文集之屈氏诗文序当由当
出，年谱所载及稿即抄出来补入附
录中。仍望主编者考虑能实现，校字之
增校增益于附录，由我编辑于上，仍由
法公书定后校，以出年为是。
附录尚有校记，大王似未纳入
前见屈翁山诗集和达先生之世订正校
定其全阅，甚正之。尊处未有与主要各诗孔
力似不足，或分力一二人亦甚难，一看但须写
成，将与王宝诗题抄来一校，诗外亦多佚诗。
安，祝
新年百福
颐 廿九

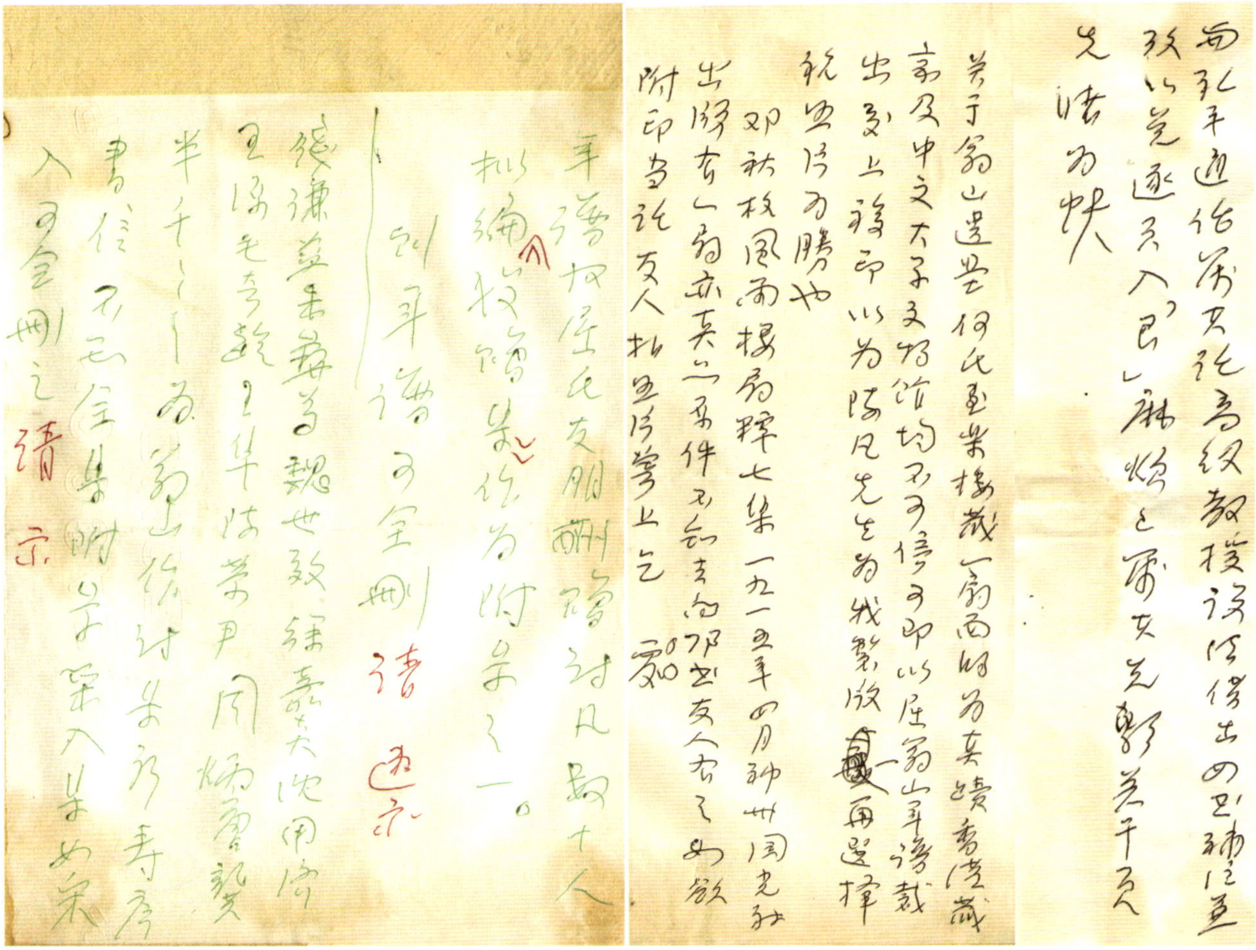
[illegible]近[illegible]屈大均[illegible]教授[illegible]出四五种[illegible]
[illegible]入「[illegible]」[illegible]屈大均先生[illegible]若干人
之法为快。
关于翁山遗墨，何氏至乐楼藏一扇面，[illegible]香港[illegible]
家及中文大学文物馆均不可得，可印以存翁山手迹，[illegible]
出[illegible]印，以为陈凡先生为我[illegible]再选择
较无法为胜也。
邓秋枚风雨楼[illegible]七集，一九一五年四月神州国光社
出版，有翁山[illegible]件，不知[illegible]印出，友人[illegible]，如欲
附印，当托友人拍照片寄上也。[illegible]

手迹拟[illegible]友朋酬赠诗文题跋十人
拟编入[illegible]作为附录之一。
[illegible]手迹可全删 请 [illegible]
[illegible]魏世[illegible]、魏禧、[illegible]
[illegible]陈恭尹、周[illegible]
半千[illegible]为翁山作[illegible]寿序
书信，不如[illegible]附录[illegible]入集[illegible]
入可全删之 请 [illegible]

一九八五年

無日期

忱翁先生：

十二月廿八夜札奉悉。

康熙間人《文外》序多載入《年譜》中，尚可補一二首，俟與《投贈集》剪出另奉。《翁山全集》係彙刊，并非改編，以保存原貌爲宜，故《新語》《文抄》《易外》……等似可兩存，前已函詳。昔人云「獨學無友則孤陋寡聞」，又云「舊學商量加邃密」，俗云「一人見短，二人見長」，不妨討論耳。

《禁毀書目》中徐釚《本事詩》、王士禛《感舊集》（此二書多見）、錢肅潤《文潔初編》、梁善長《廣東詩粹》、江閬《江辰六文集》、《説鈴》吴震方青壇編、周在浚《藏弆集》《結隣集》、蔣鑨《清詩初集》、吴藹《名家詩選》、劉然《詩乘》均有翁山詩文。其廣州圖書館所無者祈示知，當托汪世清先生向北京大學、北京圖書館、科學院設法，此事不易做，世清兄或可辦到，「朋友數，斯疏矣」，不肯辦亦無如何，姑試爲之而已。

又記起《大公報》曾印行《廣東名家書畫選集》，内有翁山詩葉，我有此書，惟存澳門，已托友人借來，一併托中文大學影印。

（後缺）

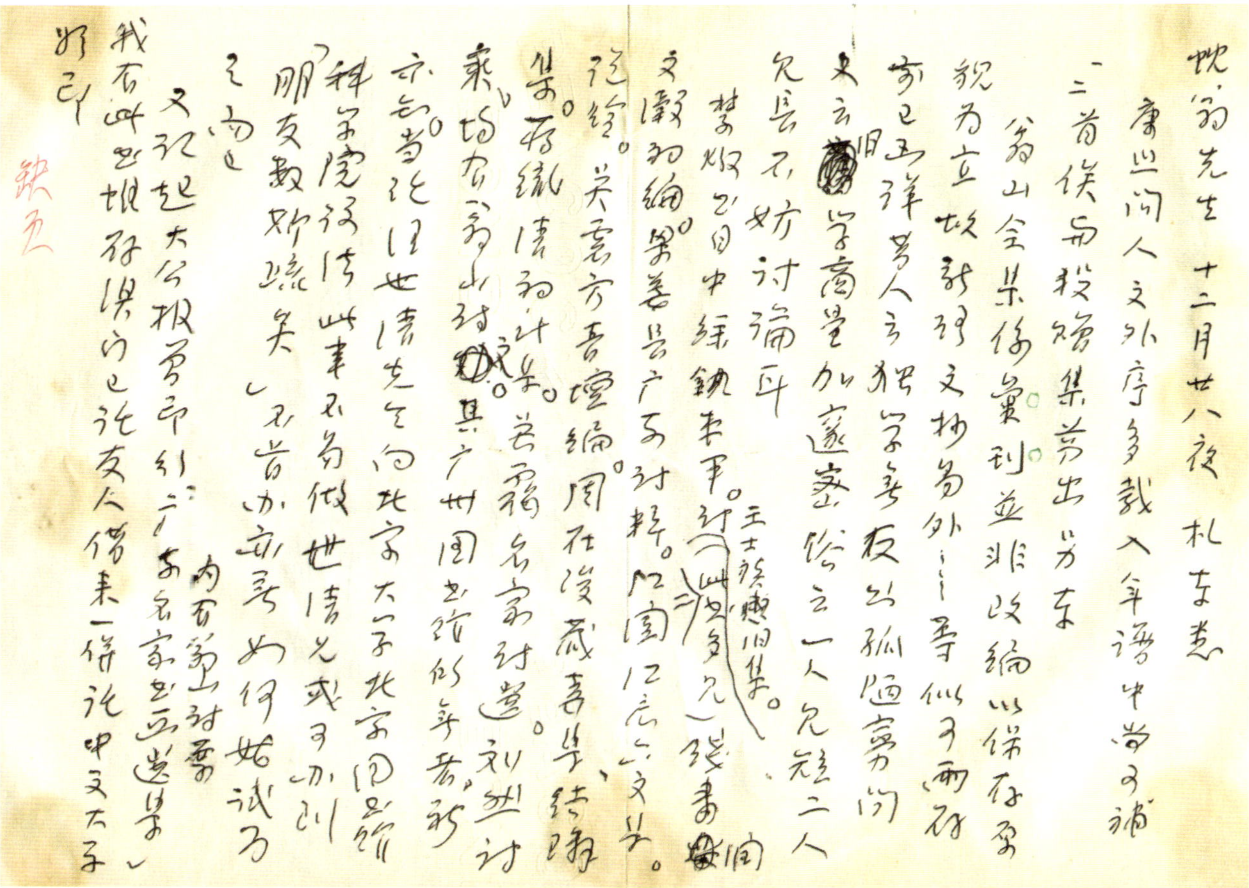

沈翁先生 十二月廿八夜 札左悉

康此間人文外序多載入年譜中尚乏補

二首俟另投媵集莫出書方束

翁山全集係翁刊並非收編此保存各

觥為立故新得文物為外二等似子而存

可正詳另人云猶等多友山孤恒蕩問

文□舊學高堂加遂宏給二人兄慈二人

欠岩不妨討論耳。王士祿悼阳集。

夢煙乙日中綵鈖未平。弢（此族□兒）張書

文徵和編等善岩廣子對釋加囿亿忘与文尖

詒給。吳雲方吾壇編周在後藏喜华結哮

集有綵清和計集。岩霜名家對堂刻坐討

乘坊尒為山封哉□其广州圖書館尒年蕃新

宗當有此世清先生向北京大手北京圖書館

科字院詒传此書不为做世清尒或子加刊

朋友數觬諜矣不告如京另如姑試為

之宜

又記起大公報曾印刻三荂家书尒遠學

我否此也坻荐供句已託友人偺求一條訖中文太子

好記 欸尒

一月八日

忱翁先生：

昨早發一函，附序、跋、書迹目。午間奉元旦及三日兩札敬悉。

一、汪世清處未去函，以《易外》先刻，而後刻《文抄》，內有《易外》序，且《易外》序有薛熙評識，删之，失去薛評，不可，故《新語》《詩外》序亦留之爲妙。

二、《文外》係隨作隨刻，故無卷數頁碼（弟所見兩三本如此），究竟某種是翁山編定之本（即與汪粟亭書所説）無從查考。今發見有康本《文外》達七十七篇爲宣、嘉本《文外》所無，誠一大發見，但不知此七十七篇與《文抄》相同否？此爲至要。《文抄》爲翁山歿前一年所刻，選其精華，并由薛熙評識，故云《文抄》皆得意之作也，以弟推測，必有見於《文抄》者，不知如何？盼覆。

三、《往日集》等必要托汪世清先生去北大、科學、北圖檢抄，書多，不知能如願否耳。多日未接汪信。

四、陳融《嶺南人詩絶句》書遲日複印奉上。

五、昨寄上之序、跋、目（如劉承幹跋，亦應收）擬附於《文外》之後，甘京、李稔、何磻、×××四人題辭則編自序、銘之後，或附《文外》後亦可。

六、康熙各本及宣、嘉本擬彙入《文外》，其後《石濂》《花怪》[一]等文則入《外編》，如弟前上之《孟子列傳贊》亦自黄慈博藏《文外》本録出（徐氏收入佚文漏了一句），不必入《外編》。康本所多之七十七編及宣本之《嶺南游稿序》皆《文外》之文也。

七、因抽出投贈詩文，《年譜》要酌改。又舊稱屈氏爲「先生」，今一律改爲「翁山」。八十老人頭緒紛繁，儘於農曆春節前交差，以原改本及多複印一本奉上。

八、今早已電催禮平速印（托大教授借出），逐頁印太麻煩。

九、翁山墨迹、衣冠象前天已面交中文大學攝影，尚有《贈汪粟亭詩卷》（劇迹）照片今早纔覓出，再設法複印。

十、《屈氏家譜》無全本，弟處祇有《屈傳》二頁木刻印本，一時找不出來。

十一、《詩文校記》當然附於專集之後，《全集》附録祇有評論、投贈、年譜，如此編排乾净利落了。錢牧齋、朱竹垞、劉承幹等序、跋亦附《文外》《詩外》之後，舊時編排附於卷首，今爲維持原書原貌改入於後，即《文外》《詩外》附有序、跋及校記。

十二、弟曾以徐氏康熙本研露齋《屈翁山詩集》校《道援堂詩集》，無大異同，曾疑《道援》即以徐本爲底本。

十三、最好請先生寫一信給禮平，請其辦《四書補注兼考》複印本，弟已再三催之。

十四、弟在資産階級的社會，對於「文物」如果「公用」必歸之於「公」，不存私人秘藏幻想，秘有害無益，居社會主義者更宜公用矣，尊意以爲如何？貴友矜矜，太狹隘了。祝

好

衍　八日

【注釋】

［一］《石濂》《花怪》爲屈大均佚文《與石濂書》《花怪篇》。

燃翁先生：昨早发一函附序、跋书目，午间奉示只及

二、两点敬答

1、经世续以未定，以为外先刻而后刻之，故内有为外

序，且为外序，有"刪"、"出"、"录"、"识"、"刪"之、"先"、"刻"、"刪"、"补"、"刻"，

故诗外外序亦皆之为妙。

2、文外条陈作陆刻板卷数页码（不依兒而三

本如此），究竟某种呈翁山编定之本（即前

汪宗衍出版社）无从查考。今发见有康本文外

达七十七篇为宣嘉本文外所无，识一大发见。

但不知此七十七篇与文外相同否，此为至要。

文外为翁山殁前一年所刻，遂失积草并同

所出详识，如是本文外为何竟之所也，以予推测此

有先于文外者，不知如何收？

3、拟将集等必要在汪世续先生处找大科学、北图

检材之多，不止此如穀子平多未接回信。

4、陈永正为人材纪以书通知，排印本上

5、昨寄上之序跋目（如刻本辩疑亦在内）拟附于

文外之后，其余李稼何礼×××之人题跋亦编

自序后之后，或附文外后亦可。

6、康熙本各本及宣嘉本拟采辑文外，其后不

逮范经等文，收入外编，如何，尚乞下示

待查亦自当悉将藏文外本未出不必入外编序

本所多之七十七编及宣本之缺而选稿序出之文（编入佚文部分）

外之文也。

7、因抽出校录诗文年谱要酌改，又以前所说不

"先生"今一律改为"翁山"，八十老人亦该改依

于异本书节之文者，以原本及多种印一本

本上

8、今早已电话社，手速印（社方欲校后出）送

至即大概收

9、翁山墨迹云有罗家之南京中文大学拟印

者为汪宗衍诗卷（副本）亦仿今早才见出

再设法复印

10、屈氏家谱无全本，只广州有屈付二页木刻印

本一时找不出来

11、诗文材料，当然附于书后（附集），如有评

论、校语、年谱，如此编排于本前务了

说校勘，朱竹垞等序跋亦附文外、诗外之后

旧时编排附于卷首，今为维持原书面貌

改入于后，即文外、诗外附有序跋及校记

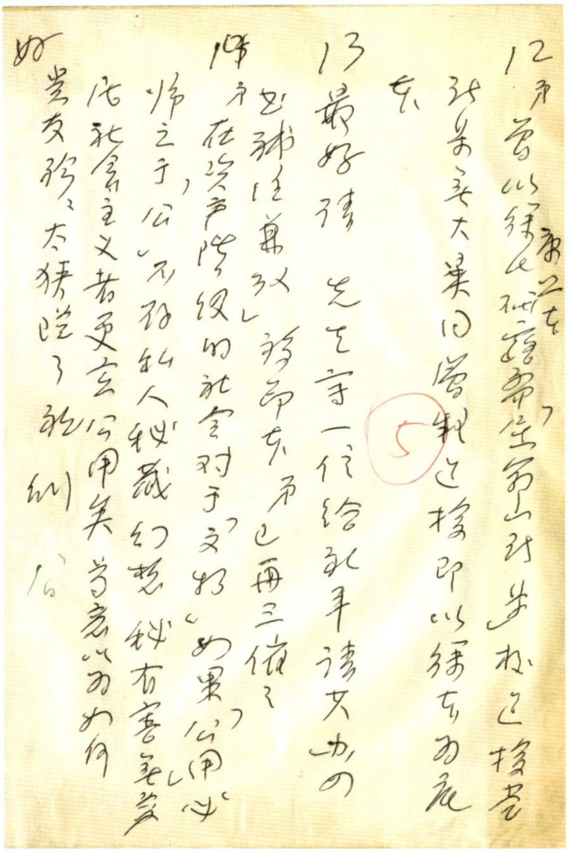
12 [illegible]以[illegible]寄[illegible]，[illegible]收[illegible]
[illegible]大[illegible]即以[illegible]
[illegible]
13 最好請 先生寫一信給我，手續[illegible]
[illegible]再三[illegible]
件。在資產階級的社會，對于文物，如果[illegible]
歸之于公，[illegible]私人秘藏[illegible]
[illegible]社會主義[illegible]公用[illegible]
[illegible]

無日期

忱翁先生：

元月廿日函附剪報《屈集述略》[一]，拜誦欣悉。

關於《國朝詩乘》與《詩外》對校，已大部分校出，又找出《欽州》《豆葉坪病起》二首，見《詩外》，祇《江村春日》《舟次漢江》（或卷六、十五頁之《漢口》）（五律）、《雲州》（七絶），又《登盧山絶頂》是否卷八、二四頁之《登盧山》？不敢懸忖，祈轉主理者核對示知，以便把《詩外》四十題影去汪世清先生，托其校對，如能尋出二三首佚詩，亦快事也。

前聞貴友有《詩外》詩題卡片，請托其將《詩乘》四十題之詩在《詩外》五古×、七古×、五律×、七律×、七絶×之頁數注明，并望示知，以便在港影印，再托世清先生校勘爲荷。

不寫卷數而寫五古×、七古×者，以康熙本有卷又八、卷又十，不如用五古×、七古×爲明晰。

（後缺）

【注釋】

[一] 指《編輯屈大均全集述略》，《廣州日報》一九八五年一月。

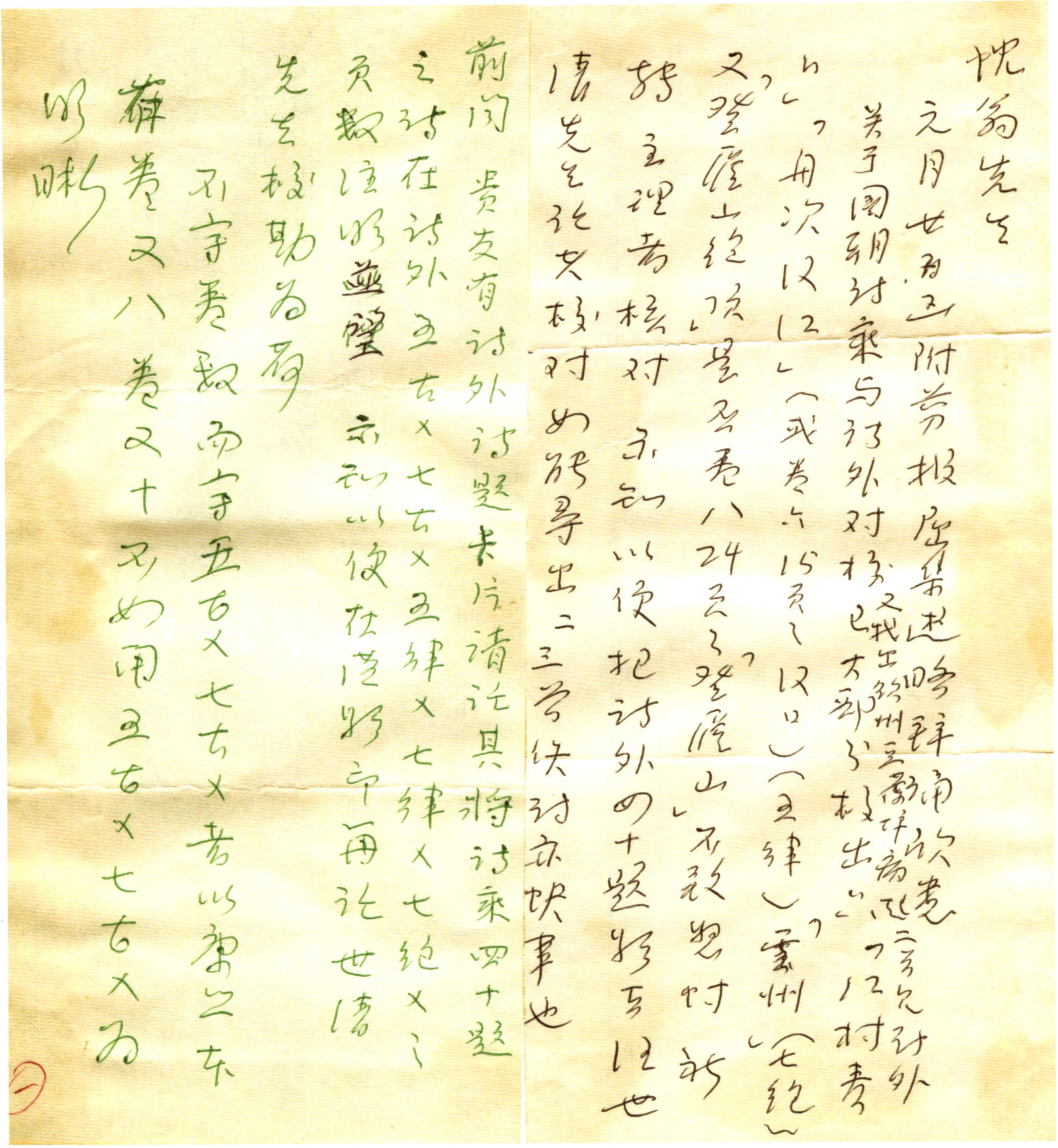

忱翁先生：

元月廿五日附劳报座集述略拜审欣感。关于园朝诗乘与诗外对校，已（又找出绝州三龄诗籍选二首）太郎了，校出诗外「江村书小」「舟次汉江」（或卷六15页汉口）（五律）「灵州」（七绝）又「登庐山绝顶」（见卷八24页之「登庐山」）不敢忽对於诗主理者核对，亦知以便把诗外四十题均予注出，请先生往大校对，如能寻出二三首佚诗，亦快事也。

前闻贵友有诗外诗题未注，请托其将诗乘四十题之诗在诗外五古、七古、五律、七律、七绝、之页数注明，蓝笔亦知以便於证明，再托世清先生校勘为荷。

不宁卷数而宁五古、七古者，以寄之东雍卷又八卷又十不如用五古、七古为明晰。

一月十七日

忱翁先生：

元月九日函悉。

王煒《翁山紀行序》已寄，想已收到。

禮平仍未有消息，曾電詢之，據云托饒教授借出較方便，饒已退休，每周衹到一回，再等些時惟有另托人辦可耳。

翁山有與陳元孝聯句詩載《獨漉堂詩集》，而《文外》未收。又有龔半千書，《文外》無之，不悉前曾奉上否？似漏寄。又，牧齋《羅浮種上人詩集序》有標點二處要更正，奉上祈酌之轉致。已補入《詩外》編。

《年譜》與《投贈集》大致已成，尚要覆看一二次，特別要借《獨漉堂集》來查對資料，手邊乏書，又有前引《晚晴簃詩匯》者，今欲檢原書，不可得也。即頌

大安

衍　一月十七日

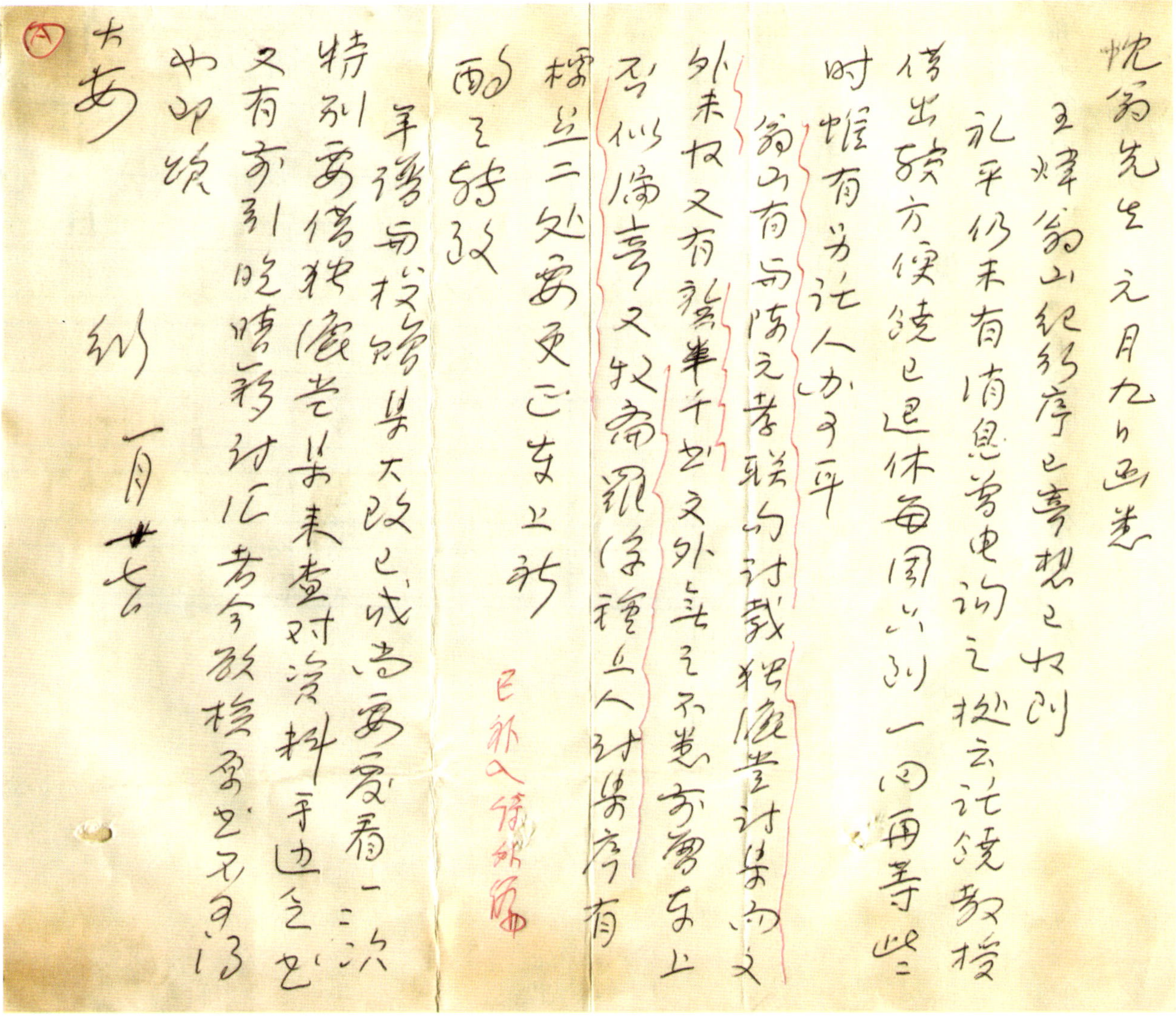
忱翁先生：元月九日函悉。
王煒翁山纪行序已寄，想已收到。
永平仍未有消息，曾电询之，据云许饶教授
借出较方便，饶已退休，每周只到一、二回，再等些
时候有可能入手乎。
翁山有与陈元孝联句诗载独漉堂诗集内，文
外未收，又有跋华千里文，外集之，不悉前曾奉上
否？似倘未，又牧斋罗浮种上人诗集序有
标上二处，兹更已奉上，祈
酌之，转致。
已补入诗外编
年谱与校订集大段已成，尚要覆看一二次，
特别要借独漉堂集来查对资料，手边之书
又有前引晚晴簃诗汇者，今欲检查已不可得
也。即颂
大安！
衍　一月廿六

一月二十三日

貴忱先生：

得來書，知翁山扇影及報紙已遞達，至慰。許禮平處久無消息，可能有難言之隱，不敢孟浪從事。想要由《屈大均全集》編纂會名義致函中文大學，正式辦理手續矣。弟已托另一位助理研究員複印二三頁寄來，過兩天未來，當再催一次可耳。

前寄上汪世清先生抄《名家詩選》選翁山詩目内《渡瓊海》一首，不見於《詩外》，而汪云與《詩外》相核，第五句「鮑」作「鮫」。大約世清誤以《詩外外編》（弟曾寄影本）爲《詩外》，所抄七律全見。《詩外》無異字。「鮑」誤，「鮫」是。

世清抄《國朝詩乘》屈詩目，弟亦檢《詩外》對數過，惟《登盧山絶頂》《豆葉坪病起》（此詩題很熟）、《欽州》《江村春日》《舟次漢江》（以上均五律），《雲州》七絶、《望鍾山》七絶，疑在《秣陵》各首之内，以上各詩，可能弟匆匆走眼，望公與同人覆查賜示，以便將《詩乘》中數十首之詩影印寄去，請世清覆校，如在此發見有佚詩，則大可喜也。又《滄州見雁》《暮春香山精舍》二首，弟曾列入《詩外外編》中者也。

《登盧山絶頂》數首如不在《詩外》，則要求世清抄來。世清已費筆墨不少，頗難爲情。弟已複印《翁山詩略》一册贈之。

方滿棠有信來，擬在廣州設徽學會分點，另二點爲北京、上海，不悉廣州有作手否？香港人則熱心者已少，執筆者更難其人矣。

聞廣東人民出版社有《嶺南叢書》編纂之議，并以先父《嶺南畫徵略》爲其中之一，不悉有所聞否？

專上，即頌

大安

衍　元月廿三日

近有《清史稿考異》校樣來，忙甚。

贵忱先生：

日来出示翁山影及报纸已迎达，至感。

许礼平处久无消息，可能有难言之隐，不致失信。从未想要由屈大均全集编纂会名义致函中文大学正式办理手续，并已托另一位助理研究员复印二三页寄来，过两天未来当再催一次可耳。

前寄上汪世清先生标名家对选遗翁山诗目内《渡琼海》一首不见于诗外，而汪云与诗外相核，另五的「鲶」作「鲛」。大约世清误以诗外外编（另寄影印本）为诗外所标七律全见诗外，至异字「鲶」误「鲛」是。

1、世清标《国朝诗乘》屈诗目，2诗题缺，另亦检诗外对，3改过姚瑶庭山绝顶、4豆叶坪病起、5钦州、6 12村考日、7舟次汉江（以上均五律）、雪州七绝、望殷山七绝、粗杜秣陵」

（三）

各首之内，以上各詩要於再三斟酌，走眼望
公向同人索查，示以便將詩求中數十首之詩
鄧印書去請世清審校，如在此發見有佚詩，對
大可喜也。又浪州兄雁蕩書山樓雲二首，再有
列入詩外外編中者也。
瑩從山館頃數首，如不在詩外亦要求世清抄
來。世清亦費筆墨不少，煩處為情，再已索印周之詩
贈之一冊贈之。
方綉宗有信來，擬任廣州設徵字會，與上另二三
為北京上海，不甚廣，世首依手忍（?）書法人的熱心
者之方執筆者更加其人矣。
聞廣東人民出版社古籍頗為此已已編纂之議，並
以先父頗為其紀略之為其中之一，不甚有所聞否。
手此即頌
大安
衍 元月廿三
近古漢文稍致異，校樣未忙甚

二十六日

貴忱先生：

《文物》《考古》已購得，不必寄來，謝謝。

《翁山文抄》亦收《易外》序，《易外》刻於康熙廿六年，而《文抄》則刻於卅四年，即其歿前一年。似翁山對於某些大文亦兩存，若不兩存而删《文外》《文抄》者，則既非兩書原貌，亦不符翁山本恉，於是，亦要删《文抄》中之《易外》序矣。汪世清兄尚未覆信，弟今尚持兩存之意，俟再確定，何如？或由諸公酌定。

附上翁山明冠服象一紙，描潤後可用，清代學人象傳即從此出，題詩爲黄節手筆，今刻本改訂甚多。

即頌

年禧

衍　廿六日

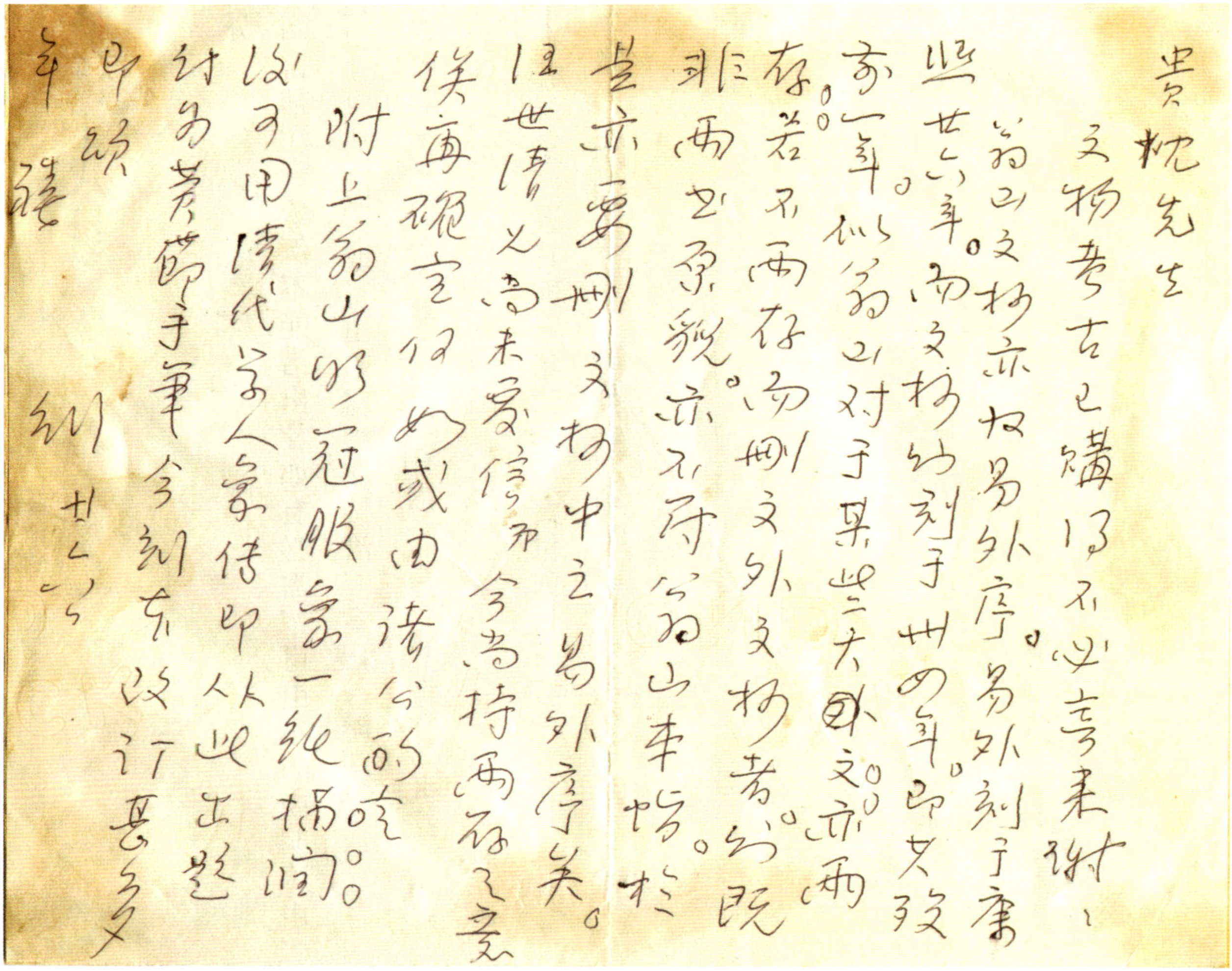

貴忱先生：
文物考古已備得，不必言來謝。
翁山文物亦收易外序。易外刻于康
熙廿六年。而文物約刻于卅四年，即其致
命之年。似翁山對于某些大段文，亦兩
存。若不兩存而删文外文物者，翁既
非兩出原貌，亦不符翁山本旨。於
是亦要删文物中之易外序矣。
但世傳之尚未發信者，今尚持兩存之意，
俟再碰面何如，或由潘公酌定。
附上翁山明冠服象一紙，插圖
似可用清代學人象傳，即以此出題，
封面黄節手筆，今刻本改訂甚多。
即頌
年禧
紉　廿六

一月二十八日

忱翁先生：

《四書補注》依例不能借出，如有必需，可由小組説明緣由，專函九龍中文大學圖書館長，申請徑寄香港九龍新界沙田，或寄由弟處轉交接洽，當托人辦理。

《投贈集》A帙八十頁（目録在内），祈審閲後寄北京。B帙目録一頁，内容七十九頁，共八十頁，留穗備查，挂號寄上。一、請照中華標點例更正。二、穗中有原書的，請主管人檢原書校正，少數書爲難得者。（在郵局寫，遲日與《年譜》一齊付郵。）

《年譜》在覆校中，容續寄。即頌

著安

衍　一月廿八日

附影印件二頁。

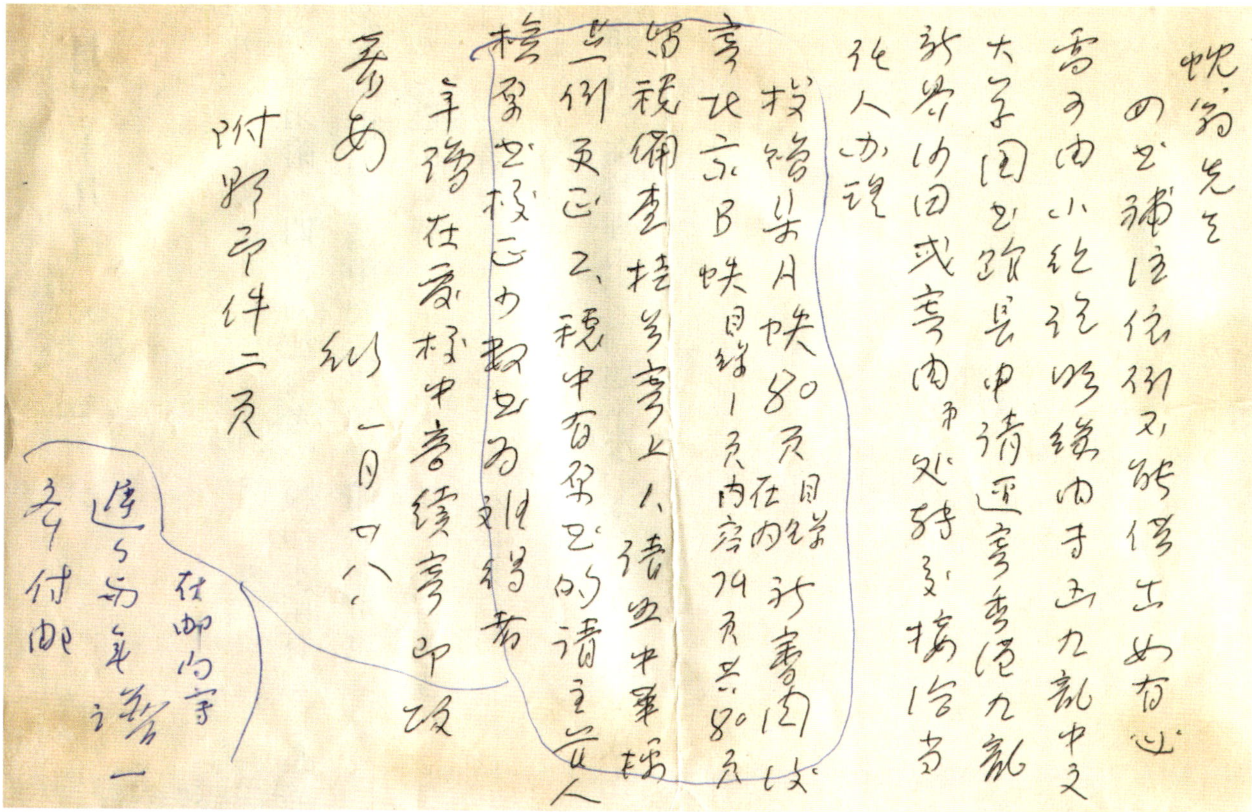
忱翁先生：
四史補注稿如不能借出，如有必
需，可由小兒託明緣向香港九龍中文
大學圖書館長申請，逕寄香港九龍
新界沙田或寄由小兒轉交，擬借當
作人辦理。
按館藏月底80頁（目錄在内）新書內
寄北京月底目錄1頁，內容79頁，共80頁
留稿備查，估計寄上八，請出中華標
點例更正之，稿中有原出的，請主筆人
檢原出校正，如撥出為難得者
年譜在廣東校中，當續寄印收
為要
紉 一月廿八
附影印件二頁

一月二十九日

貴忱先生：

昨發一函附《四書補注兼考》複印本兩頁，這是静静的影來的，似不宜印於《全集》書影裏，如果必需全影，將由小組函中文大學圖書館辦請可也。

近見《道援堂詩》十八卷大字本，不詳何處出版、年分。弟在《譜》中著録爲《道援堂集》，而宇翁《書目》作《道援堂詩集》，三本名稱不同，請代爲一查中山圖書館藏本究竟是怎樣的，卷數、序、跋如何，刻書年份、出版人詳示爲荷，拜懇拜懇。

《年譜》在整理中，問題不少，總想在短期完成先行交卷也。祝

好

衍　一月廿九日

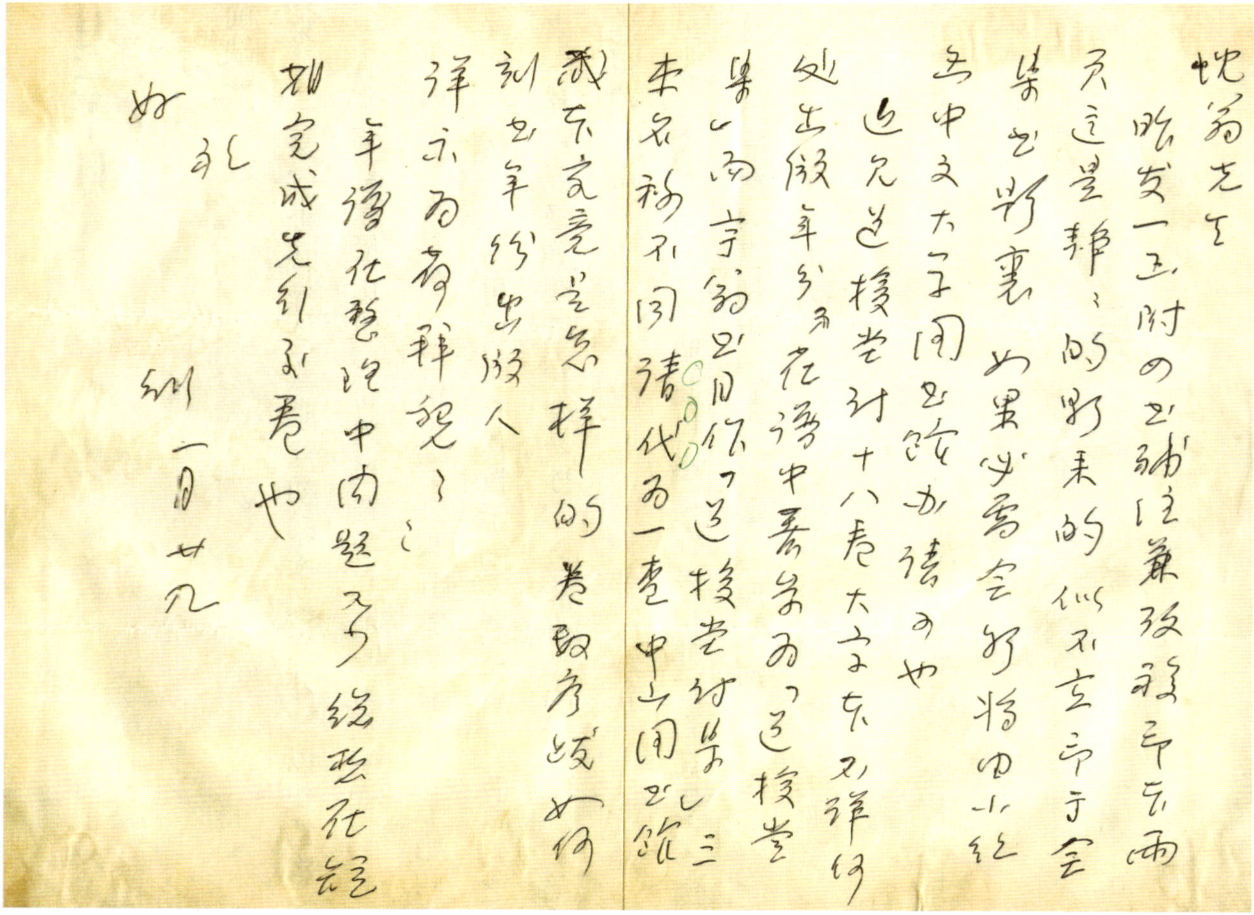

忱翁先生：
昨发一函，附上补注兼改稿，印东函
又"这是静静的"那来的，似不言亦可。全
集上所裏，如果必需会印，将由小组
出中文大学图书馆加请の也。
近见《道援堂诗》十八卷大字本，不详何
处出版，年分亦在谱中著录为《道援
堂集》，而宇翁书目作《道援堂诗集》，三
本名称不同，请代为一查中山图书馆
藏本究竟是怎样的，卷数、序跋如何，
刻书年份、出版人，
详示为荷。拜托拜托。
年谱在整理中，问题不少，总想在年
初完成，先行寄奉也。
祝
好
衍 一月廿九

一月三十日

（前缺）

影抄寄來）。又，少時從徐藏康熙初印本《文外》以雙鈎影抄扉頁序、銘、目録、題辭、佚文，複印奉上，此《唐臨蘭亭》最正確，盼以爲題辭底本（另郵）。

《國朝詩乘》係禁書，已由世清抄來五絶、五律、七絶四紙。弟已在宣統本查出校勘一過（另郵），有異文又似有佚詩，盼再付趙君覆校示知，聞趙君每詩首句之索引則佚詩自易校出。七律、七古字多，世清未抄來（其實五絶等四紙亦不易抄，世清喜抄書而已）。弟已查出原詩在宣統本某卷某頁，已映印一帙寄去，俟得覆再寄奉。

屈官服象及遺墨照片（照此攝影，在港市非二百元HK不辦）數張，今晚可由中文大學林君交到敝寓，連同舊藏屈《謝汪粟亭餽黄山茶詩卷》（原藏何君蒙夫[一]）照片，日内與《投贈集》稿一併挂號寄上。因托世清查汪堯峰贈屈詩在《鈍翁類稿》卷數（舊引《晚晴簃詩匯》太使）較好。《屈譜》仍在整理中，亟欲在春節前完成也。

《續廣東文徵》約弟爲顧問，有稿盈尺來審定，尚未着手，祇可慢慢去做。《屈集》事我做較他人爲熟手，《文徵》則人人能之，故放後也。祝

著安

衍　一月卅日

【注釋】

［一］何覺（一九〇八—一九八二），字蒙夫，廣東順德人，香港收藏家。

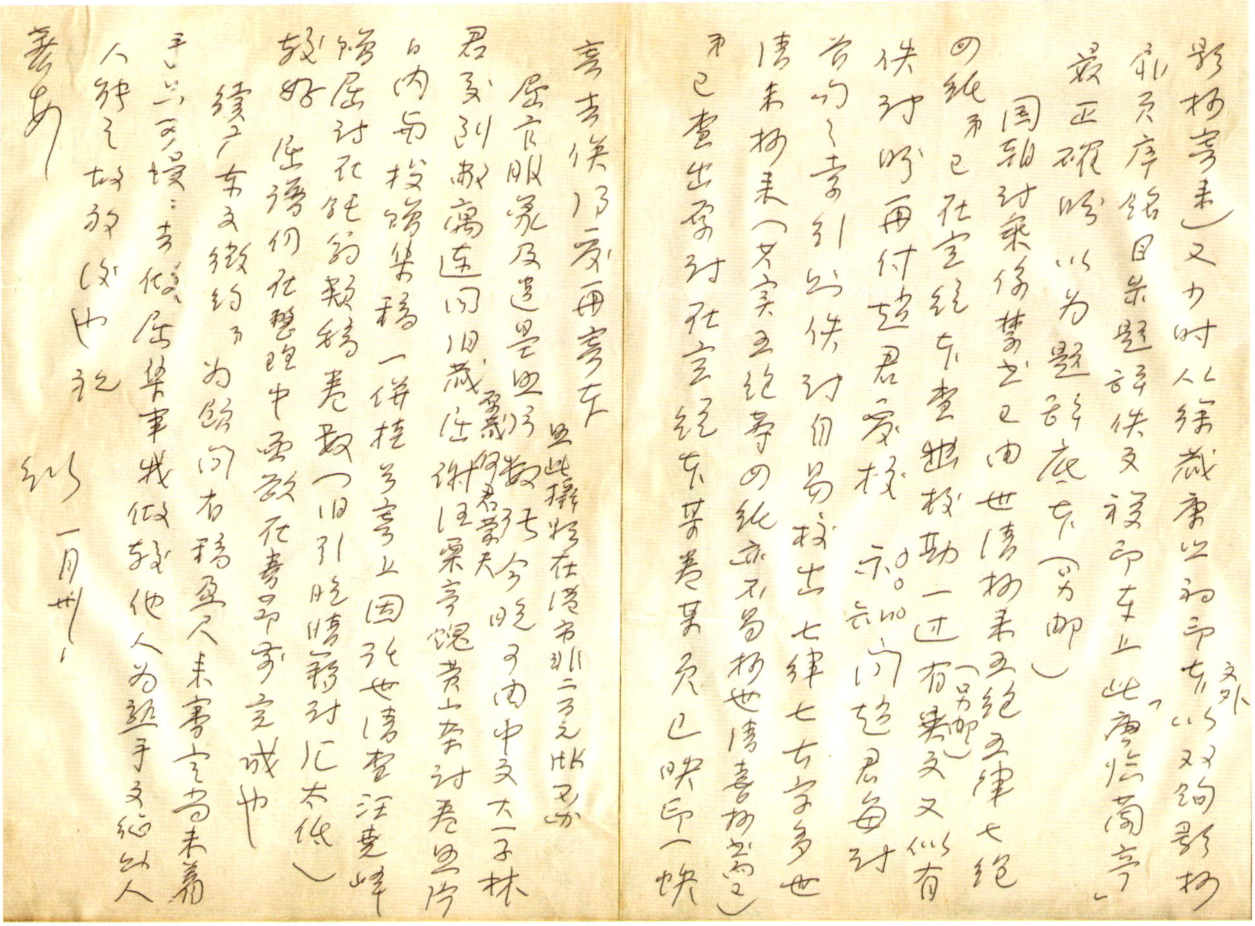

二月二日

貴翁先生：

元月廿九午函奉悉。

兹交郵挂號寄上翁山像及遺墨共八張，祈查收。製象極精，因照片不能照印刷品付郵，衹可作信寄，郵票多無可如何。前印上之《致汪扶晨詩翰》，「又寄」二字拼版太密，兹覓出二張未拼貼者較好，「寄」字末筆尚可與上張連合也。

昨與馬國權兄晤，及云《藝林》近改板，每板縮細至多僅能印二千五字，尊稿稍長，或要節略云。

《禁書總目》等亦著録《廣東文集》而無《廣東文選》，可異一。《文獻叢編》雖云有《廣東文集》一部，云自唐迄明季共四十卷，卷數與《文選》同，可異二。朱希祖云有《廣東文集》八册，始於漢之陳元，終明之黎遂球，其書今不可見，朱氏亦係就記憶言之。《述略》稱《文選》較爲適當耳，仍候卓裁。

即頌

著安

衍　二月二日

遺象。從宣統排字本複影。

遺墨。

《攝山秋夕詩翰》。

《秋蟬詩翰》。

《松江春日宴集詩翰》。

庚申爲康熙十九年，時翁山年五十一歲。上款修來爲顔光敏，山東曲阜人，進士。主人爲張帶三。王攄

《籚中集二》有《贈張帶三考功》詩。

《寄汪扶晨詩翰》。（二張）

扶晨名士鉉，歙縣人。

《壽石瑯翁詩翰》。

此幅無上款，同册有陳恭尹、梁佩蘭贈詩，其《王隼詩》稱爲瑯翁，故知爲兩廣總督石琳，作琳瑯，名字相應。

《端州道中詩扇》。

此扇有陳璞題記，云爲椒坪物，乃楊永衍表字，《秋蟬詩翰》亦有椒坪印。

以上七件共照片八張，請依其書法少老再酌定次序。

《羅浮雜咏詩翰》。

此頁今藏廣東博物館，爲翁山歿前一年所寫，曾在香港中文大學文物館展覽，似寫有小文記之。

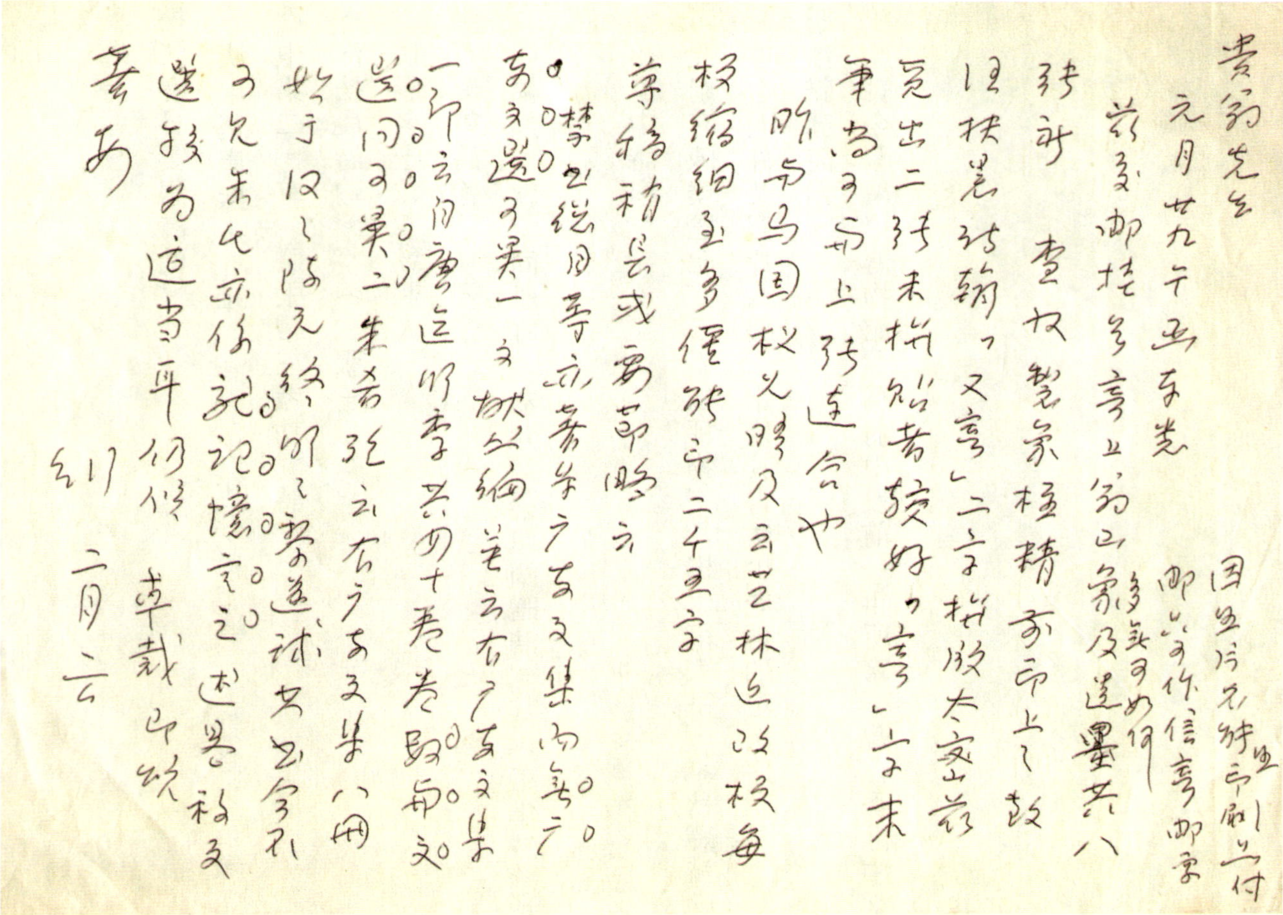
贵翁先生：
元月廿九日函奉悉。
承寄御题[illegible]翁山象及遗墨共八
种，查收。装裱极精，[illegible]印上了款
[illegible]“又寄”二字，拟改“大察”。
见示二种未拟，然书法好，“寄”字末
笔为可印上[illegible]合也。
昨由马国权兄转及，云艺林近改校，每
校稿[illegible]多便[illegible]二千五字
等稿，[illegible]或须节略云。
[illegible]总目等亦寄来[illegible]文集尚未知。
[illegible]一文[illegible]编[illegible]
[illegible]
[illegible]
[illegible]
[illegible]
[illegible]
[illegible]何候
[illegible]二月二日

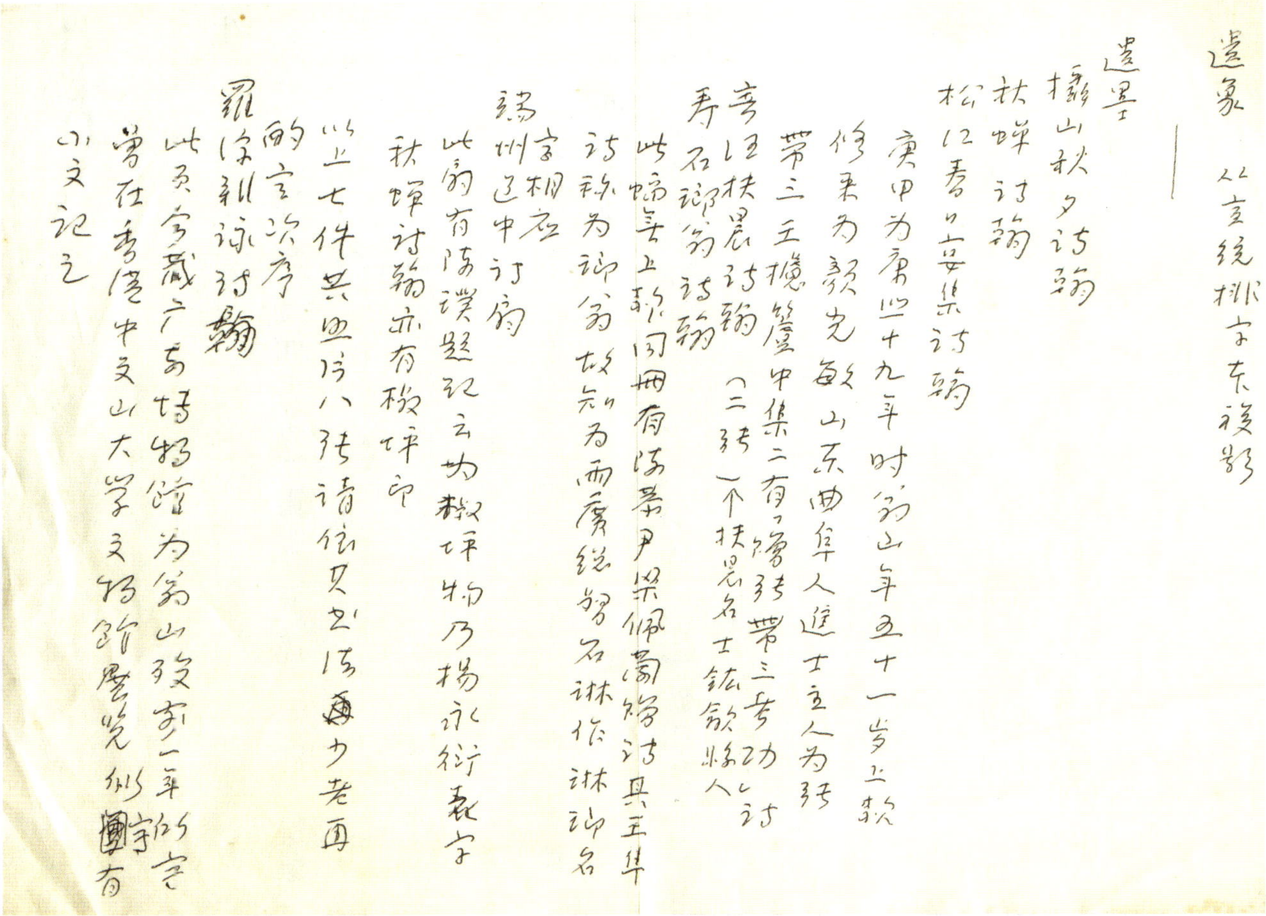
遗象　以上统排字本复影
遗墨
攝山秋夕诗翰
秋蝉诗翰
松江春日宴集诗翰
庚申为康熙十九年时翁山年五十一岁上款
修来为颜光敏山东曲阜人进士主人为张
带三王橒篮中集二有赠张带三吾功之诗
高江扶晨诗翰（二张）下扶晨名士鈜歙县人
寿石卿翁诗翰
此幅无上款同册有陈恭尹梁佩兰赠诗其王隼
诗称为卿翁故知为西广总督石琳作琳卿名
扬
州寄相应道中诗翰
此翁有陈璞题记云为椒坪物乃杨永衍表字
秋蝉诗翰亦有椒坪印
以上七件共四十八张请依只出版少老再
酌定次序
罗浮记游诗翰
此为广东博物馆为翁山殁前一年所写
曾在香港中文山大学文物馆展览册有字
小文记之

二月七日

貴忱先生：

奉二月二夜示拜悉。《四書考》書影已遞達，至慰，遺象、遺墨照片想亦收到。

《道援堂詩集》與《翁山詩略》屈氏生前有自刻本，沈用濟之《道援》十卷本與凌鳳翔之《屈翁山詩略》四卷本都從屈氏舊版買來重印以爲己刻，《廣東新語》潘耒序，署木天閣，版即從屈氏後人得之，其明證也。嘉慶（世稱道光）《道援堂》十三卷與徐刻《屈翁山詩集》内容相同，則嘉慶本從徐刻出而改名者，此間之《道援堂集》亦十三卷（非十八卷），附上書影，乞與嘉、道一校相同。弟舊有十三卷本，尚有毛奇齡序或未影來耳。

朱希祖《明季史料題跋》中之《翁山詩略》跋引周炳曾序，云此即凌鳳翔《詩外》序，大誤。蓋朱未看見「集名詩略，節取也」數字也，凌本《詩略》未見前印上之《詩略》，朱氏定爲乾隆本，實亦取舊板重印，非新刻，目録所載各卷首數多於卷内首數，又有缺多，其非新印可知，日日盼汪世清查《鈍翁類稿》卷數即可。以《投贈》一集奉上，晤歐公乞代候。即頌

著安

弟衍　二月七日

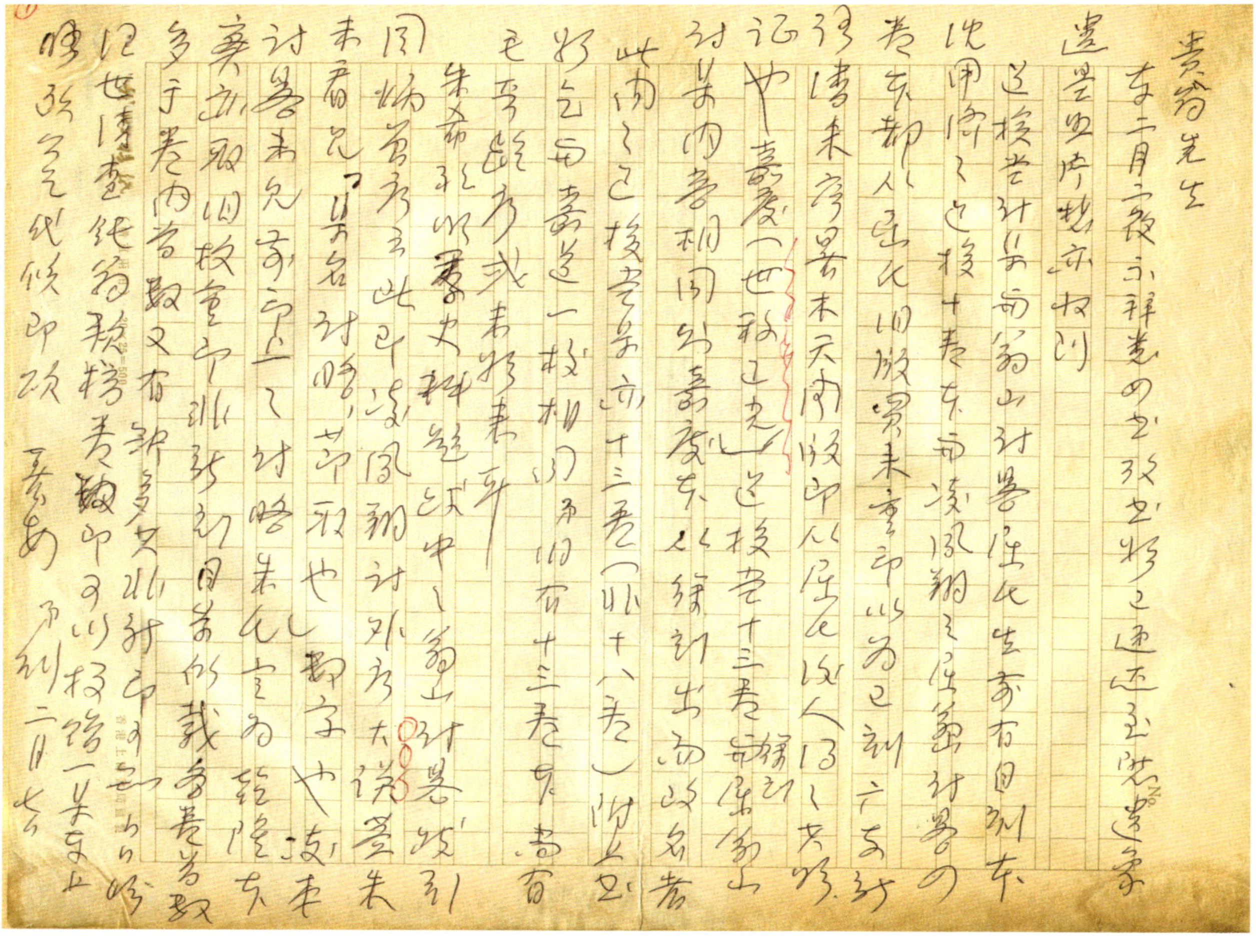

二月十二日

貴忱翁：

二月七日函悉。知《屈氏家譜》《翁山傳》已收，二日寄照片係挂號付郵，想已收到。《投贈集》内顧夢游、汪琬贈詩内尚有酌爲贈訂，而世清迄未覆來。兹先寄上此初稿二帙，分A、B者，以A帙連目録計爲八十頁，B帙則目録一頁、詩文七十九頁，内容相同，請諸公審閲後示知。顧、汪之詩一俟查得卷數，隨時改正。現因托中文大學查書及照片事多，而世清三月中有美國普林斯頓大學半年之約，歸來已在秋間，故世清處不便催促之。一俟三月再設法托港大、中大熟人查閲（亦未有），且因農曆歲暮亦要有些卷子交上也。

《年譜》尚要查徐釚《本事詩》《明詩别裁》《獨漉堂詩文集》，均爲查卷數，弟以衰年不能奔走遠校，稍遲即可寄上。托友查書，不能催得太甚，奈何奈何。

即頌

春禧萬福

宗衍　二月十二日

歐公均此致意。

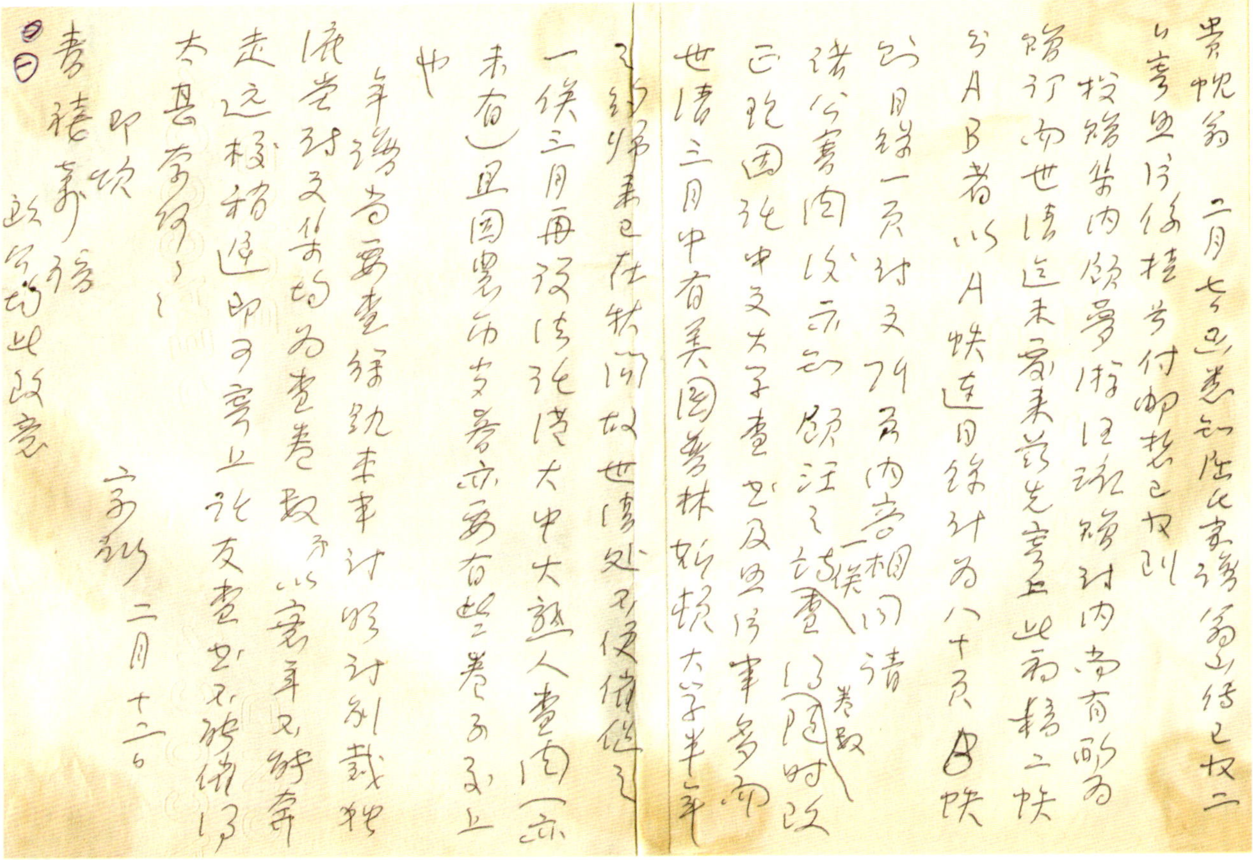

二月十八日

忱翁左右：

十二月廿七日大教悉。

新聞消息《大公報》未見刊出。

廣州新聞不宜將《四書補注》在港覓出發表，恐發生變化。連日耶旦新年假期，禮平出外旅行，擬設法借出複印較便。

《風雨樓扇粹》借到，往返郵資HK十元，若付店攝影非五十元不辦。先精印一紙奉覽，以供先睹，若能細爲「描潤」必更好（因原扇爲明金，故多黑影），俟彙同翁山象等托中文大學專家重影，望更精采耳。祝

年禧

弟衍　八四年除夕前一日

歐公均乞叱名道賀新年快樂。

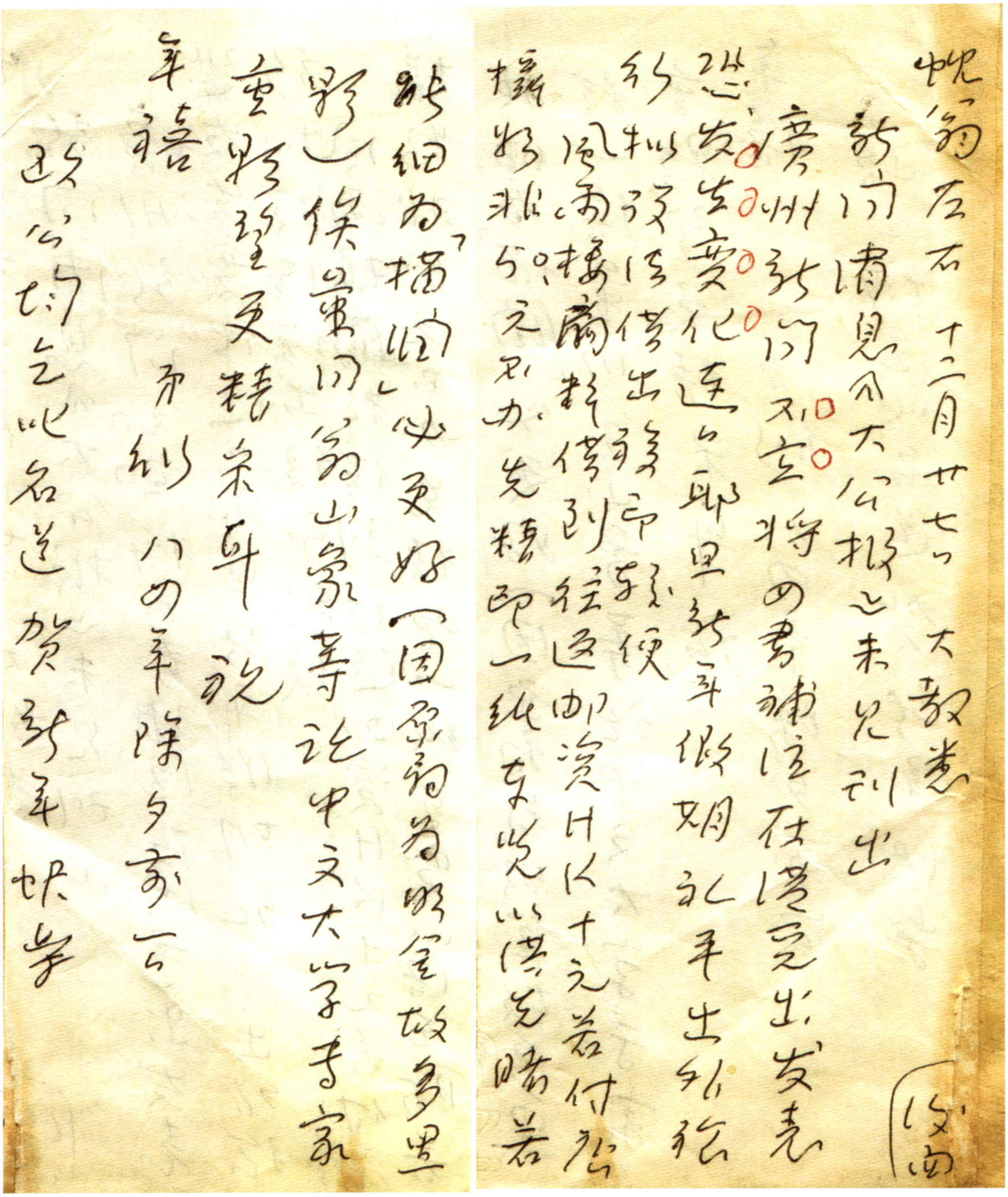
忱翁左右：十二月廿七日大教悉。
新聞消息，《大公報》已未見刊出。
廣州新聞不宜將四書補注在港另出發表，
恐發生變化。迄今耶旦新年假期，永年出版
行，擬設法借出發印較便。
風雨樓藏精借到，往返郵資廿八十元，若付公
攝影，非公之君力，先精印一紙本，覽以供先睹，若
能細為「描繪」，必更好（因原稿為照片，故多黑
影）。俟黃同翁山家等，託中文大學李家
重影印更精采耳。祝
年禧。　弟衍　八四年除夕前一日
趙公均此名道賀新年快樂

二月十九日

貴翁：

汪世清先生來函，關於《詩乘》與《詩外》校字複印奉上，請交趙公參考。《詩外》有《草書歌贈藍公漪（漣）》[一]，自言其寫草書并論草字詩數首。貴友之聯軸二件乃行書，與前寄照片之精者大異其趣。弟素率直，不致以恭維兩行之語以答老友，方命之處乞諒。望細審之，或與黄文寬諸公討論，當知吾定不誤也。祝

新春快樂健康

甲子除夕　衍

【注釋】

[一] 原詩題無「漣」字。

貴翁

溫世濟先生未有詩來吊余詩乘兮詩外梭
字稷印至上清至趙竹參考
詩外有草亦歌譜藍公偽（連）白
言文字中也並論草字詩卻若
貴友之聯紬二件乃彩巳亦高壽
且以之贈者大異其趣矛壽辛卯
不致以當紙兩彩之弱以答
老友方命之處之
詩飲細書或亦芳之真張门對漏
當云弓言不懷也記
鄉壽快崇健康
甲子陽夕叔行

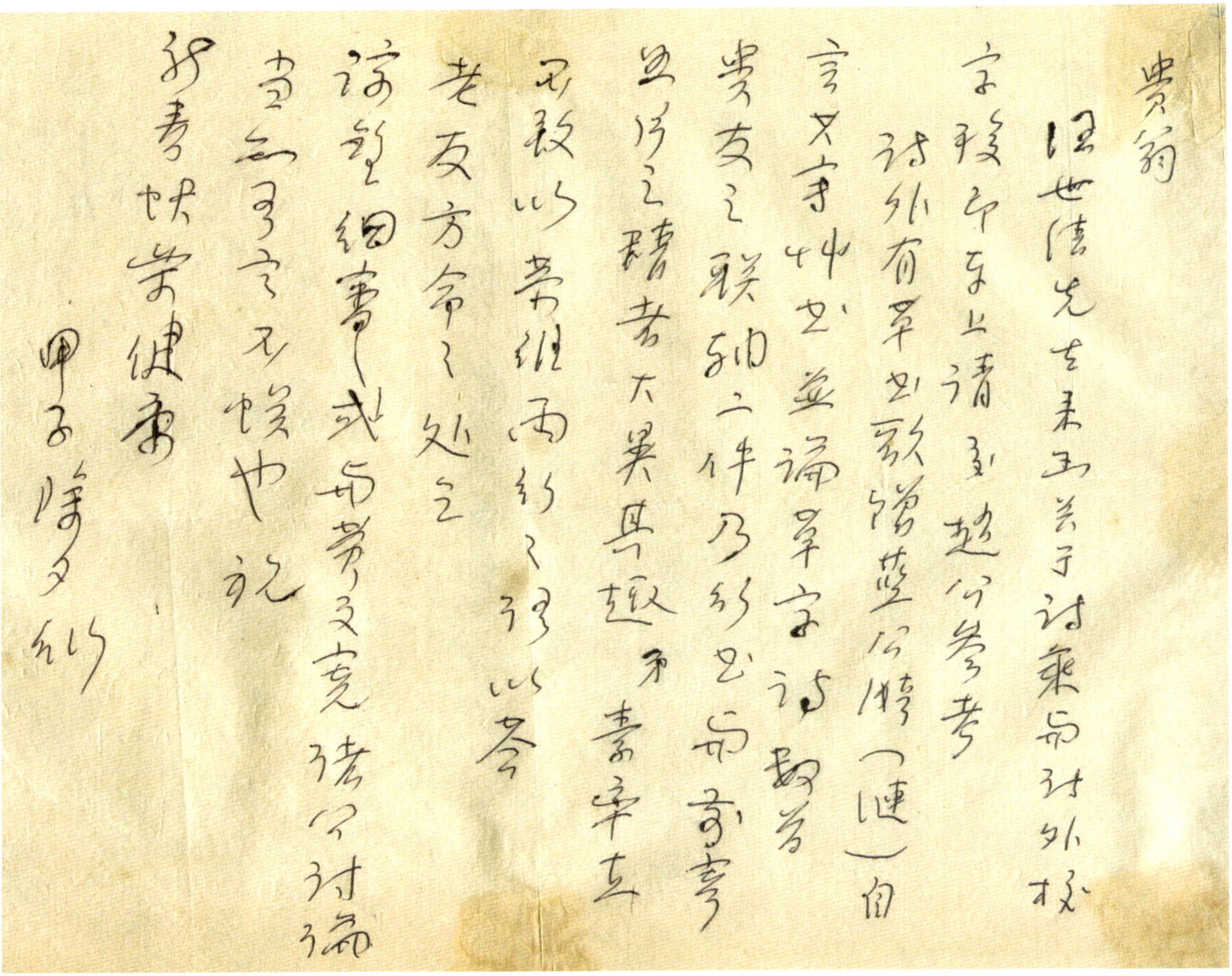

二月二十五日

貴翁先生：

二月廿一日大札拜悉。《投贈集》稿已遞達。又，除夕函談翁山僞迹事已收到，至慰。《攝山秋夕》箋爲屈沛霖藏，《秋蟬》爲楊椒坪藏，前爲早年，後者亦覺其稍楷，然頗札實，故姑以奉寄，將來此二件可不用，貴精不貴多，衹用《張帶三》及《瑞州道中》兩扇、及《汪扶晨》及《壽瑯翁》兩箋、省博藏《羅浮雜咏》五件即可矣。弟返穗之期約在三月十日至二十日間，前後港中有事待辦，大駕既於三月初入京，則弟於二十日前啓程，冀能親聆教益。前承惠下稿費四百五十元，除先後支八十元，其餘三百七十元煩交舍侄德森手收，可於返穗時應用。已函囑德森與台端接洽。弟之收條交德森面呈，届時仍囑德森簽字爲荷。《年譜》尚要查《本事詩》《顧與治詩》，《金陵叢書》本冀中大有之，《砥齋集》中非世清代查者不可，《獨漉堂》已查得矣。即頌

著安并賀春禧

衍　廿五日

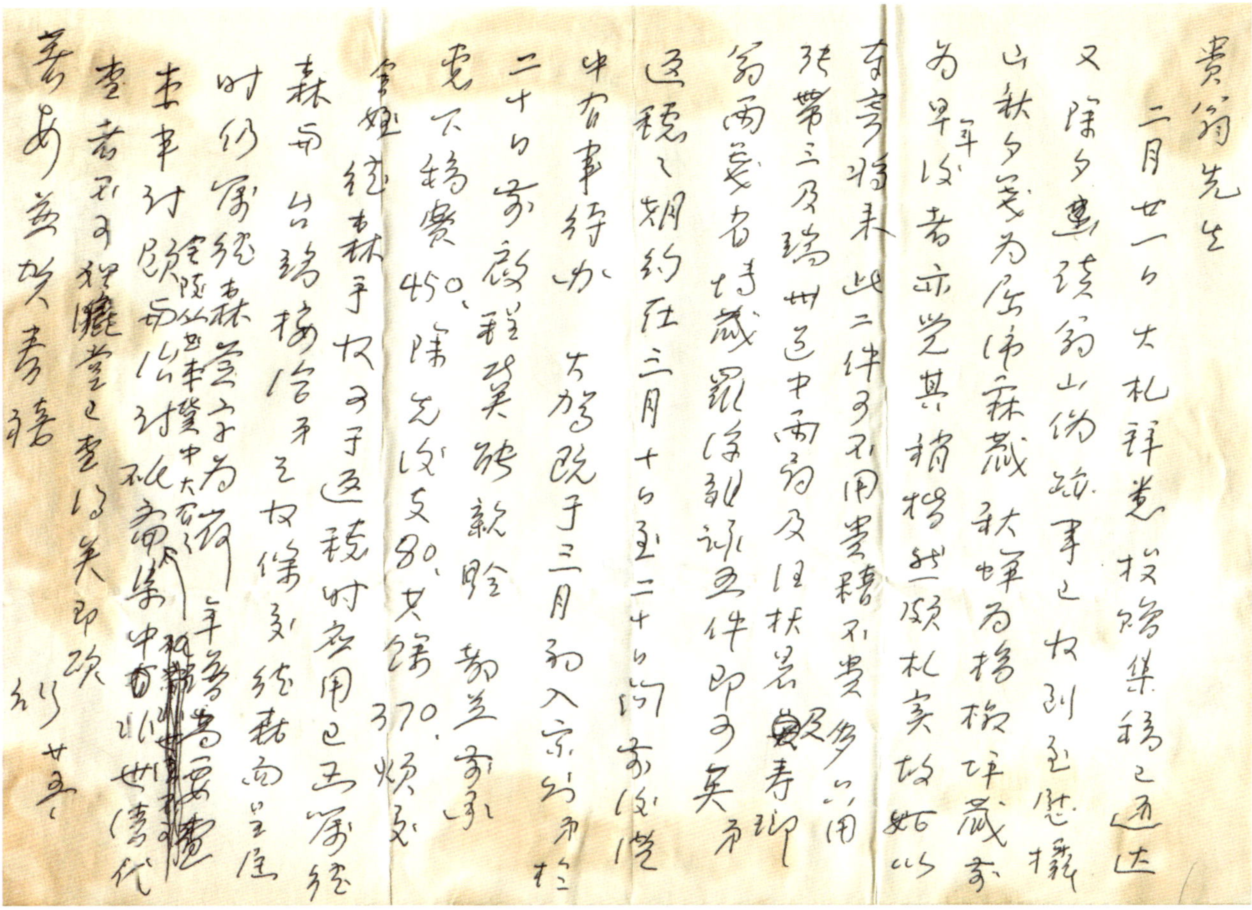

二月二十五日

貴忱翁先生：

二月廿一日函奉悉。承代滙汪世清、王益知兩先生共八十元，至感。稿費原四百五十元，除支外尚存三百七十元，請就近交舍侄汪德森收，并附上收條乙紙，祈查收爲盼。瀆神，謝謝。即頌

著安

弟衍　二月廿五日

茲收到王貴忱先生轉來整理《屈大均全集》稿費人民幣肆佰伍拾元（除前支用捌拾元，實存叁佰柒拾元，由汪德森代收）。此據。

一九八五年二月廿五日　汪宗衍

此據仍由汪德森附簽，恐郵寄遺失也。

汪德森手收。

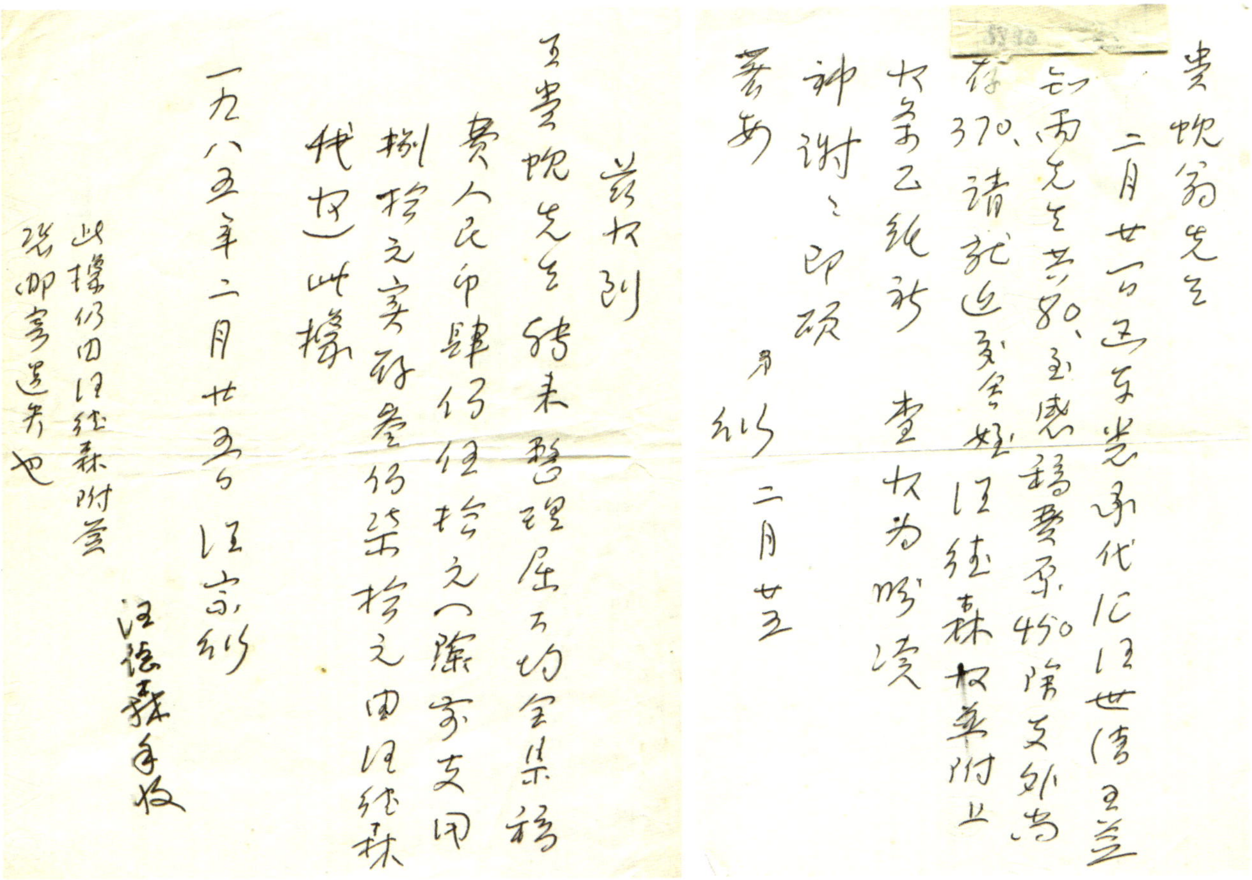

貴忱翁先生：

二月廿六日函及惠承代汇汪世清先生和甫先生书款80、玉惠稿费京450除支外尚存370，请就近交舍侄汪德森收并附上收条乙纸祈 查收为盼。

神谢之即颂

著安

弟 宗衍 二月廿三

德森侄：

王贵忱先生转来整理屈大均全集稿费人民币肆佰伍拾元（除寄支用捌拾元实存叁佰柒拾元）由汪德森代收此据

一九八五年二月廿五日 汪宗衍

汪德森手收

此据仍由汪德森附签
张卿寄还者也

二月二十七日

貴忱先生：

昨上乙函，請以稿費餘款三百七十元交舍侄德森手收，計達台覽。關於《廣東文物考古目録索引》一册，届時祈一併交德森收下轉交便得，謝謝！

《屈集編輯概略》文《藝林》上周六尚未刊出，馬説必登。弟意「國務院古籍整理出版規劃小組」及長春市、東北師範大學古籍整理研究所均有《古籍整理出版情況簡報》及《古籍整理研究通訊》出版，前者出至一三〇期（此期有拙作一篇），後者出至八四年總五期，季刊，八五年未出版。大作《屈文》似可分寄該兩處發表，文字注意《全集》各分集書名、附録、説明、校記、傳記、年譜、序跋、批評、投贈……等等，閑話少説，六種《附録》略爲一説便得，祈酌之。即頌

撰祉

衍　乙丑人日後一天

汪世清先生函來，五十元已由鄧同志匯到手收了。

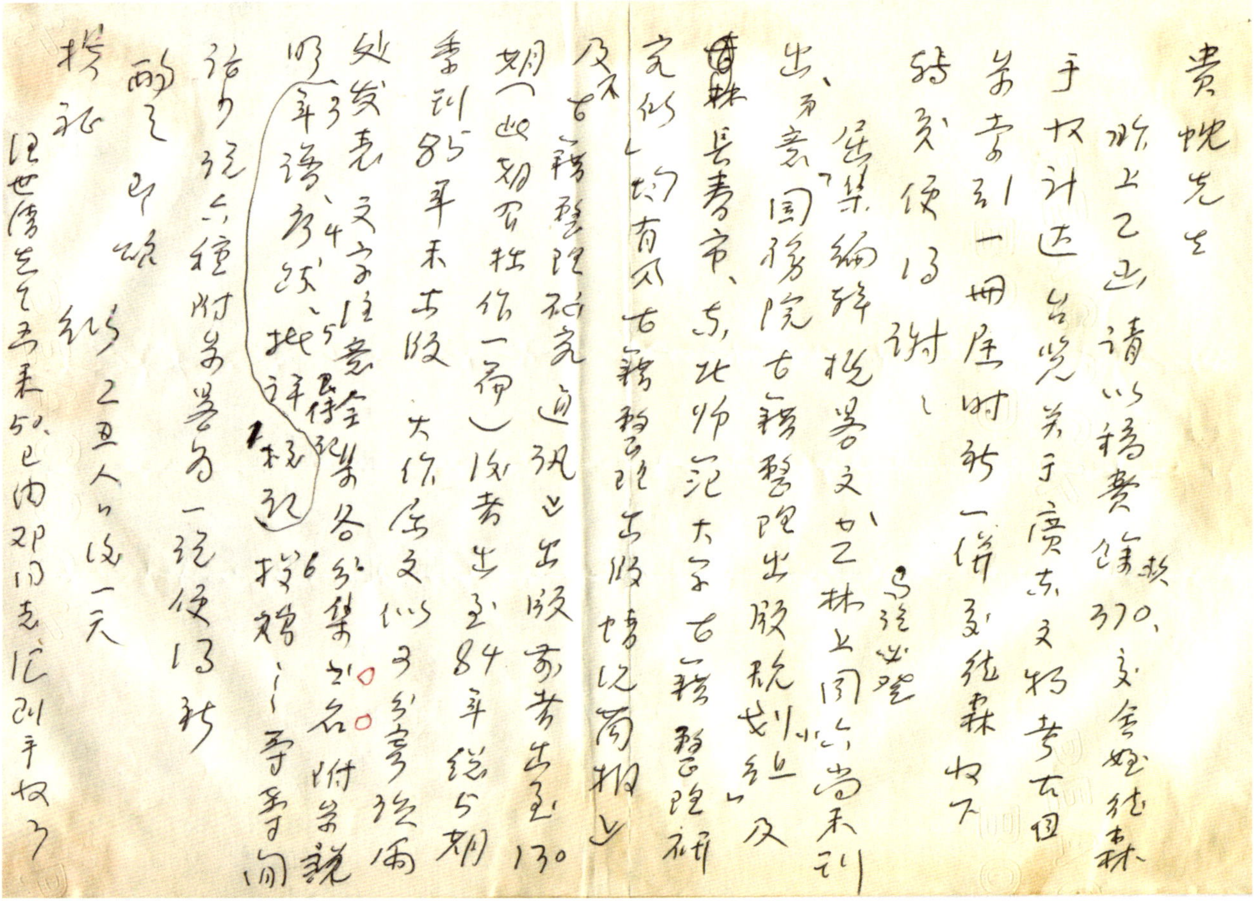

可居室藏汪宗衍致王貴忱函

三月九日

貴忱先生：

接舍侄函，稿費三百七十元已如數收到，謝謝。大駕何日北上，歸途約在何時，祈示知。弟定於四月五日下午一時零五分直通快車赴穗，八日上午十時半返港，將住東湖公園内之招待所，屆時想已返粵矣。《屈集》稿已登出，奉上查收，可寄北京或吉林古籍整理出版小組發表。國權想另有奉上。即頌

大安

衍　三月九日

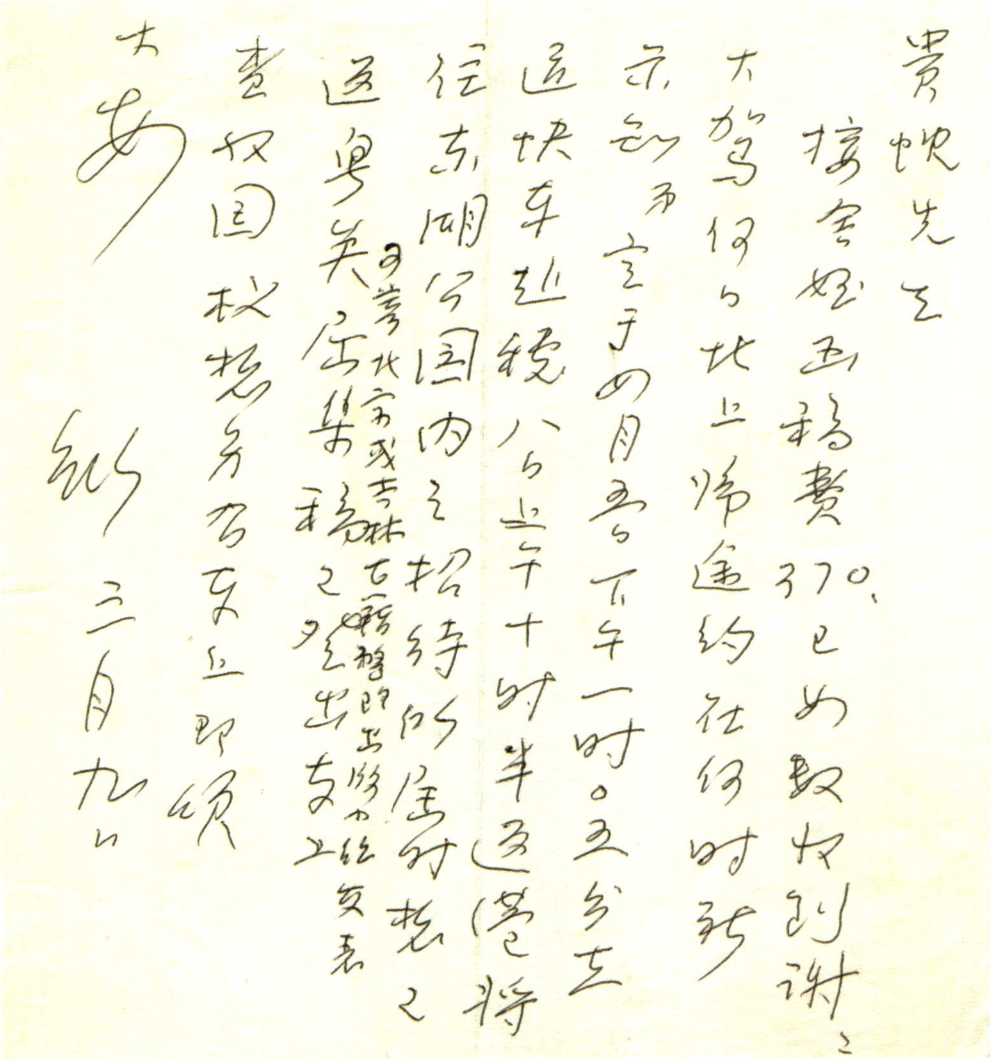

貴忱先生：
接奉惠函，稿費370、已如數收到，謝謝。
大駕何日北上，歸途約任何時到
京？幸示知。定于四月五日下午一時五分左
右快車赴穗，八日上午十時半返港，將
往東湖公園內之招待所居住，想已
遊粵矣。宋集稿已另寄出交上（日前寄北京或吉林古籍整理出版小組發表）
查收回校稿另交上。即頌
大安
紉 三月九日

三月十九日

貴翁先生：

十四日函拜悉。廿二日入京數日即歸，至慰，是則弟四月五日返穗可聆教益矣。端節時在番禺開翁山詩歌學術討論會，并印行《翁山資料》一册，可喜之至。承囑寫《翁山學行》一文，本應執筆，惟近日忙甚。《清史稿考異》在最後校樣付印中。舊作《疑年偶録》已付植字幾年，迄未弄妥，現擬改付《中文大學學報》，又需大加整理。《續廣東文徵》稿件《小傳》去年付來審定，遲遲未交卷，頃以《廣東叢書》及《嶺南畫徵》印行，正着手略事整理，在着手中，故一時未能旁鶩方命，抱歉之至。其實穗中濟濟多士，不必老耄厠手，弟素不長詞令，每次會議多期期艾艾，不能發言，此生平之最拙處也，乞諒之。《屈譜》希望在四月初帶上，世清查書未能續來，祇可先交卷作一小結。即頌

著安

弟衍　十九日

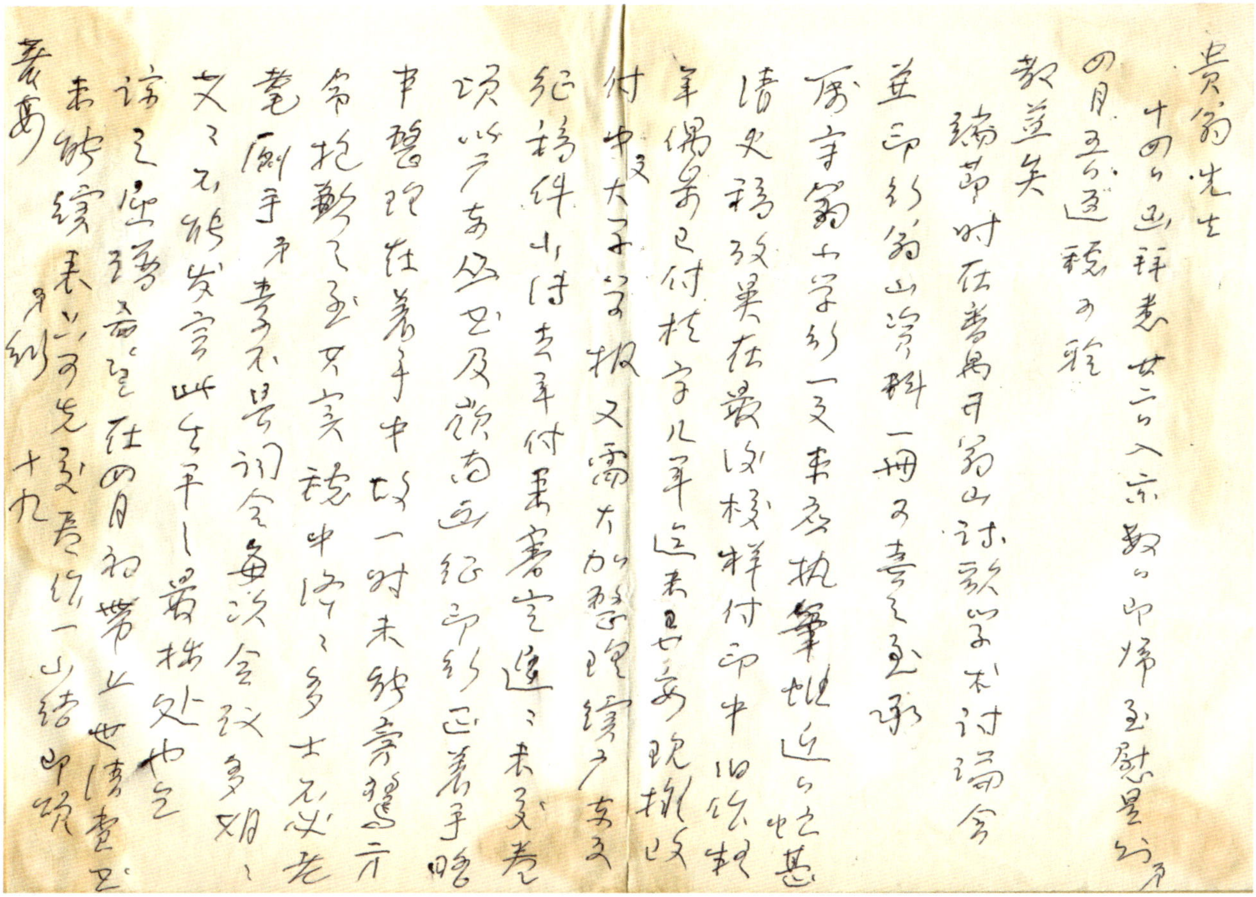

三月二十二日

貴翁先生：

方滿棠先生來函，云已到穗，兹覆一函，祈轉交爲荷。

翁山資料文弟擬寫《年表》，約萬字左右。何如？

即頌

撰安

衍　廿二日

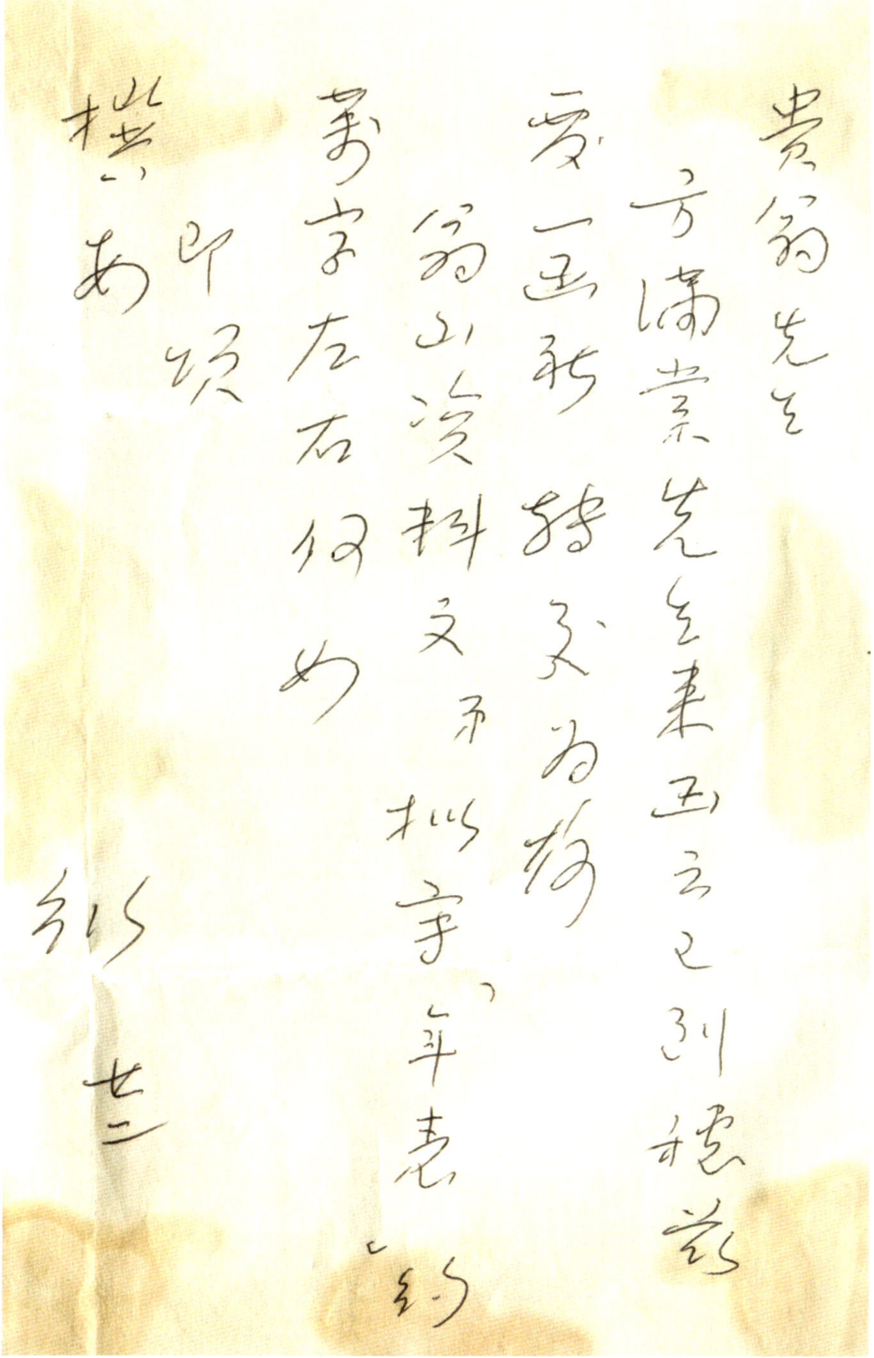
貴翁先生：
方湖崇先生來函已到，悉
寄一函轉交當存。
翁山資料文，亦擬寫年表，約
尊寄左右何如。
即頌
撰安
衍 廿二

三月二十六日

貴忱翁左右：

曾上二函，附致方滿棠先生兩札，敬托轉交，想達台覽。《投贈集》中顧夢游詩（目録第十一人）抄寫草率且有挩誤，兹抄録如上，請代抽換。又，第四十四人黄河澂誤「徵」（陳融之《讀嶺南人詩絶句》亦誤「徵」），請於集中及目録内更正。

《翁山紀事編年》已草成六千字左右，俟覆閱後可先寄上。至於《翁山學行》一文，因弟對《易經》不大瞭解，《毛詩》亦不深入，姑且着手，能成否不可知，或留爲端午研討用。近日精神頗差，稍爲構思則半夜大驚而醒，甚矣吾衰矣！即頌

撰安

衍　三月廿六日

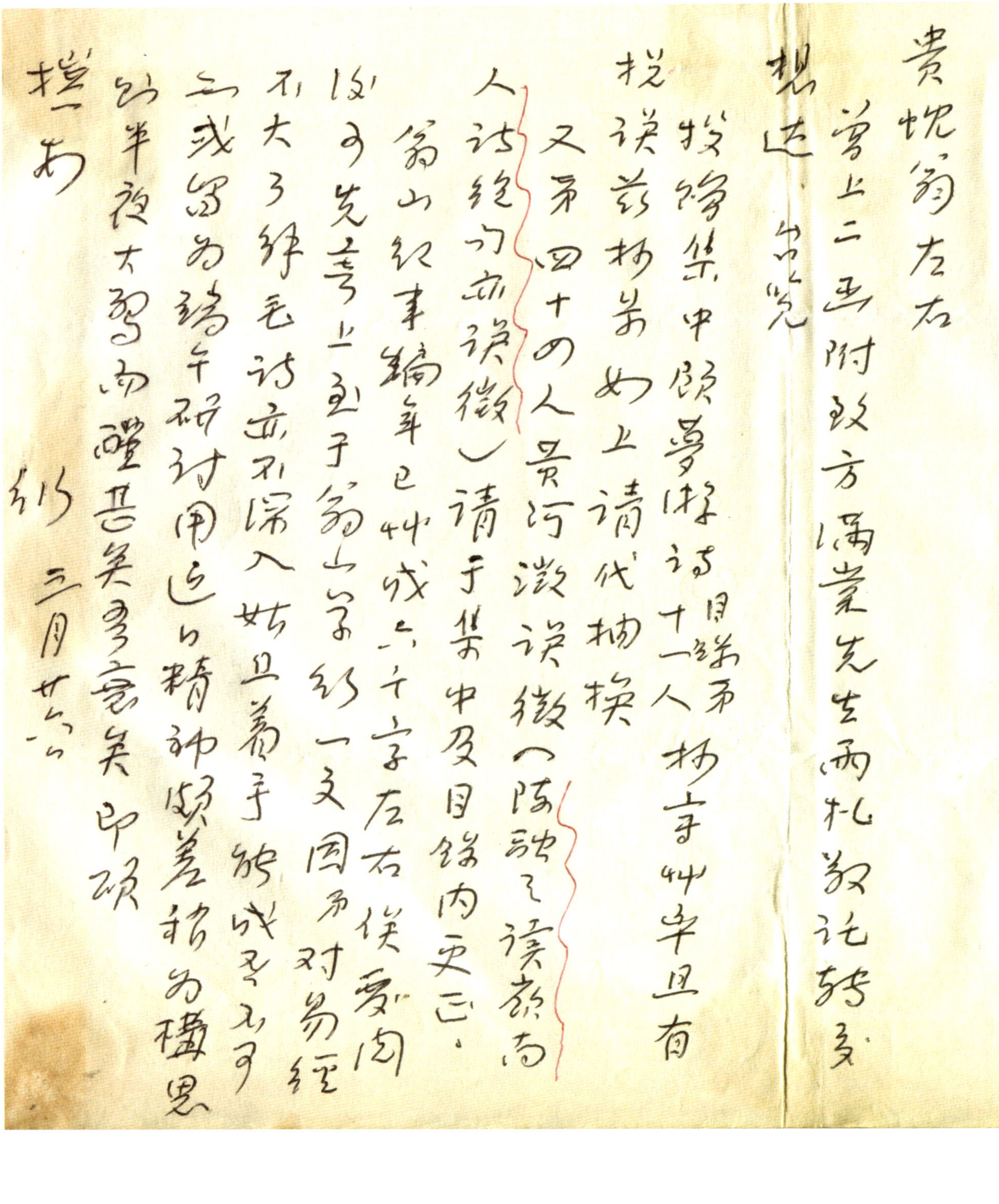
貴忱翁左右：
曾上二函，附致方满堂先生两札，敬託轉交，
想达。
拟续集中所梦楼诗（目录为）十一人，均字草且有
误，兹抄如上，请代抄换。
又第四十四人贵阳徵误徵（陈融之误，兹尚
人诗绝句亦误徵）请于集中及目录内更正。
翁山纪年编年已草成六千字左右，俟覆阅
后，可先寄上。至于翁山学行一文，因弟对易经
不大了解，老诗亦不深入，姑且着手，能成否不可，
亦或留为继续研讨用。近日精神颇差，稍为构思，
每半夜大驾而醒，甚矣吾衰矣。即颂
撰安
衍 三月廿六

四月一日

貴忱翁：

前寄上《翁山記事繫年》一帙，想已收到。第五頁第十行「時正撰《道援堂集》」，請照紅筆改正。

修正《年譜》暫不寄上，以放在手邊隨時可以斟酌字句，俟必要時盼預些時間示知寄上，何如？

原定在東湖館舍或暫無房間，未能確定云。

餘俟面談。

即頌

著安

衍　四月一日

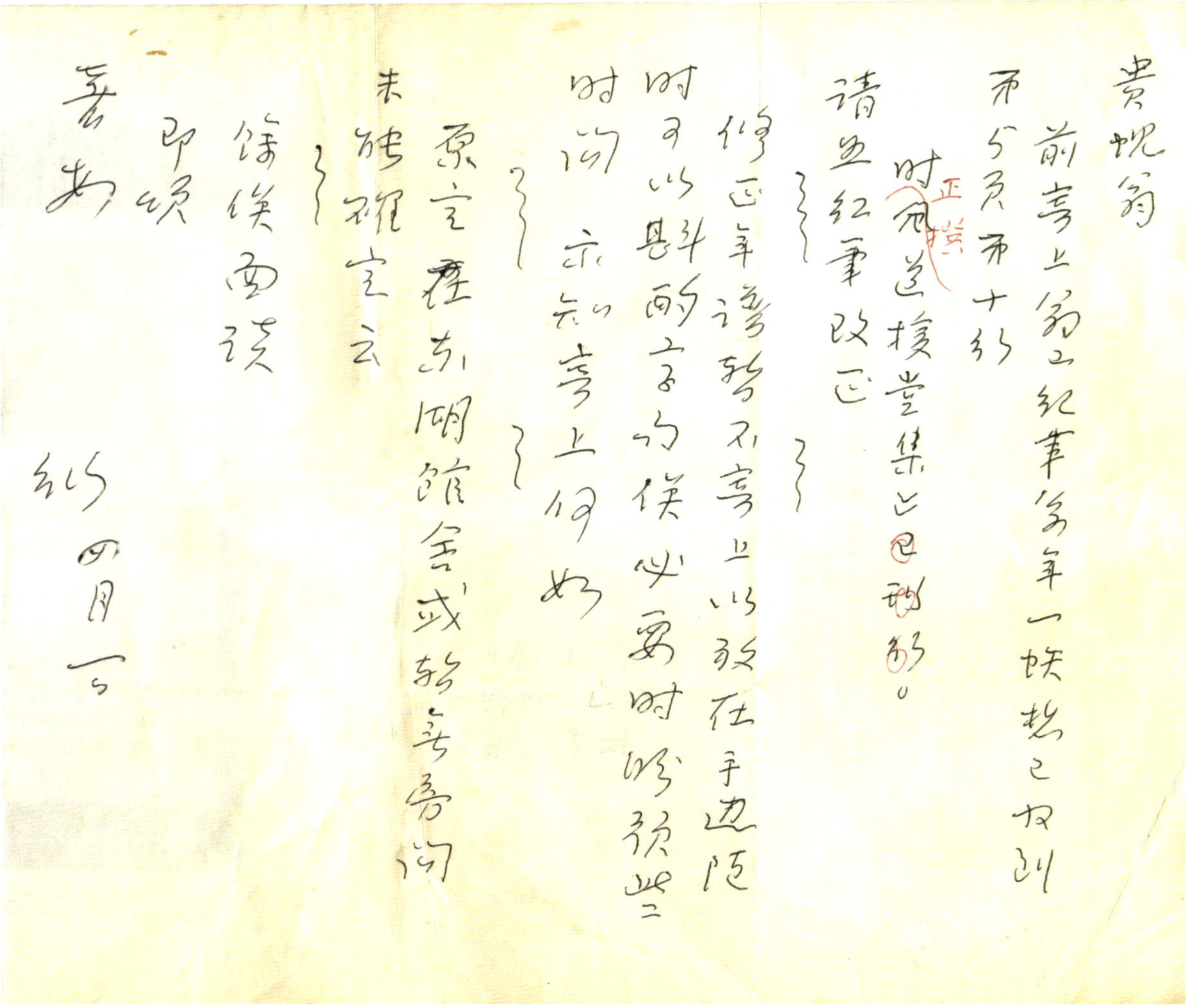

貴忱翁：

前寄上《翁山紀事》詩年一帙，想已收到。第5頁第十行"時九道揆豈集上已刪彩。"（正 揆）請照紅筆改正。

修正年譜稿不寄上，以放在手邊，隨時可以斟酌字句，俟必要時將該些時間示知寄上，何如？

原定在東湖館舍或較妥當，未能確定云云。

餘俟面談，即頌

著安

衍 四月一日

四月二十日

貴忱翁：

八日及十五日函先後收到。方滿棠諸公贈我五包墨，油墨、茶葉等小事，七日上午在府時弟亦忘記提及，致累公奔走東湖、東方不值，至歉！東湖門禁森嚴，出入不便，東方、流花以清明節近要收外匯券，後由出版社托外辦訂越秀五樓房，加百分之五十可付人民幣，地方還比東方新，因五樓係新加建者也。聞稍後有人來港，遲日當囑舍侄到府上面領墨、茶等件，瀆神至感。

安徽之行要坐火車或夜車，真是有心無力，誠恐一病起來累人累己，届時盼婉謝滿棠諸公，日内擬以臺灣新出版《水經注》研究資料精裝二厚册答謝之，此徽學也。

番禺集會在舊六七月，正值大暑時節，如果可能，改在舊八九月較好。此時老年人旅行頗易受暑，家居一切慎之慎之，况出門遠行耶。

《廣東新語》已交卷，至慰。《文抄》《文外》本不難校點，《詩》多，頗費時日耳。《年譜》前已剪貼好并複印擬寄上，忽覺頗爲難看，現又剪貼較清爽者，但尚未完工，弄好即複印寄教。

歸來爲《嶺南畫徵》事加以剪貼，頗冗。《清史稿》圖版已打清樣，不久可付印（還要覆校一回）。匆匆不恭。祝

好

知　四月廿日

①

贵忱兄：

八日及十五日函先后收到

方济宗绪公赠我五色墨四块茶叶等小事

七日上午在府时弟亦忘记提及致累

公奔走东湖东方不住至歉东湖门禁森

严出入不便东方宾馆以价昂近要收外

汇券须由出版社证明办理越秀五楼

房加百分之五十可付人民币比东方

略因五楼係新加建者也闻说有人来借

过日当走到府上面领墨茶等件

实神至感

安徽之行要坐火车或夜车去甚是

有心无力识恐一病起来累人累己至

时晤如谢济宗绪公的内拟以后续刊

出版水经注研究资料楼装二厚册

答谢之此徽字也

寿为集会在旧六七月正值大暑时

节如果可能改在旧八九月较好此

②

时老年人旅行须为安排家居一切慎

之慎之说出门远行耶

广东新语已交考正点文校文外

未能校並计多须费时日年余

前已劳照料並務請即擬寄上兄览欵

为则前既又劳照料收请爽者尚未

定工作好即將即寄 教

归来当为旅尚正徑事加以照料颇亢

请又稿回收已打清样不久可付印

还安爱校一回）为之不举说

好

衍 月廿六

四月二十九日

貴翁先生：

四月廿五日手札敬悉。

錢幣書早已交馬國權轉禮平，不知有覆謝函否？又送中文大學文物館。

修訂《屈譜》初爲剪貼，覆閱時又有改訂，調動不少，現三易稿已將竣事，下月初即可先複印一本奉上。其實已複印了一部，又有增改，衹可作廢耳。因再三剪貼，此處又不多存，須赴澳門取回，當再搜篋後奉寄。其中錯誤不少，殊汗顔也。

朱竹垞《騰笑集》有《餞梁藥亭》七古，詩末有「持以示均尹」句，此集爲古籍，祈列入清人别集中，弟已載入《年譜》（修訂本）中矣。承史君示我，乞代致謝。弟尚欲查之書不少，如王弘撰之《砥齋集》……書囊無底，徒唤奈何。汪世清赴美，秋後始歸，無人代尋，事亦不易也。

即頌

著安

衍　廿九日

《年譜》修訂本尚未五十頁未複看，每看一回即發見毛病。

可居室藏汪宗衍致王貴忱函

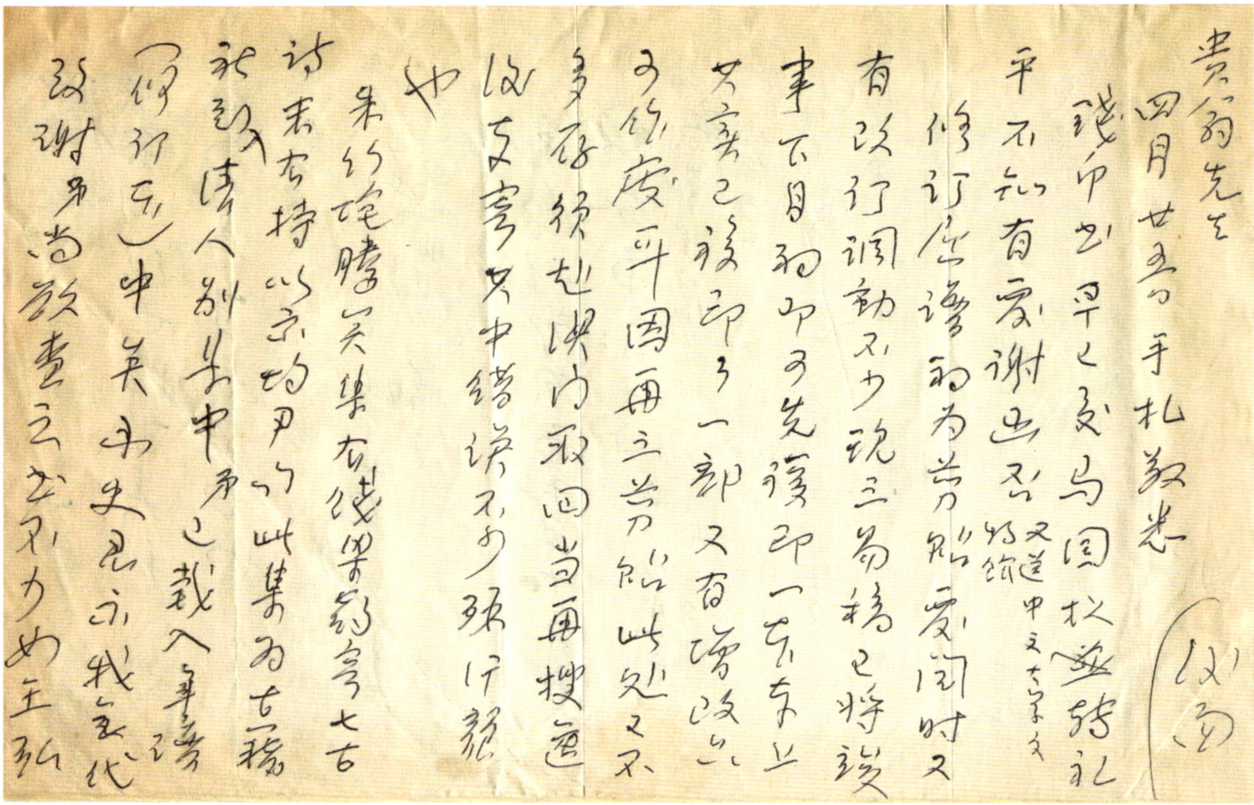
貴忱先生：
四月廿五日手札敬悉。殘印出早已交与同校轉记（又道中文大学文物館）
平，不知有賓謝函否？
修訂屈譜，細爲考證，賡闕時又
有改訂詞句不少，說三篇稿已將殘
本下目細印，可先寄印一本立
其餘已發印了一部，又有增改之
子作，反乎因再三考證，此處又不
多存稿，想將內容取回，當再搜查
改訂其中錯誤不少，殊汗顏
也。
朱竹垞曝書亭集古錢榮録亭七古
詩末在持以示，均有此集爲古稿
我記入清人別集中，而已載入年譜
（修訂本）中矣。承史君示我並代
致謝。弟尚欲查之，苦不力，如王弘

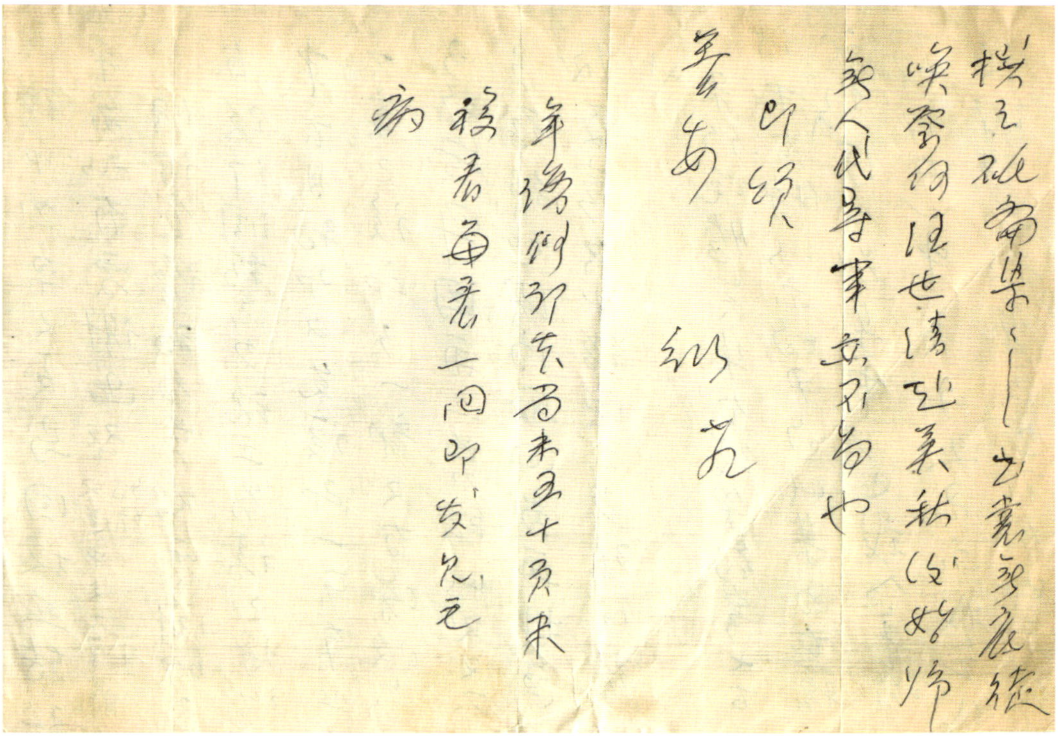
撰之《砥齋集》，上書無底
嘆，容何往世，清楚美秘傳好佈
無人代尋案，亦不易也。
此頌
著安
弟 宗衍
年譜修訂本尚未五十頁，未
發者每者一日即寄先元
病

五月二日

貴忱先生：

朱希祖《屈大均著述考》云有漁書十五篇，見《詩外》十六，弟翻檢數過，均無之。前曾奉托轉請《詩外》負責人指教，迄未見覆。茲有致趙壇福先生一函，祈轉交，如非此公負責亦希示及，以便另繕一函奉托。又，前聞鄧端本先生佐理《詩外》事，弟曾去函鄧君，則云非其辦理，不悉鄧君現辦《屈集》某部分，請告知爲荷。

《投贈集》前已寄上兩份，其一上繳，其一存尊處，茲有補充顧亭林詩一首，請補《投贈集》顧詩之後爲荷。

《年譜》單行與附刊體例不同，今既附刊則序跋、投贈應另編，而在舊《年譜》删節，茲已修訂一份奉上，亦係暫定，他時尚要補充也。

此譜有粗體及秀麗字形，粗體正文，秀麗爲注文，增訂部分粗體用黑筆，秀麗體用紅筆，今奉影印不能影出紅筆，將來上繳則應以黑、紅筆本爲妥。弟之草體能付手民否？抑要覓人另行剪貼？祈賜酌見覆，千萬萬萬。

不久有人來港，前方滿棠及某君送我的徽墨、茶葉等請放在手邊，已函囑舍侄詣府領取。

來函云編《屈書》人欲得《屈譜》，茲從友人處取回一本，連同增訂複印本另郵寄上，祈指教轉交賜

覆爲要。此處郵費奇昂，平郵已不菲，挂號加五元，不及國内航挂之便宜也。即頌

著安

衍　五月二日

偶題　顧炎武

六代詞人竟若何？風流似比建安多。湯休舊日空門侣，情至能爲白紵歌。

徐嘉《顧亭林詩箋注》（五）潘耒刻本無之。王蘧常《顧亭林詩集彙校》云：「此咏屈大均。」

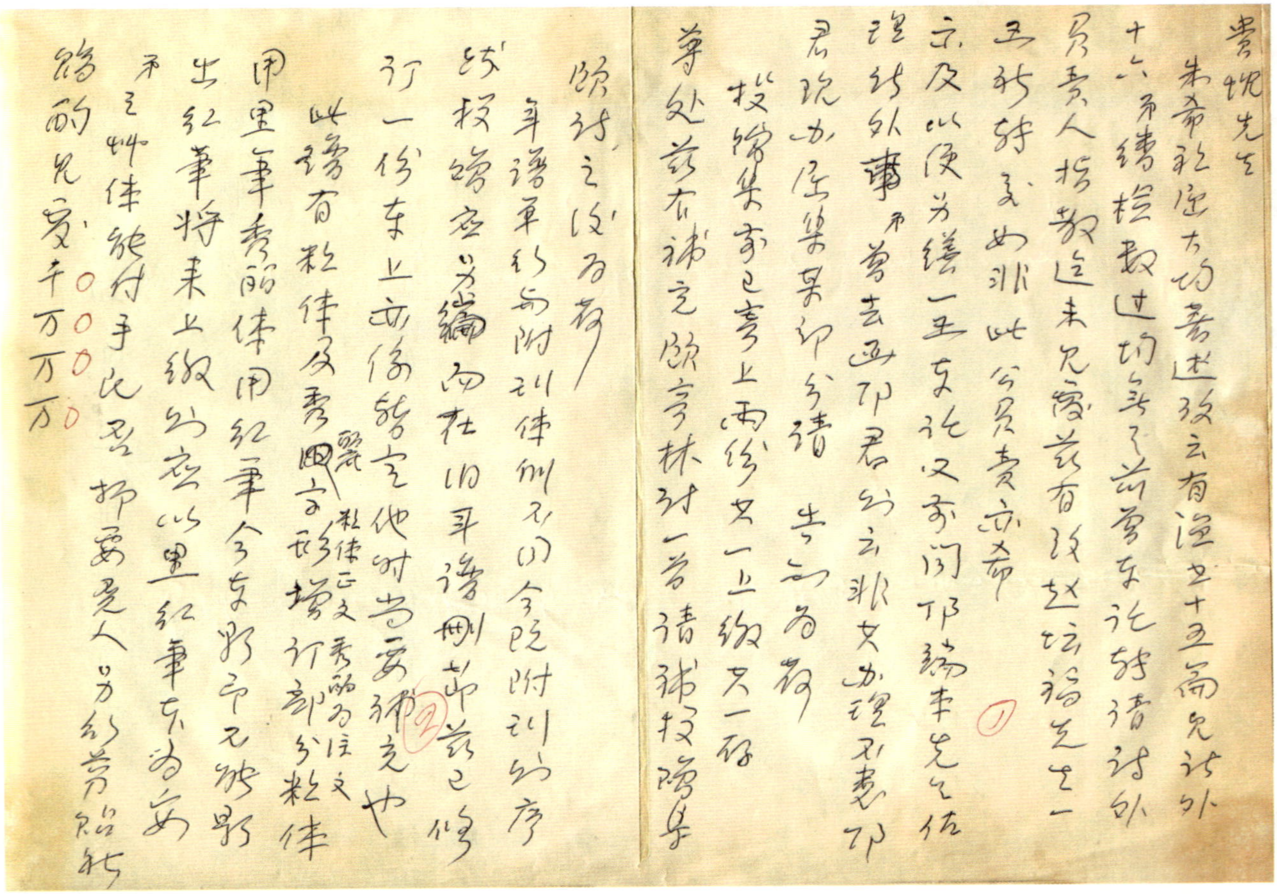
書忱先生

朱希祖先生大均書述致云有注五十五篇先生計外
十六篇續校取过均系了，并當專托轉請計外
另責人校對，近來兄處前有改趙坛福先生一
五部轉交，如此，此公另責亦希
示及，以便另繕一五交托。又前聞邗璐來先生佐
理外事，而前去函邗君，如云此文由理邗君，邗
君說辦集，集印分請　告知為荷。
校編集前已寄上兩份，共一五級，共一百
尊處前有補充，欲亭林對一并請補校隨集
歆對之，認為荷。
年譜單行本附刊體例不同，今既附刊，和序
跋校編應另編，而在舊年譜刪節，前已修
訂一份寄上，亦系暫定，他時當妥補充也。②
此編有粗體及秀麗字（粗體正文，秀麗為注文）增訂部分粗體
用黑筆，秀麗體用紅筆，今寄京部可無須影
出紅筆，將來上繳，如我以黑紅筆為安。
而之此體能付手民否，抑要另人，另行考慮
路的兄安　千萬萬萬

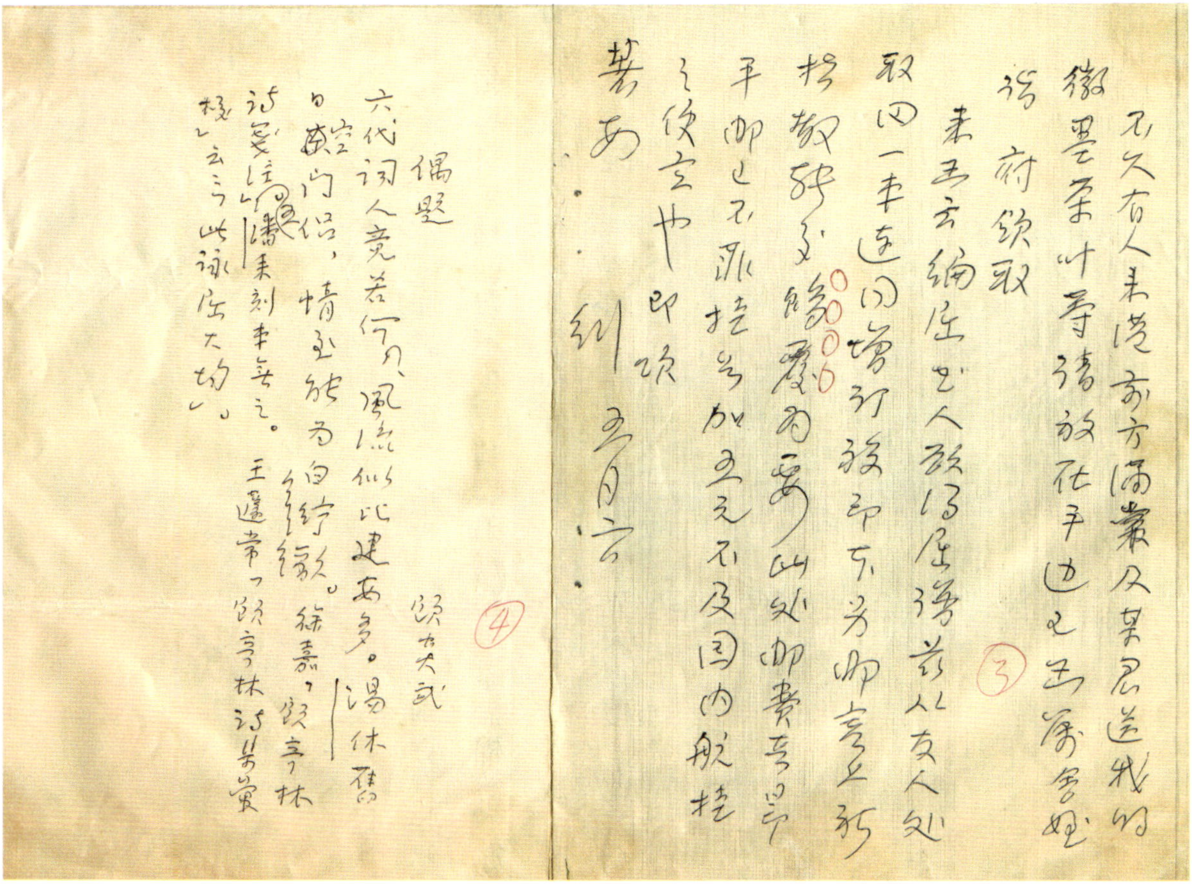

五月十三日

貴翁先生：

五月九日大札拜悉。

茶、墨已接舍侄函告到府領取，瀆神至感。又承賜贈大著，俟帶到拜讀，定必獲益良多。

上次寄上增訂本《屈譜》第一六一、一九六兩頁有些錯字，附上兩紙，請抽换。

兩承領導付來補助費不少，其實弟爲公事略盡棉薄，亦屬分内事，此後萬勿爲我説項，拜懇。

番禺集會改在中秋前後很好，將來《小册子》印成，盼寄來幾本。

寄去《水經注》資料二厚册給方滿棠兄未得覆。此書爲臺北出版，港中不易得，係作者贈我。祝

撰安

弟衍　五月十三日

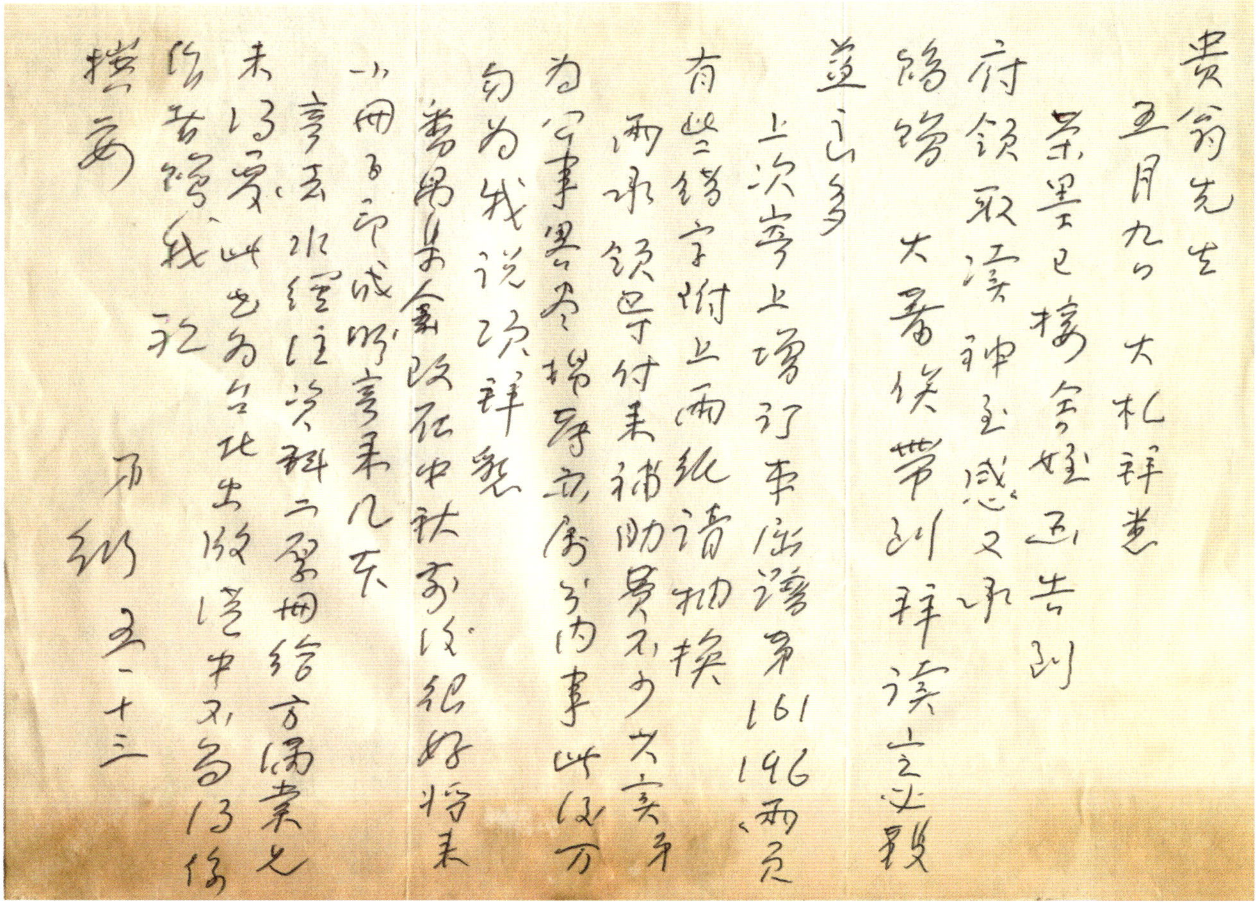

贵翁先生：

五月九日大札拜悉。墨宝已接舍侄函告，到府领取，读神至感。又承赐赠大著，俟带到拜读，先此致道谢。

上次寄上增订李氏谱第161、196两页，有些错字，附上两纸，请抽换。两承领导付来补助费不少，太客了。为写书要搞房，写内事，此段万勿为我说项，拜恳。

贵局某会改在中秋前后很好，将来小册子印成，将寄来几本。

前去水经注资料二厚册给方满崇之，未得覆，此书为台北出版，港中不易得，便告赠我。耑此，敬祝

撰安

弟 衍 五一十三

五月二十日

貴忱翁左右：

昨寄上翁山書迹照片，計已收到，可惜《寄汪扶晨詩卷》藏者何君已在大良逝世（由港回），無可問津，此爲屈書最佳者。而《小册子》未印，冀尚在鄴架中耶。頃覓静虚本一分，不知可用否？幸係書可以精工，複製畫則難了。

天然和上立其俗子爲法嗣，有竹篦子爲信物，奉上影片，乞惠存。世事不可測，多存一份在他處，冀可保存也。此頌

著安

知　五月廿日

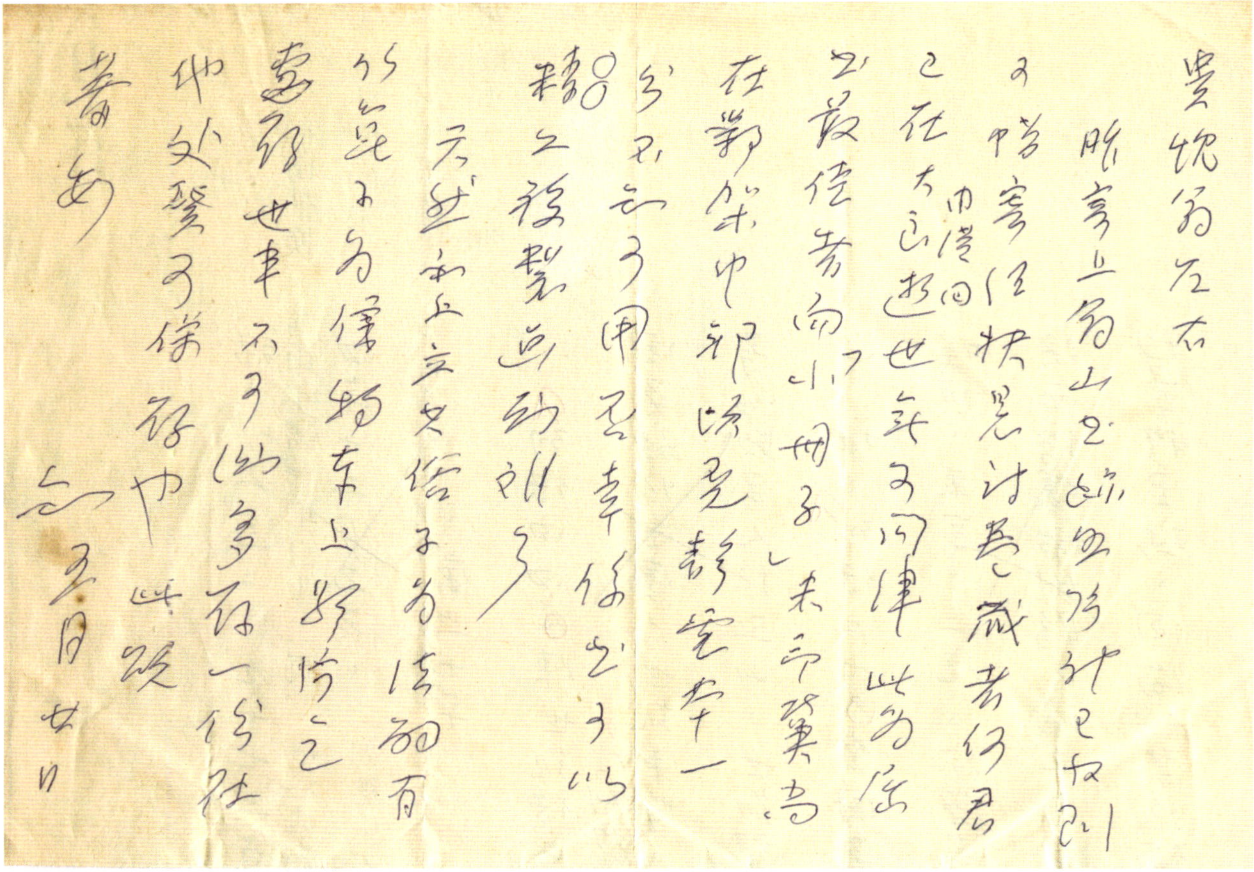

六月七日

貴翁先生：

曾上兩函附抽换《翁山年譜》增訂本二頁，計達典籤。昨接許禮平兄電話，云迄未見來示關於翁山《四書補注》函來，據云衹要有一公函來便得，如穗中不便，可由北京古籍整理小組或中華書局編輯部（即將來出版機構）一封普通公函便得，祈與歐先生酌之。《廣東新語》上繳後，《詩》《文》已將完成否？祈賜示一二。即頌

大安

宗衍　六月七日

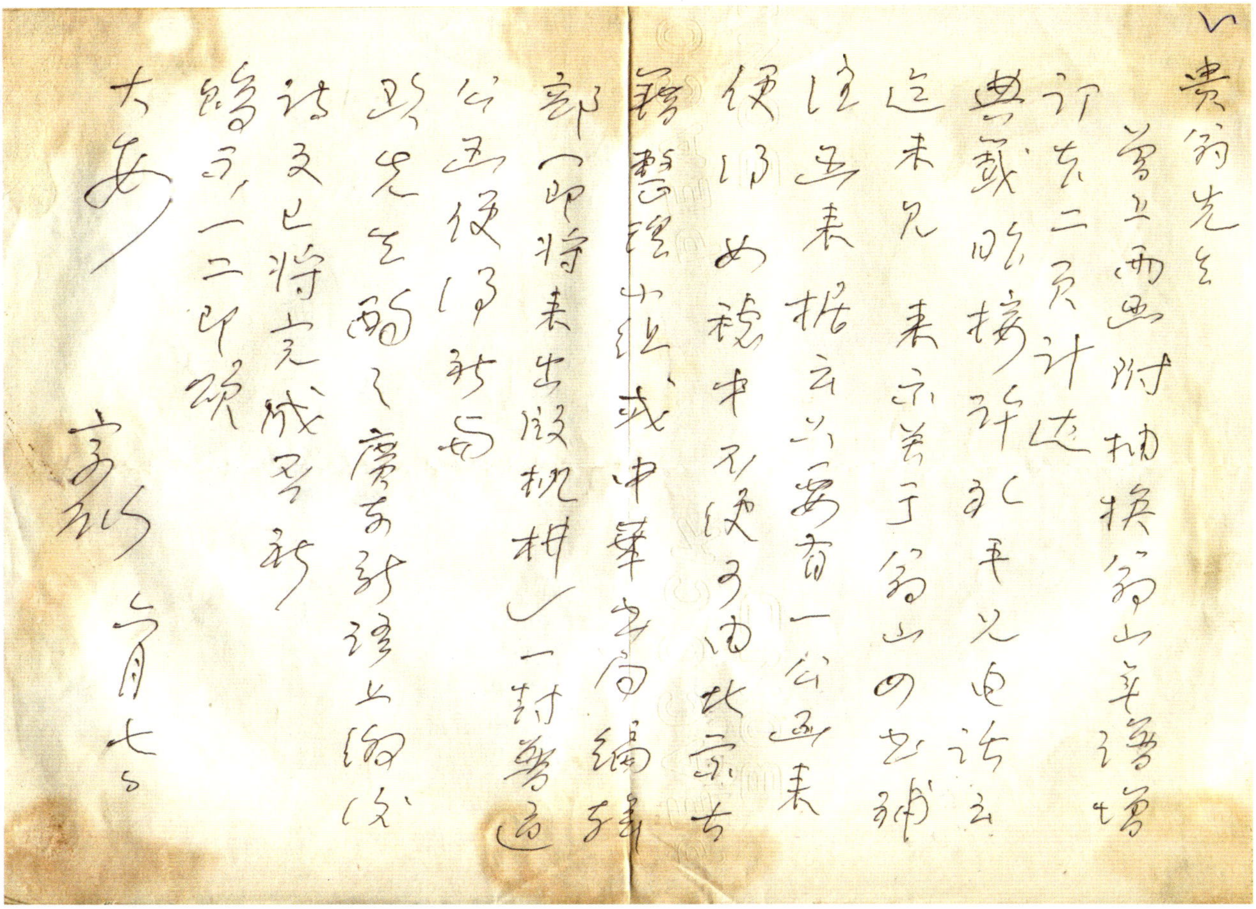

六月二十五日

（前缺）

《述略》第三段（即第二條）倒數第九行《廣東文集》「集」爲「選」之誤，《文集》未有刻本。第三條十七《廣東新家語》「家」字衍文。

《投贈集》部分大致編好，比《年譜》多載十家的贈詩，經已影印兩分，再整理一過即可付郵。底本大小不劃一（剪貼之故），故不寄上，一份寄北京，一份在穗存查，將來或有修訂（如引汪琬贈詩原引《晚晴簃詩匯》，已托世清查《鈍翁類稿》了，《堯峰詩抄》查過，没收），或有增補，隨時補入可也。翁山朋友哀挽其妻王華姜的詩也收入《投贈集》中，因翁山曾收集爲《悼儷集》，今無刊本留下來，附入亦好，尊意以爲如何？其中有珍貴的集子，汪世清先生幫忙極多，如晤及，希道謝之。即頌

著祉

衍　六月廿五日

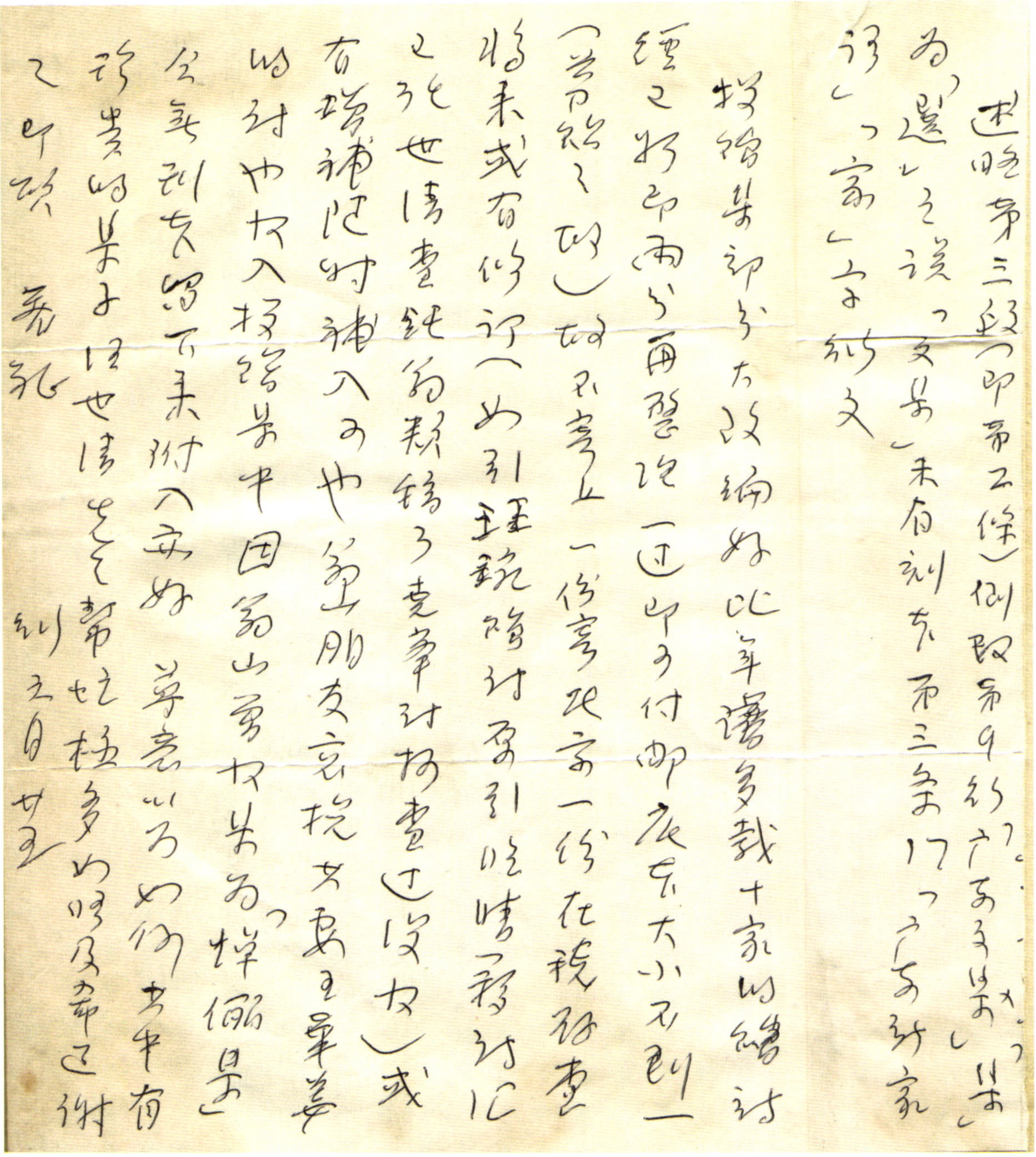

述略第三段（即第五條）例言第四行「廣東王氏某某」
為「選」之誤，「又某」未有刻本，而三條「廣東詩家
詩」「家」字衍文。
粵諧集評多大改編，好比年譜多載十家的總計
經之粉印兩份再整理（過）即可付郵。廣東大小不到一
（各郎號之印）均不寫上，一份寄北京，一份存彼粉書
將來或有修訂（如引錢鍠詩話誤引作清詩紀
之說，世清書錄有類錯可見其詩按書（過從改）或
有增補仍照補入，可以與鄧山朋友言說，其書主平著
的詩也收入粉諧集中，因為鄧山曾收其為「撰《偶集》
公集到來留下，未附入，可好？尊意以為如何？其中有
許多的某子、任世清之之輩也極多，如時及爭之附
之。此頌
著祺
衍之 月廿五

可居室藏汪宗衍致王貴忱函

七月三日

貴翁先生：

廿六日大示拜悉。前寄《索引》影本四頁已收，至慰。至云近又見一文未蒙明示，不悉在何處發表？因此忽憶一九八四年第二期《東北師大學報（哲學社會科學版）》有劉孝嚴《屈大均〈早發大同作〉詩中的「白河」和「三關」》一文亦可補入，且可爲貴友編整屈詩時參考。朱希祖《明季史料題跋》載關於屈文九篇亦可補入。《索引》有互見者删其一。臺灣收屈文、國內或香港文即有△者係抄襲。諸承獎飾，愧悚曷極。匆匆即頌

大安

弟衍　七月三日

選編已展轉寄到，拜頌大作，徐森玉生平向未知之。

貴翁先生芸若于原書九萬方系補人 ○某節弘明集史料改題轉載

芸若大示拜悉前賣書引錄

左○及已收到然別云又云一文

末竟○書引有五兄○若刪去一文

明示不若仍依發去因此兄

境一九八○年不二期東北師大

學報哲學社會科學版○有別

等嚴○届大均○早發大同作之討中

的白內○和三兵○一文亦可補

入且多為 貴反編輯作時參

考強承○台灣ヤ原文中有○係樹整

其中國內或考證文者○○

其餘塊陳尚未句悉○印版

右丙 不列

邊編○俟特寄以詳錄大作緒希致

平句末當光 紙年九月四日

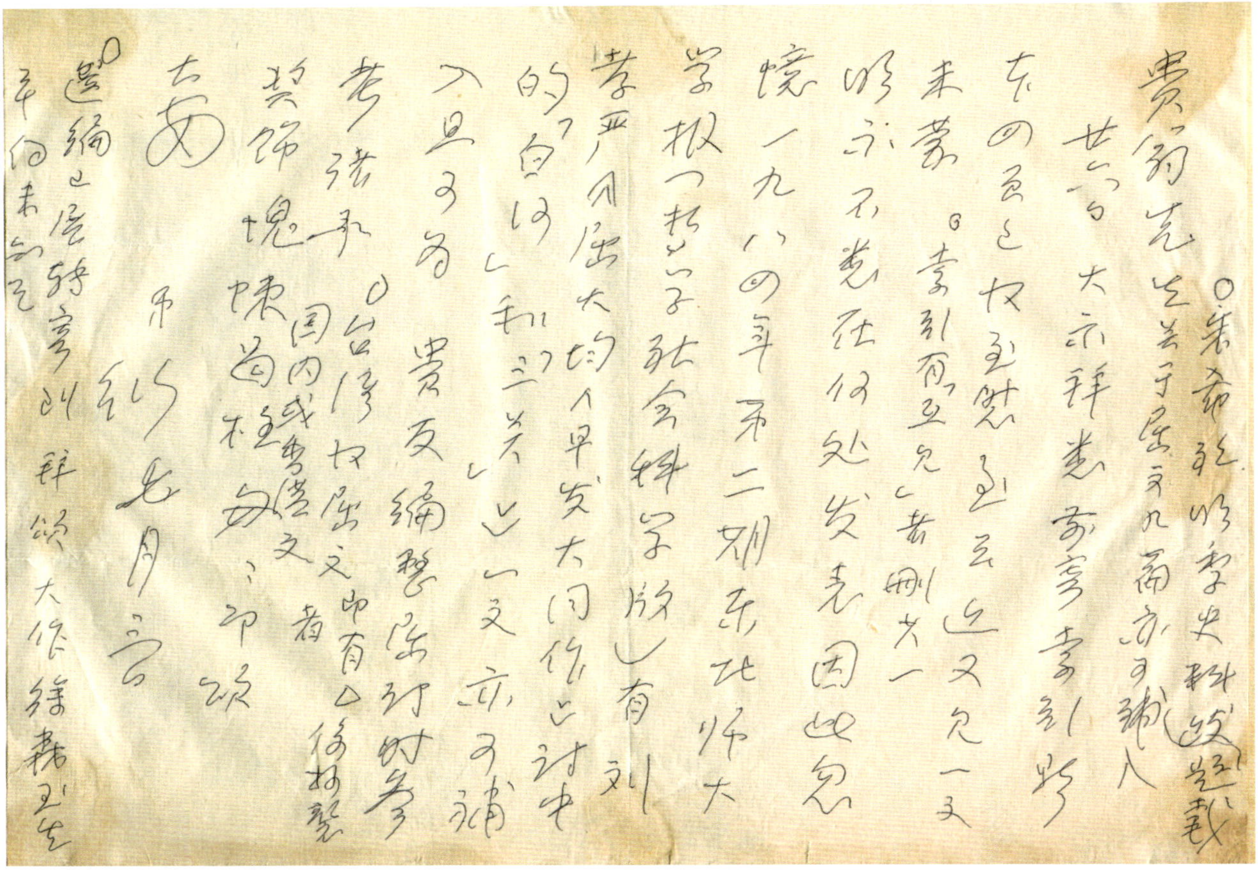

七月九日

貴忱先生：

昨奉五日函，知關於《四書補注兼考》函已寄出許禮平轉中文大學圖書館。今日十時半後致電禮平，尚未收到挂號信，大約明後日必到，由禮平與圖書館接洽。據言如用蘭克斯欒複印决無可能，或用顯微粒膠卷則物力較少，人力亦大，若用照片則人力、物力俱大，如何由禮平徑覆，日内再致電禮平，問其如何處理再奉告。弟執筆較他們爲易，不求其工也。

《廣州日報》來函，關於番禺開翁山研討會定於八月上旬，因相距時間太遠，故不便覆之。八月七日立秋，正是立秋前後，粵人所謂争秋奪暑，必定酷熱，在連日卅三度左右能否成行，一時未定，即覓親戚陪件[一]亦一問題，俟七月底時再算，此處買直通車票要預訂於七日前，亦非易事。

又，關於直通車票價用HK，自應由我們自備，到穗後至少住一天，方能赴市橋，歸途亦要住廣州一晚。關於此項宿費是否自備，抑由公家支付，乞示知，俾須携HK，否則毋容多此矣（在番禺費用由公家付，函内説明），乞便中函覆。即頌

撰安

宗衍　七月九日

【注釋】

[一]件，應爲「伴」。

贵忱先生：

昨奉手示，知关于四史补注兼考证已交出，许礼平转中文大学图书馆，今日十时半致电礼平，尚未收到。树兄信大约明后日必到，由礼平与图书馆接洽，据云如用芝兄名义，要馆方决定手续或费用，显微胶卷所费物力较少，人力亦大；若用照片，则须人力物力俱大。如何由礼平近日内再致电礼平问其如何处理，再奉告。执笔较他们为易，不求其工也。

广州。报来函，关于香港南粤山研讨会定于八月上旬，因相距时间太远，故不便答应。八月七日立秋，正是立秋前后，恐人所谓争秋夺暑，室内酷热，连日在卅三度左右，能否成行，一时未定。即觅亲戚陪伴亦一问题，俟七月杪时再算此处，买往返车票要预订于七日前亦非易事。

又关于往返车票价用帐，自应由我们自备，到穗后至少住一天，方能赴市，转归途亦要住宾馆一晚，关于此项宿费，是否自备抑由公家支付，乞示知，俾领、报帐，不然则毋容多此矣（在香港费用由公家付亦不好说明）。乞便中示覆。

即颂

撰安

宗衍 七月九日

七月十日

貴忱先生：

前函寫畢未付郵，今早九時半接許禮平兄電話，據言尊函及致中大圖書館函件已收到，謹以奉聞。禮平正與圖書館接洽，二三日内當再致電禮平，詢其發展如何再告。歐初先生、杜襟南先生乞代致候。即頌

暑安

弟衍　十日

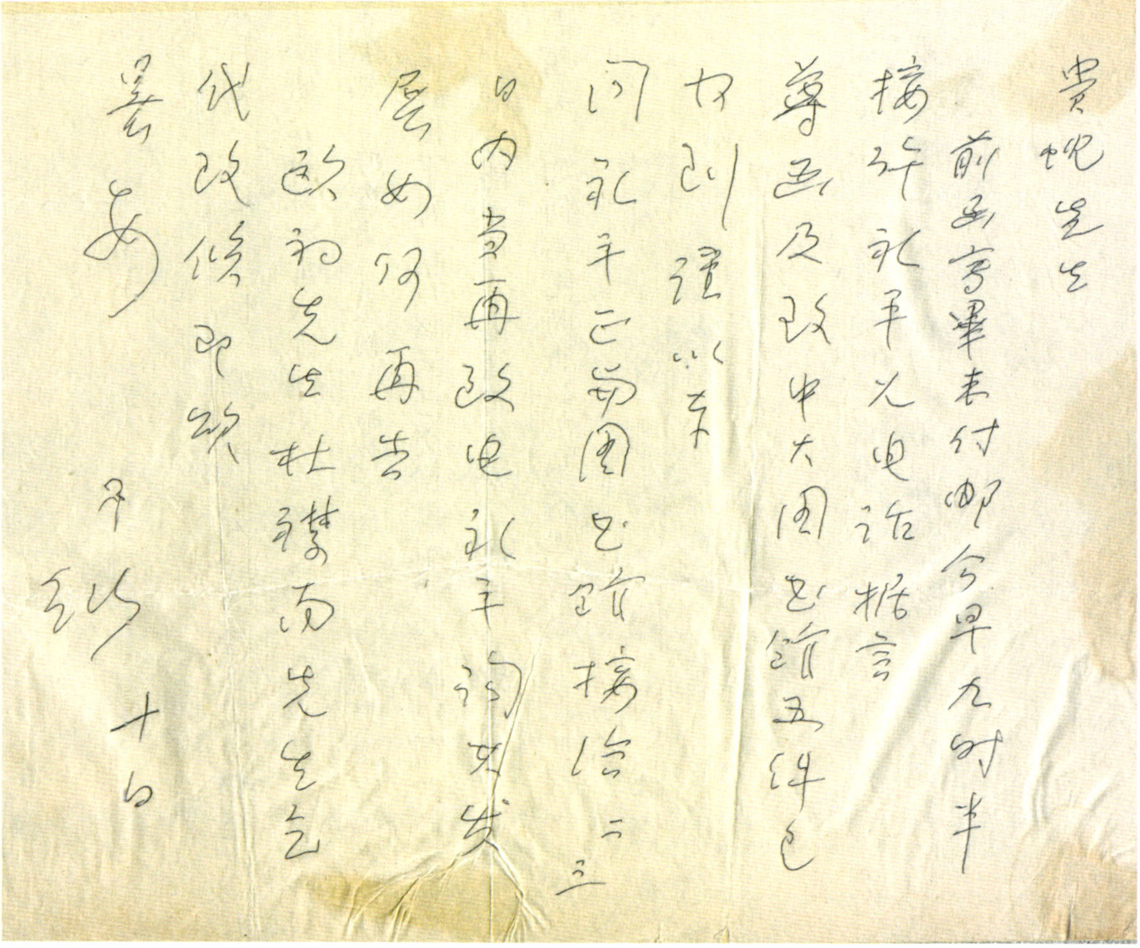

貴忱先生：
前函寄畢未付郵，今早九時半接許永年先生電話，据言尊函及段中大圖書館五件已收到，謹此奉聞。永年已與圖書館接洽，二三日內當再致電永年，詢其發展如何再告。致初先生、杜耀南先生代段信即致。
安
宗衍 十日

無日期

貴忱翁：

大示拜誦，承過獎至悚，韓子所謂不敢當者，謙冲，至佩，但弟非其人耳。《屈學研究目録》加入謝剛主[一]數篇，至費藎籌，曩年曾得綫裝讀之，今新印未購也。

天暑酷熱，昨夜貪凉被風，喉部不適，弟喜用老法吃鹹桔，冀能消炎。

頃致電許禮平兄，云該函已交圖書館，囑其用顯微粒膠卷影印，初步在預算計劃及館中能承擔費用否？如能，穗方能派員到港辦理更好，此係内部擬議，俟主管人看函後將有專函奉覆，若派員來港，則涉及外滙問題矣，如何當隨時查詢，另行奉告。

專覆即頌

撰安

衍

此事如能由中文大學一切辦妥最好，否則外滙如何籌措？弟有一計劃，先得歐公同意，由先生與杜公作一函來給我，云歐公意欲托某公贊助，托弟向某公先容，如某公同意，再由歐公致函某公落實，看預計外滙若干再算。某公姓名想在歐公洞鑒中。

【注釋】

[一] 指謝國楨（一九〇一—一九八二），字剛主，江蘇常州人。歷史學家、文獻學家。

貴忱翁
大示拜誦承
過獎至悚，弟所謂不敢當者
謙沖至佩，但弟非其人耳
居學研究目，弟加入謝剛主
叔南至要
英年篤學，弟則綜紫談之令
新印未編也
天若晴熱，昨夜貪涼被風
惟部不適，弟喜用老法吃鹹
桔藥於清古矣
頃致電許永平兄云該函已
送國史館初步寫其用點鐵粹樣矣
影印依後篡計劃及館中能
承担費用否，如能穩方能價

到經也較更好，此係內部擬議
保主管人看函後皆有書面作
覆，若從前來消息及外匯問
題矣，如何當隨時奉告，另行
奉告
手覆即頌
撰安　弟衍
某公姓名某社
致公同堂中
此事如能由中文大學一切辦妥
最好，否則外匯如何寄指示
有一計劃，先請致公同意由
先生撫公一函轉給我，致公意欲託
某公贊助，弟向某公先容
如某公同意，再由致公致函
某公為妥　看預計外匯若干再寫

八月一日

貴忱先生：

七月廿三夜函收到。值此處連日公共假期，延至卅日始能和禮平通電話，約定今天上午七時半晤面，同時他要改搭地下鐵路返校（平時乘校車較廉），又要遲到半小時。

據瞭解，中文大學没有替各機構映印書件的預算費用，所以初次接洽，中文大學圖書中文部主管負責人李直方説最好廣州派人來影印。

現在李直方在渡假中，要等八月十一日纔返校銷假，屆時禮平方能和李某見面接洽。

我和禮平瞭解圖書館方面衹能替您們用顯微粒膠卷拍攝，費用若干要和李直方接洽方能知道。該書頁數禮平亦不詳（已屬許與李瞭解），假定是四百頁，等於八百P，禮平説由顯微粒再放膠片，大約原大每P廿五元HK，即港幣弍萬元了，實在犯不着，因此處放大衝印一般是彩色，都是機器運作，不費人力，故價極廉，如果黑白，要用人工，所以奇昂。故禮平提議，如果有膠卷在手，即以之寄穗，穗方辦黑白極廉也，不必動用外匯。

港方有些官僚性質，在學校圖書館方面無此預算，在人事方面這是額外工作，而且國内各機構、大學紛紛有信來托印文件，不能大開方便之門。所以校方除了有人事關係者之外，大都置之不理（即因無款及懶理）。并聞校方曾托國内大學機構印件，亦置之不理，往往衹有印去，不能印來，有此歷史關係。

總之，此事俟八月十一日李直方銷假後，我當去電禮平，促其查明究竟，另行函告。專此奉覆。即頌

撰安

衍匆匆　八月一日

贵忱先生

七月廿三夜逕到，住此处适值公共假期，返至廿四始能和永平通电话，约定今天上午七时半离开，同时他要改搭地下铁路返校（半时乘校车较廉），又要逕到半小时始了解中文大学没有共多机构映印出件的预算（费用郭宣），所以须次接洽中文大学图书中文部负责人李直方，说最好广州派来人影印。

说在李直方在度假中，要等八月十一才返校销假，届时永平方能和李某允面接洽。

我和永平了解图书馆者面只能替您们用显微胶卷拍摄，费用若干要和李直方接洽方能知道。

说出页数永平亦不详（已寄许而李了解）。假定是两页等於八页p，视平说由显微缩再放贴片大约每页（大）p 25.HK即港币式万元了矣，在犯不着回此处放大冲印。一般全彩色都是机器运作，不费人力，故价极廉，如果要用人工似不合算。永平提议如果有胶卷在手可以立意积极方办，买回极廉，也不必动用外汇。

港方有些官僚性质，在学校图书馆方面多此须要在人事方面，这是额外工作，而且国内各机构大学纷纷有信来说要文件，不能大开方便之门，所以校方（如有人事关系者之外）大都置之不理（即回去索取及办理）。（郭宣）校方曾说国内大学机构印件亦置之不理，有此经过一份史关系。

总之此事俟八月十一后李直方销假后，我当去电永平，促其查明究竟，另行函告。

专此奉覆，即颂

撰安

[illegible] 八月一日

八月十四日

貴忱先生：

中文大學圖書館中文部主任李直方已於十二日銷假，我與許禮平、許與李均通電話不成，十三日纔接通。許有電來告，已晤直方，云此事交職員岑太辦，而岑又去了度假，大約幾天後便回校，不似李之假長也（港公務員每年例給假期若干天，暑假期内尤頻）。許詢李如何處理，李云準備拍菲林，如此可初步解決，費用如何未明言，亦未問之，希望由大學贈送。前奉大函云要照原書板框尺寸原大，弟與許商大可不必，我看照一般的大卅二開紙度之板框大小便得，照此即可用菲林上板印便得，若照原大不特耗費（菲林大），且以菲林曬在紙上再行縮細製菲林，徒費人力物力。《四書考》的板框自必與其他《詩文外》相同（指中華印成後），我想中華亦必如此工作，尺寸大小如不照此辦，請寄來紙度及板框度來，否則圖書館必照卅二開紙度之板框拍攝也。

此處影印采色菲林極平，因可用機器運作，若冲曬黑白，要人手作工，價極貴。

最近我想影製幾十張信札菲林，曾與出版公司商量，據説菲林以尺寸計，大約卅二開書的板框度數工價每張在十元以内，數量多可以酌減云，順告。《四書考》事，俟下周再去電禮平，督促向岑太接洽。

番禺開會如有確期，請以第一時間航函告知，以便托人買直通車票，非提前十天訂購不可。本月下旬港英府一連假期三天，有人十三日去訂廿四日票已不得了。

來函云《屈書》有補助費三百元賜我，請代領暫存，稍遲囑舍侄前來面領，若是番禺會之補助費，則不敢預收未來錢也。

歐公乞代致候。天氣酷熱，諸希珍攝。專此即頌

撰安

衍　八月十四日晨

贵忱先生

中文大学图书馆中文部主任李直方已于十六销假，我与许礼平、许与李均通电话不成，十三日才接通，许自电来告，已晤直方，云此事交藏书参考办，而参又去了度假，大约几天后便回校，不似李之假长也（港公务员每年例给假若干天，暑假期内尤频）许询李如何处理，李云准备相赠菲林，如此可初步解决，费用如何，未明言，亦未问之。希望由大学馆送前来，大致云要照原书校框尺寸原大，而许意大可不必，我看照一般的大册二開纸度之校框大小便得，照此即可用菲林上校印，便得，若照原大，不特菲林大耗费，且以菲林晒在纸上再行缩细（要菲林大），徒费人力物力，而出书的校框自必另具他种又外相同（指中华印成后）。我想中华亦出如此工作，尺寸大小不照此办，请寄来纸度及校框度来，以便同出版必照册二開纸度之校框相接也

此处影印系色菲林，极平，当可用机器选作若冲晒里白要人手工作，价极贵

最近我想影印出几十张信札，菲林费与出版公司商量，说菲林以尺寸计，大约廿二開也的校框度数，工价每张在十元以内，数量多可以酌减，云顺告

四史考事，俟下周再往去电礼平，望从前大札后

番禺開会如有确期，请以第一时间航函告知，以便托人买直通车票，非提前十天订购不可。来月下旬得暑期一连假期三天，有人十三日去，订廿四日票已不得了。

来函云届出有补助费三百元，我请代领暂存，稍迟家姪等来面领。若是番禺会之补助费，我不欲领，收未来钱也。

欧公已代致候，天气酷热，请节劳，撰此即颂

撰安

弘 八月十四晨

八月十七日

貴忱翁：

前日奉上乙函，計達左右。

《龔定庵集》有《讀番禺集》二絶句，乃指《翁山詩文外》也，另紙録上，可交輯評集者附入。龔非等閑人，不可略之。

下周我會督促禮平問岑太如何再告公，云再印曬影片亦屬有理，可以點標於上，大學方面能贈膠片已屬好事，不宜再作其它要求，我們自曬，香港人工太貴，不如在廣州辦了。

祝好

衍　十七日

《夜讀〈番禺集〉書其尾》二首，《龔自珍全集》辛巳詩輯中（道光元年）

靈均出高陽，萬古兩苗裔。
鬱鬱文詞宗，芳馨聞上帝。
奇士不可殺，殺之成天神。
奇文不可讀，讀之傷天民。

《番禺集》指《翁山詩文外》，其時列爲禁書，故稱《番禺集》以避時忌。「萬古兩苗裔」者，一屈原，一大均也。

此詩可附入《詩文外》後之《評論》中。

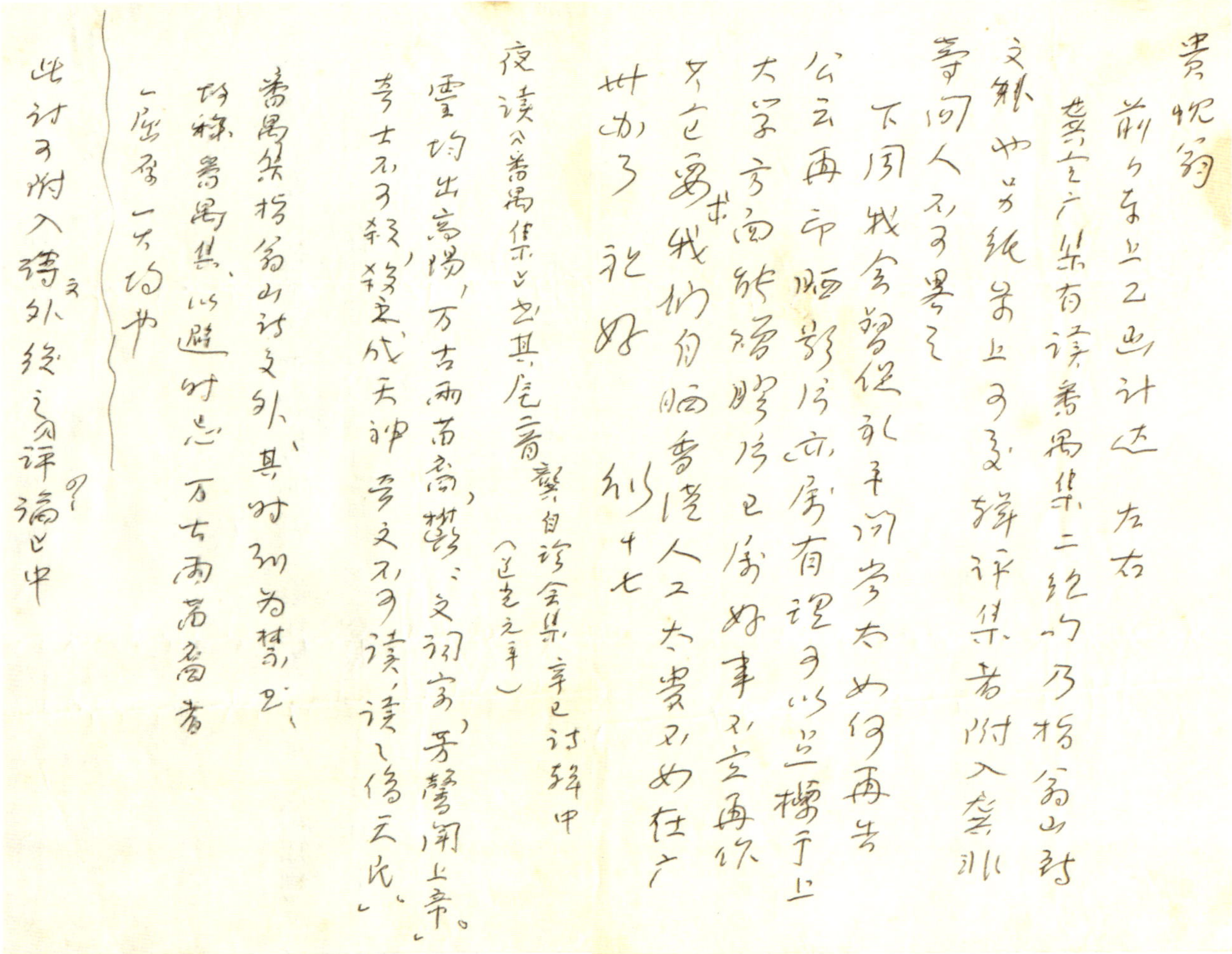
貴忱翁：
前月奉上乙函，計達左右。
葉遐庵集有讀番禺集二絕，乃指翁山詩
文者也，另紙錄上，可否錄入評集者附入叢刊？
尊問人不可畏之
下周我會暫從永平問學，如何再告。
公云再印曬影，俗亦實有理，可以上樓于上
大字方面能縮腔，俗已實好事，不宜再作，
不必要求我們自曬，香港人工太貴，不如在廣
州加工印好。 祉 衍 十七
夜讀〈番禺集〉書其尾二首（葉自註：全集辛巳詩錄中）（遐庵之作）
靈均出高陽，萬古兩苗裔；文詞寄芳馨，闡上帝。
吾士不可殺，殺之成天神；吾文不可讀，讀之傷天民。
番禺集指翁山詩文外，其時列為禁書，
故稱番禺集，以避時忌。萬古兩苗裔者，
屈原、大均也。
此詩可附入詩外文之評論中？

八月二十一日

貴忱翁：

迭函計達。連日致電禮平，均他出，後托人訪查，始知禮平又去度假，因過幾天有公假三天，在暑假期内諸事都閑，積存假期可以一連有十多天假期了。俟廿七日望能銷假，再去電禮平，囑找岑太詳談可也。

因廣州待用款，前接來函，云編輯會有補助費叁佰元給我，已另函囑舍侄前來領取并有收條，如其到訪，請如數交之。瀆神感謝。即頌

撰安

衍　八月廿一日

俗事忙甚，不恭乞諒。

兹收到王貴忱先生交來編輯《屈大均全集》補助費款人民幣叁佰元正。此據。

此係預寫，由舍侄面交，領取簽收，方能落實，因此係由郵寄萬一失落之虞也。附記。

一九八五年八月廿一日　汪宗衍

贵忱翁：

迭函计达。连日致电礼平，均他出，后托人访查，始知礼平又去度假，因迭几天有公假三天，在暑假期内诸事都阁，积存假期可以一连有十多天假期了。俟廿七日望能销假，再去电礼平家找，恐太详谈可也。

因广州待用款，前接来函云编辑会有补助费叁佰元给我，已另函嘱金姪前来领取，并有收条，如只到访，请如数交之，费神感谢。即颂

撰安

衍 八月廿二

俗事忙甚不尽欲言

兹收到

王贵忱先生交来编辑屈大均全集补助费款人民币叁佰元正。此据

此係预写，由金姪面交领取叁佰方时落实。因此條由邮寄下，一失落之虞也。附记

一九八五年八月廿二日 汪宗衍

八月三十日

貴忱翁左右：

廿四、廿六日兩札奉悉。前天禮平銷假，督促與圖書館查詢，知爲照顯微粒膠卷本，已在拍攝，乃世界性的辦法，無可如何。俟其交到後，當與禮平商量，用鐵皮箱雙挂號寄上，勿念，前已函告矣。拙作《跋四朝成仁録》，係三十多年前印於香港某報《文史周刊》內，因內容資料已載《屈翁山年譜》，故此不重出，免灾梨棗，一時找不出存稿，或已棄之矣。公如何知有此作耶？《屈書》[一]版框大小如彼能開示最好，否則弟前曾寄上複印本係原大，以此計算便得，若已失去，則囑禮平去借一度尺寸亦易事也。

番禺會俟明年舉行，很好。以清明之前或稍後爲妙，天氣不太熱，太冷不妙了。承屈組惠《毛詩》之數[二]，謹謝。已先函囑舍侄携同收條詣領，恐寄失，屆時囑舍侄加簽落實可也。《屈書》看來不必費用，將來交到後，等他們如何説話再告。《小册子》印出請寄幾份來。舍侄九月下旬來港旅游，必未印好，十月亦有人來，順告。即頌

著安

弟衍　八月卅日

前函寫畢未付郵，今接舍侄函，知已到尊府領回補助費三百元矣，瀆神感甚。

昔年曾撰《石濤與廣東詩人》一文，內有程可則、梁佩蘭、屈大均三人，以程贈石濤禪師七律乃爲同字石濤之弘鎧，而非寫畫名世之石濤濟，兹删改爲《屈大均詩石濤濟》一文，拟實之於《小册子》中請教。以石濤畫極著名，與屈大均連爲一文頗有趣，且所載資料多爲不能收入《年譜》者也。

《清史稿考異》分訂二册，共五百多頁，成本每部HK一百元。此處喜用厚紙，弟不謂然，已再三叮囑用稍薄，閱讀不便，郵費亦昂（九月二號起加價了），將來擬以二十部托新華社香港分社楊奇秘書長（歐公兒女親家）代爲轉運，分致各圖書館及老友們指教。乞先向歐公致意，便代達楊公。在七九年香港書業國慶紀念會宴會上，三聯約弟爲嘉賓之一，與楊公見面一次，想日久彼或忘記了（如用郵寄，每部約郵費非HK二十元不可）。

【注釋】

［一］即屈大均《四書補註兼考》。

［二］《毛詩》即《詩經》，共三百零五篇，《毛詩》之數即三百之數。

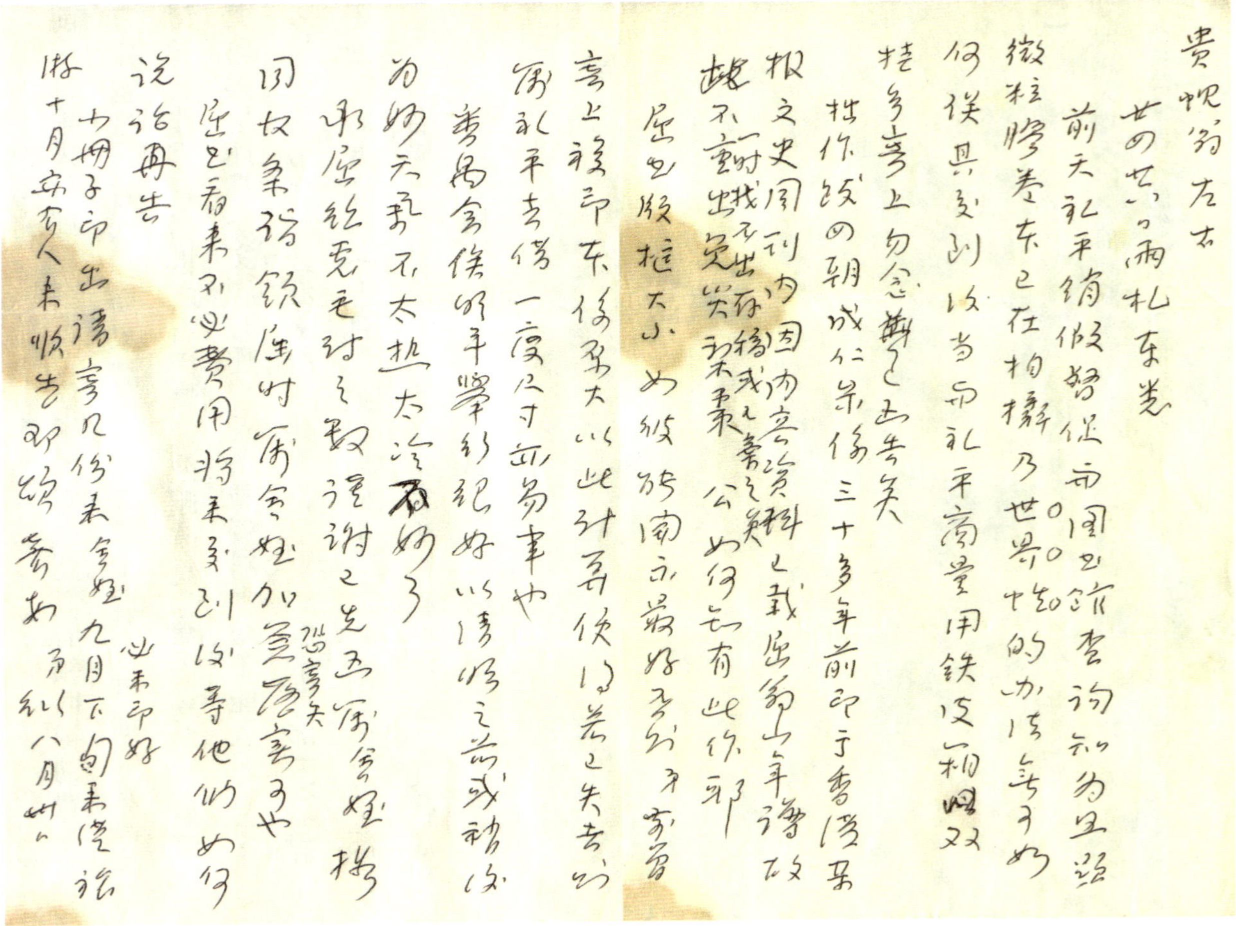

贵忱翁左右：

廿四、廿六两札东莞

前天礼平销假，嘱从图书馆查询，知为旦豁

徽柱胶卷东已在柏樑乃世界，只知的小传于如

何从其处刷收？当由礼平商量，用铁皮箱盛双

挂号寄上，勿念。兹已函告矣。

拙作跋四朝成仁录，系三十多年前印于香港，其

根文史周刊内国防会资料，已载屈翁山年谱，故

越不重新（一时找不出，存稿或已遗失矣），公如何知有此作耶！

屈翁山像大小如彼，于南京最好，可以求留

寄上复印本，须多大以此计算，使得若之失去，以

广礼平去借一度尺寸，即为幸也。

寄马会保刊年谱纪好，以传明之前或稍后

为妙。天气不太热，太冷亦好了。

取屈纪念之讨之数，谨谢之。先函广东会馆携

同故乡招领，届时广东会馆加盖寄子也。（恐寄失）

屈翁看来不必费用，将来到时寄他们如何。

说话再告。

小册子印出，请寄几份来会馆，九月下旬来港，话（必来印好）

附：十月安东人来收，告即嘱寄两份

弟 八月廿六

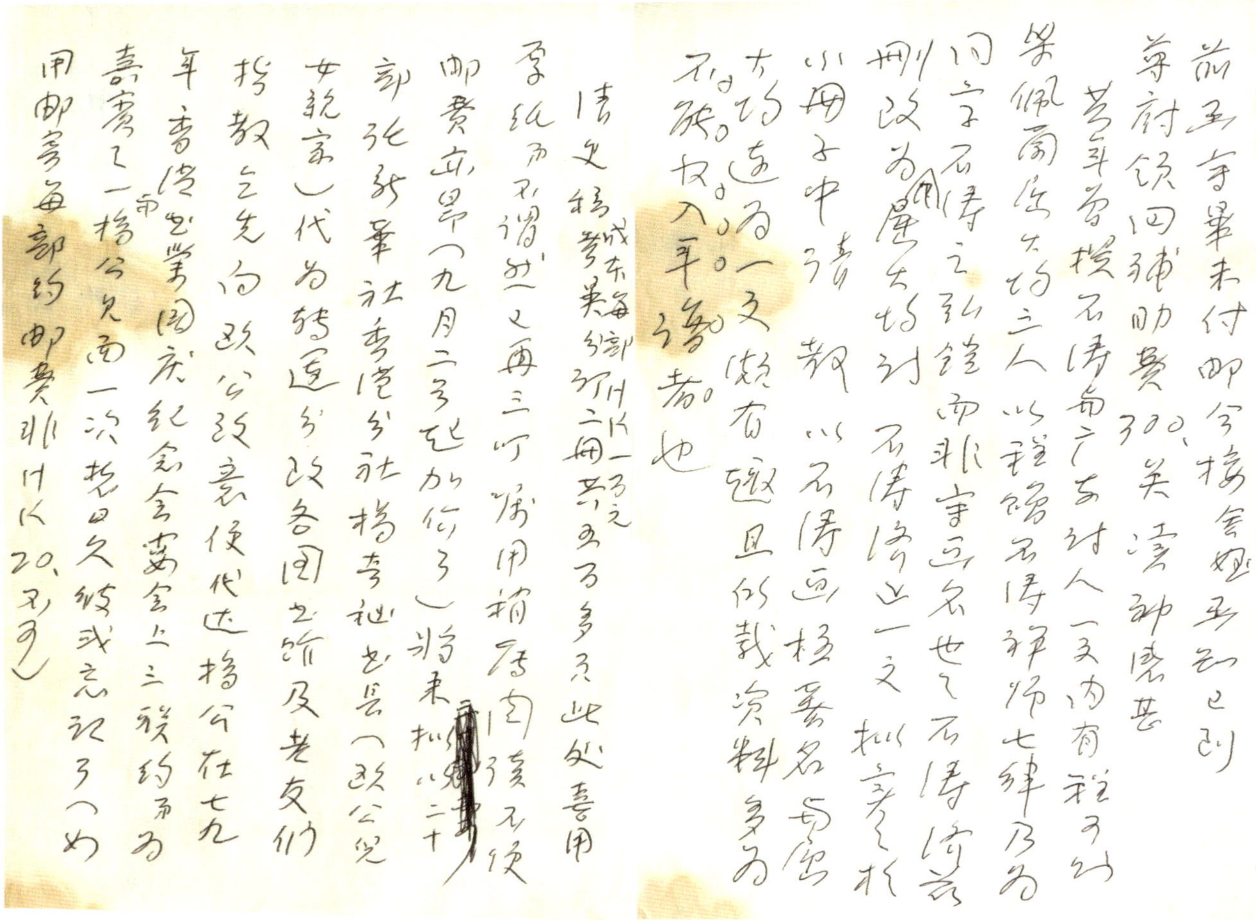
前五寄畢未付郵，今接舍姪函已到
尊府領回補助費700、吳濤甚感甚
黃苗子撰石濤與八大山人一文，內有程子翁
吳佩蘭係大均之人，以程鳴石濤禪師七律乃為
同字石濤之弘鍠而非字道濟名世之石濤係
刪改為屈大均詩。石濤條止一文，擬寫之於
小冊子中。請 教。以石濤畫極著名，有屈
大均題跋一文，頗有趣且所載資料多為
不經旅，收入年譜者也。

請史稿（成書每部約卅K一百元）考異分訂二冊，共五百多頁。此處喜用
厚紙而不謂然，又再三叮囑用稍薄者，因後不便
郵費亦昂（九月二號起加價了）。將來擬以二十
部託新華社香港分社楊奇社長（致公兒
女親家）代為轉送分致各圖書館及老友們
指教。乞先向致公致意，便代述楊公在七九
年香港市學園慶紀念會宴會上三談，約而為
喜寓了一楊公見面一次。然日久彼或忘記了（如
用郵寄每部約郵費非卅K 20、不可）

九月四日

貴忱先生：

頃接禮平電話，《四書補注兼考》已影成顯微粒膠卷本，圖書館去問禮平應寄何處收，弟問禮平信箋署名怎樣，禮平答用廣東人民出社的信箋，署款係「屈大均全集……委員會」，照理是寄廣東人民出版社收了，不過究竟應寄廣州什麽地址及什麽機構收，弟不敢擅自答覆，已囑其暫存，問明白後再告，請速將地址及收件人機構詳示爲荷。即頌

大安

弟衍　九月四日

速覆。

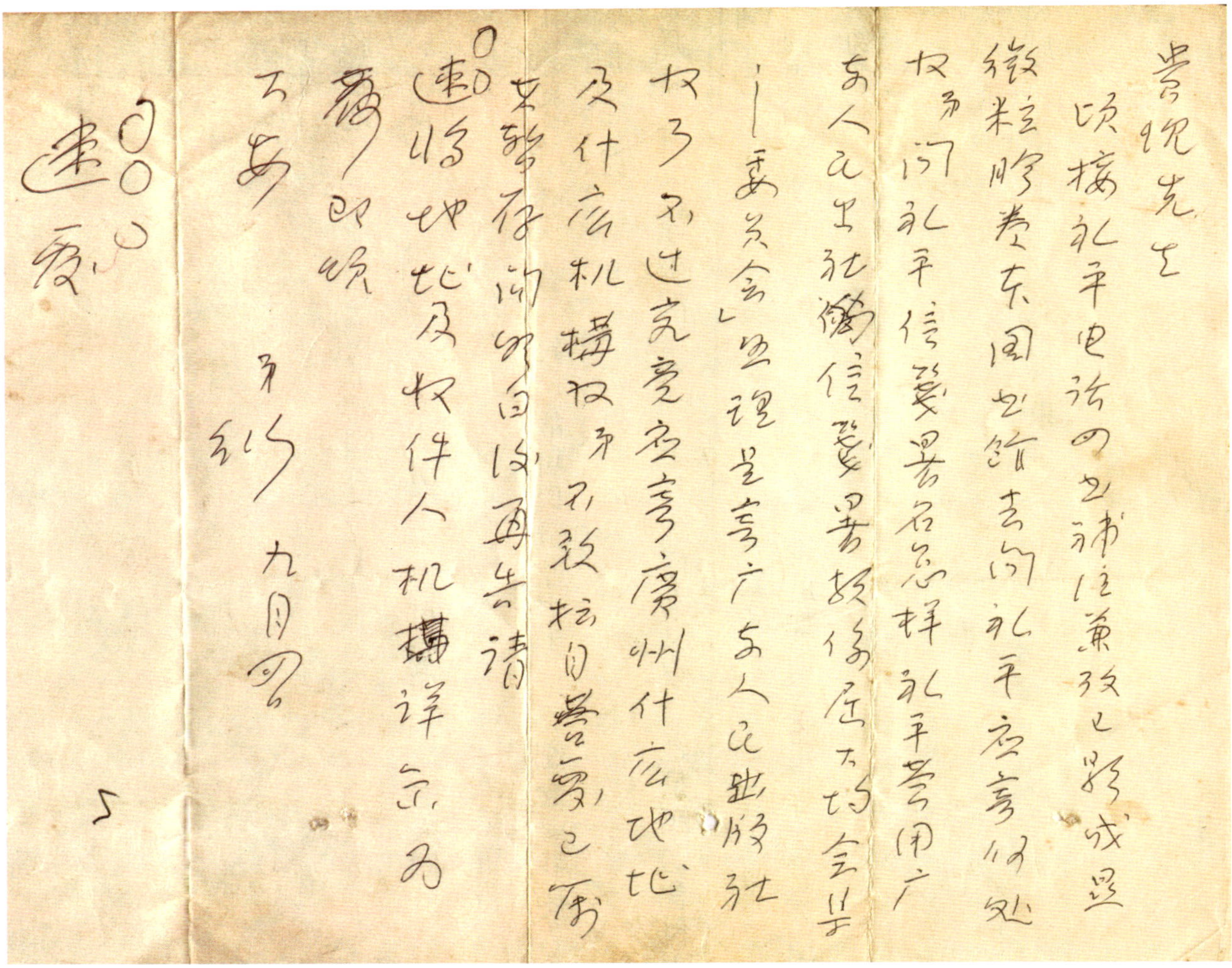

貴忱先生：

頃接永平電話，四五補注篇殆已將成，且
徵粒聆卷东图书馆去问永平交商何处
收，乃问永平信笺署名怎样，永平答用广
东人民出版社编信笺署名颇像原本均会是
——要出公函理是写广东人民出版社
收，乃不过究竟应写广州什么地址
及什么机构收，乃不致于自寻麻烦已（？）
来[illegible]存的，如自后再告，请
速将地址及收件人机构详示，为
祷。即颂
大安

弟 宗衍 九月四日

速○○
速覆

5

無日期

貴忱翁：

兩函收到。

寄膠卷地址已即電知禮平轉圖書館了。

屈詩濤畫文[一]如能登於《小册子》，可知屈、濤二人關於[二]，如不能加入，隨便由公酌之。

從前我送一大包書給歐公，都是由楊公轉去的，歐公曾告我如有書可由楊公轉，故以奉托。拙作係由友人出資付印，我不費一錢，故可以分贈老友以爲紀念。我函告書價，俾知香港一切無不翔貴，比方廣州寄挂號信似乎是一二角，香港則爲五元六角呢。

九月廿五日舍侄來港旅游，十月舍侄女又來，她是頤老會付主委，老共幹，現去游覽名山了，有書可托她們帶下。

《四書補考》告一段落，《詩文》進度如何？盼告一二，甚望早日交稿上繳也。

匆匆即頌

著安

衍

屈膠卷非禮平走跑，恐怕會束之高閣。

【注釋】

［一］即汪宗衍撰《屈大均詩石濤濟》一文。

［二］於，應爲「係」。

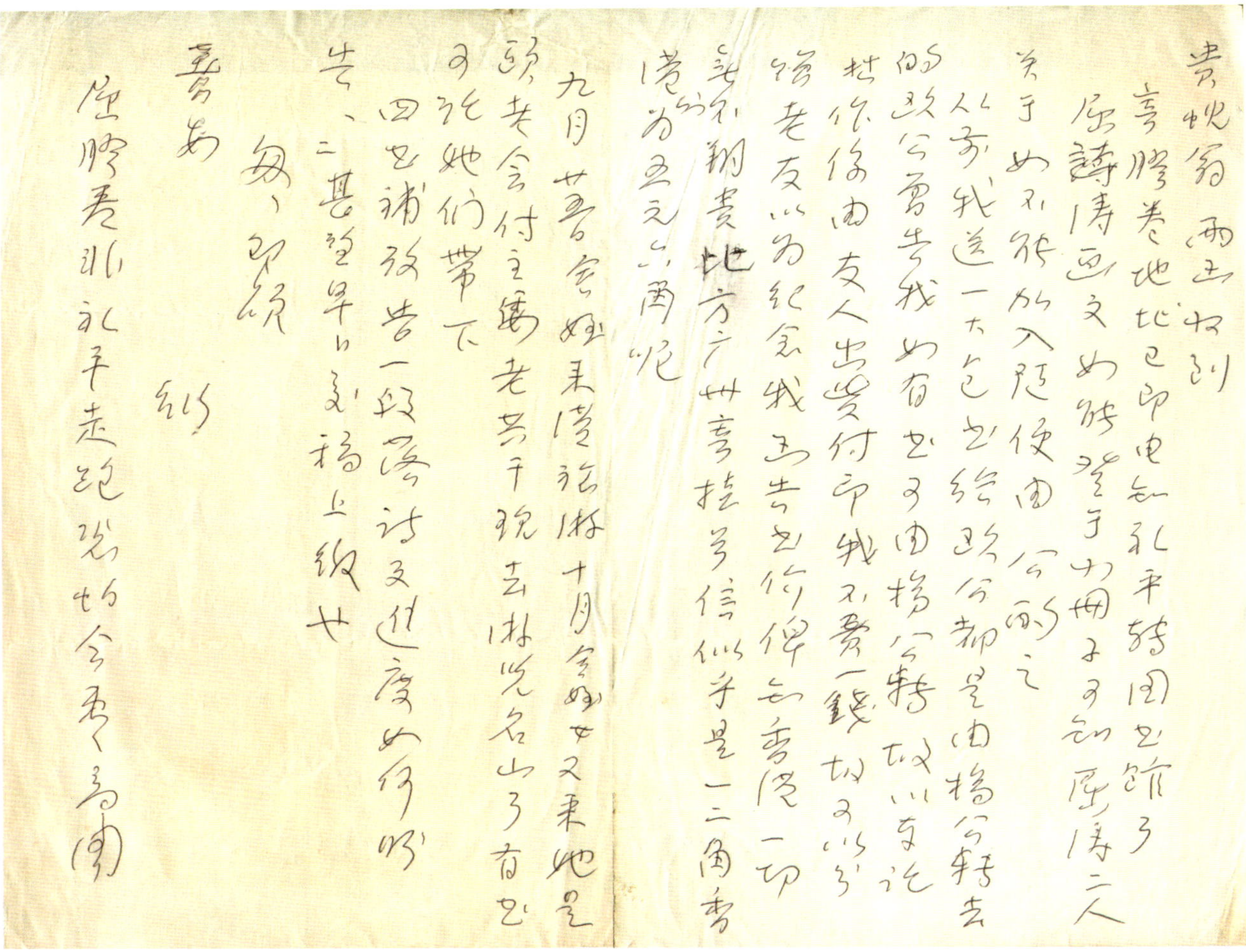

九月五日

忱翁先生：

九月一日函奉悉。中文大學影的膠卷本，昨接禮平函告，已經影成，但不知寄去何處，即已奉上乙函，請詳細明示，想已收到。頃函由弟或禮平帶穗，弟意仍不如郵寄爲妥，因膠卷爲易燃物體，恐船車均爲禁忌之品故也。

中文大學現改由他們自寄，似可照辦，且一切鐵箱裝盒，他們向有經驗，如我們携帶鐵箱過關，亦有問題。弟意可否這樣的地址：「廣州大沙頭四馬路廣東人民出版社，《屈大均全集》編刊委員會收」，或加「歐初先生收」。因寄中文大學函係用人民出版社信箋，而蓋……委員會印。

番禺會既定明年，弟何時返穗未定。《屈集》搞了三四年，亦宜早日交卷，不宜耽擱。關於《年譜》稿及《投贈集》，弟意可先寄北京，由其審查存案，何時印出或不印，聽其意思，此爲附録，不能先印，因祇上繳《廣東新語》亦嫌太少。《詩》《文外》《文抄》不悉進度如何？甚念甚念。即頌

撰安

弟知　九月五日

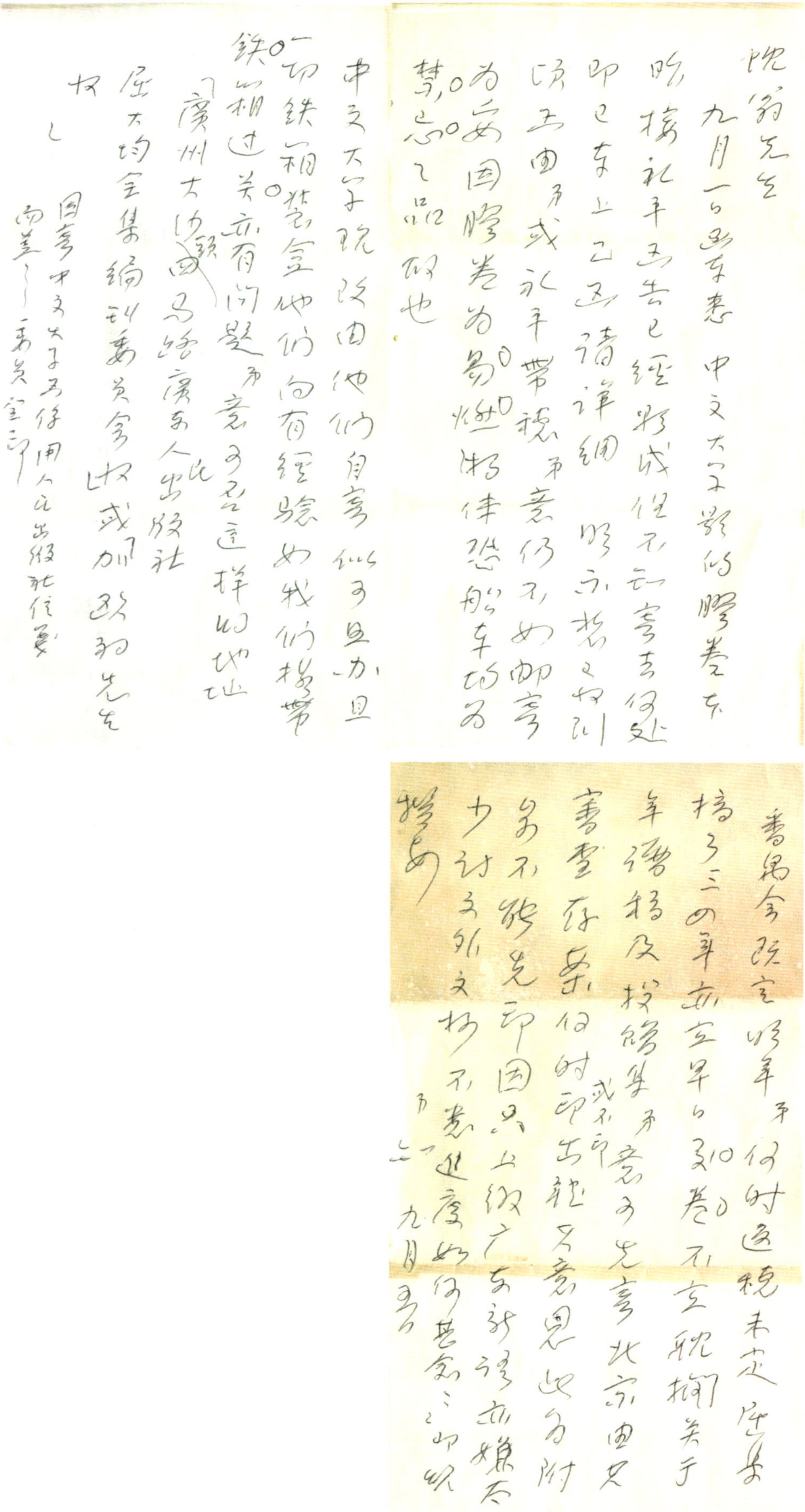
忱翁先生：
九月一日函奉悉。中文大学影印胶卷，去
腊接北平函告已经将成，但不知寄去何处，
即已去函请详细明示，若系文物则
须由西或北平带稿，弟意仍不如邮寄
为安，因胶卷为易燃物，邮件恐船车均为
禁忌之品故也。
中文大学院改由他们自寄，似可且加且
一切铁箱装会，他们向有经验，如我们携带
铁箱，相过关亦有问题。弟意可否这样的地址：
「广州大沙头四马路广东人民出版社
屈大均全集编辑委员会收」，或加「汪宗衍先生
收」。
因寄中文大学者系用人民出版社信笺，而上一委员会印。

香港今路空明年弟何时返穗未定，屈集
搞了三四年亦定早日完成，卷不定，忱柳关于
年谱稿及校勘集，弟意可先寄北京西
书肆存案，但付印出版不意思此为附
弟不能先印，因只出版广东部，亦颇有
少许文外，文物不甚进度如何，甚念。顺颂
撰安
弟 上 九月三日

九月二十九日

（前缺）

拙作《清史稿考異》現在加印三百，成本可稍輕，擬交楊奇先生代交北京北路歐公收二十册，除留贈人外，其餘將囑舍侄與閣下接洽，取回若干册分致國内老友及圖書館，想荷兩公垂允，因九月一日起此間郵費加價，普通信加一角無問題，航函加三成，如寄拙作二厚册，非二三十元（或不祇此數）不辦，殊吃不消也。想荷鑒原，與歐公洽後如何？乞示知。大約非一九八六年初不能出版。順及。即頌

大安

弟衍　中秋

盼覆。

拙作清史稿考異社加印三百成本,方翻轉
託吳鶴翁先生代交北京北路致公權20冊,除留
個人外分送諸同學至好外,
閣下檢齊數回若干冊分致國內老友及圖書
館,款項兩公垂允。因九月一日起此間郵費加價,
普通信加一角,美洲題航空加三成,如寄拙
作二百冊,非二三十元(或不只此數)不辦,殊屬不
值也。款項一並寄與致公,俗知何如?
示知。大約非1986年初不能出版,順及。即頌
大安
弟 衍 中秋

二十三日

貴翁先生：

前奉乙函，再寄上修正《屈譜》資料，計達台覽。昨天國務院《古籍整理小組通訊》寄到新本，載有關於《全清詞》一文，説及順康兩朝詞篇之屈大均詞，所收多出通行版本，不少詞作想荷垂及，廣州收藏《詩外》至多舊版，不知有發見佚詞否？如無之，應向有關方面連繫補入，否[一]粵人編一部《屈集》不及外省人，則笑話耳。覆我，至盼。

衍　廿三日

【注釋】

[一]否，下應漏「則」。

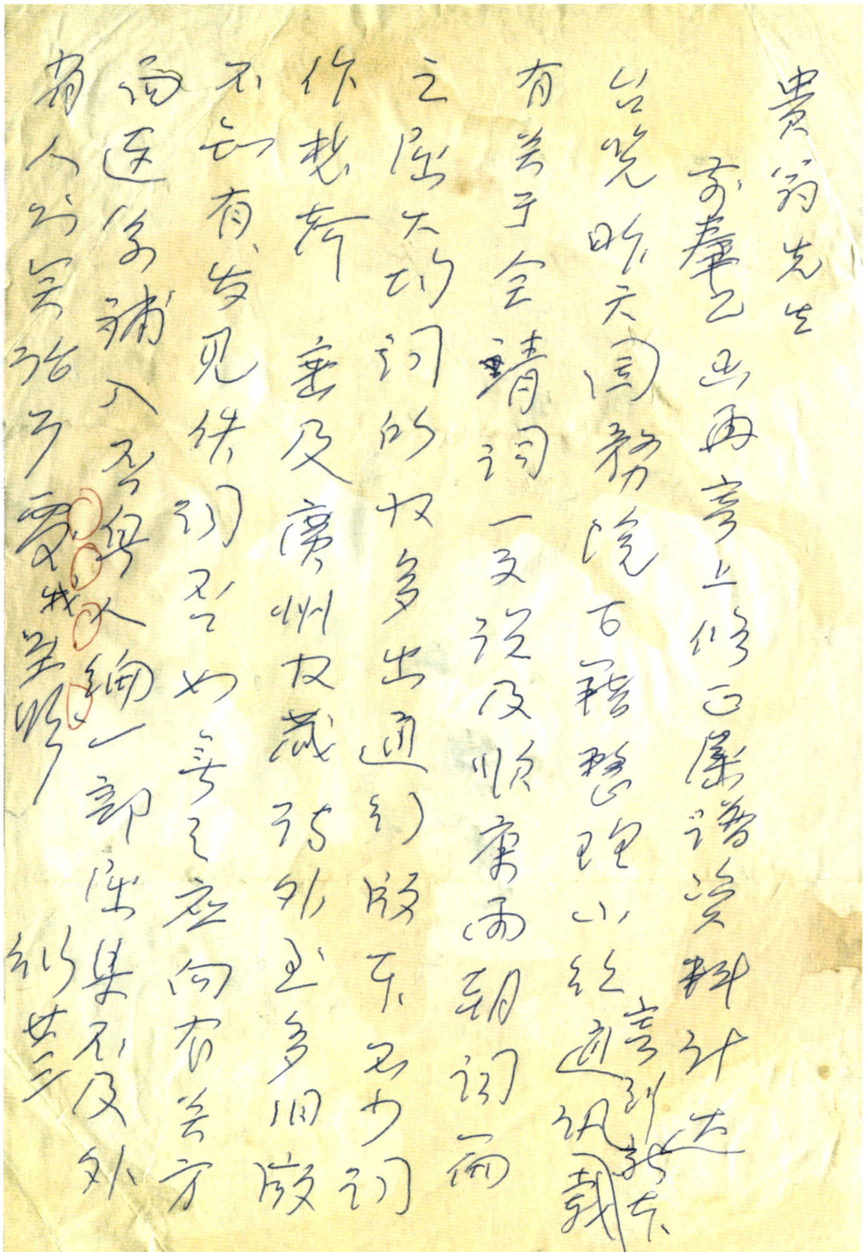

贵翁先生：

前奉上函并寄上修正屋谱资料计达
台览。昨天阅《古籍整理小组简报》[illegible]載
有关于全清词一文，论及顺康两朝词，而
之屈大均词所收多出通行版本[illegible]词
作，想系据广东及广州所藏稿外，亦多旧版
不知有否见佚词，即系如是，应向有关方
面送分补入否？与我所编一部屈集不及外
有人另寄给予否？[illegible]

衍 廿三

十四日

貴忱翁左右：

昨接舍侄來函，知送貴同事一百元人民幣已呈上查收，此不足以酬萬一，稍遲弟有款（稿費）時尚可再奉送也。

玆又有改訂《屈譜》數處，另分正本、付本二帙，祈查收轉交爲荷，并致以謝忱。

《屈譜》原寄改本已頗草率，年老精力不繼，加以屢次由汪世清、謝正光[一]兩人寄來資料，不得不補入，以期完善，此事實無底深潭，祇可就得見者補之而已。

惟迭次增加更爲凌亂，務請貴同事費神整理，送抄過一份然後上繳最好，誠恐抄一次又有錯字，奈何？惟有可不剪貼者留之，其繁複者另抄之，抄後再校對一回之辦法，不知尊意以爲如何？至於整理費用，弟當如數奉送，由先生代酌示知照辦可也。

著述之事非有助手不可，何況八十老翁，抱憾之至。弟性又好雜，如《清史稿考異》（此函到時似已送到）出版後，現則整理《廣東書畫過眼録》，已得五萬字，意在以書畫證史，非有歷史文獻不收，所謂「講古仔」（廣東話）也。昔人以詩證史，以語録證史，我以書畫證史，似前人文集偶然爲之，若一專書似無之也，亦敝帚自珍而已。惜不能寄稿呈教，如先生肯爲我指疵，亦可複印寄奉，如何如何？即頌

著安

弟衍　十四日

【注釋】

［一］謝正光，廣西容縣人。美國格林納爾學院歷史系教授，美籍華裔历史學家。

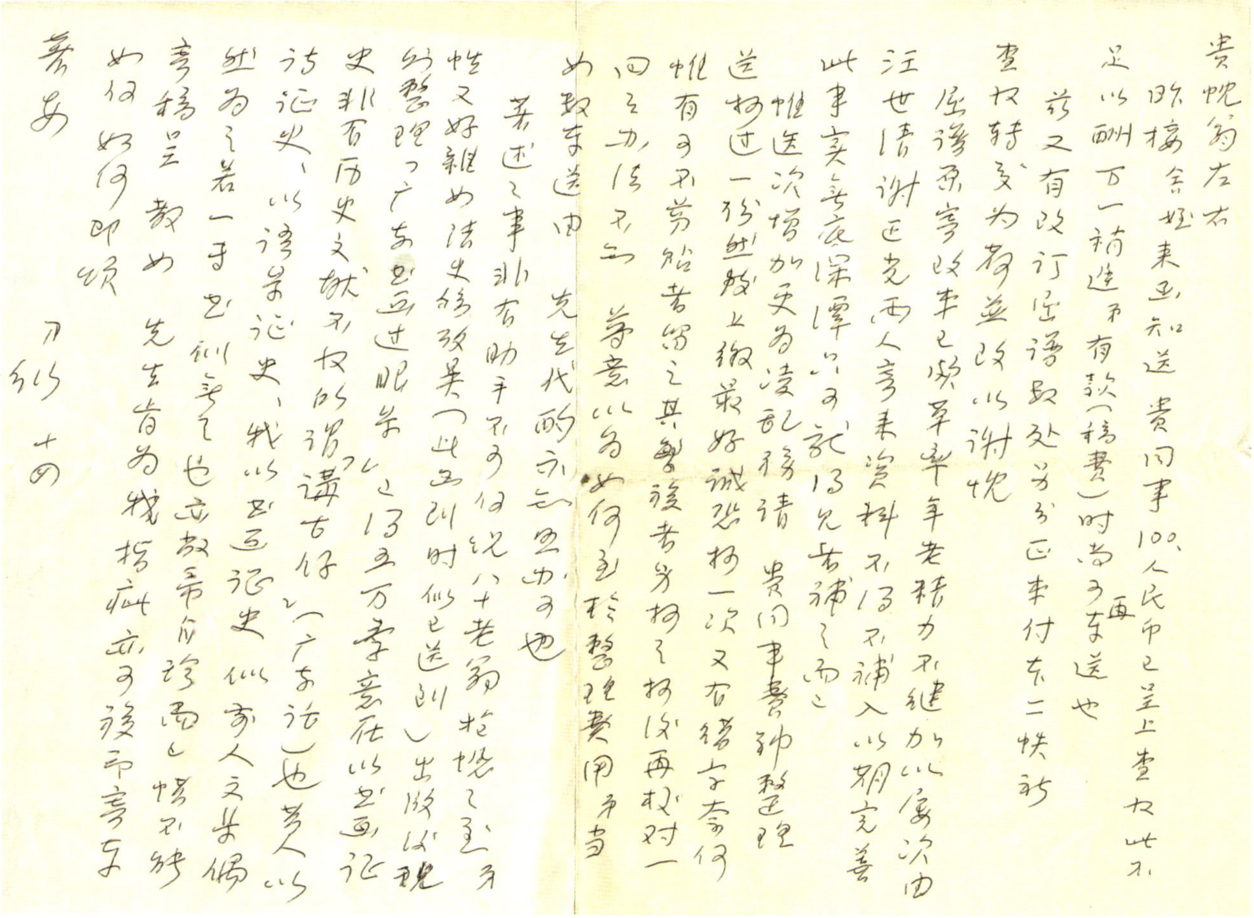

贵忱翁左右：

昨接舍侄来函，知送 贵同事100人民币已呈上，查九此不足以酬万一，稍迟可有款（稿费）时当多寄送也。

前又有改订《屈谱》数处，另写正本付东二快[illegible]，查收转交为荷，并改以谢忱。

《屈谱》原写改本已呈，弟年老精力不继，加以家次由汪世清、谢正光两人寄来资料，不得不补入，以期完善，此事实无底限，惟只可就得见者补之而已。惟送次增加更为凌乱，务请 贵同事费神整理送排，过一段然后再校，最好识者将一次又有错字，奈何。惟有多不劳船者留之，其余后者另将之，校后再校对一回之功，倍不知，弟意以为如何，至于整理费用，可否由如数寄送，由 先生代酌示知为幸也。

著述之事，非有助手不可，但说八十老翁，挖掘之至可惜，又好维如法史，能致其（此五训时似已送训）出版，以现的整理，《广东书画过眼录》之，得五万字，意在以书画记史，非有历史文献，不值的谓讲古仔（广东话）也。若人以诗证史，以诗年记史，我以书画记史，似前人之不偏。然为之若一，可书训气也，可以教育人，诗画亦恬不能。寄稿呈 教，如 先生肯为我指疵，亦可后再寄去。如何如何，即颂

著安

宗衍 十四

一九八六年

一月七日

貴忱翁左右：

元月二日晚大札敬悉。

（一）去市橋後情况如何？乞示一二。（二）弟甚欲返穗一行，惟無伴同行。近日步履較差，日前上山在石級幾致蹉跌，幸有拄杖，否則無相見之日矣。（三）日來整理舊稿，發見《跋四朝成仁録》已刊入《廣東文物叢談》中了。（四）貴同事爲弟整理《屈譜》之某君，請示姓名及住址，俾得專函道謝，并囑舍侄德森與之聯繫。擬匯票寄去，何如？舍侄因上年十一月以陰囊施手術，近有人來港，説他步履不好，似跛狀，吾公擬請貴同事往舍侄處晤面交付筆金最好，一百元人民幣少否？過二三個月，弟尚能籌措些少付交的。（五）友人謝君自上海今天下午到港，日内會來訪。《屈譜》資料還有一次爲孫芬標有贈翁山五律詩一首，可以補入，因衹知孫之别字及籍貫，要《耆獻類徵》冀能多些，稍遲再補上。瑣瀆不安之至，謝感之忱非墨筆能形容也。

祝

撰安

衍　元月七日

前函繕畢，奉十二月卅一日手札，乃元月二日晚函先到而此較遲矣。

市橋會集定舊五月十六日爲翁山二百九十年逝世紀念，較有意義。《小册子》得我公遠道到番禺催促早日印成，企念賢勞，至爲欣佩。廣州之行祇可改期，因找不到同伴也。

衍　又及

贵忱翁左右：元月二日晚 大札敬悉。
人去甫抵此，情况如何？乞示一二(2)。弟甚欲返穗一
行，惟每件同行近日无暇，差日前上山住石级
几次，蹉跌幸有拄杖，否则无相见之日矣(3)。日来
整理旧稿，发见的胡成仁兄已刊入广东文物丛
谈中了的 贵同事为弟整理原稿之苏君，请
示姓名及住址，俾得寄上道谢，并寄会址给森（拟以宗老书寄付）
雨之联合会馆，因上年十一月以阴囊施手术，近日
人来信说他步行不好，似跛状者。公拟请
贵同事往会馆处时面交付，会最好。100人民币
助学过二三个月，弟尚能写寿楷些少付交的(5)友人附
君今天下午到港，日内会来访，届时将其资料还有一次
为强劳校订编为山五律诗一首，可以补入国内的
之别字及一种贯要者，故敢纪其能多些，稍迟再补
上，读之不安之至，谢谢。感之忱非笔能言也。
记 撰安
剑 元月七日

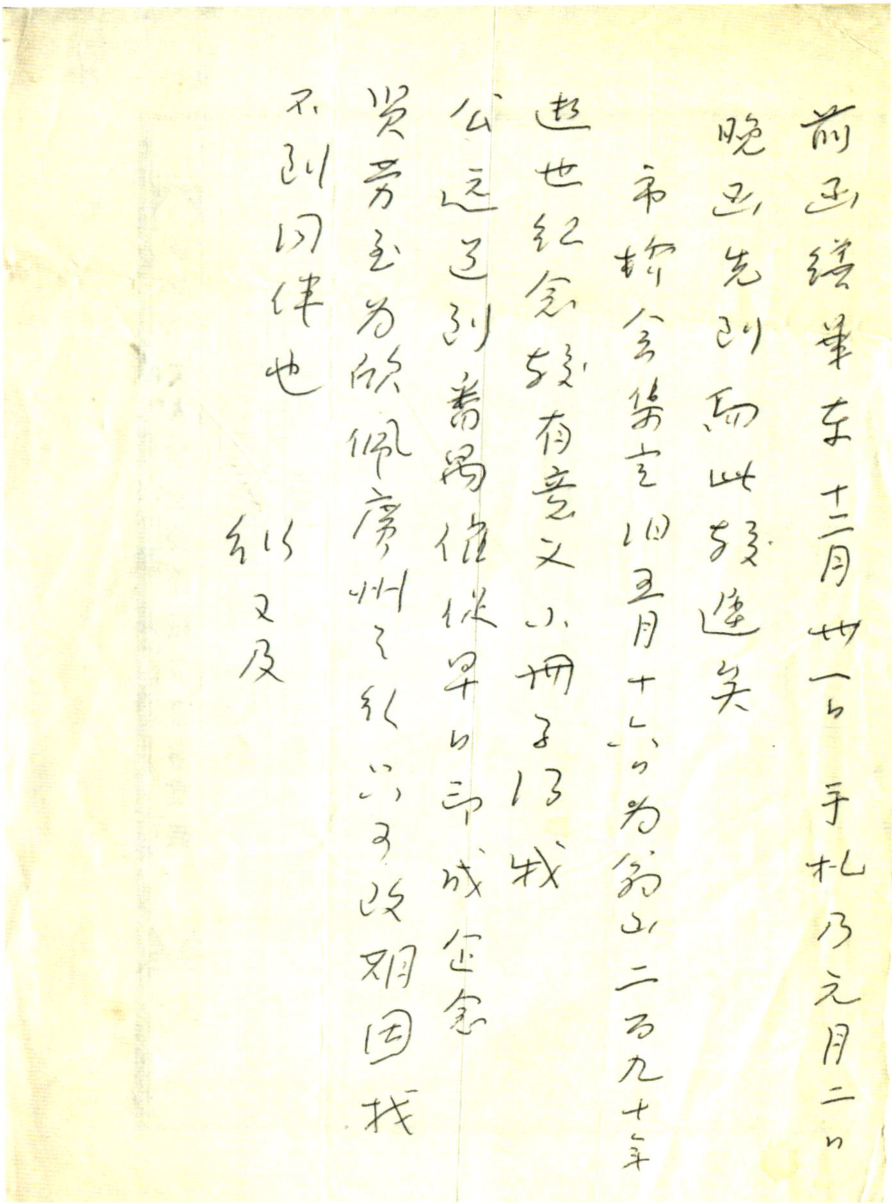
前函繕畢，奉十二月廿一日手札，乃元月二日
晚函先到，而此較遲矣。
市博會集定舊五月十六日為翁山二百九十年
逝世紀念，較有意義。又小冊子已收。
公之遺刊著屬催促早日印成，紀念
賢勞至為欽佩。廣州之紀念可改期，因找
不到同伴也。
衍又及

無日期

貴忱先生：

十二月十四日奉上乙函，竟打回頭，兹再寄上，祈查收。可能漏寫三幢之「三」之字耶，下次覆函請寫發信地址爲荷。

黄雨翁於一月十九日心臟病逝世，老友又弱一個了。祝

春祺

衍

貴忱先生

十二月十四日來函已到，竟打回头

前函寄上新查收了號偏旁

了幢之了了之字耶，下次發函

請寄發信地址爲荷

黄雨翁于一月廿九日心臟病逝世

老友又弱一个了。祝

春禧

衍

二月七日

貴忱翁左右：

二月二夜大教奉悉。

昨天接李文約[一]先生函，已收到一百元筆墨費。承雅愛獲此人選，感甚。渠囑將增訂各點全部再抄一份去，或因敝處之剪貼稿與前寄尊處者行款微有不同之故，已將剪貼稿及改訂處複印挂號寄去，如此更清楚矣。如能了此心事，多些費用在所不惜。

在穗之《屈譜》稿不知能上繳？手民看得出否？老編嫌雜亂否？望先生細酌，或全抄過恐又有脱誤，或將部分抄過何如？筆墨之費由弟負擔，不必客氣，拜托拜托。

補助費又發下二百五十元，豐厚如此，爲之汗顔，擬以五十元贈與李文約先生，俾其奮心爲之。俟趙福壇先生交到尊處，然後付去，其餘存先生處，俟再奉示另酌，先謝。

《小册子》已印成，至慰。請寄二册至舍侄德森收爲托（住西關恩寧路七一號二樓）。

宇翁後事大致已妥，前日其子女尚來電話商骨龕題字（夫婦合龕），半月以來頻來電話，兩到殯館，一至茶廠，面商一切，爲之不懌，亦無可如何，三十年來與宇翁往還至密，其《回憶録》亦曾示我者再，一念及此，爲之涕零。

前寄函件漏寫門牌兩次，半由年老事忙，半由宇翁之逝心緒不寧，諸乞鑒諒。專此即頌

著安并賀春禧

衍　乙丑除夕前一日

【注釋】

[一] 李文約，一九五〇年生，廣東新會人。參與編輯《屈大均全集》。

贵忱翁左右：二月二夜大教奉悉。

昨天接李文约先生函，已收到100.美金，费承
雅爱，殷此人遥感甚深。最好将增订各点全
部再抄一份去，或因敝处之前能稿与前寄
尊处者，所款微有不同之故，已将前能稿及
改订处，复印挂号寄去，如此更清楚矣。如
能了此心事，多些费用在所不惜。

在复印之底稿，不知能上缴手民，看得出否？
老编嫌杂乱否？望
先生酌，或全抄过，恐又有脱误，或将部分
抄过，如笔墨之费，由弟负担，不必寄来。
拜托拜托。

补助费又发下250.美金，如此为之汗颜，拟以
50.赠与李文约先生，俾其奋心为之，供达
福坛先生处。见到尊处，然后付去，其余存
先生处，供其示另酌，先谢。

小册子已印成，至慰，请寄二册至舍侄绍森
收为荷（住西关恩宁路71号二楼）

宇约俊事大致已安，前寄其子女为来电
商量铭起字（吴妇会议）半月以来频来电
话，而刘瑞馆一至茶厂面商，一切为之不惮，
亦系于如何三十年来两字翁往还至密，其
回忆录亦当亦成其一再，一念及此为之涕零。

前寄五件论字内碑两次，半由年老
事忙，半由宇翁之逝心绪不宁，请谅。

尚祈垂谅，此即颂
著安并贺
春禧

纫 乙丑除夕前一日

三月二十一日

貴忱翁左右：

去臘曾奉來示即覆，不覺近兩月，不悉《翁山集》進度如何？念念。前示云有補助費二百五十元給我，已由某公交到尊處否？如已交到，擬照前函以伍拾元送李文約兄爲筆墨之資。茲有一函致文約，囑其到尊齋收取，地址爲「廣州湛塘路八十號地下」是荷。該款如已交到，祈示復，餘款二百元擬着德森到取，何如？

聞《翁山譜》要加符號及另抄，仍由文約兄經手，很好，至費精神，感荷無既。此項工作由會付給薪津不少，仍可由弟得《翁山譜》補助費酌付，請酌示。

一二月來精力尚可支持，惟時患便溏，腸胃不適，較爲消瘦矣。

即頌

春安

宗衍　三月廿一日

付李文約五十元收條隨後奉上。

李文約先生：

茲有人民幣五十元奉贈（《屈譜》筆墨費），存王貴忱翁處，請駕便中到文明路一四四號三棟之二、二〇一室貴翁處洽收爲荷。即頌

大安

宗衍　三月廿一日

贵忱翁左右：

去腊曾奉来示，即复，不觉近两月，不恙。翁山集进度如何，念念。

前示云有补助费250.给我，已由某公交到尊处否？如已交到，拟以第一函以任捡之送李文约兄为笔墨之资。

前有一函致文约，属其到尊斋收取，地址为广州湛塘路八十号地下，兹写信致，如已交到，新示复，余款200拟着往森到取付，如何。

翁山诗要加附书及书椟，仍由文约兄经手很好，至贵精神感荷无既，此项工作由会付给劳津不少，仍可由可以翁山诗补助费酌付，请酌示。

一二月来精力尚可支持，惟时患便溏，腊寒不适，较为消瘦矣。即颂

书安

宗颐　三月廿一

付李文约50收条随后奉上

李文约先生：

兹有人民币五十元交（[illegible]笔墨费）储存至贵忱翁处，请翁便中到文明路一〇〇号3楼之二〇一室贵翁处领收为荷。即颂

大安

宗颐　三月廿一

四月二十五日

貴忱翁左右：

四月十四日函拜悉一切。

《天然譜》久已無副本，聞臺灣商務擬印入《年譜叢刊》中，俟出版買得，當奉上。

屈會定六月十三日，則弟至遲十二日下午到穗，如有《全集》事商量，或要提前一二日。此時正當端午節，又值周末周日，旅行人士必多，必要提前訂票，如何祈賜示。此次回程，如海關許可，弟擬由市橋去蓮花山搭快速水翼船返港，如搭下午四時開行者，則六時到港岸矣。

禮平已接台函，去市橋大約未定實。

《小册子》已由舍侄寄來幾頁了。

專此奉覆。即頌

撰安

衍　四月廿五日

《天然譜》由陳凡兄托友贊助付印，送回我一百本，距今廿年矣。

茲收到王貴忱先生交來《屈大均全集》稿酬人民幣弍佰伍拾元。此據。

此款由汪德森舍侄代領，由德森加簽收到方着實，合併説明（誠恐此紙郵寄遺失）。

一九八六年四月二日　汪宗衍

汪德森手收。

贵忱翁左右

四月十四日函拜悉一切

天然诗文已寄副本回台湾商务印

入年谱丛刊中俟出版买得当寄上

候会定六月十三日由市运十二日下

午到穗如有全集事商量或要提前

一二日此时正当端午节又值周末周

日旅行人士必多必要提前订票如何

祈

络知此次回程如偏劳许子予邮

由市桥去莲花山搭快速水翼船返

港如搭下午四时开行者约六时到

港岸矣

礼单已接 台函去市桥大约未定

实

小册子已由会姪寄来几页了

专此奉复即颂

撰安

弟 宗衍 四月廿五

天然诗由陈凡兄托友赞助付印送回我一百本

已分廿年矣

并切到

王贵忱先生交来陈大均全集稿酬人民

币贰佰伍拾元正此据

此款由汪经森会姪代领由经森加签切到

方为实今呈说明（诚恐此纸难寄送去）

一九八六年四月二日 汪宗衍

汪德耕手收

五月十日

今年年近八十，冬末春初患便溏，元氣大泄，數日前風濕骨痛甚劇，兩夜失眠，因吃止痛藥又便秘，因此非劇痛不吃藥也。

上海有輯名人信札之舉，已收得先父致温廷敬[一]信十數通，另得二三十，望得七八十印專集，囑弟助之搜羅，尚無暇動手。《翁山譜》幸得先生鼎力托李君清理，《天然》《千山》《千里》《東塾》大致增訂交上海友人可入《年譜叢刊》中。如貴友必要《天然譜》，可映印，約五十多頁而已。廣東出版社整理《嶺南畫徵》亦已就諸付排，而上海又欲印入《畫學叢刊》中，所謂「廢田無[二]耕，耕開有人争」，弟無意見，囑其自去廣東社商洽可耳。草草。即頌

著安

衍　五月十日

【注釋】

[一] 温廷敬（一八六九—一九五四），字丹銘，廣東大埔人。著名學者、文獻家。

[二] 無，下應漏「人」。

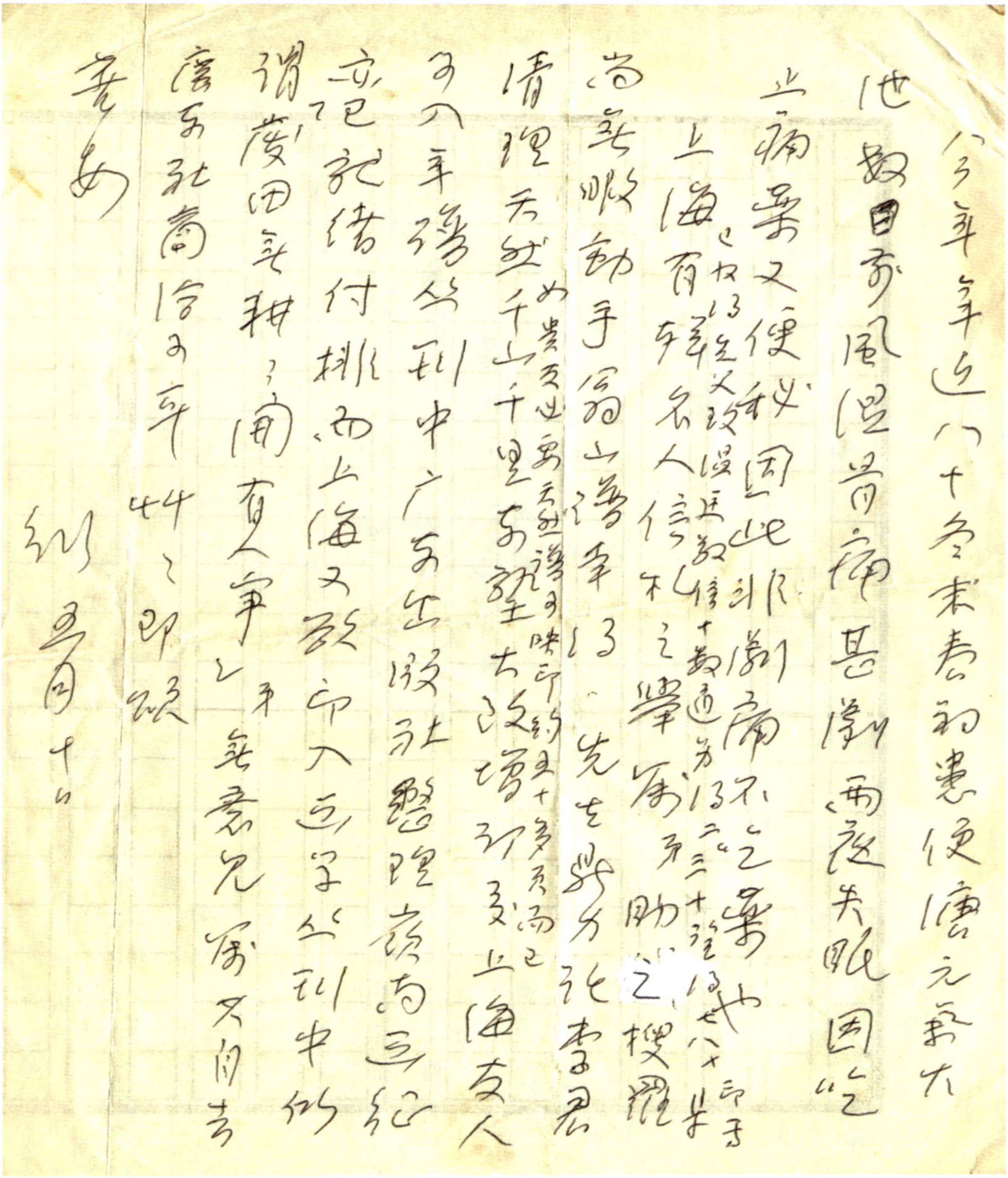
今年年近八十，冬末春初患便溏，元氣大
虧。日前因過背痛甚劇，兩夜失眠，因之
上稿無人代搬，因此非劇痛不已業也
上海百年名人信札之學家另助之樱羅（已收得從文致漫廷信十數通，另有三十通，將七八十年手）
尚無暇動手寫出譜年。先生與分托李君
清理去歲千山千里東望大陸，增印交上海友人（以其未出專著，已譜子校印，約五十多頁而已）
于八年譜出刊中，广东出版社整理發為三編
亦已託僑付排，而上海文藝亦入近字出刊中，似
須廣因無耕耕，聞有人事之未無意見，容不自去
廣東社商洽，可奉44之即頌
著安
紀　五月十日

五月十六日

貴忱翁左右：

日前奉六日書即覆一札，計達台覽。繼思亦可於六月廿一日上午到廣州，下午料理《屈集》事，不悉諸公有暇否耳。

兹有覆籌備小組函，祈轉交。弟之行期最好以長途電話相告，每日某時及電話號數祈示知，友人有國際電話，可在彼處致電也。

前函言風濕骨痛至今未愈，且右脇下出小紅斑點極爲痛楚（附近爲神經帶），能否成行尚未可知。

專此即頌

著安

衍　五月十六日

書坰兄左右

日前奉上函一札计达 台览 继思亦于六月廿一日上午到广州下午料理居华事不意诸公有晚餐之举

前有家寿倘小红去五新楼家之行期最好以長途电话相告每日某时及电话号数 新亦知友人有国际电话可在彼处联电也

前五言风湿骨痛至今未愈且右肋下出小红斑点极为痛楚（附近为神经带）纸短我行尚未可知

専此即颂

著安

绍 五月十六

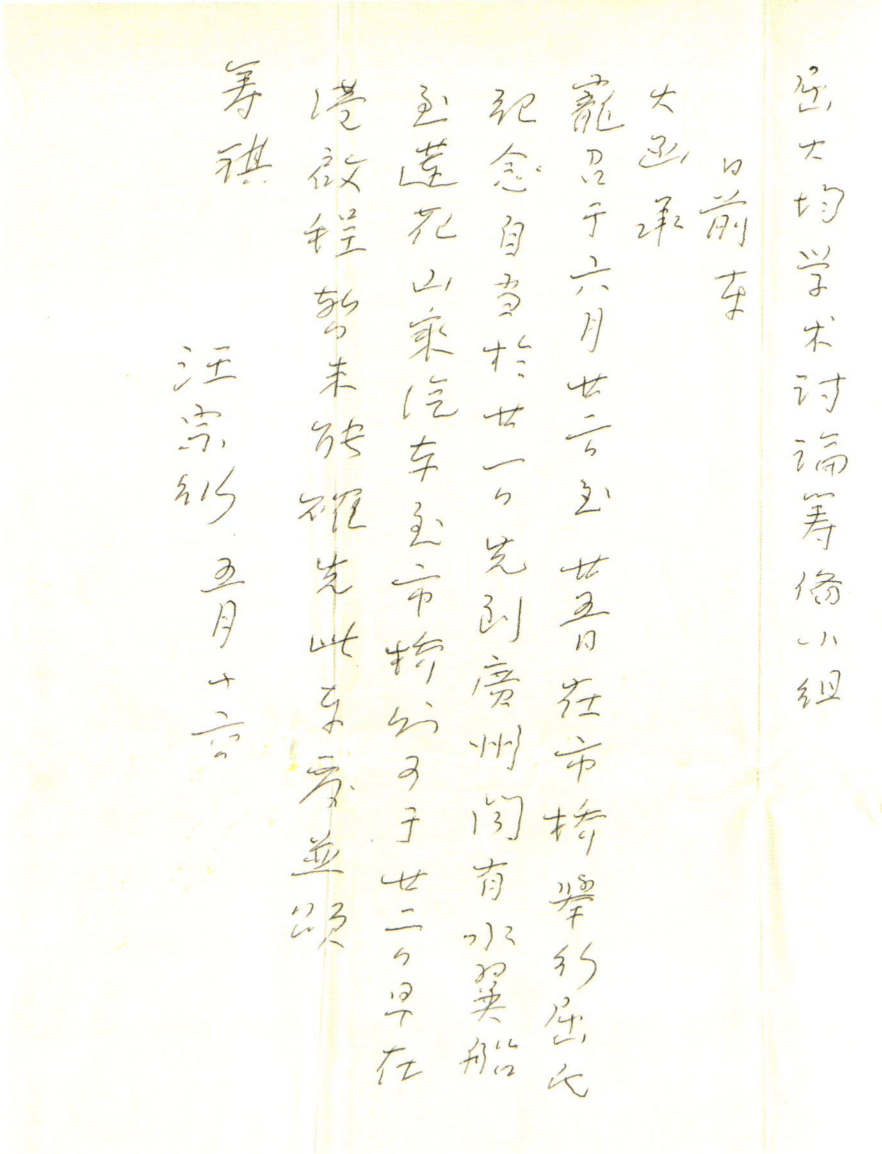

五月十六日

屈大均學術討論籌備小組：

日前奉大函，承寵召於六月廿二日至廿五日在市橋舉行屈氏紀念，自當於廿一日先到廣州。聞有水翼船至蓮花山，乘汽車至市橋，則可於廿二日早在港啓程，暫未能確，先此奉覆。并頌

籌祺

汪宗衍　五月十六日

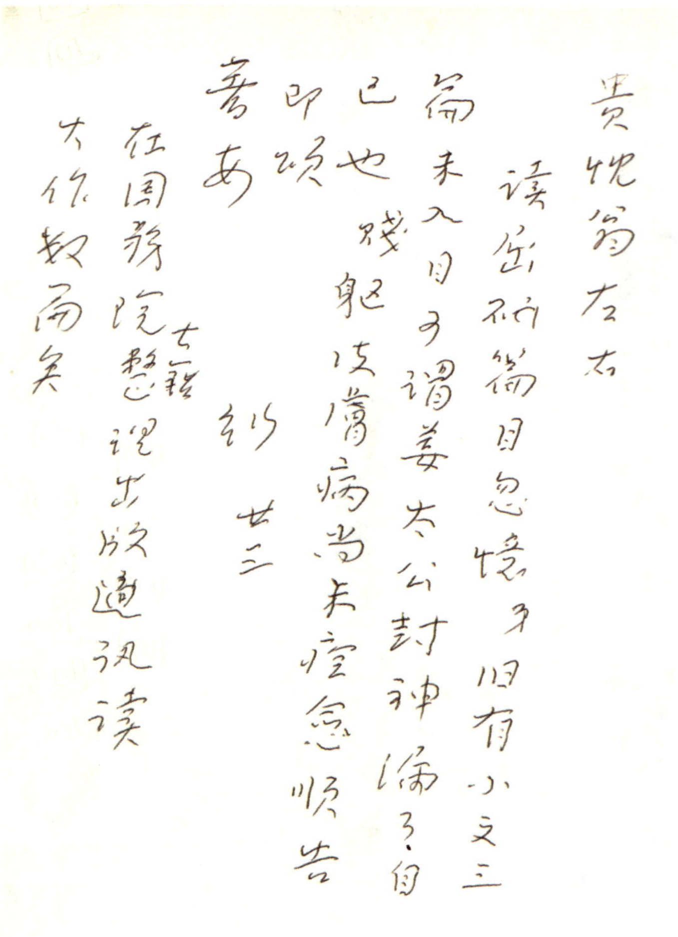

五月二十三日

貴忱翁左右：

讀《屈研》篇目，忽憶弟舊有小文三篇未入目，可謂姜太公封神漏了自己也。賤軀皮膚病尚未痊愈，順告。即頌

著安

衍　廿三日

在國務院《古籍整理出版通訊》讀大作數篇矣。

無日期

貴忱先生：

五月廿六日函悉。附屈會函收到，容覆之。

屈會在廿二至廿五日在市橋賓館舉行，自當趨赴聆教，過幾天另函覆紀念會。惟時間太長，又回穗逗留一二天商《集》事，要六七天（如乘直通車則廿一日要到穗）。弟意擬廿二日乘港開八時之水翼船到蓮花山，十時到岸，半小時多些之汽車即到市橋。關於商談《屈集》，擬在市橋抽出一二小時即了之（其實《集》事必已妥當，惟《年譜》可過目），看龍舟擬不參加（太熱），開會亦不擬講話（素來不善詞令）。向來都是住三晚，至遲廿五日下午四時搭水翼船返港，六時到岸。住三夜，既可節省住宿費（雖然公費），弟有失眠習慣，亦可節勞也，祈賜酌（又，陪伴弟旅行者不能多告假）。

（後缺）

贵忱先生：五月廿六日函悉，附函亦收到。容庚之座谈会在廿二至廿五日在市档案馆举行，自当趋赴聆教，惟（过几天要出席王力纪念会）时间太长，又回穗逗留二天，商集事要六七天（如来去连车约廿一日要到穗）。弟意拟廿二日乘港间八时之水翼船到莲花山，十时到岸，半小时多些（之汽车）即到市档。关于商谈座集，拟在市档抽出一二小时即可之（其实集事必已安置好，惟年谱可过目）。看龙舟拟不参加（太热），开会亦不拟讲话（素来不善词令），（因来都是住三晚）至迟廿五日下午四时登翼艘返港，六时到岸，住三夜既可节省住宿费，弟有失眠习惯，亦可节劳也。祝

暑祺（又陪伴弟访问者不能多告假）

六月十二日

貴忱翁左右：

五月廿七日函并大作《龔〈破戒草〉》文[一]拜悉。關於《天然年譜》[二]，曾在澳門覓得一册，經已交郵寄上，想先收到，此編增訂不多，聞臺灣有盜印本，未見。

黄雨亭之《知見録》一書係崇文書店出版，今該店已歇業，要設法找尋方能寄上。

關於《全集》前言，除我與饒某外，港方爲屈志仁（借《翁山文抄》缺頁，爲功最大）、許禮平（商借《四書補注》）、劉健威（借《翁山詩略》）及中文大學圖書館（收藏《四書補注》）。

張蔭麟先生與弟在廣州中學同學，他高我一班，其人聰明而貌不揚，體極弱，有菜色，乃讀書二年即考入北京清華留學預備班，在京六年畢業，公費赴美深造（庚子賠款退回），卒於一九四二年，年三十七歲（科學家吴大猷與弟同班讀一年即考入清華，其弟子李政道、楊振寧爲諾貝爾得獎者）。

我自入春即患便溏，少愈，患神經痛，迫腰發見紅點，始知爲神經感染（俗稱生蛇[三]），幸有特效藥可以止痛癢，現尚未脱痂，又患感冒咳嗽。五月以來，無日安寧，故大函未能奉覆，屈會亦未能參加。已見另函，請轉交是荷。即頌

大安

弟衍　六日十二日

《小册子》稿酬乞代領取。

【注釋】

[一] 指王貴忱撰《龔自珍初刻本詩集〈破戒草〉》，《廣州日報》一九九六年五月七日。

[二] 指汪宗衍撰《天然和尚年譜》，一九七六年新文豐出版社出版。

[三] 即帶狀疱疹。

贵忱翁大人：

五月廿七日函并大作龚破戒草文拜悉。

关于天然年谱，曾在您处见过一册，经已复印寄上，想先收到。此编增订不多，仍以待梓空印本未见。

黄雨亭之诗见是一些，你家文史馆出版分號店已敬业安设法找寻，当转寄上。

关于全集前言，除我所述者外，该方面应志仁（借翁山文抄钞本，出力最大）、许礼平（商借四书补注）、刘健威（借翁山诗略）及中文大学图书馆（收藏四书补注）。

张荫麟先生与弟在广州中学同学，他高我一班，其人聪明而貌不扬，体极弱，有菜色，乃读书二年即考入北京清华留美预备班，在京六年毕业后赴美留学（见子绍返回），卒于1942年，年37岁（科学家吴大猷与弟同班，读一年即考入清华，大弟子李政道、杨振宁为诺贝尔得奖者）。

我自入春以来过度疲劳，急患神经痛，近日发见红点，始知为神经带（俗称生蛇），幸有特效药，可以止痛，痒现尚未脱痂，又患感冒咳嗽，五月以来无日安宁，故大函未能早复，屈会方未能参加，已见另函。请转告吴君为荷。即颂

大安

弟 [illegible] 六月十二日

（旁注：小册子稿酬已代领取）

七月八日

貴翁左右：

七月四日大札奉悉。

輯印《屈氏論文集》，甚盛甚盛！俟找出複印後即奉寄不誤。

黄雨翁書其在世時已無付本，書爲大東圖書公司所印，奉示後曾去電，云俟找出即電覆（大東對古書在半歇業中），迄無下文。俟天氣稍凉，走訪、叮囑、坐索，不知有存書否？

承贈稿費一百五十元及文件袋，已函囑舍侄到府面領，不知能趕於十三日到達否。

我自上月中旬患感冒，一再重感，至今未愈，半夜及晨早痰咳頗苦，近又患便秘，半年以來無一是處，幸非大病，體氣日弱，無可如何。

關於《屈氏論文》，《清史論文索引》二三〇、二七八、六〇五、六六五頁，有論文目數十，其中朱謙之[一]作《傅山與屈大均兩大思想家》尤爲重要，朱在抗戰前頗有名，爲梁漱溟之高弟，我未見此文，云爲思想家爲朱提出之第一人。即頌

夏安

弟衍　七月八日

兹收到王貴忱先生交來關於《屈大均文稿》人民幣一百五十元正，此據。

一九八六年七月七日　汪宗衍於香港

此款由汪德森代收，誠恐寄失，以汪德森加簽字爲憑。

汪德森手收，八月二十三日。

【注釋】

［一］朱謙之（一八九九—一九七二），字情牽，福建福州人。中國哲學家。

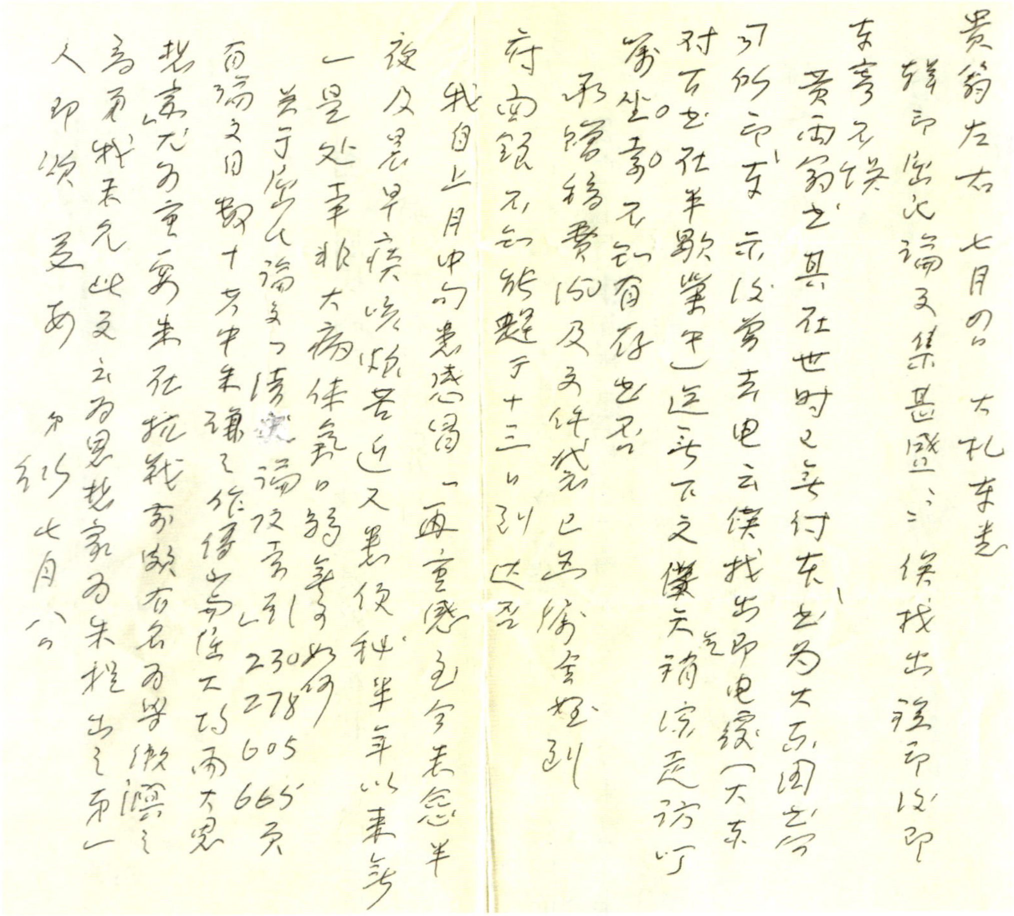

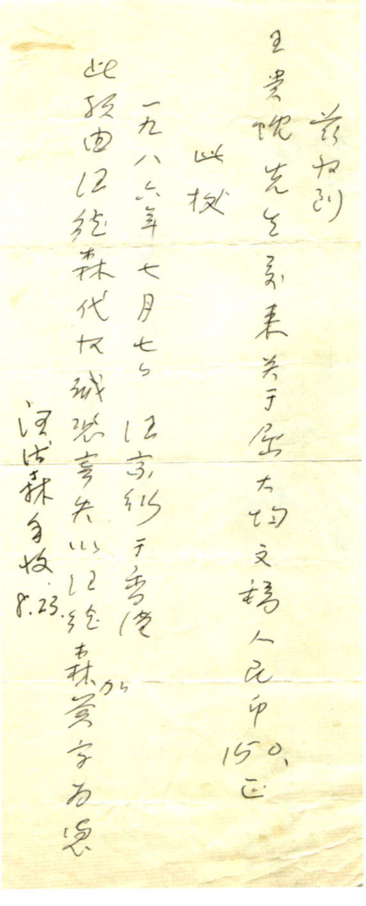

八月十四日

貴忱翁左右：

迭上三函未得覆，念念。挂號寄上黄宇翁《知見録》，已收到未？此書出版已近十年，書店已無多存書，且束之高閣，尋覓不易。弟親臨坐索二三次始得之，稽延可爲罪也。香港商估時間就是金錢，找到書得不償失，一言難盡。歐公大作國權删去末幾段，弟向其取閱，以爲六頁之《十八代詩選》《李杜詩選》《今文箋》《今詩箋》《廣東文選》《嶺南詩箋》，即所謂翁山六選，不知尊意以爲如何？即頌

秋安

衍　八月十四日

書賈商估時間就是金錢找到已得不償失一言難盡

貴忱翁左右
送上三函未得覆念念
撫號寄上黄宇翁知見弟之札
到未此書出版已逾十年書店已
無多存且束之高閣尋覓
不易弟親臨坐索二三次始得之稽
延之為罪也
政公大作因校刪去末幾段弟向
其取閱以為自己之十八代詩選、
李杜詩選、今文選、今詩選、廣東
文選、嶺南詩選、即所謂翁山六
選不知
尊意以為如何即頌
秋安
紉 八月十四

無日期

某翁八十後喪偶，意興較前蕭索，古人云「七十不留宿，八十不留飯」，故不能預爲計也。

又，中山圖書館有《容庚頌（古容字）齋書畫録》否？係何年在北平出版？盼查示。

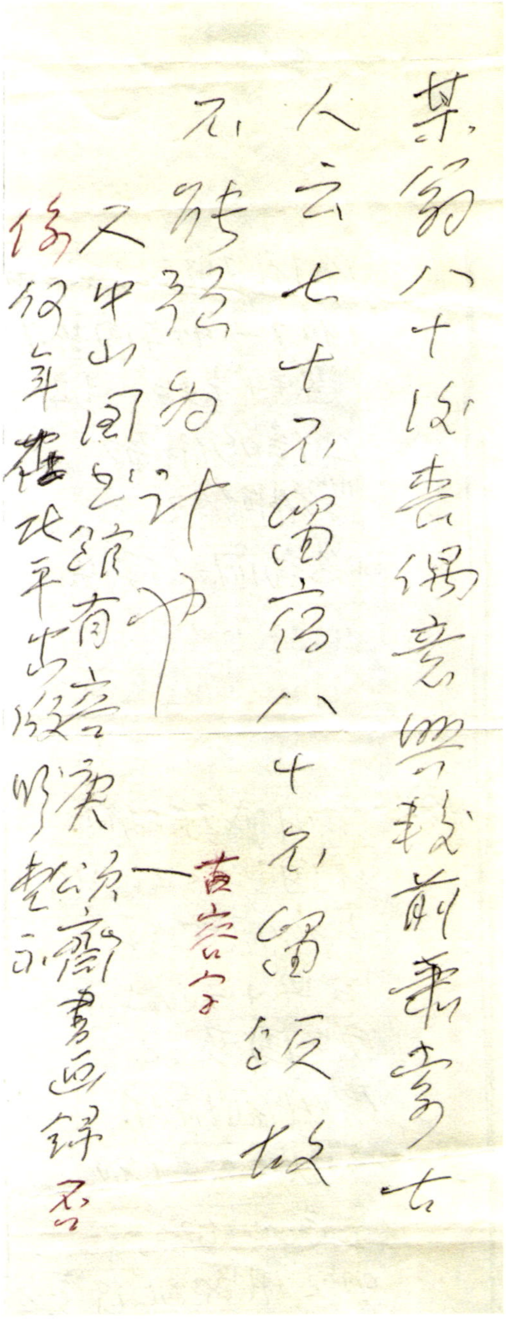
某翁八十後書偶意與我前乘索古
人云七十不留宿八十不留飯故
不能強為計也
[illegible]
又中山圖已題有容庚頌齋書畫錄 容
係何年在北平出版盼教示

十月十日

貴忱翁：

惠寄《放翁詩》八册早收函覆。曾挂號寄贈魯迅《彷徨》舊板有印證者四册，想已收到，新潮社一册極難得，惜有缺頁而已。

自夏間感冒及「生蛇」後體氣日衰，百病叢生。日前一連三天便秘，要用甘油條乃放出，今又秘矣，然不能多用油條，恐有習慣性，此由於氣弱之故也。

承命返廣州一行，心有餘而力不足。前日赴澳門一天，返港卧床二日，至今仍患氣管炎服藥。醫生云老人多如此，亦極討厭也。其實《屈集》事已由歐公與我兄主持，加以書有諸公料理，必已完滿矣。弟歷年所收資料已全部寄呈，殊不留存一紙。弟來穗不過伴食而已，無補高深，萬一有一二處要待商榷，大可來函告知，俾貢愚忱可乎。

除體弱外，無人同伴隨行亦一難事。弟兩足軟弱，登車跋涉及衣物等必要有人携帶扶持，獨行不敢自信也。

楊寶霖[一]來函云，新得抄來翁山爲梁氏作《無悶堂集》序佚文也，云已抄上，此應酬之作，故不入集中耳。又云渠在《張氏族譜》得翁山作《張文烈行狀》，較陳伯陶本多二百餘字，弟已囑其告知我公矣。

即頌

撰安

衍　十月十日

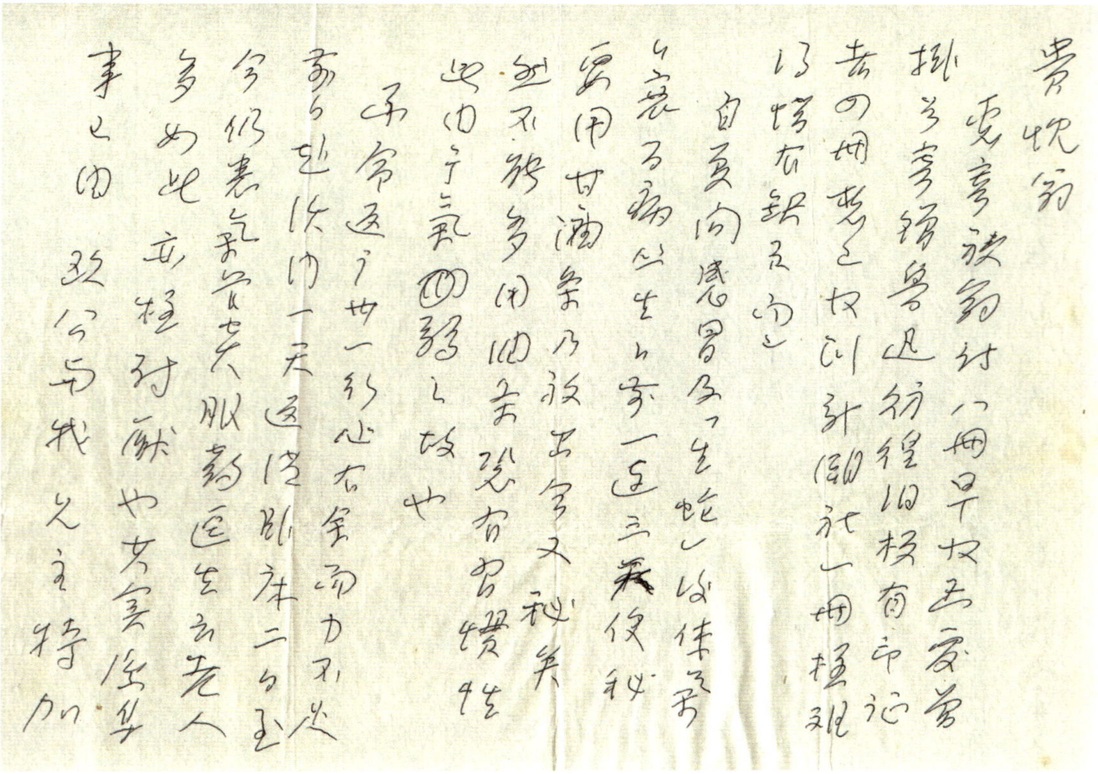

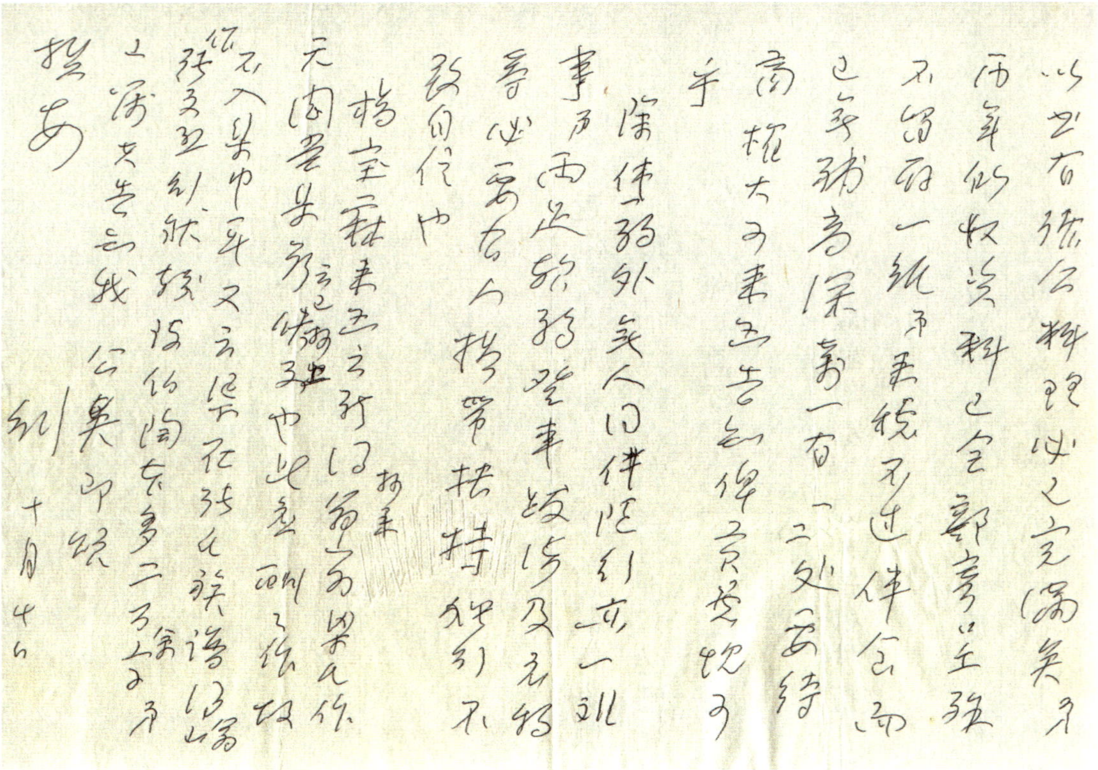

【注釋】

［一］杨寶霖，一九三六年生，廣東東莞莞城人。文史專家。

十一月三日

貴忱先生：

多時未奉教，想興居多佳爲念。關於《屈大均全集》印行致謝各人事，已由馬兄在《出版與讀書》版登出，剪出奉上，想馬已另寄了，此不過藉以奉候而已。弟自夏初感染，後遺症痰多不適後至今未愈。因吃維生素新藥後體氣較弱，日前以早起在燈下寫了一些東西，起床時頭目昏花亦不理之，翌日亦照寫少許，至又一日起床兩足軟頭昏作嘔，幸兩手仍能攀住床邊不致倒下，故今冬又不能返穗聆教了，愧歉曷極。歐公處乞代致意。即頌

著安

弟衍　十一月三日

贵忱先生：多时未奉 教，想
公多佳胜，念
益子屈大均全集已付印，附录各人事已由马
之在出版前请先生出序并题写
之书签，此不过一种形式而已，自负和
感染後遗症疾多不适，後来今未愈，因之
经先生开药後仍气喘，弱々者以早起在
灯下写了一些东西，起床时头目昏花，亦不
头已昏々，亦且写少许，又一々起床西边
缺头昏，伏过幸而手仍能攀住床边不
致倒下，故今々又不能远送致
教了，愧歉万分，致公处之代为言之
安好
弟 林衍 十一月三日

無日期

貴翁左右：

日前寄上剪報一紙并述病况，想已收到。屈撰《張家玉行狀》校《張氏族譜》，所有異同《狀》中之□可以校正，奉上察覽。賤軀早起仍多痰，午睡後亦然（平時亦有），夜間起床多次，老年人苦况非中年人所知也。今日天氣忽寒更甚，現禦兩羊毛衣一棉衲矣。即頌

撰安

知

《屈集》事如何，可否告一二？稿件已上繳否？

贵翁左右

日前寄上芳报一纸并述病况想
已收到屈撰转家玉的状样转
代族谱所有异同栏中之口子
以校正者也
察览 贱躯早起仍多痰午睡后
亦然（平时亦有）夜间起床多次
老年人苦况非中年人所知也
今日天气忽寒更甚现御两
羊毛衣一棉衲矣即颂
撰安 知
宋集事如何可否告一二稿件已上缴
至

十一月二十五日

貴忱翁：

十一月十七日大教奉悉。《屈集》大功告成，閱之欣忭無量。弟以老邁，遠居海濱，無補高深，至爲歉疚。此事得諸公整理點校，必能盡善盡美，本無庸迂拙再行審閱，重以尊囑擬於十二月十三日星期六在深圳晤面，每書僅携首尾二册便得，一切面談。十四日下午六七時返港。

自今年夏間感冒後，後遺症此起彼伏，如晨起頭目暈眩，幾致跌倒，前日又有腸炎，便後有潺，百病叢生，敗象屢見，且步履大不如前，即赴港中生步[一]地方亦要人跟從，故在深圳即住宿一宵便可。

年底適爲社會福利處派員來舍驗看之期，必預早一日通知（每月由港英發付老人津貼二百五十五元，故來驗過建[二]康如何）。誼女工作甚忙，不能告假，十三日前周末周日誼女均有預約，因係四十幾級非首長級之高級職員，即周末周日必要申請出門離港，故選擇於此兩日（港例，每兩周有一周六放假，十四星期）。十三日上午九時，她要携子去政府醫生檢查修補牙齒（兩個月前預定，如果更改，又推遲二月），大約是日十時半弟等可以啓行，若福利處剛於是日來驗看，則要在十二時後纔能啓行。

如果諸公同意在深圳晤叙及時日，請代訂單人房兩間（如多人來，則開帆布床較爲節省），在某酒店，請用長途電話通知。諸公到深圳當在午後矣。

至補助費一百五十元，如到深圳自當拜領，否則俟之他時或心領矣，多年來屢承國家厚惠，已感謝不絶於我心矣。

即頌

著安

歐公均此奉候問好。魯迅書重，不必携深圳。

弟衍　十一月廿五日

【注釋】

［一］生步，粵語，意爲不熟悉。

［二］建，應爲「健」。

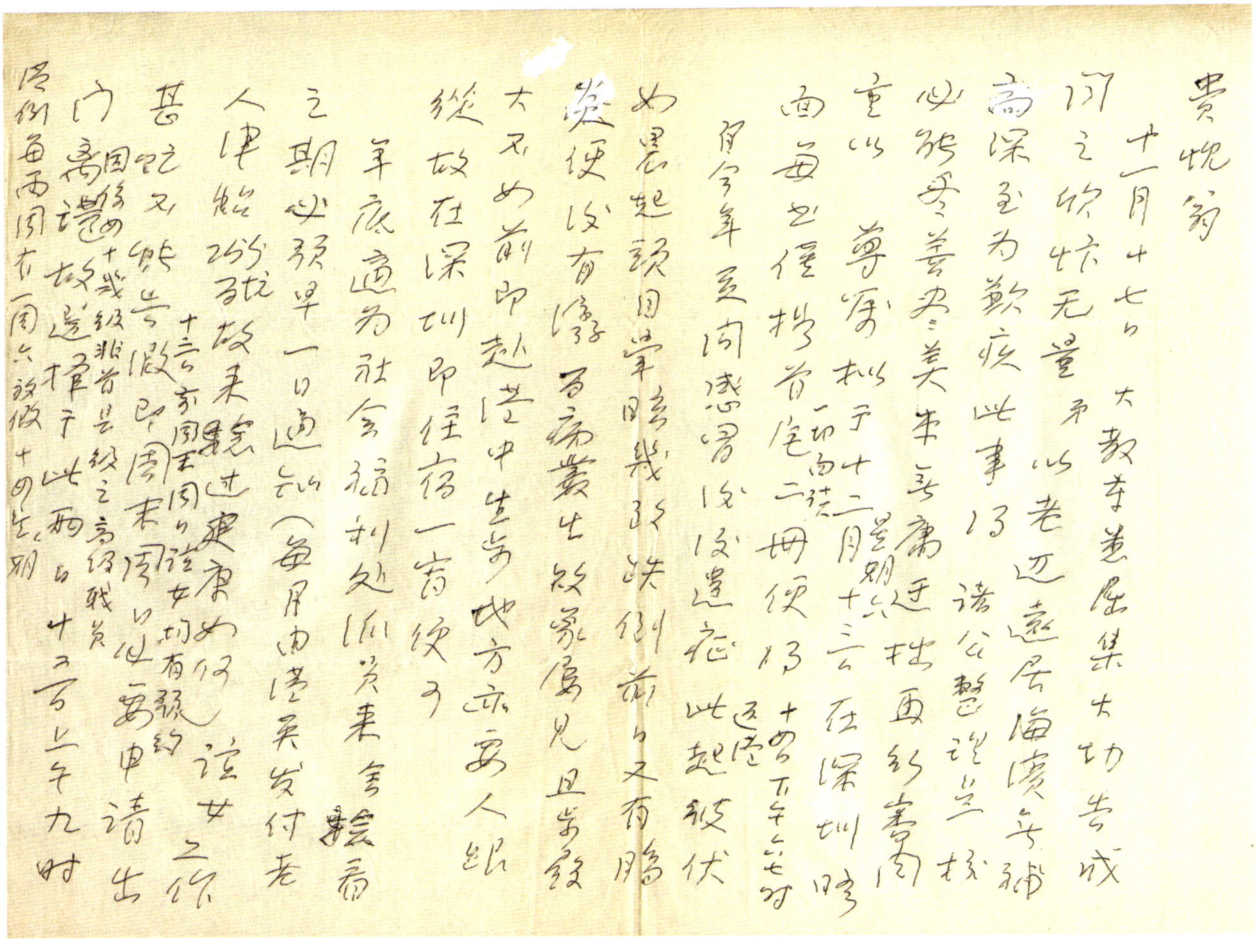
贵忱兄：
十一月十七日大教，李羡居集大功告成，
闻之欣忭无量。弟以老迈远居海滨，无补
高深，至为歉疚。此事得诸公整理并校
正，必能尽善尽美。朱先生庸[illegible]拟再约审阅
重以尊[illegible]，拟于十二月（一切面谈）十六日（星期六）在深圳晤
面，[illegible]出借拟首卷二册，便得十四日下午六七时（返港）
自今年夏间感冒后，便遗症此起彼伏，
如晨起头目常晕，几致跌倒，前日又有胸
[illegible]便设有[illegible]看病，黄医生检查，家人见且劝[illegible]
太不如前，即赴港中[illegible]地方亦安人跟
从，故在深圳即住宿一宵便了。
年底适为社会福利处派员来会检看
之期，必须早一日返港（每月由港英发付老
人津贴，[illegible]故来检[illegible]健康如何，该女之作
甚[illegible]，又[illegible]即同[illegible]安申请出
门[illegible]，故途[illegible]于此两日（十二月上午九时）
[illegible]

她要携子去政府医生检查修补牙齿（两个月前预定，如果更改又推迟二月）大约廿六十时来市，等子以后，约着福利处，刚于是日未能看公安，在十二时后才能启行。

如果张公同意在深圳略叙，及时请代订单人房两间（如多人来，公司帆布床较为节省）在某酒店，请用长途电话通知，张公到深圳当在午後矣。

至补助费150，如到深圳自当拜领，望公保之，他时或心领矣。多年来家和国家学业已感谢不绝于我心矣。

即颂

著安

弟 [illegible] 十月廿

[illegible]公均此专信问好

[illegible]不必携深圳

十一月二十五日

貴翁：

十一月廿日收到關於大公報《讀書與出版》登載《屈集》工作人名事，已去電馬國權問在某月某日登出，又作一函詢之，俟覆知再告。如未收到弟函，可查弟前函發信日期之「星期一」，因此爲周刊，星期一出一期。馬對歐文刪去此段，而歐有電話去，故改在《讀書與出版》載，頗有閑言也。曾寄一函關於屈撰《張家玉行狀》異文收到否？兩函未提及，何也？

如果同意弟十二月十三日到深圳晤叙，請速覆，以俾飭誼女辦申請手續，由此赴深圳或亦要預先訂車票，附告。即頌

大安

知　十一月廿五日

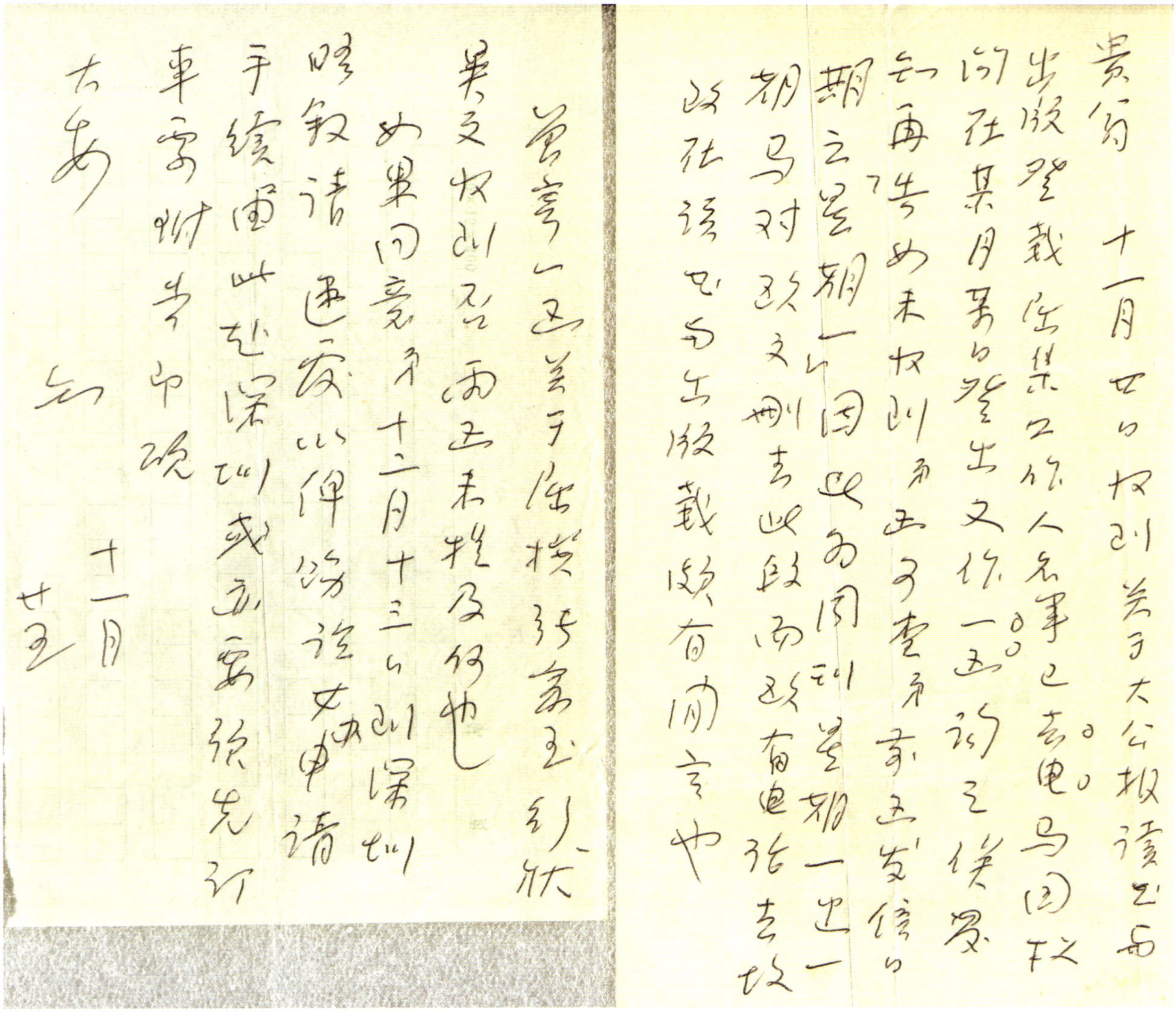

十一月二十六日

貴忱先生：

頃接馬國權電話，關於《屈集》編纂人員名單事，係大公報《讀書與出版周刊》刊於十一月三號内，特以奉告。沈錫麟先生[一]爲《屈集》總編輯，深慶得人，弟時有通訊商榷，覆函見後。有沈先生總核，或可不必弟覆閲。

拙作《年譜》附於《全集》後，係十二月交去否？

十二月十三日在深圳會面，尊意如何？念念。即頌

大安

知　廿六日

【注釋】

[一] 沈錫麟，福建詔安人。曾任國務院古籍整理出版規劃小組辦公室主任。

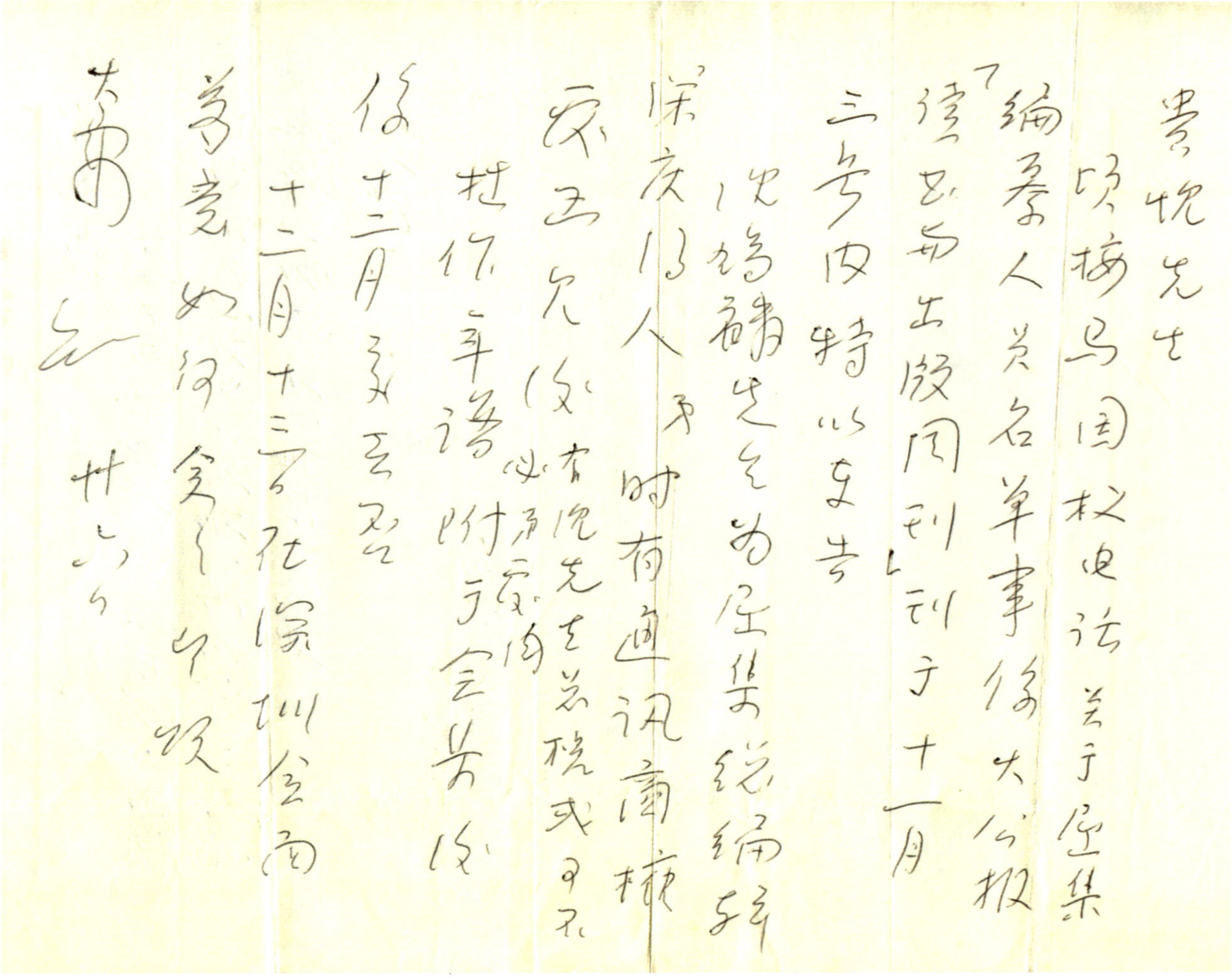

贵忱先生：

顷接马国权电话，关于全集编纂人员名单事，经大公报信息版出版周刊刊于十一月三号内，特以奉告。

以鹤铸先生为全集总编辑，宗庆同人多时有通讯商榷。家玉兄俟（有说先生意总稿式可不必须家函）拟作年谱附于全集后。

俟十二月来函云：十二月十三日在深圳会面，尊意如何？念念。即颂

大安

[illegible]　廿六

十二月十八日

貴忱翁：

寄來《元大德本廣州志》拜收，敬謝！得讀未見書，至可喜也，以後如有書件照此辦法寄下便得。即

頌

撰祉并賀

新年萬福

宗衍　十二月十八日

贵忱翁：
寄来元大德东广州志辑本敬谢，得读
未见之书多矣也。以后如有此件，望此
加请寄下，使得。即颂
撰祺，并贺
新年万福
宗颐
十二月十八

一九八七年

一月十八日

貴忱先生：

昨由舍侄寄來屈氏《小册子》散頁，而把插圖抽出了。《目録》屈大均詩頁將《全集》印行時擬改爲：《屈大均書寄汪扶晨（士鈜）詩頁》。又，《屈大均詩扇》改爲：《屈大均爲顔修來（光敏）書詩扇》。因爲兩文物上款均爲知名人士，宜出之，較爲醒目，是否有當，乞卓裁。即頌

撰安

弟衍　丑月十九日

一、如何與我公通長途電話，請示號數。
二、賤恙稍愈，勿念。
三、此處打電報，除照數計算外，另加HK十五元。
四、曾在晚間打電話與澳門友人，僅數元而已。

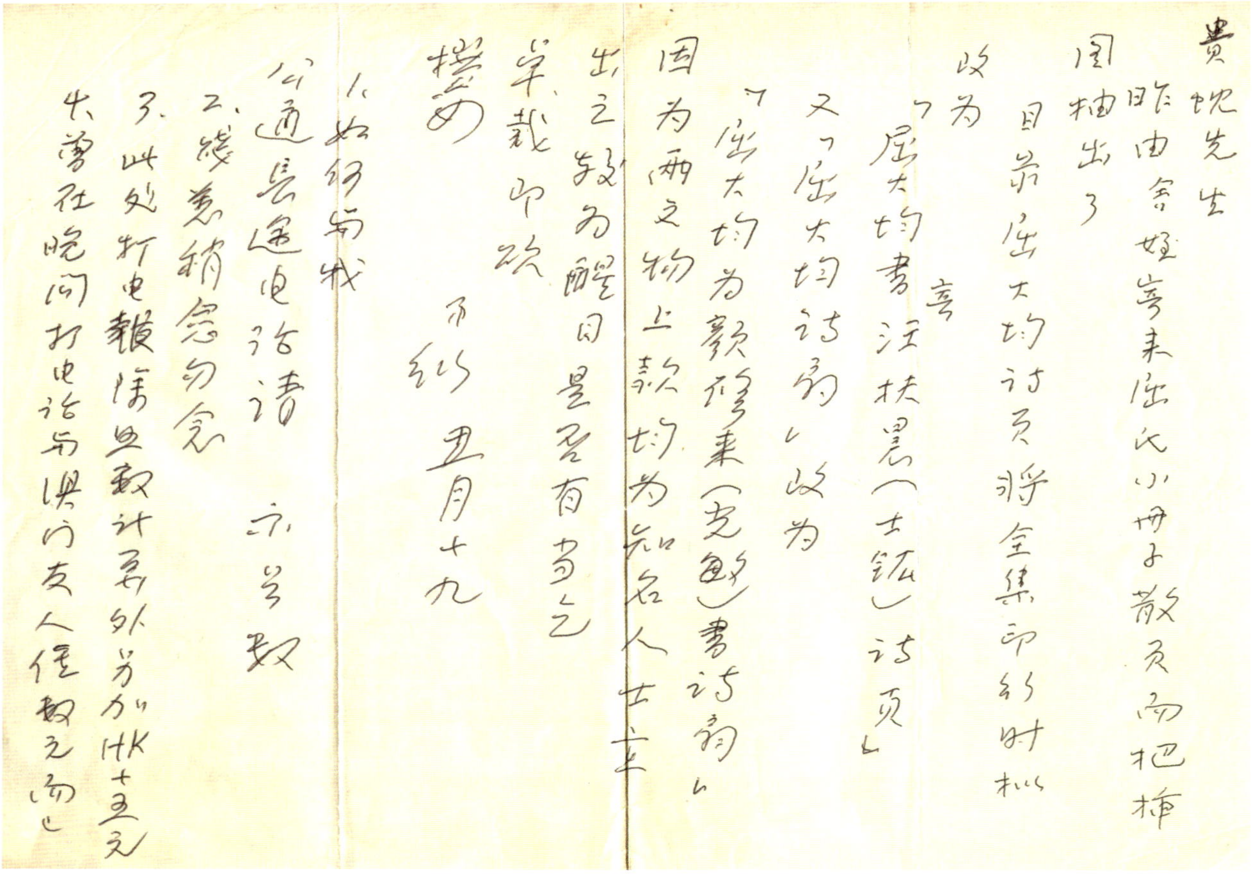

貴忱先生
昨由舍姪寄來屈氏小冊子散頁兩把捧
閱抽出了
日前屈大均詩頁將全集印行時以
收為
ㄱ屈大均書汪扶晨（士鋐）詩頁」 壹
又ㄱ屈大均詩翰」收為
ㄱ屈大均為顏俊來（光敏）書詩翰」
因為兩文物上款均為知名人士立
出之較為醒目 是否有當乞
卓裁 即頌
撰安 弟 紹 丑月十九
1. 如何另找
公適長途電話請 示告數
2. 綫惹稍忽勿念
3. 此處打電報僅具數計另外另加HK十五元
未曾在晚間打電話與港內友人從數元而已

一月二十三日

貴忱翁：

多未奉候，得二月十八日大札，喜慰何似。《南海志》前言[一]提要鈎玄非大筆不辦，弟亦在意料，已將一册轉禮平，如方便，盼多寄三五册以便分致各大專學校。

創刊《廣州史志》，想由我公主持，甚快！深慶得人。聞藥洲九曜石園近已由博物館整理，弟曾撰《九曜石題名考》一帙，中大文物館曾用蘭克思樂複印一本，頃又印一本送博物館矣。頃將題名中前人未及考出者四段，壓縮爲二三千字，如貴刊有金石一欄，可以發表，出版盼寄幾份，否則存放尊處，附圖二頁，尚有二圖未覓出，其一爲陳疇題名，最難得，想博物館必有全拓也。

弟自夏天感冒後痰多，至今未消，十日前曾易醫生，痰稍少，尚有療治中。新春後恐不能返穗，幸照X光鏡無恙，未牵及肺部，定三月後再照。即頌

春禧萬福

宗衍　一月廿三日

【注釋】

[一]即王貴忱、葉章永合作《記大德〈南海志〉殘卷》，《廣州史志》一九八七年創刊號。

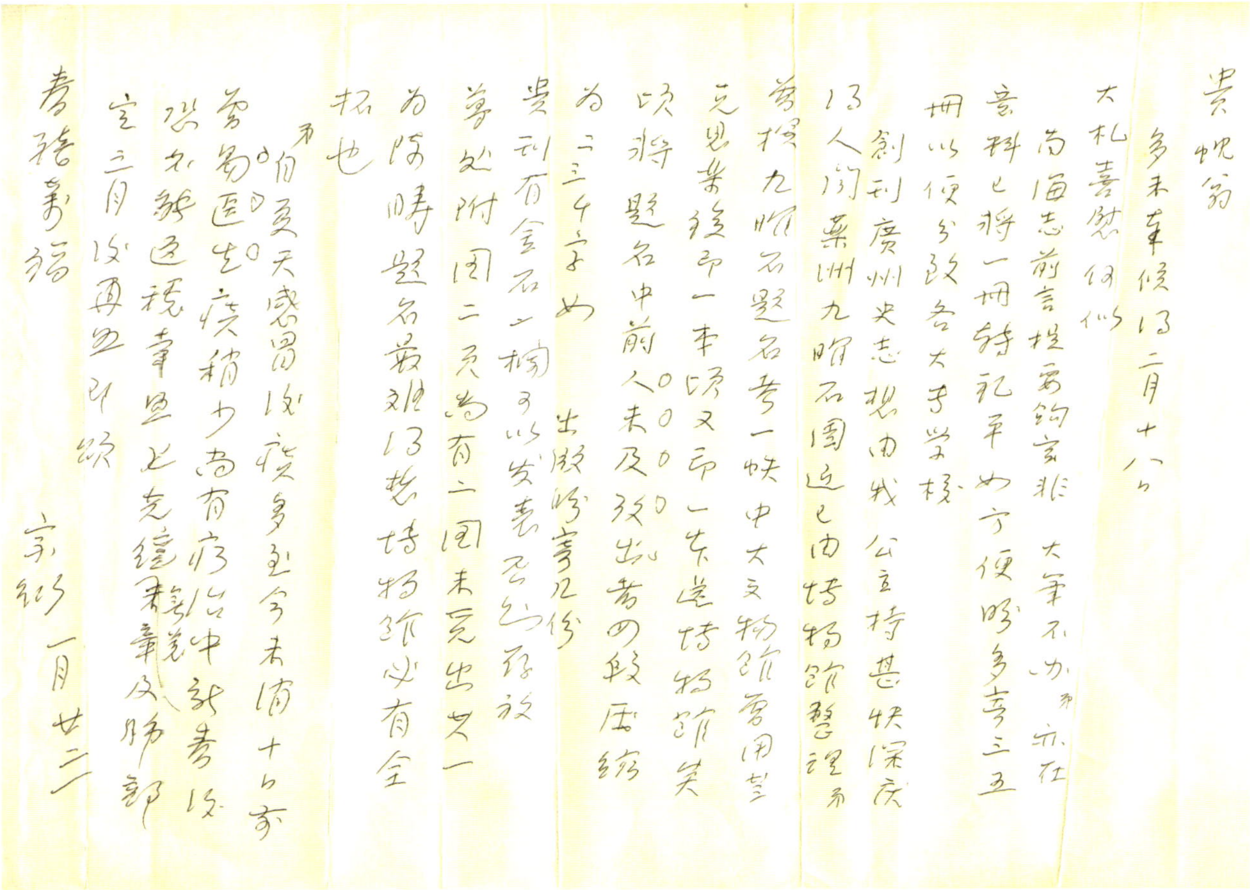
貴忱翁
宗衍 一月廿二

二月八日

貴忱先生：

日前以新出版陳東塾《緒餘續編》一册奉上，又一册致歐公，凡二册，統寄北京北路人代會廣州方志編輯會台端收，如寄致，祈示及。元大德本《廣州志》已托人轉致許禮平先生，如尚有存書，煩寄二三册來。又，寄《九曜石》拙稿已收到否？即頌

春安

知　二月八日

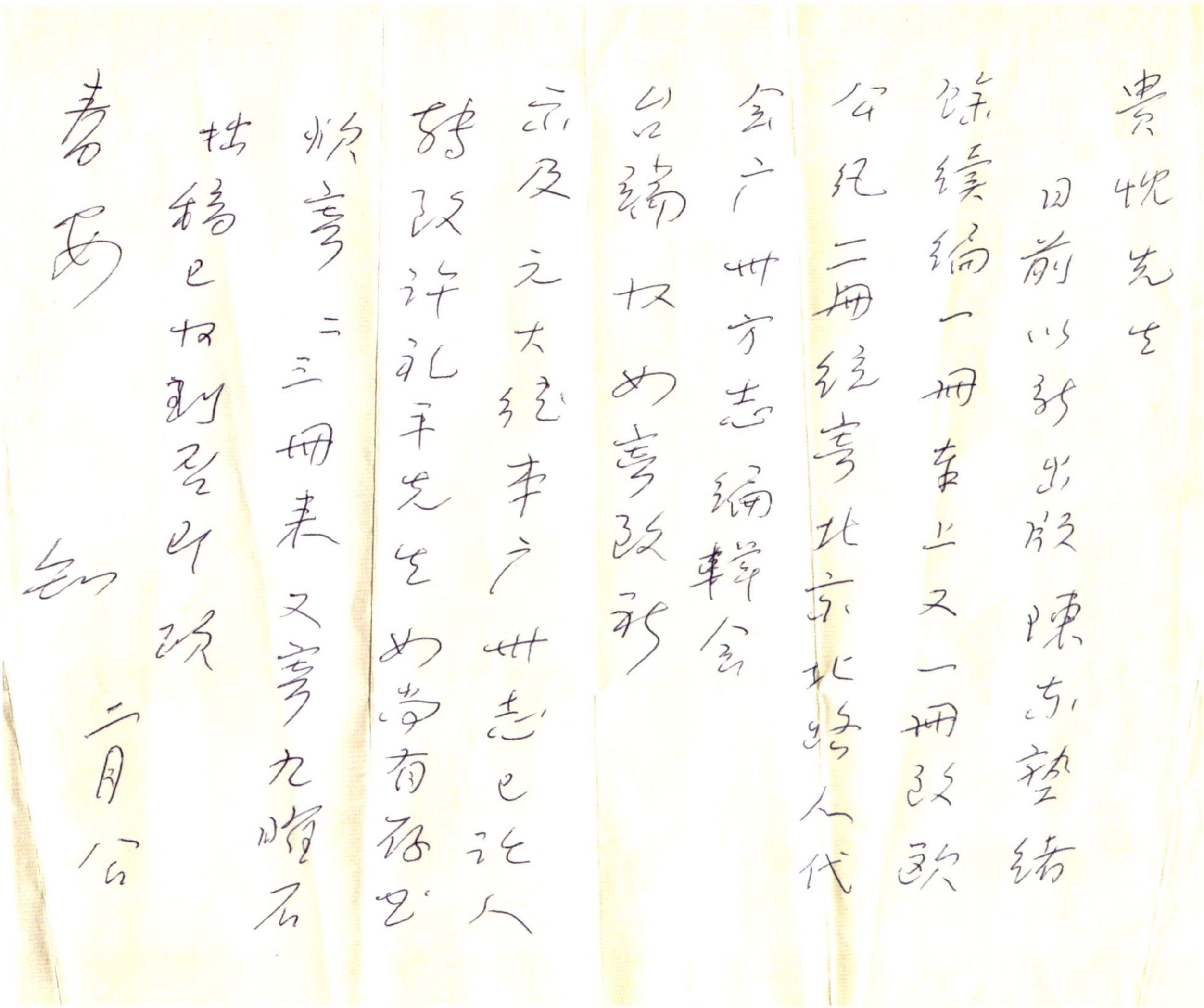

貴忱先生
日前以新出版陳東塾續
録續編一册奉上又一册致
公紀二册經寄北京北將人代
交廣州市志編輯會
台端收如寄致新
京及之大綫牽廣州志已託人
轉致許禮平先生如尚有存也
煩寄二三册來又寄九曜石
拓稿已收到并此頌
春安
衍 二月八日

二月十四日

貴忱先生：

大示并新刊《廣州史志》及《大德廣州志殘》各五册收到，謝謝，當分别轉致同人。《史志》係定期刊物否？大作容細讀之。楊寶霖先生能寫文章，頗翔實精闢。袁文[一]係弟代轉中文大學發表，抽印本僅有二十册，宜珍惜之，亦可托他多寫文章，弟當去函慂慫之也。

《九曜石考》全稿有暇擬複印一份奉上，以作修志參考。呈彙抄不少資料，前寄小文係弟有發前人未發而已。

賤軀晨起仍痰多，時欲寫文字，無書可參考。前曾托之楊寶霖先生，聞中山圖書館在整理中不能借書，徒呼荷荷而已。祝

好

衍　二月十四日

【注釋】

[一] 即楊寶霖撰《袁崇煥籍貫考實》，刊香港中文大學《中國文化研究所學報》。

貴忱先生：

大示並新刊廣州史志及大德廣州志殘
本五冊收到，謝謝。當分別轉致同人。
史志係定期刊物否？
大作尋細讀之。
楊宝霖先生於宋文字頗覺精闢，記
之係予代轉中文大學發表，抽印本僅有二
十冊，定詩增之亦可說多宋文字也。尚未

至感念之也。
九晦石老全稿有暇擬複印一份寄上，
以作修志參考，并是兼採不少資料，家亮
山文係予有發家人未發，向之
發祀，是起何曉多，時欲宋文字甚些可
參考，前說之楊宝霖先生同中山圖書館
在整理中，不能借出。德字有之，即祝
好

紹　二月廿四

三月十七日

貴忱先生：

三月十三日函拜收。

屈會續付補助費一百五十元，本不敢領，但既已由李文約兄代領出，祇可卻之不恭，已去函舍侄德森與公接洽。兹另有一函致德森，俟公與文約商妥日期或公暇時請填入日期時間，預先代爲寄去恩寧路七十一號二樓汪德森收，俾其依時到府介紹往見文約收款爲感，謝謝。

新得潘蘭史先生遺作稿本三種，甚羨，此可補黄録未及也。《説劍堂集》係抗戰前由葉遐翁選出集資排印，印數不多，港中友人有人[一]一部，已托其查《柏林竹詞》有無收入矣。此書弟曾讀過，祇有詩詞，并無《歸槎》《蘭硯》二書，《柏林竹枝》或選數首而已，俟得覆另告。潘作詩頗多，多數未選《竹枝》。

《嶺南書藝》乃收入塗鴉，另[二]人汗顔，印出後祈寄一册來，我公厚愛之意不敢忘也。

東莞楊寶霖從《永樂大典》輯出《元大德廣州志》二萬餘言，爲今殘本未收，不知前已函告否？又未悉已與楊洽印否？念念。

自去年感冒後痰疾至今未清，體弱更瘦，前日去照X光鏡，云肺部無事，西醫云老人如此。昨去中醫診脈，云爲脾虚有濕生痰，祇服一次且看如何。四五月廣州之行未敢預定，我意《屈氏年譜》文約抄後弟看一次亦好，弟到穗匆匆，恐失眠無精力細看，不如在廣州用静電（港稱蘭克斯樂）映印一份（或分次）

寄來，一切費用由我負擔，既有補助費可以開支，弟另有國内稿費亦可支付也，祈賜酌（如此可以慢慢細看）見覆。即頌

著安，匆匆不恭

衍　三月十七日

【注釋】

［一］人，衍字。

［二］另，應爲「令」。

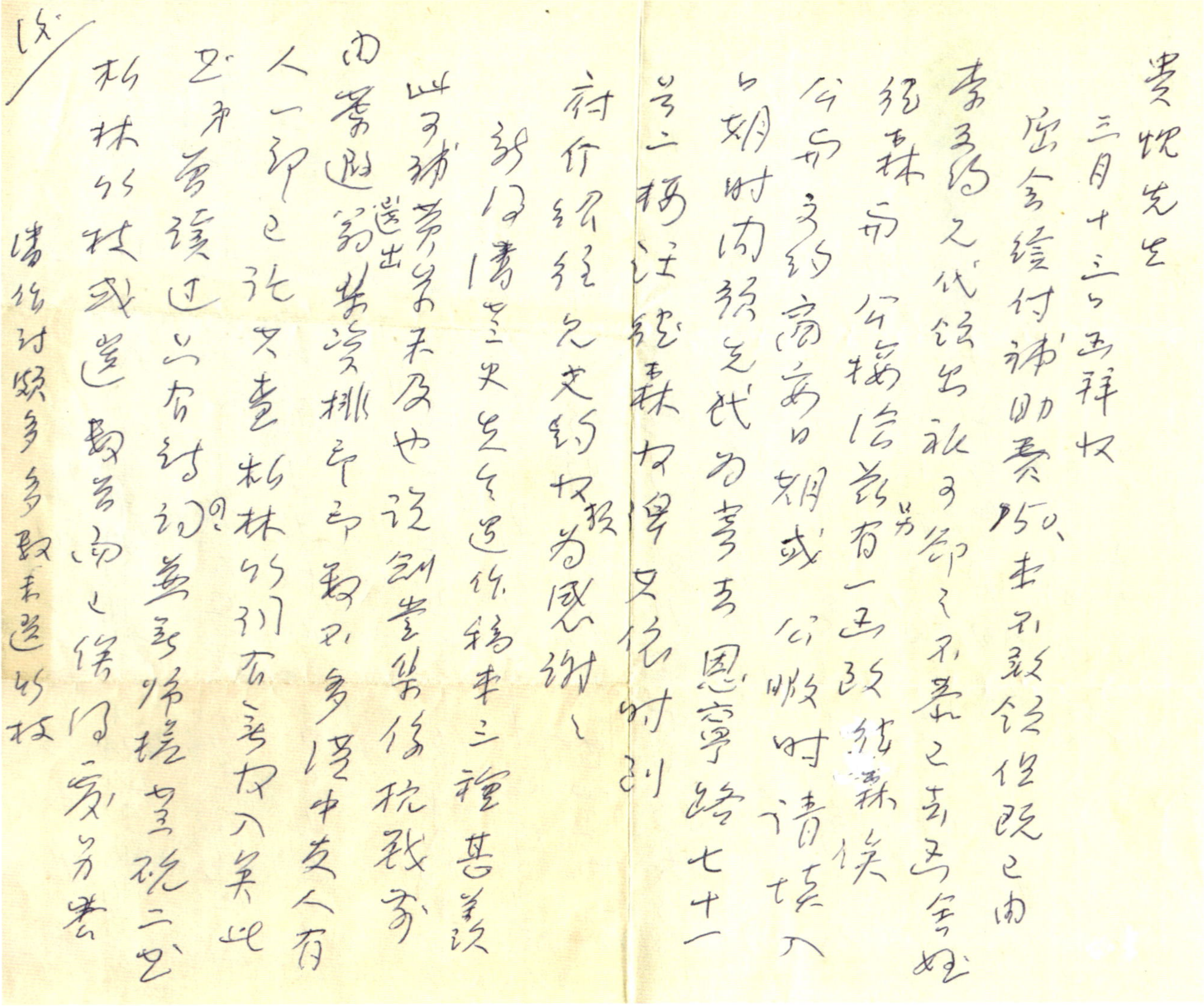
贵忱先生：
三月十三日函拜收。
宝会续付补助费150、本不敢领，但既已由
李君瑞之代领出，礼可却之不恭，已去函舍姪
经森，向公接洽，兹另有一函致经森，俟
公示约商安日期，或公暇时，请填入
日期时间，须先代为寄去恩宁路七十一
号二楼汪经森收，渠可依时到
府，介绍经先生约收，拟为感谢谢。
新印潘兰史先生遗作稿本三种甚美，该
此可补劳集未及也。说剑堂集系抗战前
由叶遐翁选出整理印刷不多，港中友人有
人一部，已托其查松林所问有无收入矣。此
已前曾读过，以后诗词无多，佛堂亦说二也
松林所校或选，影印向之借阅为荷
请你对颂多多致意 送竹校
候

蓋尚未定乃又入醫院印也以

新書一冊未收 公擬費之意不致忘也

至圖書館人不肯大量辦出之太稀疏此

志二不償之為急辦未收不致誤也並告知

又未兑之尚稍信息甚念

日子三年歲晚以疫疾起令未信體弱又疫

病不豈血水充鏡立肺部這事西醫立老人

如此昨去中醫訥脉為脾陰過濕之類

出服一次上香如何五月廬此如未致誤

言我意年長信之勿物快不春一次亦

好為訓視每一悠失係事稿力調吾及匆

在廣州用郵電(信稿言已辦妥)快令一勿

(或另改)言未一切費用由我負超然有

補助費之以南工亦為左図内稿費忌子支付,

此新稿的以此子以復〃細看此免後

已收 喜安 匆〃不宜

九月十七

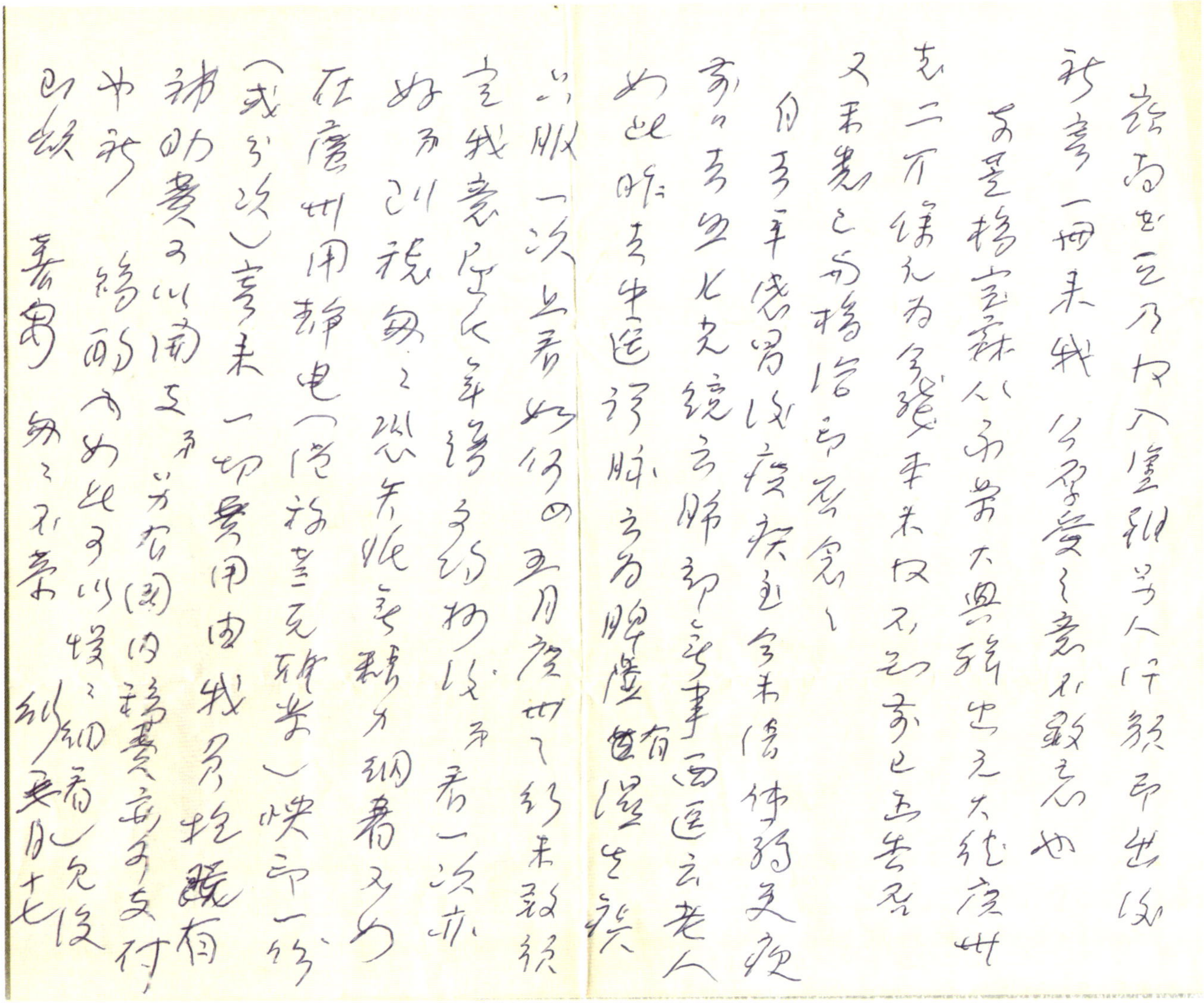

三月二十五日

貴忱翁先生：

三月廿日函拜悉。

承示汪世清先生到穗開會，談及《屈集》，想有新意，至爲欣慰。關於《翁山譜》新抄本，弟本應審閱一過，奈孱軀不便返穗。兹函擬複印寄來，所有印、郵等由我負擔（不知現有字數若干、若干頁？祈示），或寄由世清先生代閱，姑俟去函商之，二者以何者爲便，祈示覆，世清處我當有以酬之。

翁山集外詩世清用力不多，衹抄示數頁爲校勘之資而已，不必逐一分清，在《出版説明》説明參考二汪輯本并加以增補便得，不似《文外》有徐輯、黄輯已有印本也。

我處電話香港六八七五七二，不是九龍，打九龍先用「三」字，打來香港先打「五」字。但弟耳略背，加以先生方音，弟衹能聽三幾成，或寫在紙上，由廣東人讀出更妙。

賤軀晨起或午睡起來痰多，天氣潮濕較多，殆成痼疾耶，幸眠食精神尚好，足抒虛德。即頌

撰安

衍　三月廿五日

思政先生均此奉候。

貴忱翁先生：三月廿六日手示拜悉。

承示汪世清先生到穗開會談及屈

集，想有新意，至為欣慰。

關于翁山譜所據本，弟未必審閱一過，

李君既不便過穗，茲擬複印寄來的

有印邨學由我負担（不多說，有字數若

干，若干頁示）或寄由世清先生代

內，姑俟吉商之二書，以待書為後，新

示後，世清處我當去函以酬之。

翁山集外詩，世清用力不多，祇據示

數只為楊勒之資高之，不必通一字，清由在示

記明出版說明參考二汪釋，東莞加以

增補，使得不似文外有綠錄黃錄之有

示之也。

我處電話香港六八七五七二（打香港先打⑤字，不是九龍，打九龍先用③字）

條弟年晤皆加以

先生方言，弟以待就三九成書在紙

上由廣東人讀出竟好

能雖是甚或不懂，甚未讀多矣，余湖

還接多稱我調疾耶，幸叫合接补

尚好足矣

原諒耳恕

撰安　弟　三月廿三

恩政先生均此　不復

三月二十七日

貴忱翁左右：

三月二十夜手教奉悉。

世清先生到穗，極願前來一晤，奈孱軀何。承示廿七日下午四時世公在府晤叙，可用電話一談，惟敝寓無「通天」電話，要到灣仔大東電報局，路途遼遠，且又天雨，故未成行，請諒之，稍遲當致函世公致歉。世公人極爽朗，想知無不言，聞見亦博，若有獻替，必能暢談一切。世公論《出版説明》[一]函，容撿出複印奉上。

《詩外》稿承世公將稿件携回京審閲至好，一切問題可與世公通函商榷，世公與弟必有四五次通函，而世公年富力强，每函至少二紙，每紙十五行，蠅頭細字，且爲行楷。公與通訊交流，所謂「舊學商量加邃密」，學問之道，無友不可。《年譜》清稿承由地志辦影印寄下，欣慰何似，望分次寄來。《嶺南書藝》拙札資料費望購近期數本，由公寄來（郵費在内），不必假手舍侄，乞諒。即頌

大安

衍　三月廿七日

【注釋】

[一]即《屈大均全集》之《出版説明》。

貴忱翁左右：

三月二十夜手教奉悉。

世清先生到穗，極願前來一晤，奈鼠肥何。

承示廿七日下午四時世公在府，時敘可用

电话一談。頃敝寓無可通之电话，要到停

仔大東电報局，路途遙遠，且又天雨，恐未成

行。請 諒之。詩選當改由世公改，數世公人

極爽朗，想無妄不言，聞兄亦恐若有 獻替 也。

能晤談一切。世公論出版說，可否請先生轉示守之。

詩外稿承世公將稿件攜回京，審閱否？

好。一切問題可由世公通函商榷，世公亦如不

必有回。上次通函，而世公年高力弱，每函至

少二紙，每紙未竟數字，未細方為行楷。

公如通訊，刻號似將由學商量，加意審

等尚之，恐無友不可。年譜續稿承由地惠寄，

將印寄下，以就何似管。紹汾豪未，嶺南之

芸樵札，資料費留論述，相契在申 公亮未（即

貴在四五月必假手令姪 台 詳，即頌 大安。 弟衍 三、廿一夜

三月二十九日

貴忱翁：

世清函已覓出奉上。查覽翁山歸儒應娶妻王氏華姜爲斷，前此與黄生晤於揚州仍忽儒忽釋也，尊意以爲如何？

即頌

著安

衍 一九八七年三月廿九日

我老耄，遠不及世清細緻。粤人造學問，遠不及江浙人士。世清皖人，而皖學比粤學爲盛。我則半個浙人，半個粤人。

世清論《出版説明》文似意見不多。每年函件約四五十封，均已包好，鄙意略嫌稍贅。

（一）《廣州研究》轉載，删去某段很好。

（二）《藝林》删去協助人員一段亦好，但協助人員人名不可少，擬移於《例言》之後。

（三）尋訪未見翁山著作書名一段應删去（似《廣州研究》即删此）。

（四）《出版説明》修正後，可複印寄世清及弟複閲。此非一人之事，實代表廣東全省學人之事，不可不多人商榷，即一個人的文章亦應向可商榷之知交商榷，所謂「一人見短，二人見長」。朱熹所謂「舊學商量加邃密，新知培養轉功深〔二〕」也。世清有文章寄《藝林》，亦時有寄我閲後轉去，我亦有文寄其斧削。

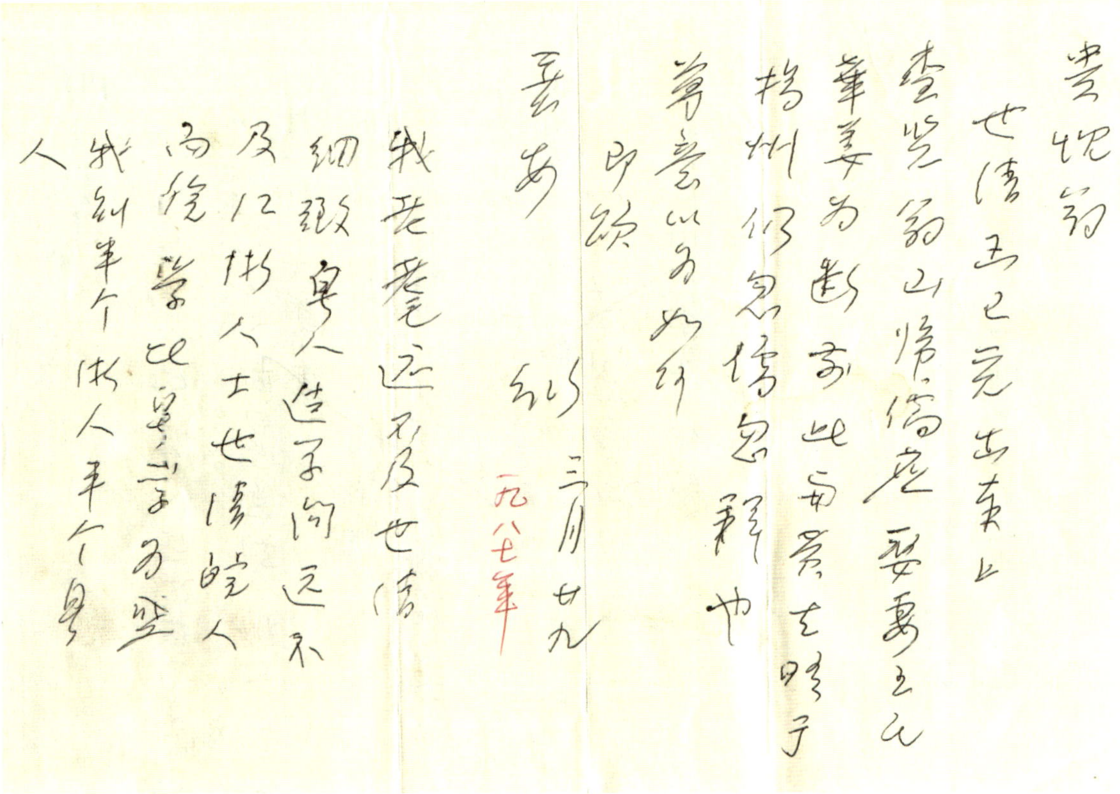
貴忱兄：
世濤函已寄出，東山
壹號翁山詩、倫序，要要函乙
華姜為斷，家此安置在時
揚州何是仿思釋也
貴忱以為如何
即頌
春安　弟宗衍　三月廿九
一九八七年
我亦覺道不及世濤
細緻，其人性子向，遠不
及江浙人士世濤。皖人
而從學此其學者多，即
我則半個浙人半個粵
人

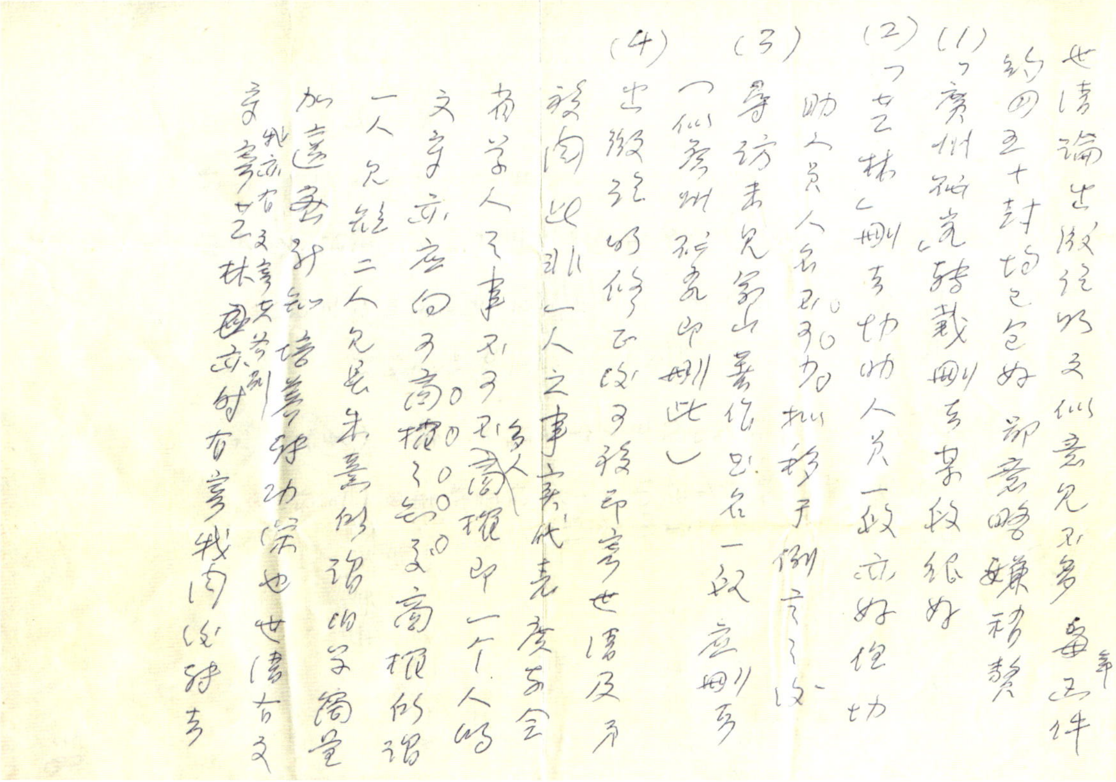
世濤論書做從此文，似意見不多，每函件
約四五十封，均已包好，印意略嫌積贅
（1）「廣州紀游」從書載，刪去某段，很好
（2）「古林」刪去協助人員一段，亦好，但協
助人員人名，可加於前序之後
（3）尋訪東皋山墓後，只名一段應刪去
（「似廣州紀游」即刪此）
（4）出版後仍可改，可能即寄世濤及

【注釋】

［一］朱熹原詩句爲：「舊學商量加邃密，新知培養轉深沉。」

四月十日

貴忱先生道座：

四月一日午大函拜悉。

日前評論人物事，乃一時感觸，不可以告人，望即付火。公評爲有意味，極有幽默感也。

昨日世清有信來二紙，附《翁詩外編》四大張，略讀一過，及加入《往日集》《遺民詩》《昭代詩存》得佚詩數首，俟當細爲覆勘，惜弟輯《集外詩》原抄本（前已寄上複印本）遍覓不得，悶悶。世清先生甚精《詩外外編》，由彼料理，弟提意見最好。他能寫細字，手邊書多，非海外老人能及也。

近讀《關中三李先生年譜》，其一李因篤與翁山交好，故《年譜》又有改訂。又讀新出《嶺南文物》，有李文約一文，知《文外》發見集外文《黄君傳》一篇，可以增訂《年譜》。奉上乙函及增訂稿三紙，煩轉致約生在清稿本再修正。筆資若干、應付若干請賜示，當照奉。或者把康熙五年丙午至七年戊申清稿本《年譜》複印寄來，由弟修正再寄回。清稿交中華亦可，請賜酌辦，看如何手續簡便也。

《廣東新語》已付去，《文外》祇增徐、黄、汪三人輯本，近增《董君傳》，此種較易辦。

《周易四書》想標點便得，此非易事也。

《文抄》弟已增佚文半頁又幾行，惟有王山史等文三四篇有缺字，弟已考出若干，尚有若干，如無法，祇可缺如了。

惟《詩外》較麻煩，因《詩外》篇幅最多，翁山作詩如《愁》五律（見《昭代詩存》），如查題目，《詩外》無之，乃在《詩外》卷六另一題中，非念熟《愁》詩第一二句在五律詩從頭查起不可。故世清提出之佚詩，不衹查題，還要查詩之第一句有無《詩外》中也。如果以爲外編而《詩外》有，則貽笑大方（如徐、黄輯文），此中甘苦當與世清共嘗之。

即頌

大安

衍　四月十日

飛聲《柏林竹枝》無之，友人映來詞二紙奉上，又拙作一紙乞教。

貴忱先生道座：四月一日大函拜悉。
日前評論人物事乃一時感觸，不可以告人，望即付
火。
公評為有意味，極有幽默感也。
昨昨世清有信來，二紙附屈詩外編四大張，略讀
一过，及加入往日集定之詩晚代詩存得佚詩，想當
佚當細為覆勘，增入詩集外詩，原擬在（若已寄出
複印本，一過完，不得細閱）。
世清先生甚精，詩外編由彼料理，尤於查究
最好，他能寫細字，手迹也多，非海外老人能及也。
近從閱中三李先生年譜書一李因篤與鄧山交好
做年譜，又有改訂，又從彼處出版為文，稍有李文約一
文，與文外發見集外文，並君付一本，可以增訂年譜
本以五及增訂稿三紙，煩轉改約生在信稿上，再
付正。筆資若干，亦付若干，請總示為盼，或者
把原出五年丙午至七年戊申，請稿交年譜複印
寄來，由弟修正，再寄回，請稿交中華，亦可，請
能耐心看，如何，手續簡便也。

廣東新語已付去，又外以增補黃佐二人輯本

近增董君付此稿錄副也

同爲一書，然標目便得此非爲事也

又抄本已增佚文半頁，又盛紀惟有玉山史等

文之四篇有缺字，乃已改出若干，尚有若干如舊

依以可缺如了

惟詩殊麻煩，因詩外篇幅最多，翁山作詩

兄昭代詩存之如「懲」「愁」之五律，如畫題目詩外無之，乃在詩外卷

六方一題中非爲題「懲」詩第一二句在五律詩從

頭畫起，可見世傳抄出之佚詩不只畫題，迄要

畫詩之第一句在五言詩外中也，如果以外編而詩外

本已經有太方一如練者種文，此中廿若尚無

世傳無疑。

即頌

大安

弟衍 四月十六

兄聲翰林紡校竟 文人映未詞二紙 東丘文桂你一紙 並叔

四月二十一日

貴翁：

十五日函并《年譜》複印本均收，大費我公清神，感謝之忱，匪言可喻。

先有一要事奉詢。《文外》康本有何磻、甘京四人題辭外，魏世效撰《翁山文外序》新輯新本有補入否？《詩外》除舊序外，朱彝尊之《九歌草堂詩集序》、〇〇〇之《翁山游記行草序》有補入新輯本否？祈速示。如已收，則《年譜》可删之不收，另有處理辦法，因舊作爲單行本，今爲附集本，體例不同也。亟盼速查見復。

《年譜》儘於五月中旬寄回不誤，我欲請世清再審閲一次。兩寄誤收佚文不少，不止張喬畫一序，《年譜》已提及，凡見於《新語》《詩外》者通删，具見卓識。

中山館藏《詩外》有翁山象，喜出望外，不知是所衣冠爲山林裝否？至於宣本《文外》之明官服裝，俗稱「大座」，亦稱「拜象」（即家族叩拜象），不知相同否？如同一衣冠面貌，自可用《詩外》象，若不同，似可兩用，因此爲拜象，極鄭重，相貌極清晰，上有黄節題贊，今必無存矣。《詩外》象望以静電複印一張來（或照片），翁山有贈顧君爲畫象詩，疑爲顧所繪，張穆曾托畫四象，或屈亦求之也，此爲臆測。

《全集》事距交稿期還有個半月多，大可郵函商討一切。至於編例，弟閉門造車奉上酌之，工作人員不宜在前言編例述之，擬另開一著作版本目録，將人名列舉於後，因工作人員太多，頗感累贅。

即頌

著安

衍　四月廿一日

盼速復。

稿費事不必我占若干成，我得之亦不能在港用。

五六月來穗否弟不能自主，第一看身體如何，第二看有人肯陪我同行否。我意最好深圳會面，我早出，午可相見，翌日傍晚即歸，久亦欲去深圳一行。

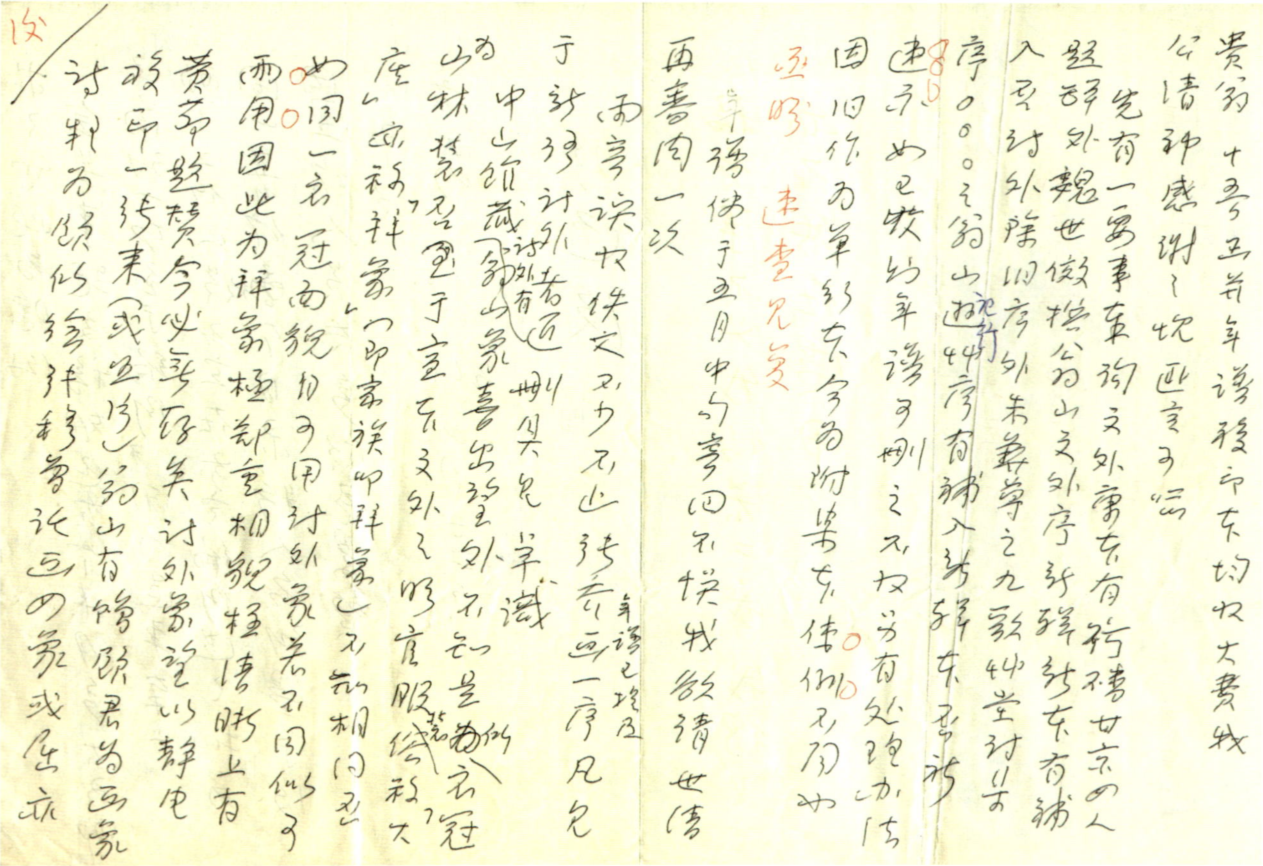

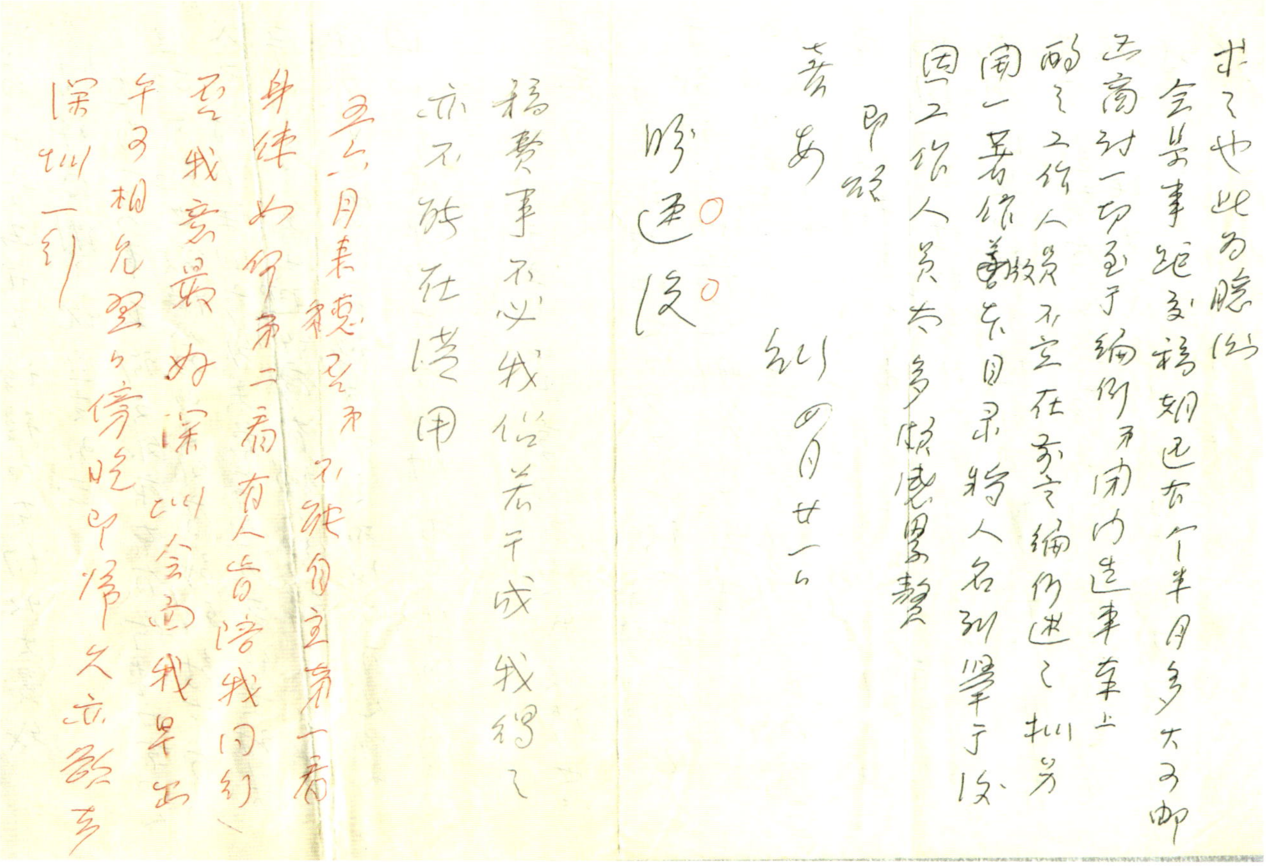

四月二十五日

貴忱翁：

（一）《翁山譜》早收到，惟所附《投贈集》未來，此帙與《年譜》有密切關係，盼速速映印一份將來上繳之清稿來覆校，而拙改本亦應留存，不會浪費。

（二）《文外》《詩外》除原刊序文外，如魏世效作《文外》序，有補入否？祈速示。

（三）日前以吃滯發熱，雖愈而身體更弱更瘦，前日去驗血及再照X鏡，全身檢驗，相見不知何日，看來返穗之期亦不能如願爾。即頌

撰安

衍　四月廿五日

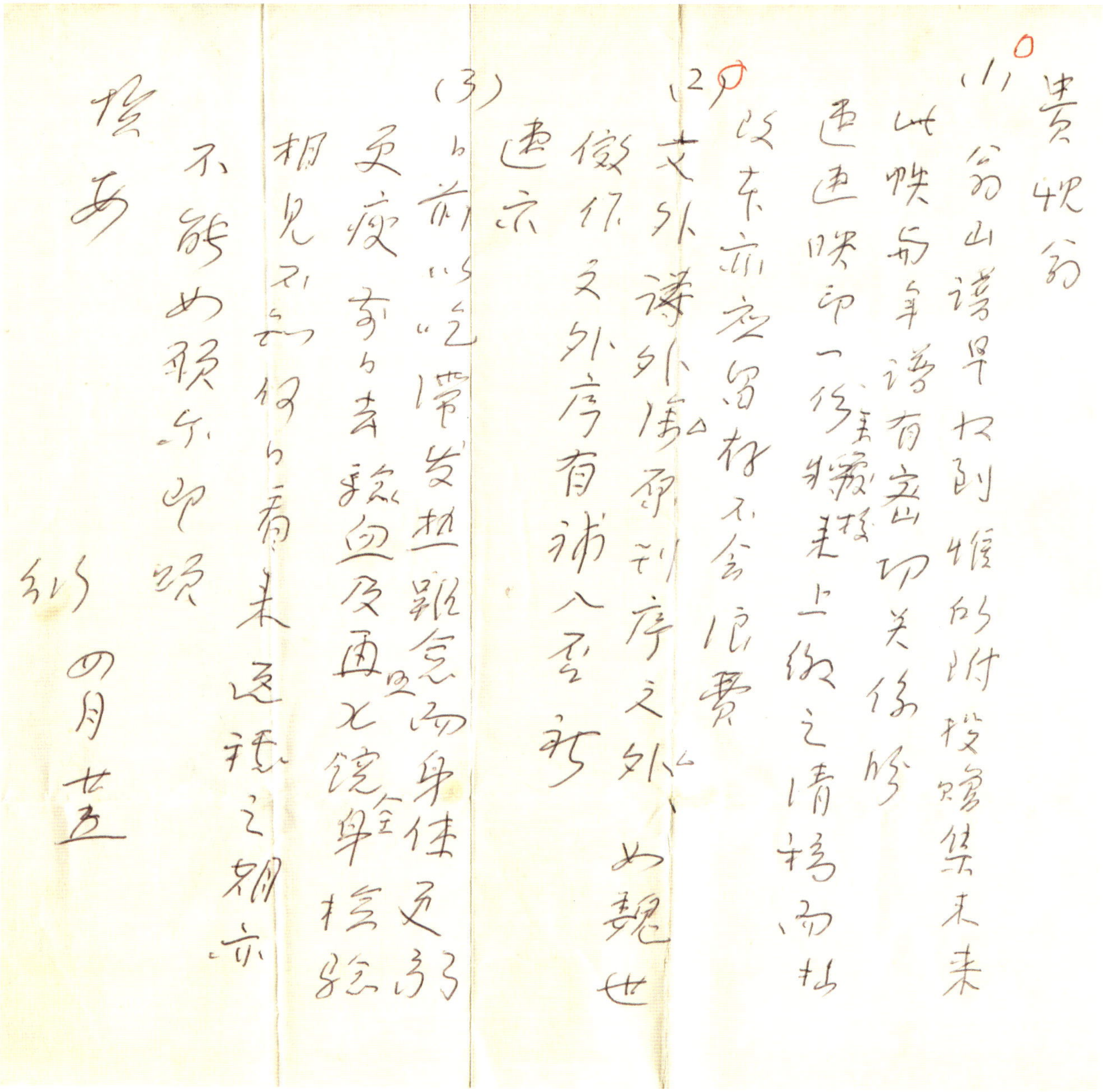

貴忱翁：

(1) 翁山譜早收到，惟所附校讎集未來，此帙與年譜有密切關係，盼速速映印一份（並校記）寄來。上次之清稿而於改本亦應留存，不全退費。

(2) 文外、詩外鈔原刊序之外，如魏世傚作文外序有補入否？祈速示。

(3) 前以吃吃帶發熱難急而身体更弱，更瘦。去歲驗血及血壓，又經全身檢驗。相見不知何日，看來遠隔之期示。

不能如期示，即頌

撰安

衍 四月廿五

四月二十八日

穗行已爲醫生、家人、親友所阻，如有要商榷之處，以郵函爲宜。《文外》除以宣統本、嘉業本爲工作本，并加《董匡傳》外，舊序如何處理，請速示。又，《年譜》清稿已在校閲中，舊序如何處理請速示。除《附録·贈答詩集》外，如不收舊序，則擬加爲《附録二》，將舊序、壽序、書札另爲一帙，盼速將《全集》之序文示知，至盼。即頌

大安

衍　四月廿八日

深圳相晤或可勉强一行。

技術已為區生家人親友所比，如有要

商榷之處，以聊正為宜

之外，陳以言絕東嘉寶東為二位東益

加黃區傳外，舊序如何處理，請　惠示

又年譜清稿已在校閱中，舊序如

何處理，請　惠示。陳附錄薈集外如列舊

序以擬加為附錄二，將舊序、壽序之札

另為一帙。將　惠贈全集之序文示知

函呈，盼即頒

大安

行　四月廿八日

深圳糊晴　戈月　趙張一行

五月一日

貴翁左右：

廿六日札拜悉。

新本《詩外》於《附録》既收魏世效、朱彝尊、王煒序文入《附録》中，甚善甚善。依此拙《譜》可以不收，以免重複。兹姑列出清單，想已全收入新本矣。

康本《詩外》有木刻象，可喜之至，此極古雅，祠堂之拜祭大座象雖俗，然鬚眉畢肖，似可收入也。書法、詩箋、詩扇照片已即函中文大學托其攝影，惟不知能覓出否，渠要清單已列出了。

日前二千元去醫院X光心肝脾肺腎及心電圖，除痰濕及肺氣腫均無法醫治外，衹可多休息不工作，帶病延年。現用呼吸静坐法，俾肺稍爲提高些，可免氣喘，吃補劑以救日衰，用維他命鈣劑以抵抗外來侵入。

六月之行到時再定，其實亦需弟過日也。

《年譜》附録《唱和集》如何？盼複印一份寄來。

《年譜》已校閱約半數，宜早日奉繳，頗擬世清一閱，但彼忙，又擬托楊寶霖兄看看，弟與楊未謀面而對弟殷殷，不知尊意以爲何？乞復我。即頌

著安

衍力疾書　五月一日

贵翁左右：廿六日札拜悉。
新安诗外于附录既加题，世徵未著尊王情序之入
附录中甚善，甚善。依此推论，以不收以免重复为妙。
列出清单想已全收入新安矣。
广东诗外有木刻象于书之首，此极古雅，翻刻者
之拜读大作象赞，俗书题署笔势似可收入也。
至清诗笺诗翁画片已印为中文大学[illegible]
惟不知能寄出否，恐清单已列出了。
日前二千元去医院做X光心脏、肺部及心电图，
除痰、咳及肺气肿险均无须医治外，只可多休息
不工作。带病延年，现用呼吸器使肺部得以
提高，得免气喘，[illegible]以抵
抗外来侵入。
六月之行，到时再定，其实亦需要迁地也。
年谱附录"蝎和集"如何，将杀印一份寄
来。

年谱已校阅约本数，出早于朱纪，将据世
清一阅后，请为抄录定稿，见君寄否
未强为为时若假，不知尊意以为何如。
复，此即请
著安

衍力疾书 五月一日

五月十一日

貴忱翁左右：

《屈譜》六帙計五百餘頁挂號寄上，祈查收。應否交李文約先生將改過處謄清再上繳，祈察酌。至於《附録·投贈集》不知能清寫交來再校，然後上繳否，或即以前稿上繳，即希酌定便是。弟痰疾仍有少許，而體弱極矣（仍吃西藥），現廿四五度仍着毛綫厚衣，如何如何。即頌

大安

弟衍力疾書　五月十一日

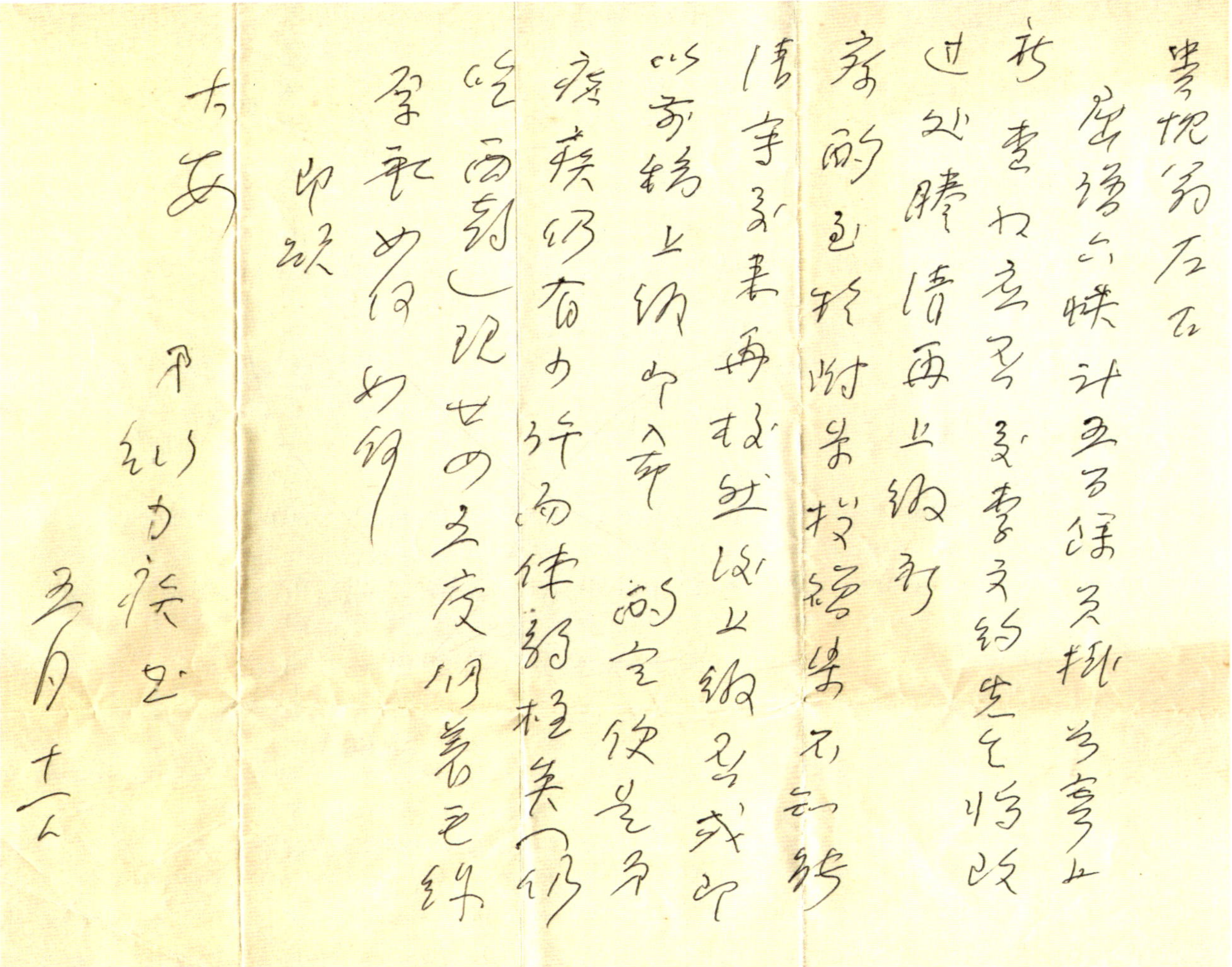

貴忱翁左右：

屢獲六牒，計五百餘頁，極為寶上新書乃意界受李文約先生將改過，然勝清兩上級新家酌已於附米校稿集不知能清宇家表再校然後上級兄或即以前稿上級即入命　尊宜便是否

疾疾仍有少許而佳，弱極矣，仍吃西藥，現廿四之度，何差已躁

氣氣如何如何

即頌

大安

弟紀力侯上

五月十八

無日期

貴忱翁：

《年譜》之後附以諸名家所贈詩詞（前已寄上），題爲《投贈集》（擬改此名）。詩的部分前已寄上，不知有清稿否？念念。如有，望複印寄來。《年譜》著詩題矣。

又各名家有壽屈五十序與屈書信……《文外·外篇》對此如何處理，祈示知。因《年譜》已著其大綱。原序書不録，若貴會校訂本已收，則《投贈》完全不收。原文如未收，則當入《投贈集》中，祈示知（請詢問《文外》負責人）。

來示太客氣，惶悚不安。

衍力疾書

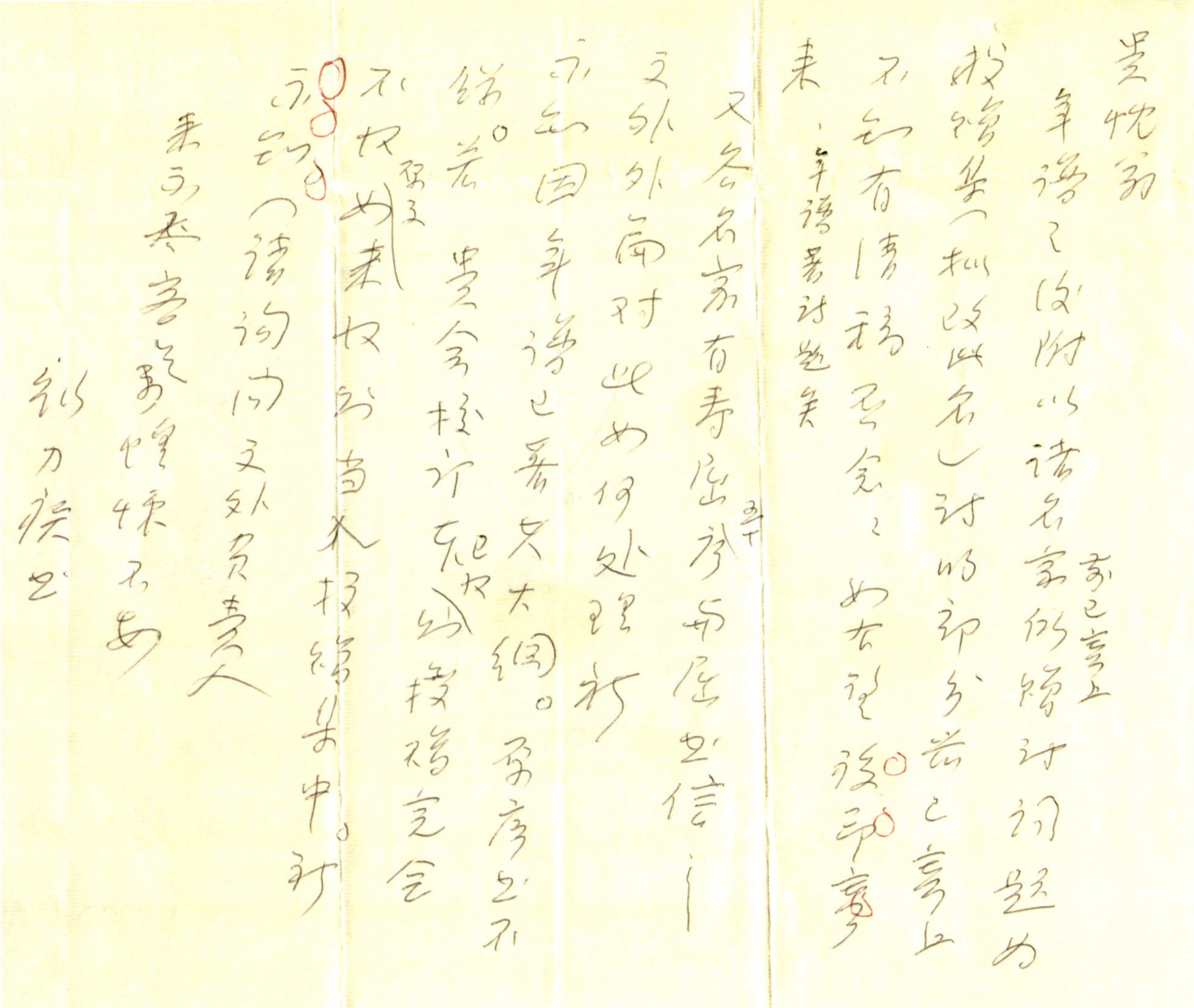

貴忱兄：
年譜之後附以諸名家所贈詩詞題如（家已寫上）
校樣並（擬改此名）詩明印分發之寫上
不知有清稿否？交之如右說後印寄
來。年譜當討論矣。
又各名家有壽屈翁大居士信
又外間對此如何處理？祈
示知。因年譜已著大綱。原序亦不
錄。若貴會校訂完畢後接稿完全
不收，如未收到當在校編集中。祈
示知。請詢問文外負責人。
未知其意如何，惶悚不安。
行力候也

五月十五日

貴忱翁左右：

五月六日夜大札拜收。《屈譜》尚有數事要補充，奉上三紙，祈轉交文約兄代爲增補。弟精神極差，不另函文約兄矣。真有知也無涯之感，多得諸世清寄來資糧，寫此一二百字費幾日工夫了。文約兄修正後儘速交楊寶霖兄覆校，拜托。如楊兄不肯，則先寄汪世清兄，已承世清兄答允矣。如何悉聽副座卓裁。

兄忙而弟病，然忙是一樂，病則苦矣，有心無力，奈何。《屈譜》抄成端費公指導，感不絶於我心也。

《投贈集》如抄成，請徑寄世清兄覆校。弟在清神衹能做半小時工作（即寫信之看信之類），再做下去即發熱及頭昏心[一]花了。即頌

著安

衍　五月十五日

【注釋】

[一] 心，應爲「眼」。

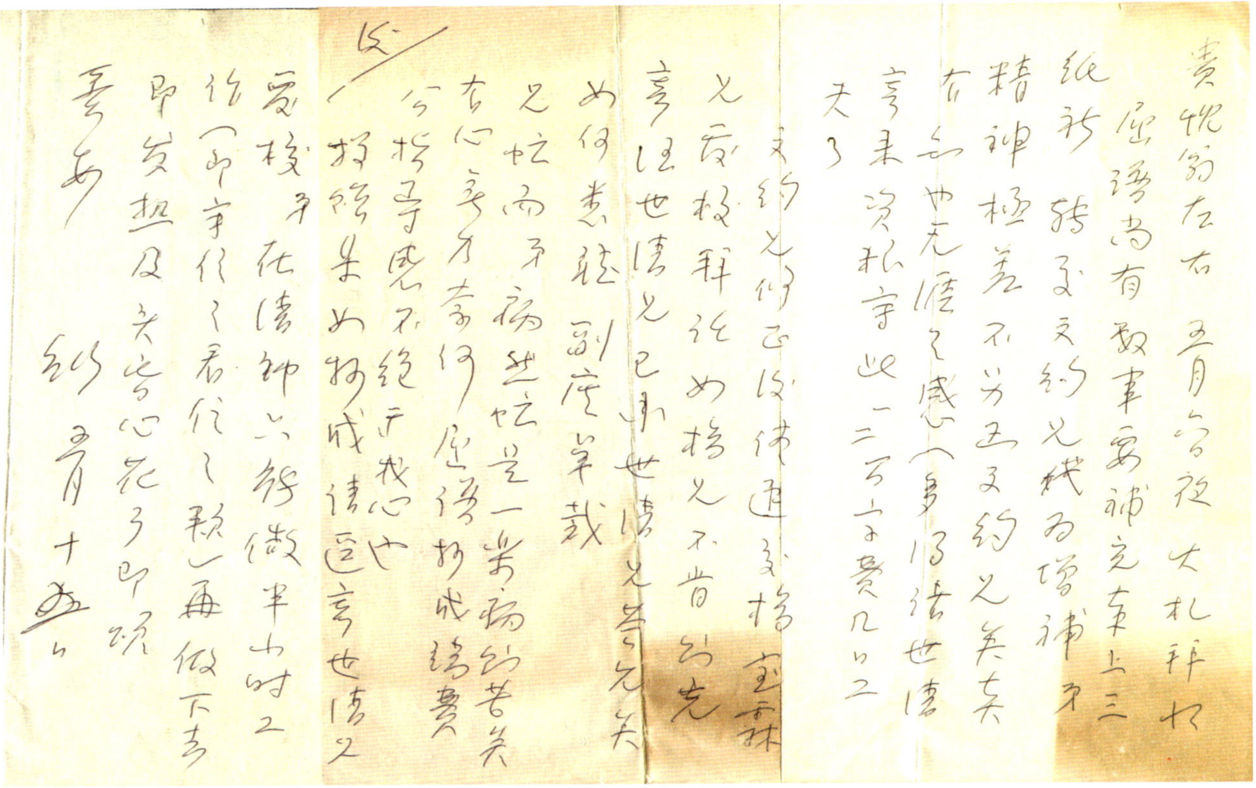

五月十八日

貴忱翁尊右：

十五日午函拜悉。

翁山書迹照片四張另郵寄上。人象一張已失，幸有《詩外》野服象，可不必追求矣。又寄《汪栗亭詩卷》，藏家何蒙夫兄已逝世，無可問津，此爲書迹之最佳者，或取《廣東文物叢談》複印，不知有良工否？資料集（小册子）未印，此或尚留存穗中耶？

《年譜》已再印一份寄世清審閱，弟校閱時發燒二次，或熱度增加二度，且頭昏眼花，萬難工作。《投贈集》（唱酬）如清稿成，亦寄世清校閱，不必寄我，以期迅速了結。

《董匡傳》佚文係楊寶霖兄輯得否？抑有其他文請告我。《嶺南書藝》印出我的墨筆信，令我獻醜了，亦公鼓勵我寫信不可潦草之意耶。

《張蔭桓日記》不[一]篇幅若干，他日能付或寫一篇介紹文刊於《藝林》亦好。聞上海擬印《日記彙輯》。

今日我着六件衣服，棉内衣、毛内衣各一，羊毛背心一，又厚絨綫衣，另厚薄衫二件，體弱極矣。

即頌

著安

知　五月十八日

付火。

【注釋】

[一]不，下疑漏「知」。

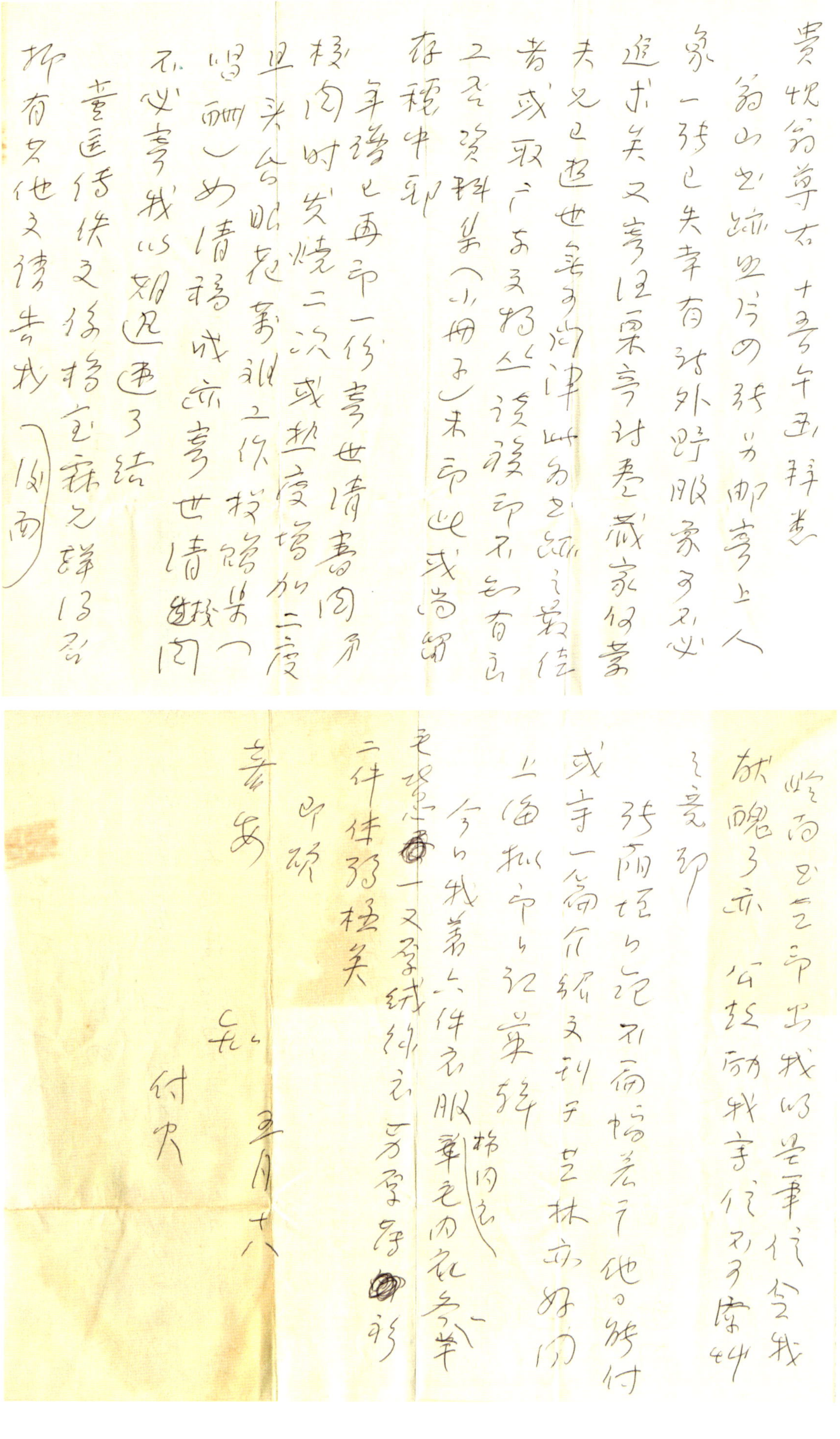

貴忱翁尊右：十三午函拜悉。
翁山出游照片四张，另邮寄上，人
像一张已失，幸有该外野服像，可不必
追求矣。又寄呈梁亭诗卷，藏家何蒙
夫兄已逝世，无可问津，此翁出游之最佳
者，或取广东文物丛谈复印，不知有否？
二三资料集（小册子）未印，此或尚留
存穗中耶？
年谱已再印一份，寄世倩书阅，另
校阅时发现二三次或势度增加二度，
且头今晚犯案祖二份校谱集（
唱酬）如情稿成，亦寄世倩精校阅，
不必寄我，以期迅速了结。
羡医倩侠文徐稿宝森之详阅，
抑有其他文请告我。（阅背面）

屹间出已印出，我以为是事，何令我
献丑了，亦公执励我，守信不了字帖
之竟耶。
张祠堂与记，不面归，若它日能付
或印。一篇介绍文刊于芝林，亦好。阅
上海拟印之汇集辞。
今以我第六件衣服（棉内衣）单毛内衣各一半
毛背心一、一文学线衣、另字学
二件，体弱极矣。
即颂
台安
乞　三月十六
付火

五日

貴忱翁：

大示并《贈答集》均收到，遲日校閲後即複印一份寄世清再校，勿念（原本同寄回）。《年譜》早已寄世清，如他先改好而寄回，届時台駕未上京當專函奉達，否則擬求台端在京與世清接洽，應以世清所改爲定本。萬二分多[一]我公料理此事。

翁山與汪扶晨詩手迹影本從别友借得，但皺不肯寄穗，恐不能收回，將借來他人重影再寄上可也，現在商洽中。

病中諸事瑣屑，《徵獻録》校樣來，不能校閲，祇可托人，仍不能不操心，幸世清幫我大忙，晤希代達感謝之忱。即頌

著安

衍　五日

【注釋】

［一］多，下漏「謝」。

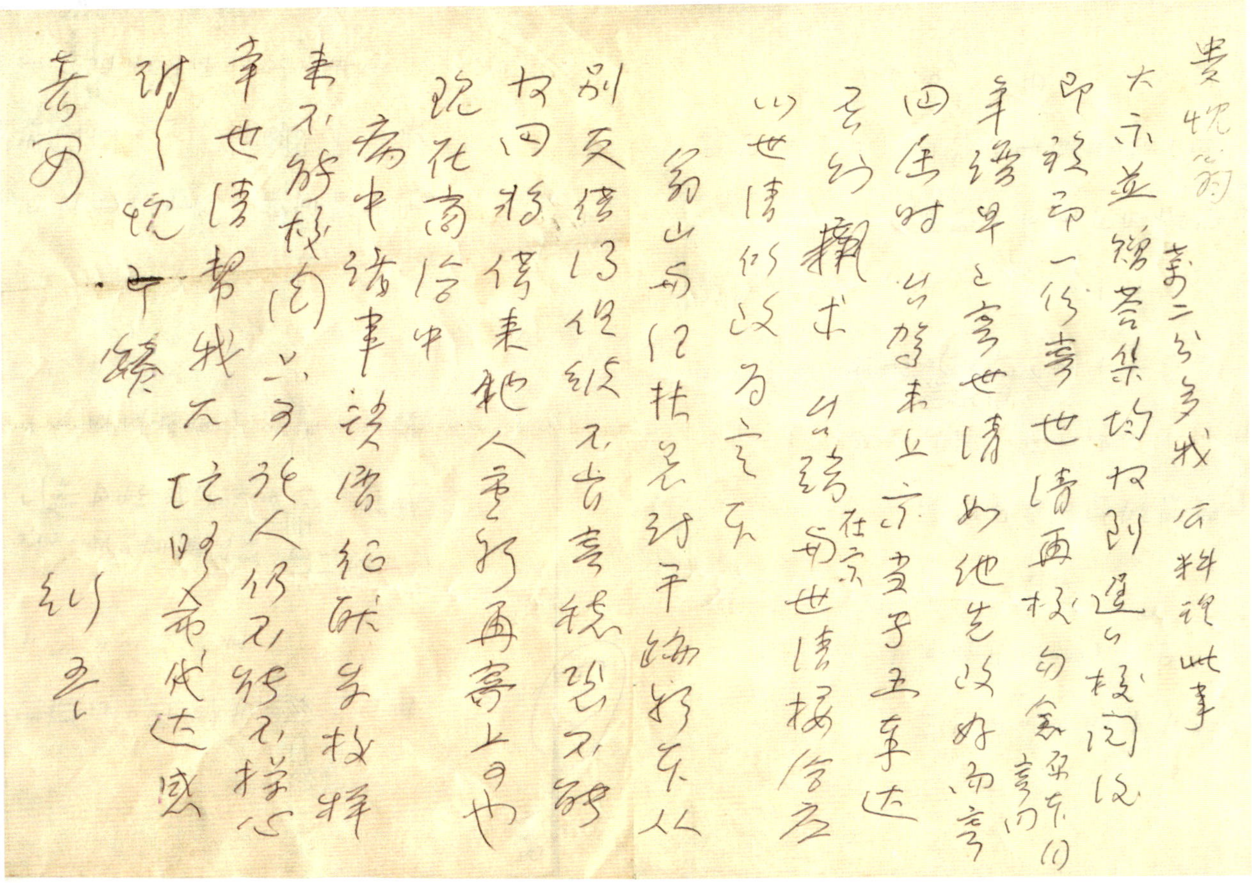

贵忱兄：第二次劳我公料理此事。
大示并赠《芸集》均收到，逐一校阅，以
即设印一份寄世清再校，勿急寄东门（1）
年谱早已寄世清，如他先改好，而寄
回广州时，当能来上京交予王季达
云约稿，求其转（在宗）寄世清校后，应
以世清所改为定本。
翁山前经拄兄讨平编好，不从
别处借得，但纸太旧，恐不能
收回，务借来把人重行再寄上也。
现在商谷中
病中读书，读后细改当校样，
来不能校阅，只有请人代，不能不操心，
幸世清帮我，不然时常代达感
谢。忱千缕
专函
纫[illegible]

無日期

貴忱翁：

《屈譜》世清第一函更正各條，前已寄上，兹有第二次訂正三紙奉呈，祈查收教正轉交文約兄爲荷，謝謝。即頌

著安

衍

贵忱兄

屈诗西陵第一五页已无缺方
乙壹上页有另二次行己三纸上
兹新查较正行另又约元
为有谢上叩此

弟宗衍

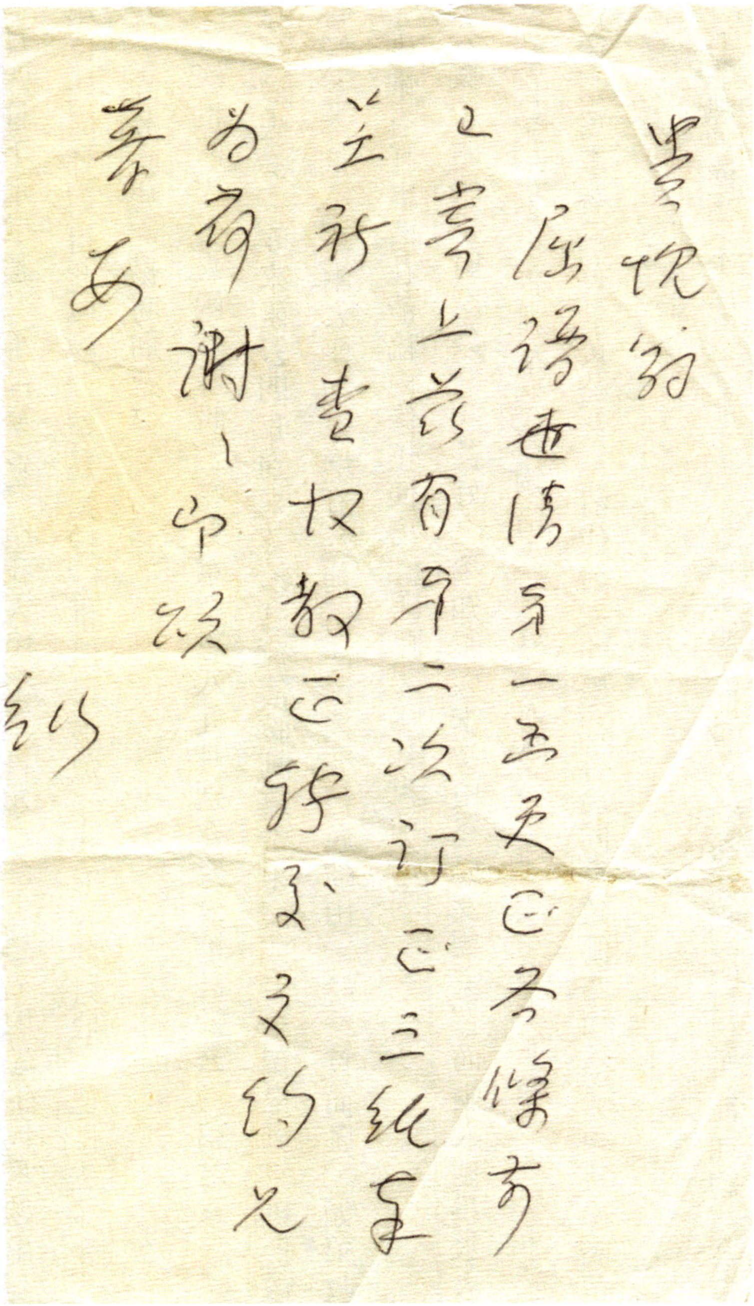

七月十日

貴忱先生：

七月四日手示敬悉。承編纂會發給我人民幣三百元，已由趙福壇先生代爲領出，囑托舍侄前往洽收。其實弟遠居海外，得此厚賜，至爲惶悚，惟既已發放，衹有赧顔拜收，已即去函舍侄德森前往趙宅洽收。此皆我公齒芬吹噓，曷勝紉感。

昨接汪世清先生來函，亟盼台端到京，恐八九月别有要公忙甚云云。弟之《年譜》康熙壬戌以後世清意見竟郵遞失去，昨來函云問收到未？弟已覆信盼其速寄來，或者台駕已到京則照改便得，以免阻礙各書繳交時候，幸衹小注兩人要加以增訂及補《汪沅采菊行屈翁山》詩一首而已。如弟收到世清覆函而大駕已到京，則惟有托世清在清稿内修正便可，弟已另函托世清辦矣。

我公擬編《張樵野全集》，甚好。弟知張與李文田爲兒女親家，而兩人極爲水火。至於資料，翁同龢《翁文恭日記》不少資料金梁曾鈎稽入《近代人物志》[一]，恐未能盡。《粤東詩話》（屈蔭堂著，港印）曾録張罵李詩一首。黄蔭普《清代名人翰墨》有翁同龢致張蔭桓信一封（弟贈黄者也）。《葉遐庵詩集》似有題張集一詩。

天氣酷熱，閉户不出，僅能維持。醫生定慎防感冒，故深圳之行仍未能如約，甚歉！即頌

夏安

衍　七月十日

【注釋】

［一］應爲《近世人物志》，金梁輯。

貴忱先生：

七月四日手示敬悉。承編《學報》發給我人民幣300元，已由趙錦坛先生代爲領出，囑託金燦前往領取。其實弟遠居海外，得此學報已爲煌株姪既已發放，以有報款轉收，已即去函金燦姪、錢林弟往趙宅領取此款，我公豈有以慰爲勝，叨感。

昨接汪世清先生來函，謂出端訓宗公八九月前寄安公，忙甚，云云。弟之年譜資出壬戌以後世清兄竟却遞失去，昨來函云向其訓未見已，竟信將又遇寄來或者。出版已訓宗公要改便得以免此疏。若與及時候，本以兩人（小注）要加，以增訂及補「汪沅泉蘭約廬翁山」詩一首而已，如不收到，世清處函而大著已到，宗公姪有託世清在稿內增正便可。弟已另函託世清分矣。我公擬編詩與學術全集，甚好。弟所錄屈大均文因有兄女能宗而兩人極爲水火，至於資料，翁同龢翁文恭已託力資料全集，有約稿入近代人物志，恐未能盡之。粵東詩話（屈翁山著）尊詩一首，黃節藩代名人錄表翁同龢所謂惟信一封（弟續著者也）（黃節詩集似有缺詩集一卷）。

弟不甚熱悶，不出使能紙待匿，生宜體謂感冒，故寄出，約何未能如約，在致以敬安。

汪宗衍　七月十日

七月二十二日

貴忱翁：

前奉大札，獲悉月之廿日前後將往北京，世清來函亦云得福壇訊於廿日啓程，接此函時想已北上。世清爲我校訂《屈譜》第三部分，昨始寄到，兹複印寄上，請轉交負責人改正。弟亦考慮到先生早已啓行，未能見此函，已托世清如第三部分未能改正，由世清與先生接洽訂正，期無遺憾。溽暑遠行，企念賢勞，至爲繫念。即頌

夏安

衍　七月廿二日

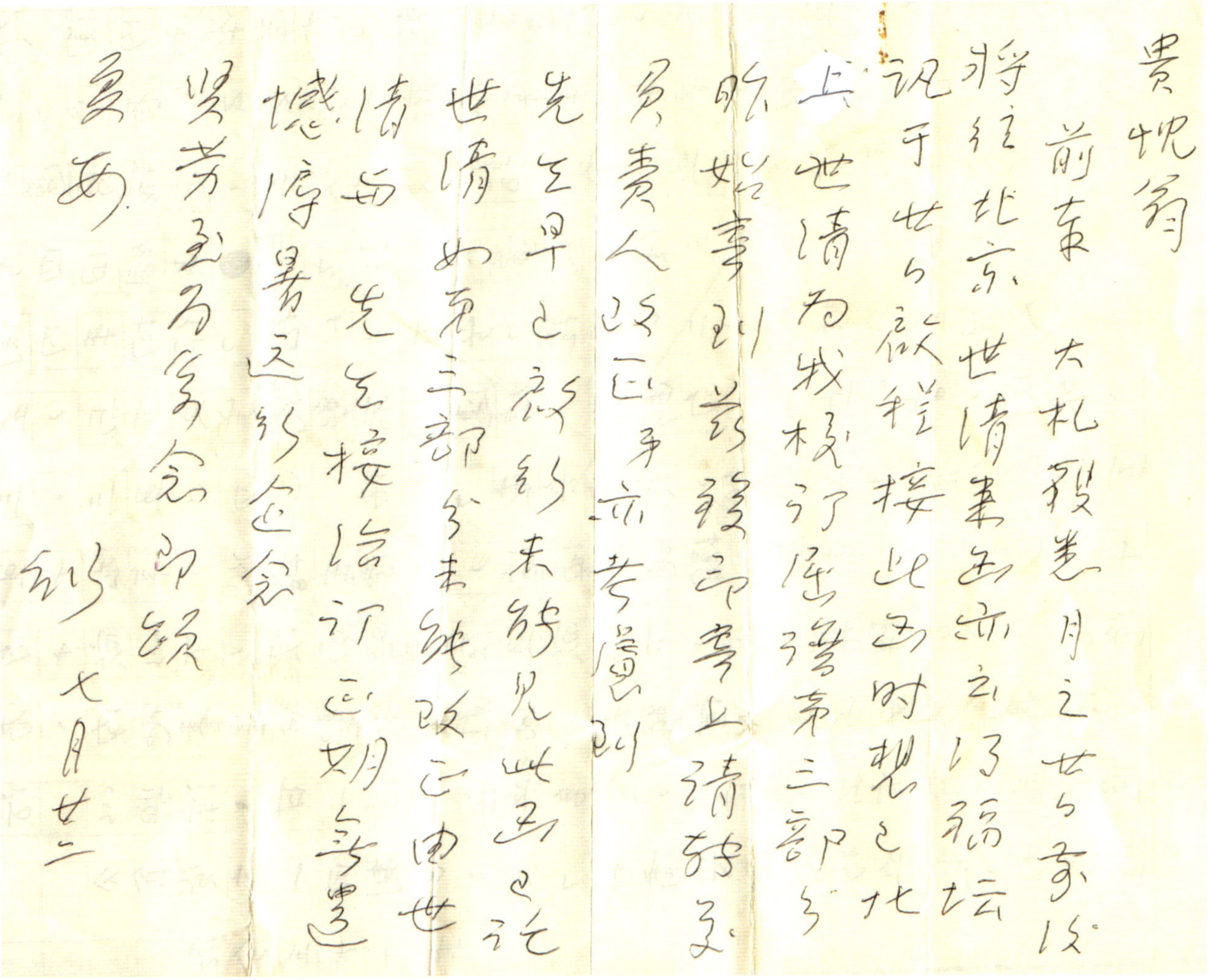
貴忱翁
前奉 大札，猥悉 月之廿六家以
將往北京，世清來函亦云得福坛
訊于廿六啟程。接此函时，想已北
上。世清為我校订居譜第三部，乃
昨始寄到，茲發函寄上，請轉交
負責人改正，手亦甚感。則
先生早已啟行，未能見此函也。記
世清如第三部，尚未能改正，由世
清函先生接洽订正，如無甚遺
憾，序書送紀念。
此芳函容即頌
夏安。
衍 七月廿二

可居室藏汪宗衍致王貴忱函

八月十六日

貴忱先生：

接世清先生信，知大駕已於八月八日回穗，溽暑遠行，企念賢勞，至深敬仰。《屈集》想已交中華，《屈譜》世清修改全帙，聞亦交我兄收，不悉曾一併付中華否？抑尚要清稿纔付？至念。

《嶺南書藝》五册已寄到，拙筆塗鴉竟登大雅藝堂，閱之汗顔，過愛之忱亦足銘感。關於補助費二百元，舍侄曾去一次，值趙先生未返，又去一回，則云入京公幹。頃已去函舍侄再約洽收，未知如何？

我想以後如有稿費（不知究竟，姑妄言之），最好由兄代收，通知弟函告舍侄親領，如以此瑣事有勞清神，則請告知會計人員匯去廣州恩寧路七一號二樓汪德森收亦好，祈酌之。恃愛直陳，想不會認爲麻煩也。專此即頌

夏安

宗衍　八月十六日

贵忱先生：

接世倩先生信，知

大驾已于八月六日回穗，得暑远引

企念

贤劳至深钦佩

屈集想已交中华，屈谱世倩

修改完毕即可交（付）我

兄如不急需，可径付中华书局为妥

倩稿未付至念

岭南书画五册已寄到，拙笔

宝鸡竟登（大雅）艺苑之行，颇

过爱之忱，亦足铭感

关于补助费200元，当然最好一

次，但赵先生来过又去一回了，

云入宗公许说已知会，然西约后

收来后如何

我想以后如有稿费（不知究竟

怎样定法）最好由

兄代收通知后再去会计领取

以此项事有劳

请转知，请告知会计人员汇。寄

广州、恩宁路、刘宅二楼汪德

森收，亦好，新

酌之，特

受支陈想不会认为麻烦也。手此

即颂

夏安

宗衍 八月十六

八月二十日

貴忱先生：

接世清信，知台駕返穗，即上乙函計已遞達。弟欲知者，《年譜》增訂如何處理，祈賜示。

前奉示擬編《張蔭桓集》，記得葉恭綽《遐庵詩乙稿》有七律一首，序甚長，深致悼惜。此書在港印行，未知得見否？乞示奉上。

日前讀歐公關於趙婕妤印文，記得陳澧有文云此文爲僞，而馬國權則以爲真品。陳澧所考不確，晤歐公時藉作談話資料耳。

補助費三百元已由趙君親交至舍侄處，謝謝。

順德馬以君[一]有信來，說在《廣州史志》有我的文章，可能是《藥洲石刻》吧，在兄去京時刊出，歸來事忙未注意，有別寄一本來，甚望。除第一期早收，其餘請由二期起寄來，書價在稿費内扣爲盼。

我有沈尹默自寫詩稿的印本，好在近年出《沈尹默詩詞集》都未收入，是逸詩也，又是書法，日内寫一引言，可在《嶺南書藝》發表，稍遲寄上。即頌

大安

衍　八月廿日

【注釋】

[一] 馬以君，一九四二年生，廣東臺山人。中國近代文學學會會員、中國魯迅研究學會會員。

貴忱先生：

撝世侄信云台駕返穗，即上
函計已達。述弟欲知其年譜
增訂如何處理否，
錫示。

前年示擬編於簡堂集記得
葉恭綽選廣州詞稿有七律一首，
序甚長，深致悼惜，此書在港印行，
未知得見否？

示弟上讀
小弟撰致公關于趙媞婷印文
記得何體育文云此文可備
圖數紛以為其與何體所致不稱，
時致公時藉傳諸語料耳。
請助贊弘之由趙君宗英至舍姪
處，謝謝。

頌臣乃以君有代來說在廣州史志
有找的文字，可能是黃此石刻吧。
在 先生示時到出版來車忙，
未注意有別稿一本，甚望除
第一期早收，其餘請由二刊致寄
來，至於在稿本內擬為附。
找有沈尹默自寫詞稿的印本，
好在近年出沈尹默詩詞集，卻未
收入，是遺珠也。又是否清々內
寄一引言于在藝局出版書，
錯過寄上。即頌
大安

紀 八月廿日

八月二十六日

貴忱先生：

八日十九夜大札奉悉。

稿酬三百元已由趙公（又有出外公幹）親自送去，舍侄收到了，我囑舍侄以三十元匯李文約，以六十元匯汪世清了。此事緒勞清神，感謝曷極。

《屈譜》稿酬不可爲我申請外匯，萬萬不可，國家得來外匯不易，我亦不靠稿酬生活，我的誼女月有供養，《屈集》亦係舊稿新訂，諸承核對拙稿，心感非言可喻。

我自去年夏感冒後，一直至今痰仍不止，大約老病了，現在惟恃藥物支持抵抗病魔。故醫生言，一動不如不[一]静，誼女亦堅阻出門，祇可從之（我不能單人到穗）。

《廣州史志》迄未收到第二、三期，望寄部分來，即以稿酬及郵費，盡量寄來爲盼。

日内寄關於沈尹默一稿，意在沈書、沈詩不知合《書藝》體例否？張充和女士現在美國。

舊時在《書譜》寫過好幾篇廣東書法家文，不知可「炒冷飯」否？

《屈集》序言得公執筆，所謂「我放心了」，草成望賜示，以開茅塞。匆匆即頌

著安

衍　八月廿六日

【注釋】

[一]不，應爲「一」。

贵忱先生：

八月十九夜大札奉悉。稿酬300元已由赵公纪（又名[illegible]）自送去舍妹收到了，我嘱舍妹以30元汇李文约，以60元汇世清，了此事。诸劳清神，感谢无极。余请稿酬不必寄了，为我申请外汇加万加加图家，得来外汇不易。我亦（我的该女月有保单）不索稿酬出版，余集亦仍旧稿新订，诸承校对拙稿，心感非言可喻。我自去年夏感冒后，一直至今病仍不止，大约老病了，现在恨待要将文稿抢病魔，故区区之言一动不如一静，该文亦坚决出门只之可继之（我不能单人到穗）。

广州史志已送来，收到第二三期，望寄郭君来，以稿酬及邮费光是寄来为盼。内寄益于沈尹默一稿，系在沈书沈诗不合，已按体例……我之私女去……现在美国，旧时在巴，诸事过如几篇了。于之法家文不合了，均冷的以用。余集补言待公执笔，的确了，我放心了。成稿后，可以同弟寄自己。

夏安

宗衍 八．廿六

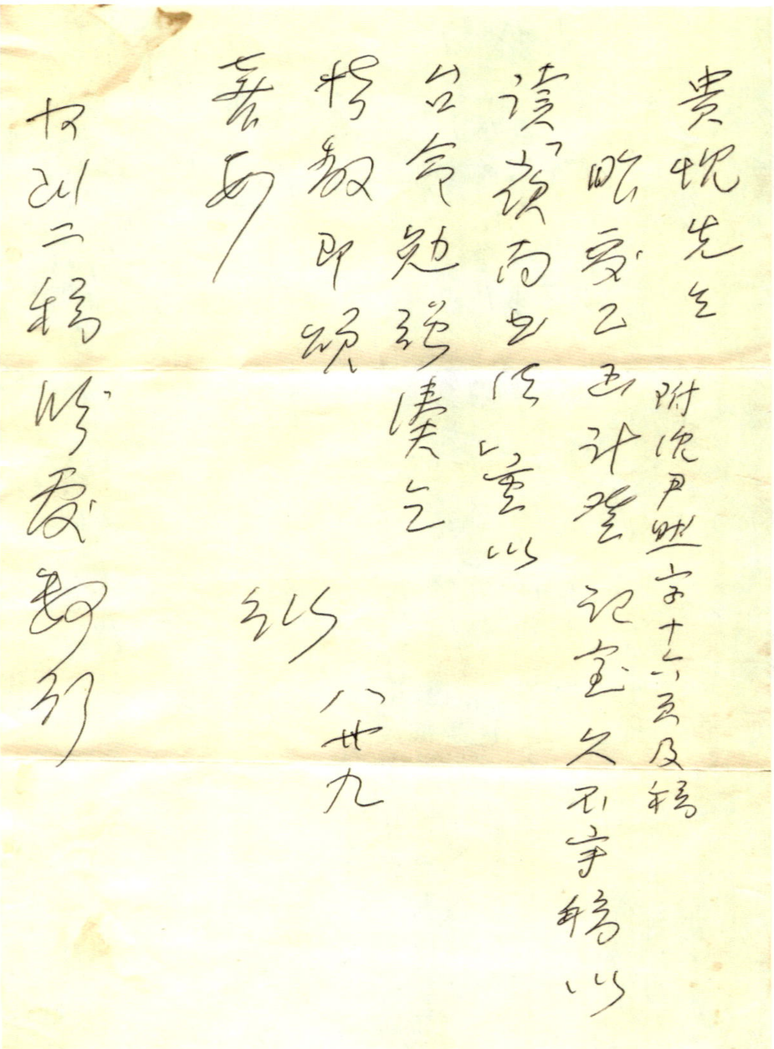

八月二十九日

貴忱先生：

昨覆乙函，計登記室。附沈尹默字十六頁及稿，久不寫稿，以讀《嶺南書法》重以台命勉强凑，乞指教。即頌

著安

衍　八月廿九日

收到二稿，盼覆數行。

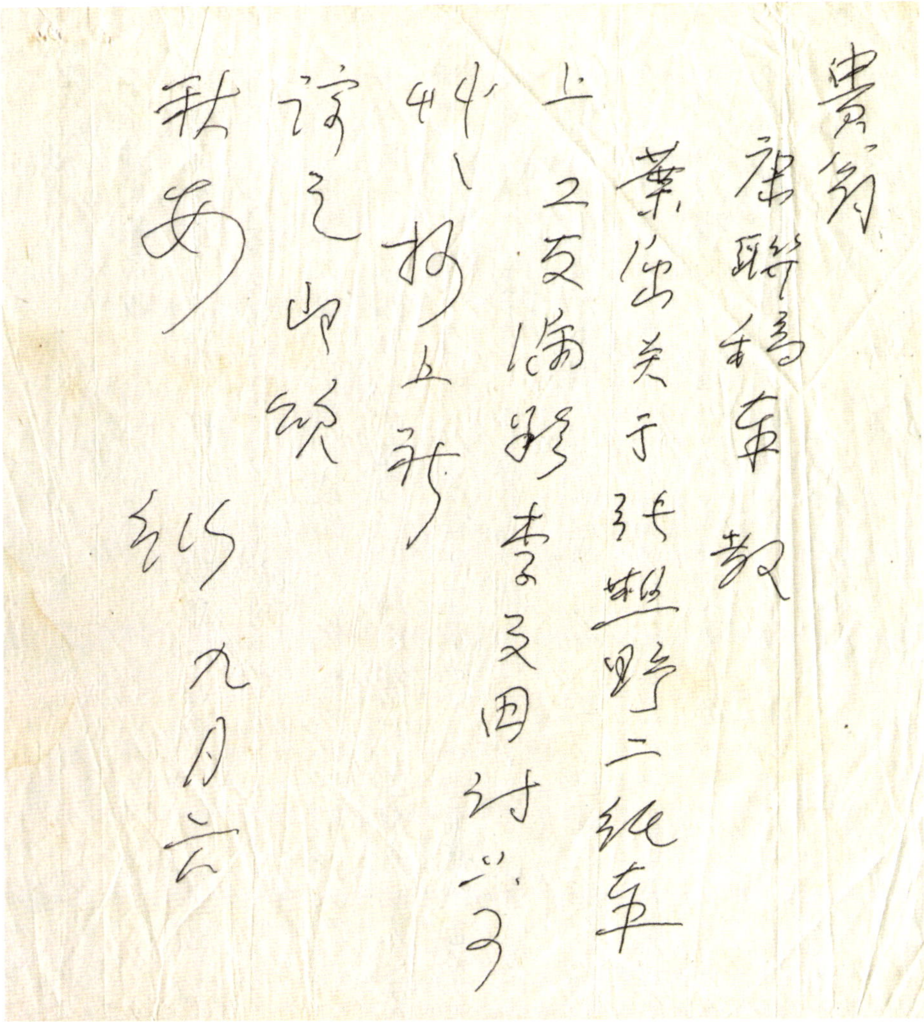

九月六日

貴翁：

康聯稿奉教。

葉、屈[一]關於張樵野二紙奉上。工友漏影李文田詩，祇可草草抄上，祈諒之。即頌

秋安

衍　九月六日

【注釋】

[一] 即葉恭綽和屈向邦。

十月十四日

貴翁先生：

手示并書報拜收。

《張記》注尚可補一些：⑤「兩邸」應移於上行；「十堂」爲宗人府，内閣，軍機處，吏、户、禮、兵、刑、工六部及都察院，後六部亦同。

汪伯棠即汪大燮，伯唐，錢唐人，民國後亦任部長大官。

馬眉叔（一八四五—一九〇〇）爲馬建忠，江蘇丹陽人，寄籍丹徒（即鎮江）。

潘嶧琴，衍桐，番禺人，曾官浙江學政，《番禺縣續志》有傳。

將來或可考得若干。

汪世清先生屢函來問，大駕返羊石有信否？已匯去四百元，不少了。

舍侄女德簡夫婦皆黨員，侄婿曾任局長職，有書可寄她轉來。《廣州史志》我想看今後出版的。

平齋係許禮平，已電去問過了，又囑他寄一份來，彼複印極便也。

拙稿厚賜，甚謝。世清亟望早日出版。即頌

秋安

衍　十月十四日

附上張蔭桓與袁碌秋昶函一通、翁常熟與張函幾通，另一致李蘭孫者，順手而已。憶五六十年前譚延闓官粵時，翁致張函發現數百通，譚愛翁字，市價每張五元（白銀），僚屬多以餽贈。盼覆。

又，翁與廖壽恒聯名一通，楷書，又有史料，弟贈宇翁者也。

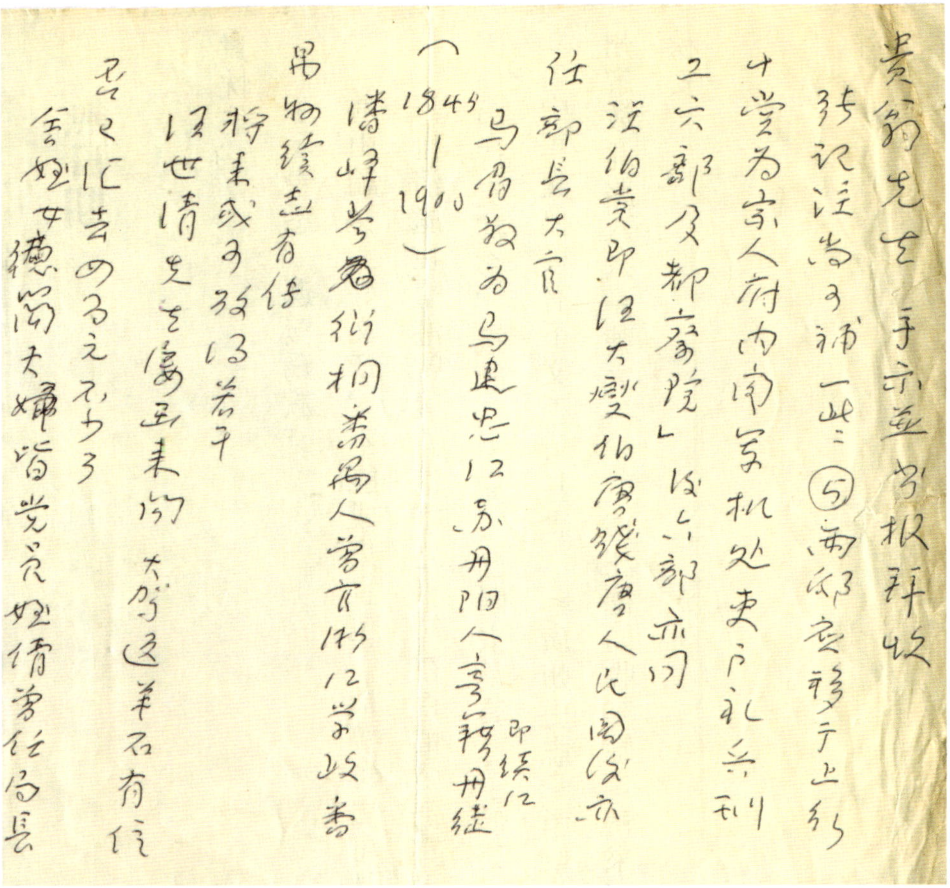

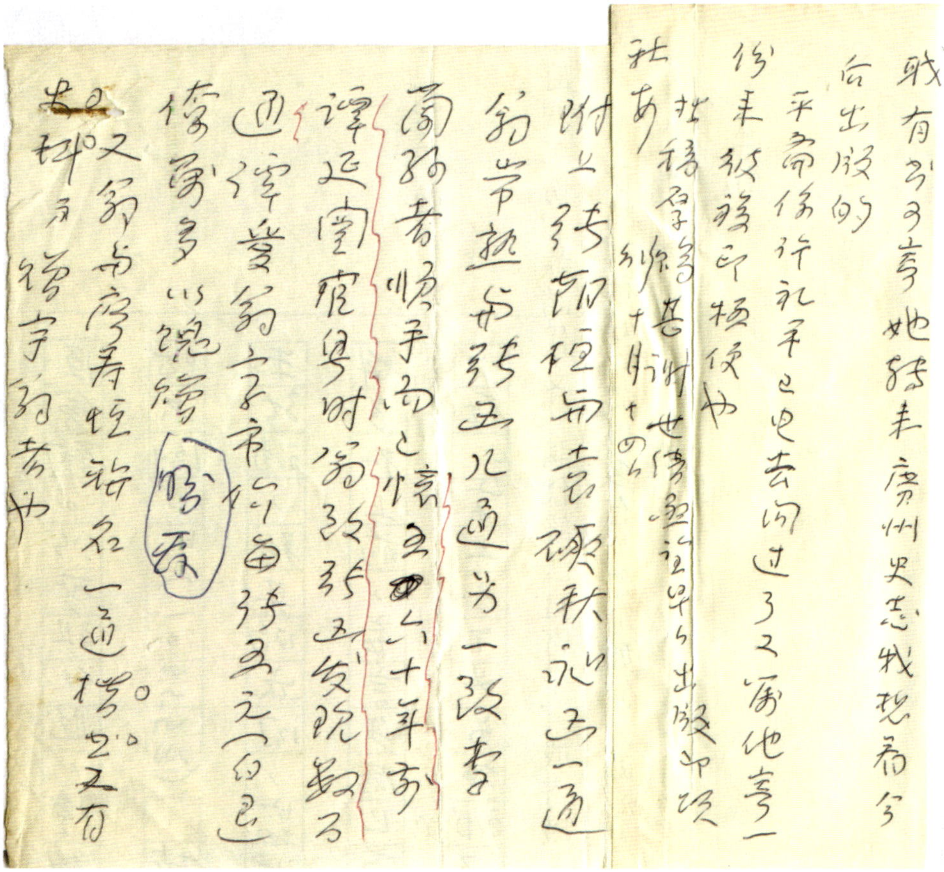

無日期

貴忱翁：

手示奉悉，遲覆爲歉。

翁山論文無好文章，不能成集宜也，拙稿棄去可耳。

汪世清處在臺港歸後有信寄之否？在百忙中仍宜去一信謝之，將[一]中華如有稿酬，亦宜有以謝之。弟因穗中待支甚多，衹餘六十元，已匯去爲其孫子們果餌用。

中華交稿後有下文否？甚念。《廣州史志》弟擬繼續訂閱二份，款請代支，請代設法直寄來，或寄廣州解放北路八六一號之一、三樓汪德簡收，她會轉來，謝謝。入秋精神稍好，痰仍多有，無可如何。即頌

秋安

弟衍

【注釋】

[一]將，下疑漏「來」。

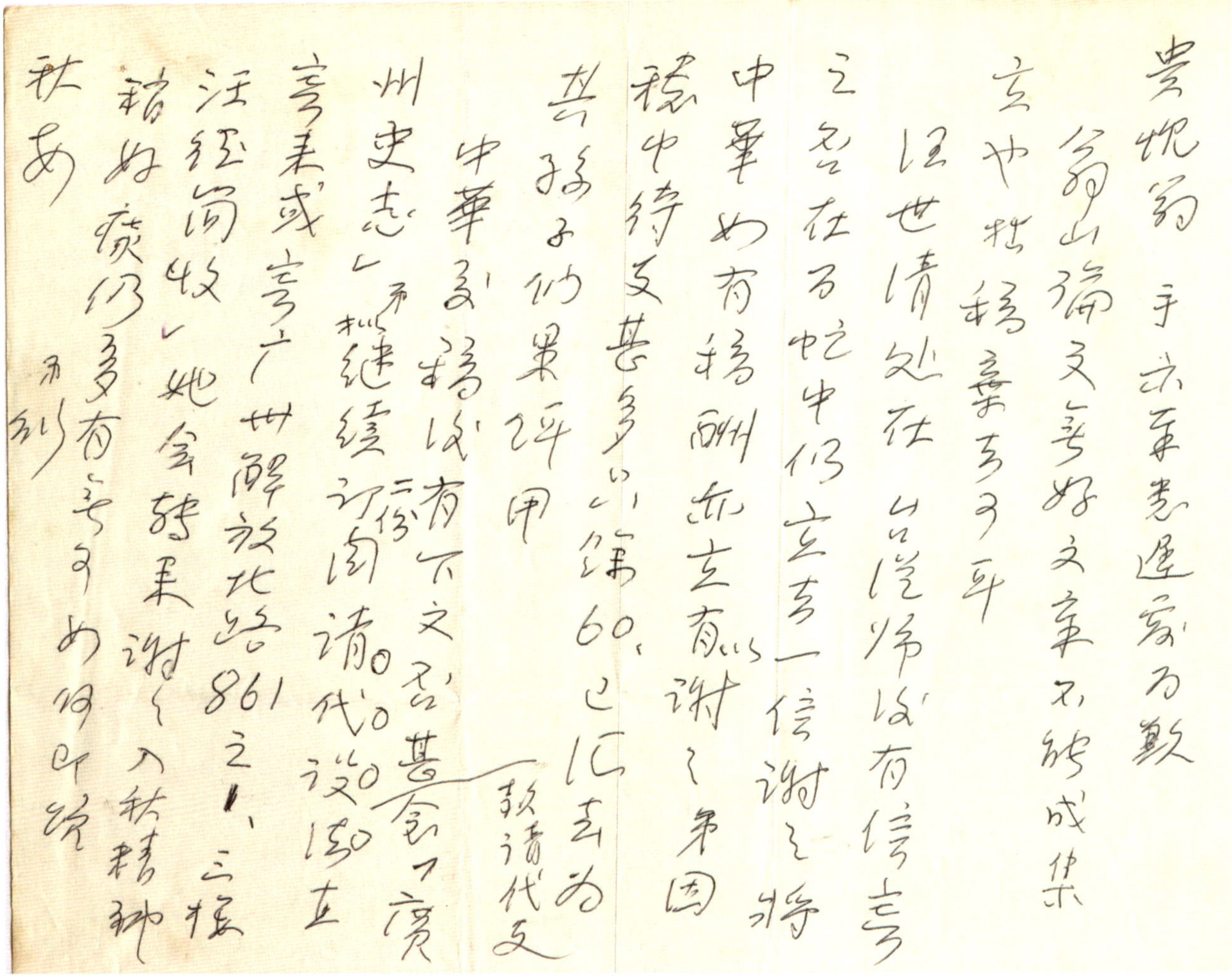

贵忱兄：手示本年患遲寄为歉。翁山论文无好文章不能成集，亦也拙稿暂未寄耳。
汪世清处在台湾归后有信寄之，台在百忙中仍未寄一信，谢之。将中华文稿酬亦未有，谢之。弟因稿中待支甚多，以稿60、已汇去为其孙子作果饵用。
中华文稿后有下文否？甚念。（敬请代交）广州史志（拟）继续订阅二份，请代设法，并代寄来。或寄广州解放北路861之1、三楼汪经岗收，她会转来，谢谢。入秋精神稍好，惟仍多有文字应付。即颂
秋安
弟 衍

可居室藏汪宗衍致王贵忱函

一九八八年

一月五日

貴忱翁左右：

奉示悉。《屈集》稿中華已定第一季發排，望年内能出版兩三册，至爲欣慰。《屈集》内以詩文點校輯佚較爲麻煩，或可作一跋尾於後，或收入序文内亦可，酌之。末尾不宜提及人名太多，如中文大學借《四書考》、《文抄・高士傳》的缺頁由屈志仁藏本補，應該一提的，至於賤名則一二句便得。

《藝苑掇存》恐是虧本貨，無人肯接受。鄭逸梅《藝林散頁續編》提及大名藏古泉信事，見及否？

《屈集》本身存在一些問題可先告我，從長計議之。

入冬後體氣稍好，但病去而體弱，晨起如天翻地覆者，七天又跌了一回，現雖不致暈眩，而要步步爲營，總之老人百不堪也。餘後談。即頌

年安

衍　八八年一月五日

日記即奉贈。

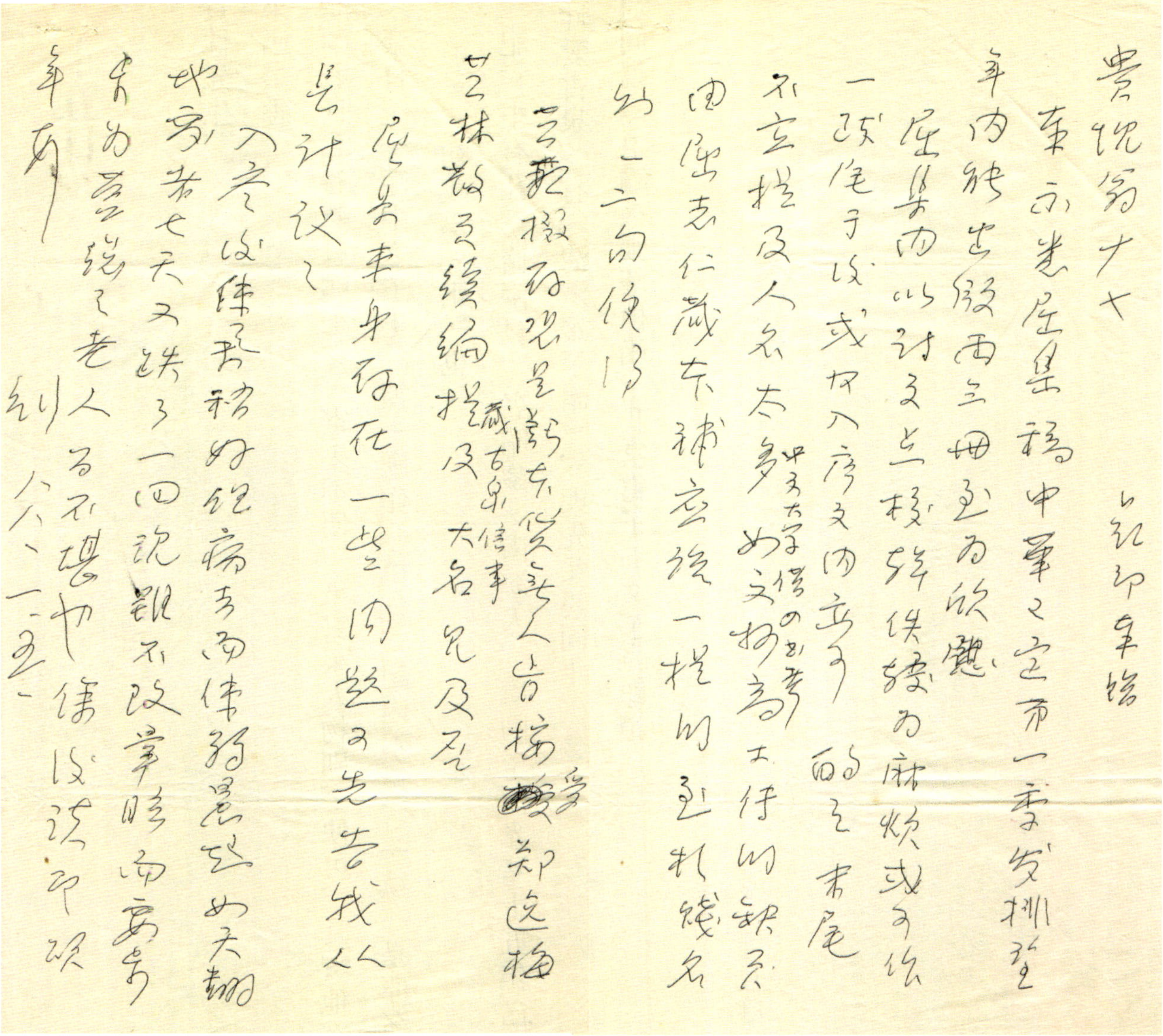
貴忱兄大鑒：　　　　紀印本諧
來示悉。屈集稿中華之定市一季發排，望
年內能出版，兩三冊至為欣慰。
屈集內以詩文互校，錯誤謬誤或多，似
一段先生所收或收入序文內亦可。酌之末尾
不宜擬及人名太多，如文（中大大學信的名字）抄為士付，則缺矣。
由屈志仁藏本補充後一樣，則至札後名
為一二句便得。
玄叔擬存照呈影本贈人皆接，鄭逸梅
藝林散葉續編擬及（藏古泉信事）大名兄及否？
屈君來函存在一些問題，可先告我人
共計議之。
入冬以來身體時好時病，本不體弱，恐如大翻
也。前者七天又跌了一回，說話不便，寫字時而要
夫為無錢之老人，為不堪也。俾收讀印頌
年安　羽　八八、一二、五

二十五日

貴忱先生：

來函奉悉。

潘蘭老日記卷帙可能不少，寄來不便，祇寫來人物別字便可，其實他在外國交往之人我亦不知者多。《張日記》注中之王士「禛」應作「禎」，記内不錯，「禎」是原名，作「禛」乃避雍正諱，乾隆命改爲「禎」，初改爲「正」也。《記》中有孔季脩兩見，名昭鋆，南海人，廣陶子，光緒十五年己丑舉人，鹽商，以收歸官辦而中落。性愛古泉，有《清淑齋泉譜》，與先父爲同年。

翁同龢録上諭與張蔭桓函，我已寫了一文了。即頌

台安

衍　廿五日

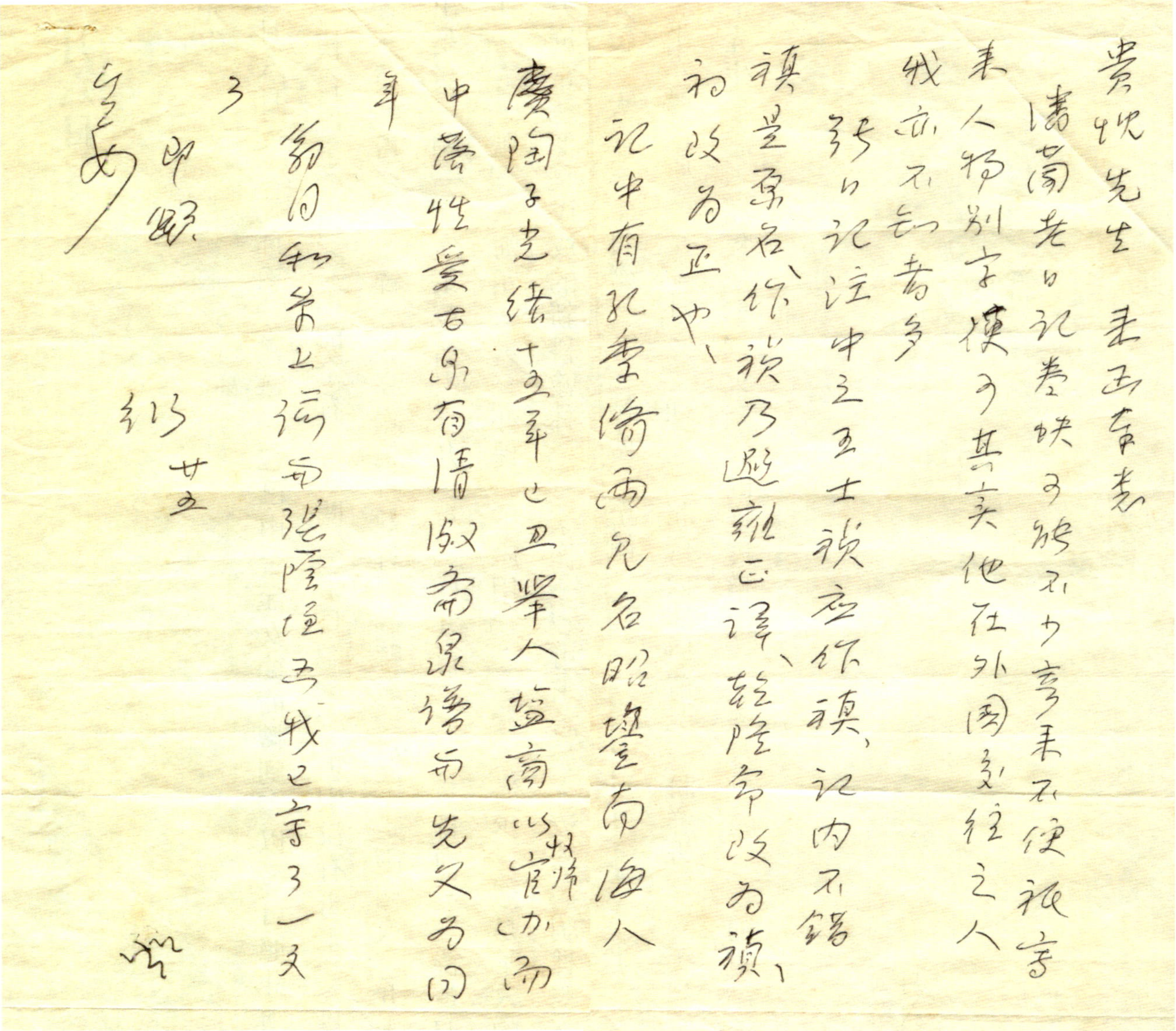

貴忱先生：來函奉悉。

濤園老日記卷帙多，能否少寄來，不便，祇寄來人物別字便可，其實他在外國交往之人我亦不知者多。

張日記注中之王士禎應作禛，記內不錯。禛是原名，作禎乃避雍正諱，乾隆命改為禎，初改為正也。

記中有孔季倫，兩兒名昭鋆，南海人，廣陶子，光緒十五年己丑舉人，鹽商，以官加(?)牧令(?)而中落，性愛古樂，有《清[illegible]齋泉譜》，與先父為同年。

前日郵(?)寄上論(?)張蔭桓，我已寫了一文。

了(?)即頌

著綏(?)

宗衍 廿五

三月六日

貴忱先生：

二月八日夜大札拜悉。書籍一包已由舍侄女德簡轉到，以後可照此辦。連日忙於校《書畫徵獻録》校樣，快合龍了。書多未能全看，先閱《張日記》，忙中没有畫了，符號爲「高陽、魏之璜」。魏見《（國）清朝書畫家筆録》，高陽是直隸省一個縣名，似不是兩個人。九十頁二欄一行「楊蓉浦」，或前已查出是名「頤」，廣東茂名人。九一頁二欄九行（二十三日内）「特賞四品京堂海丞，亦保」，在京堂下應用「，」號，「海丞」與「亦保」下應用「，」，「海丞」似是某人的字號，待查。九二頁二欄倒數九行尹庶常，似是戊戌的新科翰林「尹家楣」，可求證於朱汝珍《詞林輯略》。此帙尚未看完，因久未通訊，先覆。大作《十竹齋》文，極博，至佩。

中華先發排屈文（三月），極好，北行後如何情況，盼詳告。《年譜》受落否？甚念，可問錫麟也。汪世清先生極念《屈集》事，來函詢問進展情況，大駕如到京，可通電話或函約一叙，將來可有他求之。

即頌

著祉

宗衍　三月六日

貴忱先生：二月八日夜大札拜悉。書籍一包已由雲姪女從廣州轉到，以後可照此辦。援師手校出版，徵求意見校樣快合訂已出，多未能全看，先陳國孫以江中段有書名作為「高陽」、「魏之瑞」，魏兄德潤出之家筆與高陽是在隸前一個綫名，似不是兩個人。九頁二欄一行「楊善浦」，或字已查出是名「益」，字茂名人。九頁二欄七行（二十三四）「詩貴四品京堂海巡」，亦誤。「侍京堂」下應用「、」，「海巡」句亦誤，下應用「，」。「海巡」似是某人的字號。「詩」查九頁二欄倒數九行「尹應常」似是代的新科翰林尹家楣」，可求記尹朱汝珍詞林輯略，此時尚未查定，因久未通訊先要。大作十分詳文，極精之佩。

中華先發排印（三月）極好，此行及收的情況即詳告。手簿愛念不甚，念可同總編也。汪世清先生極念及某事，未函詢近況情況，大駕如到京，可通電話或函約一談。將來可否他求之，即頌

著祺。

宗衍 三月六日

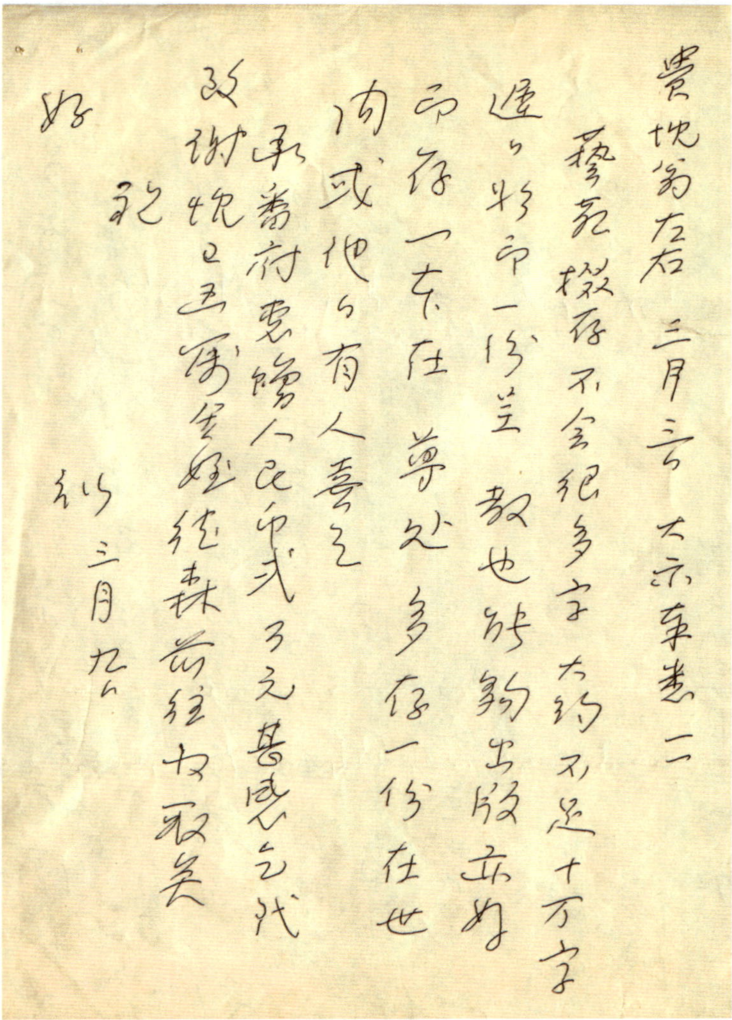

貴忱翁左右 三月三日大示奉悉一一
藝苑掇存不會很多字大約不足十萬字
遲日影印一份呈教也能夠出版亦好
印存一本在尊處多存一份在世間
或他日有人喜之
承番府惠贈人民幣弍百元甚感乞代
致謝忱已函囑舍侄德森前往收取矣
好
祝
衍 三月九日

三月九日

貴忱翁左右：

三月三日大示奉悉一一。《藝苑掇存》不會很多字，大約不足十萬字，遲日影印一份呈教也，能夠出版亦好，印存一本在尊處，多存一份在世間，或他日有人喜之。

承番府惠贈人民幣弍百元，甚感，乞代致謝忱。已函囑舍侄德森前往收取矣。

祝

好

衍 三月九日

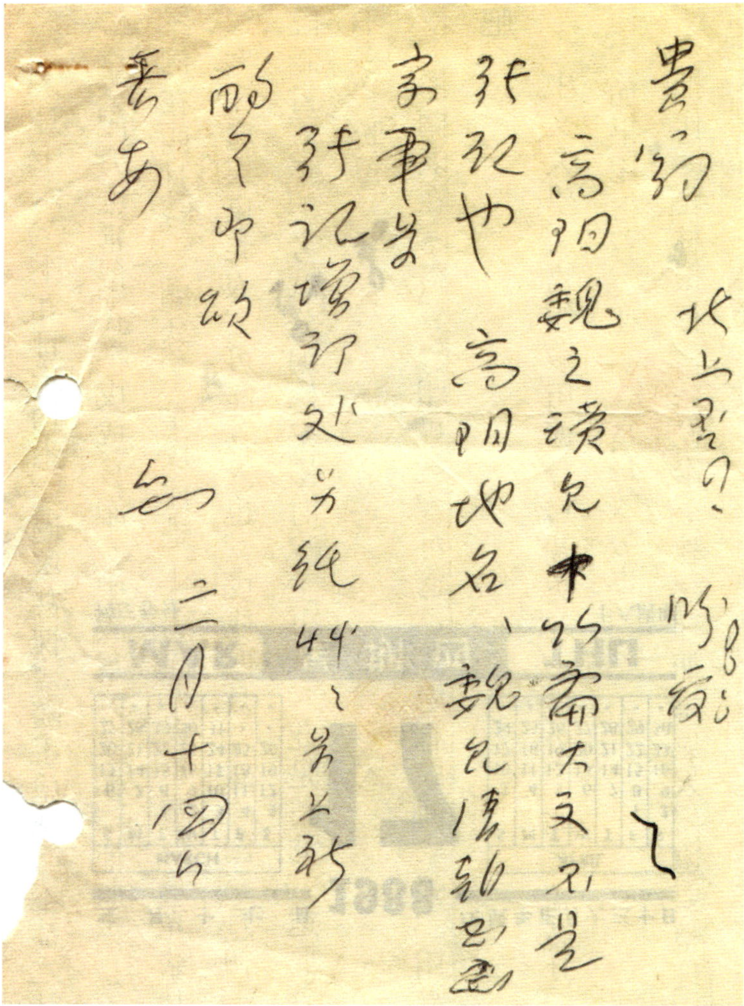

三月十四日

貴翁：

「高陽、魏之璜」見《十竹齋》大文，不是《張記》也。高陽地名，魏見《清朝書畫家筆録》。《張記》增訂處另紙草草録上，祈酌之。即頌

著安

知　三月十四日

北上否？盼覆。

三月

貴忱左右：

三月十六、十九日示均悉。過獎甚愧，隨手塗抹，不恭之甚也。

張記尹庶常以在《戊戌日記》中誤爲尹家楣，他原來是山東人，訪張時爲閏三月初一，殿試未放榜（例在四月），顯然不是戊戌進士了。此尹庶常似爲光緒廿一年乙未榜的尹慶舉，見《明清進士題名録》，廣東東莞人，可能其人也。戊戌四月殿試，閏三月初一日還未館選，尚是庶常（殿試後還要入翰林院讀書三年，考試分編修、檢討、主事），此是猜測，還要查《詞林輯略》《東莞志》即落實了，尹姓人不多，盼覆。

潘蘭老在《書藝》印專號，可喜。我處有扇面二張，用静電影上，如製照片每張數十元HK，犯不着吧。

中文大學文物館藏伍德彝寫蘭丈三十歲象，朋友題詩甚多，文物館似有現成照片，放大一張可能方便，如果用得着，速示，當爲效勞也。

拙作《藝林掇存》一帙奉上教之，如果見人，還要整理，年老亦無精力及此。近日校《書畫録》樣本，幸得中文大學黄小姐助我，亦弄至頭昏眼花。寫至此頁，精力不濟，甚矣吾衰矣！

先生來函（最近）屢用博物館信封，是否調回該館工作？因拙作《書畫録》選用館藏書畫爲插圖，除已發表三幅外，尚有三幅（張、吴、吕）已在中大取得照片，但需函博物館同意，如先生曾在博物館工作，遲日去函徵求同意，函由台端轉去也。

知

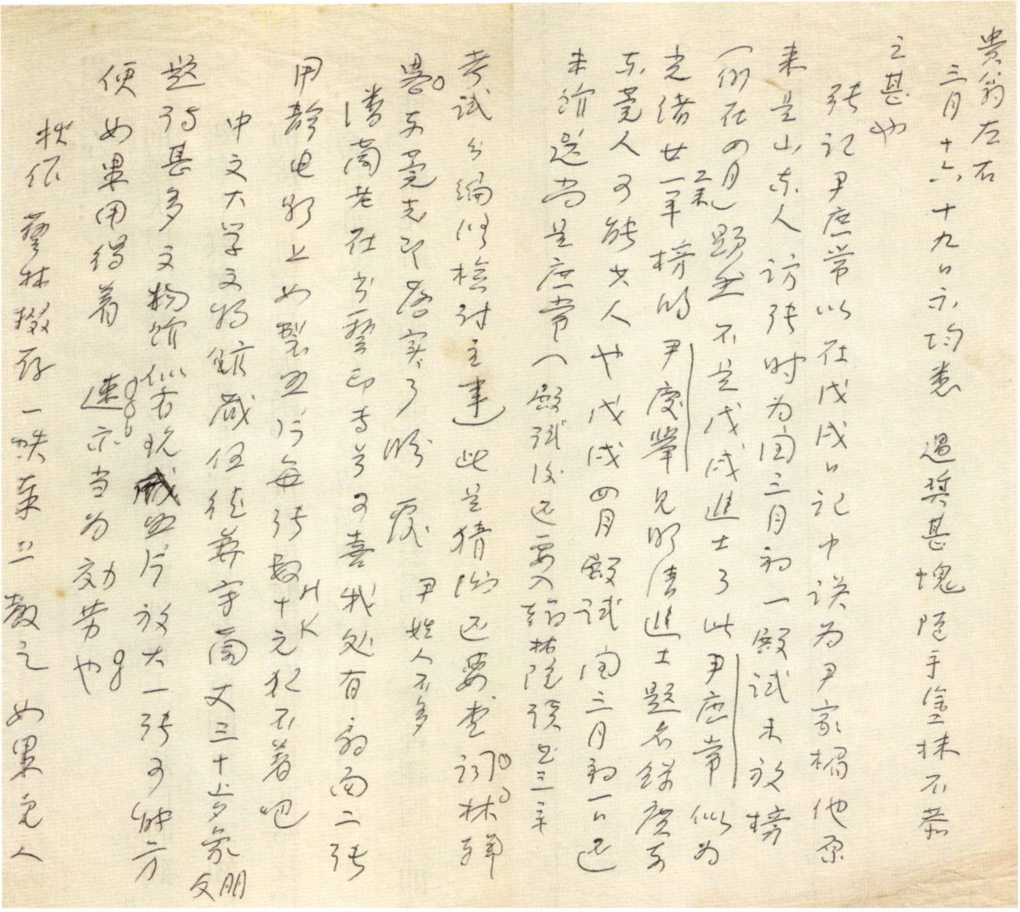
貴忱兄左右：
三月十六、十九日示均悉。過獎甚愧，隨手塗抹，不恭之甚也。
張記尹應常以在戊戌日記中誤為尹家楣，他原來是山東人，訪張時為閏三月初一，殿試未放榜（例在四月）。題名不是戊戌進士，可以此尹應常似為光緒廿一年榜的尹慶舉（見明清進士題名錄），應是山東人，可能是人也。戊戌四月殿試，閏三月初一已來訪，遂為是應常（殿試後還要入翰林院候選三年考試，方編修、檢討、主事）。此是猜想，還要查訂。（林鏞影本是否啟發了嗎？）尹姓人不多。
請尚老在書壁印書，可喜。我處有留兩二張，用靜也好。上如需要，可每張寄十元HK，不着吧。
中文大學文物館藏但植宇尚文三十五家文朋題字甚多，文物館似有收藏，照片放大一張可能方便。如果用得着，速示，當為效勞也。
拙作《藝林叢錄》一冊寄上，教之。如果見人

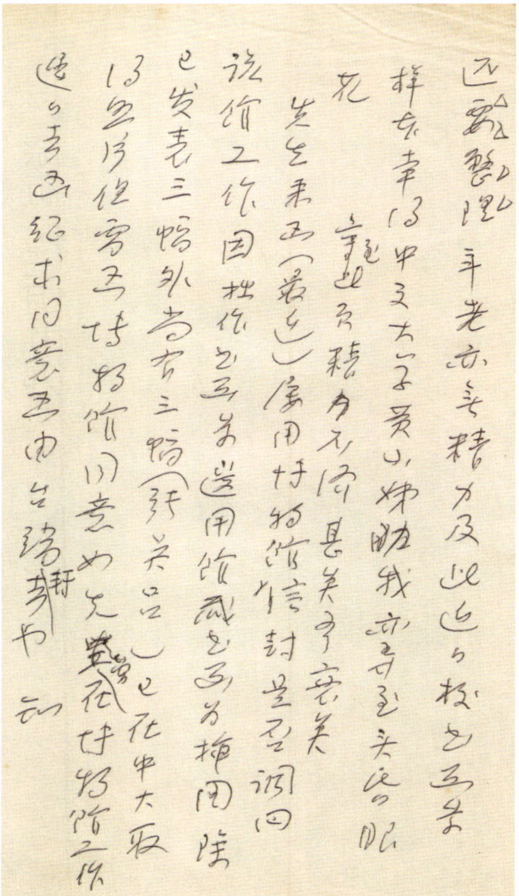
近要整理，年老亦無精力及此，近日校書亦多，样本幸得中文大學黃小坤助我，亦有一些頭昏眼花。
龍章先生來函（最近）屢用博物館信封，是否調回該館工作？因拙作已承其選用館藏書畫為插圖，陸續發表三幅，外尚有三幅（張芝照）已在中大取得照片，但寄去博物館用意如是？仍在博物館工作。近日去函，託其由台轉也。
詢

三月二十九日

貴翁左右：

前幾天以《藝存》及潘丈扇影件寄上，想已收到。

茲奉上致廣東博物館乙函，兄必有舊同事（不知回歸舊巢否）托其轉致，否則托人交去爲荷。

前接三月三日大函，言番禺縣府有二百元給我，已函囑舍侄德森去趙兄處收取，乃到訪不遇，因路遠，舍侄亦近七十矣，故留函趙宅，請其匯去他家（恩寧路七十一號二樓），匯費望先扣。弟恐寫錯趙兄地址，請兄將此函（部分）寄去爲盼。瀆神謝謝。即頌

著安

宗衍　三月廿九日

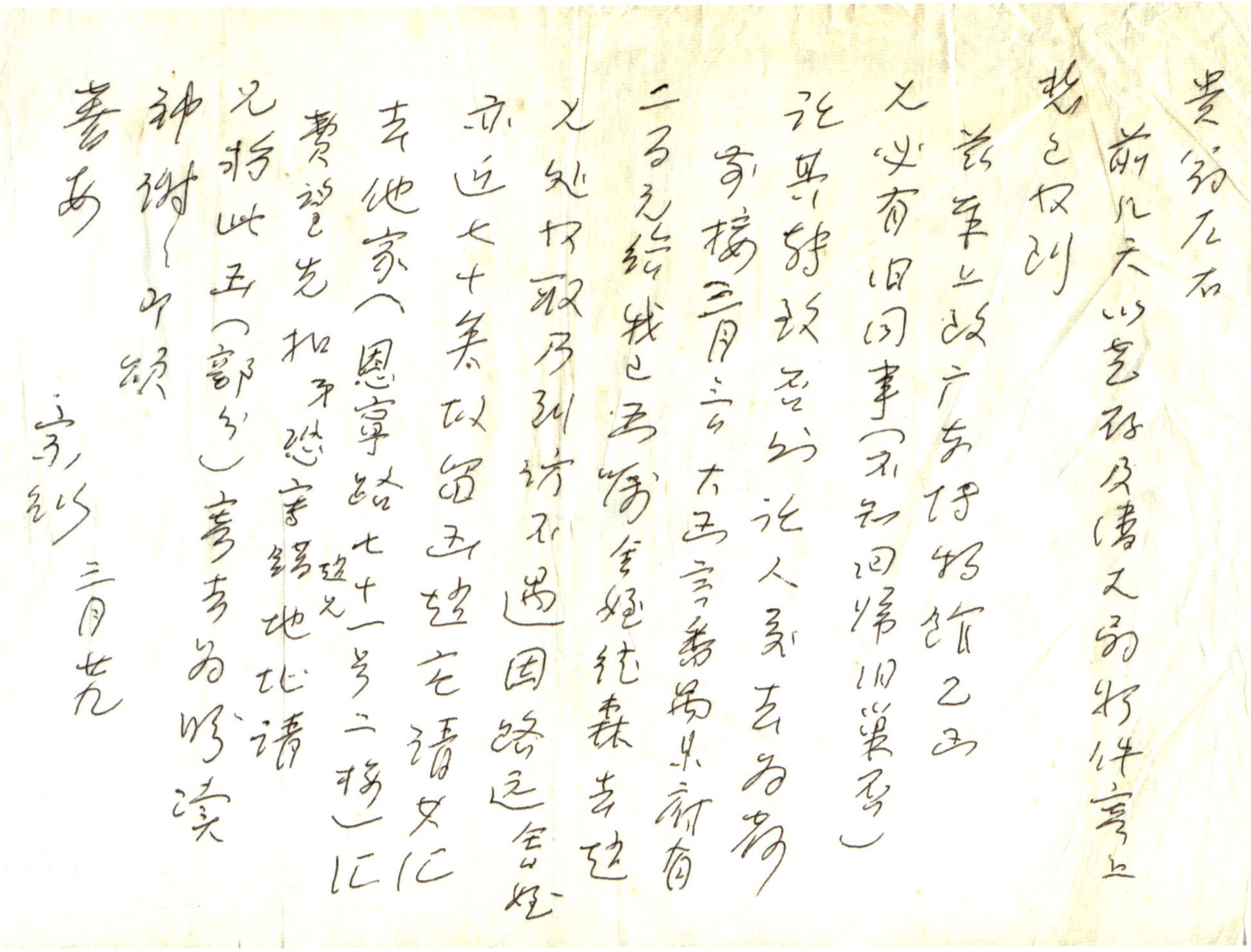

貴翁左右：前几天以先孙及清文弱件寄上，想已收到。兹第二次广东博物馆已函之，必有旧同事（不知回归旧巢否），托其转致台翁，托人录去为荷。前接三月六函，寄番禺县新会二马之绘，我已函嘱金姪纯森去趋之，如收取乃到访不遇，因路远，舍姪亦近七十矣，故留函趋访，请其汇去他家（恩宁路七十一号二楼）汇。貴望先相片，恐写错地址，请兄将此函（鄙公）寄去为盼，读神谢～顺颂

著安

宗衍 三月廿九

五月七日

貴忱先生：

大札并《張記》二册收到，管見如下：

八三頁一欄末三行「王孟津」爲明末著明[一]書法家王鐸，尚書，降清。

同頁二欄六行「展明陵」，「展」字不誤，古書多云展墓，可查字典，凡不明白之字，可查字典。

八四頁一欄十九行「梁才信」，原名財信。

同頁二欄二行「胡京兆」，即胡姓順天府尹，可查《光緒東華録》。樵野往還朋儔多爲一時京官，應查戊戌《縉紳録》，即全國重要職官履歷名單，廣州恐不易得，北京館必有之。又《記》中多未考出之人，如已考出，再見時立用□克體字以别之。

八六頁一欄末十三行「曾宗彦御史」，可查《縉紳録》，必有之。

同頁一欄末行「張元濟」與下欄「菊生」即一人，小注應移於元濟下。

同頁二欄五行「傳相」，即李鴻章也，「傳」當作「傅」，以下「傳相」十餘見，均應改。

同頁末行、八七頁一欄一行庶吉士「李拔予、李守一、尹祥墀」，請查《詞林輯略》，均粤人入翰林者。守一名翰芬，我識其人，尹某即前月之尹庶常。

九十頁一欄九行「桂南屏」，名桂坫，南海人，翰林，查《詞林輯略》。

九一頁一欄末四行「袁爽秋摺」，「摺」當作「擢」，即袁昶。

九一頁一欄七行「田員」二字疑誤[二]。

同頁二欄六行「吴季卿」，可查《近代人物志》（又，張振卿、裕壽師[三]爲張樹聲[四]、裕寬，前已注出耶）。

以上草草，弟以鼓腸（胃腸不適）不貢，伏案作書構草草，乞諒。八七年《張記》不識之人，均可查《縉紳録》。

大駕北上不知能一問《屈譜》受落否？詩文何時可排成？

鄙見未查過《縉紳録》前不宜出版，距今九十多年前之前清官員不能悉知，不能專靠《清代職官表》，所紀皆大官，如御史亦不細即無之也。

放言乞恕其愚誠。近不能構思，奈何奈何，構思即病胃了。

祝

好

知　五月七日

老師敬璧。

【注釋】

［一］明，應爲「名」。

［二］王貴忱在文中釋作「田貝」，無誤。

［三］師，應爲「帥」。

［四］應爲張英麟，晚清進士，官至都御史。

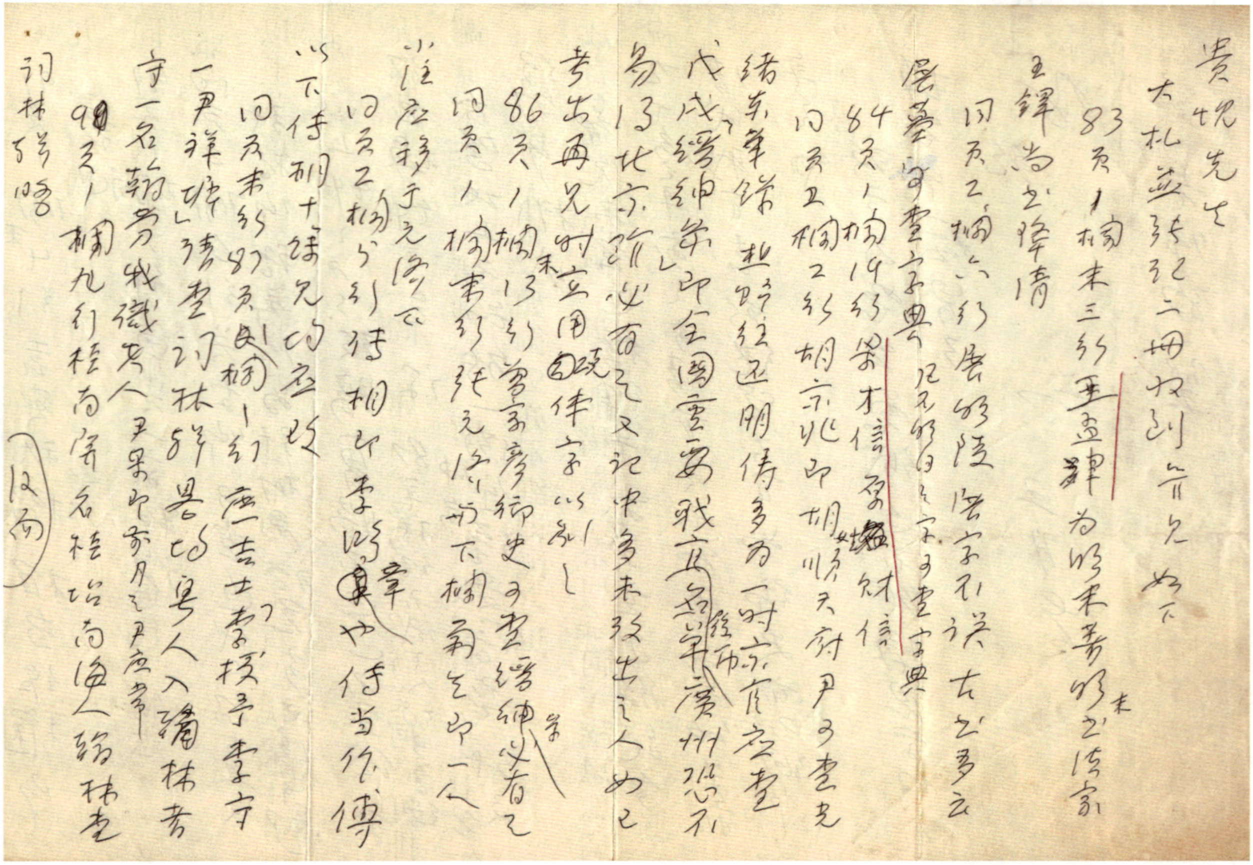
贵忱先生：
大札并张记二册收到，所允如下：
83页1栏末三行王鎏讳为明末黄明之学家
王鐸为之弟清
同页2栏六行居明经陆屠字不误，古之多云
屠墓可查字典 凡不明白之字可查字典
84页1栏14行梁才信 财信
同页2栏2行胡京兆即胡顺天府尹可查光
绪东华录 柏时往还明侍多为一时京宦应查
戊戌缙绅录即全国重要职官名单，广州恐不
易得，北京访之必有之。又记中多未校出之人如已
考出再见时应用同晓伴字以别之
86页1栏13行曾家彦御史可查缙绅必有之
同页1栏末行张元济下栏开之即一人
注应移于元济下
同页2栏5行待相即李鸿章也，侍当作傅
以下侍相十余见均应改
同页末行87页1栏1行庶吉士李授子李守
一尹祥请查词林辑略，如是人入翰林者
守一名翰芳，我识其人，尹系即其弟月之尹应常
98页1栏九行桂尚宾名桂坫，尚系人，翰林查
词林辑略
（反面）

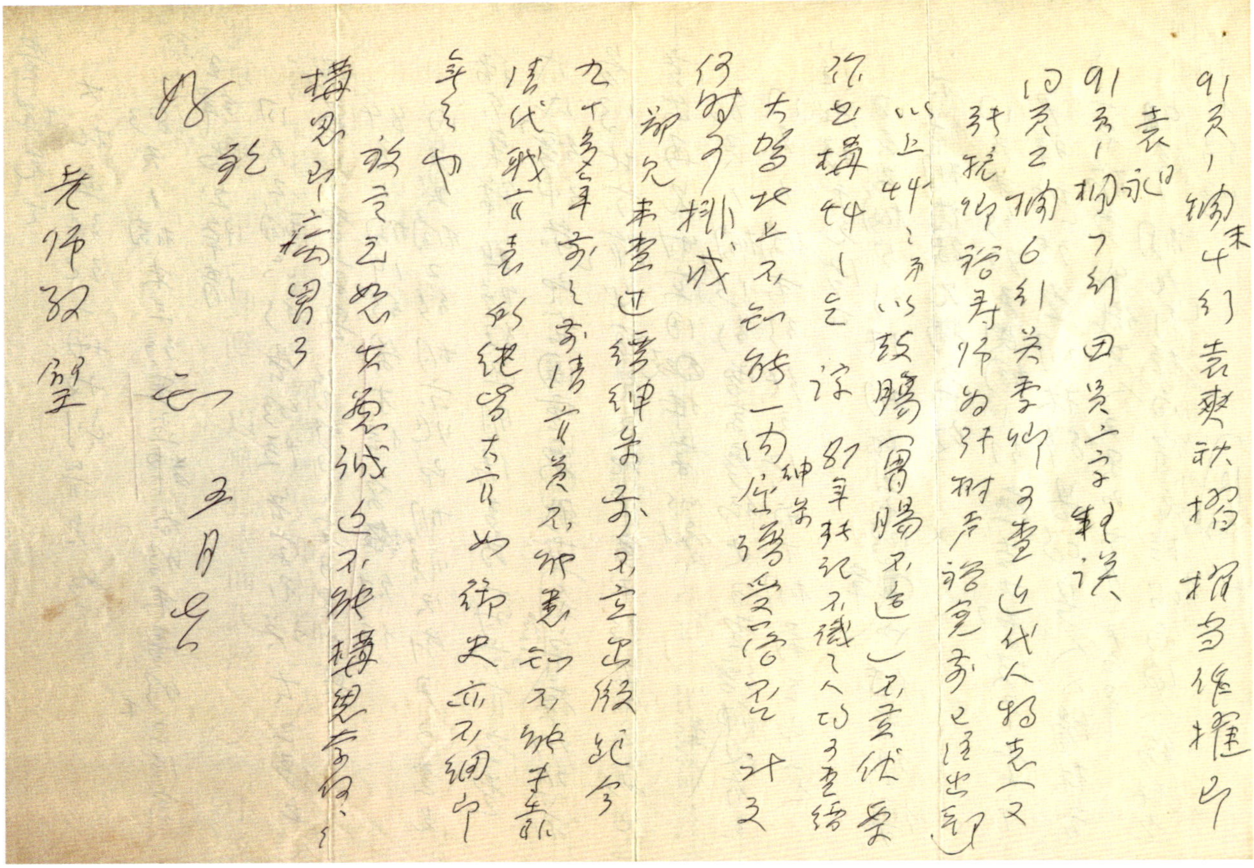
91页1行末4行 袁爽秋 搨当作摧也
袁昶
91页1行7行 四页六字 軼误
10页2行6行 关季华 可查近代人物志（又
张杭卿 裕寿仲 为许树声 谱完 尚已经出印）
以上44之页以鼓腸（胃腸不适）不宜伏案
作书稍44之字 87年秋记不识之人均可查续 绅先
大约以上不知能一问编纂否 计文
何时可排成
郑兄来书述续编绅先事不宜出版纪念
九十多之年前之事 请文章不能意知不能考者
清代戏文素所绝为大工如御史亦不细也
年之也
敬言之恕出意诚近不能搞思为念
搞思为念男子
祝
好　宗衍　五月　日
老师 [illegible]

八月十日

貴忱翁左右：

穗京二函，早已收到，以無甚事而天熱。又，中文大學召開明代繪畫展覽及研討會，囑弟寫林良一文，此爲吾粵之大畫家，展覽粵人祇林良一人，不得不作也。昨由舍侄女轉來大札及《學報》二本，拜收，謝謝！

傅相已照改，至慰。《張記》中「八八前倒九」南洋、北洋屢見，係指兩江、直隸兩總督兼南洋及北洋大臣也，或前已解之矣。

八九頁後十行，梁財信爲南海佛山人，爲著名的跌打專家。

九一頁前九、十行之香山、佛山事，似可檢《香山志》及《佛山忠義鄉志》證之。

同頁十八《勸學篇》及九五頁倒數七行《明綱篇》，似可照《校邠盧》[一]解之。

同頁後二十二日，鄧用甫爲鄧華熙之之[二]次子，順德人，其兄字毓生，僅記其一人名，善麟爲兄爲弟已忘，住西關。

九五頁之倭文端（仁）、志仲魯（鈞），似前已解之矣。

匆匆無補高深，至愧。即頌

著安

衍　八月十日

側聞印書業大減，已製紙板者亦停，不知《屈集》如何？時念之。

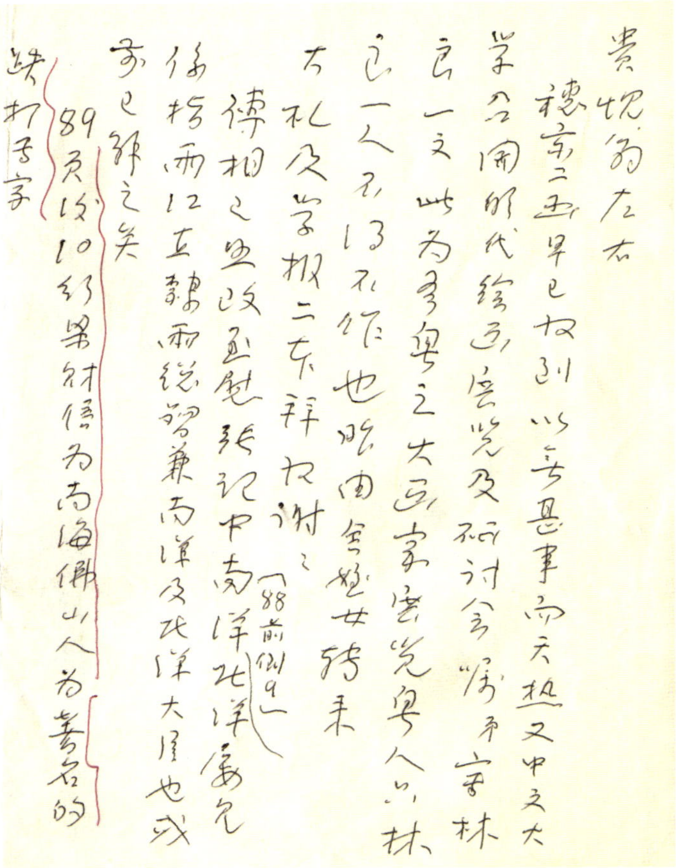

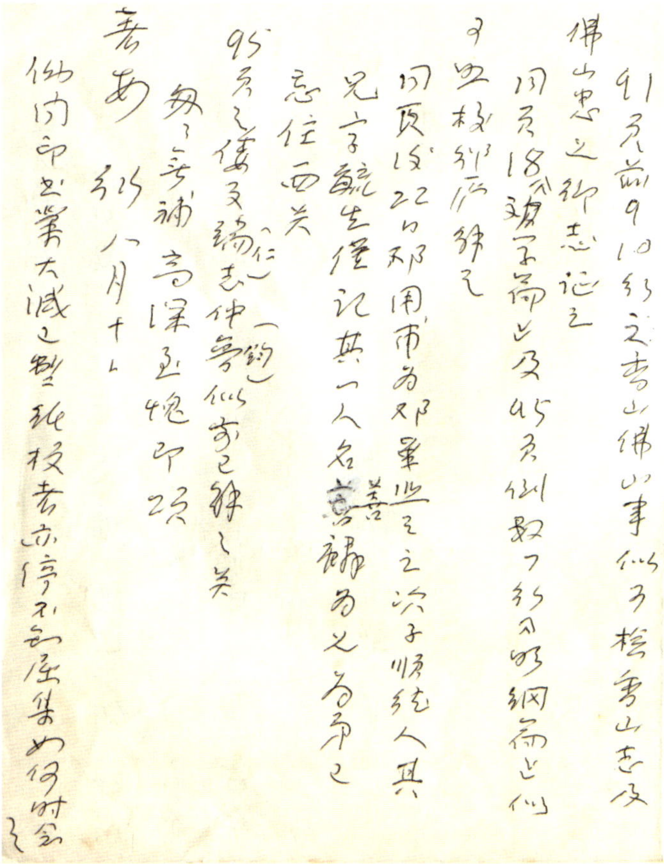

【注釋】

［一］指馮桂芬政論集《校邠盧抗議》。

［二］之，衍字。

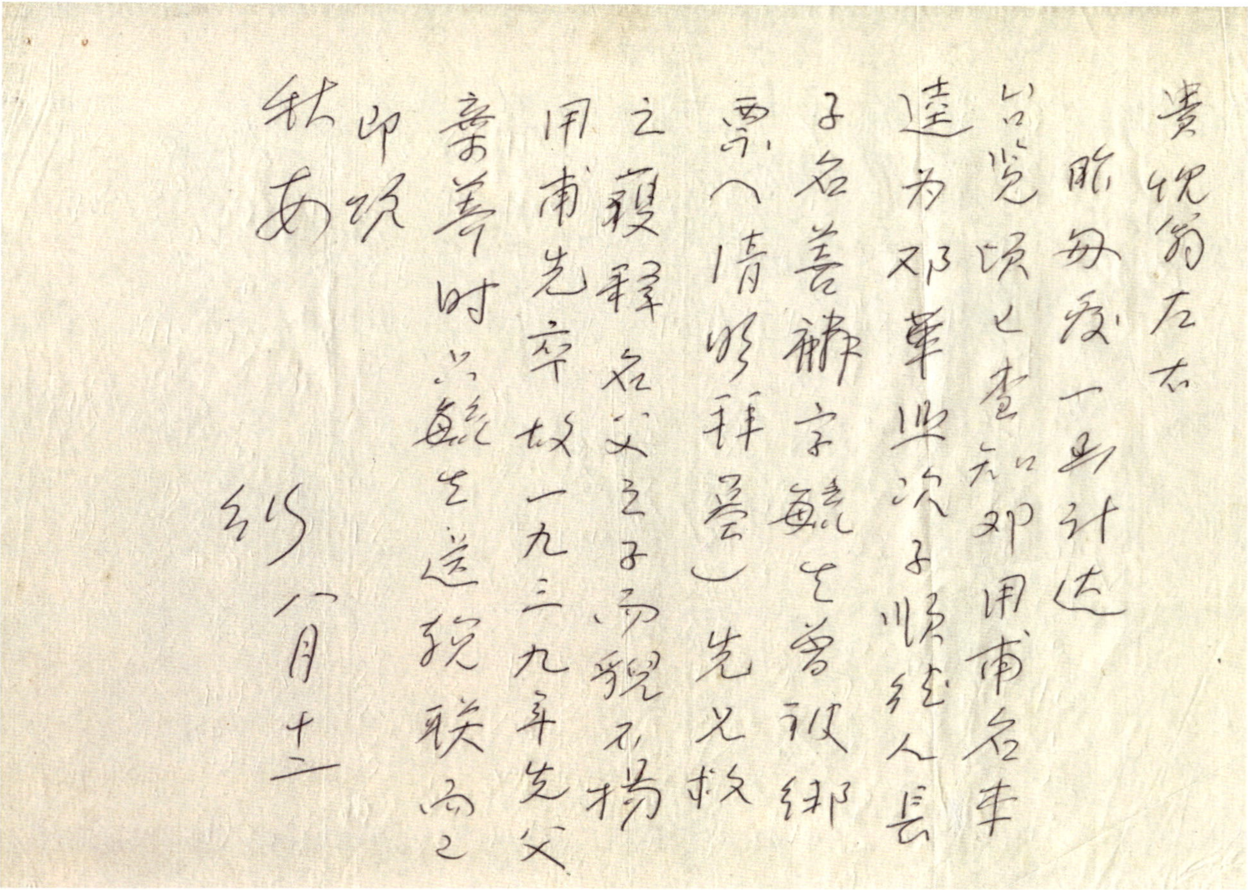

八月十二日

貴忱翁左右：

昨匆覆一函，計達台覽。頃已查知，鄧用甫名本逵，爲鄧華熙次子，順德人。長子名善麟，字毓生，曾被綁票（清明拜墓），先兄救之獲釋，名父之子而貌不揚。用甫先卒，故一九三九年先父棄養時，祇毓生送挽聯而已。

即頌

秋安

衍　八月十二日

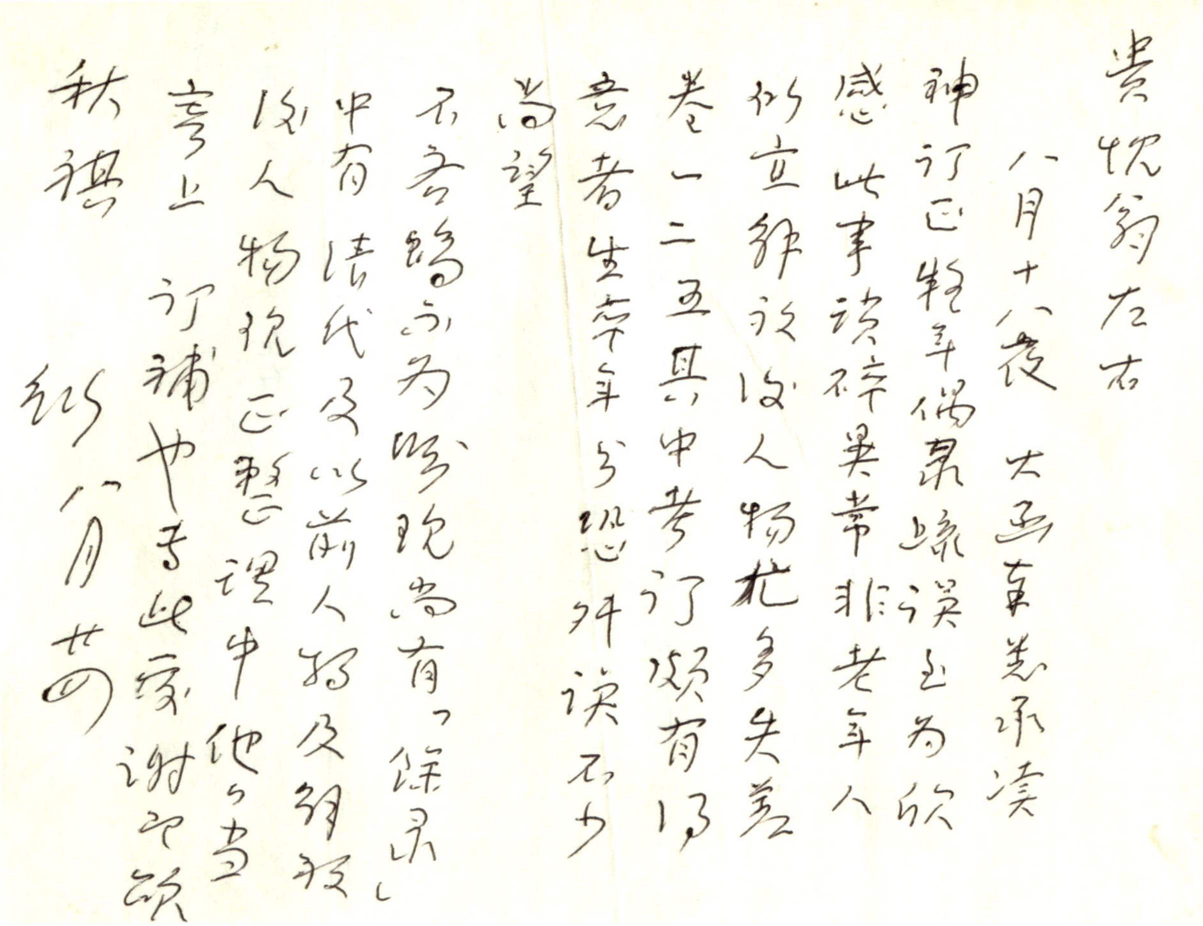

八月二十四日

貴忱翁左右：

八月十八夜大函奉悉。承瀆神訂正《疑年偶録》疏誤，至爲欣感。此事瑣碎異常，非老年人所宜。解放後人物尤多失差，卷一、二、五其中考訂頗有得意者，生卒年分恐舛誤不少，尚望不吝賜示爲盼。現尚有《餘録》，中有清代及以前人物及解放後人物，現正整理中，他日當寄上訂補也，專此覆謝。即頌

秋祺

衍　八月廿四日

八月三十一日

貴翁：

前覆乙函，計達左右。

關於梁財信似爲乾嘉時之跌打專家，開藥材店，以跌打酒著世，住佛山瀾石鄉，跌打酒行銷全省，詳情可查《佛山忠義鄉志》。

承示梁方仲爲新會人，非番禺人。弟記憶梁氏爲十三行商人，著《廣東十三行考》之梁嘉彬，以字行，番禺人，字方仲，有弟，有名〇仲及龍仲，梁柷圃（番禺人）曾孫（曾官順天府尹，即北京市長，轄幾個縣），梁小山（進士，修番禺縣之總纂）之孫，梁柳園（不剪髮之遺少）之子（有《柳園文集》印行），究竟梁方仲是否？其先代之是否梁柷圃、梁小山……？盼在穗一查示知，至盼至盼。

即頌

著安

衍　八月卅一日

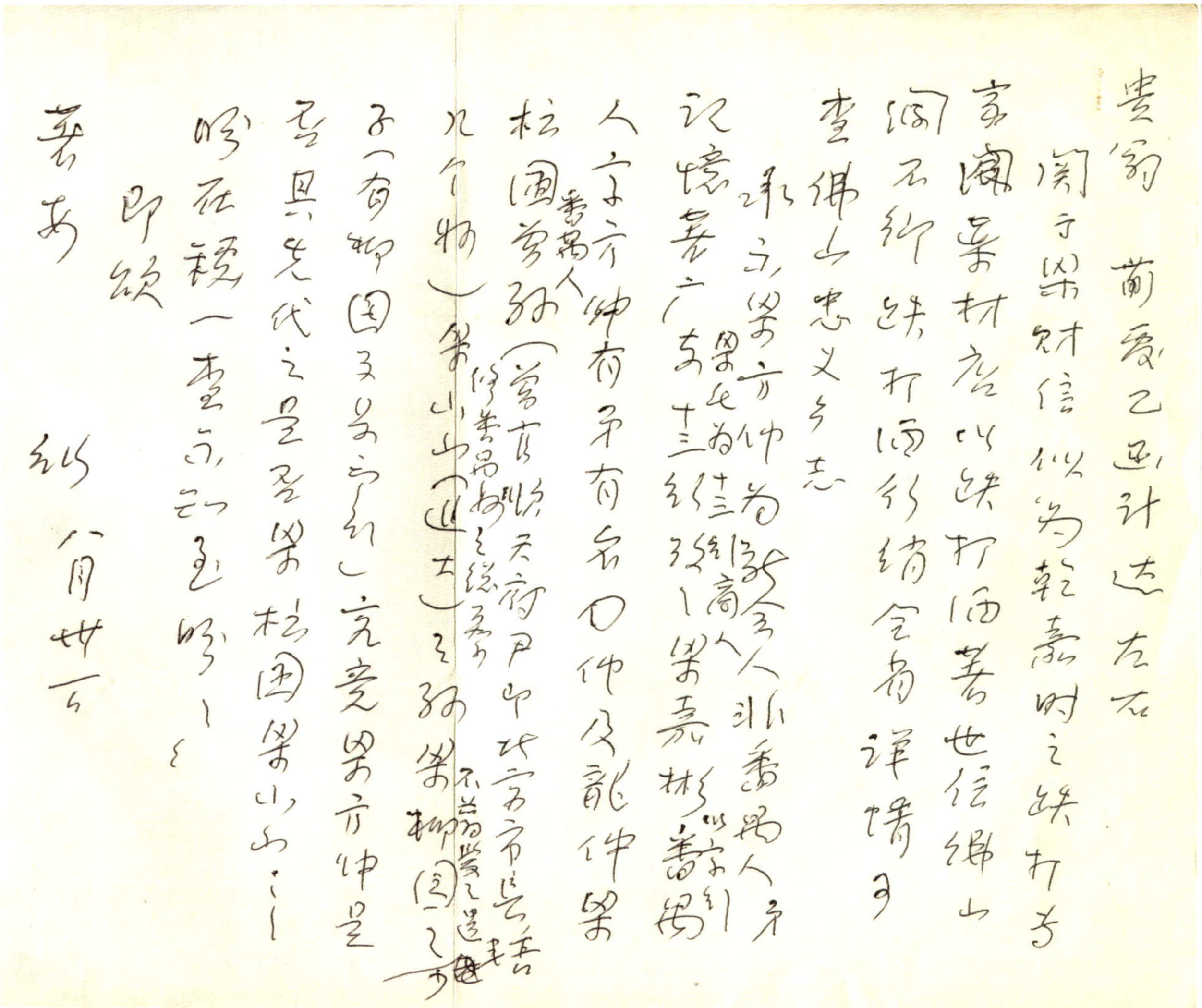

貴忱兄：前函已送計達左右。

聞子梁財信似為乾嘉時之鐵打芳家，聞其材店以鐵打兩著世，信佛山潤石行鐵打兩行銷全省，詳情可查佛山忠義鄉志。

承示梁方仲為梁今人，非番禺人，乃記憶差，梁氏為十三行商人。十三行之梁嘉彬以番禺人，方仲有兄，有名曰仲，又龍仲梁校國藩孫（番禺人）（曾官順天府尹，即北京市長，語不當，前說已道）（修番禺縣志總纂）九個物）梁小山（進士）之孫，梁柳園之子（有柳園文集示及）。究竟梁方仲是否與先代之是否梁校國梁小山之嫡，請一查示知為盼。

即頌

著安

紹　八月廿六

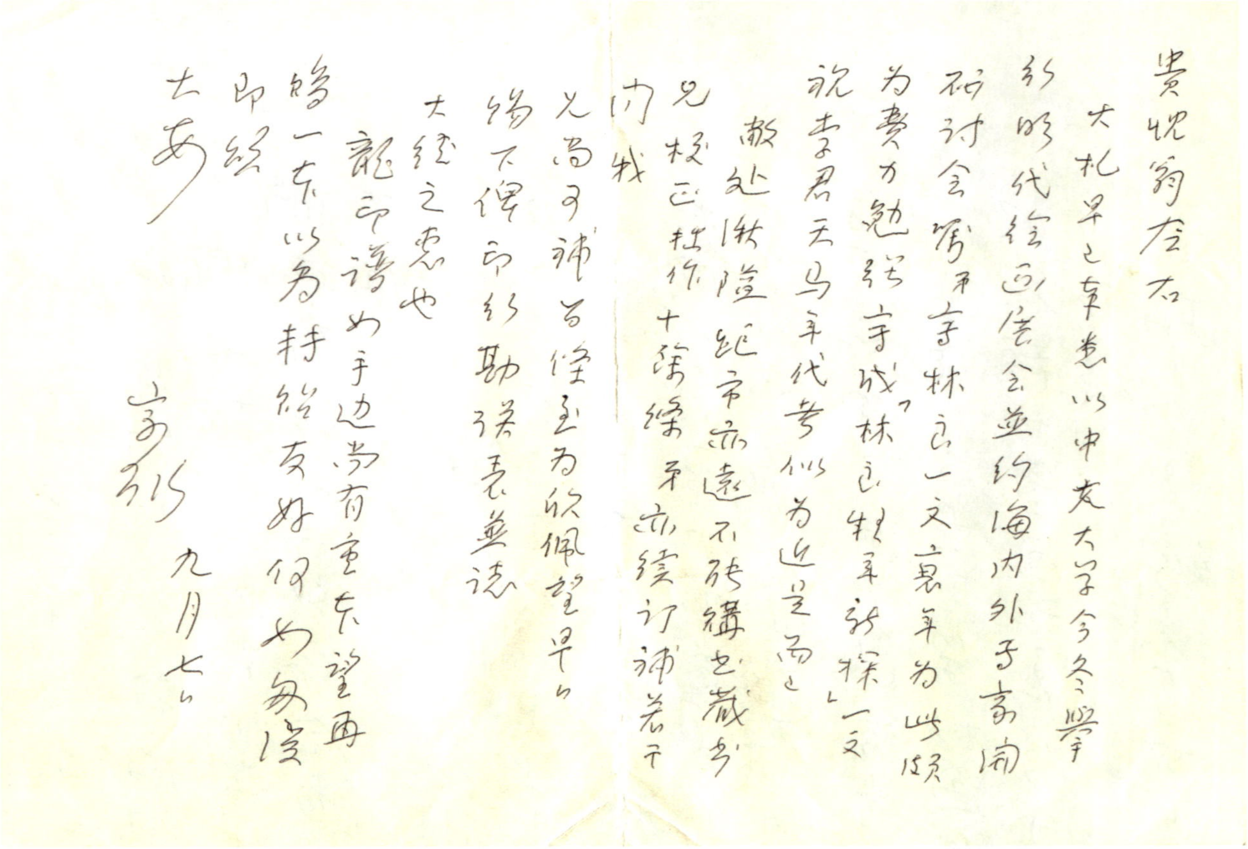

九月七日

貴忱翁左右：

大札早已奉悉，以中文大學今冬舉行明代繪畫展會，并約海内外專家開研討會，囑弟寫林良一文，衰年爲此，頗爲費力，勉强寫成《林良疑年新探》一文，視李君天馬年代考似爲近是而已。

敝處湫隘，距市亦遠，不能購書藏書。兄校正拙作十餘條，弟亦續訂補若干，聞我兄尚可補百條，至爲欣佩。望早日賜下，俾印行勘誤表，并志大德之惠也。

《龍印譜》如手邊尚有重本，望再賜一本以爲轉貽友好，何如？匆覆即頌

大安

宗衍　九月七日

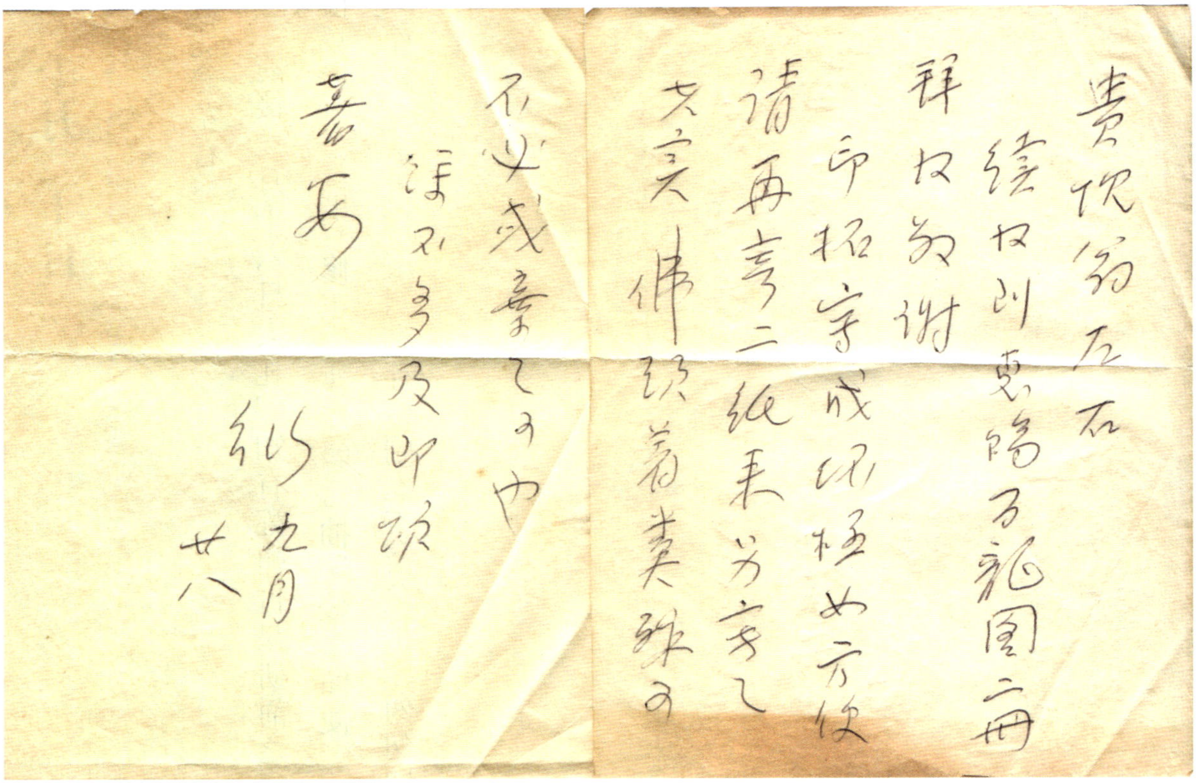

九月二十八日

貴忱翁左右：

續收到惠賜《百龍圖》[一]二册，拜收，敬謝！

印拓寫成，壞極，如方便，請再寄二紙來，另寫之。其實佛頭着糞，殊可不必，或棄之可也。餘不多及。即頌

著安

衍　九月廿八日

【注釋】

[一]指楊堅水刻《百龍圖印譜》，一九八八年鈐印本。

十月二十日

貴忱翁左右：

前接九月十六日大札，知有鄭州古泉研討之行，及今想已吉旋，念念。近得翁山資料，因而《年譜》擬爲增訂，惟有修正寄沈錫麟君抽調較爲簡便。《全集》稿紙請惠寄十多張來，以便屬草，盼盼，謝謝！《屈譜》清本，廣州有存留副本否？乞示！匆匆即頌

秋安

衍　十月廿日

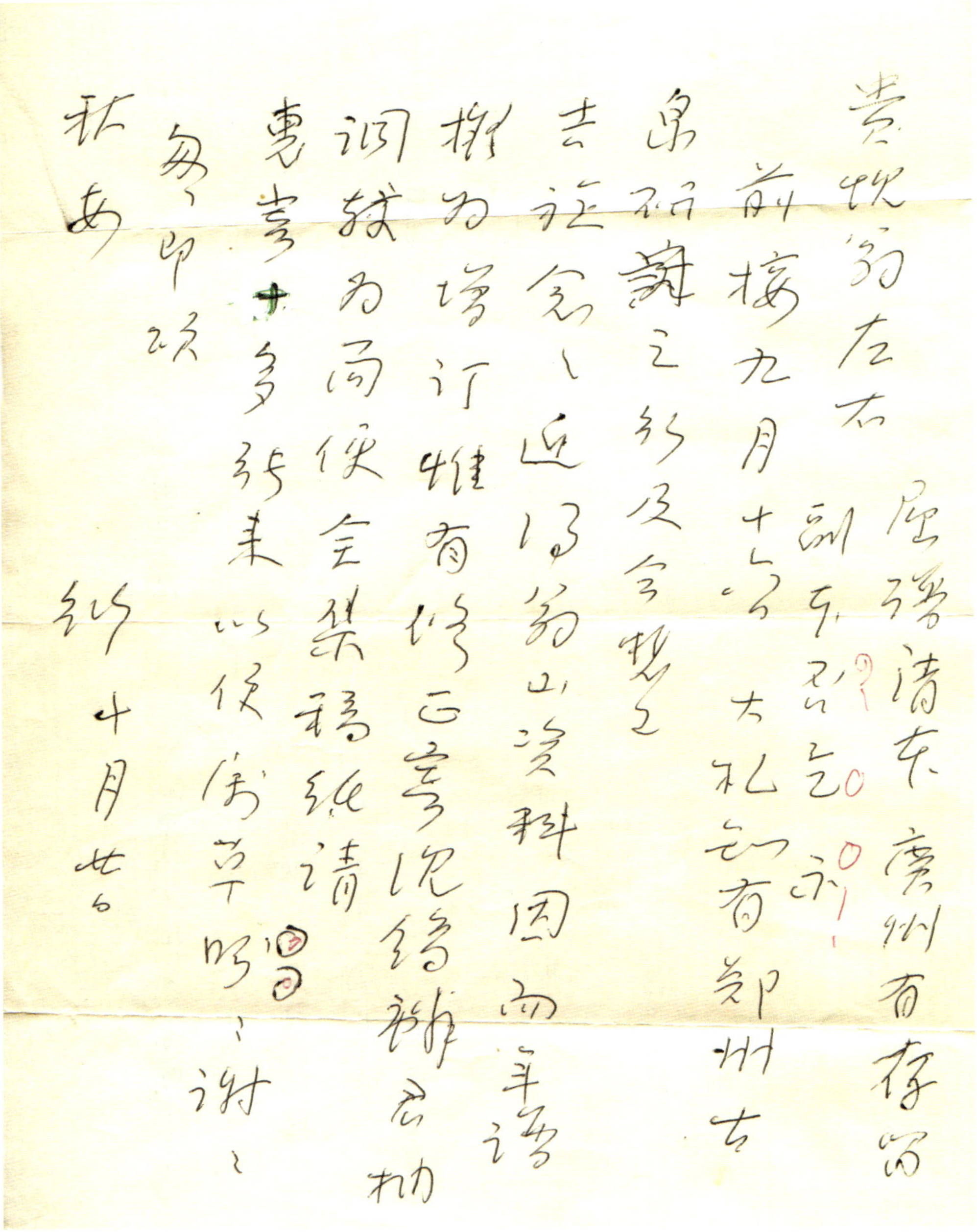
貴忱翁左右：屡得清示，廣州有存留
前接九月十六日示大札，知有鄭州古
泉拓謝之行，及合影之
吉注念念。近得翁山資料，因向年譜
擬為增訂，惟有修正處況錦綸啟劫
詞拔為兩使全集稿紙，請
惠寄十多張來，以便寫草，盼盼，謝謝。
多多，即頌
秋安
紉 十月廿六

十一月五日

貴忱翁左右：

前奉手教，藉悉有開封之行，想已吉旋。承囑寫《泉拓》扉頁，匆匆着筆，劣甚，曾寄上并乞再賜二紙擬再書之。又，近校閲《翁山譜》，康熙廿二、三年（癸亥、甲子）兩年頗有增益，亦有搬動，已經完成。擬請李文約先生代爲繕寫，再寄沈錫麟先生將舊稿抽换，初擬請先生賜下稿紙，不如交文約先生，恐所存不多，癸、甲兩年凡二十餘紙，但有舊稿可以不抄或剪貼再寄回我映印，然後寄沈先生。弟已去函李兄，懇求請先生爲我先容筆墨之資，當致薄酬（約人民幣一百元）。專此即頌

著安

弟衍　十一月五日

所需《屈集》稿紙，請付李君。《屈譜》有底本存穗否？祈賜示。

贵忱翁左右：前奉手教，藉悉有开封之行，想已言旋。承
嘱写摺扇页，匆匆着笔，劣甚。写上，并乞再赐二纸，
拟再书之。又近校《屈翁山谱》，康熙廿二、廿三（癸亥、甲子）两年，颇有
增益，亦有搬动，已经完成，拟请李文约先生代为缮
写，再寄沈锡麟先生将旧稿抽换，拟请
先生缮下稿纸，不必多，又约先生恐所存不多，癸甲
两年凡二十余纸，但有旧稿可以不抄，或者另再寄回
我处，即可迳寄沈先生亦可。已专函李文约兄恳求，请
先生为我先容，笔墨之资当致薄酬（约人民币100）。
专此，即颂
著安

弟 宗衍 十一月五日

屈谱有底本存穗否？祈 缮示

所寄屈谱稿纸 请付李君

十一月七日

貴忱先生：

上月曾上乙函，告知孔季修名昭鋆，南海人，想已收到。又，前云潘嶧琴，名衍桐，爲番禺人抑南海已忘記，清楚二者必居一款是也。

前日由李文約君匯來HK，《屈集》資料費HK壹千元（内扣十元匯水）已收，承厚意殷殷，至深感紉。申請外匯手續麻煩，殊出意外。

《屈集》想已落實，自在意中。惟《年譜》不識評論如何，能受接否？至念，祈示及。即頌

著安

衍　十一月七日

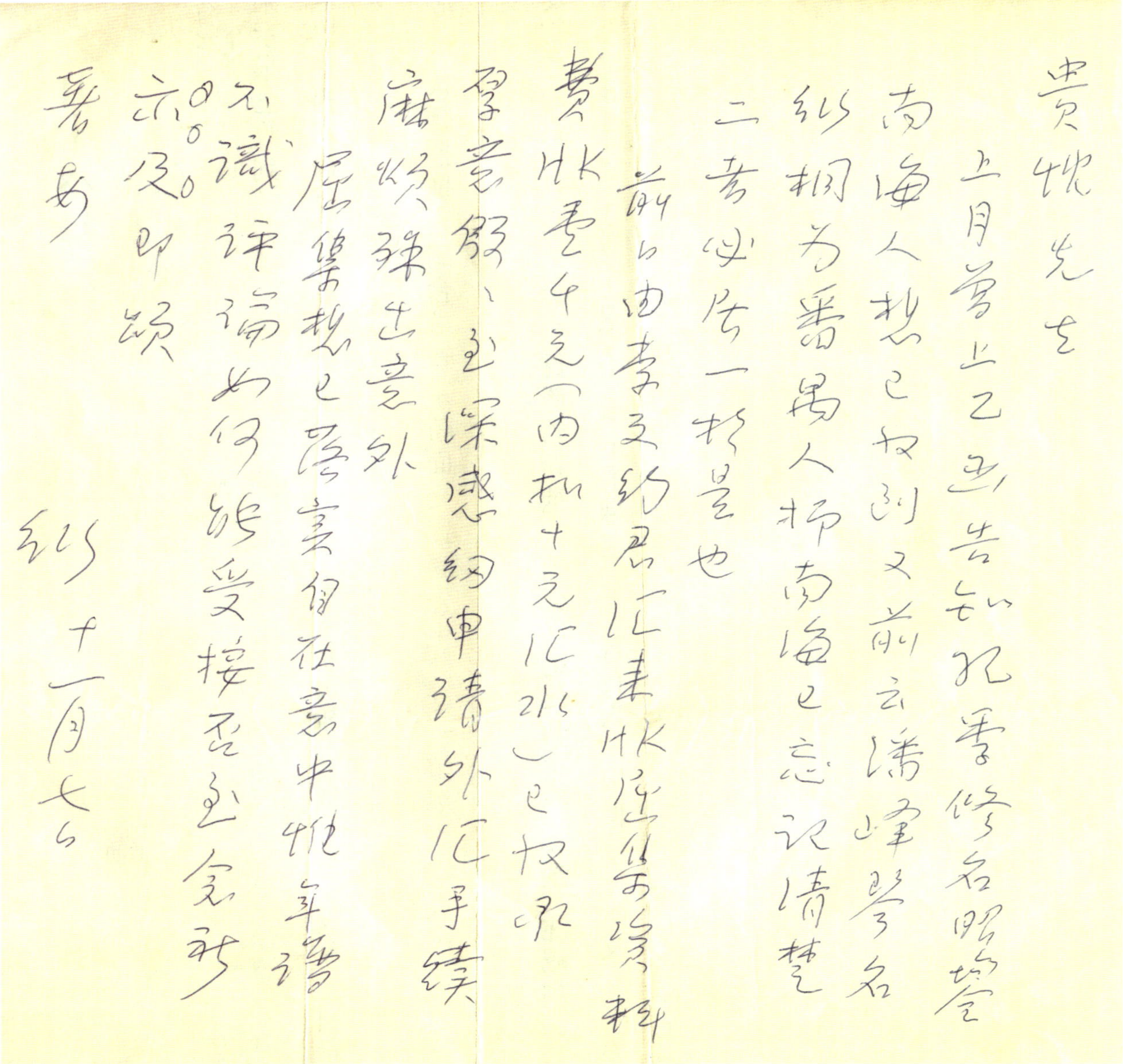
貴忱先生：
上月嘗上乙函，告知孔季修名照瑩，
南海人，想已收到。又前云潘峄琴名
紹桐，為番禺人，抑南海，已忘記清楚，
二者必居一於是也。
前由李文約君匯來HK為購資料
費HK壹千元（內扣十元匯水）已收取，
厚意殷殷，至深感紉，申請外匯手續
麻煩殊出意外。
屈集想已落實，自在意中。悦年譜
不識評論如何，能受接否？至念。祈
示及，即頌
著安
紹 十一月七日

十一月十八日

貴忱翁：

來示早已收到。

《廣東書畫徵獻録》[一]已印成，奉上三册，祈分別收交思政、文約，并請教正。

又，以找得林之枚《詩選》、梁憲《無悶堂集》，《翁山譜》要增訂若干。茲將修補各頁挂號寄奉，祈交文約代繕抽換，請台端晋京時面交錫麟先生。文約筆墨之費人民幣壹佰元，已函舍侄德森匯去文約收。

又，三四八之一、二、三頁係弟新補，請交文約兄繕正後，除交沈錫麟先生外，另印一份寄來。

《泉拓》扉頁容寫好另寄，擬一寫隸書，一寫行書，以便選用。又，拓本不敢相求，如頁數不多（百泉内），可分次寄來，由我用射印十多份寄回，以國内射印頗貴，公家擬件借用私件似不宜耳。祝

好

衍　十一月十八日

【注釋】

[一] 汪宗衍撰《廣東書畫徵獻録》，香港何氏至樂樓一九八八年出版。

可居室藏汪宗衍致王貴忱函

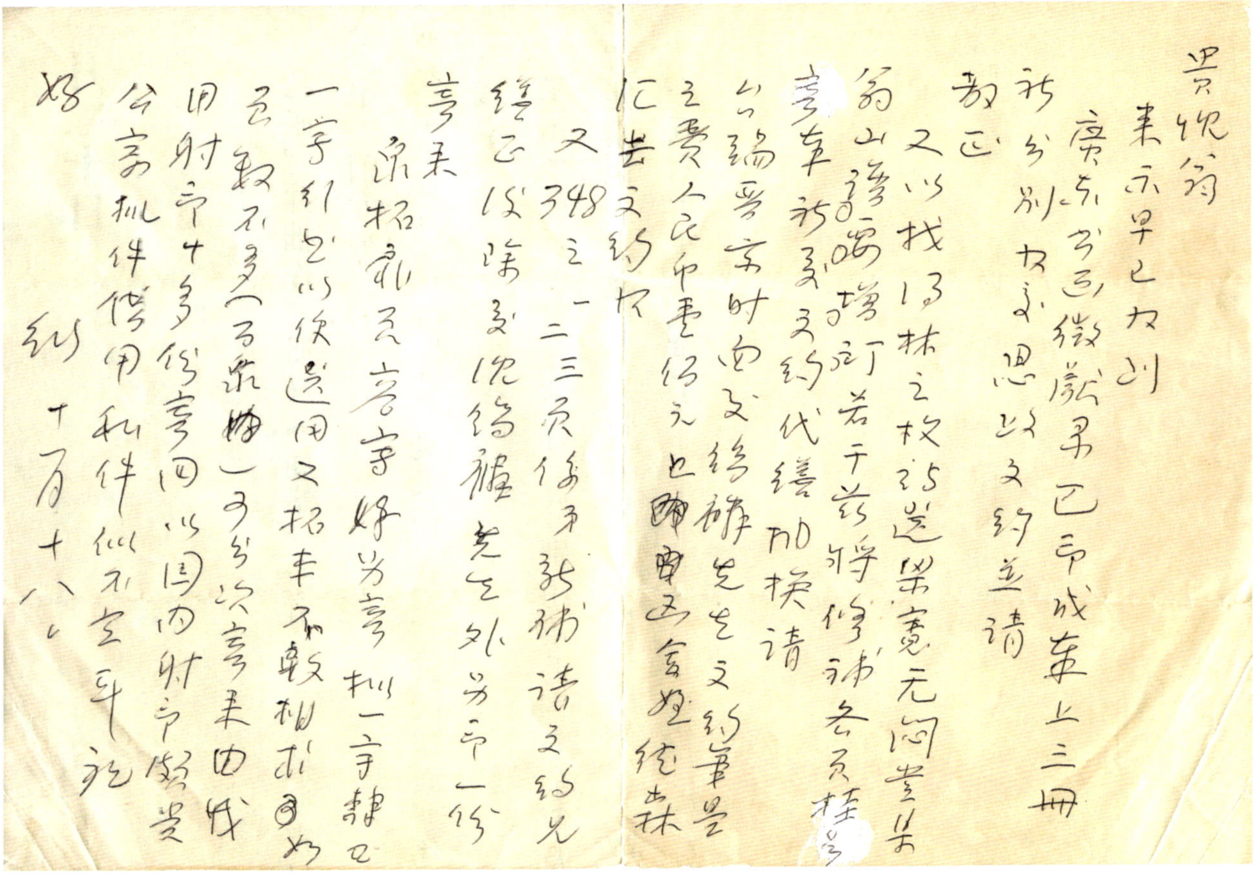

贵忱兄：
来示早已收到。
广东书画征献录已印成，第上三册
将分别寄思路文钞并请
教正。
又以我得林之校诗选，梁蔼元冯崇某
翁山诗略增订若干首，将修补各页挂号
寄奉。诗文钞代缮加挨请
分编寄京时由文稿先生文钞单呈
主责人民印书馆，已转费会姓德森
仁去文钞内。
又348之一二三页，请予补请文钞光
绪正以除文化编辑先生外，另印一份
寄来。
承招我及页字，好另寄拟一字肆也
一字行之以便选用，又招来不敢相求，自如
书数不多（可承揽）一千分次寄来，由此
用时可十多份寄回，以国内财力照发
公家批件，借用私件，似不宜耳。祝
好
衍　十月十八

十一月二十日

忱翁：

日前復乙函，并拙作三册又《屈譜》改訂稿一帙抽換寄呈，計達台覽，乞轉文約清抄，已另函舍侄德森匯去人民幣壹佰元矣。

囑查莫榮宗[一]其人，已問過吴天任先生，云與識面，係中學教員，曾編《雪堂年譜》，惜多年未晤及通訊，既有綫索，已托吴先生尋訪其存殁矣。

囑寫《泉拓》扉頁，屢書不好，分别用羊毛、兼毛筆及生、熟紙均不滿意，奉上獻醜，或者選出製版，可乎？能請他人書尤妙。「夏」字、「題」字難寫，故改「秋暑」耳。少時習隸書《孔廟》《禮器》《乙瑛》，今五六十年未執筆了。

匆匆即頌

著安

衍　十一月廿日

歐公均此奉候。報載歐公印行《五桂山房輯稿》[二]一册，想爲抗戰時駐節中山五桂山時期之作。

【注釋】

[一] 莫榮宗，臺灣學者，輯有《羅雪堂先生年譜》。

[二] 指歐初撰《五桂山房輯叢稿》，香港集古齋出版。

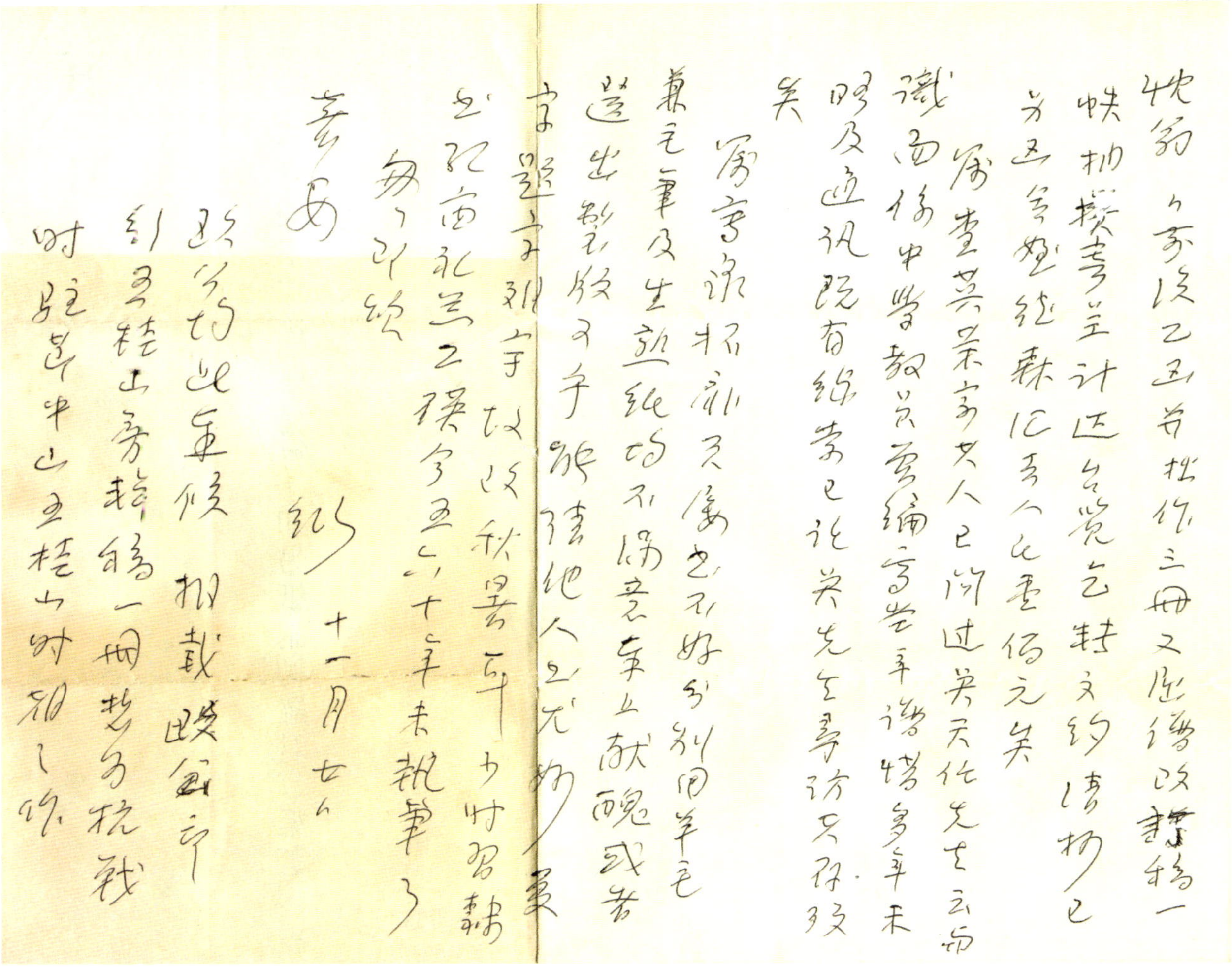
忱翁：前复乙函并拙作三册又屈僧改诗稿一
帙，拍摄者并计达台览否？嵇文约诗抄已
为函告姚莘农代为索得矣。
属查英荣家人，已问过吴天任先生，云尚
识面，彼中曾教其编写其年谱，惜多年未
晤及通讯，既有线索，已托吴先生寻访其孙致
矣。
属写诗，拙书不象，书不好，又别用羊毛
兼毫笔及生宣纸均不称意，来亦献丑，或者
送出装成手卷，能借他人之尤物耳，兹又
字题之，于秋后写上，少时习隶
书，两汉魏之碑，今五六十年未执笔了。
匆匆，祝
著安
弟　衍　十一月廿八
张公均此年候　拟载跋尾
刘与桂山著诗稿一册，托为抗战
时驻京中山王桂山时相之作

十二月一日

貴忱先生：

函奉悉。莫君榮宗踪迹已覓得，如另紙請轉羅君。渠著《雪堂老人年譜》，前曾函囑尋之，久未報命，如尚未見，當囑友人映印奉轉。

翁山資科又覓得一些，俟抄成，當寄轉抑徑致文約，祈賜示。前寫泉拓扉葉已遞達否？不可用，棄之可也。即頌

大安

弟宗衍　十二月一日

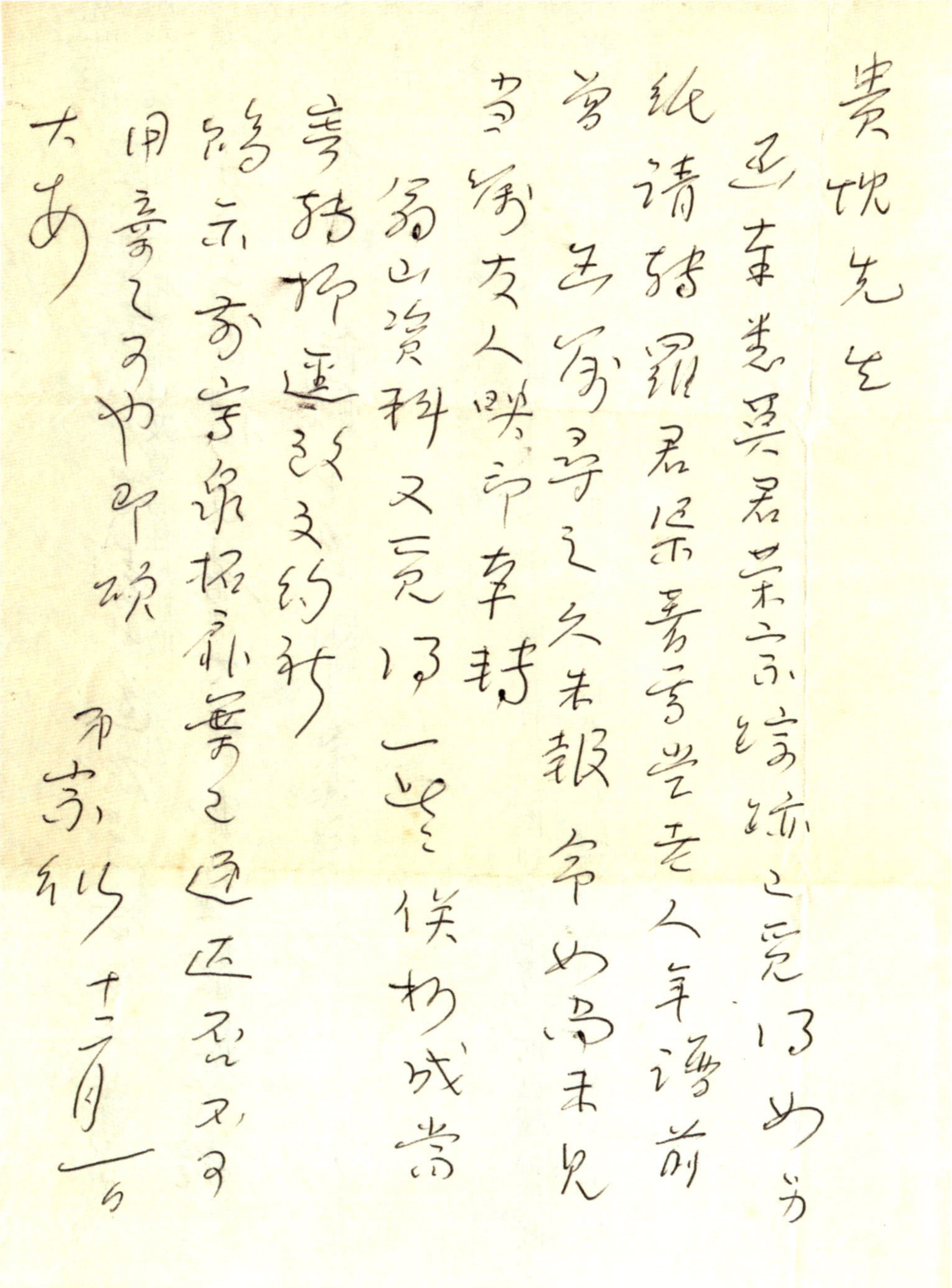

貴忱先生：

來書悉。吴君榮宗綜述之完得如另

紙，請轉羅君原覺。羅君原覺嘗爲老人年譜，前

曾出寫本，久未報命。如有未見

者，寫本人嘆印本，幸持

翁山資料又覓得一些，俟撰成當

寄請抄送戴文約行

饋示。前寄泉拓本，無甚意思，迄無可

用處之可也。即頌

大安

弟 宗衍 十二月一日

十二月十五日

貴忱先生：

兩示奉悉。知《泉拓》扉頁及莫君住址已收，至慰。《黄山諸老爲翁山壽母詩畫册》又日記部一册複印本奉贈，惜屈母先數月逝世，不知能寄到否耳，此亦珍貴資糧也。

又《屈母壽詩册》，又日記部一册，及周貿、李符、徐嘉炎等贈屈詩，近又搜得另一帙，請交文約兄增訂清稿中。

以上各件，收到乞覆數行，資料得來不易也。

現尚托人查李良年、李斯年、龔翔麟、屠焯詩集，俟到再奉寄。前已囑舍侄匯文約壹佰元，惟未見覆，此次再交，如晤及文約兄，請爲我提及之，將來一齊結算，當可再奉筆墨之費也。

此函可付文約兄閲之，不另。

祝

好

宗衍　十二月十五日

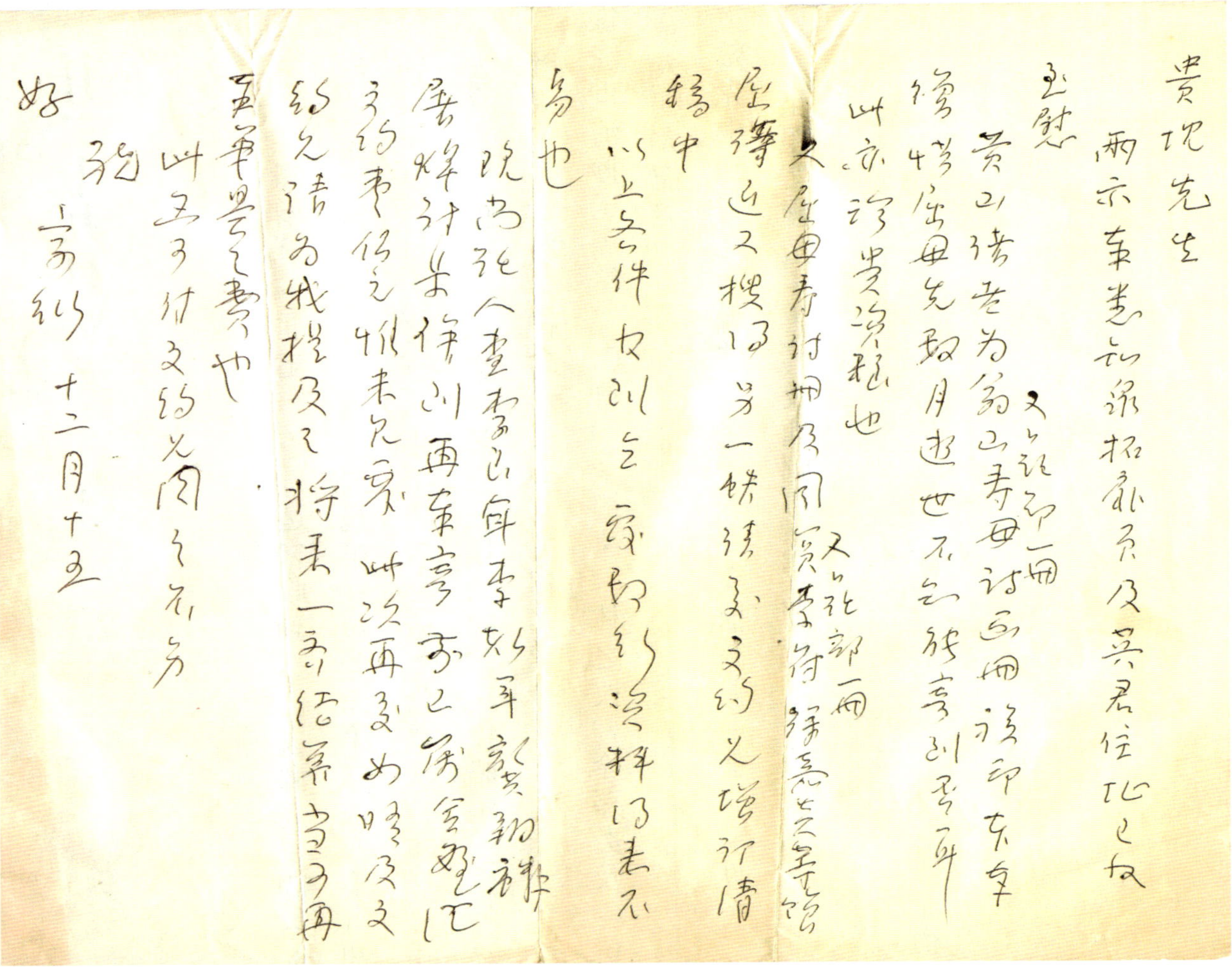

十二月二十九日

貴忱翁左右：

前接來信，知增訂《屈譜》抄件迄未收到，已去郵局查問（前係挂號，查閲要交HK五元付之），不知何時乃能答復。爲今之計，雖所失爲第一包，而第二包亦不可知，且弟處資料已混亂，孰一包孰二包已難分析，故不如混合爲一修訂《年譜》者，依年份爲次，複印一份較爲清楚，文約兄清寫亦較易做，增補《投贈》者又爲一帙，《年譜》部分較爲瑣碎，《投贈集》則較易做也。兹另交郵挂號寄上，祈查收轉交文約兄，并求示知，以免挂念。文約先生均此。

因録汪世清抄示周質、李符、李繩遠、林之枚、徐嘉炎及《黄山諸老壽屈母詩畫册》，皆不易得之資料，今補入則大備矣。

陳東塾先生贈張之洞聯被割去下橛，今補寄上，請分别收交。此書弟本弄得好些，一在病中，一爲印店不聽話弄至粗製濫造，書唇及插圖最差，悶極。即頌

台安

弟衍　十二月廿九日

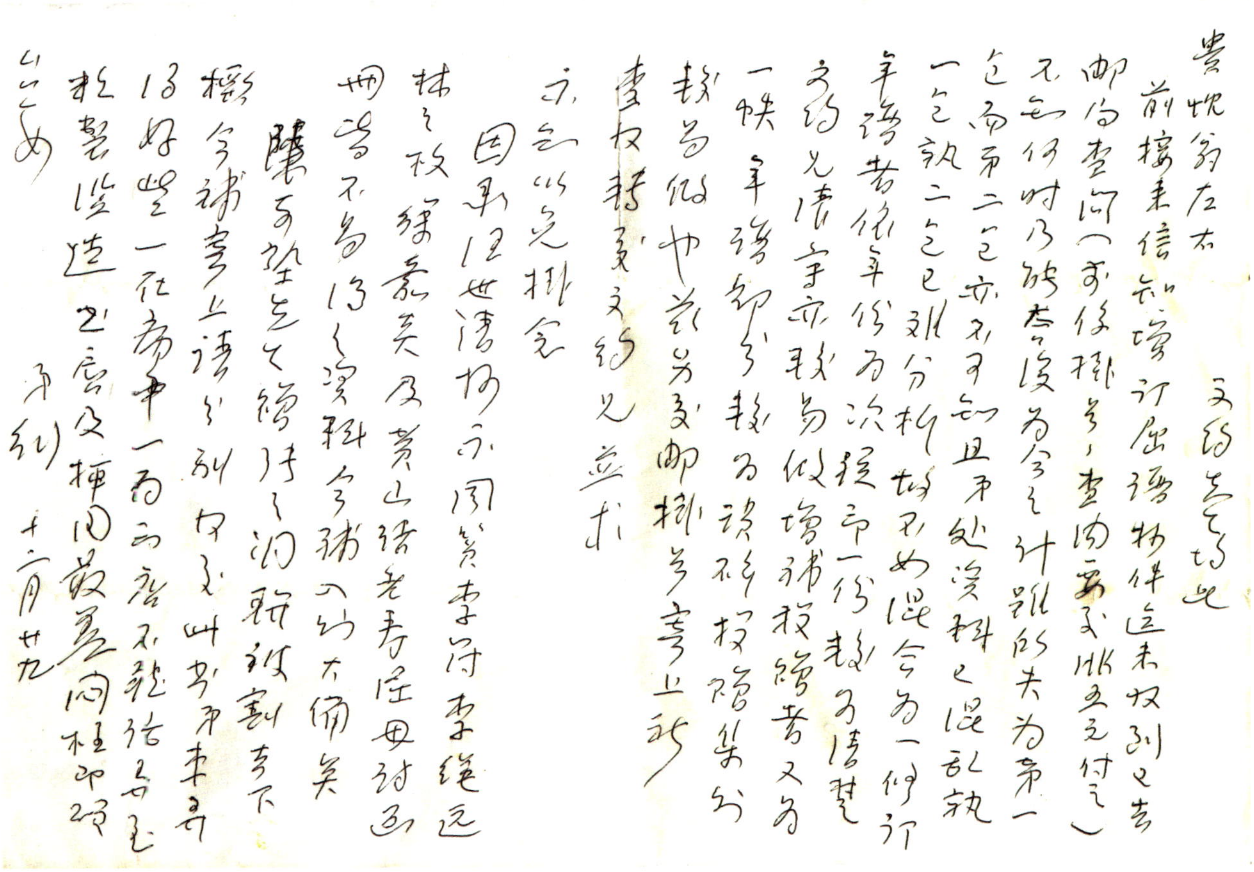

贵忱翁左右：文约兄已到也。

前接来信，知增订屈谱物件迄未收到，已去邮局查问（我係挂号，查询无著，收据已付之），不知何时乃能查复为念。又计毁所失为第一至第二、三页，亦不可知，且中处资料已混乱，执一至执二至已难分析，始不如混合为一。附订年谱者依年代为次，校亦一份，较可清楚。文约兄处亦较易收增补校缮者，又为一帙年谱，即可较为谨严，校缮集分较为佳也。前另交邮挂号寄上，祈查收转交文约兄，並求示知以免挂念。

因取旧世清物示同贺李符、李绳远、林之枚、徐嘉炎及黄山诸老寿屈母诗函册，当不为得之资料，今补入，约大备矣。[illegible]之缮待之，同稿被删去下，[illegible]今补寄上，请分别收之。此书年来寻得好些，一在常中一面亦当不能给吾之於装潢造也。[illegible]

此也

弟衍　十二月廿九

一九八九年

一月四日

貴翁左右：

十二月廿二日大函奉悉一切。十二月十五日所寄係屬第二包，其前寄第一包想已寄失，前已囑郵局細查，惟弟處一、二包改稿經已混合，故於十二月廿九日將兩包的合併再寄，以免遺漏，亦係挂號，不會遺失，第一包所以遺失、想係因郵包遷搬他處遺失落之耶。

今十二月十五日所寄第二包已寄到，則十二月廿九日所寄者會有重複，文約兄繕抄時，一對便悉其重複者，則以十二月廿九日所寄者爲最後訂本。

此事因寄失弄到我一頭烟，而文約兄亦諸多麻[一]，請代歉意。

羅翁處尚無暇與之通訊，《考異》亦未寄出，亦因郵局遷址後距敝寓較遠也。

匆匆即頌

春釐萬福

宗衍　八九年元月四日下午

【注釋】

[一]麻，下漏「煩」。

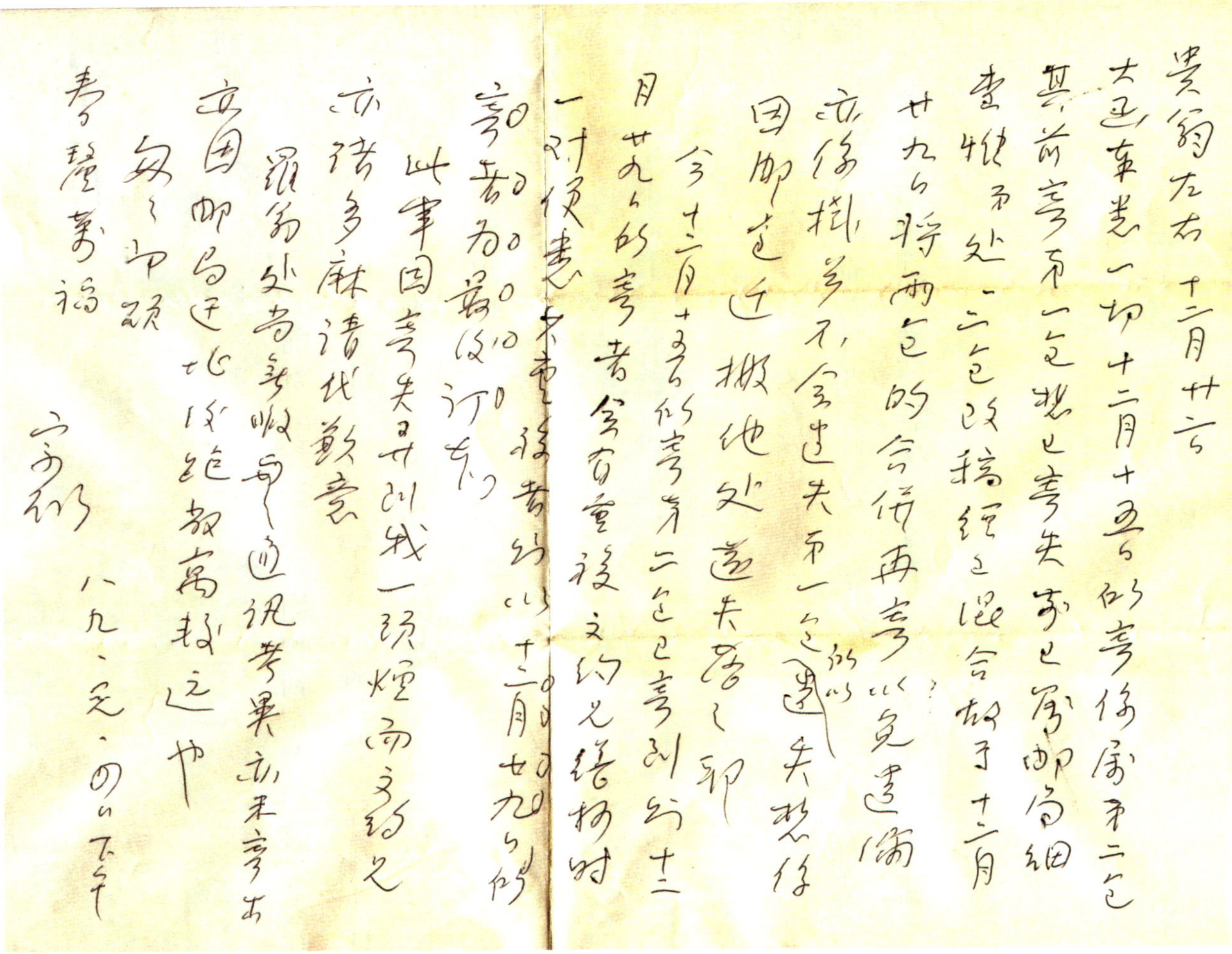
貴翁左右：十二月廿六
大函奉悉。一切十二月十五日所寄修屬第二包
某前寄第一包想已寄失，第已屬郵局細
查，恍第一、二包改稿彼此混合，故于十二月
廿九日將兩包的合併再寄，以免遺漏，
亦係掛號，不會遺失。第一包遺失，想係
因郵遞延擱，他處亦有遺失者。
今十二月十五日所寄第二包已寄到，與十二
月廿九日所寄者會有重複，文的先後相對
一對便悉。未重複者，以十二月廿九日所
寄者為最後訂本。
此事因寄失弄到我一頭煙，而文約之
亦活多麻煩，請代致意。
羅翁處尚無收到通訊，想果亦未寄去，
亦因郵局遲也，終能看校之也。
匆匆，即頌
春釐萬福
宗衍 八九、元、四日下午

一月十三日

貴忱吾師尊右：

元月四日大函拜悉。前寄三封挂號函均收到，大約弟曾去郵局查詢并付手續費五元，始將第一封遞達，如此則將一、二函增訂件注銷，而此第三函即十二月廿九日者爲正本，請李文約兄代爲整理，因找不出李兄地址門牌及地址號碼，仍請求我師代轉。多次奉瀆，且耗郵資，殊不安。著述事真有知也無涯之感。近日再整理《清史稿札記》，又得數百條，忙甚忙甚！羅繼翁[一]尚無暇作覆，其信太客氣，不能草率。□□身醫書，不知查《番禺縣續志》得之否？祝

好

知　八九年一月十三日

我家有一可喜之事，爲先父著《晋會要》一書，乃補《晋書》所不足，又補歷代《會要》所無之晋代，其稿爲先兄宗藻取去散出，後查悉存北京圖書館，始釋念，今秋可以面世，由書目文獻社總編輯馮惠昆函告。已將出版説明付《古籍整理出版通訊》發表。另有一文在二月《文獻》發表，粤人著專史者不多，得此亦可爲嶺南人生色。

【注釋】

[一] 指羅繼祖（一九一三—二〇〇二），字奉高、甘孺，别號鯁庵、鯁翁，浙江上虞人。羅振玉長孫。吉林大學教授。

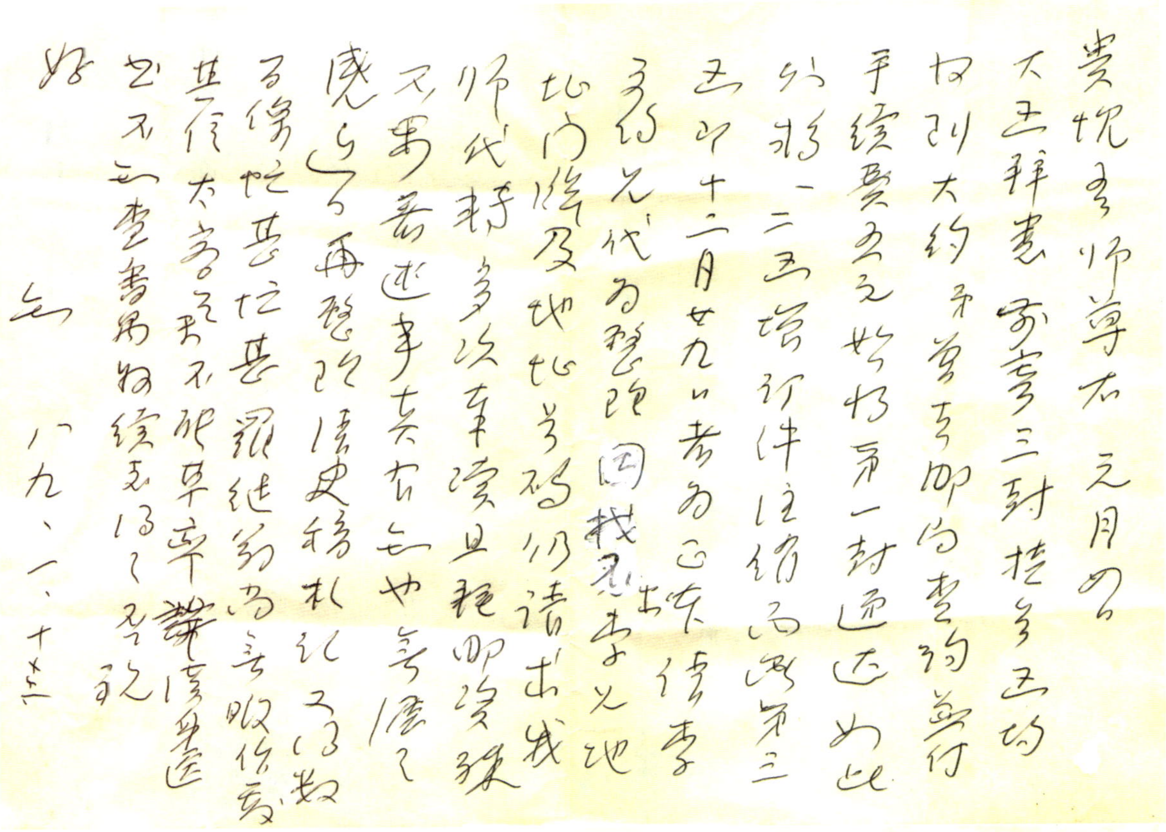
貴忱吾兄尊右：元月四日
大函拜悉。前寄三封，諒已均
收到。大約二本書即向書肆並付
手續費否？如收第一封退還，如此
則將一二函詞件往往而然。第三
函則十二月廿九日寄，為正東信事，
請兄代為整理，因我兄李子之地
址門牌及地址等，仍請出我
師代轉，多次來信且想即後錄
不安無邊。承述手書何無也，無應之
處，亦可再整理《清史稿》札記，又得數
篇。像此甚感甚樂，亦須擬作發
其後，太高之書不能草率從事，選
出不可查書，得續志得之可託
好
衍　八九、一、十六

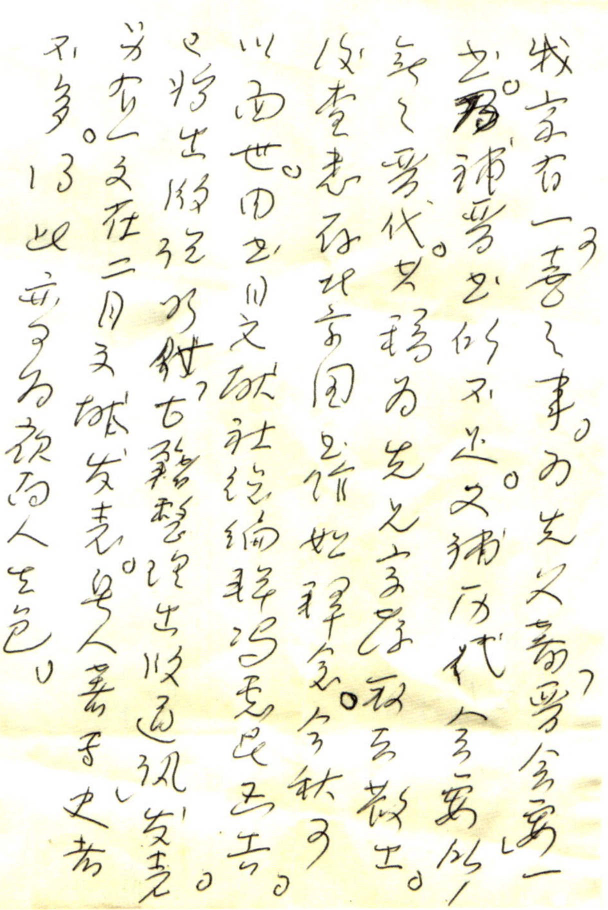
我家有一書之事，乃先父著《番禺[illegible]》一
書，補番禺縣志，所代人之姓氏，
無之番代。其稿為先兄之家保存，散失。
後查悉存北京圖書館，如釋負。今秋
以函世。因出版之獻社經編輯，得志民出書。
已將出版經付古籍整理出版通訊發表。
另有人文在二月文獻發表。吳人著子史者
不多。得此，亦可為嶺南人生色。

一月十九日

貴忱翁侍者：

日前奉上乙函，增訂《屈譜》兩條，想已收到，此非重要，失去亦無所謂也。近在友人處見去年番禺正協出版《禺山蘭桂》一册，承友影印《正氣多才汪兆鏞》一篇，并提及賤名，想此書不難覓得，祈致函番禺政協友人代索引，交舍侄女寄下，拜托拜托。

專此即頌

大安

衍　八九年一月十九日

文約兄抄件完畢，望翁爲我過目，冀無錯誤。弟已先匯人民幣壹佰元爲筆墨之費，應再增加，祈賜告，弟對穗中情况不大了了也。謝謝。

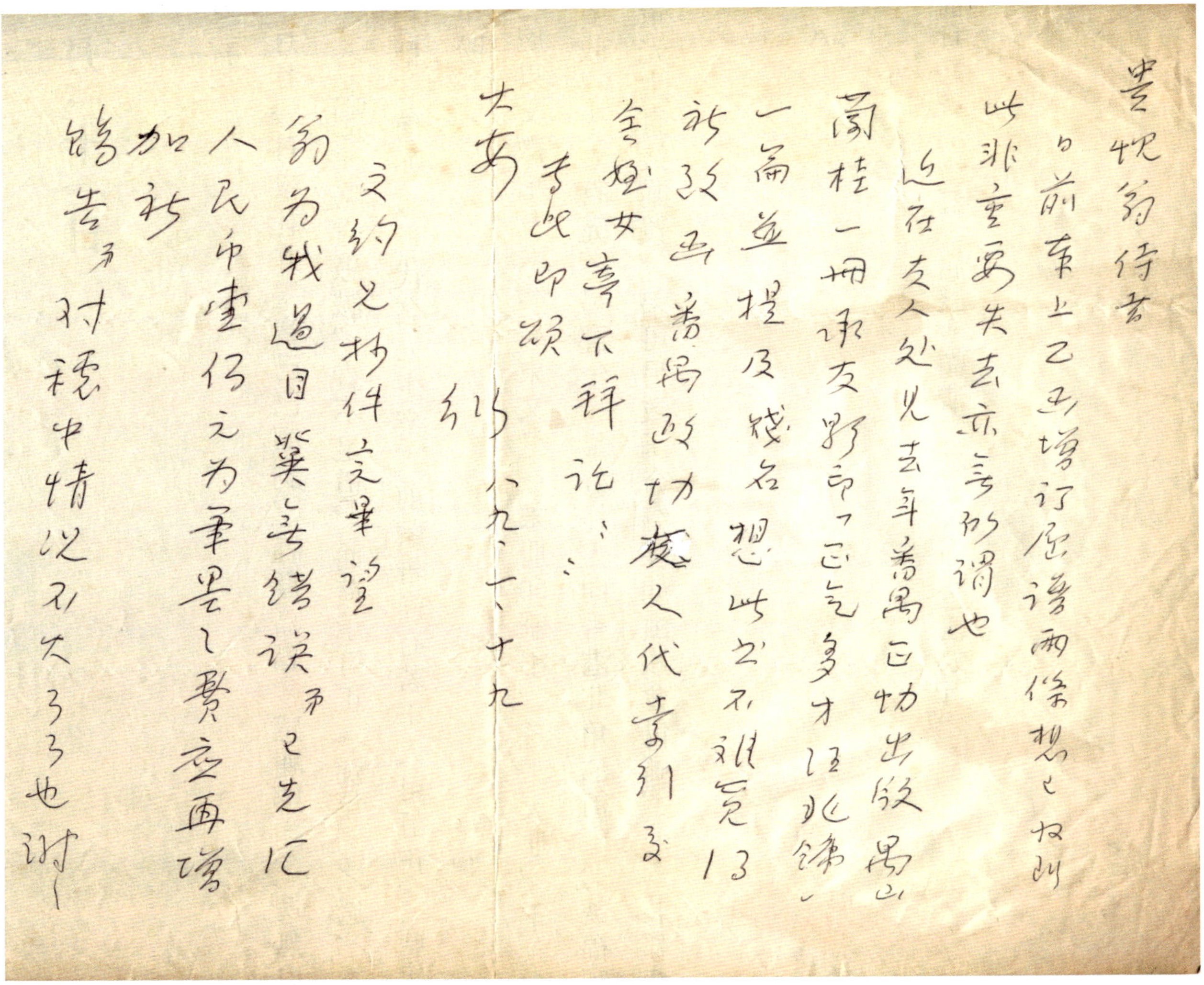

貴忱翁侍右：

日前寄上已出增訂屈譜兩條，想已收到，此非重要，失去亦無所謂也。

近在友人處見去年番禺區協出版番禺蘭桂一冊，承友好印了正氣多才陳北鏞、一篇，並提及賤名，想此書不難覓得，祈致函番禺政協托友人代索引系（?）

令姪女喜下拜託拜託。

專此即頌

大安

衍 八九、十一、十九

文約之抄件完畢，望

翁為我過目糾無錯誤。已先匯人民幣壹佰元為筆墨之費，應再增加，祈

賜告。對穩中情況不大了了也。謝謝。

一月三十一日

貴翁尊右：

一月廿一日夜札并墨寶已巳頌詞，謹拜嘉惠，感謝感謝，愧無以報，至歉。弟行能無似，不敢爲閣下之師，《張記》略貢愚誠，實不足道，而荷承訂正《疑年》之過，至深紉感，故以師報之，他日不若彼此以翁相稱，何如？近代名人生卒，前蒙告尚有若干人可訂正，尚望續示而不敢催促，似可以十人一次開下，至盼。

《廣東文徵》及《續廣東文徵》末册印刷中，凡十大册，十六開本，精裝，原價HK二千元，以八折計，實收一千六百元（另郵）。最好托人向香港北角油街十七號福利建築公司内《廣東文徵》編纂委員會許衍董先生直接購買。弟可另致函介紹，如由該會付郵，連倉裝郵費約四百元（厚重），令人咋舌也。即頌

春禧

衍　八九年一月卅一日

前日又寄上增訂《屈譜》顧清三紙，收到乞覆數行。

貴翁尊右：

一月廿一夜札並

墨寶已頒，謹拜

嘉惠，感謝，愧無以報，至歉。弟於鈐無似，不敢為

閣下之師，該記畧貢愚誠，實不足道，而承

訂正輕率之道，至深紉感，故以

師報之。他日若彼此以翁相稱，何如？近代

名人生卒前蒙

告尚有若干人可訂正，尚望

續示，而不敢催促，似可以十人一次同下至時。

廣東文徵及續廣東文徵凡十大冊十六函，

本精裝原價HK二千元，以八折計實收一千六百

元（另郵），最好託人向香港北角油街十七號福

利建築公司內廣東文徵編纂（許衍董先生）委員會主持購

買，弟可另致函何紹如由該會付郵，連包裝郵費

約四百元（另郵）。今人昨去也。即頌

春禧

弟　八九、一、廿

前日又寄上增訂年譜餘清三紙，收到否？　宗衍又及

二月五日

貴翁左右：

迭上數函，關於增訂《屈譜》事想達清覽。近日北京圖書館開放，托世清先生查閱清初人集，又得汪森贈翁山詩一首，故要改訂數行，另紙寫上，請交文約兄代爲補正。翁山交游素廣，此小名家亦可補之。關於文約兄筆墨之費，俟當續付，不知現抄有若干，望能於大駕北上前完成也。晤文約兄希致意。即頌

著安并賀

春禧

衍　戊寅[一]除夕

【注釋】

[一] 戊寅，應爲「戊辰」。

貴翁左右

送上數函關于增訂屈譜事想邀

清覽近以北京圖書館開放許世清先生查

閱陳和人集又得汪森贈翁山詩一首故要

改訂數行另紙寫上請

爰文約兄代為補正翁山家世書廣州小名

家亦可補抄之關于文約兄筆墨之費俟查續

付不知現有若干請先付

大暢此書完成也耶同時文約兄亦希改竟即硯

著安並頌

書禧

衍 戊寅除夕

二月十四日

貴翁左右：

歐初先生寄來詩文詞集三册，另函謝之，祈便中轉交。他約我爲《廣州日報》「藝苑」寫文章及報頭，俟看過報刊再奪，謝謝。

由此記得《書藝》曾印潘蘭史專號，我曾寄上照片等，其中有爲中文大學供給的，未見寄來，亦忘記了，如何，祈復知，或囑他們寄來幾份，俾有交代。

北京圖書館的顯微粒膠卷本書開放，我開了書目托汪世清先生代找有關翁山朋友贈詩，倘還有些寄來，我想重要的不多，暫時作一小結，如再有抄來，則另寫後記，以免麻煩文約兄更動太大。李先生處除已送一百元外，尊意擬酌加若干？祈示知。

《屈集》是否因「書業不景」（已成公開秘密）影響拖延出版？三月内大駕北行，如何祈酌示。

祝

好

衍　二月十四日早

可居室藏汪宗衍致王貴忱函

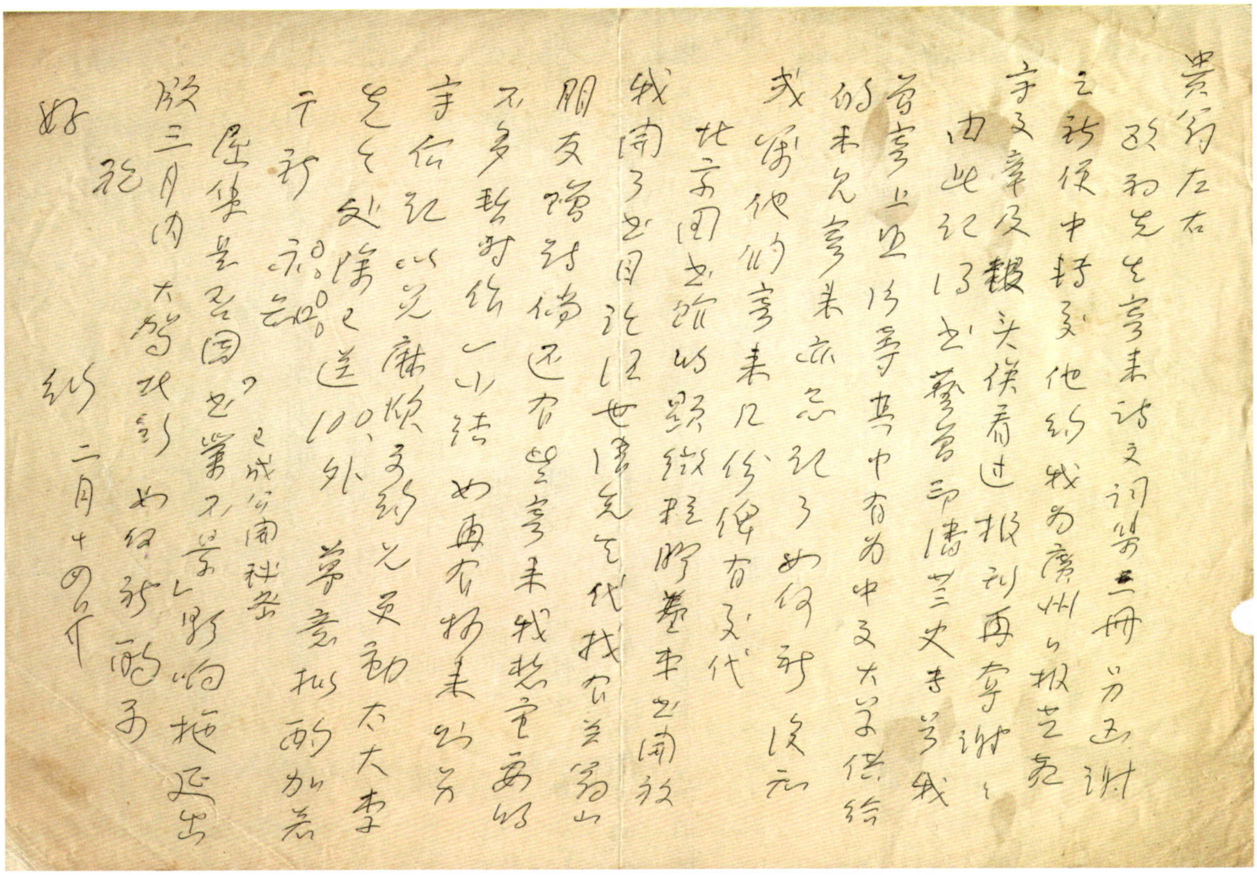

贵忱左右：

孙初先生寄来诗文词共三册，另函谢之。彼便中将交他给我为广州报艺苑写文章及报头，俟看过报刊再寄谢。由此记得出艺苑印书三史书寄我，曾寄上四份，其中有为中文大学借给的，未见寄来，忘记了如何？後知我寄他的寄来几份，俾有交代。北京图书馆的题识程野(?)基本书已开放，我开了书目托汪世清先生代找，并寄山(?)朋友增补诗编，还有些寄来，我想重要的不多，将来对你一小结，如再有将来的另寄你记。以兄麻烦，交给之英(?)动太大李先生处，请之送100只外，第三意拟酌加若干，行(?)祈示知。居集呈留书业(已成公开秘密)不必畏影响，拖延出版，三月内大约收到，如何？请酌予注意(?)。

祝

好

衍 二月十四日

二月二十四

貴忱翁左右：

二月廿四日函悉。大作俟細讀。

《疑年》事不必急，不過偶爾想起耳。

《屈集》已拖了不少時間，能今年發排，明年出版二三册，已如願了。

《書畫録》約十六七萬字，及照片花三萬元HK。《萬曆志》要印大些字，十六開本必逾三十萬元。

《萬曆通志》得李默先生[二]點校，至爲快事，一百六十萬字恐怕植字印費要三四十萬HK，一時恐難有其人，如三四萬元較易説項，校對尤難，如來稿係毛筆整齊抄本，或可囑數人合資印之，現在港方正印《續廣東文徵》，年内可蒇事，届時當與同人提議，請諸有力者印《萬曆通志》，集衆易成耳。

頃閲《河南小志》手稿本，黄任垣著，蘭史丈《天外歸槎録》已有刊本著録入《志》云，刊本惟《蘭亭硯齋筆記》未著録。附告。

另函李文約請轉，費神至多，又耗郵資，已向李問地區號碼，不敢再瀆。

盼覆數行。即頌

著安

衍　二月廿四日

《萬曆志》事俟農曆二月再去接與有力者詳談，資産階級在春節怕談書（輸）事，一笑。

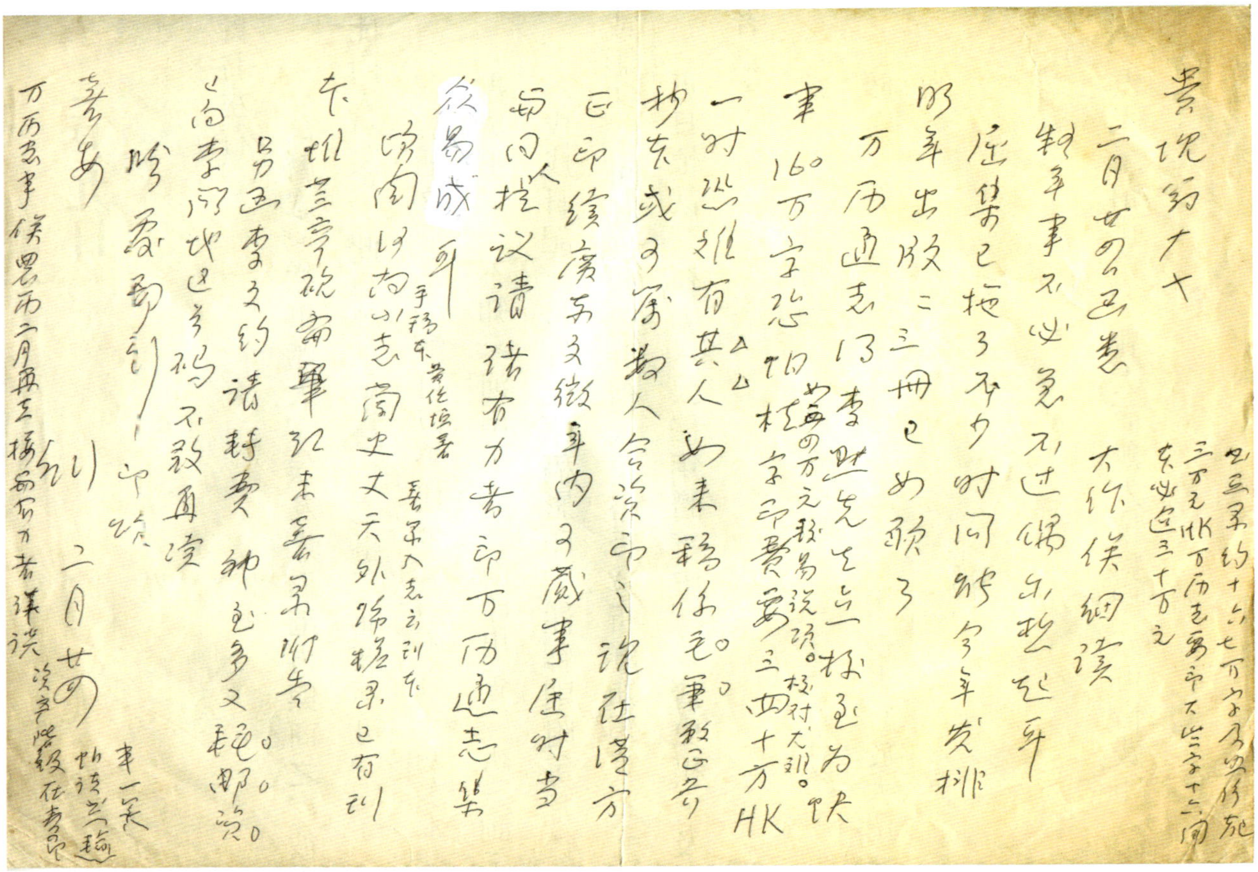

【注釋】

［一］李默（一九二八—二〇一九），廣東大埔人。廣東省社會科學院研究員。

三月九日

貴翁左右：

《萬曆志》兹事體大，俟友人返港再與商之，彼亦要俟《廣東文徵》完結後乃能着手，且非能出資而能向人討資，此爲弟生平最怕之事，非彼不可。

關於潘文照片稿酬可以書代金，但不宜一期多本，即一連寄幾期，可資閱讀。書業不景，不知《河南小志》能印出否？祈一詢示知，可向歐初先生一問。《戊戌日記》最好能原稿影印，注釋則附每月後某月某日下，如李傅相，李鴻章字少荃……不論排印或影印，可在廣州辦并付人民幣否？祈詳知預算若干，以便進言。

近日忙甚，在編《張穆年譜》中，《清史稿》及《疑年録》稿尚多，亦停頓矣。序文之作，留俟印刷者爲之可也。

兹有二事奉托一查：鄺露緑綺臺琴[一]係在省博物館抑市館否？另一事忘記，下函再告。晤李文約君，一詢其已抄若干，未抄者宜於大駕北行前交卷，弟當再以百金酬之。祝

著安

衍　三月九日

友人最怕排字，費大而無人校對，亦可惜費印《書畫録》，亦不得已者。

【注釋】

[一] 鄺露緑綺臺琴，一九一四年鄧爾雅購得，後由其家人收藏。

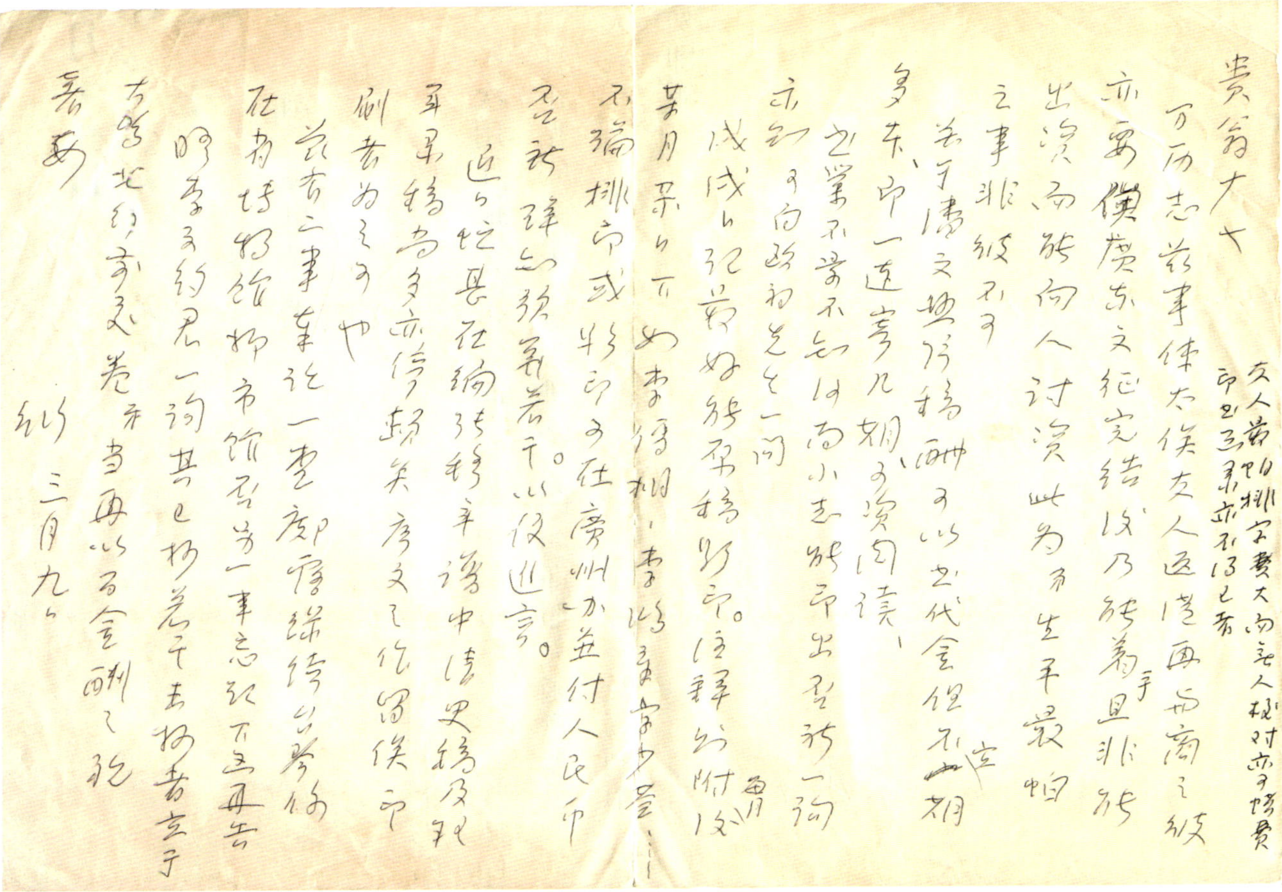

三月十一日

貴翁：

昨發一函，今早又奉三月五日夜書，奉悉《戊戌日記》事，昨午與友人談及，原則上同意印入《叢書》中，其言：

一、最好在廣州覓人抄正，用墨毛筆直行點句，寄來影印。

二、其次用原稿以靜電複印，覓人用毛筆點句，寄來照印，注釋另附後。

三、抄正點句寄來，覓人排字付印（即照大函意辦）。

友人現有一二書本（《陳融詩集》）在排字及籌劃中，《戊戌記》要排隊在二三輪，先告。

匆匆即頌

大安

衍　三月十一日

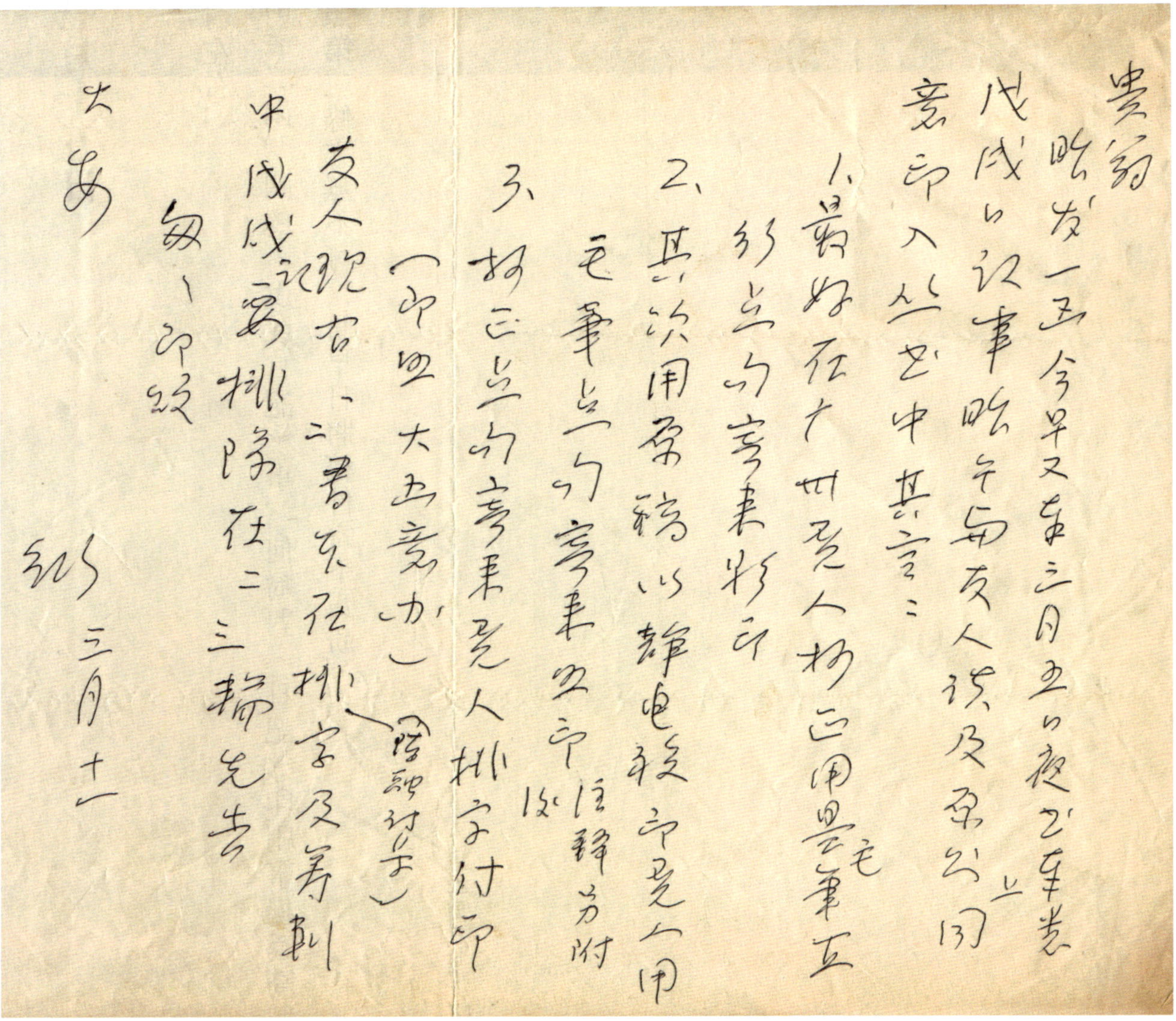
貴翁：

昨发一函，今早又奉三月五日夜出来书。代成之记事，昨午与友人谈及京公司意印入丛书中，其言之：

1、最好在大陆觅人抄之，用毛笔写好之后寄来影印。

2、其次用原稿以静电复印，觅人用毛笔点句寄来出印（注释另附）。

3、抄之点句寄来，觅人排字付印（印出大本意办）（宣纸付印）。

友人说后二书可在排字及写刻中，代成记最好排除，在二三种先出。

匆匆即颂

大安

纫 三月十一

三月十五日

貴忱翁左右：

前發二函，關於《戊戌日記》事，何翁對《日記》印刷事極爲高興，能照一二條最好，否則悉照尊意，照第三條亦無不可。盼早日將稿件寄下爲盼。

三月十五日

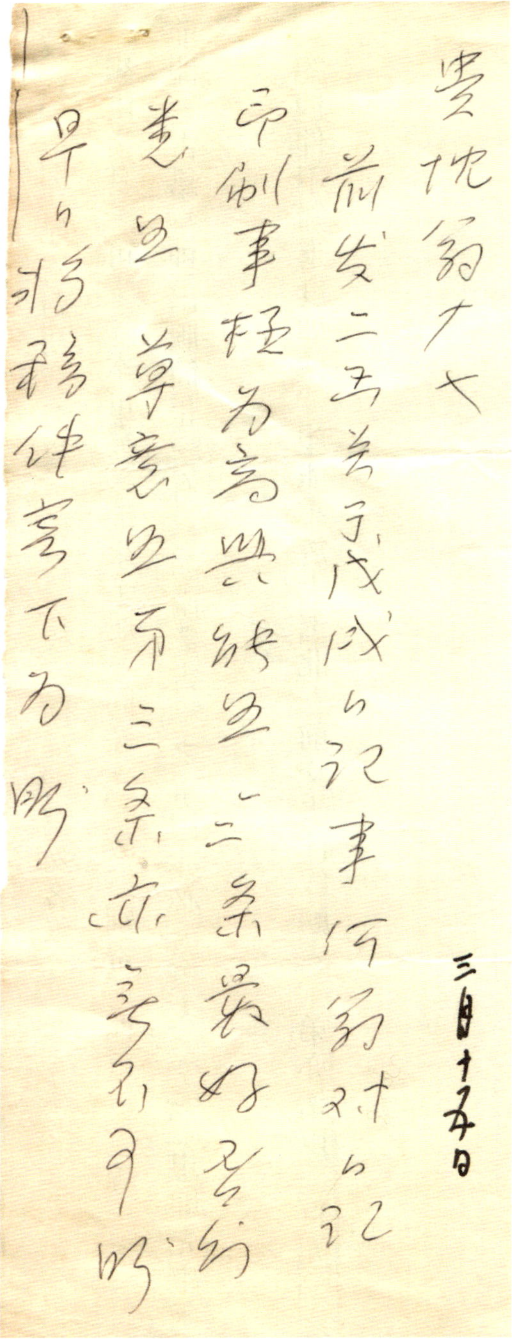
貴忱翁大人
前發二函并戊戌〻記事何翁對〻記
印刷事極為高興能照〻二條最好否則
照尊意照第三條亦可亦請明
早〻將稿件寄下為盼
三月十五日

三月二十一日

貴忱翁左右：

十四夜函收悉。

迭上二函均云，《戊戌日記》可照尊意辦法在港植字，惟要直行繁體，簡體更貴。請速將稿件寄來，至於校對，仍在兄處對初、二校，弟作三校，何如？萬勿客氣。

《嶺南書藝》可來幾本可矣，前來十冊（同様），故擬別寄他期也，乞諒。

前聞《古籍整理出版簡報》有《嶺南叢書》之事，亦必廣東人爲之，想即先生函云大型叢書，不勝雀躍。

文約抄件不知進度如何，望能趕於大駕北上前交去沈錫麟處，弟亦續以一百元酬之。

祝

好

衍　三月廿一日

可居室藏汪宗衍致王貴忱函

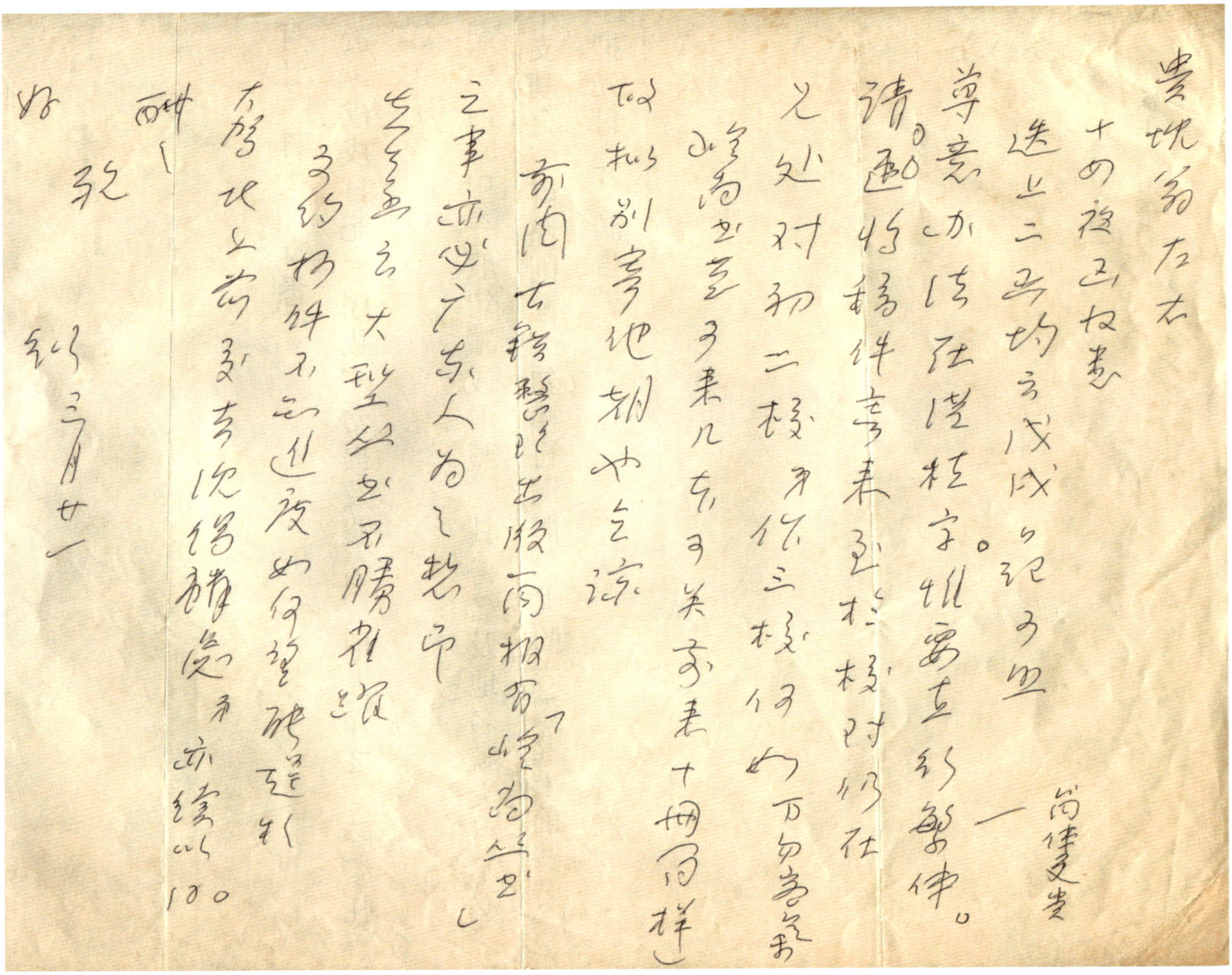
貴忱翁左右：
十四夜函收悉。
迭上二函均已收[illegible]記[illegible] 一 尚[illegible]
尊意[illegible]注[illegible]字，似[illegible]行[illegible]。
請函將稿件寄來，至於校對仍在
之處對初二校，可依三校例，如可[illegible]
[illegible]來几本，可先寄來十册同樣
[illegible]別寄他朝也[illegible]
前聞古籍整理出版方面有人倡為[illegible]
之事，亦出廣東人為之整[illegible]
先生若云大型叢書不勝枚舉
[illegible]物件不必進度如何，望[illegible]
大駕北上時[illegible]亦續以100
[illegible]
好
衍 三月廿一

三月二十八日

貴翁：

三月廿一日大札拜悉。

關於《戊戌日記》序跋，勿提及賤名，他人知之，陸續托爲介紹，大大不可，雅意可感，文内祇謝《叢書》主人[一]可耳。

《記》内盼用一般句讀或引號，其書名及地名號大可不必，因多一事不如少一事，主人係用私財印書，不支基金，可慳則慳，勿横行簡體。尤盼大駕北上前些時，祈告文約兄準備，以便帶去完成，弟再酬百元，抑先付之？請告。

衍　廿八日

【注釋】

[一] 指至樂樓主人何耀光。

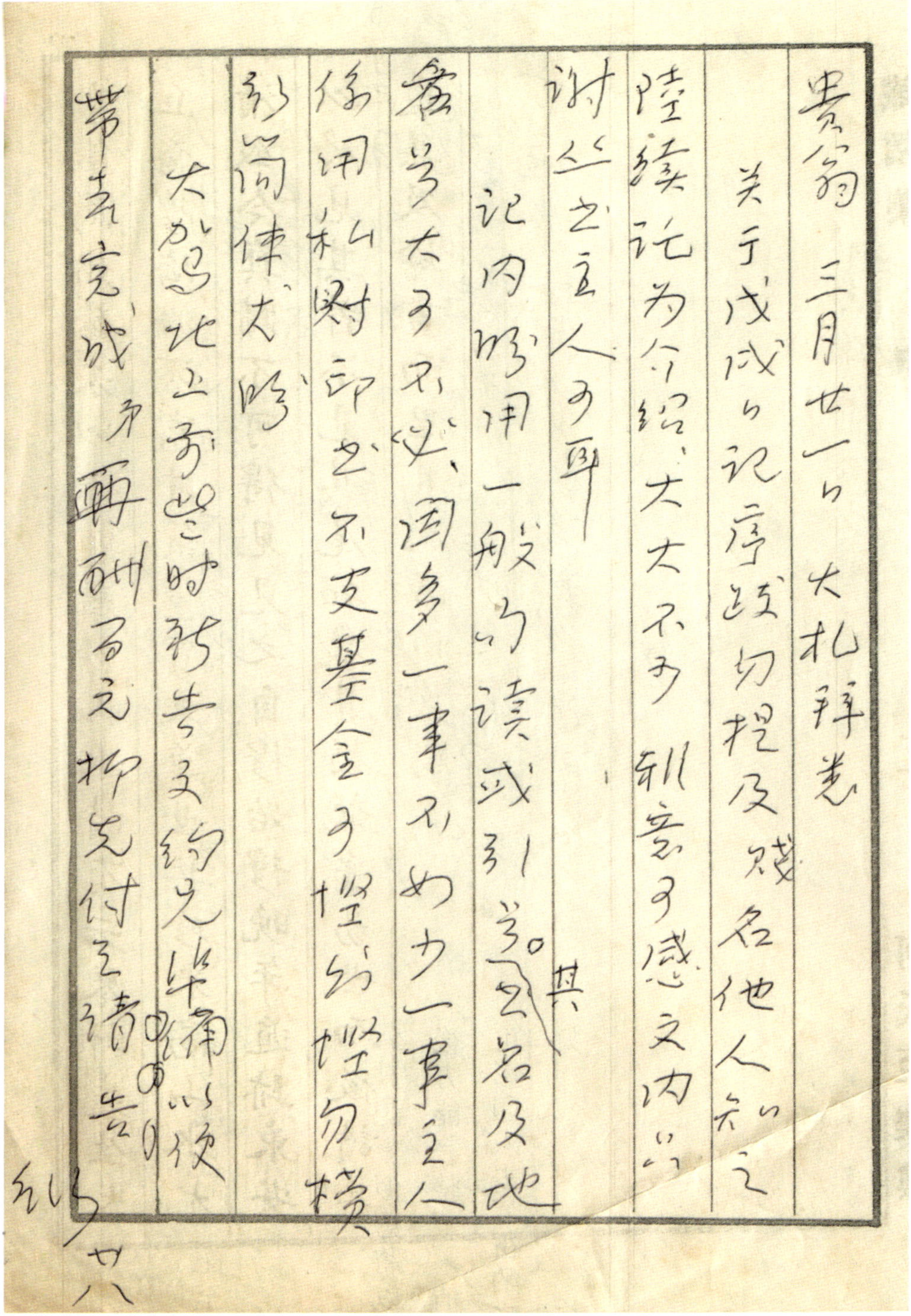
貴翁：三月廿一日大札拜悉。
关于戊戌日記序跋切埋及殘名他人知之
陸續託為介紹，大太不予刻意，予感文內只
謝公之主人予耳。
記內略用一般的讀或引號。其名及地
名太多不必，因多一事不如少一事。主人
係用私財印出，不支基金，予擅自擅加橫
線簡律太略。
大著北山有些時新書文約見，出版以後
第卷完成，可再刪改完，抑先付之請告。
紹 廿八

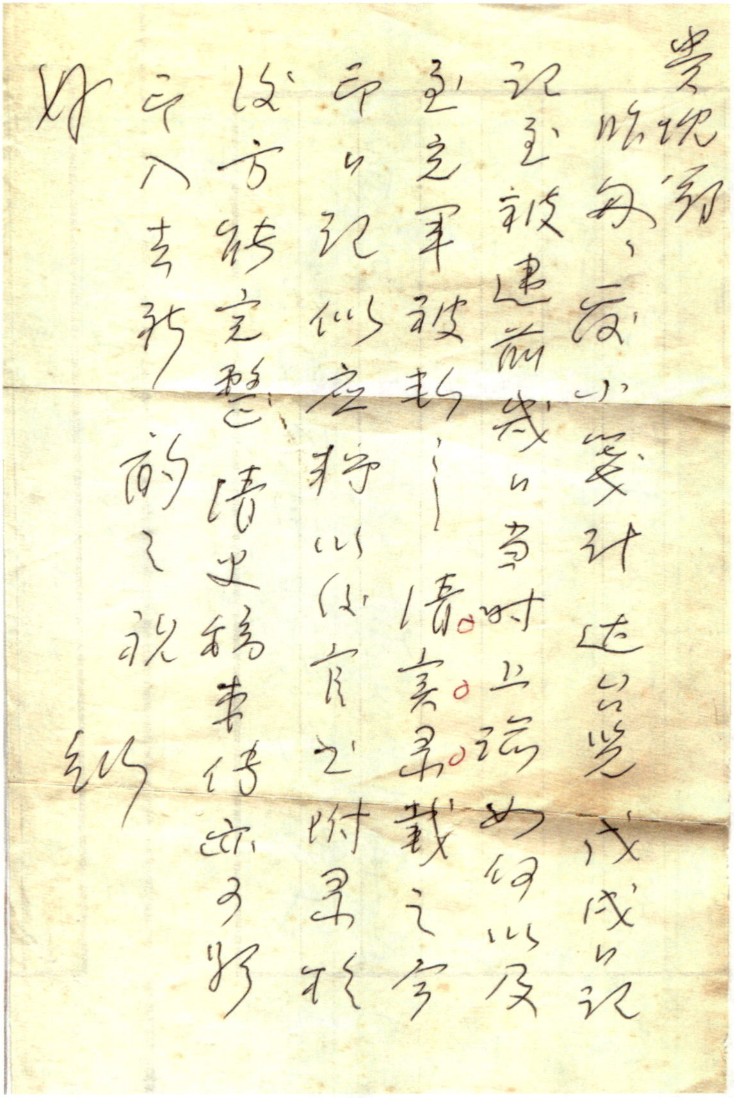

三月二十九日

貴忱翁：

昨匆匆覆小箋，計達台覽。《戊戌日記》記至被逮前幾日，當時上諭如何？以及至充軍被斬……《清實録》載之，今印《日記》似應將以後官書附録於後方能完整，《清史稿》本傳亦可影印入去，祈酌之。祝

好

衍

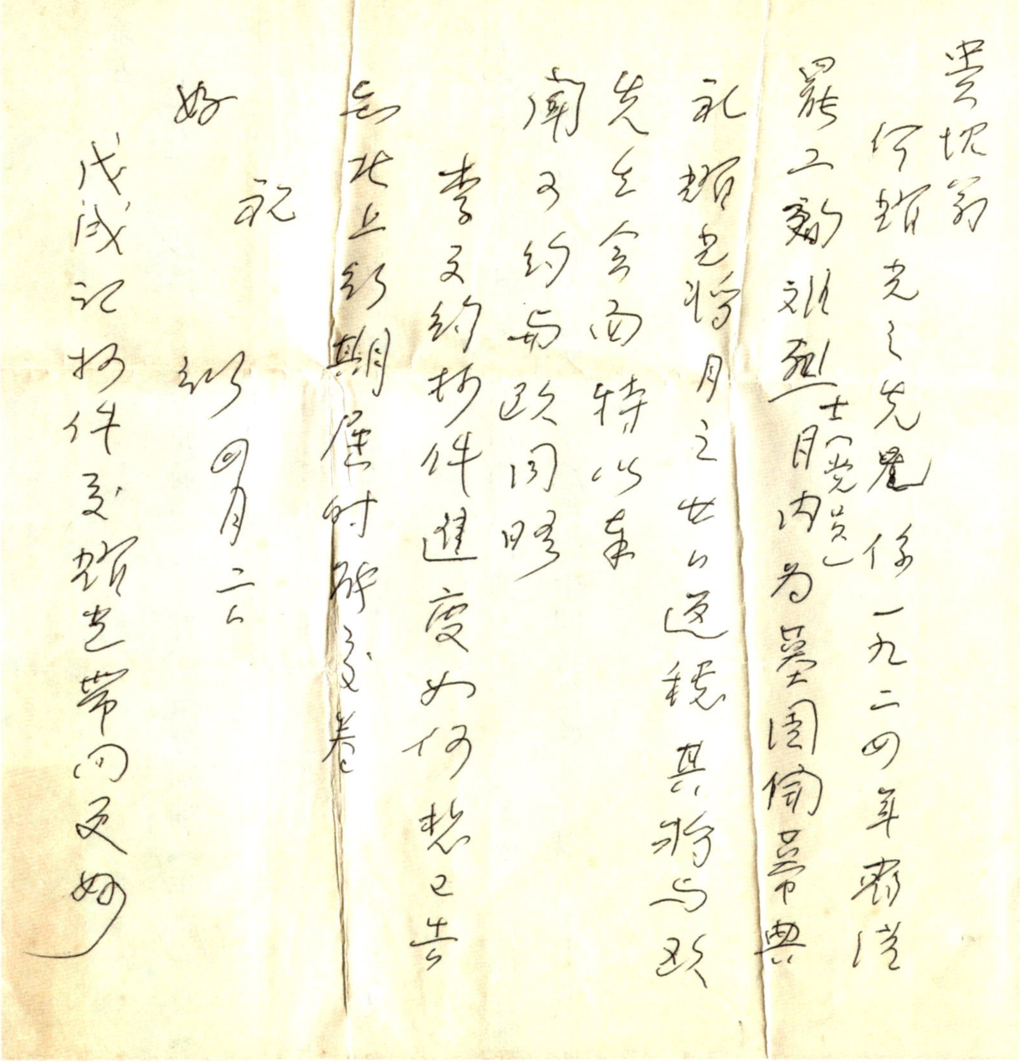

四月二日

貴忱翁：

何耀光之先兄係一九二四年省港罷工殉難烈士（黨員），月内爲墓園開幕典禮，耀光將月之廿日返穗，其將與歐先生會面，特以奉聞，可約與歐同晤。

李文約抄件進度如何？想已告知北上行期，届時能交卷。

祝

好

衍　四月二日

《戊戌記》抄件交耀光帶回更妙。

四月十八日

忱翁左右：

頃從東莞友抄得梁憲憶屈翁山詩一首，擬分別補《年譜》及《投贈集》中，另紙抄上，祈交李文約兄爲盼。此事不大重要，能補入更妙。

李文約兄代抄補《屈譜》事如何？甚念。兹擬以人民幣壹佰元交存尊處，俟其將稿件抄齊交到，即祈代交之。本來由舍侄徑匯之亦可，但弟托舍侄匯一百元及弟寄《書畫録》一册去均未覆一字，故以奉托也。

大駕定五月内赴京，不知係上旬抑中旬，故已即函舍侄德森匯上人民幣一百元，請俟文約將抄件交到時即以該一百元付之爲盼。本應得先生同意後始匯，以時間逼促，故不待復，恃愛乞諒。即頌

撰安

衍　四月十八日

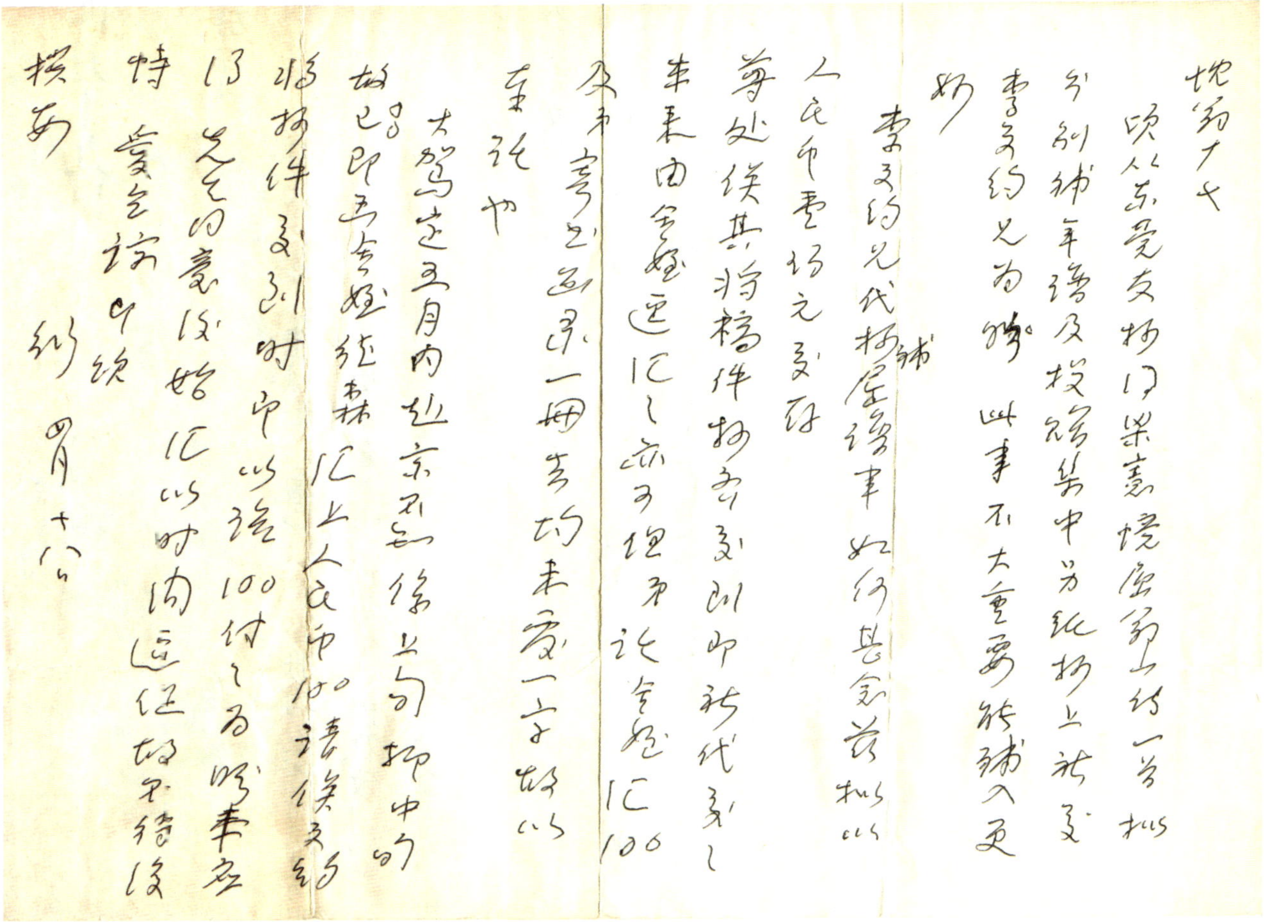

忱翁大鉴：

頃從東莞友好得樂意境屋翁山詩一首，擬
寄則補年譜及校詩集中另紙抄上祈交
李文約兄為補。此事不太重要，能補入更
好。

李文約兄代抄屈譜事，如何甚念，茲擬以
人民幣壹佰元交存
尊處，俟其將稿件抄寄到即祈代交之。
未來由金嫂匯上亦可，但祈託金嫂匯100
又前寄上函票一冊，書均未夾一字，擬以
奉託也。

大駕定五月內赴京否？係上旬抑中旬？
如已即與金嫂繼森匯上人民幣100，請俟文約
將抄件寄到時即以該100付之為盼。來函
得兄日意，後始匯，以時間迫促，恐不待復，
特奉告。即頌

撰安

衍 四月十八

四月十九日

忱翁左右：

四月十三日大札并《龍鳳圖印譜》[一]多册均收。何耀翁明日赴穗，俟下周五當面致之，謝謝！《鳳印譜》視《龍譜》更爲蒼勁古拙，希向楊君致謝。

昨早發一函，告以已囑舍侄匯上一百元，請代交李兄，想已收到，未知能趕於大駕北行前匯到，交至李兄否？至念至念。倚裝乞揮數行賜告是荷。

大作序文無懈可擊，佩甚佩甚！

陳凡兄已退休，昔年患神經病（過勞），近雖已不糊塗，但沈默寡言，言多必亂。弟曾訪之九龍，甚清醒，但對談無興趣，與昔時意興風發大異。其住香港九龍沙田富健街八至十二瑞峰花園三座五A，居處極安適，恐收到亦不復信。弟與陳兄相交卅年，亦知己之一。此頌

撰安

衍　四月十九日

【注釋】

[一] 應爲楊堅水刻《百鳳圖印譜》，一九八九年鈐印本。

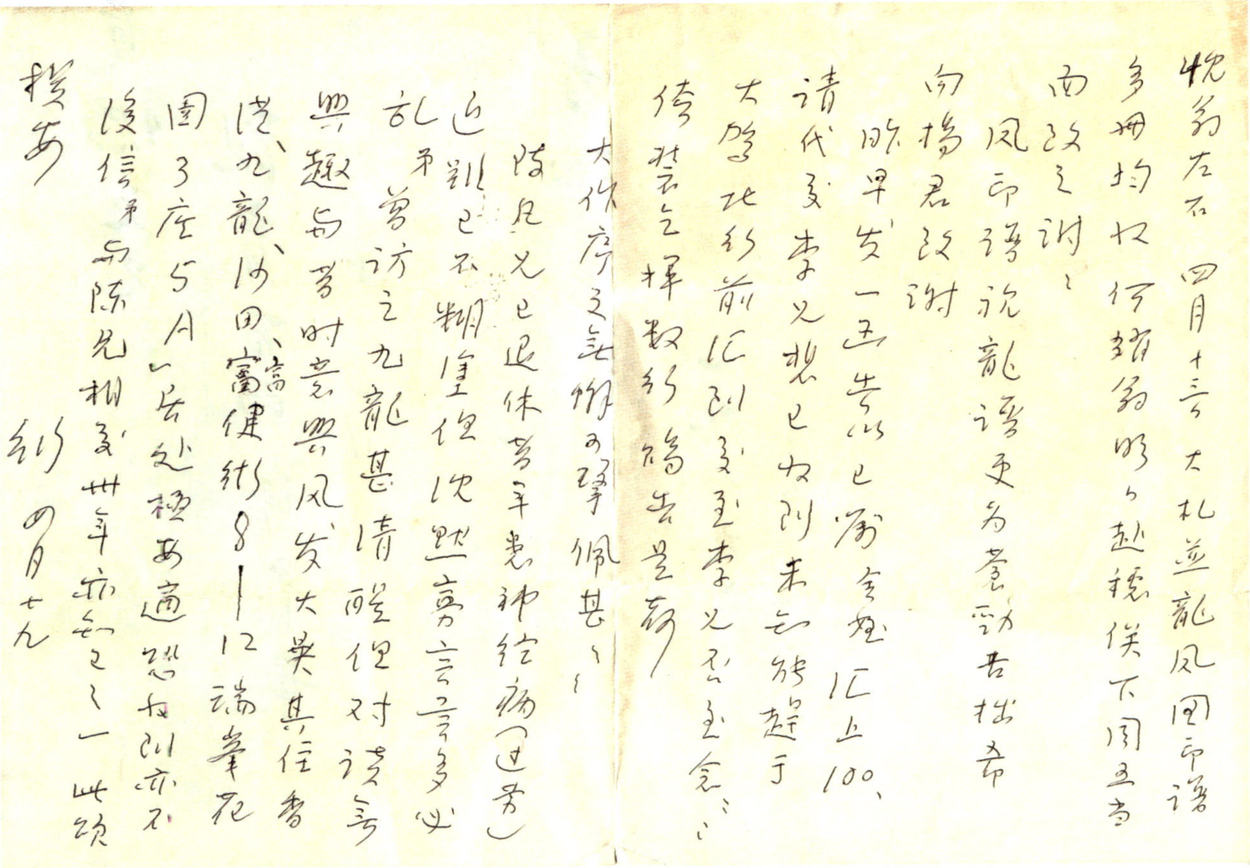

忱翁左右：四月十二日大札並龍鳳印譜
多冊均收，何翁的的越穗，俟下周呈寄
面致之謝。
鳳印譜、說龍譜更爲蒼勁古樸，希
向楊君致謝。
昨早發一函告以已將全數匯上100、
請代交李兄，想已收到。未知能趕于
大駕北行前匯到交李兄否？至念至念。
倚裝匆匆，擇取所需告是荷。
大作序文乞附函達，佩甚佩甚。
陳凡兄已退休，專事患神經衰弱（過勞），
近訊已不糊塗，但沈默寡言，言多必
亂。弟曾訪之九龍，甚清醒，但對談無
興趣，與前時意興風發大異。其住香
港九龍沙田富健街8—12號翠花
園3座5A。山居處極安適，恐有訊亦不
復信。弟與陳兄相交卅年，亦知之之一。此頌
撰安
衍　四月廿九

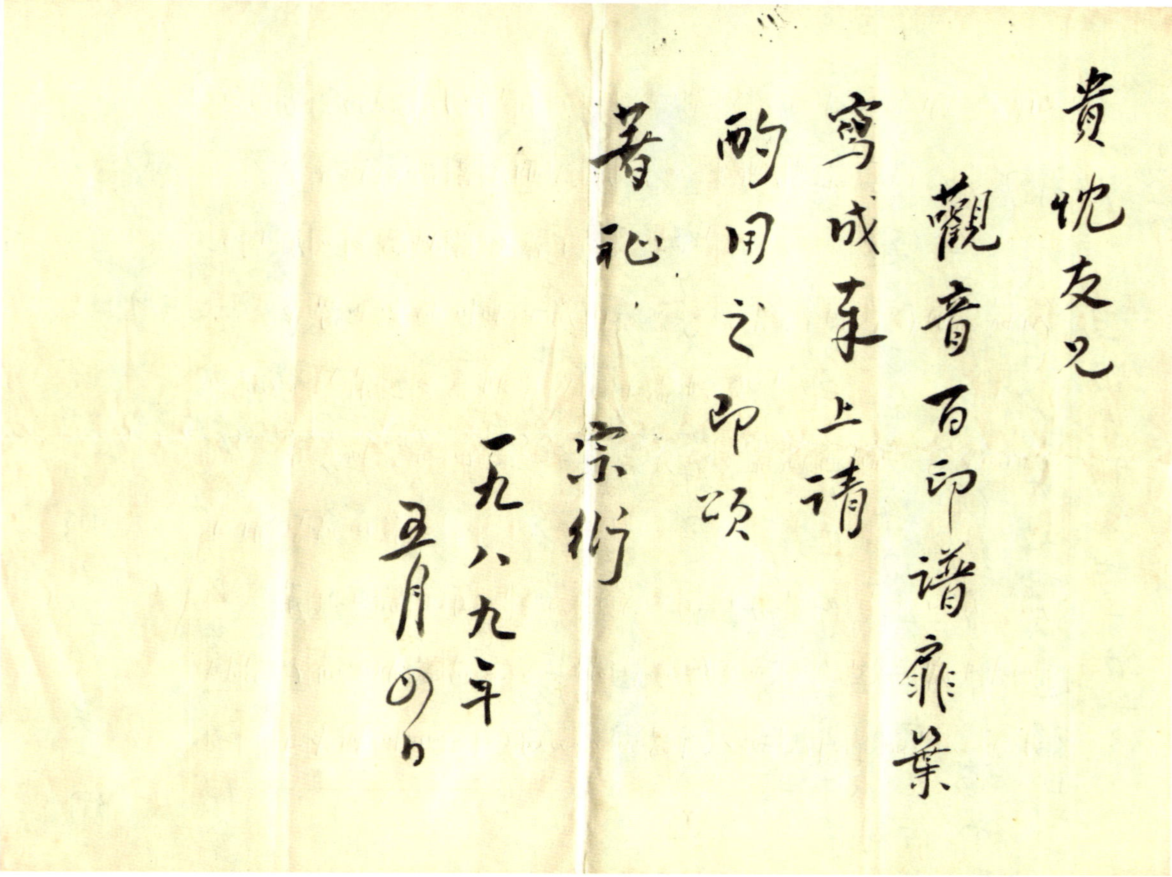
貴忱友兄
觀音百印譜扉葉
寫成奉上請
酌用之即頌
著祉　宗衍
一九八九年
五月四日

五月四日

貴忱友兄：

《觀音百印譜》[一]扉葉寫成奉上，請酌用之。

即頌

著祉

宗衍　一九八九年五月四日

【注釋】

[一] 汪宗衍爲楊堅水《觀世音像印譜》鈐印本題扉。

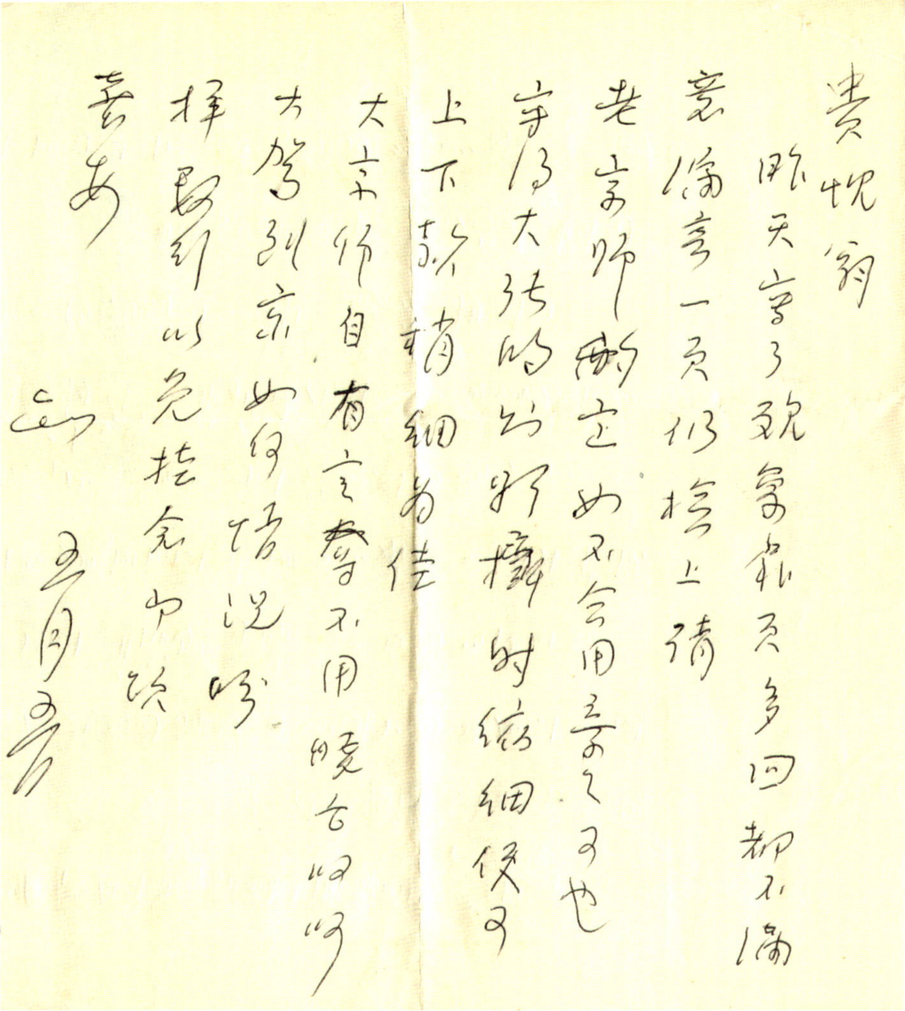

五月五日

貴忱翁：

昨天寫了《觀象》扉頁，多回都不滿意，漏寄一頁仍檢上，請老宗師酌定，如不合用，棄之可也。寫得大張的則影攝時縮細便可，上下款稍細爲佳，大宗師自有定奪，不用嘵舌，呵呵。大駕到京如何情況？盼揮數行，以免挂念。即頌

著安

知　五月五日

五月十八日

忱翁左右：

汕頭回穗後已赴京否？極念極念。

前抄《無悶集》係托人抄來，未全，今將原書以靜電印來，要補一詩奉上，祈轉交，如李文約兄不能趕抄，請兄補貼於一四五頁後可也。若大駕已啓程，則留俟下次補入便得，此詩不大緊要，好在《年譜》要明後年始付印。

《張日記》如何？已校竣否？極念。

諸瀆清神，謝謝，叩首。

祝

著安

衍　五月十八日

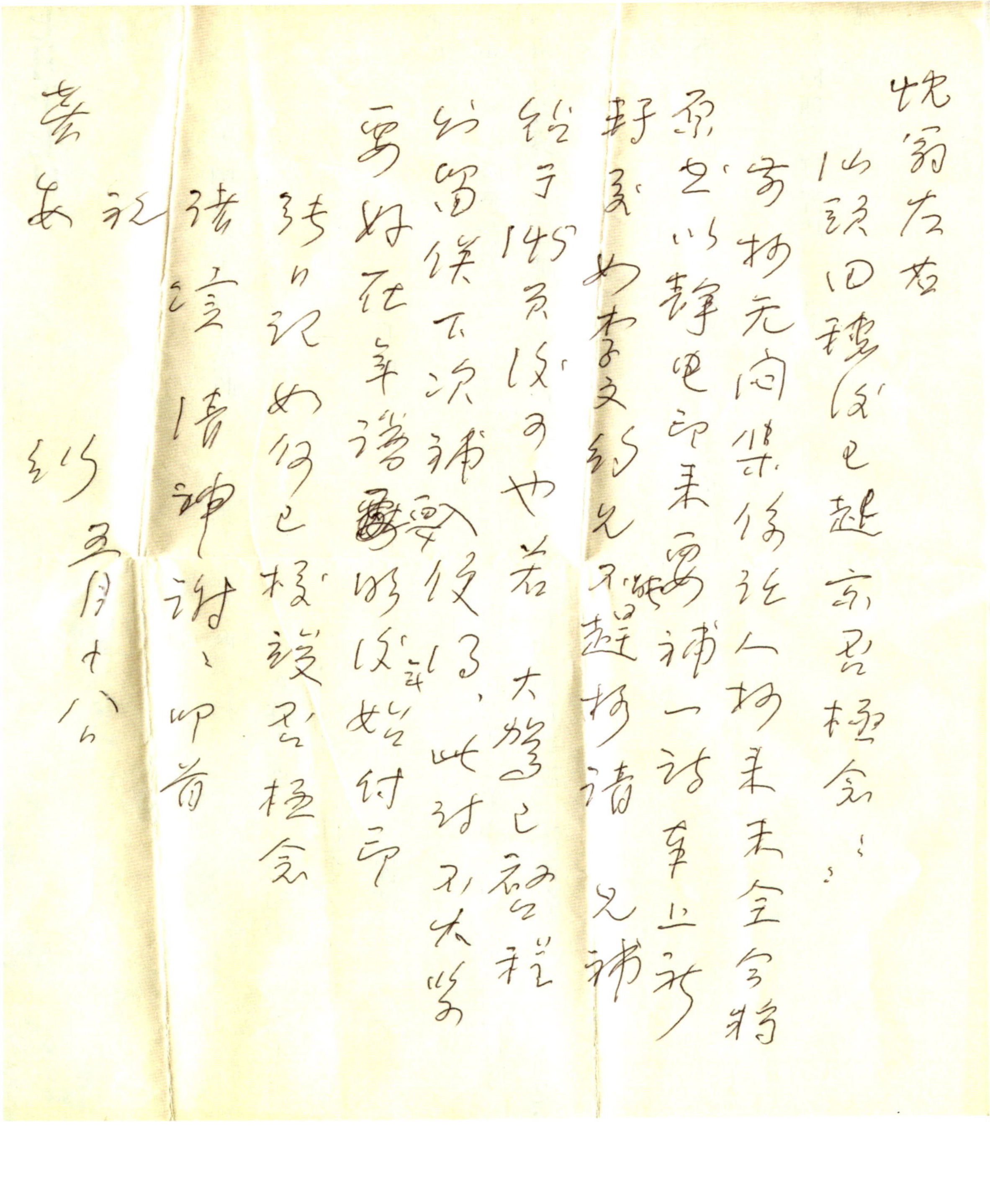
忱翁左右：
汕頭回穗後已赴京，思君極念念。
寄抄元閩(?)集係託人抄來，未全，今將
原書以靜電印來寄補一詩，查上新
封(?)後如李文約兄(不能)趕抄，請兄補
給于145頁後可也。若大駕已啟程，
則留俟下次補(寄)便得，此詩不太緊
要，好在年譜(遲)略後(年)始付印。
張(?)記如何？已校竣，思君極念。
請(?)諳清神，謝謝，叩首
祝
安　衍　五月十八

七月十七日

貴翁先生：

七月三日大函今（十五）始收到，何其遲遲乃爾。

楊君象刻拙題太劣，且「百印譜」三字歪左，可否移右邊一些？印章宜提高少許，與署字接近些，何如？陳東塾爲人寫對聯，凡「〇〇先生雅鑒」必歪左，乃老人眼目不正常之故。

李君已有函來，云四五月間遷居南村之故，此小事重勞錦注，惶悚之至，乞諒。近年後生小子多懶寫信，或時勢使然耶。

《屈集》出版至費藎籌，至爲敬佩，近年出書諸多困難，弟亦深知，今既已排除，可喜之至。

《嶺南書藝》十餘册已收，并已交文物館林君，囑爲致謝。潘氏名飛聲，字蘭史，未以字行，老輩多數不以字行也。

《張日記》望早日寄下，此亦不急之務，皆還心願也。

過幾天遷居（香港）鯉景灣太康街怡海閣十四樓B座，以後寄函寄此，電話亦改爲「八八五九七七一」號。

天熱檢理書稿苦甚，得讀大札，如清凉散也。

祝

著安

衍　七月十七日

貴忱先生：

七月三日大函（十五）始收到，何其遲遲乃爾。

楊君篆刻　謹題大方，且為印譜三字呈左右，可否移右邊一些，印章亦程高手所行，而署字樓近望何如。

陳君欲為人寫對聯，凡○○先生親筆必呈左右，乃老人眼目不正常之故。

李君已有函來，云四五月內返居南村之故，此小事重提。

錦佳煌妹之函甚詳，近年後生小子多擬寫信或對聯使然耶。

宗棠出版函費，萬壽函為數例，近年出之諸多困難，亦深知令他已排除，可喜之至。

給尚書十餘冊已收，並已交文物館。

林君家為設謝儀氏名乙撰字簡史，未以字行老輩多數不以字行也。

張張記望早早寄下，此亦不急之務，皆是心願也。

近幾天已返居（香港）鯉景灣，太康街怡海閣14樓B座，以後寄函寄此。電話亦改為8859771號。

天熱，檢理書稿甚為煩。

大札如請寬散也。

頌

著安

衍　七月十七

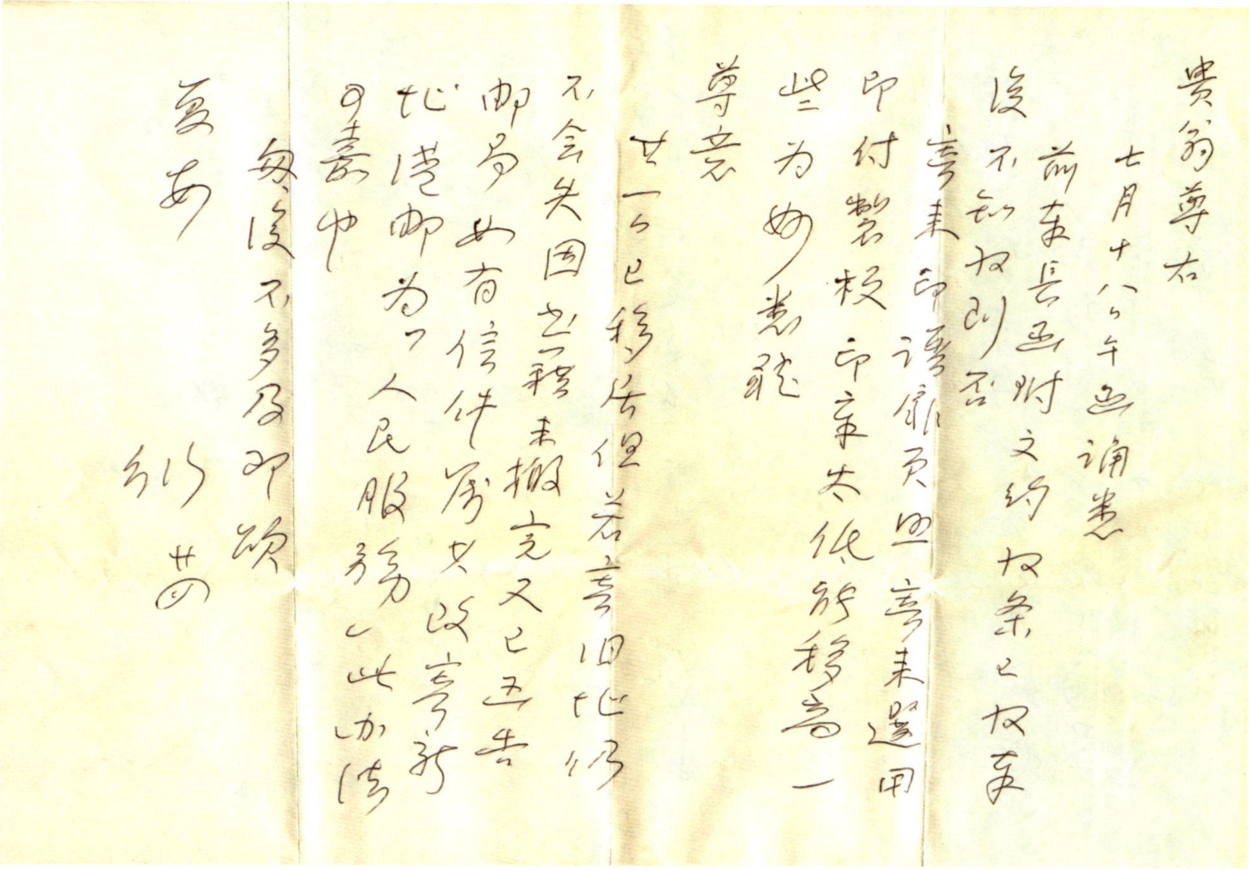

七月二十四日

貴翁尊右：

七月十八日午函誦悉。前奉長函附文約收條，已收奉覆，不知收到否？寄來《印譜》扉頁照寄來選用，即付製板，印章太低，能移高一些爲妙，悉聽尊意。

廿一日已移居，但若寄舊址仍不會失，因書籍未搬完。又已函告郵局，如有信件，囑其改寄新址，港郵爲「人民服務」，此辦法可嘉也。

匆復不多及。即頌

夏安

衍　廿四日

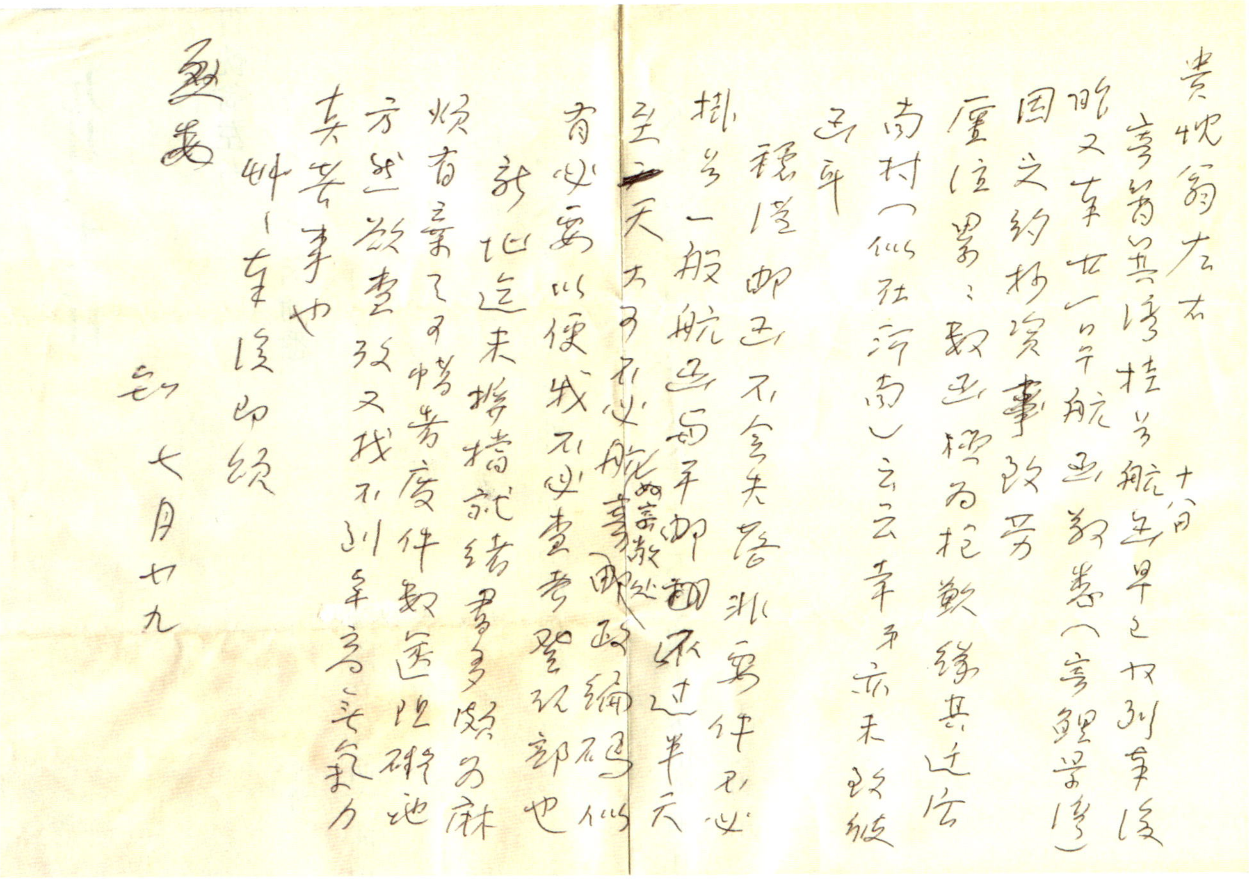

七月二十九日

貴忱翁左右：

寄筲箕灣十八日挂號航函早已收到奉覆，昨又奉廿一日午航函，敬悉（寄鯉景灣）。因文約抄資事致勞廑注，累累數函，極爲抱歉，緣其還居南村（似在河南）云云，幸弟亦未致彼函耳。

穗港郵函不會失落，非要件不必挂號，一般航函與平郵不過半天至一天，大可不必航寄，如寄敝處，郵政編碼似有必要，以便我不必查考登記部也。

新址迄未摒擋就緒，書多頗爲麻煩，有棄之可惜者，廢件數篋阻礙地方，然欲查考又找不到，年高無氣力，真苦事也。

草草奉復。即頌

夏安

知　七月廿九日

九月二十二日

貴忱翁左右：

九月十六日函誦悉。

張樵野文弟可推介給中文大學《中國文化研究所學報》，此刊每年一册，不送稿酬，要由編委會通過纔能發表，祇送《學報》一册，抽印本十册。汪世清兄有三數文，楊寶霖有一文，是我介去的，世清有一文已通過未發表。香港發表學術文章并不難，但不宜有「党八股」，完全學術性纔好。大公《藝林》則完全是藝林，不登其他學術性，亦不用長稿（以二千字多些），并要插圖爲妙，長稿無圖亦不登，馬國權較陳凡時稍緊。

久不寫毛筆字，重以尊囑不敢不獻醜，俟精神稍好再寫之，如不可用，則棄之可也。

翁山資料近又得一些，擬俟草稿奉上，托文約兄繕正（用稿紙）寄轉錫麟，何如？匆覆即頌

著安

衍　九月廿二日

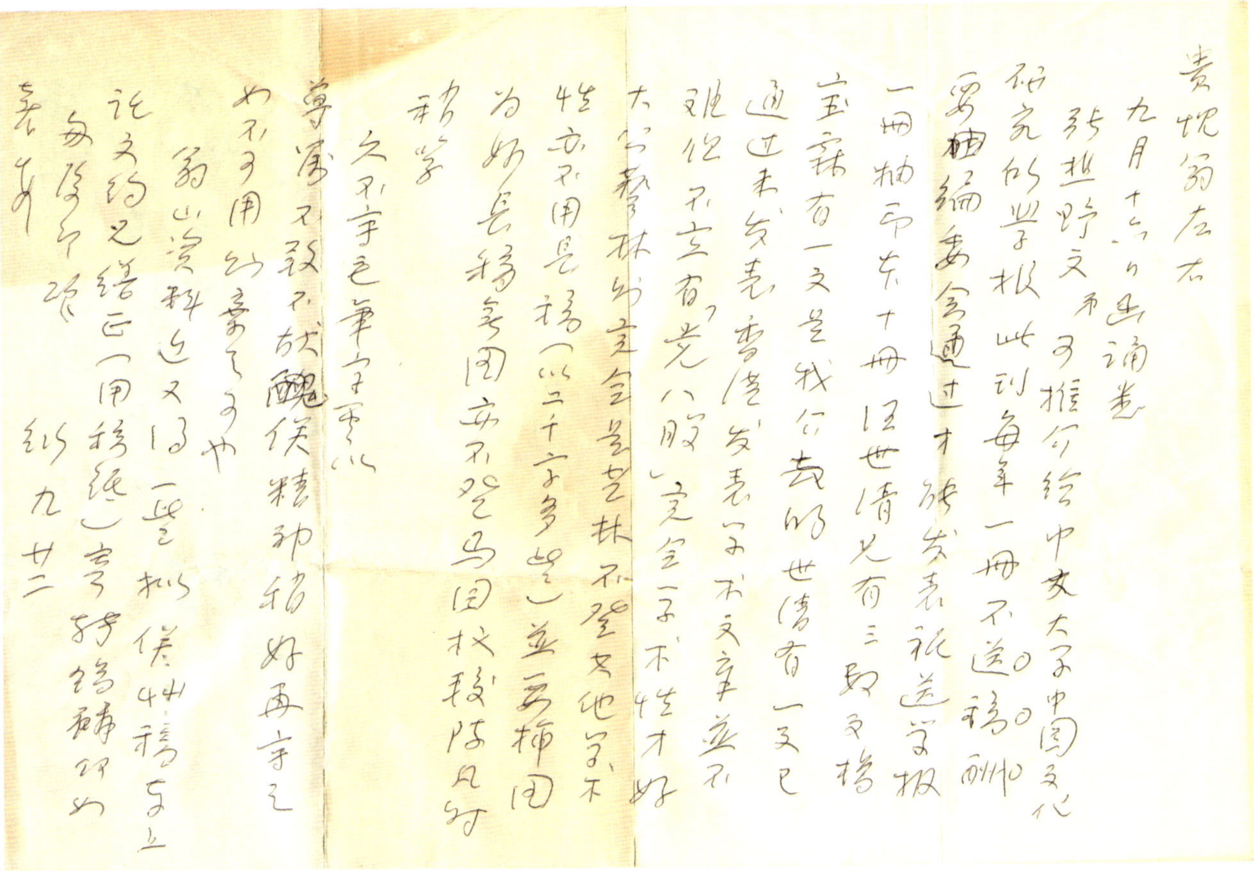

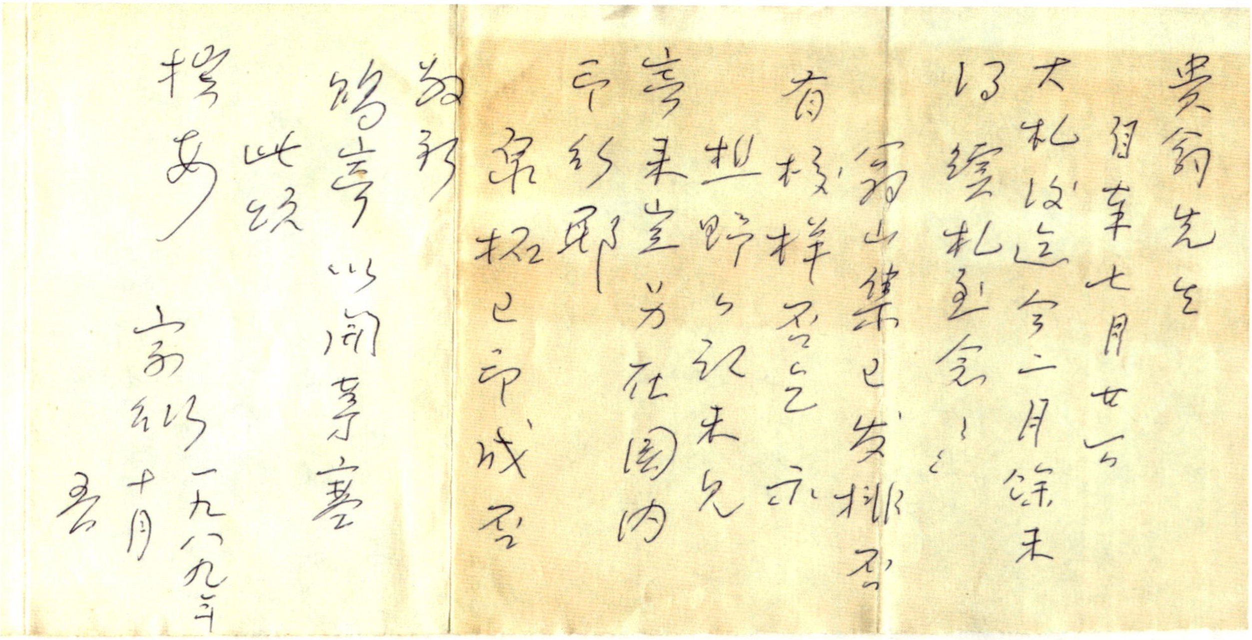

十月五日

貴翁先生：

自奉七月廿一日大札後，迄今二月餘未得續札，至念至念。

《翁山集》已發排否？有校樣否？乞示。

《樵野日記》未見寄來，豈另在國内印行耶？

《泉拓》已印成否？敬祈賜寄，以開茅塞。

此頌

撰安

宗衍　一九八九年十月五日

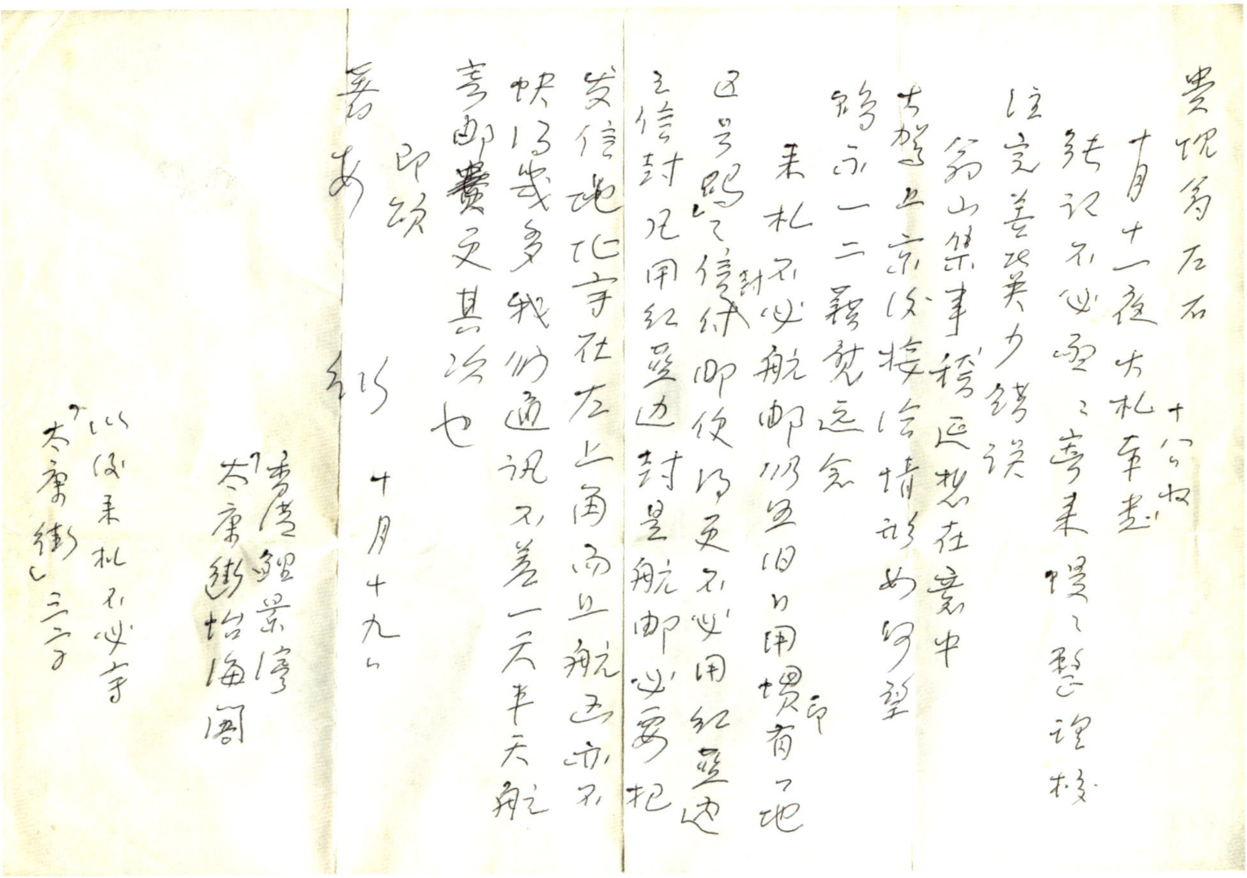

十月十九日

貴忱翁左右：

十月十一夜大札奉悉（十八日收）。《張記》不必亟亟寄來，慢慢整理，校注完善，冀少錯誤。

《翁山集》事稽延，想在意中，大駕上京後接洽情形如何？望賜示一二，藉慰遠念。

來札不必航郵，仍照舊日用慣印有「地區號碼」之信封付郵便得，更不必用紅藍邊之信封，凡用紅藍邊封是航郵，必要把發信地址寫在左上角，而且航函亦不快得幾多，我們通訊不差一天半天，航寄郵費更其次也。

即頌

著安

衍　一月十九日

香港鯉景灣太康街怡海閣×××，以後來札不必寫「太康街」三字。

一九九〇年

一月二十日

貴翁先生：

元月十四日函拜悉。久未通訊，欣喜無量。台從北行前曾得一函，即已奉覆，未列號碼因爲航郵信封，不悉曾達記室否？弟因遷居，書物凌亂，尊址則記憶清楚，而地區號碼阿拉伯字則不能省，遂未及寫入，豈遺失耶？頃奉大函未列號碼（亦航郵封），至爲惆悵，此函如收到，望速復一書，并寫明號碼，用平郵信封爲妙，不必航郵也。

《屈集》籌備數年，繳稿又三年，迄未發排。我知大陸出書情況，無可如何，大約預訂此書不多，各省訂書對廣東人著述未能共識，聞説出版書局要求編者認購若干部始肯發排，以免虧本無着，因國家無補助亦情形之常，但番禺縣府財力或可負擔若干，至於稿費（衹我而言）亦可隨便，如此或冀能早日成此，以免多費諸公數年心力也。

尊著《泉幣文獻叢書》[一]亦爲冷門，能够開印，至爲高興。大著序跋文字能直排，能上年印出，先睹爲快，望速付下爲叩。

上年春何耀光先生返穗，歐初先生以徐信符先生《南州書樓詩存》付耀老刊行，并爲撰序，聞新春後即發影印，編幅不多，大約三幾月即可出書，以後尚有陳凡先生之《壯歲集》（詩）、《廣州河南小志》（前年春到）、吴天任《鄺湛若年譜》排隊，《張蔭桓日記》來，不知能提前否也。

《屈譜》又有些增補資料，不斷尋得，能補則補，亦無大關係，另紙抄上，祈交李文約代抄代寄沈錫麟先生收爲荷。

餘俟後談。

專此奉復。即頌

著安并頌

新春闔府曼福

宗衍拜上　一九九〇年元月二十日

此函收到，覆數行，并告知府上地區號碼爲荷。

地區號碼令人無法記憶，不如用「大東區」或「文明區」……之一爲是。

【注釋】

［一］指馬飛海、王貴忱主編《中國錢幣文獻叢書》，上海古籍出版社一九九二年出版。

贵翁先生：

元月十四日拜悉。未遇视察台湾
台从北行前曾得一函，即因已离航邮信封，不甚清楚
记室不明，因近居之物凌乱，
尊址如记忆清楚，而地区号码则接付字
如不能有遂，未及字入室遂失联，殊为
大函未列号码（亦航邮封）之故，尚恳此函如
收到，望速复一函，并写明号码，用航邮信封，
为好，不必航邮也。

生集寿偏安年级稿又三年，迄未安排就绪，大
陆出书情况是否如旧，大约须打出些，不多为荷
订出时广东人未能来识，订货出版之向
要求编者说满若干部，始肯排，以免亏本，
为国家等补助亦属形之常，但番禺将有财
力，或可负担若干。至于稿费（只我而言）亦可随
便，如此或者能早日成书，以免多费诸公的手
心力也。

尊著乐府文献丛书亦为治乐府者多闻而至
为高兴。大著序跋文字能先排能出单行本，使
先睹为快。望速付下为叩。

上年寿何题先生已逝，统此奉先生以绎

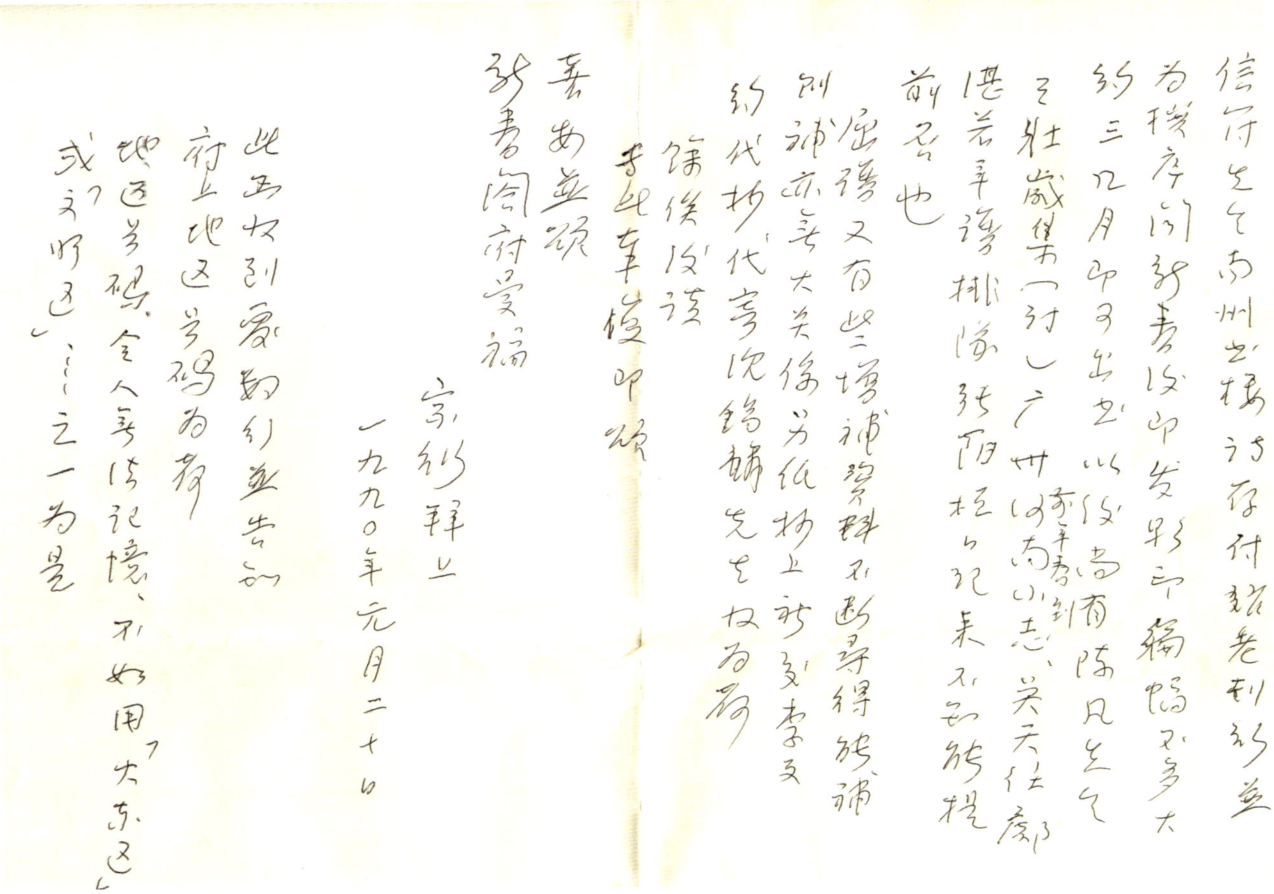

信符先生南州書樓詩存付鉛卷刊行並
為撰序，得新書後即發影印編幅不多，大
約三月可出也，以後當有陳凡先生
之《壯歲集》（詩）、《廿四齋小志》（癸辛壽劉）、吳天任《鄺
堪若年譜》排隊，待[illegible]未知能提
前否也。
寓譜又有些增補資料，不斷尋得能補
則補，亦是大快條，另紙抄上，請交李文
約代抄代寄沈錫麟先生收為荷。
餘後佈請
並此奉復，即頌
春安並頌
新春闔府安福
宗衍拜上
一九九〇年元月二十日

此函收到，覆函可並告知
府上地址號碼為荷
地址號碼，全人常缺記憶，不如用「大東區」
或「文明路」……之一為是

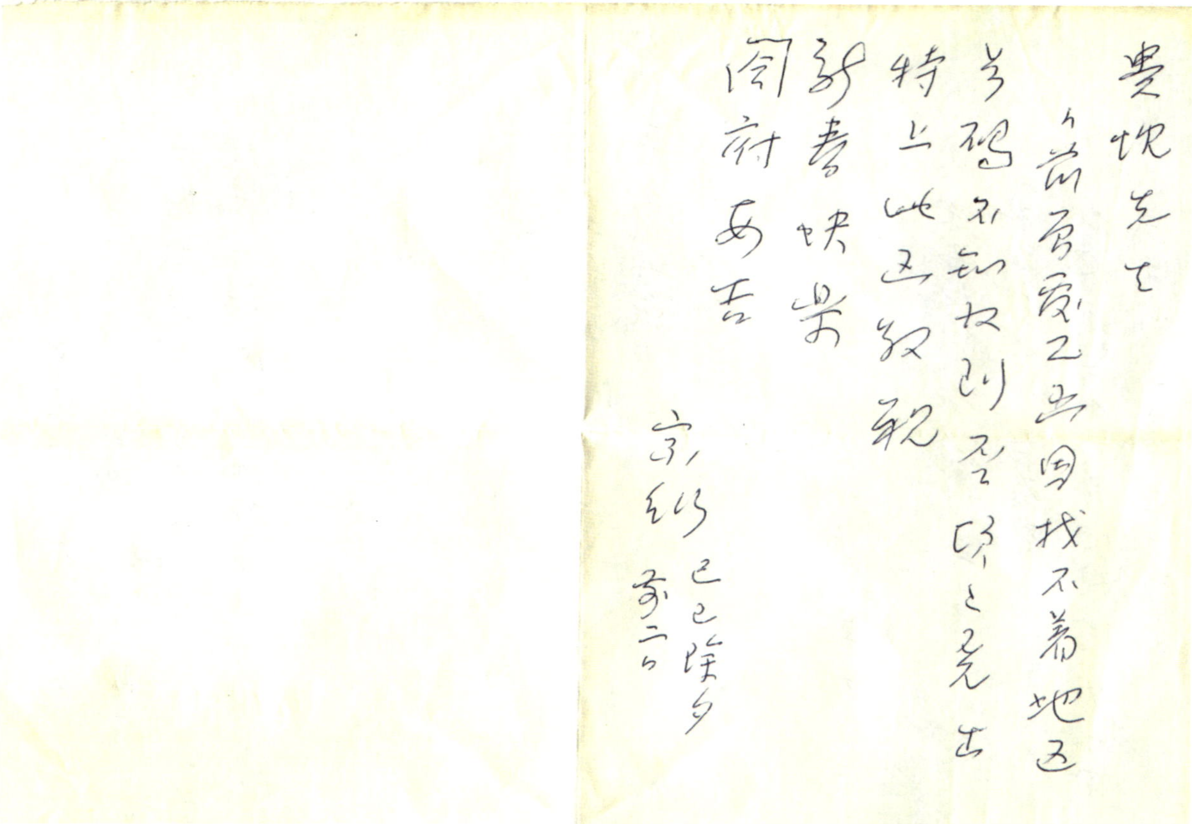

一月二十四日

貴忱先生：

日前曾覆乙函，因找不着地區號碼，不知收到否？頃已覓出，特上此函。敬祝

新春快樂

闔府安吉

宗衍　己巳除夕前二日

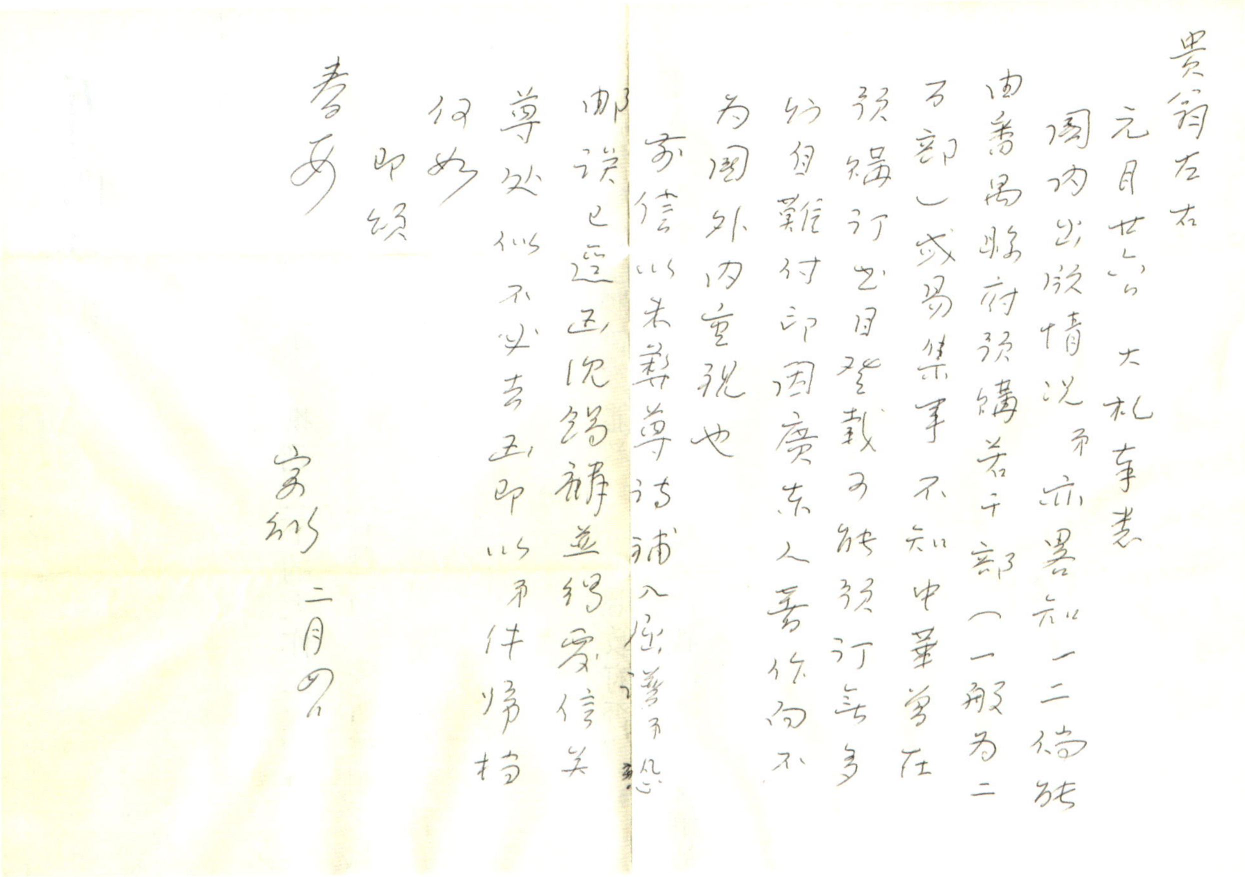

二月四日

貴翁左右：

元月廿六日大札奉悉。國内出版情况，弟亦略知一二，倘能由番禺縣府預購若干部（一般爲二百部），或易集事，不知中華曾在預購訂書目登載，可能預訂無多，則自難付印，因廣東人著作向不爲國外内重視也。

前信以朱彝尊詩補入《屈譜》，弟恐郵誤，已徑函沈錫麟并得覆信矣，尊處似不必去函，即以弟件歸檔，何如？即頌

春安

宗衍　二月四日

五月四日

貴忱翁左右：

昨天黄文彬先生來，携到交下的大作已收，另一册當便交耀光先生。《題跋》[一]略一翻閲，内容豐富，多所發明，佩甚佩甚，俟再細閲之。前云有《張樵野日記》，不知如何？久不付下，此事要「排隊」。《徐信符詩》篇幅不多，已印竣（弟未暇往取），將印陳凡的詩，不知《張記》若干字數，如少，可提前，多則早交下較[二]。尊處地區號碼祈示知，至盼。

《屈集》想已擱置，能商之番禺縣政府否？

聞有《番禺文物志》出版，望設法找一册，交解放北路八六一號三樓汪德簡收轉。祝

著安

衍　五月四日

訂書的紙釘，有濕訂、乾訂二法，廣州卑濕，易生蟲，故用乾訂，外省多用濕訂，稍好的書宜用乾訂，祈酌之。弟亦能訂書、補書，經驗之談。

【注釋】

[一] 王貴忱撰《可居題跋》，自印綫裝本，一九八九年出版。

[二] 較，下疑缺「好」。

贵忱兄左右：

昨交黄文楷先生来抄到
交下的大作已收，另一册当便
交耀光先生。

题跋墨迹阅内容丰富，多所
发明，佩甚佩甚，俟再细阅之。
前云有排校时记不知如何，今已
付下此本要挑误，须信得计开
错不多，已予改正（另未暇经取），将予
陈凡的讨，它可能记若干字数如
大千提前多方早交下校
尊处趣之当鸿转
示知为盼。
屈集抄已抽出，终需商之书局
将改付否。
尚有粤南风物志之出版，望设法
找一册交舒秘北路861号三楼汪纪同
此祝
春安
弟衍 五月四日

订书的纸钉、有湿订、干
订二法，广州潮湿，易生
虫，故用干订，然有多用
湿订，精好的则宜用
干订，新的亦然
订出神出经验了
装

六月二十八日

貴忱翁左右：

六月十八日札收到。

前天葉健民律師來，藉悉福躬安康，殷殷接待，出示珍秘，大飽眼福，弟亦有同感也。黄文彬帶來大著四册，早已收到，并即函復。弟向案無留牘，豈付洪喬耶。拜誦二過，獲益良多，如果方便，再寄二册來，擬贈澳門舊友，何如？第二册何日出書，先睹爲快。《屈集》詩、文、新語已發排，至慰。非鼎力督催不爲功，尤佩弘毅勝人也。

聞廣州出版《廣州文物志》，又番禺縣出《番禺文物志》，前者價必高昂，不知價若干？又後者價想較廉，欲備價得一本，盼商之歐公，何如？即頌

暑安

弟宗衍　六月廿八日

貴忱鄉左右
六月十六日札拜讀　尚
承蒙便人組師寄籍書
福州五處徵之接待出示
珍秘不啻眼福亦有同感也
黃文禮草来大善四冊早已收到
雖即丟後奇列乘岑嶺豈付逐合邸
拜讀二過觉正名如果方便两言
二冊寄拟帶俁付諸友仍如京二冊付仉
出之意将此地
佐乐計之幼設之發揮金世张
助力智借入為功尤偉
弘敦勝人也
内窖世出放ㄣ廣世文好志之善属
拟出ㄣ善属文好志ㄣ亦属佈必高眾不
知佈差不又次去佈哲樣麂歌備何日
一东陵高之攺佈仍如印飲
善安

弟宗衍六月廿六

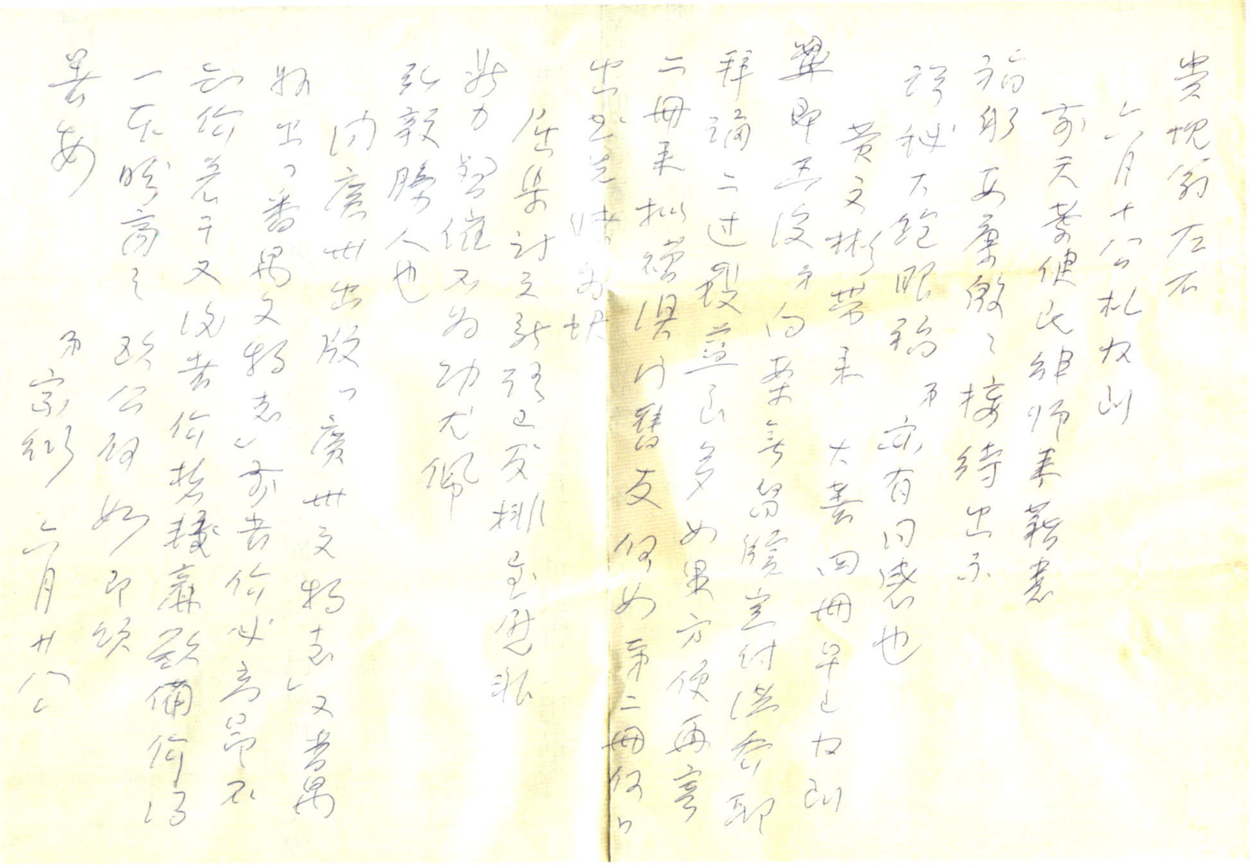

七月三日

貴忱翁左右：

前奉惠贈大作《題跋》，又承告《屈集》已發排，先後復兩函，計已收到。

大作博覽精湛，夏日讀之，可以解暑。《廖柴舟卷》[一]誠得未曾有，粵東似無第二本，希望寄惠一照片，以供同志賞覽。

又，《張元濟詩文》一册，弟未見之，張丈與先君爲己丑同年，弟亦藏其詩箋數紙，不知有挽陳伯嚴（三立）詩否？希一查告我，能代覓一部或寄來用畢寄回，何如？亟欲一觀。

大著除勘誤表外，尚有誤字，不衹此數字，校書如掃落葉，無可如何。三四頁下柴舟詩第二首首句「耽閑」誤「耽聞」；三八頁《樵野日記》七行「登萊」誤「菜」，「調京」應在「建樹」下，「兩入總署爲……」改爲「再入總署」四字便明。愚瞽未敢以爲必是也。祝

好

衍　七月三日

【注釋】

[一] 指王貴忱撰《廖燕〈山居詩〉書卷跋》，載《可居題跋》自印綫裝本，一九八九年。

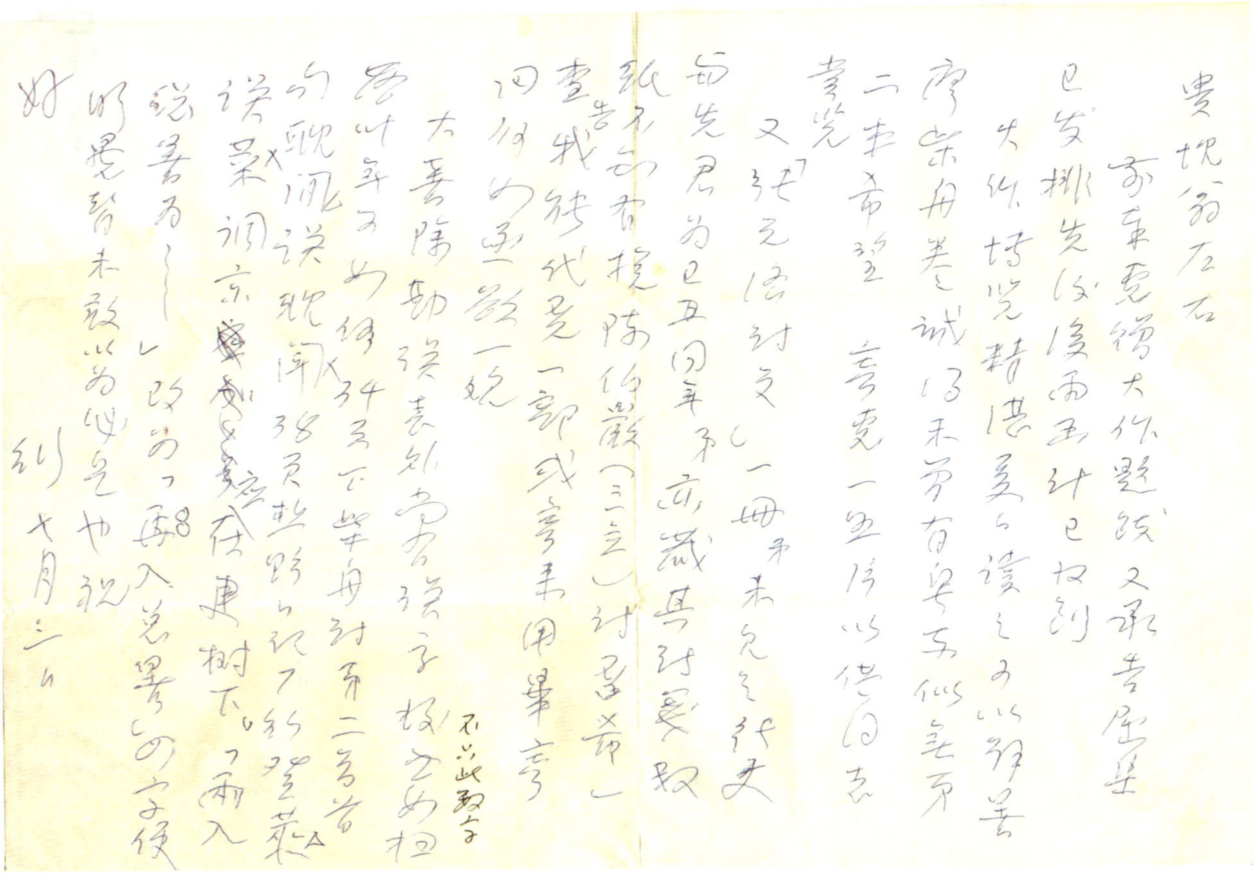

可居室藏汪宗衍致王貴忱函

七月六日

貴忱翁左右：

讀大作《樵野日記》跋，四十頁引「渭南旅中得廉祭酒書」詩，廉祭酒[一]何人？曾查書，或爲廉隅其人，尚無確據，以手邊乏書也。

朱汝珍《國朝詞林輯略》有清一代廉姓入翰林者三人，最後者温兆綸爲道光廿年成進人[二]，至光諸廿七已八十矣，必非其人。《進士題名録》廉姓亦僅十餘人（明人在内），最後一人爲廉隅，咸豐六年進士。清制，國子監祭酒滿、漢各一人，廉隅，滿人，以進士充任，然不詳其生平、是否曾官祭酒，可查《八旗通志》《八旗文徵》二書，或可得之，特以奉告。《縉紳録》必有之，但粤不易得。

暑天不敢赴市，僅在門前花圃早晚散步，諸惟珍攝。即頌

夏安

衍　七月六日

【注釋】

［一］廉祭酒，應爲「廉生祭酒」。王懿榮（一八四五—一九〇〇），字廉生，山東福山人。金石學家、鑒藏家和書法家，曾任國子監祭酒。

［二］進人，應爲「進士」。

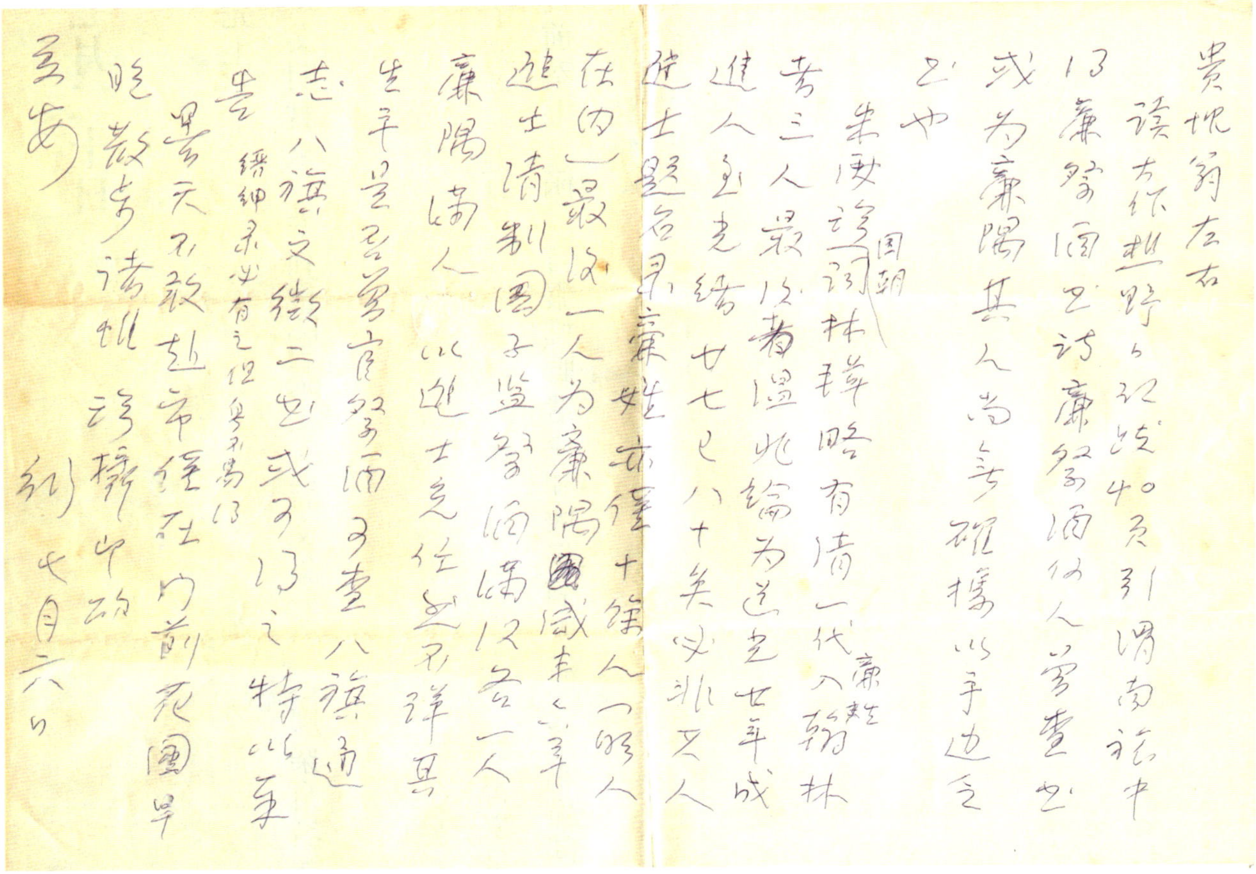

貴忱翁左右：

讀大作楚野之記跋，知應引渭南詩中「廉察」兩字，謂廉察兩人當查出或為廉階，其人尚無確據，以手邊之書也。

《國朝詞林輯略》有清一代入翰林廉姓者三人，最后者溫比綸為道光廿年成進士，互差廿七、八十矣，必非其人。《進士題名录》廉姓亦僅十餘人，明人在內，最後一人為廉階，咸豐六年進士，清制國子監祭酒滿漢各一人，廉階滿人，以進士先任，必可詳其生平，是否曾官祭酒，可查《八旗通志》《八旗文徵》二書，或可得之，特此奉告。縉紳录必有之，但身邊不易得。

是天不敢赴市，經往日前花園早晚散步諸帖，詩稿收到。

並安

衍 七月六日

七月二十日

貴翁先生：

黃文明君來，奉到惠贈張丈《詩文集》、《廖柴舟詩卷》印本、《屈集》稿紙，謝謝！不知何以爲報耳。

一九三八年四月三日張丈致先父函附抄詩頁，除已見刊本外，尚有「園梅著花」七絶一首云：「幾日春風着意吹，北枝纔放又南枝。夜來陰雨朝濃霧，知否東皇肯護持。」清新可誦，録奉一粲。

日前奉上一函，言張樵野遣戍和廉祭酒贈詩，疑爲廉隅，不知《八旗通志》等有其人否？

天暑，諸維

珍攝。即頌

著安

宗衍　七月廿日

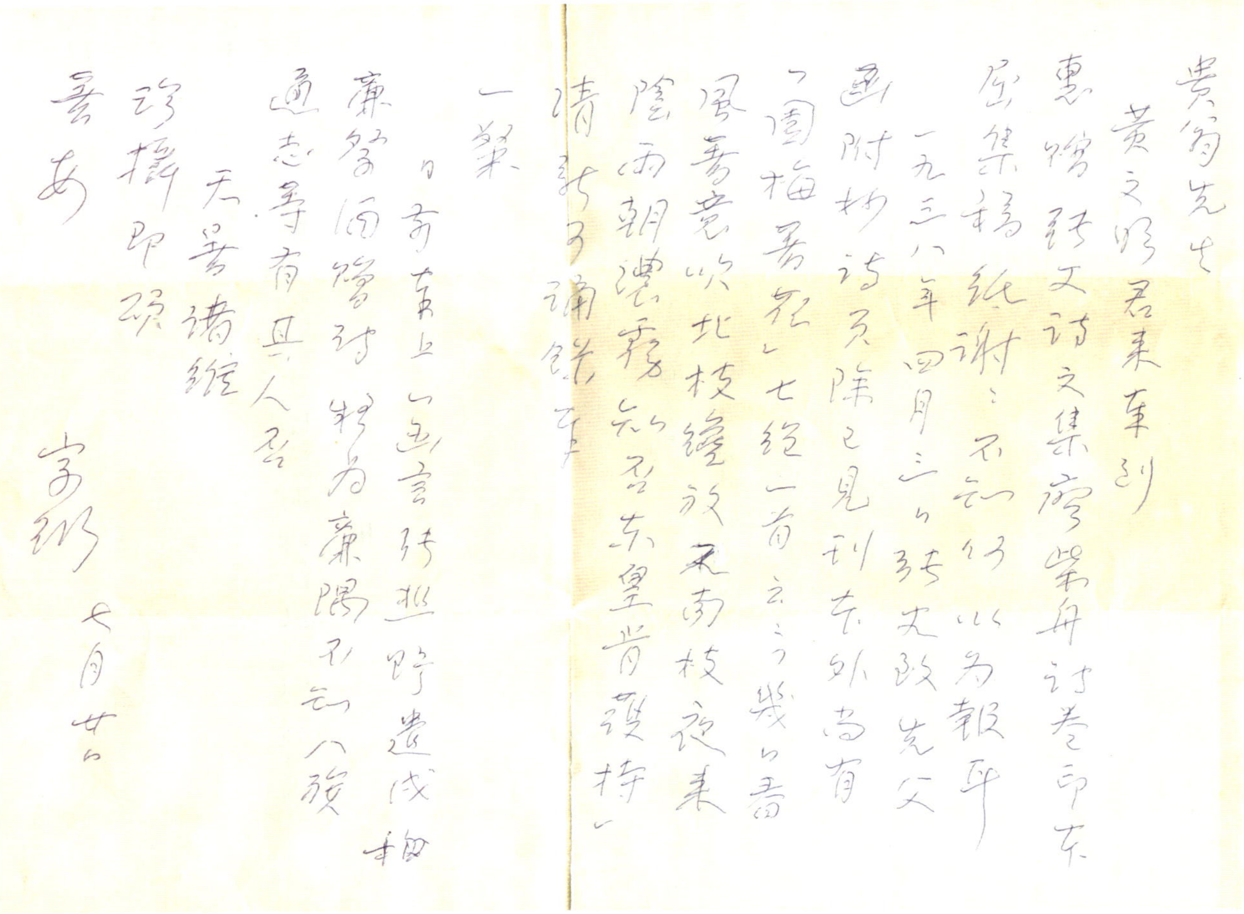
貴忱先生：
黄文明君來華，得
惠贈羅叔言詩文集、廣東朱舟詞卷四、東
廬集稿紙，謝謝。不知何以為報耳。
一九三八年四月三日張大千致先父
函附柳詩，只除已見刊本外，尚有
《圖梅畫扇》七絕一首，云："幾日春
風吹北枝，繞檐放了南枝。夜來
陰雨朝還霧，只合東皇背護持。"
請轉寄補錄為荷。
一葉
日前寄上《畫言詩拙野遺佚》抽
廣東詞徵詩稿，為廣陽不知八旗
通志等有其人否。
天暑，諸維
珍攝。即頌
著安
宗衍 七月廿二

八月五日

貴忱先生：

一昨托中文大學文物館影印廖燕《江夜絶句六言》二首來，細閲與梁藥亭書迹无异，而與尊藏詩卷大别，似此非僞作，而爲藥亭偶爾代書耶。奉上一粲教之。

此頌

夏安

衍　一九九〇年八月五日

敝寓正對香港船隻入口之鯉魚門，正爲我咏，惜無蘆花有叢樹耳。

韶州排字本《二十七松堂集》有此詩否？盼告。

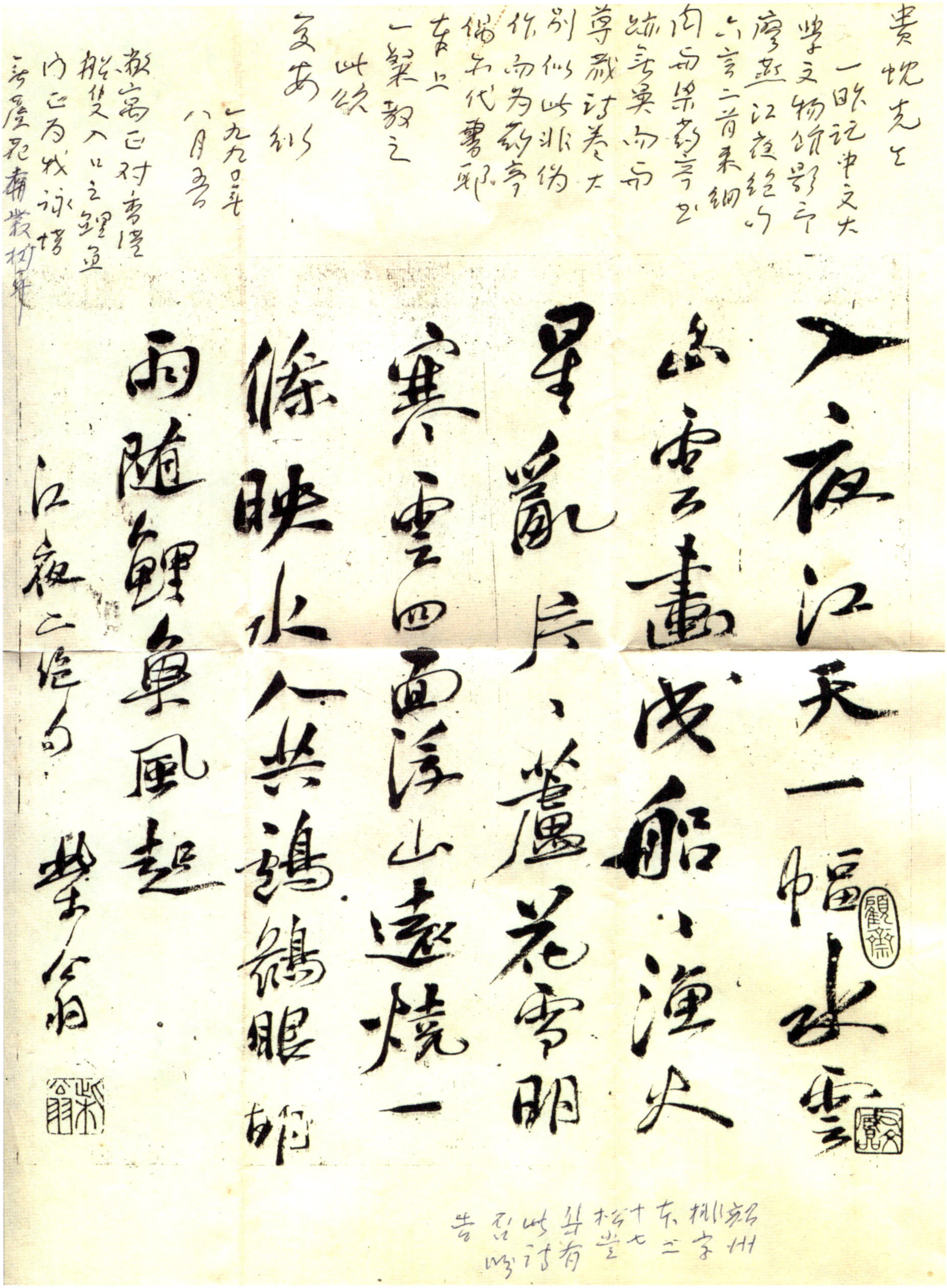
貴忱先生
入夜江天一幅
江夜二絕句

一九九一年

四月三日

忱翁先生：

三月十一午大札拜收，藉悉福躬有采薪之戚，入院半載[一]，回府即馳函告我，足徵厚誼。而弟幾月來都未獲悉，未克奉書奉候，至歉。春寒料峭，仍祈珍重是盼。

尊恙糖尿似難根治，惟節飲食，至於肺疾如爲肺炎，則久有特效藥，數日可愈也。弟亦於去臘以草文過勞，感冒咳嗽痰多，來函曾囑勿寫文字，而弟向敏感，病不能吃特效藥，而高年夜尿頻數，苦甚苦甚。近月來始復元，而元氣大傷矣。恨未遵教節勞也。

援老《書信集》[二]去年已由智超托北師大人員公幹時帶到，惟弟祇係獵涉，未能細閱，尊示云有數處注文錯誤，望速示，以便用弟名義或缺名告知智超，而未及注出者不下二三十人，内有智超下问者，已告之。

《南海志》事，弟不過穿針引綫，并無提出問題，大作《前言》舉援、雨二公極是[三]，不敢掠美也。

草草先覆。即頌

春安

弟宗衍拜上　四月三日

陳融《黄梅花屋詩集》近已由何耀光重印，附以《讀嶺南人詩補遺》（内爲晦聞、展堂、季新、執信，皆彼老友）。又，陳凡《詩集》及《雨翁回憶録》已包好，待有便人赴市時付郵，以敝寓距郵局頗遠。先告。

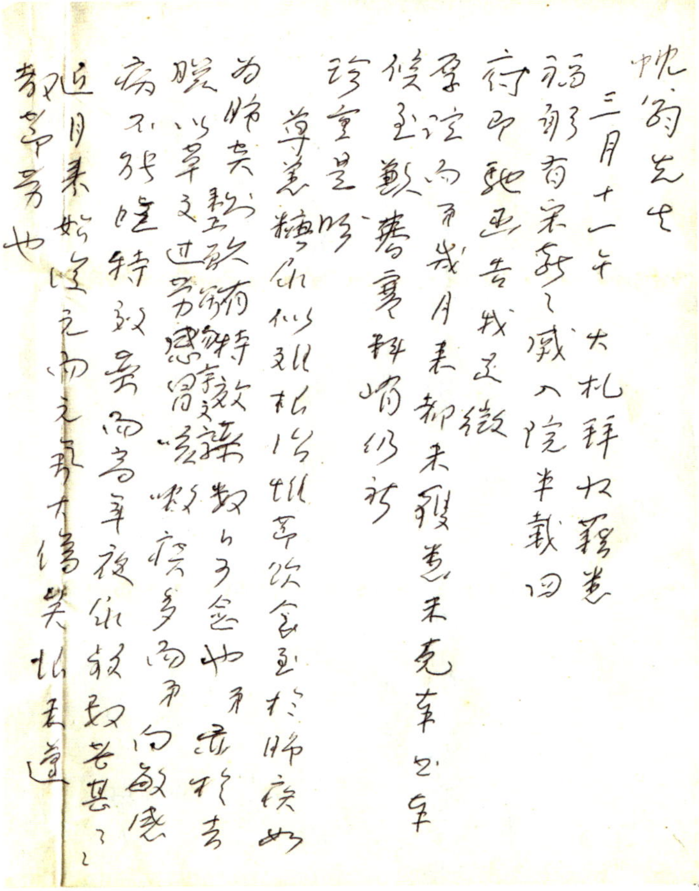

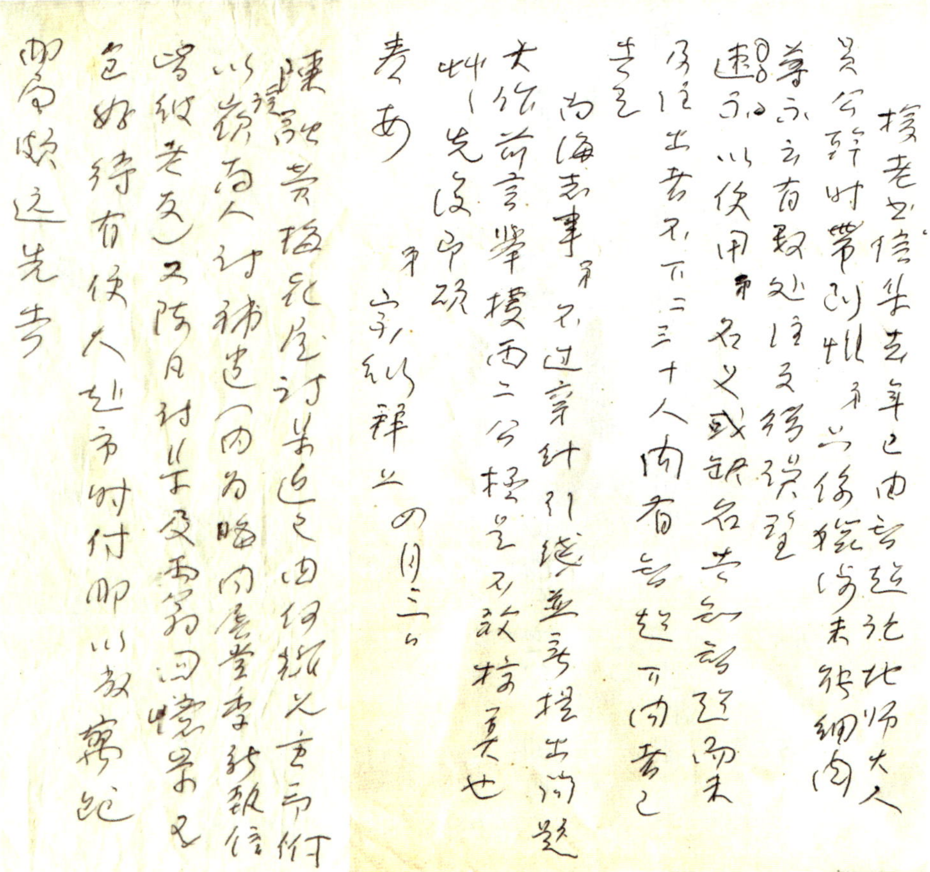

【注釋】

［一］一九九〇年下半年，王貴忱重病住院治療半年，無法通信。

［二］指陳智超編著《陳垣來往書信集》，上海古籍出版社一九九〇年出版。

［三］王貴忱撰《大德南海志殘本》前言提及是書卷末收録陳垣、黄蔭普所寫兩篇跋文。

四月二十日

貴忱翁左右：

四月十三日示奉悉。

下問嘉興藏有目録單行本印行。冒澄，如皋人，鶴亭之叔祖，在粤服官，先叔祖在其幕中。《寒碧堂尺牘》未見，大抵在粤印行不多，故罕，流傳少。

民國初年廣州有古錢熱，潘六如[一]大做僞泉，弟未識其人，我行府學東街時尊古主人爲潘熙，解放後尚在港。若潘致中（熙父也）、潘楠卿是老輩，府東市多潘姓，潘熙亦嗜古泉，六如或潘熙之父，即尊古主人。六如何人，問鄧濤父子或知之。尊古旁之紹華軒托裱碑帖，陳姓，爲楠卿婿。

援老《書信集》弟無暇看完，即弟的部分亦全未細看，偶爾一翻，漏箋人物不可勝數。先生巨眼，訂出尹炎武注云朱駿聲及龔藹人、王謇……等人，非博學者不能下筆也。

萃古堂弟去游觀不知凡幾，達文時到我家，他説做金鑲玉裝自認第二無人敢言第一，該店在馬路一條小横巷，與大同路斜對面，似其街名爲「第十甫水腳」，五十餘年不到，不知屬實否？解放後盧曾到澳門，一次在公共汽車上亦晤面。

書信集注人名絶無體例，當注不注，亦有重注，先後互調，不若仿人名索引例，列一目録於後，詳注某人見於某頁某頁便一目了然。惟智超急功近利，又付稿五年纔能出版，且要編者負擔若干百册始能排板（因預約不多），故弟亦預付二十册訂購，大字精裝，談何容易哉。

尊齋舊藏蔡哲夫兩面印[二]，似非鄧作，百花冢無鄧名，其非鄧作明矣。中大李某爲文質疑，馬君寄來閲覽，弟在文末加了一小段而已，其實三人皆多費筆墨也。《掇存》付馬君數年，弟幾忘之，他從塵封中偶檢補白而已。祝

康健

弟衍　四月廿日

【注釋】

［一］潘六如，廣東南海人。清末民初古董商，一九〇七年在廣州東山發現并考據出南越國文字陶瓦。

［二］此印一面刻「黄慈博、伍佩琳、蔡寒瓊、談月色督拓百花冢石刻」，一面刻「南海潘和、番禺徐绍棨、東莞鄧爾雅、顺德蔡守督拓廣州圖書館金石文字記」，黄文寬、王貴忱謂鄧爾雅刻，汪宗衍謂蔡守或談月色刻，亦有人認爲一面爲談刻，一面爲蔡刻，至今持説不一。

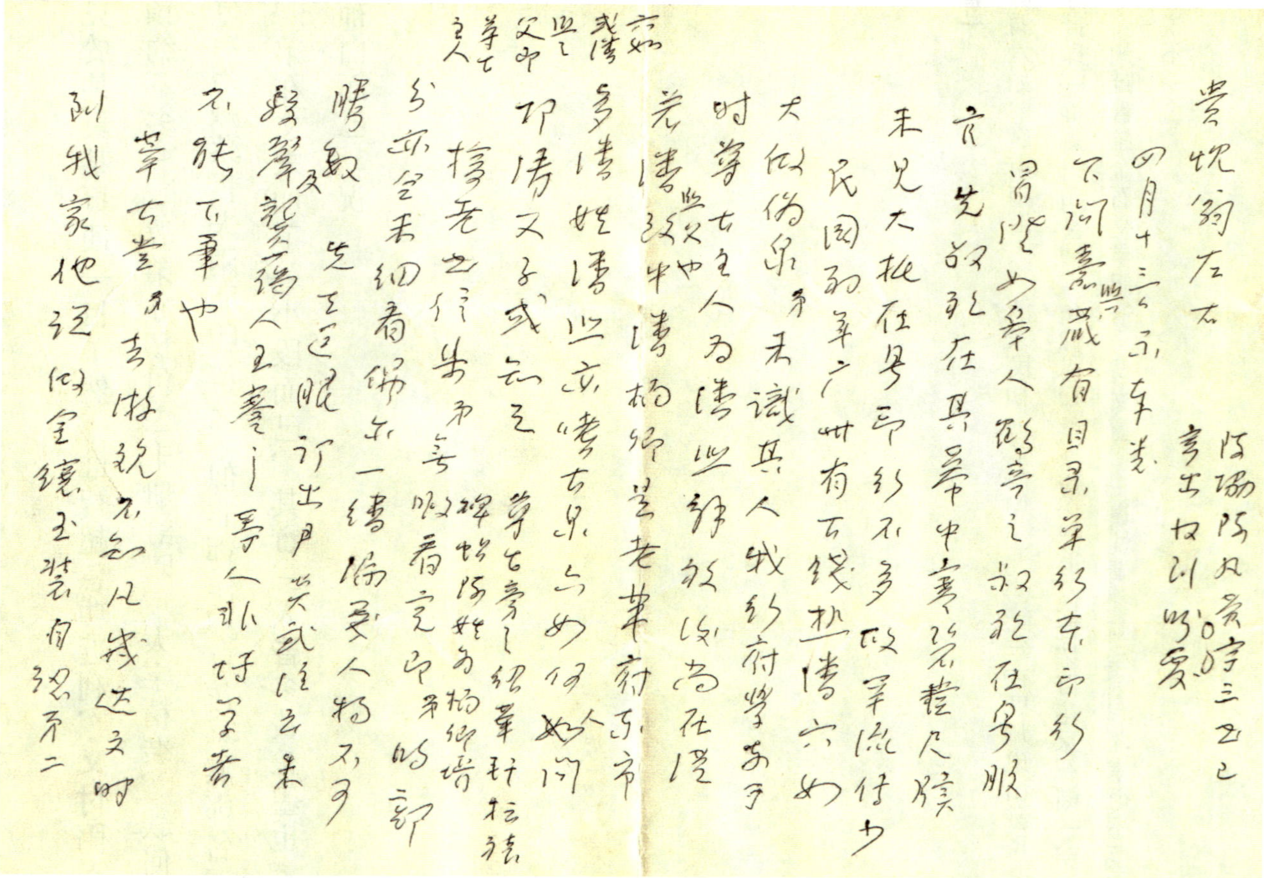

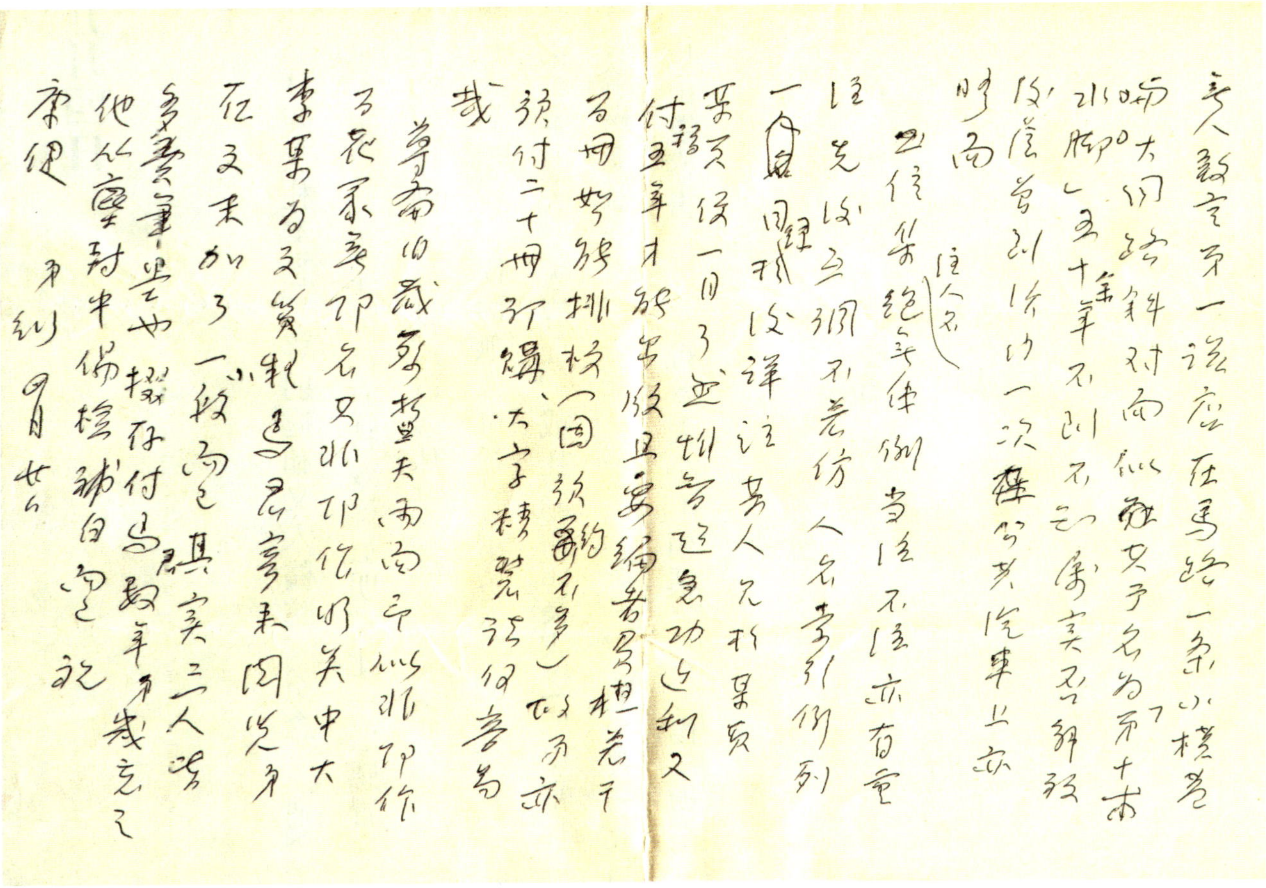
原人論言有一謊，應在馬路一條小橫巷
內，大門斜對面，似為某名為第十甫
水腳。五十餘年不到，不記確實否。再設
後請曾到彼一次，[illegible]共說來且亦
時間。
此信（注人名）發絕無僅有，當注不注，亦有當
注先後互調，不若仿人名索引例，列
一目錄，排後詳注某人見於某頁
某頁，讀一目了然，且收翻查之功也。和又
付稿五年才能出版，且要編者負担若干
為冊，如能排校（因該書篇幅不多），似可亦
預付二十冊印價，大字橫裝，該何喜為
哉。
尊藏舊藏鄧(?)豐夫兩面印，似非印作
為花家為印名，又非印作，明矣。中大
李某為文質之馬君，寄來閱後，有
在文末加了一小段，句之：其實二人皆
多矣舊事，豈也，擬存付馬君。數年前，我忘之
他從塵封中偶檢，補白句之。
來使　弟衍　四月廿六

五月四日

忱翁左右：

四月廿四夜札奉悉。尊躬違和又入醫院，至念。前函云肺疾，不知爲結核病否？從前香港人烟稠密，爲殺人第一手，四十年前已有特效藥發明，比一般感冒病還易醫也。若果見血則一照X光，并切要打針服藥節勞，如大作則要静卧，以多休息爲妙。

囑拓先君遺硯，硯面無人可托，中文大學文物館有專人，但忙甚，以六月底中大與省博物館合辦端硯展也。弟與「專人」未謀面，或托該館館長謀之或得當耳。

省博藏楊繼盛一硯，「繼」字作「䋝」，斷不會寫此俗字，而「糸」刻作「彳」，「嘉靖庚子」四字與下「焦山繼盛書」五字行款大小不相稱。又，楊字椒山，非焦山，少山雖曾住焦山一短少時間，僞作無疑。

尊藏蔡守手稿是何書名？又内有提及宜興茗壺否？如有，文字不長請覓人抄來或撮要示我，至盼。信來不必太長，費神不安。即請

痊安

衍　五月四日

可居室藏汪宗衍致王貴忱函

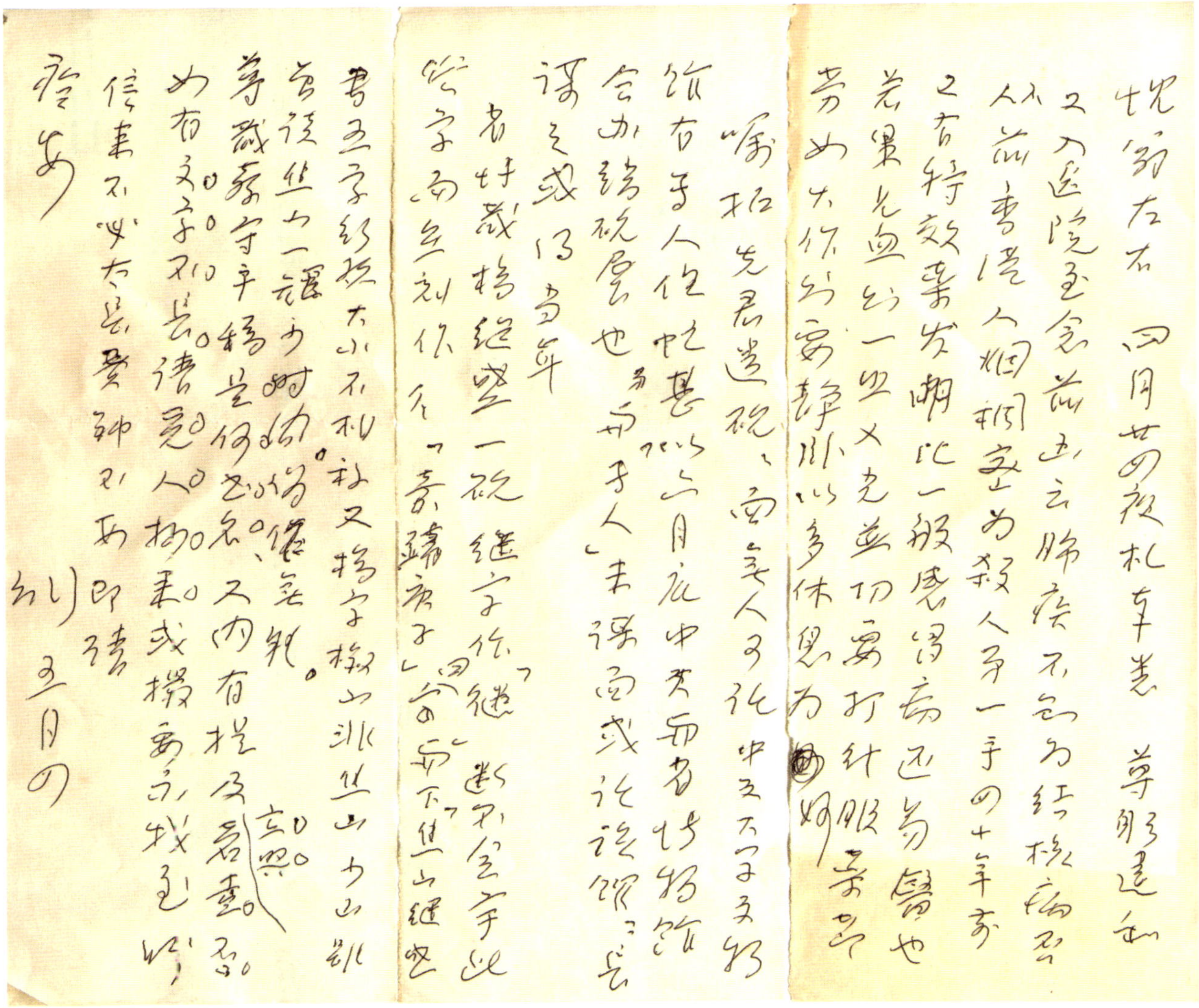

五月五日

忱翁先生：

四月廿四日教誦悉。清恙復作，至念，似宜多休息或多卧床，勿讀書，勿作書作文，不知有注射特效藥或服小丸否？

敝藏硯存中文大學文物館，準備於六月底與省博合作端硯，一時無拓手，中大雖有專人爲之，但聞忙甚，俟展覽完後致函該館長托其代達，自上而下或可得當也。

尊藏蔡守稿本有若干册？書名如何？内有談宜興茗壺者否？友人研究茗壺，囑覓資料，如有之請複印或托人抄來，想不會文字甚多也。

蔡印事聽讀者定之，擬作文論之能無過勞乎？脱稿幸賜示，付《藝林》發表否？

省博藏一硯，篆書銘八字，行書「嘉靖庚子焦山繼盛書」，上四字與下五字筆氣行款頗異，且「繼」字作「𢇍」，不應寫俗字。楊字椒山，非焦山，雖曾住過焦山，但爲少年時，壽四十，廿四點翰林，後一直似在京師矣，僞作無疑。即頌

痊安

衍　五月五日

忱翁先生：四月廿四日手教誦悉。
清恙後作，似宜多休息，或多卧床，勿
讀書，勿作書，作字不知有治肘特效藥或服
丸否？
敝藏硯存中文大學文物館，畢備於眉
廬，而有特會作端硯一時無暇，手中大部
爲本人所有之，作同於其侯，會覺無從致函
該館長，託其代述自上而下，或可得當也。
尊藏蔡守稿本有若干册？已名如何？仍有
識容照寄否？友人研究居巢、居廉
資料，如有之，請檢印或託人抄來，想不會
文字甚多也。
蔡印事頗難書證之，擬作文論之，能
覓迄無刊本擬稿，并以寄付藝林發表
否？
前得藏一硯，家已銘八字，影已嘉靖庚子
焦山總鑒已上四字，另五字筆意古剝，款類吳
且鑒字作繼，不應字俗字楷字，稍山非焦山
刻否，信過焦山，但爲少年時壽四十，廿四三翁林像
一五似在宗師某仿作，意覺如何？即頌
痊安
弟衍 五月五日

五月二十一日

忱翁左右：

昨奉五月十四日藉悉清恙未痊，尚居院療養，至以爲念，亟望吉人天相，早占勿藥，是爲至禱。辱荷囑爲大著《續集》[一]作序，惶悚莫名，弟高年，終日慵慵欲睡，不特文思極澀，且不能構思，每天早上祇能寫一信一紙，後此即不飲如醉矣。且《初集》已有潘序[二]，極佳，不必佛頭著糞，望賜愛俾我多享餘年也，諸乞鑒諒。

李君未嘗謀面，原文爲馬君轉來審閱而已，俟查知何人，再以大集示之可也。台端在養病中，似不宜寫文章，蔡印係小事，不必勞心，聽讀者自酌，何如？鮑廷博著茗壺書，友人未之見，倘不麻煩，轉托唐老[三]以靜電本惠之。惟唐已年邁，且國內找靜電頗昂，費用一切乞賜告奉還，至要。

敝藏小硯全形，已函中文大學文物館高館長，托其囑館員施墨氊拓，昨覆電答允，俟交來另寄。專復即頌

痊安

衍　一九九一年五月廿一日

【注釋】

［一］指《可居題跋二集》。

［二］《初集》即《可居題跋》，潘景鄭撰序。

［三］即上海畫家唐雲，喜鑒藏陽羨壺。

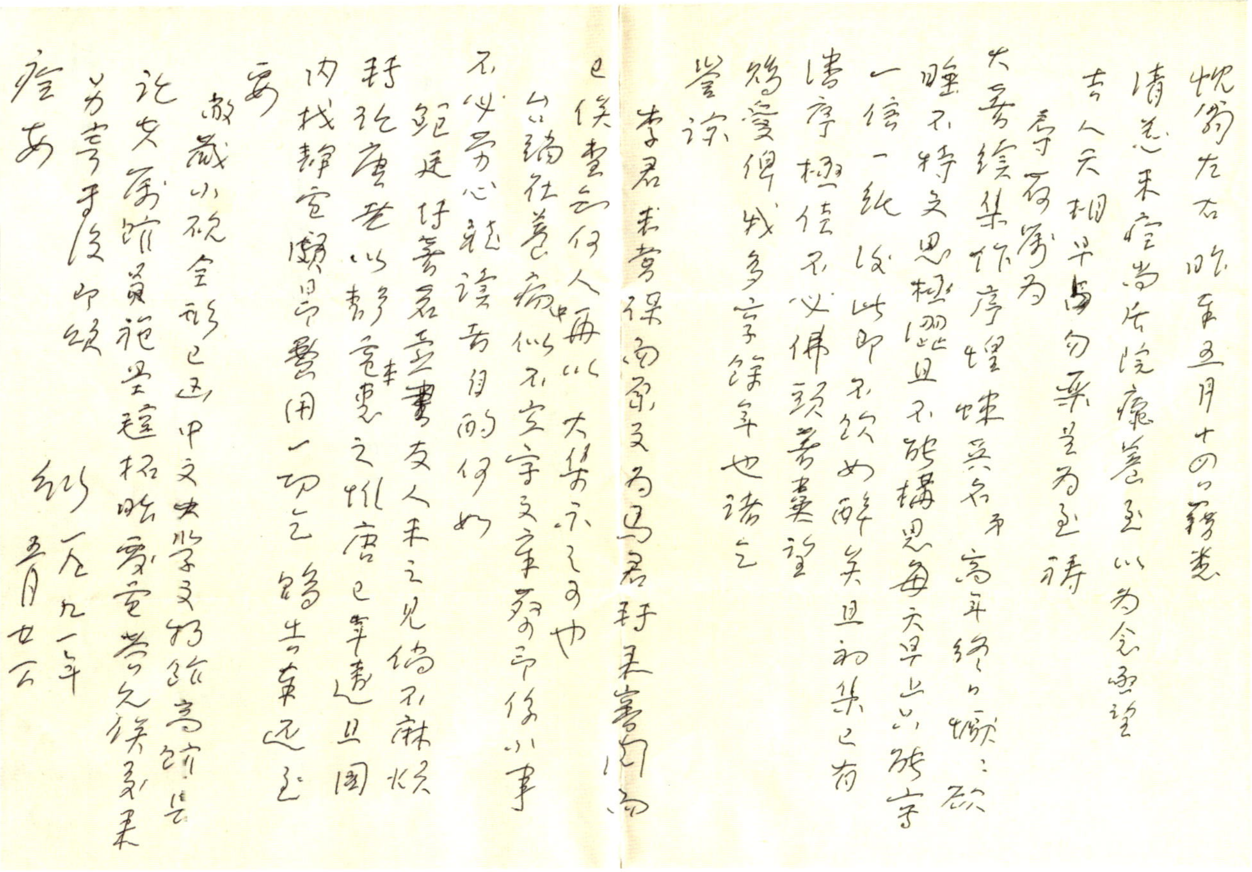

忱翁左右：昨奉五月十四日手教，
清恙未痊，尚在院療養，至以為念，亟望
吉人天相，早占勿藥，並為至禱。
李君前為
大著續集作序，惶悚莫名。弟高年纏纏懶懶欲
睡，不特文思極澀，且不能構思，每天早上只能寫
一信一紙，後此即不欲為，醉矣。且初集已有
潘序，極佳，不必佛頭著糞，望
為愛，俾我多寫餘年也。諸乞
鑒諒。
李君未嘗保留原文，為馬君評未審何人而
已，候查出何人再以大著示之可也。
台端在養病中，似不宜字文章發而作小事，
不必勞心，就請吾自取何如。
鉅廷評著君書友人未之見，倘不麻煩，
評論唐史以考竟本之怡唐已辛書送，且圓
內找靜室瀏覽，用一切乞錄告，寄還至
安。
敬藏小硯全部已送中文大學文物館，高館長
論其家館員花墨瑄招呼，當尊為先生收覽，未
易當手復即頌
痊安
衍 一九九一年
五月廿六

六月七日

忱翁先生：

六月十一日大教奉悉。《榆園叢刻》之陽羨壺系係晚明人作，友人已看過，不必再煩唐老矣。歐公本《張譜》，我囑中文大學寄尊齋轉或徑寄去，晤時一詢之，其向少寫信也（亦不會失，但寄機構則難免矣）。鄧、蔡印章事似不必寫萬言文，費神殊不直得，即千言亦可免，聽讀者自酌，此鷄毛蒜皮無費清神必要。

轂庵老人硯面一紙奉呈清覽。祝

健康

宗衍　六月七日

中文大學文物館在六月底舉行端硯展覽，負責人知有大作在大公《藝林》發表《可居名硯記》，托人在省博大尋尊製，不知大作在某年至某年刊出，祈便中示知。弟處則近十三年還港後，尚存早期的已棄去矣。住院無事，翻舊稿亦一樂事。

忱翁先生：
六月十一日大教奉悉。
榆園所刻之鷗堂詞者實係晚
明人，作者友人已看過，不必再煩詹
老矣。
啟公來函謂我處中文大學事，
尊處封或退還事時一詢之，其
向中文信也（亦不至失信於機構），則免矣。
卯郭印事似不必寄，萬言文
費神殊不值得，印千言亦可免能
讀者們的此類已[illegible]仗無[illegible]讀神
必安。
毅庵老人硯函一紙奉呈
清覽，祝
健康
宗衍 七月七日

中文大學文物館在六月底舉行講硯展覽，負
責人知有大作在大公報發表，其名硯
記作人住在大哥，尊製不知大作在
某年某月刊出耶？
使中大亦知，父翁近十三年過港時尚存早相
識，已棄去矣。信院是事，續舊稿亦一樂
事。

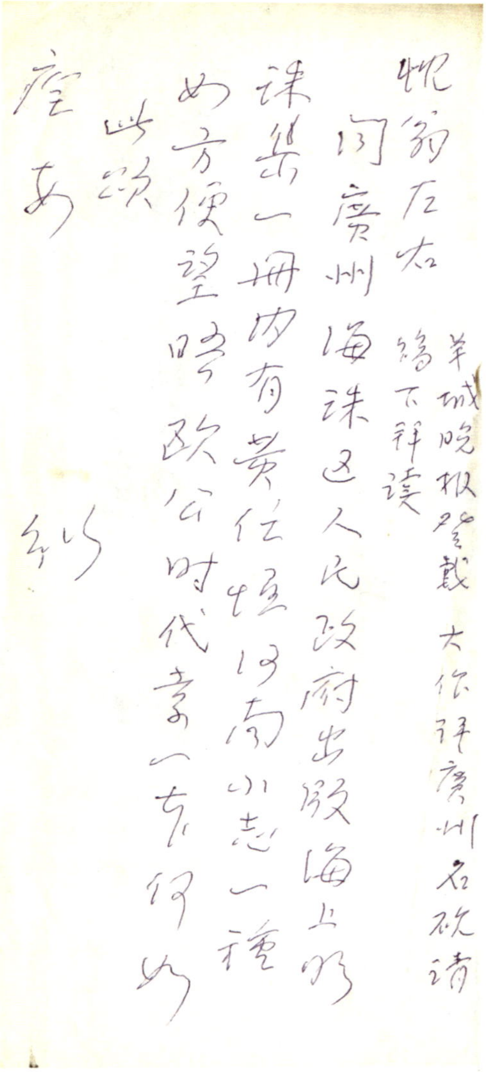

七月

忱翁左右：

聞廣州海珠區人民政府出版《海上明珠集》一册，内有黄任恒《河南小志》一種，如方便，望晤歐公時代索一本，何如？此頌

痊安

衍

《羊城晚報》登載大作《評廣州石硯》，請賜下拜讀。

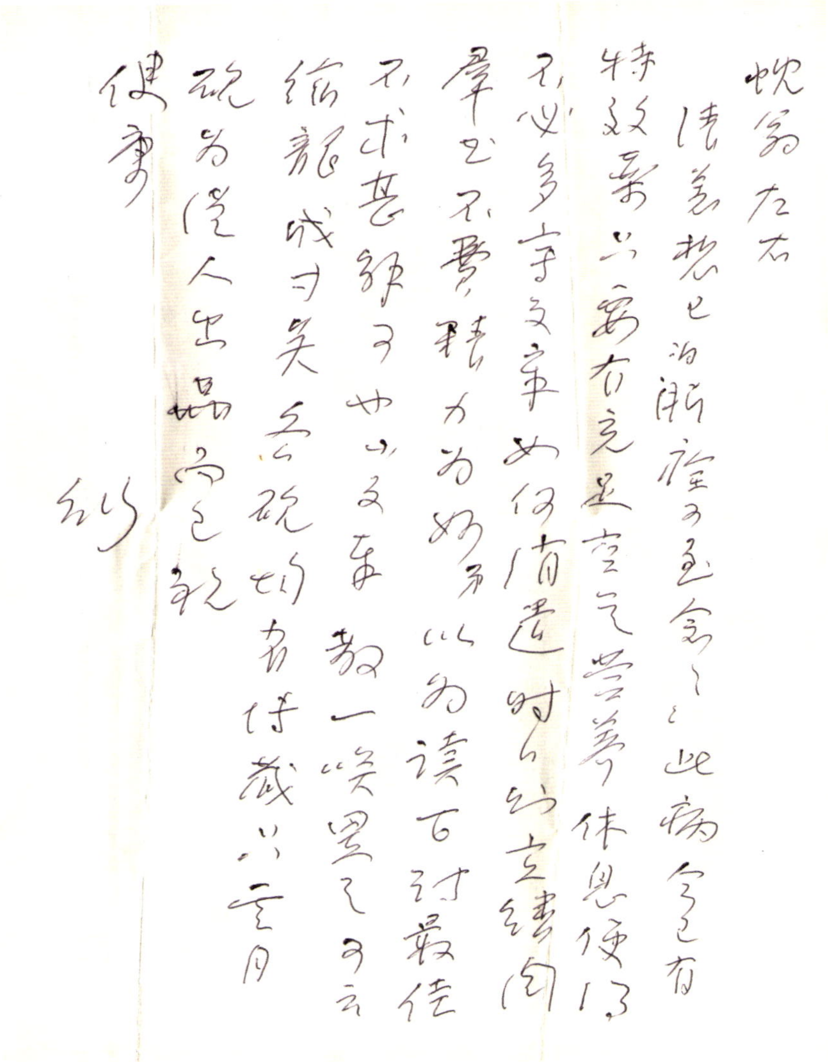

八月

忱翁左右：

清恙想已日漸痊可，至念至念。此病今已有特效藥，祇要有充足空氣、營養、休息便得，不必多寫文章，如何消遣時日，則宜翻閱群書，不費精力爲妙。弟以爲讀古詩最佳，不求甚解可也。小文奉教一笑置之，可云縮龍成寸矣。各硯均省博藏，祇雲月硯爲港人出品而已。祝

健康

衍

九月八日

貴翁先生：

日前奉示知《廖柴舟集》無《江夜》六言絶句，久未覆謝，至歉。已托人在中文大學圖書館查，《六瑩集二集》卻有此詩，又在《二集》評詞中。王士禛阮亭、宋犖牧仲、龔翔麟蘅圃、史申義蕉飲諸家皆稱藥亭爲柴翁，其詩梁作，柴翁爲其晚年别號，又非廖寫明矣。此頁孫仲瑛、簡又文遞藏，今得以正誤，至快。

兹有奉托者張其淦輯有《東莞詩録》，不知其爲民國某年出版？又爲木刻抑鉛印？中文大學無之。而宇亭《廣東文獻知見書目》亦竟不載，極爲詫異，望撥冗爲我一查示及，至托至盼，謝謝！

《張蔭桓日記》不知已整理好否？事隔兩年，陸續有書本「排隊」，而何翁前月以小便血入院割治，心臟亦有小毛病，恐其日久忘記，如已抄成，請先示知，俟與洽過纔好寄來，弟以風濕足痛二三月未見面矣。此頌

秋祺萬福

衍　九月八日

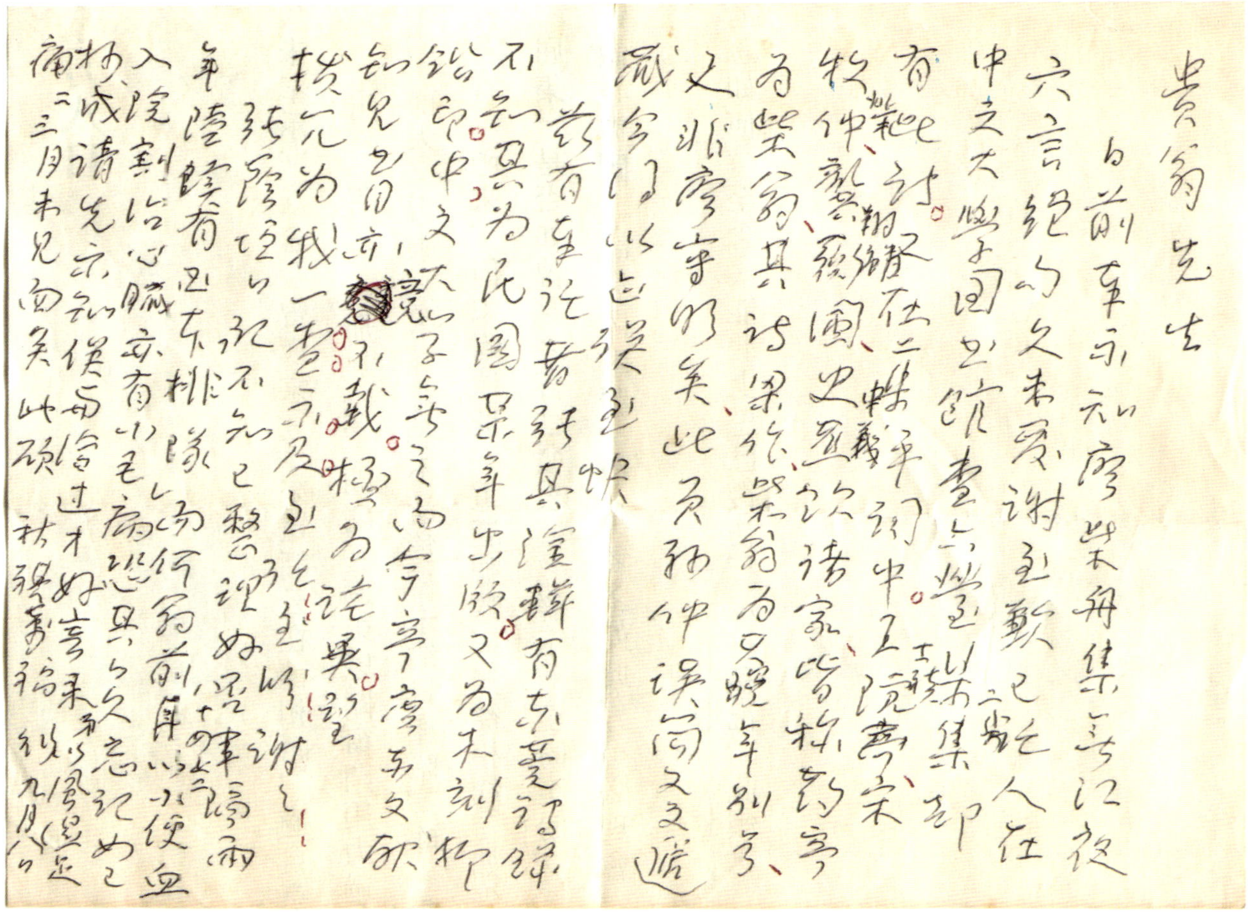

十月八日

貴翁：

久未奉示，甚念。曾漢棠[一]來電話云在穗相晤，適自京回，云《屈集》已發排，明年出書一半，越一年出齊，并《書品》一册見贈，謝謝！適弟以關窗門用力過度，久有心脈間歇宿疾，故約其一周後來，先寄書來，前天又電來，弟耳背聽不清楚，未約日相晤，昨《書品》已寄到了。

曾君有一函來，但未附地址、電話號數，無從相約。如先生知其港址、電話，請示知爲盼。

《屈集》是否如曾君之言已發表，乞詳示，至盼至盼！

曾做心電圖，誠有間歇脈，但年老多如此，不必理會。惟多休息，不敢寫作，將筆硯焚去，尚有待也。

清恙如何？至念。能北上想已復初，定符私祝。此頌

著安

衍　十月八日

【注釋】

［一］曾漢棠，香港歷史學者。

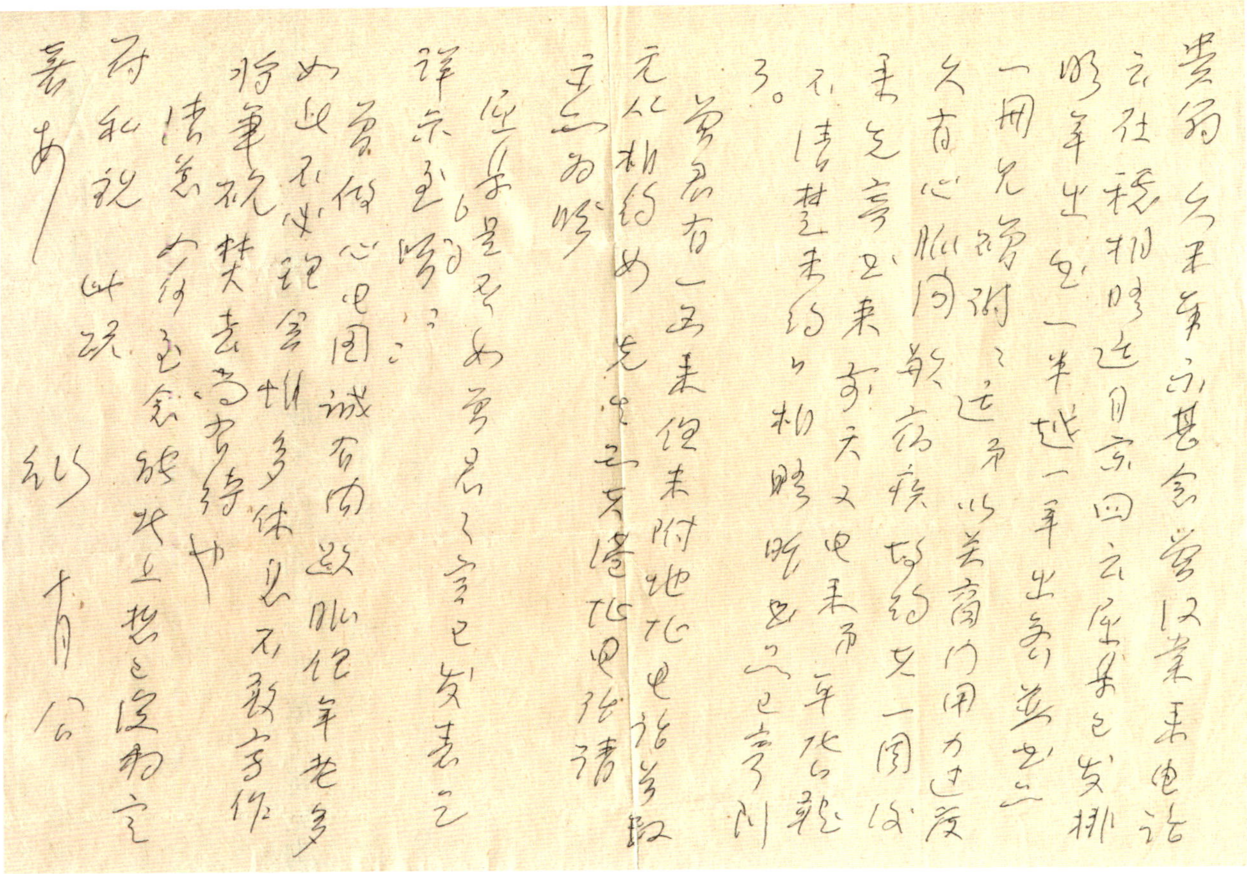
贵翁：久未笺候，甚念。曾以棠禾电话
云在穗相晤，近日宗回云屋集已安排
明年出版，一半越一年出齐，并先以
一册见赠，谢谢。近年以若窗门用力过度
久有心脏问题，旋病疾，约交一周，仍
未能写字，来书前天又电来，并代转
不清楚来约与相晤，昨已写门
了。
贵居有一函来，但未附地址，电话号码
无从相约，如先生已有港地址、电话，请
示之为盼。
作字显著如前，君之宫已发表之
详示为盼。
贵体心电图诚有内数脏但年老多
如此不必过虑，相多休息，不敢写作
将笔砚焚去为荷待也
请为勿念，体北上恐已度新定
荷私祝　此颂
善安
衍　十月[illegible]

十二月三十日

貴翁先生：

久未奉書，時以爲念，《屈集》事如何，朋輩時時見詢，乞撥冗告我數行，至盼。

近月來患感冒二次，由於寫作稍多，兹有約二萬字左右，爲談顧千里事。一九一九年曾寫《千里年譜》，刊《北京圖書學季刊》，六十年來，時有增訂，未印行。以近有顧千里研究疏略頗多之故，不知熟人如李君文約肯代清稿，筆金若乞代覓人示知，一切至紙與郵費當由弟任之，請俯懇代謀爲盼。

專此敬請

春安

衍　一九九一年十二月卅日

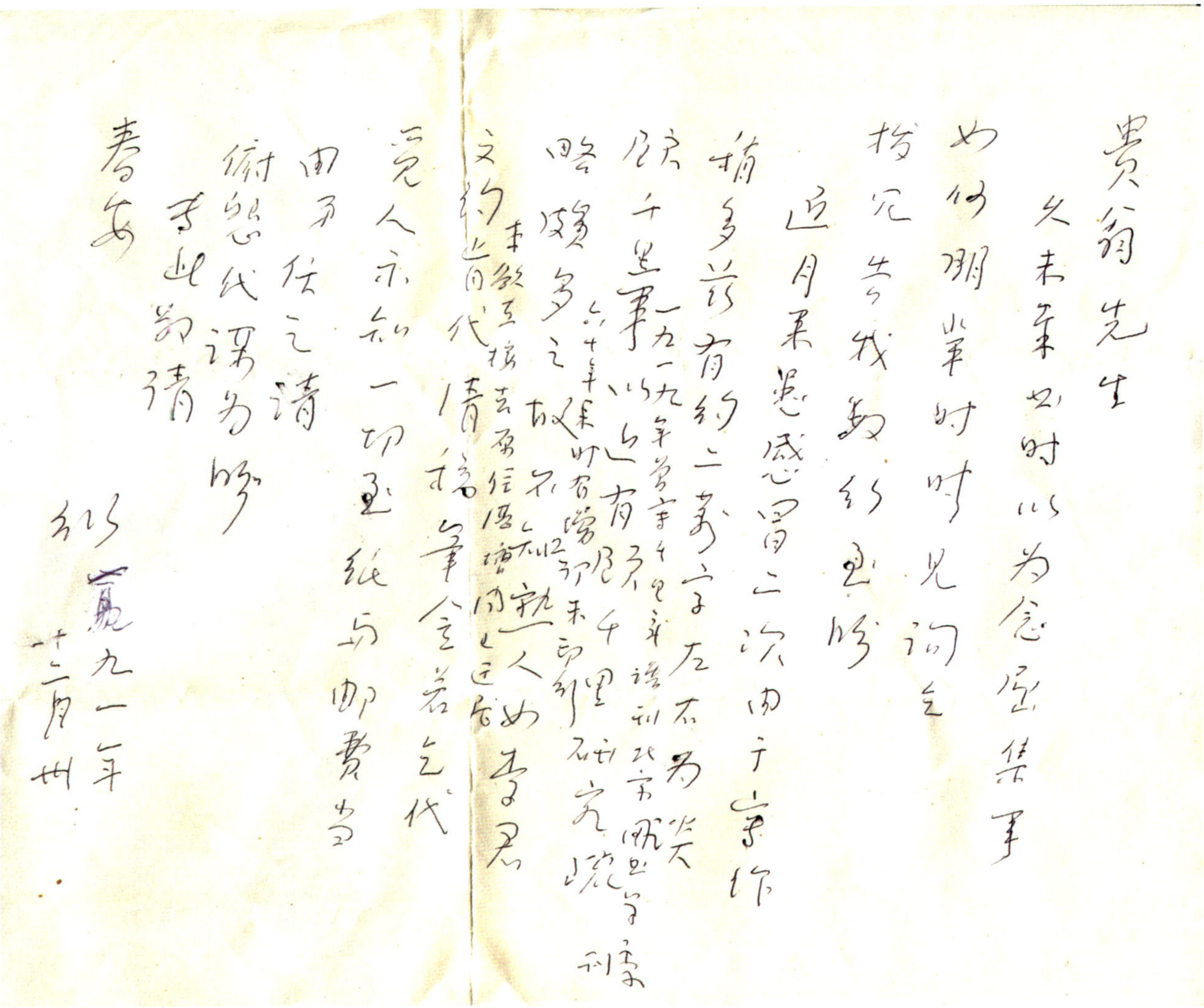

贵翁先生：

久未笺候，时以为念。屈集事如何？渊常时时见询，兹特以告我兄[illegible]。

近月来患感冒二次，由于写作稍多，前有约二万字左右为[illegible]千里事（一九一九年[illegible]）以近有[illegible]千里研究[illegible]略嫌多之，故不[illegible]熟人如李君文约，[illegible]代请[illegible]稿，笔金若干，代觅人亦知一切，至纸与邮费当由弟任之。请

代谋为盼。专此即请

春安

宗衍

一九九一年

十二月卅

一九九二年

三月二十日

貴忱先生：

久未修函奉候，至以爲歉。今春在家曾蹉跌三次，幸托芘無礙。六一翁[一]文已拜讀矣。《屈譜》發見要略爲修正數處，原清稿本五一二、五一三兩頁抽出作廢，改換新的奉上，五一二、五一三、五一三之一、五一三之二、五一三之三合共五頁。又，五三一、五三二兩頁改换修正的共二頁。

去年至今陰雨寒冷幾達兩個月，殊爲難受，神散手硬，殊不成字，托人清稿而大小字（即旁注）寫生不能分晰，草草奉上，如果不能交沈錫麟先生，請托李文石[二]兄代抄，抄資若干請酌付，示知奉繳。即頌

撰安

衍　三月廿日

【注釋】

[一] 六一翁，指歐初。其他函中的「六一居士」「修公」亦指歐初。

[二] 李文石，應爲「李文約」。

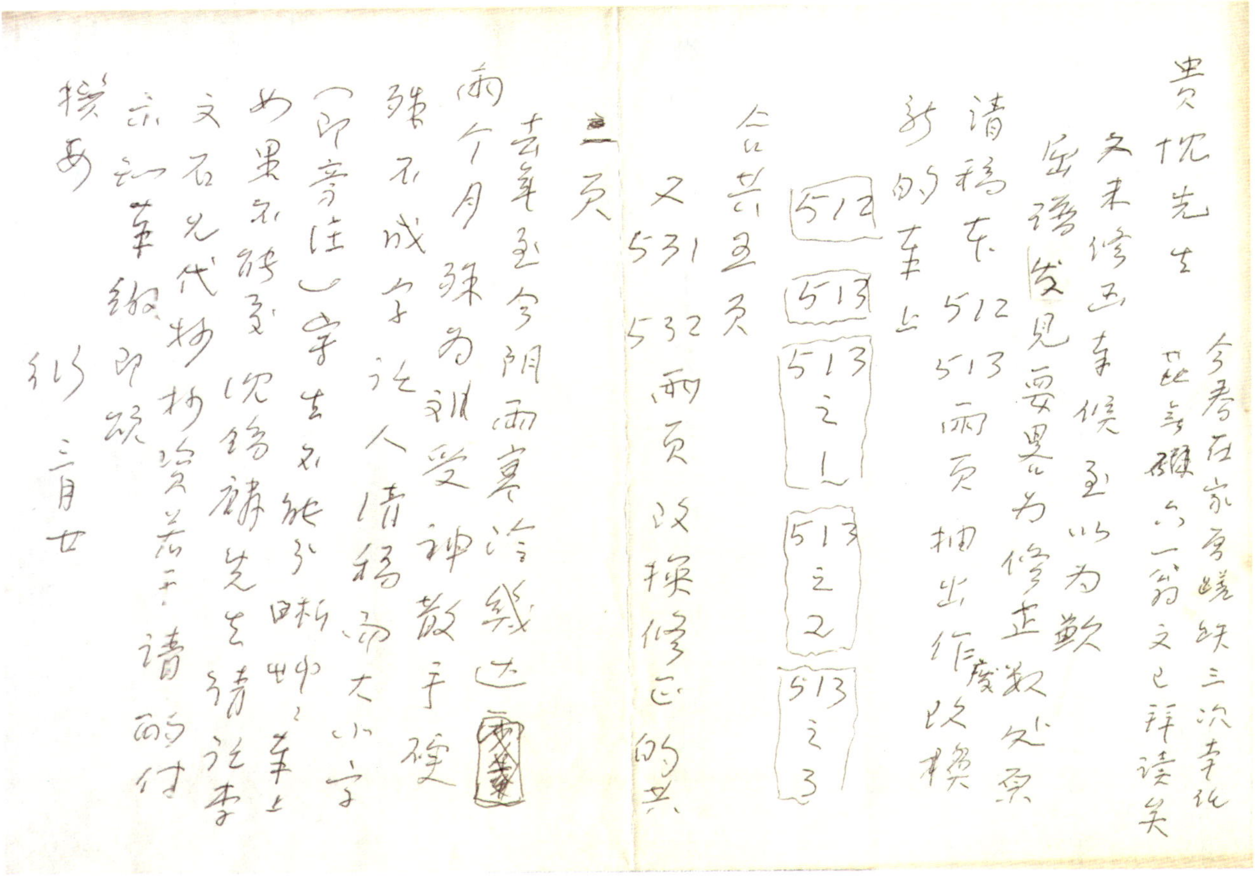
貴忱先生：
今春在家曾蹉跌三次，幸化險無礙。六一翁文已拜讀矣。
文末修正，幸候至，以爲歉。
後發見要略爲修正數處，煩
請稿本512、513兩頁抽出作廢，改換
新的奉上
512
513
513之1
513之2
513之3
合共五頁。
又531、532兩頁改換修正的共
二頁。
去年至今開兩寒冷幾次
兩个月，殊爲訓受，神散手硬，
殊不成字，託人清稿，而大小字
（印章注）字去不能分晰，妙妙，奉上。
如果不能采，況煩請先生請託李
文石先代抄寫若干，請酌付
示知。草此，即頌
撰安
衍　三月廿

四月十三日

貴忱翁左右：

三月卅一日誦悉。

《屈譜》修正稿數頁最好能托人抄過一份（筆金弟照付，請代墊，隨後歸趙）寄與沈錫麟先生，能由兄赴京之便帶交尤妙。因有兩份，或先以一份寄去爲望，就是因《屈集》排案無期，能有一份存京，穗中望他日有一修正定稿出版也。

《番禺人物志》已找得一册，先君有小傳，而屈大均、陳澧亦有新傳，則弟昔年爲屈、陳年譜尚不失眼光，新傳得以采擇也。

鄧、蔡刻印之辨初不虞勞動六一居士，乃不知此印已由可居移去修公。就此印價值言，自以鄧印爲較「值高」，惜《藝林》二次文不着邊爲憾。簡言之，黄某已爲被告，不能作證人。第二合作畫係一時寫意之作，豈能鄉黨叙齒，應取鄧、蔡以上人物連名印，方能破李君所舉之印也，如找不到印，則古人詩文集、雅集詩文可爲據。屈翁山自塞外歸粤，一時朋儔宴集於西村，連名近十人，皆聚齒，某老所舉時人之雅集書畫幀實不能吻合，所云牛頭不對馬嘴也。時人雅集合作畫不能比擬，印象諸君子在讀書時皆爲打倒孔家店人，而鄧、蔡確係拜過聖人，誠得隨行後長者也。鄧常居香港，廿年代尾卅年代初蔡還廣州，弟常見之，曾爲找畫扇，書法正爲圓楷隸，而鄧則六朝造象（指印），蔡爲好事之徒，鄧則因張之英聘教寫爲軍部參議，很少在羊石，談月色印有「未亡人」字句，刻字頗劣，不能與二十年尾時印相比，況兄舊印當爲蔡刻或談奏刀未可料而已。總而言之，蔡書法爲楷隸可取，曼殊上人畫册題字，蔡代筆，用張傾城名。

又廣倉學會出版之西漢黃腸木刻字（即甫七、甫八、甫九……），用蔡藏本者即可知端的吾言不謬。（勿示六一，付丙）

番禺縣人物有先君，内有説老報人李鵬翥在《澳門文藝》中引用汪□□《澳門雜詩》，李文乃引用汪氏《避也集》詩而非《雜詩》，且此本屬官書，不應引用時人（李爲《澳門日報》總編輯，年約五十）的話，此與鄉黨叙齒雖不同物，皆非後生輩所能知，所謂「讀書得間」也。

（後缺）

炎忱翁左右：三月卅六函奉悉。

尊詩稿已精校，又最好能托人抄出一份（筆金可照付，請代想法收條趙）意，而沈鏡蓉先生能由兄趙宗之後弟處尤好，因有兩份，或先以一份寄去為望，記前因居集楝亭集期能有一份存宗稿中，望他日有一將已定稿出版也。

清代人物志已找得一冊，先君有小傳，而寫得似亦有新材料，可考年月為要，便年譜為不失眼光，新得得以捉摸也。

印譜刻印之新，初不侵界，節六一居士乃不能然印之南方傳，新去詩公。就此印綴佳言，自以印印為找佳，亭林燮林二次又不著边為燬而言之，荒見之為被告不能作記人之身二合作畫係一時宇意之作，並能覺鄉、紅並去取印譜以上人物連名印方，然被李君所舉印也如找不到，六如古人計，文集銀集計文可為據，從翁山自審外，俾其一時明倩宴集于西村，連名也，十人皆梨并某老所舉時人之書影集盛也，實不能吻合所云半矣。

六示句　两付

不对焉此也时人视签令认之不能比例印象
画诸君子[illegible]在读书时写为邦御乾家庭
人而作者拼保拜其藏以陪纪伦艺者
也作帝名弟汉安年代度廿年代初为通广州
弟常见之箕为我立翁出传之为推辞而
印之六朝造像之旧拓印之为为好事者与德印公
国诗之吴将教言为笔部为议能与在笔石
程因色印者来去人字以刻字颇为不能
与二十年庭时可相比况　见旧印当为高刻
录成[illegible]说要乃未可料而已能而言之之葬
此信为搭补为敢　受张之人立四册题字一
为代车用张保城名　又广东字会出版之
两汉为腾末之字（印本七本八本九）
粟藏本书印了而转得多字不诗
书画相人约有先君所有说者数人李
体演的[illegible]中[illegible]引用汉的[illegible]
李文乃引用以[illegible]之也栗的向非祥讨画也
本前旨之不应引用时人李为俟以报绍绍
槎之的这此而印书一纪嵩観不同物论非后
生年所解而所谓读之得而已也

五月

貴忱翁左右：

久未奉教，遥想福躬安康，爲頌爲慰。弟數月來小感冒二次，跌跤三次（幸無損），頭暈一次，無可奉告。

兹擬輯近十年來什文爲一編，以繼七八年中華出版《藝文叢談》小册爲二編，有小事瀆者：

一、弟寫有《廣州九曜石宋人題名四段考》，係兄介紹在某刊發表，今檢視書衣等殘缺，衹存小文，想先生藏刊物多種，請爲一檢賜下。

二、屈大均野服小象，即印入康熙本《翁山詩外》者，想鄴架有之，請複印一份賜下，謝謝！

另郵《顧千里年譜》訂補一小册，祈教之。即頌

著安

衍

貴忱翁大人：

久未奉教，遥想福體安康為頌為慰。月數月來小感冒二次，跌跤二次（幸無損），頭暈一次，無可奉告。

前擬輯近十年來什文為一編，以繼七八年中華出版藝文叢談小册為二編，有小事照著。

一、不審有「六廿九曜石宋人題名四叙考」，後見介紹在某刊發表，今檢視忘某、張鉞只存小文想。先生（識）刊物多種，請為一檢賜下。

二、屈大均野服小象已市入東莞本翁山詩外者想鄴架有之，請複印一份賜下，謝謝。

另郵頌今年復刊號一小册，祈教之。即頌

著安

衍

七月九日

貴翁：

手示敬悉。

《屈集》一時難發排，弟年八十餘，不悉在港可印行？祈示。《屈集》附造象已托赴穗拍照，不必另找，以書不能静電，要菲林影機攝之也。

先父遺墨弟僅一小幅（先父生平不能寫大字）。扇面已付德亮亡侄。德亮久居北京，無先父手迹，後留美學習，共黨員。此外爲家書，弟在生前不願公開，乞諒。

李文田札在黄宇翁《清代名人手札》攝出，與陳蘭甫書五紙。又先君詩詞箋從友人借得，攝出五紙奉上，梁、許從未寓目。蔡寒瓊書法楷隸之間，另件爲民八時作，張墓志鈐印約民十九至後二三年作。鄧爾疋刻印乃仿六朝造象題字，迥然不同，試看西漢黄腸木刻字題記（上海廣倉學會出版）。曼殊上人畫册題字（蔡、月印？），藍皮宣紙綫裝，有多人題跋，可以分辨蔡乎、鄧乎，餘不多及。凡考據研究一事物，要結合多方面，不能以文寬爲金科玉律，乃一言堂也。

祝

好

衍　七月九日

收到盼覆。

梁、屈、陳爲鄉黨序齒，近刊《嶺南五家抄》，張某跋云忝居首乃一日之長，張某、吴某最長，有一個五十多歲在最後，否則排名如何定之。

贵翁：

手示敬悉。

全集一时难候发排，亦系八十余不远

在浅予即约我示全集附遗墨之议

赴镜相照不必另找，以此不能静安

藏林影机播之也

先父遗墨另便一小幅，先父生平不能字中大字

为面已付徐意元，婉徐意元久居北京，无先父手迹，后留美学习共党员

此外为家亡弟在生前不悉公简之谅

李文田札在贵宇翁处，借代石人手札颇富

与陈简甫之五乱又先君诗词发从交人

俗同樁出五纸东立累许从未寓目

凡学术研究一事物要结合多方面，不能以文章为金科玉律，乃一言堂作风

修

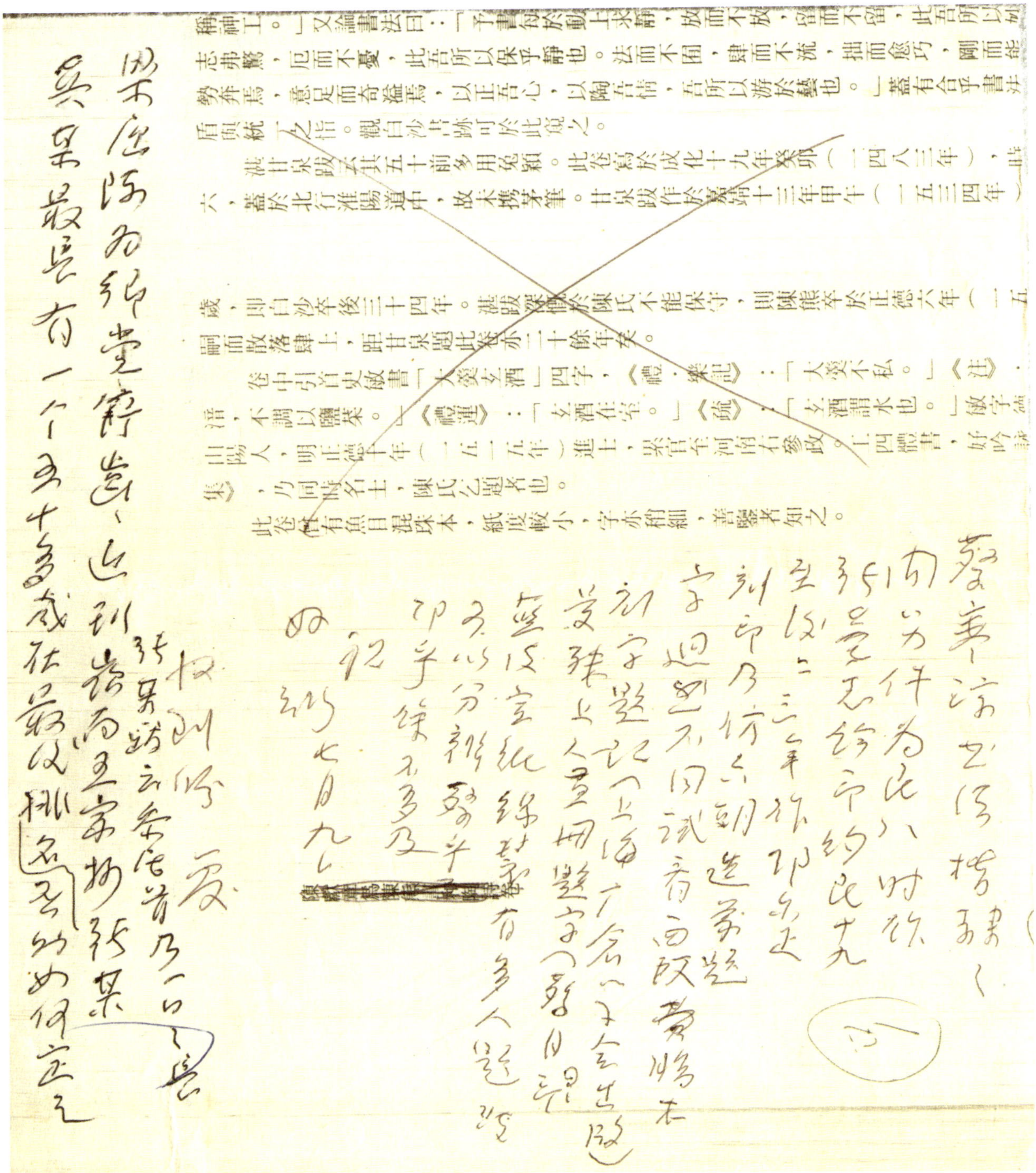

稱神工。」又論書法曰：「予書每於動上求靜，放而不放，留而不留，此吾所以批
志弗驚，厄而不憂，此吾所以保乎靜也。法而不囿，肆而不流，拙而愈巧，剛而能
勢奔焉，意足而奇溢焉，以正吾心，以陶吾情，吾所以游於藝也。」蓋有合乎書法
盾與統一之指。觀白沙書跡可於此窺之。

湛甘泉跋云其五十前多用兔穎。此卷寫於成化十九年癸卯（一四八三年），此
六，蓋於北行淮陽道中，故未攜茅筆。甘泉跋作於嘉靖十三年甲午（一五三四年）

歲，即白沙卒後三十四年。湛跋謂[illegible]於陳氏不能保守，則陳熊卒於正德六年（一五
嗣而散落肆上，距甘泉題此卷亦二十餘年矣。

卷中引首史敏書「大羹玄酒」四字，《禮·樂記》：「大羹不私。」《注》：
涪，不調以鹽菜。」《禮運》：「玄酒在室。」《疏》：「玄酒謂水也。」敏字論
川陽人，明正德十年（一五一五年）進士，累官至河南右參政。工四體書，好吟詠
集》，乃同時名士，陳氏之題者也。

此卷僅有魚目混珠本，紙並較小，字亦稍細，善鑒者知之。

十二月

凡學必有餘於此事之外，乃能足於此事之中，心術尤重，不獨詩爲然也。

先叔祖芙生公論詩語

貴忱先生誦之

壬申冬日　宗衍敬書

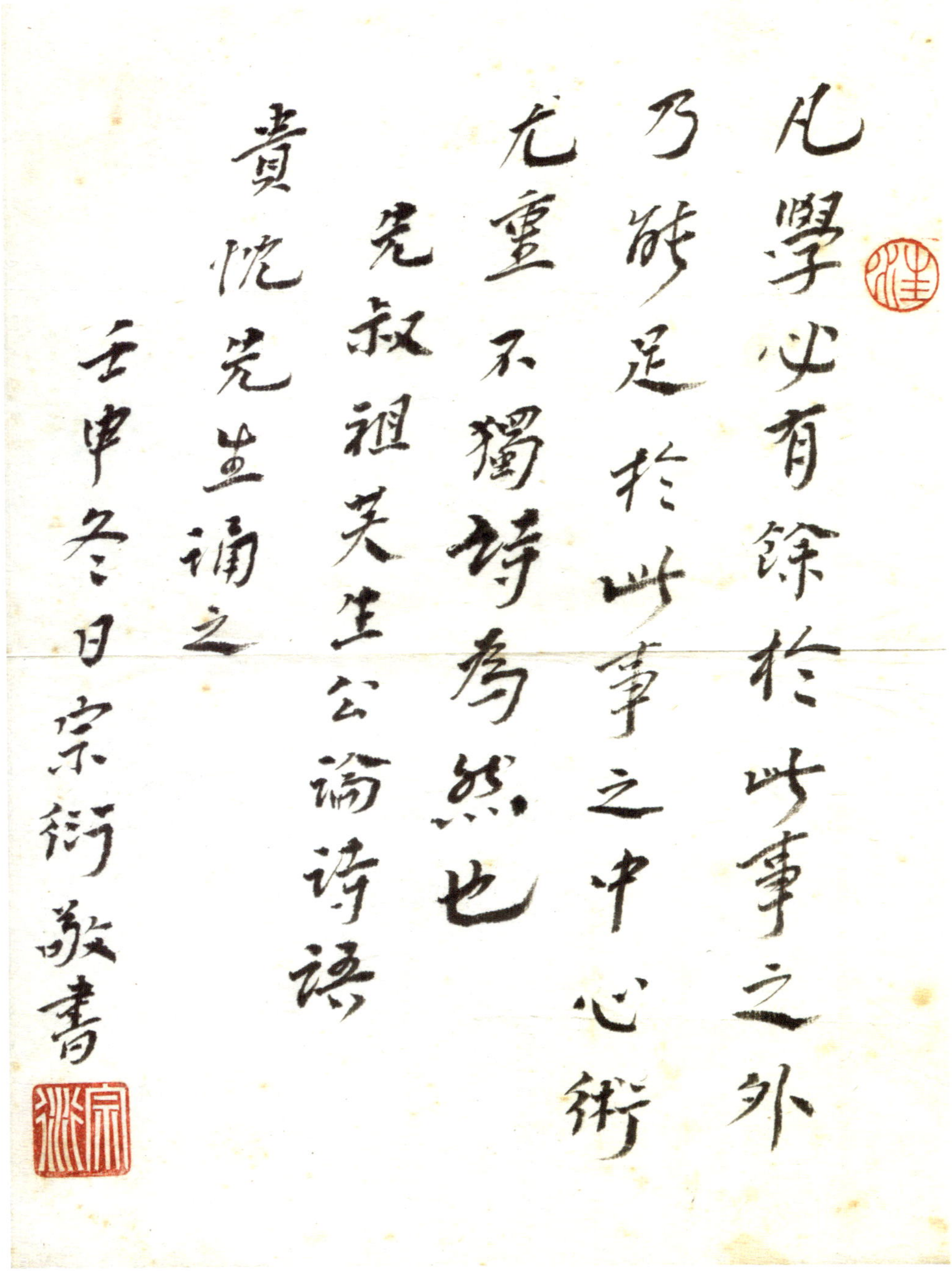

凡學必有餘於此事之外
乃能足於此事之中心術
尤重不獨詩為然也
先叔祖芙生公論詩語
貴忱先生誦之
壬申冬日宗衍敬書